D1207929

LA CHARTREUSE DE PARME

Collection dirigée par Michel Zink et Michel Jarrety

STENDHAL

La Chartreuse de Parme

TEXTE REVU SUR L'ÉDITION ORIGINALE,
ANNOTÉ ET PRÉSENTÉ PAR MICHEL CROUZET

LE LIVRE DE POCHE
classique

Michel Crouzet, professeur émérite à l'Université de Paris-IV, a publié de nombreuses éditions de Stendhal et lui a consacré des ouvrages divers : une biographie (*Stendhal ou Monsieur Moi-même*, Flammarion), une *Poétique* (Flammarion, 2 vol.), un *Stendhal et le langage* (Gallimard), un essai sur l'*Italianité* (J. Corti), un livre sur *Le Rouge et le Noir* (PUF), et aux éditions paradigme une étude sur *La Chartreuse de Parme*, et une autre sur *Lucien Leuwen*. Il a aussi édité Th. Gautier, Mérimée, Barbey d'Aurevilly, W. Scott, les Goncourt.

NOTE SUR CETTE ÉDITION

Nous suivons ici le texte de 1839 auquel il est indispensable de remonter. Il est en particulier indispensable de respecter la suppression des guillemets pour les paroles intérieures des personnages. La stylistique de Stendhal fondée sur le « style direct libre » efface le plus qu'elle peut toute différence sensible entre le récit et la pensée du personnage.

Les notes appelées par un astérisque (*) sont de Stendhal et font partie de l'édition de 1839.

Les notes appelées par une lettre sont des notes de Stendhal dans les éditions corrigées par lui (Ch : exemplaire Chaper ; L : exemplaire Lingay ; R : exemplaire Royer) ; elles sont reportées en fin de volume.

PRÉFACE

Le romanesque

Fâchée d'adorer les romans de La Calprenède qu'elle trouvait « détestables » mais qui la prenaient comme « de la glu », Mme de Sévigné écrivait en 1671 : « La beauté de sentiments, la violence des passions, la grandeur des événements et le succès miraculeux de leur redoutable épée, tout cela m'entraîne comme une petite fille. » C'est définir excellemment le roman-roman, le roman romanesque où tout se passe comme dans les romans, comme dans cette contrée différente qu'on appelle la « romancie », où n'entrent que les lecteurs naïfs et crédules ; mais ils y restent, conquis, fascinés, et ils y croient. Celui que Thibaudet a appelé le « liseur de romans » aime le roman quand il est conforme à lui-même, et entre dans cette tautologie du roman-roman qui se suffit à lui-même. « Je ne sais pas ce que c'est que la vérité romanesque », a écrit Julien Gracq à propos de *La Chartreuse de Parme* ; un roman vrai est un roman vrai comme un roman. Gracq ajoute qu'il ne trouve pas dans le roman de Stendhal « une once de vérité » quelconque, politique, psychologique (la psychologie en est « féerique »), historique ; nous sommes en « Stendhalie », contrée introuvable sur les cartes et dans les histoires, mais où la vie est différente, où « le poids du monde s'allège », où les repères étant perdus le lecteur profite d'un « ozone romanesque tonique ». *La Chartreuse de Parme* est-elle le plus roman des romans, le plus proche du roman-roman ? Italo Calvino le dit en propres termes : « Le plus beau roman du monde ne peut être que celui-ci[1] », les jeunes lecteurs trouvent une œuvre qui « leur servira de pierre de touche pour tout autre roman » ; il

---

1. *La Machine littéraire*, Seuil, 1984, p. 209.

contient, il surpasse tous les romans et tous les genres de romans, il est *le roman*.

Tel est le paradoxe : cette œuvre moderne, intensément, dont l'influence littéraire ne s'est pas démentie, où les contemporains ont lu la réalité de l'Italie, où les Italiens retrouvent leur histoire et leur culture, est aussi la plus apparentée au vieux fonds sans âge des romans, au roman que son invraisemblance, ses recettes chimériques et immuables, ses lieux communs *romanesques* soustraits à toute visée de vérité ont condamné et qu'aucun lecteur, comme Mme de Sévigné, ne peut lire et aimer sans désavouer sa puérilité. *La Chartreuse* demande une lecture naïve, un premier degré de lecture qui adhère fortement au romanesque, et inspire en même temps un irrespect total et pour tout. Chez Stendhal, le romanesque est intrépide, originel (il est, il a toujours été « romanesque », il a vécu le romanesque comme s'appliquant « à l'amour, à la bravoure, à tout », c'est une croyance, une philosophie de la vie) ; cette fidélité à l'univers du roman, cette passion de l'héroïsme des grandes actions et des grands sentiments, de ces moments où le rêve et la réalité se rejoignent, c'est le principe de sa création : seulement il a mis longtemps à comprendre que dans « romanesque » il y a roman, et à passer d'un romanesque de l'imagination, de la vie, à une activité de romancier.

Mais qu'est-ce que le romanesque ? C'est « le génie poétique [1] », le génie qui invente et imagine, dont il a lui-même affirmé la mort ; il est tué par le génie moderne, « le génie du soupçon », de l'incrédulité positive et analytique qui refuse le romanesque. Stendhal est-il le dernier des romanesques, sauvé par là de la modernité et de la crise du roman ? C'est plus précisément ce que Northrop Frye appelle le *romance* (que le français traduit spontanément par

---

1. Voir ce texte célèbre dans *Souvenirs d'égotisme*, *Œuvres intimes*, t. 2, p. 430.

« romanesque ») [1], quelque chose qui n'est pas uniquement littéraire, qui peut se trouver en dehors du roman (dans le théâtre, l'opéra) ; N. Frye le fait descendre du mythe qui se sécularise et se dégrade en « imaginaire », en particulier en devenant littérature ou fable, en devenant la fiction, univers imaginatif et ordre verbal ; mais c'est « le noyau structural de toute fiction » avec ses deux ressorts, l'amour et l'aventure. Théorie qui a le rare mérite de coller aux textes et de les éclairer : le *romance* est le travail du « génie poétique » qui invente des récits, des motifs, des formes conventionnelles, mais qui doit s'incliner vers la représentation et se transposer, s'ajouter à un contexte crédible, devenir sérieux au lieu d'être le pur récit, raconté pour lui-même, du romanesque premier réduit à ses schémas stylisés. Dans le combat de l'imagination et de la réalité, qui se présente comme le combat du « romanesque » contre le réalisme, le premier doit résister/céder, céder/se renforcer, ou céder et abdiquer ; se font face (et se combinent) une tendance « anti-représentationnelle », tournée vers « une concentration sur les motifs élémentaires du mythe et de la métaphore », vers l'autosuffisance de l'histoire racontée, et la tendance opposée (s'en tenir à l'expérience humaine, à la vie d'une époque, instruire le lecteur ou le faire réfléchir) ; le schéma romanesque apparaît alors pauvre, il est rejeté de toute dignité intellectuelle, et il relève d'une lecture naïve et fascinée : celle de Mme de Sévigné, celle qu'impose au premier abord *La Chartreuse*. Le roman soumis au désenchantement est sommé de choisir entre la fidélité aux formes primordiales de l'imagination créatrice et le recours à tous les éléments de sérieux extérieurs à l'imagination ; le

---

1. L'Écriture profane, essai sur la structure du romanesque, Circé, 1998, ouvrage auquel renvoie dans ces pages ; voir surtout les p. 41-71 et, du même auteur, *Anatomie de la critique*, Gallimard, 1969, p. 168-169, et 368 *sq.*

lecteur moderne s'est vu interdire de lire le roman comme romanesque, comme histoire, comme convention littéraire valable en soi et productrice de plaisir.

Entre le mythe, ou le conte pur, et le réalisme ou affabulation vraisemblable, il y a le domaine du « romanesque », région médiane des rencontres, des tensions, des ajustements, du « déphasage » du mythique en représentation (déphasage qui inclut la parodie ou l'ironie), du conventionnel en œuvre unique et riche d'affinités de toutes sortes avec son contexte. Mais la lecture romanesque demande que l'on soit réceptif à la convention, à la « conscience que l'histoire particulière relève d'une famille d'histoires analogues » ; tel roman contient « la globalité de la convention », et laisse affleurer « la convention dans sa totalité » ; ces traces de romanesque font entrevoir le domaine immémorial et proprement littéraire du roman ; on entend dans le roman un ensemble de résonances que N. Frye compare au bruit de la mer dans le coquillage. C'est le romanesque qui bruit dans le roman.

C'est lui qu'a entendu avec une exceptionnelle sensibilité Gilbert Durand dont le livre[1] démontre à quel point le romanesque soutient et déborde le roman, et à quel point il se confond avec le moment romantique ; la « topique des symboles et des mythes », ou les « grands lieux communs de l'éternel rêve humain », avec leur possibilité de retour que le romantisme a su favoriser et actualiser, ont le pouvoir de structurer le roman. Sa lecture de *La Chartreuse*, à titre d'exemple d'une lecture du genre roman, rejoint celles de tous ceux, Balzac le premier, qui ont perçu dans le roman de Stendhal le conte d'Orient, l'histoire auréolée de merveilleux, le récit se déployant de son mouvement propre avec une allégresse sans limites, le récit qui livre une histoire *vraie*, mais comme une synthèse du

---

1. *Le Décor mythique de « La Chartreuse de Parme »*, Corti, 1961, p. 128-129, 135, 233, 239.

romanesque et de la réalité. Le coup de foudre de Stendhal pour l'Italie vient de la reconnaissance par lui du caractère spontanément romanesque du quotidien de l'italianité. Les Italiens n'écrivent pas de romans, parce qu'ils les vivent. Ce qui compte toujours, c'est le bonheur de lire un roman qu'on attendait parce qu'il réalise le roman et met la réalité pesante et dénuée de sens entre parenthèses. Ou selon le mot de Céline cité par Gracq, « quand on n'a plus assez de musique en soi pour faire danser la vie », le roman de Stendhal restitue cette musique. Mais la vie qui danse, c'est aussi la vie allègre et sans poids du comique : ce roman des romans est un roman comique. Qui se moque de tout, et de lui-même.

Le comique et la politique

Stendhal est « romanesque » dès l'enfance. Il a, dans son autobiographie, expliqué comment il a vu le roman (l'Arioste, le Tasse) dans la réalité, et vécu les grands moments de sa vie comme une rencontre avec le *romance* (ou sa variante de l'*opera buffa*) ; il a en quelque sorte reproduit la folie de Don Quichotte, et s'est plié de lui-même à la dualité du roman de Cervantès (c'est encore du roman, mais du roman contre le roman), que nous allons retrouver dans *La Chartreuse* ; il a donc vécu et écrit dans cette dualité du sublime et du comique, de la montée et de la chute, de l'idéal et du réalisme. Le réel (le monde où se déroule la vie des personnages, la société, l'histoire) n'est pas seulement le réel, c'est l'antithèse, l'antidote de l'idéal, sa dénonciation et aussi la condition de sa réalisation. Le roman n'est accessible à Stendhal que s'il comprend sa contrepartie, sa dérision, sa moquerie ou cette moquerie presque ontologique qui fait de l'humain la moquerie de lui-même, la vie dans la réalité plate et prosaïque. Parti du romanesque, il invente le réalisme. Et comme Mme de Sévigné, il n'est pas trop

fier, à une époque où le roman devient sérieux, philosophique, historique, documenté et observateur, d'aimer les vieux romans poussiéreux, les vieux romans
de chevalerie. Il les lit, les imite ou les transcrit : ses
manuscrits italiens lui en offrent, avec l'alibi de l'histoire, de beaux substituts. Mais sous le nom de « romans pour femmes de chambre », il refuse ce qui reste
du *romance* dans la littérature de grande consommation
qui, avec le roman-feuilleton ou le roman populaire, va
orchestrer le retour massif des vieux archétypes. Et le
mot de *romanesque* se charge explicitement dans ses
romans en particulier d'une signification ambiguë : il
renvoie aux zones les plus élevées de la vie, à la passion, à l'idéalisme, et il est synonyme de fou (autre
mot ambigu), de bizarre, d'absurde. Le « soupçon »
dialogue *dans* le roman avec le génie fabuleux : le dialogue du *romance* et de son contraire raisonnable et
critique constitue le roman stendhalien où le romanesque est combattu et sauvé, neutralisé et exaspéré.

Le comique est donc associé aux enchantements du
cœur et de l'imagination : il joue contre et pour eux. Il
entre dans le roman parce que, pour Stendhal et bien
d'autres, le genre comique, en pleine crise, est remplacé par le roman ; est traditionnellement « comique »
le spectacle de la vie humaine telle qu'elle est. Le
comique, détaché de la catégorie dramatique corres-
pondante, devient un trait de l'écriture romanesque ;
Balzac, à propos de la littérature des idées, la rapproche de Voltaire, de la « façon de conter » du XVIIIᵉ
siècle, et lui attribue « le sentiment du comique », mais
du « comique contenu », « le feu dans le caillou », qui
allie au sérieux « je ne sais quoi d'ironique et de nar-
quois » dans la manière de présenter les faits. Il y a
dans le roman une écriture comique, « une inspiration
rieuse », a-t-on dit de Balzac, qui n'est pas nécessairement productrice de rire, et qui est la recherche à peu
près unanime des romanciers romantiques, en tout cas
l'objectif premier de Stendhal dans toute la période de

la monarchie de Juillet. Le comique est dans le rapport avec la réalité, et aussi dans le rapport du roman avec lui-même ; il va devenir une moquerie du sérieux, une moquerie de son sérieux, une mise en scène critique et comique du réel, une mise en scène de lui-même, et tout à la fois vérité des choses et absence de vérité de tout, aire de jeu, légèreté de l'être et vie qui danse. *La Chartreuse*, roman qui, comme tout Stendhal, est riche en pilotis fichés dans la réalité de l'histoire et de la politique, si soucieux de suivre dans les moindres détails (la topographie, les prisons, les mœurs, la langue, l'onomastique) la stricte réalité, de respecter la plausibilité des événements (il invente ce qui pourrait avoir lieu en fonction de ce qui a eu lieu) va témoigner de cette « dévaluation du réel » dont a parlé un article connu[1]. Se conjuguent la stylisation romanesque et la stylisation comique.

Et celle-ci va vers l'opérette, l'opéra-bouffe, le vaudeville, ou Offenbach, ou le grotesque d'Hoffmann : Paul Valéry le sentait bien, il y a dans Stendhal des fous rires déchaînés et universels et qui, chose plus grave pour la lecture de ce roman si choquant pour les gens sérieux et les moraux qui ne peuvent accepter avec Stendhal que l'on puisse rire de tout et tout dire gaiement, n'épargnent rien ou ne laissent jamais le sérieux indemne d'une contamination par le non-sérieux. Or le comique, c'est d'abord la politique. Elle s'inscrit naturellement dans les limites et les procédés du comique. Le roman comique est un roman politique, le roman de la politique : c'est le sens de la recherche par Stendhal du roman comique avec *Lucien Leuwen*, recherche qui aboutit à *La Chartreuse*. En politique fleurissent les vices, les ridicules, les prétentions, les illusions : les gouvernements surexcitent cette part risible de l'homme qui est le domaine de la comédie.

1. J. D. Hubert, « Note sur la dévaluation du réel dans *La Chartreuse de Parme* », *Stendhal-Club* n° 5, 1959.

Et pour Stendhal, la politique commence quand deux hommes agissent l'un sur l'autre par d'autres moyens que la force ou la contrainte ; dès qu'un homme est un moyen pour l'autre, l'objet d'un calcul, d'une relation à double fin : la comédie révèle l'essence des relations sociales.

Mais cette vérité triste qui dévalue toute l'existence collective des hommes, et qui réfute l'idéalisme inhérent à la dimension politique pour le moderne, cette vérité laide de la politique réelle, celle que chacun vit dans son époque à partir de sa partialité, peuvent-elles figurer dans la littérature, être l'objet d'un plaisir autre que la satisfaction toute satirique de voir maltraiter son ennemi ou calomnier la nature de l'homme ? C'est la formule du « coup de pistolet dans un concert » qui représente la politique dans l'œuvre esthétique, car il y a incompatibilité entre un intérêt violent et agressif et l'intérêt désintéressé, la participation spécifique qu'impliquent livre et spectacle. La politique n'est pas un plaisir, c'est une intrusion dangereuse dans l'œuvre d'art, sa violence menace la beauté. « Nous allons parler de fort vilaines choses et que pour plus d'une raison nous voudrions taire » : jusqu'où peut aller la peinture de la laideur de la politique et de sa bassesse ? Il y a dissonance entre romanesque et politique, entre les valeurs idéales et essentiellement amoureuses du roman-roman et les intérêts réels d'argent, de pouvoir, d'ambition, d'idéologie. Pendant toute sa jeunesse, Stendhal qui voulait faire des comédies, et des comédies enracinées dans le réel contemporain et la politique, se heurtait à « l'odieux », butoir insurmontable du comique, car ce qui est odieux, c'est-à-dire haïssable dans la réalité, doit être traité comiquement, transformé par l'écriture pour perdre sa valeur éthique et affective. L'effet comique suspend l'affect réel et le jugement moral, et permet cette « anesthésie momentanée du cœur » dont a parlé Bergson. L'écriture comique qui parcourt *La Chartreuse* soustrait la politique à sa réalité, en allège les enjeux et la portée en termes de valeur. Pour s'en amuser.

L'aventure

Ce qui saisit et déconcerte le lecteur, c'est que *La Chartreuse* est un roman d'action, le plus démesurément mobile des romans de Stendhal, et bien éloigné du modèle du roman d'analyse qu'on lui impose si souvent ; c'est un roman qui bouge, dont le rythme *prestissimo* multiplie les déplacements des personnages et les changements de situations : on ne s'arrête jamais dans ce roman de guerre, de plein air, de combats, on ne s'arrête jamais, même pas en prison, où la séduction par signes et signaux de Clélia et les menaces de poison instituent hors du temps social une temporalité du cœur et de l'instant. Même à la cour, où la conversation est combat, attaque et riposte, la parole est action, et le danger se trouve au détour d'une phrase, dans la suppression de quelques mots dans une lettre. Bourré d'actions, le roman se sépare de l'évolution moderne du genre, où *le roman d'action* laisse la place au roman de caractère et celui-ci au roman de pensée, selon l'analyse de Paul Ricœur [1] qui discerne une défaite progressive de l'intrigue, ou du principe de configuration formelle par l'expansion du caractère aux dépens de l'intrigue. Il constate que la vraie raison de la crise était l'ambition représentative du roman, la priorité donnée à la vraisemblance et au souci d'être fidèle à la réalité : l'action est ressentie comme une convention, un *a priori* du genre. *La Chartreuse* lui est fidèle jusqu'à l'excès : on peut la lire comme un roman d'aventure (ce qui embarrassait Zola) ou de cape et d'épée. Pas de roman pour Stendhal qui ne raconte, qui ne soit un conte à faire veiller le lecteur toute une nuit.

« Dans le romanesque l'aventure constitue l'élément

---

1. *Temps et récit*, Seuil, 1985, t. 2, p. 18-27.

essentiel du sujet », elle est « l'essence de la fiction[1] » ; le philosophe, quand il définit l'aventure
comme « l'avènement d'un événement », « l'avent
d'un mystère », la mise en instance d'un instant, la présence de l'imprévisible[2], en somme le moment d'un
commencement et d'un surgissement au-delà duquel il
y a un quelque chose d'indéterminable et d'inattendu,
définit le suspense lui-même ; c'est une séquence d'événements qui constitue le récit romanesque : départ volontaire vers l'inconnu, les périls, les épreuves (tout
commence au départ de Fabrice pour Waterloo), puis
rencontres et combats avec un pouvoir adverse ; ainsi
s'établissent l'aventure du roman et les aventures qui
en sont la modalité ; il y a dans *La Chartreuse* une
aventure axiale, Fabrice meurtrier, poursuivi, fugitif,
emprisonné, évadé, sauvé du poison, doublée d'une
autre série, la série politique ; les deux se déterminent
continuellement, et assujettissent le roman à la loi de
l'événement ; Fabrice exilé, errant, vivant toujours plus
ou moins au hasard, est bien soumis au face-à-face
avec l'aventure ; il doit prendre sa décision et se jeter
dans le danger : durant la bataille de Waterloo, quand
il fuit après le meurtre, quand il commence la descente
de la tour, quand il y revient, comme la Sanseverina
quand elle se précipite dans l'audience de congé, ou
accepte l'offre de Palla, ou décide de vider le réservoir,
comme Clélia quand elle franchit le pas et fait entrer
les cordes dans la citadelle. Agir, c'est franchir un
seuil, passer dans la zone du risque et miser sur l'inconnu. « Toute cette aventure n'avait pas duré une
minute », dit Stendhal du combat sur le pont (lieu symbolique de l'aventure) ; le soir de la sérénade, Fabrice,
« chargé de toutes ses armes, prêt à agir, se croyait
cette nuit-là réservé aux grandes aventures ». N'est-il

---

1. Northrop Frye, *Anatomie de la critique*, éd. citée, p. 227.
2. Vladimir Jankélévitch, *L'Aventure, l'ennui et le sérieux*, Aubier-
Montaigne, 1963, p. 9-12.

pas sauvé du poison au moment même où il commençait son dîner ? Quand Clélia et la duchesse rivalisent de vitesse et de résolution pour arriver à temps et prononcer le « As-tu mangé ? » salvateur, la vie de Fabrice dépend de Clélia et du cheval du grotesque Fontana. La prison, c'est doublement l'aventure, la vie ou la mort, la mort et l'amour.

Pourtant *La Chartreuse*, roman d'aventures, n'est pas un roman d'aventure se consacrant à une seule grande aventure isolée et exhaussée ; malgré le nombre des péripéties, surprises, périls, rebondissements, faits et hauts faits aventurés, la lecture ne repose pas sur l'anxiété du suspense pur. On a dit que l'évasion était rocambolesque et le lecteur exigeant s'étonnera de ces monceaux de cordes déposés dans un cachot, et enroulés par Fabrice autour de son corps, et de l'aveuglement d'une garnison qui semble bien avoir vu fuir le prisonnier ; le lecteur accepte ou n'accepte pas les conventions de l'aventure, mais surtout il est sans inquiétudes sur l'issue : l'évasion a déjà réussi et le récit fait allusion aux récits postérieurs de Fabrice lui-même ou aux rumeurs qui ont suivi l'événement. Le déroulement de l'évasion l'emporte sur l'incertitude de l'aventure : elle est au reste grandie par cette sorte d'invulnérabilité vraiment héroïque de Fabrice. Mais c'est un fait général dans le roman : il se déroule dans un climat d'aventures, les personnages sont dans l'aventure qui est presque normalisée.

L'Italie de Stendhal est entièrement le territoire de l'aventure. L'insécurité est partout, un état de guerre permanent fait qu'il n'y a pas un personnage de roman qui ne soit menacé dans sa liberté ou sa vie : que de fois interviennent la vengeance, la punition de l'offense, le règlement de comptes d'homme à homme. La violence valorise l'humain et l'individuel contre le social. Et le combat singulier, l'affrontement sont partout. L'Italie, terre d'une violence endémique, société « chaude » par l'ardeur des haines et le déchaînement

des actes de sang, réalise par opposition au vraisemblable français, au code des romans moins romans, la
conception romanesque avec une sorte de réalisme :
tous les personnages peuvent être les héros d'aventures, ils sont tous armés et l'usage des armes s'étend
bien au-delà des épisodes normaux dans le roman, la
guerre, les duels, les crimes ; d'où l'arsenal impres-
sionnant, et généralisé : épées, pistolets, fusils, cou-
teaux, poignards surtout. Le mot et la chose sont
partout, c'est l'arme intime, invisible, l'arme de poing
faite pour prolonger la main : le ministre de la Police
vérifie si la lame est bien affilée et serre « convulsivement » son arme ; le ministre de la Justice craint le
poignard du Prince, la douce Clélia a un poignard dans
son bas ; même dans son cachot, Fabrice a des armes.

L'aventure, c'est aussi les douaniers, gendarmes,
policiers ; la prison est une menace universelle. De là
l'embuscade des gendarmes « déguisés » qui sautent à
la bride des chevaux au détour d'une route : « Je vous
arrête. » Ou le passage combien risqué du poste de
police avec de faux papiers. Arrestation, enlèvement,
agression, c'est tout un : au cas où le Prince prendrait
mal l'insolence de la duchesse, Mosca lui recommande
de « se barricader » pour la nuit et de fuir le lendemain.
C'est un des grands principes de l'énergétique stendhalienne qui refuse la domination étatique ou légale : on
ne se laisse pas arrêter. Et dans cette anarchie belli-
queuse et aventureuse de l'Italie stendhalienne, l'État
n'est pas le seul à avoir son armée ; chacun lève des
troupes et les arme. La duchesse a ses troupes, Mosca
ses fidèles, tous nombreux et secrets. Palla recrute des
insurgés de la duchesse. L'empoisonnement de Fabrice
est collectif : tous les geôliers sont sur pied ; l'illumination de Sacca tourne à l'émeute contre les gendarmes. En vérité, les paysans sont des rebelles, les
« gens » de la Sanseverina rêvent d'en découdre avec
ceux de la « casa » ennemie ; les paysans recrutés

comme témoins par Ludovic pour le duel avec le comte M... sont prêts à le tuer.

L'aventure, on la cherche et on la rencontre : le héros va au-devant d'elle (Fabrice part à la guerre), ou elle lui vient à l'improviste ; le romanesque a son espace, espace de l'imprévu, du danger, de l'exploit, un espace libre par rapport à l'espace limité et conditionné de la vie réelle. Un espace déréglé et où rien n'arrive qui n'ait du sens. On a dit que *La Chartreuse* était un « roman de la grande route », un roman qui s'écrit au rythme des rencontres, des hasards, de cette liberté suprême de l'événement qui sépare l'univers romanesque de la réalité désenchantée. C'est bien vrai si la route signifie l'indétermination de la rencontre et, du point de vue du héros, l'aptitude à accueillir le *tout-venant*. Roman ouvert à l'épisode, que Stendhal se reproche d'avoir déconstruit comme des Mémoires où les personnages arrivent à leur tour et les uns à la suite des autres, roman qui tient du picaresque aussi, où l'on retrouve les auberges, les gendarmes, les frontières à franchir, les hauts et les bas de la fortune, et le petit peuple des mendiants, des *vetturini*, des cochers, des spadassins, des juifs marchands de vieux habits, les acteurs errants et leur chariot « comique » : la route narrative met les aventures les unes au bout des autres. N. Frye remarque [1] que la fiction réaliste fuit la coïncidence ou tente de la réduire par « une technique de causalité qui légitime l'action par le caractère du personnage : c'est le récit en « et donc » ; le romanesque pratique le « et puis », suite fortuite de séquences qui fascinent par leur dimension alogique.

Fabrice commence par une fugue, « cette fuite de la maison paternelle pour laquelle je t'adore », lui dit Gina ; c'est sa première évasion, il s'échappe du vieux château féodal et triste où il sentait qu'un hiver permanent paralysait la vigueur de son printemps ; il fuit de

---

1. *L'Écriture profane*, éd. citée, p. 54-56.

Grianta (quitte à y revenir dans une escapade, autre
évasion encore, vers la liberté du sublime), il fuit de
Milan, il fuit de Parme, il fuit de prison, c'est son
exploit légendaire [1]. Or la liberté, c'est le vol : il faut
bien voler un cheval pour fuir, séquence répétitive dans
le roman ; la liberté, c'est aussi la forêt : territoire le
plus conventionnel du romanesque, renouvelé par le
théâtre de Shakespeare auquel on compare souvent *La
Chartreuse*. Le jeune Beyle n'a-t-il pas uni dans la
même songerie en marge des romans « les bois et leur
vaste silence » et « les rêveries d'amour » ? Sur le lac
de Côme, Fabrice se sent « protégé par la nuit profonde
et le vaste silence » ; l'imagination romanesque de
l'enfant voit dans la forêt, le touffu des arbres si aimés
de Fabrice (et de Stendhal), un refuge, la cachette pri-
mordiale et profonde, et aussi dans l'espace plus sauvage des bois le lieu de l'aventure, la région où tout
arrive, où tout est possible. Les bonnes et les mauvaises rencontres. C'est le terrain libre où coexistent
sécurité et danger : de la Suisse à Grianta, Fabrice et
son compagnon contrebandier parcourent le monde
silencieux et sublime des grands bois, mais ils sont
bien armés et font peur aux douaniers qui se gardent
bien de vérifier leurs papiers ; l'escapade de Grianta se
termine par la retraite à travers les bois où Fabrice se
fait voleur de *grand chemin*. Mot poétique, si étrangement chargé de sens que J. Gracq en a fait un titre :
mais dans le roman l'homme des grands chemins où il
vole et l'homme des grands bois où il se cache, c'est
Ferrante Palla, républicain de grand chemin, brigand
au grand cœur, Robin des bois stendhalien, amoureux
fou d'une duchesse et parcourant la forêt de Sacca,
fief commun à la grande dame et au bandit, et pure

---

1. Sur ce thème de la fuite voir P.-L. Rey, « Fabrice ou la clef des
champs » dans *Colloques-Romantisme, op. cit.*, et nous-même « L'espace et l'aventure... » dans *La Chartreuse de Parme, op. cit.*

imagination de Stendhal, pour réunir encore amour et forêt, révolte et liberté.

La quête

Mais l'aventure devient Aventure, c'est-à-dire quête au sens romanesque, si elle se confond avec la recherche du sens, la réalisation d'une œuvre, l'accomplissement du héros. La route du héros est un chemin, une direction. Stendhal, qui revendique de vivre selon le hasard, avoue à Balzac : « Je suis fataliste et je m'en cache » ; et à Lamartine, il aurait dit qu'il ne savait pas si Dieu existait, mais qu'en tout cas « son premier ministre, le hasard, gouverne aussi bien ce triste monde que lui ». Le hasard pose la question du sens : il peut multiplier les coïncidences, enchaîner sans fin les aventures aux aventures ; il le fait dans le roman où le hasard est roi et la chance plutôt bonne. Mais le roman du hasard et de l'aventure est le roman des présages, dominé par la haute figure de l'astrologue. Prenons cette rencontre mortelle et désastreuse avec Giletti : le hasard est préparé sourdement ; depuis les prévisions de Blanès, Fabrice est en garde contre le risque de prison et l'occasion d'un meurtre, l'aventure du valet de chambre devient un cas de conscience, et l'avertissement de Blanès a pesé sur la décision de ne pas le tuer, comme il pèse sur le débat avec Mosca, qui pour de tout autres raisons a des idées *tragiques* comme la duchesse et redoute la prison. Brusquement le climat du roman s'assombrit, bien que Fabrice soit quasi nommé coadjuteur (plus dure sera la chute).

Y a-t-il sous le hasard un ordre sous-jacent, l'absence de cause dissimule-t-elle une finalité ? Le pressentiment permet-il de voir sa vie comme orientée ? Déjà Fabrice faisant prisonnière par hasard Clélia dans ses bras avait pensé à ce qu'elle serait comme « compagne de prison » : étrange prescience, qui met le futur dans le présent, qui fait dépendre l'événement de son accomplissement futur. L'aventure suggère une fin, elle s'insère entre une prévision et un accomplissement, elle se définit comme l'étape d'un itinéraire préétabli. Ainsi le titre, chose extraordinaire : entre la page de couverture et la dernière page du récit, il demeure sans aucune légitimation ; la chartreuse de Parme est le but inconnu de tous (personnage, lecteur), l'oracle qui n'est intelligible qu'une fois réalisé, et il se réalise inévitablement. En écrivant un roman des présages (la conséquence y devient la cause, la fin détermine le début), Stendhal revenait au romanesque total : le récit implique que les personnages (Fabrice surtout[1]) suivent un parcours préétabli, sont guidés et orientés par un destin manifesté par des signes, qu'un ordre mystérieux mais transcendant gouverne les faits et prend en charge le héros. « C'était écrit », « il est écrit » : Fabrice lui-même fait écho aux vers de Ronsard sur l'écriture divine du monde. L'aventure, si elle est une quête finalisée, manifeste l'unité du héros et du monde, l'unité du sujet et du hasard qui devient destin ou providence.

En laissant à Waterloo son cheval décider pour lui, Fabrice renouvelle le geste du chevalier, et en particulier celui de Don Quichotte qui n'a pas d'autre chemin que celui voulu par sa monture, « car il était persuadé qu'en cela consistait l'essence des grandes aventures » (I, IV). Acte de foi dans l'ordre des choses, acte de foi en ses propres forces : la rencontre, l'événement (on doit penser à la théorie surréaliste du hasard objectif) sont une coïncidence entre le moi et l'être. La vie prend la forme du désir. C'est ce que suppose la mise en garde de Blanès contre toute chute dans l'escalier : mauvais signe d'un inconscient épris d'échec ? En tout cas, en écrivant un roman en quelque sorte dominé par un astrologue (mais c'est aussi un sage et un mora-

---

1. Cf. René Gervoise, « Le merveilleux dans *La Chartreuse de Parme* », RHLF, 1999.

liste), structuré par des prophéties et des présages qui
unifient les épisodes et en forment le « fil conduc-
teur », placé dans une dimension merveilleuse, dans
les « arcanes » des hautes sciences ou des révélations
supranaturelles, bref en doublant le déroulement horizontal et narratif de suggestions mystérieuses et verti-
cales, Stendhal prenait de grands risques vis-à-vis de
tout lecteur rationaliste peu pressé d'admettre qu'un
roman puisse obéir au cours des astres ou à la volonté
divine.

La crédulité de Fabrice [1] est alors le centre d'une
controverse constante où le narrateur semble se désoli-
dariser de lui ; Stendhal va même jusqu'à le prendre
en flagrant délit d'absence de logique ou d'« esprit
d'examen » et analyse comme « une religion » d'enfance cette croyance injustifiable en termes de raison,
mais si riche en bonheurs et en émotions. Et Stendhal,
respectant l'ambiguïté des énoncés oraculaires qui
défient la sagacité de l'homme, se garde bien de donner de la précision aux prévisions, si bien que la relation du présage et des faits (de quel meurtre s'agit-il
dans la prophétie de Blanès, que signifie la branche
brisée du marronnier ?) demeure une question sans
réponse ou un mystère. Stratégie narrative prudente, et
à deux fins car le roman se moque aussi de l'incrédulité
du lecteur moderne : la prophétie de saint Giovita est
ridicule, mais se vérifie si elle est bien interprétée.
Fabrice est bien promis à la prison, au crime (la mort
de Sandrino), à une fin dans le dénuement et la sérénité. Tout arrive selon les paroles sacrées. Les personnages se meuvent dans une forêt de signes qui
annoncent, consacrent, récompensent ou punissent. « Il
avait été trop heureux », dit sentencieusement le récit
quand l'opinion de Parme apprend la prison de Fabrice.
Clélia, dans l'intrusion d'un corps de garde supplémen-

---

1. Voir Michel François, « Les superstitions de Fabrice del Dongo... », art. cité, et H. F. Imbert, « Ésotérisme beyliste », art. cité.

taire au moment de l'évasion, voit « un arrêt de la Providence » et, pour se décider à aller entendre prêcher Fabrice, elle instaure un signe qu'elle suivra.

Le climat de bonheur du roman (si intensément marqué par le malheur et le désespoir aussi) vient peut-être de ce que les personnages se savent porteurs d'un destin qu'ils accomplissent de bout en bout, allant jusqu'au terme de leur désir : ainsi Mosca dans les dernières lignes du récit. Fabrice bénéficie de dons et de promesses (sa généalogie : le passé des ancêtres est son avenir ; les corrections de Stendhal précisent qu'il pouvait penser à être pape comme Alexandre Farnèse, son *modèle*, et son « ancêtre »), il a une protection immuable qui ne lui manque jamais (« parlez avec respect du sexe qui fera votre fortune »), il est livré à une quête négative, éviter la prison qui est son destin, à une quête positive, trouver l'amour. Les deux n'en font qu'une, la finalité négative est en fait *positive* et Fabrice est bien conduit sans le savoir, par une unique prédestination, à une régénération de lui-même par le sacrifice et la passion.

Même dans la non-description de l'anti-bataille de Waterloo, où Stendhal a déconstruit l'Aventure historique et collective au profit des aventures particulières de l'étrange soldat qu'est Fabrice, on ne manquera pas de trouver une désorganisation complète de tout, de l'histoire, de l'espace, de la perception des événements du héros condamné à l'errance, à l'incompréhension (est-ce bien une bataille ?), à la succession et à l'imprévisibilité des faits qui surgissent et s'évanouissent comme « dans un théâtre ouvert sur rien ». Mais cette chevauchée inutile, autrement regardée, tend vers l'aventure programmée du chevalier réalisée dans une bataille de Napoléon et dans une étendue aussi mystérieusement indéterminée que celle du *Grand Meaulnes*. Cette parataxe débridée de petits faits, cette mosaïque éclatée permet, tant le hasard est bon prince, des rencontres capitales, Ney, Napoléon, le « père » de

Fabrice qui vole un cheval de son fils, des retours aussi
imprévus que souhaités (trois fois la cantinière) et le
cheminement chaotique de Fabrice se dispose selon un
rituel secret d'initiation.

Il y a *passage* de l'état de blanc-bec à l'état de
héros [1], ou de vrai soldat complimenté par le caporal,
« tu es un bon b... », et par le maréchal des logis, « pas
mal pour un conscrit », et le passage se fait par des
épreuves opportunément présentées : le chemin passe
par le cadavre et l'ébranlement de l'horreur, l'œil du
mort en gros plan, le rire de la cantinière et la montée
du dégoût paralysant avec la poignée de main avec le
mort ; il se poursuit par le cuirassier mutilé, les
entrailles du cheval dans la boue, la chevauchée au
milieu des blessés. Il y a un ordre progressif : Fabrice
reçoit le baptême du feu, puis il se bat avec un fusil
contre son cavalier qu'il tue, il affronte à cheval, au
sabre et seul, un total de vingt-trois adversaires. Le
courage est un devoir envers soi, le fondement de l'estime de soi-même qui est le cœur de l'éthique de Stendhal.
S'il répugne à éviter la traversée du pont, s'il regrette de
s'être laissé arracher l'ordre du vieux colonel, c'est au
nom d'un honneur intérieur, du respect d'un pacte avec
lui-même. Il *est* ce pacte qui impose que sa vie se trouve
dans le risque, dans l'indifférence à la vie. Être, pour lui,
se confond avec un devoir être courageux. Encore n'a-t-il
qu'à manifester le courage qui lui est naturel : sa nature,
c'est l'idéal ; il est spontanément dans l'ordre de la vertu
héroïque première, le fait d'être généreux de sa vie et de
s'offrir simplement et sans effort au danger.

Le héros et les autres

Fabrice est donc « intrépide et passionné dans ses
plaisirs », il l'est depuis ses expéditions de maraude

---

1. Sheila M. Bell, « Waterloo revisité », dans *Stendhal, la politique
et l'histoire, op. cit.*

sur le lac de Côme. Il l'est à jamais, et pour tous les personnages : dès les premières pages, la bravoure (celle des Français, celle des Milanais de jadis et de maintenant) sépare l'humanité romanesque de l'autre, et au retour de Waterloo Clélia perçoit que Fabrice a fait « quelque chose d'héroïque, de hardi, de dangereux au suprême degré », et Gina en l'écoutant raconter sa bataille et ses doutes sur elle voit se révéler « sa grande âme et sa grâce parfaite » et se forme de lui une « opinion romanesque[1] ». Si on regarde Fabrice avec les yeux de Clélia, il est bien une sorte de héros solaire, rayonnant et souriant, un héros triomphant, naturellement exhaussé par rapport à l'humanité laide qui le persécute. Telle est l'image inoubliable sur laquelle la cristallisation va se faire dès l'arrivée en prison : Fabrice le héros aux liens, l'enchaîné que maltraitent des bourreaux méchants et grotesques, mais qui, par sa grâce, sa fierté, son sourire de finesse et de mépris, la « sérénité héroïque » de ses yeux, présente par rapport à ses ennemis une sorte de transsubstantiation humaine. Par opposition avec les laideurs policières, le tapage des injures et des menaces, les violences verbales et presque physiques (auxquelles Fabrice ne répond que par le rire), dans cette scène à la fois sale et horrible, avec le bruit des verrous et la rumeur d'une bagarre, il y a bien une apparition ou une double apparition, puisque les deux anges isolés au milieu des démons sont ravis et éblouis l'un par l'autre : « Comme il avait bien l'air d'un héros entouré par ses vils ennemis. »

Alors Fabrice, c'est vraiment un héros de roman : le jeune premier (et qui plus est le jeune premier italien, toujours amoureux et un peu larmoyant), le jeune premier archétypal par rapport auquel Stendhal s'est permis un écart : il a vu « le joli d'une difficulté à vaincre », c'est-à-dire « le héros amoureux seulement au second

---

1. Sur cette « perspective verticale » du romanesque en ce qui concerne le héros, voir N. Frye, *L'Écriture...* , p. 57-58.

volume ». Fabrice existe-t-il comme personnage individualisé ? Ann Jefferson[1] remarque qu'il est indéterminé, un « héros sans qualités », dit-elle, parce qu'il
ne cherche pas à se connaître et à se définir et qu'il ne
tend pas non plus à se socialiser selon un modèle ou
une « formation » qui l'intégrerait à la société ; il est
rebelle à l'imitation des autres, et ceux-ci ne parviennent pas à le définir. Entre lui et eux, entre lui et le
lecteur, manquent les données générales qui créeraient
un accord et une intelligibilité ; il échappe dans une
sorte de perfection non définie, une singularité indéterminée qui ne se traduit pas en qualités positives ou en
« maximes » fondant une vraisemblance. Mais peut-
être justement a-t-il surtout la qualité héroïque, cette
verticalité idéale : sa singularité peut être un approfondissement de la convention.

« Si tu ne deviens pas hypocrite... peut-être tu seras
un homme », lui dit Blanès ; il y a un devenir de
Fabrice qui en fait « un homme », c'est-à-dire un
héros, et qui le devient d'autant mieux qu'il l'était déjà.
Toute une critique s'est transformée en tribunal à son
égard, et le condamne comme « aristocrate », réactionnaire et privilégié (la peine de naître) : la superstition,
l'ignorance, l'opportunisme, la docilité envers ses protecteurs, ses « idées bêtement sentimentales », ses
« bagatelles nunuches », dit le plus impitoyable de ses
juges « jacobins » ; peut-être, mais alors il faut censurer le roman comme politiquement incorrect. Comment
ne pas voir que Fabrice est un jeune seigneur, tel que
l'Italie « attardée » en offre encore au genre roman, un
Alexandre Farnèse ressuscité, héros du courage, de la
force, de la beauté séductrice et donjuanesque, homme
d'épée et homme d'Église, unissant le courage du
corps et le courage de l'esprit, un homme complet qui
a tous les talents (poète, orateur, peintre), toutes les
aventures, et surtout les deux aventures essentielles :

---

1. Cf. *Reading Realism in Stendhal, op. cit.*, p. 181 *sq.*

celle du cœur avec l'amour absolu, celle de l'âme et de l'ascétisme, ou amour de l'absolu divin. C'est bien l'homme exemplaire, l'aristocrate au sens profond du mot, dont la noblesse n'est pas réductible à son « sang bleu », formule moqueuse qui revient sans cesse, mais à une qualité d'être qu'il manifeste et que tout le monde lui reconnaît, et qui le préserve miraculeusement de toutes les laideurs, bassesses, tourments qui vont caractériser son repoussoir, la société politique où sévissent les passions malheureuses et méchantes.

Il y a bien deux humanités séparées dans le roman, l'humanité d'en haut, à la supériorité nettement lisible, et l'humanité d'en bas, la zone banale du « social » et du pouvoir. Marginal par essence, Fabrice est hors la loi ordinaire ; héros de l'exil, de l'aventure, de la prison, du dévouement mystique et « courtois », homme de l'ailleurs et de l'en haut, des sommets de la prison et de l'âme. La convention, et pour Stendhal l'Italie de son temps semble s'y conformer miraculeusement, veut que le romanesque soit aristocratique : au XVIIe siècle, « le monde », la haute société, se sent spontanément accordé à l'idéologie et à l'utopie romanesques. La cour est à certains égards un « milieu » romanesque ; la passion est élitiste et toute élite proche de la passion. *La Chartreuse*, roman d'une aristocratie restaurée, qui a peur et qui se sait précaire, joue néanmoins et avec ironie du climat de grandeur et de faste où évoluent les personnages : l'hyperbole, le superlatif aristocratique, la louange à tout bout de champ, définissent une écriture « noble » ; sans cesse les personnages « bourgeois » et « nés à genoux » comme l'archevêque, à la fois humble et vaniteux, sont renvoyés dans les zones inférieures du roman et avalent le mépris, les insolences, les désinvoltures des héros *nobles* qui sont accordés en même temps à la sympathie, au dévouement, au courage des personnages populaires. La sociologie de Stendhal est naturellement romanesque, c'est-à-dire antibourgeoise.

Allons plus loin : Stendhal n'a-t-il pas associé son héros à des références discrètes, à des traces, qui le rapprochent du modèle chevaleresque et du modèle donjuanesque ? Tous ses rêves héroïques lui viennent à la fois des romans chevaleresques et de sa généalogie qui lui donne deux registres d'héroïsme à réaliser : la face guerrière et rusée, et la face ecclésiastique (sa première visite à Parme : le tombeau de l'archevêque). Mais toutes les guerres d'Italie, celles du XVIᵉ siècle et celles de Napoléon, s'unissent pour lui : on l'exile à Romagnano où est mort Bayard, et à Waterloo il pleure ses rêves nés des romans de chevalerie, appuyé à un saule, « comme Bayard mourant », ajoute l'exemplaire Chaper. Pour son évasion, il « pria Dieu avec ferveur puis, comme un héros des temps de chevalerie, il pensa un instant à Clélia ». Dans l'épisode héroï-comique de la sérénade en prison, se superpose au rêve héroïque, se battre, s'évader, le rêve plus chevaleresque, se glisser près de Clélia et oser « lui baiser la main ». Dans la prison avant Waterloo, il demande à la geôlière de le laisser sortir à condition qu'il revienne après la bataille : c'est un épisode que l'on retrouve dans les aventures de Lancelot et d'Yvain. Cavalier/chevalier, Fabrice est lié, on l'a vu, à son cheval par une sorte de confusion des volontés, mais le problème de sa monture est déterminant dans les scènes de guerre et d'action ; avoir un cheval, le garder, l'acheter, le voler, le donner, on ne voit pas Fabrice sans cheval, mais surtout il lui faut un bon cheval digne de lui, qui s'unisse à lui, pas une rosse : le mauvais cheval est une humiliation, une épreuve, comme dans le roman arthurien. Deux études justement lui trouvent une ascendance du côté de la quête du Graal[1], dans la tradition du héros

---

1. John West-Sooby, « Quête et mythe, Fabrice del Dongo et le *Conte du Graal* », dans *L'Année Stendhal* nᵒ 1, 1997, et M. J. Ward, « Fabrice del Dongo et Perceval le Gallois : intertextualité ? » dans *Stendhal-Club* nᵒ 119.

naïf et même *niais* dont Perceval le Gallois est
l'exemple. J. Gracq l'a qualifié de « charmant benêt
sans consistance que sa séduction » ; mais il y a un
héroïsme de la simplicité, de l'ingénuité, de l'absence.
Le héros « à l'air cornichon » qui ne sait rien de rien et
ne comprend rien à rien à Waterloo répète le précédent
arthurien dans le fait qu'il ne reconnaît rien, qu'il n'ose
pas, ne doit pas poser de questions (il en pose quand
même), qu'il ignore tout des armes, et que, comme
Perceval tue un chevalier avec un javelot de chasse et
se jette sur lui pour prendre son armure comme sur un
animal mort à écorcher, Fabrice court sur son Prussien
mort comme sur un gibier après l'avoir tué, comme
s'il était à l'affût d'un ours. À lui aussi il faut un vieil
ermite et beaucoup de femmes au rôle maternel et
pédagogique avant qu'il se lance à la recherche de son
Graal, de la princesse de la Tour périlleuse.

Héros virtuel, qui ne sait rien à l'avance, sinon qu'il
est un héros, Fabrice va des mots aux choses, comme
il va des signes (du destin) à la découverte de leur sens.
En un sens, il fait ce que Flaubert reproche à Madame
Bovary : partir des mots. Des mots bataille, prison,
amour : héros du plaisir (facile), il va vers le désir (qui
est tout et réclame tout). Il est brave, il est beau : telle
est la convention. Il fait revivre l'atmosphère d'aventure et de sensualité qui entoure le Farnèse. Casse-cou
et vert-galant. Son visage, sa « joie naïve et tendre »,
son « air de félicité voluptueuse », « un regard chargé
de douce volupté » proclament « l'amour et le bonheur » comme seules choses sérieuses, sa proposition
constante de « la volupté et de la gaieté » ; il est beau,
on ne sait pas pourquoi puisqu'il n'est pas décrit, il
possède cette électricité érotique, cette contagion du
désir que constatent avec envie les hommes (Borda,
Mosca) et avec étonnement les femmes, toutes les
femmes, Gina folle de lui dès qu'il est enfant, et la
geôlière et la cantinière et Aniken, et toutes ses
conquêtes et Clélia elle-même.

La quête chevaleresque est d'abord donjuanesque et libertine[1] : encore n'est-ce même pas une quête. Ses aventures que le narrateur se refuse à particulariser et à compter (seule une duchesse à Naples est l'objet de quelques renseignements) relèvent de l'appétit, qu'il a excellent ; et comme l'amour physique dans *De l'amour*, il ne se développe jamais en choix exclusif et passionné ; « amoureux pour une heure » et heureux avec les femmes qui comme Marietta « prennent une caresse pour un transport de l'âme », plus empressé avec les servantes ou les jeunes filles en fleurs comme celles de Grianta, il fuit les amours exigeantes et compliquées des grandes dames ; il séduit par l'ardeur de sa sensualité et son indifférence. Ce « grand seigneur... un peu libertin » prend ses maîtresses dans toutes les classes, les quitte impitoyablement, irrésistible et insensible ou inconstant. Mais seule la conquête de la Fausta relève de la séduction délibérée : conquête méthodique, victoire sur un rival, jeux baroques des déguisements, aventures de rixes et de sérénades, nocturne carnavalesque pour finir. On l'a montré, le grand modèle de Don Juan est sans doute proche, même si le charme séducteur de Fabrice lui sert beaucoup plus à chercher à être séduit et à aimer, qu'à séduire et se faire aimer.

Courage et beauté créent une frontière aussi évidente que convenue, comme un cliché, entre le héros et les autres, les ennemis, les méchants, les vilains. Pas de héros trop parfait, s'est toujours recommandé Stendhal. Mais il est resté fidèle à l'imperfection absolue des adversaires : ce sont des monstres, a dit G. Durand, et des grotesques, car l'accumulation des traits négatifs constitue le camp ennemi avec des êtres hostiles, dangereux et inférieurs. Leur noircissement moral et physique les transforme en une sorte de manifeste public du mal, qui se montre dans la laideur : leur âme est

---

1. Aspect étudié par N. Prince, « De l'Amour dans *La Chartreuse de Parme* », art. cité.

leur visage et leur corps. Ce manichéisme vraiment *primitif* dans le domaine du récit inscrit le traître dans la démonologie de la caricature, et fait du personnage un être essentiel qui est totalement et visiblement ce qu'il est ; comme Fabrice s'élève par son courage et sa beauté, l'ennemi s'abaisse absolument et en lui l'intérieur et l'extérieur coïncident dans une unité symétrique qui interdit au lecteur toute relation d'ambiguïté avec les personnages. Les uns sont sauvés (bien que moqués), les autres sont condamnés et damnés et ridicules : le romanesque se constitue en Jugement dernier (ou premier), la convention repose sur une injustice immanente.

L'Éros

Mais il n'est pas interdit au romancier moderne d'être plus romanesque que le romanesque, d'être un ultra du roman : il y a chez Stendhal (et sans doute chez les romantiques) un supra-romanesque dans le domaine central de l'amour, « seule chose sérieuse » comme le dit le visage de Fabrice, héros de l'amour. C'est la convention fondamentale, un univers où le sentiment amoureux est dominant, c'est le point où le romanesque peut sembler se mettre le plus dangereusement en infraction avec le refus moderne de la passion et l'hégémonie du « sexe », ce « prosaïsme » moral et physique que les romantiques ont vu arriver avec répulsion et moquerie. Et c'est aussi le point où la convention si naïve, si idéaliste, qui exalte la pureté ou la virginité héroïque tout en l'associant à la sensualité la plus ardente, ne se sépare pas d'une portée philosophique : le romanesque est une « pensée » de l'Éros. Dans le paysage du lac de Côme, Gina discerne ce par quoi il est « romanesque » : c'est qu'il donne à voir l'univers enchanté, idéal, érotique, des grands romans chevaleresques du Tasse et de l'Arioste, il est conforme aux « illusions » de l'imagination, à la réalité apothéosée que viennent maintenant détruire « les laideurs de la civilisation », la prose redoutable et positive de la rationalité. Ici, au contraire, « tout est noble et tendre, tout parle d'amour » ; vraie carte du Tendre, le lac est comme un sanctuaire du roman et du désir.

La suprématie féminine est le thème fondamental du romanesque et c'est le thème du roman, et son féminisme spontané et aristocratique donne tous les pouvoirs à la beauté (le lac est la figure réelle de la Beauté). *La Chartreuse*, a dit Gobineau, « est un roman conduit par une femme » ; dans l'audience de congé, Balzac voit le triomphe de la Femme (la femme « écrase » le Prince) et ajoute que « l'univers est le marchepied de sa passion [1] », et le monde de la cour et de la monarchie qui donne le plus de « ressort » à la passion son « plus beau théâtre » ; si la duchesse est antirépublicaine, c'est parce qu'elle perçoit la misogynie fondamentale de la république moderne. À Parme où la duchesse fait « la pluie et le beau temps », toute la politique se résume à la rivalité de la Sanseverina et de la Raversi : n'oublions pas que, pour Stendhal, l'Italienne est plus femme que toute autre femme. « C'est vous, Madame, qui êtes ici en ce moment le souverain absolu » : Ranuce-Ernest V rêve de mettre sa politique d'accord avec son cœur, et il propose à la duchesse de régner sur son État comme sur son cœur. Comme l'arrivée à la cour de Mlle de Chartres dans *La Princesse de Clèves* est un événement, l'arrivée de la Sanseverina émeut toute la cour de Parme : nulle beauté ne peut rivaliser avec la sienne. La beauté fait révolution, et bouleverse le protocole : la cour oppose la beauté de Gina à celle de Clélia. De même, dans la soirée chez le comte Zurla, elle observe, étonnée, que la beauté de Clélia s'anime et que celle de la duchesse s'éteint. D'où cette atmosphère de galanterie, cette « *odor di*

---

1. *Études sur M. Beyle*, dans Balzac, *Écrits sur le roman*, anthologie de S. Vachon, Le Livre de Poche, coll. « Références », 2000, p. 235.

femmina » qui caractérise tout le roman : depuis le
début où les accents martiaux qui accompagnent l'arrivée de l'armée française et la libération de Milan se
transforment très vite en airs de danse et de bals,
puisque soldats et officiers, également empressés
auprès du beau sexe et également désireux de lui
plaire, font aussi intrépidement l'amour que la guerre,
et tout se termine par ce temps idyllique et devenu
légendaire dans le roman, l'époque du roi Eugène, ce
bon roi immortalisé par la beauté de ses fêtes et l'entrain de sa cour, menée par la comtesse Pietranera.
L'histoire devient « histoire galante ».

Tout le roman confirme cette souveraineté féminine[1] : pour Stendhal, c'est le trait peut-être essentiel de
la féminité. La passion fait de la femme la détentrice
du bonheur absolu, ou du malheur total, et presque le
juge du mérite de l'homme. En italien, « servir » est
un terme de l'amour comme de la politique. Encore
est-ce une litote : on ne sert pas seulement les femmes,
on les adore, on se soumet à elles dans un rituel plus
que courtois d'agenouillement ; ainsi le jeune prince
agenouillé « autant devant la duchesse que devant
l'autel » ; ainsi Palla qui dès le premier instant se jette
à genoux ou vient prier à la fois Dieu et la duchesse
en lui offrant sa vie. Mais tous la servent avec joie,
tous sont ses vassaux contents de l'être, ses domestiques comme le Prince qui ne résiste pas à son chantage au départ, comme Mosca surtout, le tout-puissant
ministre qui règne sur tout alors qu'elle règne sur lui ;
lui aussi dans son désespoir de la rupture se met à
genoux devant elle ; et c'est pour elle qu'il agit, pour
obéir à ses désirs et pour mettre à son service son pouvoir : « Je me battrai vingt fois pour elle. » Et il
réprime l'émeute en pensant à elle. L'amant l'emporte
sur le ministre, il est prêt à toutes les nominations pour

---

1. Voir sur ce point l'art. cité de S. Moussa.

« obtenir un sourire ». Le roman du pouvoir met au sommet de la pyramide des décideurs la Femme.

Par surenchère romanesque encore, Stendhal s'est donné deux héroïnes [1] et un amour incestueux, comme il a différé jusqu'à la deuxième partie la découverte de la passion par le héros. Le dédoublement-redoublement de la femme et l'intégration du désir du héros dans un schéma de rivalité et de succession des héroïnes, que le roman romantique va explorer avec prédilection (chez Mme de Staël, Balzac, Flaubert, George Sand, Sainte-Beuve, Gautier, Dumas, Nerval...) et Stendhal avec constance, peuvent apparaître, si l'on suit G. Durand, un retour aux sources de l'imaginaire mythique, ou en tout cas aux grands romans chevaleresques aimés de Stendhal, ou à une forme stable du romanesque, selon N. Frye qui suit cette dichotomie chez W. Scott, bien connu de Stendhal qui a médité sur sa réussite romanesque : s'opposent l'héroïne claire et l'héroïne sombre, celle-ci passionnée, interdite parfois, redoutable, ou fatale ; l'héroïne jeune fille ou innocente, et l'héroïne plus engagée dans la vie et l'expérience du désir. L'ordre de succession joue en faveur de celle qui va fixer le destin amoureux du héros et lui faire abandonner sa virginité du cœur. Mais N. Frye remarque que l'héroïne vierge est aussi celle qui propose un idéal héroïque et mystique, l'héroïne grave qui attire le héros vers une aventure qui excède la simple aventure amoureuse.

Pour dire toute la femme, pour vouer le roman à la célébration de la Femme, il faut la diviser en deux variantes fortement contrastées, mais aussi proches et semblables et susceptibles de confusion. Ne sont-elles pas associées dès la première scène d'arrestation, associées à la cour, et encore quand Fabrice est arrêté, à la

---

1. Sur ce problème dans le « romanesque », voir N. Frye, *Anatomie*, p. 126, *L'Écriture profane*, p. 90 *sq.* et G. Durand, *Le Décor mythique*, p. 140 *sq.*

soirée chez le comte Zurla ? Elles ont les mêmes idées
(tuer le Prince), la même phrase (« As-tu mangé ? ») ;
Clélia devient la maîtresse de Fabrice au moment où
la duchesse doit le sauver en cédant au Prince, l'une
se lie par le vœu, l'autre par son serment fatal. La
duchesse est éducatrice, protectrice, plus maternelle si
on veut, mais aussi plus destructrice ; Clélia rejoint
cette généreuse maternité d'adoption en nourrissant
Fabrice (après la cantinière, l'aubergiste de *L'Étrille*).
Étrange dualité des héroïnes qui se séparent sans
jamais s'opposer radicalement, l'une vierge, l'autre
« catin » ou en tout cas généreuse de son corps (mais
comment ne pas voir sous la froideur l'évidente sensualité de Clélia ?) ; l'une possessive, « terrible »,
l'autre pleine de tendresse et de pitié. Leur portrait présenté au moment stratégique où Clélia va occuper le
premier plan pour Fabrice, à l'arrivée en prison, les
distingue vraiment, mais non par la beauté, car elles
sont les deux variantes d'une beauté parfaite ; simplement Gina est l'exemple d'une beauté connue, la
beauté lombarde, sa beauté éclatante, visible : elle
charme et agit (la qualité première de la duchesse est
d'être « agissante ») alors que Clélia, beauté gracieuse,
plus secrète et plus rare, est tout intérieure, pensive,
comme recueillie et tournée vers autre chose qui n'est
pas la vie temporelle où triomphe Gina, mais la vie de
l'âme, plus périlleuse sans doute et plus sacrificielle.

C'est là que divergent les deux héroïnes qui sont
successives comme deux étapes de la vie amoureuse ;
elles se définissent peut-être surtout par leur rôle et
leur place dans un trajet, dans un ordre successif qui
n'est pas seulement chronologique, qui est le destin
héroïque. Avec Clélia, dont la conquête exige
épreuves, douleur, danger de mort, choix d'un bonheur
qui est vraiment pour Fabrice le sien et qu'il doit
acquérir par le risque de sa vie, par l'échange de sa
personne sacrifiée à son bonheur, il trouve l'Unique
femme et le sens de son existence ; avec Gina, qu'il

aime et même désire, ce n'était pas *son* amour, *son*
destin. Le passage d'une héroïne à l'autre coïncide avec
la découverte de l'identité héroïque, elle commence
dans ce passage si peu étudié où Fabrice à Parme est
confronté à l'inceste et le contourne. Le héros frivole
et donjuanesque a une haute idée de l'amour qu'il ne
connaît pas et qu'il cherche, et cette sorte de prescience
l'écarte de Gina. Cet amour, presque partagé par
Fabrice, est *impossible* en termes de romanesque : Gina
est trop proche, trop semblable, trop offerte ; avec elle,
la quête, le « télos » qui attire le roman vers sa fin,
serait finie à peine commencée. C'est aussi le destin,
la carrière de Fabrice comme héros, le parcours préétabli pour lui qui l'écarte de cette prison trop charmante
qu'auraient constituée les bras de la duchesse. Il faut
la prison austère et dangereuse qui conduit à l'amour
de Clélia.

Le paradoxe du roman, c'est que l'héroïne qui
décide de tout, c'est l'héroïne la plus effacée, la moins
séduisante peut-être, venue tard dans l'action, et si
totalement fidèle à la convention de la virginité romanesque que la critique en général ne l'aime guère [1] et
que Stendhal lui-même s'est ému de « l'insipidité
d'une *dévote parfaite* » qui menace de « tuer » son personnage ; alors il songe à transformer la scène de la
bougie en une sorte de liaison plus longue. N'a-t-il pas
en effet, avec cette héroïne qui rougit jusqu'aux
épaules d'être regardée, repris tous les traits convenus
de la jeune fille du *roman*, timide, pudique, pieuse,
respectueuse de tous les interdits, entravée par la loi de
la famille, de la religion, de la vertu et du devoir, para-
lysée par tous les scrupules d'une réserve et d'une
pureté où le lecteur moderne verra réunis tous les « ta-
bous » d'une condition féminine d'un autre âge ?
Encore faut-il remarquer qu'en Clélia s'opposent le code

---

1. Je renvoie à E. Ravoux, « Clélia Conti ou l'art de la litote » art.
cité. Sur l'inceste, voir notre Préface à l'édition Garnier.

moral et social de la vertu (« je suis une fille perdue »)
et le code romanesque du désir qui transgresse le premier. Le désir instaure sa loi souveraine et la réserve
amoureuse, le fait que la femme la plus femme est
« difficile » à conquérir, est dans l'érotique la condition de la plus extrême volupté des amants. Entre le
plaisir immédiat qui s'use de lui-même, et la jouissance
inépuisable du passionné, s'étend le délai, le temps de
la résistance et de la conquête ; et le romantisme, en
particulier *De l'Amour* de Stendhal, donne une légitimation psychologique et philosophique au vieux principe du romanesque : l'ajournement du « sexe » à la
fin du roman, le récit ne faisant que raconter ce retard,
les épreuves, l'ascétisme érotique qui perpétue et
exalte l'amour[1].

La gaieté de la forme

Or Stendhal est un conteur, il aime conter pour
conter : la force des romanciers du XIXe siècle n'est-
elle pas justement dans leur plaisir de raconter, de
raconter sans fin, de faire du récit pour du récit ?
C'est-à-dire de laisser se développer le romanesque pour
lui-même, sans lui permettre de se lester de *sérieux*,
c'est-à-dire encore en le laissant se transformer en
parodie de lui-même, en non-sérieux absolu, en forme
pure, c'est-à-dire gratuite et presque vide. Le problème
se pose pour l'épisode de la Fausta[2] si difficile à justifier
dans les limites d'une narration cohérente : il est long,
inutile (il nous ramène à la fin au début, il ne s'est *rien*
passé, Fabrice n'a réussi ni à séduire la Fausta ni à
connaître l'amour, il n'y a même pas de mort, un peu
de sang répandu dans les rues, un mystère ridicule), et

---

1. Sur la chasteté romanesque se rapporter aux pages de N. Frye,
L'Écriture, p. 69-70, 79 et 93.   2. Deux études récentes l'ont ana-
lysé : P. Laforgue, « L'épisode de la Fausta ou romanesque et réflexivité... » dans *Colloques-Romantisme, op. cit.*, et D. Philippot qui lui
consacre de belles pages dans « *La Chartreuse*-bouffe... » art. cité.

pourtant il se présente comme un « bourgeonnement » illimité d'aventures, une prolifération du romanesque, un dévoiement du narratif au profit du romanesque qui s'exhibe, se représente, se répète dans ses schémas. Il y a un seuil où le romanesque du conteur se développe tendanciellement pour lui-même, mais comme excessif et se moquant de lui-même. Le genre « cape et épée », bagarres et déguisements, s'y déploie avec insolence parce que le récit romain du XVIᵉ siècle est intégralement respecté sauf dans son tragique et son horreur, si bien que l'épisode amuse le lecteur et s'amuse de lui-même.

Mais c'est un trait général du roman qui peut embarrasser le lecteur d'aujourd'hui : les aventures, les comparses, les péripéties prolifèrent, il règne dans certains passages une frénésie d'activité, une naissance infinie d'événements et de détails, un excès narratif qui se dénonce lui-même et qui inquiète Stendhal. On le voit stopper dans ses notes son épisode de la Fausta, rejeter la poursuite du Comte par Fabrice, la suite de duels prévue... L'accumulation de faits et d'actions sans nécessité ni logique, sans portée psychologique ou satirique, répond à l'atmosphère d'étrangeté, de dépaysement, de merveilleux du romanesque, et aussi à son hypertrophie parodique qui va nous conduire au roman gai et comique : le romanesque, par son propre mouvement d'inflation, assumant sa fausseté générique, entre dans la gaieté. Stendhal s'amuse à raconter et s'amuse de ce qu'il raconte.

Mais le nombre, la diversité, la densité des actions les rendent aussi d'une extraordinaire rapidité : c'est le *prestissimo* qui dérange le plus parce qu'il vide les actions de leur substance et les place dans une mobilité, une précipitation qui les déréalise. J. Gracq a parlé de l'*allegro* du roman « trop proche d'un *allegro furioso* », évoqué « la pulsation dynamique » du récit, le mouvement sans repos dans un univers sans poids, « le tempo enragé » d'un récit défini par la vitesse et non la masse, rejetant au second plan l'intériorité des personnages, ou la situant dans les « passages de pure contemplativité » qui constituent des arrêts, des aires de repos narratifs ; bref, pour ce roman où il distingue des vitesses plus que des tonalités, revient toujours la comparaison avec Dumas, « un Dumas qui serait tombé amoureux de son sujet », c'est-à-dire du « climat d'amour » de tout le livre. Alain, qui avait fait naître cette « cadence moqueuse » d'une prose où forme et contenu s'opposent et constituent une négation du raisonnable, des premières traductions des *Mille et Une Nuits*, avait bien perçu que cette narration endiablée, impossible, toujours renouvelée, fonde un mode d'ironie et de destruction critique, une « explosion folle » du gratuit narratif. Valéry, qui oppose les prétendues études sociales, psychologiques, du roman à son rythme, qui le sauve à ses yeux, avait retrouvé dans Stendhal le « mouvement infernal » de Voltaire, « la terrible fantaisie » de sa féerie destructrice de tout sérieux, ce « diable à l'esprit » des petits romanciers comme un Pigault-Lebrun (lu par Stendhal), bref le talent du « croqueur » qui simplifie et schématise par la vitesse de son trait et de son mouvement, « tout s'y passe au plus vite et à chaque instant ».

Mais c'est ce que Stendhal appelait lui-même « la narration narrative », extraordinaire formule d'une narration au carré, à l'état essentiel et pur, séparée de la « narration philosophique » qui enregistre et commente les faits sociaux, moraux, etc. ; il en trouvait l'exemple dans son autre grande admiration de jeunesse, l'Arioste [1], autre romancier ironique et moqueur à l'égard du roman, modèle stable du récit pour Stendhal, encore revendiqué dans les lettres à Balzac [2], idéal du récit qui raconte, ne fait que raconter et raconte dans chaque

---

1. Voir l'article très important de Mario Lavagetto, « La Tracia di Arioste » dans *Stendhal, Rome, l'Italia*, Rome, 1985. 2. Voir Annexe, p. 723.

phrase. L'Arioste, « archiromantique », a dit Frédéric
Schlegel à peu près au moment où le jeune Beyle le
découvrait : il représente la forme complète du roman
puisqu'il est le pur roman et sa moquerie, la fantaisie
du rêve et son au-delà railleur. Mais c'est un virtuose
du récit enjoué parce que accéléré, qui coupe systémati-
quement les séquences d'une trop haute tension, et
les fait retomber dans le quotidien, écrit par écarts
compensés de registre, et loge une ironie dans la narration grâce à sa rapidité, si bien qu'il alterne et mélange
le sérieux et le non-sérieux. D'où ce mot de Schelling
sur l'Arioste : « Comme un des caractères fondamen-
taux du romantisme réside dans le mélange du sérieux
et de la plaisanterie, c'est ce caractère que nous devons
lui reconnaître. » Mais ce qui égalise les deux tonalités,
ou ce qui atteint le sérieux dans son caractère émotif
ou substantiel, c'est l'entrain du récit, sa hâte à passer
d'un fait au suivant, la suppression de toute pause,
l'absence de durée, synonyme d'une absence de pesan-
teur, la série infinie des aventures qui intéresse le lecteur au mouvement, au suspense sans cesse renouvelé,
plus qu'à l'aventure elle-même, et en diminue la présence dans la mémoire du lecteur. Sans durée, la tension retombe, le pathétique s'évanouit.

Stendhal, que l'on prend trop souvent pour un écrivain sobre et sec (Balzac a vu excellemment dans
La Chartreuse l'abondance, le touffu, la poussée
complexe de l'intrigue), sait donc multiplier les actions
et leur donner une instantanéité irréaliste par cette rapidité narrative qui « tourne au vertige... à la bousculade
rocambolesque des événements ». Dans ce roman violent (où il y a si peu de victimes), la violence semble
mimée et théâtralisée. « Toute cette aventure n'avait
pas duré une minute », dit le narrateur de l'échauffou-
rée du pont de la *Sainte* : mais toute l'étrangeté du récit
de Waterloo est peut-être dans le mélange de durée (on
a toute la bataille, toute une journée de combats entre-
vus) et de rapidité : dans le jaillissement inépuisable

des circonstances, des détails des rencontres, des che-
vauchées, des franchissements de canaux, de champs,
des visions de morts et de blessés, dans l'accumulation
des chevaux, des armes, il n'y a, pourrait-on dire,
d'arrêt d'image, de ralentissement, que sur le chagrin
de Fabrice volé et sur le Prussien tué par lui. Les mots
« tout à coup », « soudain », « à ce moment », rythment
une séquence qui n'est que mouvement et instants, qui
n'est que petites phrases et parataxe, et concentration
de faits dans l'instant, ce qui aboutit à cette épopée
accélérée, donc parodique, du pont qui est à la fois
un jeu et un combat véritable, et qui additionne les
combattants, les coups, les postures, les retournements
de situation, ne fait grâce d'aucun détail et tend au
résumé en phrases élémentaires.

Fragmentée, décomposée, et surchargée de faits très
brefs et mis bout à bout, l'action semble s'alléger ; la
suite linéaire et ouverte d'événements en cascade qui
s'engendrent eux-mêmes dans une pure succession,
dans la passivité du héros témoin, éparpille la scène et
l'atteint dans son sens ou sa valeur émotive. Quand il
conte, Stendhal ne peut plus s'arrêter et il se produit
que, comme dans l'Arioste, le récit se retourne contre
l'événement en rendant incertaine sa signification ou
en le neutralisant. Ainsi pour la mort de Giletti, qui est
aussi un antiduel ou un anticombat : escarmouche à
grande vitesse, menée furieusement, en courant et en
sautant, avec combien d'armes (un fusil, une épée
rouillée, un couteau de chasse, un poignard), de postures, de passes et de voltes, de blessures, d'injures,
quelle grêle de coups. Mais ce n'est pas un duel réglé
et rituel ; c'est une bagarre hyperbolique, mais où les
combattants ne sont face à face qu'à la fin, où Fabrice
est comme absent et indifférent, puis étourdi : le texte
ne permet ni adhésion ni absence d'adhésion, bien que
la fin (l'attitude de Fabrice plus sensible à la peur
d'être défiguré qu'au danger d'être tué, la mort de
Giletti escamotée et suivie de « le gredin est mort »

comme oraison funèbre, puis du rire aux éclats de Fabrice) interdise à l'épisode de « prendre » vraiment ; et le récit enchaîne immédiatement et sans reprendre haleine sur la fuite « avec la rapidité de l'éclair » de Fabrice. À peine fini, l'épisode est clos.

L'aventure de la Fausta est plus totalement « ariostesque » encore : on y trouve toute la chronique romaine, mais allégée, et déviée comme l'a montré brillamment Didier Philippot[1] vers une double parodie : parodie de Stendhal, parodie consciente des personnages qui se jouent une pièce et *s'amusent*, et se livrent à une tragédie *et* à une comédie calculées. C'est-à-dire à un excès général : « tout est trop », donc tout est spectacle. On a bien alors un concentré de romanesque *baroque* et presque intemporel, réduit à des signes qui prolifèrent et se purifient dans une réalité qui n'est que convention, comme si le théâtre et le roman étaient devenus la réalité elle-même. Les masques, déguisements, quiproquos, identités incertaines, sérénades, rendez-vous galants dans les églises, les poèmes précieux, la galanterie réglée, les spadassins à foison, bagarres, défis et fureurs hystérisés, la sottise et la fureur du jaloux, la suivante déguisée en homme et prise pour un espion microscopique et rivale de sa maîtresse, la « perfection » paradoxale de la perfide jeune première : tout un roman est condensé, et joué comme tel, donc accéléré et stylisé. Il aboutit à une vengeance de carnaval, une vengeance-spectacle, et à un duel, un duel énorme, solennel, avec un enlèvement, des défis, un arsenal d'armes, une mise en scène (comme un tournoi ou un assaut d'escrimeurs), un duel à mort... en parole. En s'avançant au-delà de lui-même, en montant vers son excès et sa parodie, le roman conduit par ce mélange de respect et de dérision à l'*opera buffa*, comme le note D. Philippot : à partir du moment où Stendhal se

---

1. « *La Chartreuse*-bouffe, ou la folie de la gaieté » dans *HB* n° 1, 1997.

met dans cette filiation ariostesque, il n'y a que des nuances de trahison intérieure du récit par lui-même.

Roman et politique

Ainsi le roman se définit par cette dualité, cette mise en relation d'un niveau supérieur et héroïque, d'un niveau inférieur ou ordinaire, et réel, d'un niveau défini par la convention romanesque, l'autre établi dans la représentation mimétique et réaliste ; la rencontre produit une ironie réciproque du haut et du bas, des sages et des fous, une incertitude des vérités : chacun la sienne. Stendhal, pour jeter « les bases *of every novel* », distingue [1] deux éléments indispensables et rivaux et complémentaires : « l'intérêt », c'est-à-dire tout ce qui est suspense et passion, et « la satire », soit l'exploration critique des mœurs et de la réalité. Ici, les deux lignes du roman sont deux fils nettement séparés, mais toujours unis et entrelacés : il y a le niveau sublime et le niveau réel, la politique, la folie de la Tour et la prison heureuse, et la Realpolitik de la cour ; il y a le couple passionné et mystique, Fabrice-Clélia, le couple mûr et politique, Mosca et la duchesse, mais les deux sont complices : Clélia à sa manière est prudente et passionnée comme Mosca, et lui-même est l'organisateur plus que l'objet de la satire politique. Mais il est vrai de toute façon que deux niveaux de l'humanité se rencontrent et s'affrontent, que le niveau « politique » est égal et même inférieur à l'humanité ordinaire, et que le niveau supérieur atteint les sommets inconcevables de l'héroïsme ; que le thème romanesque est contredit et combattu par le contre-thème politique et réaliste.

« Une cour, c'est ridicule... mais c'est amusant » : c'est un objet comique ; de même la Sanseverina explique à Fabrice les « grandes intrigues » de la cour

---

1. Dans *Chroniques italiennes*, Cercle du Bibliophile, t. II, p. 50.

« comme une comédie ». La conviction de Stendhal depuis les années de la Restauration où il écrit sur le théâtre, mais pressent qu'il va être éclipsé par le roman, est nette dans les années 1834-1836 : la comédie est épuisée, il est hors de ses moyens de représenter la réalité, elle est impossible dans les conditions d'une société démocratisée qui préfère la lecture au spectacle ; donc le roman remplace, s'annexe le genre comique [1], et du même coup en étend le domaine à la peinture de la politique. Celle-ci pour Stendhal constitue l'élément central de la réalité moderne : et il a à cet égard des ambitions radicales et audacieuses. Il veut faire rire de la politique, la présenter comme réellement comique, et *La Chartreuse* doit être lu comme un grand texte d'écriture comique et de comique politique.

Stendhal veut installer son roman au centre de la politique : là où est le pouvoir, dans le cœur de la machinerie politique ; ses réponses à Balzac sont nettes : il a voulu représenter, « comiquer » du dedans l'État, le titulaire de la souveraineté, le Prince, selon le mot de Machiavel, c'est-à-dire la Souveraineté (personnelle ou non) ; idéalement, il aurait dû situer son roman dans un grand État européen et utiliser son expérience d'auditeur au Conseil d'État qui lui avait permis de voir et de vivre de l'intérieur la Machine. Le 19 août 1838, il avait envisagé de faire d'un « ministre des temps modernes » (il pensait au cardinal Fleury, longtemps ministre de Louis XV) « un personnage de roman ». De même que le 8 novembre 1838, en lisant un feuilleton qui parle de Don Pèdre le Cruel [2], le prince espagnol du XIVe siècle, il rapproche de Mosca, déjà inventé, le roi dépeint comme « plein de rêves et de crimes », amant romanesque et ardent et tyran

---

1. Cf. D. Sangsue, « *La Chartreuse de Parme* ou la comédie du roman », dans *La Chartreuse de Parme-Sorbonne*. **2.** Voir *Œuvres intimes*, t. 2, p. 338 *sq.*

sanglant ; la passion amoureuse devait-elle masquer et
faire admettre les abruptes contraintes du pouvoir du
grand ministre ? *La Chartreuse* est le roman du Pouvoir et de la haute politique, et qui va jusqu'au bout
d'une exploitation des affinités évidentes aux yeux de
Stendhal entre la politique et la comédie : un « bréviaire de politique », a dit Alain, un « traité de coquino-
logie », a dit Maurras. Balzac le compare à Machiavel,
Alain encore à Montesquieu (sans les préjugés) ; le
roman tend au traité, à l'essai sur les rapports des passions et du gouvernement (Maurice Bardèche), ou sur
l'esprit du despotisme.

Mais n'y a-t-il pas un défi dans ce projet : être drôle
et même gai dans la représentation de la politique, et
de quelle politique, tyrannique, injuste, réactionnaire,
rire de la politique, s'établir dans la dérision de la politique et de la morale ? Sont-elles séparables pour la
pruderie moderne ? Car le projet de Stendhal, très
proche des objectifs de Balzac, et de tant d'autres au
XIXe siècle, c'est de sauver la gaieté, d'affirmer ses
droits universels, son devoir de traiter tout à égalité, de
mettre le rire à l'abri du sérieux montant et lié à la
démocratie et à la mentalité rationnelle-morale-bour-
geoise. Contre le sérieux, la culpabilité morose, l'esprit
d'utilité et de rentabilité, il faut créer l'état de non-
sérieux. Il faut faire reculer « les graves », rogner la
toute-puissance des « gens sérieux », « ériger un front
de résistance à l'invasion des théories, des systèmes,
des idéologies [1] ».

Faire voir la politique telle qu'elle est, c'est-à-dire
son envers, « les ressorts cachés de l'apparence vénérable » (Alain), c'est bien opérer un déplacement des
valeurs, « dé-moraliser » la politique et même le réel,
s'il est devenu invisible sous l'enduit moraliste ; la
faire voir et en faire rire, c'est renverser les évidences,

---

1. Maurice Ménard, *Balzac et le comique dans « La Comédie
humaine »*, PUF, 1983, p. 68.

le vrai et le faux, le sérieux et le non-sérieux. L'entreprise (commune aux grands romanciers romantiques)
d'un roman comique, d'un roman porteur d'une pensée
rieuse, identifié dans son fond et sa substance ou son
récit au rire, à ce rire dont Milan Kundera a justement
fait l'essence du roman depuis Cervantès, est une négation de l'esprit de sérieux. D'où l'ambiguïté d'un
roman de la politique qui n'est pas un roman politique,
ou du moins pas un roman conforme au message politique clair et univoque, qu'exigent la partialité et
« l'engagement » manichéen du moderne. Le roman ne
s'inscrit pas dans un système de valeurs fixes et repé-
rables, dans une axiologie déterminable. De même que
Flaubert interdit au romancier de « conclure », de poser
des vérités toutes faites, définies et fermées, et s'interdit de définir la bêtise relativement à une vérité établie
et cernable, Stendhal opère un déplacement du roman
par rapport aux vérités et aux valeurs.

Le roman politique ne se réduit pas à un contenu
satirique et critique, à la dénonciation d'un ennemi,
pourtant cible facile : la monarchie absolue restaurée
et « à rebrousse-poil » et l'aristocratie mourante. Il en
fait une présentation accablante, mais qui ne satisfait
pas le politisé : cette dénonciation du mal n'est pas
indignée, ni pathétique, elle est amusante et amusée :
et où cesse la plaisanterie ? Le lecteur moral, politisé,
qui cherche des confirmations à ses préjugés et infatua-
tions doit justement les quitter pour lire ce roman. Si
le roman est « un territoire où le jugement moral est
suspendu » (M. Kundera), *La Chartreuse* est le plus
roman des romans, et M. Bardèche a excellemment
parlé de « la poésie de l'indifférence morale » à
laquelle accède le lecteur dès la première ligne. « Où
est le mal ? » demande la Sanseverina racontant
comment elle a fait assassiner le Prince : grand mot
d'une héroïne amorale, mot clé d'une œuvre globale-
ment vouée à l'écriture comique. Le jugement comique
(ou esthétique) ne donne pas aux choses la même

valeur que le jugement éthique : il tend à s'affranchir de toute valeur, en tout cas de toute valeur de sérieux.

Roman de la politique et non roman politique, *La Chartreuse* refuse aussi d'être un roman d'histoire contemporaine. Une fois fini Waterloo, le roman ne s'insère dans aucune chronologie historique, il fait sécession par rapport à l'Italie de la période où il est supposé se dérouler : le Spielberg qui entre dans l'histoire du Risorgimento avec Silvio Pellico est évoqué dès 1815, et la Révolution de Parme survient en 1823, quand justement il n'y a aucun soulèvement en Italie. À aucun moment la politique de Parme ne se réfère à des événements précis et réels de l'époque : la toile de fond du décor politique s'en tient aux grands enjeux généraux du moment (dont font partie d'une manière parodique les ambitions « archifolles » du Prince d'unifier l'Italie du Nord) ; Parme se constitue comme une sorte d'utopie négative, un espace-temps isolé où survivent les Farnèse et qui a son Spielberg et qui imite Versailles. Mais où se réunissent deux symboles puissants de la monarchie : une dynastie tyrannique, à la fois tristement célèbre et petite, et la prison symbole de la répression des mouvements nationaux par l'Europe du XIXe siècle. La tour, elle aussi en dehors du temps et dans l'histoire, est Farnèse par son origine (inceste et poison) ; elle est moderne par ses inventions carcérales et même humanitaires. Elle est symbolique parce qu'elle domine la plaine padane et parce qu'elle est « reine » et par la peur de la région. C'est la prison qui règne.

Parme est une cité-symbole, un condensé de la monarchie absolue. L'État minuscule de la Sainte-Alliance, produit momentané de l'ordre européen et de sa négation des nations, joue le rôle d'une expérimentation en laboratoire : plus il est privé de sens historique et concret, plus il présente sous une forme abstraite le phénomène du pouvoir ; plus il est dérisoire, plus les actes sont petits, plus ils sont dépourvus de vrai sens, plus ils signifient le fait de gouverner. « Tout doit céder à la raison d'État », dit Rassi à propos de la mort de Fabrice. Réduit à son schéma, à sa forme, le pouvoir se révèle à mesure que l'enjeu diminue. Le petit État et le pouvoir absolu sont la vérité du pouvoir. Organisant la mise en vacance de la politique (elle est d'ailleurs un fait réel de l'Italie soumise à l'ordre européen), le roman s'intéresse au politique[1] ; pour Mosca, rester au pouvoir, vaincre Rassi, sauver Fabrice, pour le Prince se venger de la duchesse, ce sont des objectifs politiquement nuls au regard de l'histoire, mais ils révèlent l'acte politique. Alain a vu dans le roman « une physique de l'état social », une analyse rigoureuse des relations du pouvoir et de ses sujets, « l'étendue du despotisme tel qu'il est nécessairement par sa propre force et par son propre mouvement », donc l'essence du régime qui renvoie à l'essence de tout régime. « Il n'y a pas de despotisme modéré », mais aussi « une sorte d'amour naît de l'esclavage[2] ». Le despotisme n'est pas un état à part de l'État. De là, dans le roman, ce que Bardèche a nommé « l'impitoyable sérieux du romancier pour décrire des niaiseries, la gravité d'entomologiste avec laquelle il décrit l'activité de tout ce petit monde inconscient et barbare ».

Mais le roman a beau s'en tenir à l'aspect moral et psychologique de la politique, se donner un prétexte romanesque (le destin de Fabrice) pour évoquer le Pouvoir en soi, évacuer les problèmes vraiment politiques ou historiques ou les ramener à des enjeux individuels et privés, à des modalités d'influence, il se heurte à deux problèmes redoutables : il les traite en farce justement peut-être parce qu'ils sont comme le mystère de l'homme dans ses relations avec le pouvoir. C'est le problème du tyran : mais le tyran, c'est l'homme, tout

---

1. Il dévoile « l'essence du politique », dit M. Guérin, *op. cit.*, p. 226.   2. Alain, *op. cit.*, p. 37 et 38.

homme est un tyran potentiel, tout Moi est voisin de Ranuce-Ernest V ; c'est le travail omniprésent de l'orgueil ou de la vanité, de l'infatuation (mot clé de la réflexion politique d'Alain, si proche de Stendhal) : au bout de l'illusionnisme de l'amour-propre, il y a le mystère de l'homme-tyran. Qui aspire à une supériorité absolue, et qui est voué à échouer : tout pouvoir échoue et se trompe parce qu'il est fondé sur une illusion de l'Ego. Et le mystère de l'homme au pouvoir trouve son explication dans l'homme politique, le vrai homme d'État, comme le machiavélien Mosca, qui n'échoue pas, bien au contraire ; il réussit parce que l'homme d'État véritable se moque de l'homme d'État et de l'État ; c'est un grand ministre, parce qu'il n'est pas LE Ministre ; il a tué le mégalomane en lui, le Narcisse royal ou présidentiel ou ministériel.

Dans le roman, Ubu n'est pas loin : c'est un des mystères du Pouvoir. Mais ce n'est pas le Prince qui tend vers Ubu : c'est le garde des Sceaux. Car le vrai mystère du pouvoir, ce sont les « fidèles sujets » que l'on voit au début, heureux de leurs « entraves », de leur annulation, de leur agenouillement, de leur émasculation. Ce qui intéresse Stendhal, c'est l'esclave volontaire, l'homme spontanément soumis au prince, au chef, à la mode, à la masse, *aux autres*, aux clichés de la pensée, du langage : « Selon moi, les tyrans ont toujours raison, ce sont ceux qui leur obéissent qui sont ridicules. » Alors, c'est Rassi l'énigme symbolique du pouvoir : l'homme-jouet, l'homme-objet, l'homme spontanément plié en deux, le ministre paillasson, et pour rien, par plaisir. Pour le plaisir d'être bas, de servir, d'être asservi. Stendhal *devait* donc, c'est ainsi qu'il s'explique à Balzac, choisir Parme, prendre une microprincipauté à demi fictive, prendre le pouvoir absolu comme sujet de son roman politique, voir dans sa Parme bien plus que Parme et, par un mouvement de généralisation tout classique, voir dans Parme l'état de l'Italie, l'état des monarchies européennes, le pouvoir en soi et dans son essence. Le tyran italien avoue ce qu'est la tyrannie ; il dit tout, il n'a aucun alibi de fonctionnalité, de moralité, aucune hypocrisie : supérieur en cela aux pouvoirs modernes qui se masquent de morale et de droit. L'absence de nuées morales ou idéologiques est telle que le Pouvoir est nu : il se livre à nous comme un personnage de farce.

Michel CROUZET

BIBLIOGRAPHIE

Abréviations

SC, pour *Stendhal Club*.
HB pour *HB, revue internationale d'études stendhaliennes*
RHLF pour *Revue d'Histoire littéraire de France*.

I. Éditions complètes
(comprenant un relevé des corrections de Stendhal à son roman)

Stendhal, *La Chartreuse de Parme*, texte établi avec introduction, bibliographie, chronologie, notes et variantes, par Henri Martineau, Garnier, 1942, puis 1958 et 1962.

Stendhal, *La Chartreuse de Parme*, exemplaire interfolié Chaper, reproduit, préfacé, transcrit et annoté par Vittorio del Litto, 3 vol., Cercle du Livre précieux, 1966.

Stendhal, *La Chartreuse de Parme*, dans *Œuvres complètes*, Cercle du Bibliophile, Genève, t. XXIV et XXV, texte établi, annoté et préfacé par Ernest Abravanel, 1969.

Stendhal, *La Chartreuse de Parme*, texte établi, préfacé et annoté par Antoine Adam, Garnier, 1973 (édition qui complète sur certains points l'éd. Martineau).

Stendhal, *La Chartreuse de Parme*, texte établi, annoté et présenté par Michel Crouzet, Garnier, à paraître en 2000.

II. Recueils d'études critiques

CROUZET Michel, CHOTARD Loïc, GUYAUX André, JOURDE
Pierre, TORTONESE Paolo, *Stendhal*, Mémoire de la cri-
tique, Presses de l'Université de Paris-Sorbonne, 1996,
Préface de Michel Crouzet.

REY Pierre-Louis, *Stendhal/La Chartreuse de Parme*, collection Parcours critique, Klincksieck, 1996 (comprend une
importante bibliographie et des études critiques contem-
poraines).

III. Ouvrages consacrés à *La Chartreuse de Parme*

BENEDETTO L.-F., *La Parma di Stendhal*, Adelphi, Roma,
1991 (première édition Sansoni, Florence, 1950).

BERTHIER Philippe, « *La Chartreuse de Parme* » *de Stendhal*,
Foliothèque, Gallimard, 1995.

CROUZET Michel, *Le Roman stendhalien,* « *La Chartreuse de
Parme* », Paradigme, 1996.

DURAND Gilbert, *Le Décor mythique de* « *La Chartreuse de
Parme* ». *Les structures figuratives du roman stendhalien*,
Corti, 1961.

REY Pierre-Louis, *Stendhal.* « *La Chartreuse de Parme* »,
Études littéraires, P.U.F., 1992.

SCHEIBER Claude, *Stendhal et l'écriture de* « *La Chartreuse
de Parme* », Archives des lettres modernes, Minard, 1988.

THOMPSON C.W., *Le Jeu de l'ordre et de la liberté dans* « *La
Chartreuse de Parme* », Aran, Éditions du Grand Chêne,
1982.

IV. Ouvrages généraux sur Stendhal et le roman

ALAIN, *Stendhal*, Rieder, 1935 ; P.U.F., 1948 (rééd. coll.
« Quadrige », 1994).

ALBÉRÈS Francine Marill, *Stendhal et le sentiment religieux*,
Nizet, 1956.

ANDRÉ Robert, *Écriture et pulsions dans le roman stendhalien*, Klincksieck, 1977.

ATTUEL Josiane, *Le Style de Stendhal. Efficacité et romanesque*, Bologne-Paris, Pàtron-Nizet, 1980.

BARDÈCHE Maurice, *Stendhal romancier*, La Table ronde, 1947.

BEHLER Ernest, *Ironie et modernité*, traduit de l'allemand par O. Mannoni, P.U.F., 1997.

BERGSON Henri, *Le Rire. Essai sur la signification du comique*, P.U.F., 1995.

BERTHIER Philippe, *Stendhal et ses peintres italiens*, Genève, Droz, 1977.

– *Stendhal et la sainte famille*, Genève, Droz, 1983.

– *Stendhal et Chateaubriand. Essai sur les ambiguïtés d'une antipathie*, Genève, Droz, 1987.

BLIN Georges, *Stendhal et les problèmes du roman*, Corti, 1954.

– *Stendhal et les problèmes de la personnalité*, Corti, 1958.

BLUM Léon, *Stendhal et le beylisme*, 1914 (dans *L'Œuvre de Léon Blum*, Albin Michel, 1962).

BOLL JOHANSEN Hans, *Stendhal et le roman. Essai sur la structure du roman stendhalien*, Aran, Éditions du Grand Chêne, et Copenhague, Akademisk Forlag, 1979.

BOURGEOIS René, *L'Ironie romantique*, P.U.G., Grenoble, 1974.

BROMBERT Victor, *Stendhal et la voie oblique*, P.U.F., 1954.
– *La Prison romantique. Essai sur l'imaginaire*, Corti, 1975.

COLLET Annie, *Stendhal et Milan. De la vie au roman*, Corti, 1986-1987, 2 vol. (dans le tome II, « Milan recréée » : IIe partie, chap. 2 sur *La Chartreuse*).

CROUZET Michel, *Stendhal et le langage*, Gallimard, 1981.

– *Stendhal et l'italianité. Essai de mythologie romantique*, Corti, 1982.

– *La Poétique de Stendhal. Forme et société. Le sublime. Essai sur la genèse du romantisme*, Flammarion, 1983.

– *Nature et société chez Stendhal. La révolte romantique*, Presses Universitaires de Lille, 1985.

– *Le Naturel, la grâce et le réel dans la poétique de Stendhal. Essai sur la genèse du romantisme, 2*, Flammarion, 1986.

– *Le Héros fourbe chez Stendhal*, S.E.D.E.S, 1987.

– *Stendhal ou Monsieur Moi-même*, Flammarion, 1990 (biographie).

– « *Le Rouge et le Noir* ». *Essai sur le romanesque stendhalien*, P.U.F., 1995.

DEL LITTO Victor, *La Vie intellectuelle de Stendhal. Genèse et évolution de ses idées (1802-1821)*, P.U.F., 1959.

– *Essais et articles stendhaliens,* Genève-Paris, Slatkine, 1981.

FELMAN Shoshana, *La « Folie » dans l'œuvre romanesque de Stendhal*, Corti, 1971.

FERNANDEZ Dominique, *Le Musée idéal de Stendhal*, œuvres et citations choisies par Ferrante Ferranti, Stock, 1995 [permet une approche de l'univers corrégien de *La Chartreuse*].

FRYE Northrop, *Anatomie de la critique*, Gallimard, 1969.

– *L'Écriture profane, essai sur la structure romanesque*, Circé, 1998.

GRACQ Julien, *En lisant, en écrivant*, Corti, 1980.

GUÉRIN Michel, *La Politique de Stendhal*, P.U.F., 1982.

HAMON Philippe, *L'Ironie littéraire. Essai sur les formes de l'écriture oblique*, Hachette, 1996.

HEMMINGS F.W.J., *Stendhal. A Study of his Novels*, Oxford University Press, 1964.

IMBERT Henri-François, *Les Métamorphoses de la liberté ou Stendhal devant la Restauration et le Risorgimento*, Corti, 1967 (Genève, Slatkine reprints, 1989).

– *Stendhal et la tentation janséniste*, Genève, Droz, 1970.

– *Variétés beylistes*, Champion, 1996 (en particulier deux articles importants : « Ésotérisme beyliste » et « Philosophie beyliste du lac »).

JANKÉLÉVITCH Vladimir, *L'Ironie ou la bonne conscience*, P.U.F., 1950, puis collection Champs, Flammarion, 1964.

JARDON Denise, *Du comique dans le texte littéraire*, Paris-Bruxelles, De Boeck-Duculot, 1988.

JEFFERSON Ann, *Reading Realism in Stendhal*, Cambridge University Press, 1988.

LACOUE-LABARTHE Ph. et NANCY J.-L., *L'Absolu littéraire*.

Théorie de la littérature du romantisme allemand, Seuil, 1978.

LANDRY François, *L'Imaginaire chez Stendhal. Formation et expression*, Lausanne, L'Âge d'homme, 1982.

LEONI Margherita, *Stendhal. La peinture à l'œuvre*, L'Harmattan, 1996.

MAGNANI Luigi, *L'Idea della « Chartreuse »*, Saggi Stendhaliani, Turin, Einaudi, 1980 (deux études en particulier sur la dette de Stendhal envers les *Mémoires* du Cardinal de Retz et sur les relations de Stendhal et de Beaumarchais).

MARTINEAU Henri, *Le Cœur de Stendhal. Histoire de sa vie et de ses sentiments*, Albin Michel, 1952-1953, 2 vol.

MÉNARD Maurice, *Balzac et le comique dans* La Comédie humaine, P.U.F., 1983.

MICHEL François, dans *Études stendhaliennes*, Mercure de France, 1958 :
– « Les superstitions de Fabrice del Dongo, ou l'humiliation de l'esprit ».
– « Le fiscal Rassi dans *La Chartreuse de Parme* ».

PASCAL Gabrielle, *Rires, sourires et larmes chez Stendhal. Une initiation poétique*, Genève, Droz, 1993.

PEARSON Roger, *Stendhal Violin, A Novelist and his Reader*, Clarendon Press, Oxford, 1988.

PERRIN Laurent, *L'Ironie mise en trope. Du sens des énoncés hyperboliques et ironiques*, Kimé, 1996.

PRÉVOST Jean, *La Création chez Stendhal*, Mercure de France, 1951 (rééd. Folio-Essais, Gallimard).

RICHARD Jean-Pierre, *Littérature et sensation*, Seuil, 1954 (le chapitre sur Stendhal a été repris dans *Stendhal, Flaubert*, Points-Seuil).

RINGGER Kurt, *L'Âme et la page. Trois essais sur Stendhal*, Lausanne, Éditions du Grand Chêne, 1982.

ROUSSET Jean, *Leurs yeux se rencontrèrent, la scène de première vue dans le roman*, Corti, 1981.

– *Passages, changes et transpositions*, Corti, 1990 [une étude de la communication à distance dans *La Chartreuse*].

SAINT-SIMON, *Mémoires*, Pléiade, 1970, 7 vol.

SAREIL Jean, *L'Écriture comique*, P.U.F., 1984.

STAROBINSKI Jean, *L'Œil vivant*, Gallimard, 1961 [étude classique sur « Stendhal pseudonyme »].

VALÉRY Paul, « Stendhal », dans *Œuvres*, Pléiade, t. I, Gallimard, 1957.

V. Recueils collectifs importants

(nous ne donnons pas le sommaire détaillé et systématique des travaux collectifs les plus récents. Les articles mentionnés dans la présentation ou les notes renvoient à ces recueils. Nous donnons ensuite une liste d'études qui sont pour la plupart d'une autre origine)

Omaggio a Stendhal, II (Actes du 6ᵉ congrès international stendhalien, Parme, 22-24 mai 1967), Aurea Parma, 1967.

Stendhal e Bologna (Actes du 9ᵉ congrès international stendhalien, textes recueillis et présentés par Liano Petroni), « L'Archiginnasio », Bologne, 1971-1973, 2 vol.

Stendhal et Balzac (Actes du 7ᵉ congrès international stendhalien, Tours, 26-29 septembre 1969, textes réunis et présentés par Victor Del Litto), Aran, Éditions du Grand Chêne, 1972.

Stendhal et Balzac II (Actes du 8ᵉ congrès international stendhalien), Nantes, Société nantaise d'études littéraires, 1978.

Stendhal-Balzac. Réalisme et cinéma (Actes du 11ᵉ congrès international stendhalien), Presses Universitaires de Grenoble, 1978.

Stendhal e Milano (Actes du 14ᵉ congrès international stendhalien, Milan, 19-23 mars 1980), Florence, Leo Olschski, 1982, 2 vol.

Stendhal : l'écrivain, la société et le pouvoir (Colloque du bicentenaire, Grenoble, 24-27 janvier 1983, textes recueillis et publiés par Philippe Berthier), Presses Universitaires de Grenoble, 1984.

Stendhal et le romantisme (Actes du 15ᵉ congrès international stendhalien, Mayence, 1982, textes recueillis par Victor Del Litto et Kurt Ringger avec la collaboration de Mechtild Albert et Christof Weiand), Aran, Éditions du Grand Chêne, 1984.

« Stendhal », n° spécial de la *Revue d'Histoire littéraire de la France*, mars-avril 1984.

La Création romanesque chez Stendhal (Actes du 16e congrès international stendhalien, Paris, avril 1983, textes recueillis par Victor Del Litto), Genève, Droz, 1985.

Stendhal, Roma, l'Italia (Actes du congrès international de Rome, 7-10 novembre 1983), Rome, Edizioni di Storia e letteratura, 1985.

Le Symbolisme stendhalien (Actes du colloque universitaire de Nantes, octobre 1983, textes réunis et présentés par Jean-Claude Rioux), Nantes, Éditions A.C.L., 1986.

« *La Chartreuse de Parme* lue par les stendhaliens japonais », textes recueillis par Kenzô Furuya et Kosei Kurisu, *Stendhal Club*, n° 127, 15 avril 1990.

« *La Chartreuse de Parme* revisitée », *Recherches et travaux*, textes réunis par Philippe Berthier, Université Stendhal-Grenoble III, 1990-1991.

Stendhal, Paris et le mirage italien (Colloque pour le 150e anniversaire de la mort de Stendhal, Bibliothèque historique de la Ville de Paris, 21-22 mars 1992), Paris, 1992.

« Stendhal, la politique et l'histoire », *Recherches et travaux*, n° 46, hommage à Gérald Rannaud, Université Stendhal-Grenoble III, 1994.

Stendhal, « La Chartreuse de Parme », ou « la chimère absente », Colloques-Romantisme, S.E.D.E.S. 1996.

Stendhal, « La Chartreuse de Parme », Colloque-Sorbonne, textes réunis par M. Crouzet, Éditions Interuniversitaires-Spec, 1996.

« *La Chartreuse de Parme », Chant et tombeau*, textes réunis et présentés par Daniel Sangsue, *Recherches et travaux*, hors série n° 13, 1997.

« Stendhal et le comique », dossier coordonné par Daniel Sangsue, *Dix-neuf/Vingt, revue de littérature moderne*, n° 2, 1996.

Stendhal et le comique, textes réunis et présentés par Daniel Sangsue, Ellug, Grenoble, 1999.

Rires et rires, numéro de *Romantisme*, n° 74, 1991.

VI. Articles consacrés à *La Chartreuse de Parme*

(Les mentions *op. cit.* renvoient à la section V de notre bibliographie)

ABRAVANEL Ernest, « Balzac correcteur de *La Chartreuse* », dans *Stendhal et Balzac, op. cit.*

ALBÉRÈS René Marill, « Les "Romains" dans *La Chartreuse de Parme* et les *Chroniques italiennes* », *Europe*, 1972.

BALZAC Honoré de, « Études sur M. Beyle (Frédéric Stendhal) », dans *Revue parisienne*, nº 3, 25 septembre 1840 (ce texte célèbre a été réédité dans *Stendhal*, Mémoire de la critique, *op. cit.*, et dans Balzac, *Écrits sur le roman*, textes choisis, présentés et annotés par Stéphane Vachon, Livre de poche, 2000).

BAVEREZ Noël, « Arithmologie symbolique du début de *La Chartreuse de Parme* », *Stendhal Club*, nº 120, 15 juillet 1988.

BELL Sheila M., « Waterloo revisité », dans « Stendhal, la politique et l'histoire », *op. cit.*

BERCEGOL Fabienne, « Le roman du portrait dans *La Chartreuse de Parme* », dans *HB*, nº 1, 1997.

BERG William J., « Cryptographie et communication dans *La Chartreuse de Parme* », *Stendhal Club*, nº 78, 15 janvier 1978.

BERTHIER Philippe, « Balzac et *La Chartreuse de Parme*, roman corrégien », dans *Stendhal et Balzac, op. cit.*

– « Stendhal n'a jamais appris à écrire ou les incipit », dans « *La Chartreuse de Parme* revisitée », *op. cit.*

– « Fabrice ou l'amour peintre », dans *Stendhal. Image et texte/Text und Bild*, Tübingen, G. Narr, Stendhal Hefte, nº 4, 1994 (S. Dümchen, M. Nerlich éd.).

BIELER Arthur, « La bataille de Waterloo vue par Stendhal et par Victor Hugo », *Stendhal Club*, nº 19, 15 avril 1963.

BOLL JOHANSEN Hans, « Notes sur la structure de *La Chartreuse de Parme* », *Revue romane*, nº 1, 1967.

BOLSTER Richard, « *La Chartreuse de Parme* et la critique contemporaine », *Stendhal Club*, nº 72, 15 juillet 1976.

– « Sandrino retrouvé : la fin d'un mystère stendhalien », RHLF, mars-avril 1994.

BORRI Francesco, « *La Chartreuse de Parme* : fiction et réalité », *Stendhal Club*, n° 50, 15 janvier 1971.

BOURDANTON Pierrette, « L'improvisation dans l'écriture romanesque : *La Chartreuse de Parme* et *Angelo* de Giono », dans *La Création romanesque, op. cit.*

BOURGEOIS René, « Les oubliés de *La Chartreuse de Parme*. Personnages secondaires et comparses », *Stendhal Club*, n° 141, 15 octobre 1993.

BRYANT David, « Deux batailles qui n'en font qu'une : *L'Enlèvement de la redoute*, de Mérimée, et Waterloo dans *La Chartreuse de Parme* », *Stendhal Club*, n° 130, 15 janvier 1991.

CAROFIGLIO Vito, « Théorie du rire et anthropologie du comique chez Stendhal et Baudelaire », *Stendhal et le romantisme, op. cit.*, 1984.

CELLIER Léon, « Rires, sourires et larmes dans *La Chartreuse de Parme* », *Omaggio a Stendhal*, Actes du colloque de Parme, Aurea Parma, anno LI, fasc. II-III, mag.-dic. 1967, p. 3-18. Repris dans Léon Cellier, *Parcours initiatiques*, Neuchâtel-Grenoble, La Baconnière et P.U.G., 1977, p. 103-117, et dans Pierre-Louis Rey, *Stendhal, « La Chartreuse de Parme »*, Paris, Klincksieck (Parcours critique), 1996.

CHANTREAU Alain, « L'utilisation esthétique et romanesque du thème de la religion dans *La Chartreuse de Parme* », dans *Omaggio a Stendhal, op. cit.*

CHESSEX Robert, « Les fautes de Clélia », *Stendhal Club*, n° 95, 15 avril 1982.

CLAUDON Francis, « À propos de l'anniversaire de *La Chartreuse de Parme*. Le mirage de la musique italienne », dans *Stendhal, Paris et le mirage italien, op. cit.*

COOK Albert, « Stendhal's Irony », *Essays in Criticism*, octobre 1958.

CREIGNOU Pierre, « Illusion et réalité du bonheur dans *La Chartreuse de Parme* », *Stendhal Club*, n° 64, 15 juillet 1974.

CROUZET Michel, « Roman et musicalité. À propos de *Le Rouge et le Noir* », dans *Stendhal tra letteratura e musica*, éd. G. Dotoli, Fasano, Schena, 1993.

DAPRINI Pierre B., « Le moraliste sans foi ou la structure

anthropologique de *La Chartreuse de Parme* », *Stendhal Club*, n° 98, 15 janvier 1983.

DEL LITTO Victor, « Corrections et additions inédites pour la deuxième édition de *La Chartreuse de Parme* », *Stendhal Club*, n° 31, 15 avril 1966.

– « Relire l'article de Balzac sur *La Chartreuse de Parme* », dans « *La Chartreuse de Parme* revisitée », *op. cit.*

ENGELHARDT Klaus, « Le langage des yeux dans *La Chartreuse de Parme* », *Stendhal Club*, n° 54, 15 janvier 1972.

FASSIOTTO Michael, « Stendhal'opera buffa » dans *Nineteenth Century French Studies*, vol. 17-1, Fall, 1988.

FAVRE Yves-Alain, « Signes et symboles dans *La Chartreuse de Parme* », dans *Le Symbolisme stendhalien, op. cit.*

FELMAN Shoshana, « *La Chartreuse de Parme* ou le chant de Dionysos », *Stendhal Club*, n° 53, 15 octobre 1971.

FERRIER Ginette, « Sur un personnage de *La Chartreuse de Parme* : le comte Mosca », *Stendhal Club*, n° 49, 15 octobre 1970.

FRANCILLON Roger, « Mais où sont passés les millions de la Sanseverina ? Réflexions sur le rôle de l'argent dans *La Chartreuse de Parme* », *Études de lettres*, 1984.

HAIG Stirling, « Sur les orangers de *La Chartreuse de Parme* », *Stendhal Club*, n° 53, 15 octobre 1971.

HAMM Jean-Jacques, « *La Chartreuse de Parme* : les silences du roman », dans « *La Chartreuse de Parme* revisitée », *op. cit.*

HAZARD Paul, « La couleur dans *La Chartreuse de Parme* », *Le Divan*, avril-juin 1942.

HIRSCH Michèle, « Fabrice ou la poétique d'un nuage », *Littérature*, n° 23, 1976.

HUBERT J.D., « Note sur la dévaluation du réel dans *La Chartreuse de Parme* », *Stendhal Club*, n° 5, 15 octobre 1959.

JEFFERSON Ann, « Représentation de la politique, politique de la représentation : *La Chartreuse de Parme* », *Stendhal Club*, n° 107, 15 avril 1983.

JOURDA Pierre, « Le paysage dans *La Chartreuse de Parme* », *Ausonia*, Grenoble, janvier-juin 1941.

JULLIEN Dominique, « L'érotisme spirituel dans *La Char-

treuse de Parme, Fabrice et saint Jérôme », *Littérature*, 1995.

KOGAN Vivian, « Signs and Signals in *La Chartreuse de Parme* », dans *Nineteenth Century French Studies*, 1973, vol. 2.

KURISU Kosei, « Les *Mémoires* d'Andryane et la création de *La Chartreuse de Parme* », *Stendhal Club*, n° 127, 15 avril 1990.

– « Note sur la structure de *La Chartreuse de Parme*. Les deux voyages de Fabrice », *Stendhal Club*, n° 136, 15 juillet 1992.

– « La création de *La Chartreuse de Parme* et quelques sources françaises », dans *HB*, n° 1, 1997.

LANDRY François, « Le crime dans *La Chartreuse de Parme* », dans *Stendhal : l'écrivain, la société et le pouvoir, op. cit.*

LUNEAU-HAWKINS Annick, « Le style de *La Chartreuse de Parme*. Esquisse d'étude syntaxique », dans *Stendhal Club*, n° 103, 15 avril 1984.

MACWATTERS K.G., « La présence de Napoléon dans *La Chartreuse de Parme* », *Stendhal Club*, n° 47, 15 avril 1970.

MERLER Grazia, « Description et espace dans *La Chartreuse de Parme* », *Stendhal Club*, n° 89, 15 octobre 1980.

– « Modalité du discours commentatif dans *La Chartreuse de Parme* », *Stendhal Club*, n° 95, 15 avril 1982.

MOUILLAUD Geneviève, « *La Chartreuse de Parme* et le sens de l'histoire », dans *Omaggio a Stendhal, op. cit.*

MOUILLAUD-FRAYSSE Geneviève, « Le titre comme chimère », dans « Stendhal », *L'Arc*, n° 88, 1983.

MOUSSA Sarga, « La tradition de l'amour courtois dans *De l'Amour* et dans *La Chartreuse de Parme* », *Romantisme*, n° 91, 1996.

MUZELLEC Raymond, « Les partis politiques dans *La Chartreuse de Parme* », *Stendhal Club*, n° 40, 15 juillet 1968.

– « Balzac et l'assassinat de Ranuce-Ernest IV dans *La Chartreuse de Parme* », dans *Stendhal et Balzac, op. cit.*

NEAUD Pierrette M., « Le thème de l'oranger dans *La Chartreuse de Parme* : un aspect du mirage italien ? », dans *Stendhal, Paris et le mirage italien, op. cit.*

PHILIPPOT Didier, « *La Chartreuse*-bouffe, ou le roman de la gaieté », dans *HB*, n° 1, 1996.

PRINCE Nathalie, « De l'amour dans *La Chartreuse de Parme* : Fabrice et don Juan », dans *HB*, n° 2, 1998.

RANNAUD Gérald, « *La Chartreuse de Parme*, roman de l'ambiguïté », dans *Stendhal e Bologna, op. cit.*

RAVOUX Élisabeth, « Clélia Conti ou l'art de la litote », *Stendhal Club*, n° 59, 15 avril 1973.

– « Effet de réel et vraisemblance psychologique dans *La Chartreuse de Parme* », dans *Balzac et Stendhal II, op. cit.*

REIZOV Boris, « Le "whist" dans *La Chartreuse de Parme* », *Stendhal Club*, n° 48, 15 juillet 1970.

RHÉAULT Raymond, « Inadvertances et imprécisions dans *La Chartreuse de Parme* », *Stendhal Club*, n° 73, 15 octobre 1973.

ROMAGNOLI Sergio, « I paesaggi della Chartreuse », dans *Stendhal, Roma, l'Italia, op. cit.*

SAROCCHI Jean, « L'âme de la *Chartreuse* », dans « *La Chartreuse de Parme* revisitée », *op. cit.*

SERODES Serge, « Un aspect du sublime romantique. Le sublime dans *La Chartreuse de Parme* », *Club Stendhal*, n° 52, 15 juillet 1971.

SEYLAZ Jean-Luc, « *La Chartreuse de Parme*. Quelques réflexions sur la narration stendhalienne », *Etudes de lettres*, Faculté des Lettres de Lausanne, série III, tome I, n° 4, 1968.

SPANDRI Francesco, « Subjectivité et paradoxe : le rire chez Stendhal et Baudelaire », dans *Micromégas*, n° 65-66, 1997.

– « Inflexions du rire beyliste » dans *HB*, n° 3, 1999.

STIVALE Charles J., « Temporalité fictive et réalisme subjectif dans *La Chartreuse de Parme* », *Stendhal Club*, n° 108, 15 juillet 1985, et n° 109, 15 octobre 1985.

TEMMER Mark, « Comedy in the *Charterhouse of Parma* », dans *Yale French Studies*, n° 23, 1959.

WARD Martin J., « Fabrice del Dongo et Perceval le Gallois : intertextualité ? », *Stendhal Club*, n° 119, 15 avril 1988.

WELAND Christof, « La symbolique du chiffre 3 dans *La Chartreuse de Parme* », dans *Le Symbolisme stendhalien, op. cit.*

LA CHARTREUSE DE PARME

Gia mi fur dolci inviti a empir le carte
I luoghi ameni.
Ariost., sat. IV [1]

---

1. « Jadis des lieux charmants me furent une douce invitation à cou-
vrir des pages », texte tiré de la IVe Satire de l'Arioste, vers 115-116.
Cette épigraphe qui dans l'édition de 1839 se trouve sur la page du
titre du roman a été régulièrement déplacée par les éditeurs qui l'ont
placée en tête de la Première partie, ce qui en dénature la signification.

AVERTISSEMENT

C'est dans l'hiver de 1830 et à trois cents lieues de Paris que cette nouvelle fut écrite ; ainsi aucune allusion aux choses de 1839.

Bien des années avant 1830, dans le temps où nos armées parcouraient l'Europe, le hasard me donna un billet de logement pour la maison d'un chanoine : c'était à Padoue, charmante ville d'Italie ; le séjour s'étant prolongé, nous devînmes amis [1].

Repassant à Padoue vers la fin de 1830, je courus à la maison du bon chanoine : il n'y était plus, je le savais, mais je voulais revoir le salon où nous avions passé tant de soirées aimables, et, depuis, si souvent regrettées. Je trouvai le neveu du chanoine et la femme de ce neveu qui me reçurent comme un vieil ami. Quelques personnes survinrent, et l'on ne se sépara que fort tard ; le neveu fit venir du Café Pedroti un excellent zambajon [2]. Ce qui nous fit veiller surtout, ce fut l'histoire de la duchesse Sanseverina à laquelle quel-

---

1. Stendhal a en effet traversé la ville en 1830 et en 1831 ; auparavant il y a séjourné en 1813 et il n'est pas totalement impossible qu'il y soit passé durant sa vie militaire (1800-1801). Mais le chanoine et le billet de logement lui ont déjà servi dans les *Mémoires sur Napoléon* ; en situant l'origine du roman en 1830, date terminale du temps fictif de son œuvre, il la détache de l'actualité de 1839. **2.** Il faut reconnaître le nom du célèbre café Pedrocchi. Le « zabaïone » (en français « sabayon ») est une préparation fort goûtée de Stendhal où l'on mélange du vin sucré ou de la liqueur avec des jaunes d'œuf et de la crème.

qu'un fit allusion, et que le neveu voulut bien raconter tout entière, en mon honneur[a].

— Dans le pays où je vais, dis-je à mes amis, je ne trouverai guère de soirées comme celle-ci, et pour passer les longues heures du soir je ferai une nouvelle de votre histoire.

— En ce cas, dit le neveu, je vais vous donner les annales de mon oncle, qui, à l'article Parme, mentionne quelques-unes des intrigues de cette cour, du temps que la duchesse y faisait la pluie et le beau temps ; mais, prenez garde ! cette histoire n'est rien moins que morale, et maintenant que vous vous piquez de pureté évangélique en France, elle peut vous procurer le renom d'assassin.

Je publie cette nouvelle sans rien changer au manuscrit de 1830[1], ce qui peut avoir deux inconvénients :

Le premier pour le lecteur : les personnages étant Italiens l'intéresseront peut-être moins, les cœurs de ce pays-là diffèrent assez des cœurs français : les Italiens sont sincères, bonnes gens, et, non effarouchés, disent ce qu'ils pensent ; ce n'est que par accès qu'ils ont de la vanité ; alors elle devient passion, et prend le nom de *puntiglio*[2]. Enfin la pauvreté n'est pas un ridicule parmi eux.

Le second inconvénient est relatif à l'auteur[b].

J'avouerai que j'ai eu la hardiesse de laisser aux personnages les aspérités de leurs caractères : mais, en revanche, je le déclare hautement, je déverse le blâme le plus moral sur beaucoup de leurs actions. À quoi

---

1. La fiction du récit tout fait et trouvé ou raconté est classique, on le sait. Mais ici il s'agit des « annales » d'une cour, de la chronique scandaleuse de la cour de Parme. La convention du roman né d'un document recoupe le travail de Stendhal sur ses manuscrits italiens, annales eux aussi de la cour de Rome, et, au fond, on peut dire qu'il fait allusion à la transposition de l'« Origine des Grandeurs de la Famille Farnèse ».   **2.** Ou pique d'amour-propre, et encore point d'honneur. Problème embarrassant pour Stendhal : le roman contredit la thèse que les Italiens sont purs de vanité.

bon leur donner la haute moralité et les grâces des caractères français, lesquels aiment l'argent par-dessus tout et ne font guère de péchés par haine ou par amour ?[a] Les Italiens de cette nouvelle sont à peu près le contraire. D'ailleurs il me semble que toutes les fois qu'on s'avance de deux cents lieues du midi au nord, il y a lieu à un nouveau paysage comme à un nouveau roman. L'aimable nièce du chanoine avait connu et même beaucoup aimé la duchesse Sanseverina, et me prie de ne rien changer à ses aventures, lesquelles sont blâmables.

23 janvier 1839[1].

---

1. Note « égotiste » : c'est la date anniversaire de Stendhal.

LIVRE PREMIER

CHAPITRE PREMIER

Milan en 1796

Le 15 mai 1796, le général Bonaparte fit son entrée dans Milan à la tête de cette jeune armée qui venait de passer le pont de Lodi[1], et d'apprendre au monde qu'après tant de siècles César et Alexandre avaient un successeur. Les miracles de bravoure et de génie dont l'Italie fut témoin en quelques mois réveillèrent un peuple endormi ; huit jours encore avant l'arrivée des Français, les Milanais ne voyaient en eux qu'un ramassis de brigands, habitués à fuir toujours devant les troupes de sa majesté impériale et royale : c'était du moins ce que leur répétait trois fois la semaine un petit journal grand comme la main, imprimé sur du papier sale[a].

Au moyen âge, les Lombards républicains avaient fait preuve d'une bravoure égale à celle des Français, et ils méritèrent de voir leur ville entièrement rasée par les empereurs d'Allemagne. Depuis qu'ils étaient devenus de *fidèles sujets*, leur grande affaire était d'imprimer des sonnets sur de petits mouchoirs de taffetas

---

1. C'est le 11 mai qu'a lieu le franchissement au pas de charge et sous la mitraille du pont de Lodi sur la rivière Adda. L'exploit est immédiatement légendaire. Sur les premières pages du roman, voir notre étude, « Viva la libertà ! Viva l'ilarità » dans *Le Roman stendhalien, op. cit.*, p. 22

rose quand arrivait le mariage d'une jeune fille appartenant à quelque famille noble ou riche. Deux ou trois
ans après cette grande époque de sa vie, cette jeune
fille prenait un cavalier servant : quelquefois le nom
du sigisbée [1] choisi par la famille du mari occupait une
place honorable dans le contrat de mariage. Il y avait
loin de ces mœurs efféminées aux émotions profondes
que donna l'arrivée imprévue de l'armée française[a].
Bientôt surgirent des mœurs, nouvelles et passionnées.
Un peuple tout entier s'aperçut, le 15 mai 1796, que
tout ce qu'il avait respecté jusque-là était souverainement ridicule et quelquefois odieux. Le départ du dernier régiment de l'Autriche marqua la chute des idées
anciennes : exposer sa vie devint à la mode ; on vit
que pour être heureux après des siècles de sensations
affadissantes, il fallait aimer la patrie d'un amour réel
et chercher les actions héroïques. On était plongé dans
une nuit profonde par la continuation du despotisme
jaloux de Charles-Quint et de Philippe II ; on renversa
leurs statues, et tout à coup l'on se trouva inondé de
lumière. Depuis une cinquantaine d'années, et à
mesure que l'*Encyclopédie* et Voltaire éclataient en
France, les moines criaient au bon peuple de Milan,
qu'apprendre à lire ou quelque chose au monde était
une peine fort inutile, et qu'en payant bien exactement
la dîme à son curé, et lui racontant fidèlement tous ses
petits péchés, on était à peu près sûr d'avoir une belle
place en paradis. Pour achever d'énerver ce peuple

---

1. Le « sigisbéisme » est un trait des mœurs traditionnelles, qui
oblige toute femme à être escortée et servie en public par des écuyers,
des amis ou des parents ; c'est une marque d'honneur. Où s'arrêtait ce
service ? En Italie, toute femme disposait d'une sorte de cour hiérarchi-
sée où le chevalier ou le « cavalier servant » était le favori. L'Europe
morale et éclairée se scandalise volontiers de ces mœurs et voit dans
le sigisbée préféré un amant officiel et reconnu de tous, même du mari.
Là où les moraux voient une négation du mariage, Stendhal, plus au
fait des mœurs italiennes, s'inquiète surtout du caractère officiel et
contractuel de cette relation qui est à coup sûr une négation de la passion amoureuse.

autrefois si terrible et si raisonneur, l'Autriche lui avait vendu à bon marché le privilège de ne point fournir de recrues à son armée.

En 1796, l'armée milanaise se composait de vingt-quatre faquins[1] habillés de rouge, lesquels gardaient la ville de concert avec quatre magnifiques régiments de grenadiers hongrois[a]. La liberté des mœurs était extrême, mais la passion[2] fort rare ; d'ailleurs, outre le désagrément de devoir tout raconter au curé, sous peine de ruine même en ce monde, le bon peuple de Milan était encore soumis à certaines petites entraves monarchiques qui ne laissaient pas que d'être vexantes. Par exemple l'archiduc, qui résidait à Milan et gouvernait au nom de l'empereur, son cousin, avait eu l'idée lucrative de faire le commerce des blés[3]. En conséquence, défense aux paysans de vendre leurs grains jusqu'à ce que son altesse eût rempli ses magasins.

En mai 1796, trois jours après l'entrée des Français, un jeune peintre en miniature, un peu fou, nommé Gros[4], célèbre depuis, et qui était venu avec l'armée, entendant raconter au grand Café des *Servi* (à la mode

---

1. Le mot « faquin » désigne à l'origine un portefaix, ou un mannequin de paille pour l'exercice des armes ; puis au figuré un homme de rien, mélange de ridicule et de bassesse. Le mot devient une injure comique, comme « coquin » ; Voltaire la prodigue beaucoup, et Stendhal aussi. Dans *La Princesse de Babylone*, Voltaire décrit l'armée du pape comme « une trentaine de gredins montant la garde avec un parasol de peur du soleil ». Le costume rouge fait des « soldats » des personnages de carnaval ou de théâtre.   2. Le réveil de 1796 unit le courage militaire, la passion de servir la patrie, l'amour du danger et de la guerre, et la passion, elle-même danger, engagement absolu et héroïque. La société « permissive » et inerte du despotisme supprime la passion par la facilité des mœurs et la banalité de la sexualité. La renaissance de la Lombardie est une renaissance de la vitalité et du désir qui se renforcent des risques qu'ils représentent.   3. L'archiduc Ferdinand d'Este, fils de l'empereur François Ier et de Marie-Thérèse, fut gouverneur de Milan et de Mantoue à partir de 1771.   4. Le peintre Gros (1771-1835) faisait bien partie de l'armée, mais il n'entra à Milan qu'au mois de juillet 1796. Célèbre peintre de batailles, il peignit à cette date *Bonaparte au pont d'Arcole*. Il aurait été l'amant d'Angela Pietragrua que Stendhal a courtisée à la même date à Milan.

alors)[1] les exploits de l'archiduc, qui de plus était énorme, prit la liste des glaces imprimée en placard sur une feuille de vilain papier jaune[a]. Sur le revers de la feuille il dessina le gros archiduc ; un soldat français lui donnait un coup de baïonnette dans le ventre, et, au lieu du sang, il en sortait une quantité de blé incroyable. La chose nommée plaisanterie ou caricature n'était pas connue en ce pays de despotisme cauteleux. Le dessin laissé par Gros sur la table du Café des *Servi* parut un miracle descendu du ciel ; il fut gravé dans la nuit, et le lendemain on en vendit vingt mille exemplaires.

Le même jour, on affichait l'avis d'une contribution de guerre de six millions, frappée pour les besoins de l'armée française, laquelle, venant de gagner six batailles et de conquérir vingt provinces, manquait seulement de souliers, de pantalons, d'habits et de chapeaux.

La masse de bonheur et de plaisir qui fit irruption en Lombardie avec ces Français si pauvres fut telle que les prêtres seuls et quelques nobles s'aperçurent de la douleur de cette contribution de six millions, qui, bientôt, fut suivie de beaucoup d'autres. Ces soldats français riaient et chantaient toute la journée ; ils avaient moins de vingt-cinq ans, et leur général en chef, qui en avait vingt-sept[2], passait pour l'homme le plus âgé de son armée. Cette gaieté, cette jeunesse, cette insouciance, répondaient d'une façon plaisante aux prédications furibondes des moines qui, depuis six mois, annonçaient du haut de la chaire sacrée que les Français étaient des monstres, obligés, sous peine de mort, à tout brûler et à couper la tête à tout le monde. À cet effet, chaque régiment marchait avec la guillotine en tête.

---

1. Il s'agit d'un café célèbre par ses glaces qui se trouvait Corsia dei Servi, aujourd'hui Corso Vittorio Emmanuele. **2.** Bonaparte est né le 15 août 1769.

Dans les campagnes l'on voyait sur la porte des chaumières le soldat français occupé à bercer le petit enfant de la maîtresse du logis, et presque chaque soir quelque tambour, jouant du violon, improvisait un bal. Les contredanses se trouvant beaucoup trop savantes et compliquées pour que les soldats, qui d'ailleurs ne les savaient guère, pussent les apprendre aux femmes du pays, c'étaient celles-ci qui montraient aux jeunes Français la *Monférine*, la *Sauteuse* et autres danses italiennes.

Les officiers avaient été logés, autant que possible, chez les gens riches ; ils avaient bon besoin de se refaire. Par exemple, un lieutenant, nommé Robert[1], eut un billet de logement pour le palais de la marquise del Dongo. Cet officier, jeune réquisitionnaire[2] assez leste, possédait pour tout bien, en entrant dans ce palais, un écu de six francs qu'il venait de recevoir à Plaisance. Après le passage du pont de Lodi, il prit à un bel officier autrichien tué par un boulet un magnifique pantalon de nankin[3] tout neuf, et jamais vêtement ne vint plus à propos. Ses épaulettes d'officier étaient en laine, et le drap de son habit était cousu à la doublure des manches pour que les morceaux tinssent ensemble ; mais il y avait une circonstance plus triste : les semelles de ses souliers étaient en morceaux de cha-

---

1. Déjà dans les *Mémoires sur Napoléon* Stendhal a présenté ce personnage connu de lui comme un témoin de l'entrée des Français à Milan et il lui a prêté les mêmes aventures ; ce relais du narrateur est aussi une sorte de substitut de Stendhal lui-même, un autre Henri Beyle qui serait entré à Milan quatre ans avant sa véritable arrivée ; mais ce Robert a existé, les frères Robert étaient des courtiers et changeurs de Grenoble ; l'un d'entre eux s'est installé à Milan, et il est certain que Stendhal a été en relation avec lui. Ajoutons que contrairement à une idée reçue, rien n'affirme (mais tout suggère) que le lieutenant est le père de Fabrice ; aucun personnage n'y fait allusion, sauf le chanoine Borda qui rapproche la date de naissance de Fabrice de l'entrée des Français ; c'est dans une addition Chaper que le chanoine fait état des rumeurs sur le vrai père de Fabrice. **2.** Ou jeune soldat appelé sous les drapeaux par la réquisition. Voir le récit de Balzac *Le Réquisitionnaire*. **3.** Toile de coton, le plus souvent de couleur jaune.

peau également pris sur le champ de bataille, au-delà
du pont de Lodi. Ces semelles improvisées tenaient au-
dessus des souliers par des ficelles fort visibles, de
façon que lorsque le majordome de la maison se présenta dans la chambre du lieutenant Robert pour l'invi-
ter à dîner avec madame la marquise, celui-ci fut
plongé dans un mortel embarras. Son voltigeur et lui
passèrent les deux heures qui les séparaient de ce fatal
dîner à tâcher de recoudre un peu l'habit et à teindre
en noir avec de l'encre les malheureuses ficelles des
souliers. Enfin le moment terrible arriva.

— De la vie je ne fus plus mal à mon aise, me disait
le lieutenant Robert ; ces dames pensaient que j'allais
leur faire peur ; et moi j'étais plus tremblant qu'elles.
Je regardais mes souliers et ne savais comment marcher avec grâce. La marquise del Dongo, ajoutait-il,
était alors dans tout l'éclat de sa beauté : vous l'avez
connue avec ses yeux si beaux et d'une douceur angélique, et ses jolis cheveux d'un blond foncé qui dessinaient si bien l'ovale de cette figure charmante. J'avais
dans ma chambre une Hérodiade de Léonard de Vinci,
qui semblait son portrait[1]. Dieu voulut que je fusse
tellement saisi de cette beauté surnaturelle que j'en
oubliai mon costume. Depuis deux ans je ne voyais
que des choses laides et misérables dans les montagnes
du pays de Gênes : j'osai lui adresser quelques mots
sur mon ravissement.

» Mais j'avais trop de sens pour m'arrêter longtemps
dans le genre complimenteur. Tout en tournant mes
phrases, je voyais, dans une salle à manger toute de

---

1. Par la suite, la Sanseverina sera comme sa belle-sœur comparée
à l'Hérodiade du Musée des Offices de Florence, qui n'est pas de Léonard de Vinci, mais qu'on attribue à Bernardino Luini (v. 1480-1532)
et qui est une Salomé. Pour Stendhal, c'est le type de la beauté milanaise, qui l'a fasciné dans la personne de Metilde Dembowski, beauté
absente, mélancolique, étrangère au monde ; elle n'a rien à voir avec
cette beauté cruelle que les décadentistes découvriront dans le récit
biblique. Clélia reproduit cette beauté pensive et lointaine.

marbre, douze laquais et des valets de chambre vêtus avec ce qui me semblait alors le comble de la magnificence. Figurez-vous que ces coquins-là avaient non seulement de bons souliers, mais encore des boucles d'argent. Je voyais du coin de l'œil tous ces regards stupides fixés sur mon habit, et peut-être aussi sur mes souliers, ce qui me perçait le cœur. J'aurais pu d'un mot faire peur à tous ces gens ; mais comment les mettre à leur place sans courir le risque d'effaroucher les dames ? car la marquise pour se donner un peu de courage, comme elle me l'a dit cent fois depuis, avait envoyé prendre au couvent où elle était pensionnaire en ce temps-là, Gina del Dongo, sœur de son mari, qui fut depuis cette charmante comtesse de Pietranera : personne dans la prospérité ne la surpassa par la gaieté et l'esprit aimable, comme personne ne la surpassa par le courage et la sévérité d'âme dans la fortune contraire.

» Gina, qui pouvait alors avoir treize ans[1], mais qui en paraissait dix-huit, vive et franche, comme vous savez, avait tant de peur d'éclater de rire en présence de mon costume, qu'elle n'osait pas manger ; la marquise, au contraire, m'accablait de politesses contraintes ; elle voyait fort bien dans mes yeux des mouvements d'impatience. En un mot, je faisais une sotte figure, je mâchais le mépris, chose qu'on dit impossible à un Français. Enfin une idée descendue du ciel vint m'illuminer : je me mis à raconter à ces dames ma misère, et ce que nous

---

1. Elle est donc née en 1783 (comme Stendhal). Ici on la vieillit un peu ; dans le reste du roman, par étourderie ou volontairement, et pour lui conserver une jeunesse éternelle, Stendhal va multiplier les imprécisions et les flottements ; en 1814, à son retour à Grianta, on lui donne 31 ans ; en 1815, pour Borda et Mosca, elle en a 25 ou 27-28 ; au chapitre XIV (soit en 1822 dans le roman), elle a 36 ans au lieu de 39. La même année, au chapitre suivant, elle se donne 37 ans. Au chapitre XXIII, elle s'attribue 40 ans ; au chapitre qui suit, nous sommes en 1823-1824, elle se présente comme une femme de 38 ans ; elle en a 41.

avions souffert depuis deux ans dans les montagnes du pays de Gênes où nous retenaient de vieux généraux imbéciles. Là, disais-je, on nous donnait des assignats qui n'avaient pas cours dans le pays, et trois onces de pain par jour[1]. Je n'avais pas parlé deux minutes, que la bonne marquise avait les larmes aux yeux, et la Gina était devenue sérieuse.

» — Quoi, monsieur le lieutenant, me disait celle-ci, trois onces de pain !

» — Oui, mademoiselle ; mais en revanche la distribution manquait trois fois la semaine, et comme les paysans chez lesquels nous logions étaient encore plus misérables que nous, nous leur donnions un peu de notre pain.

» En sortant de table, j'offris mon bras à la marquise jusqu'à la porte du salon, puis, revenant rapidement sur mes pas, je donnai au domestique qui m'avait servi à table cet unique écu de six francs sur l'emploi duquel j'avais fait tant de châteaux en Espagne.

» Huit jours après, continuait Robert, quand il fut bien avéré que les Français ne guillotinaient personne, le marquis del Dongo revint de son château de Grianta[2], sur le lac de Côme, où bravement il s'était réfugié à l'approche de l'armée, abandonnant aux hasards de la guerre sa jeune femme si belle et sa sœur. La haine que ce marquis avait pour nous était égale à sa peur, c'est-à-dire incommensurable : sa grosse figure pâle et

----

1. Ancien poids qui représentait la 12e ou même la 16e partie de la livre.
2. Ce lieu central du roman renvoie à un village sur la rive ouest du lac de Côme, près de Cadenabbia ; il ne s'y trouve pas de château, mais des villas célèbres ; sur la même rive, plus au nord, se trouve Dongo, à une trentaine de kilomètres. Mais le village s'appelle Griante et comme la graphie Grianta est à peu près exceptionnelle, que cartes et guides sont unanimes pour indiquer Griante, il faut supposer que Stendhal (qui débaptise tout le monde et lui-même et qui ne pouvait se tromper sur le nom du village où il a vécu) s'est écarté de la topographie réelle pour lui substituer la sienne. Grianta ne figure à la lettre que dans la géographie poétique du roman, non sans conserver un lien précis avec la réalité.

dévote était amusante à voir quand il me faisait des politesses. Le lendemain de son retour à Milan, je reçus trois aunes de drap et deux cents francs sur la contribution des six millions : je me remplumai, et devins le chevalier de ces dames, car les bals commencèrent. »

L'histoire du lieutenant Robert fut à peu près celle de tous les Français ; au lieu de se moquer de la misère de ces braves soldats, on en eut pitié, et on les aima.

Cette époque de bonheur imprévu et d'ivresse ne dura que deux petites années ; la folie avait été si excessive et si générale, qu'il me serait impossible d'en donner une idée, si ce n'est par cette réflexion historique et profonde : ce peuple s'ennuyait depuis cent ans.

La volupté naturelle aux pays méridionaux avait régné jadis à la cour des Visconti et des Sforce, ces fameux ducs de Milan. Mais depuis l'an 1535[1], que les Espagnols s'étaient emparés du Milanais, et emparés en maîtres taciturnes, soupçonneux, orgueilleux, et craignant toujours la révolte, la gaieté s'était enfuie. Les peuples, prenant les mœurs de leurs maîtres, songeaient plutôt à se venger de la moindre insulte par un coup de poignard qu'à jouir du moment présent.

La joie folle, la gaieté, la volupté, l'oubli de tous les sentiments tristes, ou seulement raisonnables, furent poussés à un tel point, depuis le 15 mai 1796, que les Français entrèrent à Milan, jusqu'en avril 1799, qu'ils en furent chassés à la suite de la bataille de Cassano[2], que l'on a pu citer de vieux marchands millionnaires, de vieux usuriers, de vieux notaires qui, pendant cet intervalle, avaient oublié d'être moroses et de gagner de l'argent.

_____

1. L'édition de 1839, suivie malheureusement par les éditions modernes, porte ici « 1624 », erreur de date que Stendhal s'enjoint de corriger en « 1535 » dans ses relectures. La domination espagnole sur le Milanais a duré de 1535 à 1713. **2.** La bataille de Cassano d'Adda a été perdue le 28 avril 1799 par le général Moreau qui affrontait l'armée russe de Souvaroff. Cette défaite est suivie par celle de Novi le 15 août de la même année.

Tout au plus eût-il été possible de compter quelques familles appartenant à la haute noblesse, qui s'étaient retirées dans leurs palais à la campagne, comme pour bouder contre l'allégresse générale et l'épanouissement de tous les cœurs. Il est véritable aussi que ces familles nobles et riches avaient été distinguées d'une manière fâcheuse dans la répartition des contributions de guerre demandées pour l'armée française.

Le marquis del Dongo, contrarié de voir tant de gaieté, avait été un des premiers à regagner son magnifique château de Grianta, au-delà de Côme, où les dames menèrent le lieutenant Robert. Ce château, situé dans une position peut-être unique au monde, sur un plateau à cent cinquante pieds au-dessus de ce lac sublime dont il domine une grande partie, avait été une place forte[1]. La famille del Dongo le fit construire au XVe siècle, comme le témoignaient de toutes parts les marbres chargés de ses armes ; on y voyait encore des ponts-levis et des fossés profonds, à la vérité privés d'eau ; mais avec ces murs de quatre-vingts pieds de haut et de six pieds d'épaisseur, ce château était à l'abri d'un coup de main ; et c'est pour cela qu'il était cher au soupçonneux marquis. Entouré de vingt-cinq ou trente domestiques qu'il supposait dévoués, apparemment parce qu'il ne leur parlait jamais que l'injure à la bouche, il était moins tourmenté par la peur qu'à Milan.

---

1. Dans son territoire balisé par des sites réels (Griante, Tremezzo, Cadenabbia), dans le voisinage de villas célèbres (la villa Carlotta dans la réalité est *tout près* du château), Stendhal installe une forteresse de roman chevaleresque ou de roman noir, morceau intact du passé héroïque, mais aussi symbole tyrannique, qui préfigure la Tour ; château « dormant » que Fabrice compare à un *hiver* opposé au printemps de l'Empereur en 1815 et au réveil du marronnier auquel il s'identifie. À Musso, près de Dongo, se trouvent les ruines d'un château qui à la fin du XIVe siècle appartint à Jean-Jacques de Médicis qui batailla, comme les del Dongo, contre les ducs de Milan et leur arracha des territoires et des indemnités. Plus récemment un Cossonio del Dongo mit la forteresse au service des Autrichiens qui le firent justement marquis.

Cette peur n'était pas tout à fait gratuite : il correspondait fort activement avec un espion placé par l'Autriche sur la frontière suisse à trois lieues de Grianta, pour faire évader les prisonniers faits sur le champ de bataille, ce qui aurait pu être pris au sérieux par les généraux français.

Le marquis avait laissé sa jeune femme à Milan : elle y dirigeait les affaires de la famille, elle était chargée de faire face aux contributions imposées à la *casa del Dongo*, comme on dit dans le pays ; elle cherchait à les faire diminuer, ce qui l'obligeait à voir ceux des nobles qui avaient accepté des fonctions publiques, et même quelques non-nobles fort influents. Il survint un grand événement dans cette famille. Le marquis avait arrangé le mariage de sa jeune sœur Gina avec un personnage fort riche et de la plus haute naissance ; mais il portait de la poudre[1] : à ce titre, Gina le recevait avec de grands éclats de rire, et bientôt elle fit la folie d'épouser le comte Pietranera. C'était à la vérité un fort bon gentilhomme, très bien fait de sa personne, mais ruiné de père en fils, et pour comble de disgrâce, partisan fougueux des idées nouvelles. Pietranera était sous-lieutenant dans la légion italienne[2], surcroît de désespoir pour le marquis.

Après ces deux années de folie et de bonheur, le Directoire de Paris, se donnant des airs de souverain bien établi, montra une haine nouvelle pour tout ce qui n'était pas médiocre. Les généraux ineptes qu'il donna à l'armée d'Italie perdirent une suite de batailles dans ces

---

1. La poudre sur les cheveux est le symbole des anciennes élégances de l'Ancien Régime. Un proscrit sicilien vivant à Paris et bien connu de Stendhal, Michel Palmieri de Micciché, auteur de livres sur le royaume de Naples, a raconté comment le roi Ferdinand IV avait une véritable phobie des têtes sans poudre. **2.** Le comte Pietranera (dont le nom fait penser à la Pietragrua) s'est donc engagé dans la légion lombarde créée en 1797, et qui sera le noyau de l'armée de la République cisalpine. Il va incarner le parti français, comme cette famille de Brescia, les Lecchi, que Stendhal a connue et qui fut exemplairement fidèle à la France et à l'Italie libérée.

mêmes plaines de Vérone, témoins deux ans auparavant des prodiges d'Arcole et de Lonato. Les Autrichiens se rapprochèrent de Milan ; le lieutenant Robert, devenu chef de bataillon et blessé à la bataille de Cassano, vint loger pour la dernière fois chez son amie la marquise del Dongo. Les adieux furent tristes ; Robert partit avec le comte Pietranera qui suivait les Français dans leur retraite sur Novi. La jeune comtesse, à laquelle son frère refusa de payer sa légitime [1], suivit l'armée montée sur une charrette.

Alors commença cette époque de réaction et de retour aux idées anciennes, que les Milanais appellent *i tredici mesi (les treize mois)* parce qu'en effet leur bonheur voulut que ce retour à la sottise ne durât que treize mois, jusqu'à Marengo [2]. Tout ce qui était vieux, dévot, morose, reparut à la tête des affaires, et reprit la direction de la société : bientôt les gens restés fidèles aux bonnes doctrines publièrent dans les villages que Napoléon avait été pendu par les Mameluks en Égypte, comme il le méritait à tant de titres.

Parmi ces hommes qui étaient allés bouder dans leurs terres et qui revenaient altérés de vengeance, le marquis del Dongo se distinguait par sa fureur ; son exagération le porta naturellement à la tête du parti. Ces messieurs, fort honnêtes gens quand ils n'avaient pas peur, mais qui tremblaient toujours, parvinrent à circonvenir le général autrichien : assez bon homme, il se laissa persuader que la sévérité était de la haute politique, et fit arrêter cent cinquante patriotes : c'était bien alors ce qu'il y avait de mieux en Italie.

---

1. La légitime est la portion assurée par la loi aux héritiers sur la part de l'héritage qu'ils auraient eue si le défunt n'avait pas disposé autrement de ses biens.   **2.** La bataille de Marengo a lieu le 14 juin 1800. Mais Napoléon est entré à Milan le 2 juin, et Stendhal le 10.

Bientôt on les déporta aux *bouches de Cattaro*[1], et, jetés dans des grottes souterraines, l'humidité et surtout le manque de pain firent bonne et prompte justice de tous ces coquins.

Le marquis del Dongo eut une grande place, et, comme il joignait une avarice sordide à une foule d'autres belles qualités, il se vanta publiquement de ne pas envoyer un écu à sa sœur, la comtesse Pietranera : toujours folle d'amour, elle ne voulait pas quitter son mari, et mourait de faim en France avec lui. La bonne marquise était désespérée ; enfin elle réussit à dérober quelques petits diamants dans son écrin, que son mari lui reprenait tous les soirs pour l'enfermer sous son lit, dans une caisse de fer : la marquise avait apporté 800 000 francs de dot à son mari, et recevait 80 francs par mois pour ses dépenses personnelles. Pendant les treize mois que les Français passèrent hors de Milan, cette femme si timide trouva des prétextes et ne quitta pas le noir.

Nous avouerons que, suivant l'exemple de beaucoup de graves auteurs, nous avons commencé l'histoire de notre héros une année avant sa naissance. Ce personnage essentiel n'est autre, en effet, que Fabrice Valserra[2], *marchesino* del Dongo, comme on dit à Milan[*][3].

---

* On prononce *markésine*. Dans les usages du pays, empruntés à l'Allemagne, ce titre se donne à tous les fils de marquis ; *contine* à tous les fils de comte, *contessina* à toutes les filles de comte, etc.

---

1. Les bouches de Cattaro sont un golfe profond et découpé qui se trouve au sud de la Yougoslavie. En 1801, Stendhal a assisté à des fêtes pour le retour des déportés, et plus tard en 1815 il a lu le récit de l'un d'entre eux, Apostoli, auteur des *Lettere Sirmiense* (1801). C'est la première incarcération du roman. **2.** *Valserra* est un patronyme dauphinois, Valserra ou Vaulserre des Adrets ; l'ami de Stendhal, Mareste, descendait de cette famille. **3.** L'italien de Stendhal a des étrangetés ; « marchesino » est correct, mais « markésine » et « contine » relèvent sans doute du dialecte lombard avec lequel Stendhal était familier. À Côme, écrit-il, « on parle milanais », on « coupe la queue à tous les mots italiens ». On verra d'autres cas de cet emploi du dialecte dans le roman.

Il venait justement de se donner la peine de naître[1]
lorsque les Français furent chassés, et se trouvait, par
le hasard de la naissance, le second fils de ce marquis
del Dongo si grand seigneur, et dont vous connaissez
déjà le gros visage blême, le sourire faux et la haine
sans bornes pour les idées nouvelles. Toute la fortune
de la maison était substituée au fils aîné Ascanio del
Dongo, le digne portrait de son père[2]. Il avait huit ans,
et Fabrice deux, lorsque tout à coup ce général Bonaparte, que tous les gens bien nés croyaient pendu
depuis longtemps, descendit du mont Saint-Bernard. Il
entra dans Milan : ce moment est encore unique dans
l'histoire ; figurez-vous tout un peuple amoureux fou.
Peu de jours après, Napoléon gagna la bataille de
Marengo. Le reste est inutile à dire. L'ivresse des Milanais fut au comble ; mais, cette fois, elle était mélangée
d'idées de vengeance : on avait appris la haine à ce
bon peuple. Bientôt l'on vit arriver ce qui restait des
patriotes déportés aux bouches de Cattaro ; leur retour
fut célébré par une fête nationale. Leurs figures pâles,

---

1. Allusion au *Mariage de Figaro* (V, I) : « Qu'avez-vous fait pour
tant de biens ? Vous vous êtes donné la peine de naître. » Certes
Fabrice est un privilégié qui éveille chez les bien-pensants une hargne...
Rien n'est clair pour sa date de naissance et l'on va trouver le même
flou concernant son âge ; si le roman commence en 1796, un an avant
sa naissance, il est né en 1797 ; mais le texte ici place l'évènement lors
du départ des Français en 1799 ; plus bas, il a deux ans en 1800, ce
que confirmera le chanoine Borda en le faisant naître « vers 98 » ; par
contre si on comprend qu'il est dans sa deuxième année en 1800, il
peut en effet être né en avril-mai 1799, ou avant, et l'on peut remonter
vers l'année précédente. Au chapitre II, durant l'hiver 1814-1815, il a
à peine 16 ans ; à Waterloo il en avoue 17. Au chapitre V, sa famille,
pour le disculper près de la police, lui donne au plus 16 ans et demi.
À Parme (nous sommes en 1821, au chapitre VI), il a ses 23 ans et
près de 24 lorsqu'il porte le passeport de Giletti. En prison, il a encore
23 ans, alors que selon la chronologie du roman, il est incarcéré en
août 1822. Au chapitre XXVI, Mosca lui donne 25 ans, il en a 27.
2. Roman d'un fratricide, *La Chartreuse* repose sur une opposition
absolue du cadet et de l'aîné ou du fils légitime et du fils naturel. Ce
schéma romanesque se retrouve dans le *Tom Jones* de Fielding, très
apprécié de Stendhal.

leurs grands yeux étonnés, leurs membres amaigris, faisaient un étrange contraste avec la joie qui éclatait de toutes parts. Leur arrivée fut le signal du départ pour les familles les plus compromises. Le marquis del Dongo fut un des premiers à s'enfuir à son château de Grianta. Les chefs des grandes familles étaient remplis de haine et de peur ; mais leurs femmes, leurs filles, se rappelaient les joies du premier séjour des Français, et regrettaient Milan et les bals si gais, qui aussitôt après Marengo s'organisèrent à la *Casa Tanzi* [1]. Peu de jours après la victoire, le général français, chargé de maintenir la tranquillité dans la Lombardie s'aperçut que tous les fermiers des nobles, que toutes les vieilles femmes de la campagne, bien loin de songer encore à cette étonnante victoire de Marengo qui avait changé les destinées de l'Italie et reconquis treize places fortes en un jour, n'avaient l'âme occupée que d'une prophétie de saint Giovita, le premier patron de Brescia. Suivant cette parole sacrée, les prospérités des Français et de Napoléon devaient cesser treize semaines juste après Marengo. Ce qui excuse un peu le marquis del Dongo et tous les nobles boudeurs des campagnes, c'est que réellement et sans comédie ils croyaient à la prophétie. Tous ces gens-là n'avaient pas lu quatre volumes en leur vie ; ils faisaient ouvertement leurs préparatifs pour rentrer à Milan au bout de treize semaines ; mais le temps, en s'écoulant, marquait de nouveaux succès pour la cause de la France. De retour à Paris, Napoléon, par de sages décrets, sauvait la Révolution à l'intérieur, comme il l'avait sauvée à Marengo contre les étrangers. Alors les nobles lombards, réfugiés dans leurs châteaux, découvrirent que d'abord ils avaient mal compris la prédiction du saint patron de Brescia :

---

1. La « casa Tanzi » (le mot *casa* désigne une maison, un palais, ou la famille, au sens dynastique de « maison » en français) se trouvait au centre de Milan et proposait des jardins, des salons, des salles de bal luxueusement décorés.

il ne s'agissait pas de treize semaines, mais bien de treize mois. Les treize mois s'écoulèrent, et la prospérité de la France semblait s'augmenter tous les jours.

Nous glissons sur dix années de progrès et de bonheur, de 1800 à 1810 ; Fabrice passa les premières au château de Grianta, donnant et recevant force coups de poing au milieu des petits paysans du village, et en n'apprenant rien, pas même à lire. Plus tard, on l'envoya au collège des jésuites à Milan. Le marquis son père exigea qu'on lui montrât le latin, non point d'après ces vieux auteurs qui parlent toujours de républiques, mais sur un magnifique volume orné de plus de cent gravures, chef-d'œuvre des artistes du dix-septième siècle ; c'était la généalogie latine des Valserra, marquis del Dongo, publiée en 1650 par Fabrice del Dongo, archevêque de Parme [1]. La fortune des Valserra étant surtout militaire, les gravures représentaient force batailles, et toujours on voyait quelque héros de ce nom donnant de grands coups d'épée. Ce livre plaisait fort au jeune Fabrice. Sa mère, qui l'adorait, obtenait de temps en temps la permission de venir le voir à Milan ; mais son mari ne lui offrant jamais d'argent pour ces voyages, c'était sa belle-sœur, l'aimable comtesse Pietranera, qui lui en prêtait. Après le retour des Français, la comtesse était devenue l'une des femmes les plus brillantes de la cour du prince Eugène, vice-roi d'Italie [2].

Lorsque Fabrice eut fait sa première communion, elle obtint du marquis, toujours exilé volontaire, la permission de le faire sortir quelquefois de son collège. Elle le trouva singulier, spirituel, fort sérieux, mais joli

---

1. La généalogie de Fabrice le définit ; il va, grâce au destin, l'accomplir comme un présage, être un del Dongo qui a choisi la carrière ecclésiastique et qui s'élève aux mêmes grandeurs que ses ancêtres, et dans la même ville tout en restant violent et belliqueux.   2. Beaufils de Napoléon, Eugène de Beauharnais (1781-1824) fut vice-roi d'Italie de 1805 à 1814. Dans le roman, sa cour incarne un moment romanesque inoubliable.

garçon, et ne déparant point trop le salon d'une femme
à la mode ; du reste, ignorant à plaisir, et sachant à
peine écrire. La comtesse, qui portait en toutes choses
son caractère enthousiaste, promit sa protection au chef
de l'établissement, si son neveu Fabrice faisait des progrès étonnants, et à la fin de l'année avait beaucoup de
prix. Pour lui donner les moyens de les mériter, elle
l'envoyait chercher tous les samedis soir, et souvent ne
le rendait à ses maîtres que le mercredi ou le jeudi. Les
jésuites, quoique tendrement chéris par le prince vice-
roi, étaient repoussés d'Italie par les lois du royaume,
et le supérieur du collège, homme habile, sentit tout le
parti qu'il pourrait tirer de ses relations avec une
femme toute-puissante à la cour. Il n'eut garde de se
plaindre des absences de Fabrice, qui, plus ignorant
que jamais, à la fin de l'année obtint cinq premiers
prix. À cette condition, la brillante comtesse Pietranera, suivie de son mari, général commandant une des
divisions de la garde, et de cinq ou six des plus grands
personnages de la cour du vice-roi, vint assister à la
distribution des prix chez les jésuites. Le supérieur fut
complimenté par ses chefs.

La comtesse conduisait son neveu à toutes ces fêtes
brillantes qui marquèrent le règne trop court de l'aimable prince Eugène. Elle l'avait créé de son autorité
officier de hussards, et Fabrice, âgé de douze ans, portait cet uniforme[1]. Un jour, la comtesse, enchantée de
sa jolie tournure, demanda pour lui au prince une place
de page, ce qui voulait dire que la famille del Dongo
se ralliait. Le lendemain, elle eut besoin de tout son
crédit pour obtenir que le vice-roi voulût bien ne pas
se souvenir de cette demande, à laquelle rien ne manquait que le consentement du père du futur page, et ce
consentement eût été refusé avec éclat. À la suite de
cette folie, qui fit frémir le marquis boudeur, il trouva
un prétexte pour rappeler à Grianta le jeune Fabrice.

---

1. Autre présage : l'uniforme annonce celui de Fabrice à Waterloo.

La comtesse méprisait souverainement son frère ; elle le regardait comme un sot triste, et qui serait méchant si jamais il en avait le pouvoir. Mais elle était folle de Fabrice, et, après dix ans de silence, elle écrivit au marquis pour réclamer son neveu : sa lettre fut laissée sans réponse.

À son retour dans ce palais formidable, bâti par le plus belliqueux de ses ancêtres, Fabrice ne savait rien au monde que faire l'exercice et monter à cheval. Souvent le comte Pietranera, aussi fou de cet enfant que sa femme, le faisait monter à cheval, et le menait avec lui à la parade.

En arrivant au château de Grianta, Fabrice, les yeux encore bien rouges de larmes répandues en quittant les beaux salons de sa tante, ne trouva que les caresses passionnées de sa mère et de ses sœurs. Le marquis était enfermé dans son cabinet avec son fils aîné, le *marchesino* Ascanio. Ils y fabriquaient des lettres chiffrées qui avaient l'honneur d'être envoyées à Vienne ; le père et le fils ne paraissaient qu'aux heures des repas. Le marquis répétait avec affectation qu'il apprenait à son successeur naturel à tenir, en partie double, le compte des produits de chacune de ses terres. Dans le fait, le marquis était trop jaloux de son pouvoir pour parler de ces choses-là à un fils, héritier nécessaire de toutes ces terres substituées[1]. Il l'employait à chiffrer des dépêches de quinze ou vingt pages que deux ou trois fois la semaine il faisait passer en Suisse, d'où on les acheminait à Vienne. Le marquis prétendait faire connaître à ses souverains légitimes l'état intérieur du royaume d'Italie qu'il ne connaissait pas lui-même, et toutefois ses lettres avaient beaucoup de succès ; voici comment. Le marquis faisait compter sur la grande route, par quelque agent sûr, le nombre des soldats de

---

1. Terme de jurisprudence désignant une succession transmise à un héritier sans qu'aucune partie puisse en être aliénée ; le droit d'aînesse est complété par la substitution.

tel régiment français ou italien qui changeait de garnison, et, en rendant compte du fait à la cour de Vienne, il avait soin de diminuer d'un grand quart le nombre des soldats présents [1]. Ces lettres, d'ailleurs ridicules, avaient le mérite d'en démentir d'autres plus véridiques, et elles plaisaient. Aussi, peu de temps avant l'arrivée de Fabrice au château, le marquis avait-il reçu la plaque d'un ordre renommé : c'était la cinquième qui ornait son habit de chambellan. À la vérité, il avait le chagrin de ne pas oser arborer cet habit hors de son cabinet ; mais il ne se permettait jamais de dicter une dépêche sans avoir revêtu le costume brodé, garni de tous ses ordres. Il eût cru manquer de respect d'en agir autrement.

La marquise fut émerveillée des grâces de son fils. Mais elle avait conservé l'habitude d'écrire deux ou trois fois par an au général comte d'A*** ; c'était le nom actuel du lieutenant Robert. La marquise avait horreur de mentir aux gens qu'elle aimait ; elle interrogea son fils et fut épouvantée de son ignorance.

S'il me semble peu instruit, se disait-elle, à moi qui ne sais rien, Robert, qui est si savant, trouverait son éducation absolument manquée ; or maintenant il faut du mérite. Une autre particularité qui l'étonna presque autant, c'est que Fabrice avait pris au sérieux toutes les choses religieuses qu'on lui avait enseignées chez les jésuites. Quoique fort pieuse elle-même, le fanatisme de cet enfant la fit frémir. Si le marquis a l'esprit de deviner ce moyen d'influence, il va m'enlever l'amour

---

1. Le grand seigneur-espion est l'incarnation de la domination de l'Autriche qui encourage l'espionnage partout, y compris dans les familles ; chez les del Dongo tout le monde espionne, le père espionne l'armée française, le frère espionne son frère et le dénonce. Mais les mésaventures du marquis-espion ont amené L.-F. Benedetto à le rapprocher de deux modèles réels : le comte Borromeo, promu pour des services occultes (c'est-à-dire l'espionnage) au rang de « grand majordome majeur » ; et le comte Mellerio, autre ennemi fanatique des Français, appelé à Vienne à un poste important et renvoyé pour une incompétence incurable.

de mon fils. Elle pleura beaucoup, et sa passion pour Fabrice s'en augmenta.

La vie de ce château, peuplé de trente ou quarante domestiques, était fort triste ; aussi Fabrice passait-il toutes ses journées à la chasse ou à courir le lac sur une barque. Bientôt il fut étroitement lié avec les cochers et les hommes des écuries ; tous étaient partisans fous des Français et se moquaient ouvertement des valets de chambre dévots, attachés à la personne du marquis ou à celle de son fils aîné. Le grand sujet de plaisanterie contre ces personnages graves, c'est qu'ils portaient de la poudre à l'instar de leurs maîtres.

CHAPITRE II

... Alors que Vesper vient embrunir nos yeux,
Tout épris d'avenir, je contemple les cieux
En qui Dieu nous escrit, par notes non obscures,
Les sorts et les destins de toutes créatures.
Car lui, du fond des cieux regardant un humain,
Parfois mû de pitié, lui montre le chemin ;
Par les astres du ciel qui sont ses caractères,
Les choses nous prédit et bonnes et contraires ;
Mais les hommes chargés de terre et de trépas,
Méprisent tel écrit, et ne le lisent pas.

RONSARD [1]

Le marquis professait une haine vigoureuse pour les lumières : Ce sont les idées, disait-il, qui ont perdu l'Italie. Il ne savait trop comment concilier cette sainte horreur de l'instruction, avec le désir de voir son fils Fabrice perfectionner l'éducation si brillamment commencée chez les jésuites. Pour courir le moins de risques possible, il chargea

---

1. Voir Ronsard, *Élégie* dans le livre II des *Sonnets pour Hélène* ; l'article de René Servoise (« L'épigraphe de Ronsard dans *La Chartreuse de Parme* », dans *S-C* [*Stendhal-Club*], n° 89, 1980) a montré que les vers 5 et 6 sont modifiés par Stendhal (Ronsard a écrit : « Car, lui, en dédaignant comme font les humains/D'avoir encre et papier et plume entre les mains »), que le premier est tronqué, que le deuxième disait : « Attaché dans le ciel, je contemple les cieux. » Nous avons donc ici deux vers de Stendhal. Dans Chaper, il corrige encore sa citation.

le bon abbé Blanès [1], curé de Grianta, de faire continuer à Fabrice ses études en latin. Il eût fallu que le curé lui-même sût cette langue ; or, elle était l'objet de ses mépris ; ses connaissances en ce genre se bornaient à réciter, par cœur, les prières de son missel, dont il pouvait rendre à peu près le sens à ses ouailles. Mais ce curé n'en était pas moins fort respecté et même redouté dans le canton ; il avait toujours dit que ce n'était point en treize semaines, ni même en treize mois, que l'on verrait s'accomplir la célèbre prophétie de saint Giovita, le patron de Brescia. Il ajoutait, quand il parlait à des amis sûrs, que ce nombre *treize* devait être interprété d'une façon qui étonnerait bien du monde, s'il était permis de tout dire (1813).

Le fait est que l'abbé Blanès, personnage d'une honnêteté et d'une vertu *primitives*, et de plus homme d'esprit, passait toutes les nuits au haut de son clocher ; il était fou d'astrologie. Après avoir usé ses journées à calculer des conjonctions et des positions d'étoiles, il employait la meilleure part de ses nuits à les suivre dans le ciel. Par suite de sa pauvreté, il n'avait d'autre instrument qu'une longue lunette à tuyau de carton. On peut juger du mépris qu'avait pour l'étude des langues un homme qui passait sa vie à découvrir l'époque précise de la chute des empires et des révolutions qui changent la face du monde. Que sais-je de plus sur un

---

1. Blanes est le nom d'un acteur italien (1780-1823) fort célèbre et dont Stendhal a parlé ; il modifie légèrement le nom en accentuant la finale. L'astrologue est un personnage fréquent dans le roman historique de l'époque romantique : il figure en bonne place dans W. Scott. Stendhal a enfin fréquenté personnellement un prêtre italien fort savant en astronomie, et connaissant bien l'astrologie ; il était de Brescia ! Il vivait chez Lucien Bonaparte, le frère de Napoléon, qui avait de vastes domaines tout près de Civitavecchia où Stendhal s'est rendu à plusieurs reprises. *Cf.* l'étude de Bruno Pincherlé, « Le R.P. Maurice ou la lunette de l'abbé Blanès », dans *Première Journée du Stendhal-Club*, Lausanne, éd. du Grand Chêne, 1965.

cheval, disait-il à Fabrice, depuis qu'on m'a appris
qu'en latin il s'appelle *equus*[1] ?

Les paysans redoutaient l'abbé Blanès comme un
grand magicien : pour lui, à l'aide de la peur qu'inspiraient ses stations dans le clocher, il les empêchait de
voler. Ses confrères les curés des environs, fort jaloux
de son influence, le détestaient ; le marquis del Dongo
le méprisait tout simplement, parce qu'il raisonnait
trop pour un homme de si bas étage[a]. Fabrice l'adorait :
pour lui plaire il passait quelquefois des soirées
entières à faire des additions ou des multiplications
énormes. Puis il montait au clocher : c'était une grande
faveur et que l'abbé Blanès n'avait jamais accordée à
personne ; mais il aimait cet enfant pour sa naïveté. Si
tu ne deviens pas hypocrite, lui disait-il, peut-être tu
seras un homme.

Deux ou trois fois par an, Fabrice, intrépide et passionné dans ses plaisirs, était sur le point de se noyer
dans le lac. Il était le chef de toutes les grandes expéditions des petits paysans de Grianta et de la Cadenabia[2].
Ces enfants s'étaient procuré quelques petites clefs, et
quand la nuit était bien noire, ils essayaient d'ouvrir
les cadenas de ces chaînes qui attachent les bateaux à
quelque grosse pierre ou à quelque arbre voisin du
rivage. Il faut savoir que sur le lac de Côme, l'industrie
des pêcheurs place des lignes dormantes à une grande
distance des bords. L'extrémité supérieure de la corde
est attachée à une planchette doublée de liège, et une
branche de coudrier très flexible, fichée sur cette planchette, soutient une petite sonnette qui tinte lorsque le

---

1. Sur l'astrologie dans le roman et les aspects occultistes on lira
François Michel, « Les superstitions de Fabrice del Dongo ou l'humiliation de l'esprit », dans *Études stendhaliennes*, Mercure de France,
1972, H.-F. Imbert, « Ésotérisme beyliste », dans *Variétés beylistes*,
H. Champion, 1995, et René Servoise, « Le merveilleux dans *La Chartreuse de Parme* », dans *R.H.L.F.*, 1999 ; et notre préface dans l'édition
Garnier.   **2.** Au sud de Grianta, sur la même rive du lac ; mais il
faut écrire « Cadenabbia ».

poisson, pris à la ligne, donne des secousses à la corde[1].

Le grand objet de ces expéditions nocturnes, que Fabrice commandait en chef, était d'aller visiter les lignes dormantes, avant que les pêcheurs eussent entendu l'avertissement donné par les petites clochettes. On choisissait les temps d'orage ; et, pour ces parties hasardeuses, on s'embarquait le matin, une heure avant l'aube. En montant dans la barque, ces enfants croyaient se précipiter dans les plus grands dangers, c'était là le beau côté de leur action ; et, suivant l'exemple de leurs pères, ils récitaient dévotement un *Ave Maria*. Or, il arrivait souvent qu'au moment du départ, et à l'instant qui suivait l'*Ave Maria*, Fabrice était frappé d'un présage. C'était là le fruit qu'il avait retiré des études astrologiques de son ami l'abbé Blanès, aux prédictions duquel il ne croyait point. Suivant sa jeune imagination, ce présage lui annonçait avec certitude le bon ou le mauvais succès ; et comme il avait plus de résolution qu'aucun de ses camarades, peu à peu toute la troupe prit tellement l'habitude des présages, que si, au moment de s'embarquer, on apercevait sur la côte un prêtre, ou si l'on voyait un corbeau s'envoler à main gauche[2], on se hâtait de remettre le cadenas à la chaîne du bateau, et chacun allait se recoucher. Ainsi l'abbé Blanès n'avait pas communiqué sa science assez difficile à Fabrice ; mais, à son insu, il lui avait inoculé une confiance illimitée dans les signes qui peuvent prédire l'avenir.

Le marquis sentait qu'un accident arrivé à sa correspondance chiffrée pouvait le mettre à la merci de sa sœur ; aussi tous les ans, à l'époque de la Sainte-An-

---

1. Une preuve de l'intérêt de Stendhal pour les pêcheurs du lac de Côme : il a dessiné les mailles de leurs filets (voir *Œuvres intimes*, t. II, p. 55).   2. Le vol des oiseaux vers la gauche est de mauvais augure ; par contre, l'aigle napoléonien vole vers la droite.

gela[1], fête de la comtesse Pietranera, Fabrice obtenait la permission d'aller passer huit jours à Milan. Il vivait toute l'année dans l'espérance ou le regret de ces huit jours. En cette grande occasion, pour accomplir ce voyage politique, le marquis remettait à son fils quatre écus, et, suivant l'usage, ne donnait rien à sa femme, qui le menait. Mais un des cuisiniers, six laquais et un cocher avec deux chevaux, partaient pour Côme la veille du voyage, et chaque jour, à Milan, la marquise trouvait une voiture à ses ordres, et un dîner de douze couverts.

Le genre de vie boudeur que menait le marquis del Dongo était assurément fort peu divertissant ; mais il avait cet avantage qu'il enrichissait à jamais les familles qui avaient la bonté de s'y livrer. Le marquis, qui avait plus de deux cent mille livres de rente, n'en dépensait pas le quart ; il vivait d'espérances. Pendant les treize années de 1800 à 1813, il crut constamment et fermement que Napoléon serait renversé avant six mois. Qu'on juge de son ravissement quand, au commencement de 1813, il apprit les désastres de la Bérésina[2] ! La prise de Paris et la chute de Napoléon faillirent lui faire perdre la tête ; il se permit alors les propos les plus outrageants envers sa femme et sa sœur. Enfin, après quatorze années d'attente, il eut cette joie inexprimable de voir les troupes autrichiennes rentrer dans Milan. D'après les ordres venus de Vienne, le général autrichien reçut le marquis del Dongo avec une considération voisine du respect ; on se hâta de lui offrir une des premières places dans le gouvernement, et il l'accepta comme le paiement d'une dette. Son fils aîné eut une lieutenance dans l'un des plus beaux régiments de la monarchie ; mais le second

1. Composé italo-français assez douteux, mais qui introduit tout près du nom de Pietranera le prénom d'Angela Pietragrua, son modèle.
2. L'évènement le plus spectaculaire de la retraite de Russie les 27-29 octobre 1812. Stendhal y était.

ne voulut jamais accepter une place de cadet qui lui était offerte. Ce triomphe, dont le marquis jouissait avec une insolence rare, ne dura que quelques mois, et fut suivi d'un revers humiliant. Jamais il n'avait eu le talent des affaires, et quatorze années passées à la campagne, entre ses valets, son notaire et son médecin, jointes à la mauvaise humeur de la vieillesse qui était survenue, en avaient fait un homme tout à fait incapable. Or, il n'est pas possible, en pays autrichien, de conserver une place importante sans avoir le genre de talent que réclame l'administration lente et compliquée, mais fort raisonnable, de cette vieille monarchie. Les bévues du marquis del Dongo scandalisaient les employés, et même arrêtaient la marche des affaires. Ses propos ultramonarchiques irritaient les populations qu'on voulait plonger dans le sommeil et l'incurie. Un beau jour, il apprit que sa majesté avait daigné accepter gracieusement la démission qu'il donnait de son emploi dans l'administration, et en même temps lui conférait la place de *second grand majordome major* [1] du royaume lombardo-vénitien. Le marquis fut indigné de l'injustice atroce dont il était victime ; il fit imprimer une lettre à un ami, lui qui exécrait tellement la liberté de la presse. Enfin il écrivit à l'empereur que ses ministres le trahissaient, et n'étaient que des jacobins. Ces choses faites, il revint tristement à son château de Grianta. Il eut une consolation. Après la chute de Napoléon, certains personnages puissants à Milan firent assommer dans les rues le comte Prina, ancien ministre du roi d'Italie, et homme du premier mérite [2].

---

1. Ce titre existe, ce n'est pas une plaisanterie. Misley raconte comment le comte Borromeo le reçoit en 1819. Mais Stendhal, sans doute pour éviter une application gênante, crée un second poste alors qu'il n'y a jamais eu qu'un seul grand majordome major.   **2.** Le meurtre de Prina a eu lieu le 20 avril 1814 et la description qu'en donne Stendhal (qui est arrivé à Milan le 10 août) est confirmée par les historiens ; tout est exact, y compris la promotion du curé devenu évêque en 1833. Pour Stendhal, c'est le crime fondateur de la Restauration, maquillé en émeute populaire, et créant la rupture avec la Lombar-

Le comte Pietranera exposa sa vie pour sauver celle du ministre, qui fut tué à coups de parapluie, et dont le supplice dura cinq heures. Un prêtre, confesseur du marquis del Dongo, eût pu sauver Prina en lui ouvrant la grille de l'église de San Giovanni, devant laquelle on traînait le malheureux ministre, qui même un instant fut abandonné dans le ruisseau, au milieu de la rue ; mais il refusa d'ouvrir sa grille avec dérision, et, six mois après, le marquis eut le bonheur de lui faire obtenir un bel avancement.

Il exécrait le comte Pietranera, son beau-frère, lequel, n'ayant pas 50 louis de rente, osait être assez content, s'avisait de se montrer fidèle à ce qu'il avait aimé toute sa vie, et avait l'insolence de prôner cet esprit de justice sans acceptation de personnes, que le marquis appelait un jacobinisme infâme. Le comte avait refusé de prendre du service en Autriche ; on fit valoir ce refus, et, quelques mois après la mort de Prina, les mêmes personnages qui avaient payé les assassins obtinrent que le général Pietranera serait jeté en prison. Sur quoi la comtesse, sa femme, prit un passeport et demanda des chevaux de poste pour aller à Vienne dire la vérité à l'empereur. Les assassins de Prina eurent peur, et l'un d'eux, cousin de Mme Pietra-

---

die napoléonienne. Le sympathique et libéral Pietranera s'y oppose au marquis. Mais le récit stendhalien de ce crime symbolique qui continue à diviser la société milanaise n'est pas totalement exact : il voile le fait qu'il y avait à Milan trois partis, le parti « autrichien » (mais l'armée autrichienne n'était pas encore entrée dans la ville), le parti français que le lynchage de Prina neutralise, et un parti nationaliste antifrançais et libéral qui a cru se faire une place entre les deux autres. D'où le grief de Stendhal contre ces « libéraux » ; ce sont les assassins de Prina qui n'ont rien gagné à ce crime. D'où une hostilité de Stendhal à leur égard (elle est réciproque) ; la Traversi, cousine de Metilde et le pire ennemi de Stendhal, était compromise dans l'affaire Prina : l'émeute « spontanée » aurait été organisée dans son salon. Stendhal va donner presque son nom à la Raversi, le personnage néfaste du roman ; et que dire de Conti, chef des « libéraux » ? Voir sur ce point l'étude de G.-F. Greghi, *Le testimonanze di Stendhal sulla morte di Prina*, Milan, 1974.

nera, vint lui apporter à minuit, une heure avant son
départ pour Vienne, l'ordre de mettre en liberté son
mari. Le lendemain, le général autrichien fit appeler
le comte Pietranera, le reçut avec toute la distinction
possible, et l'assura que sa pension de retraite ne tarde-
rait pas à être liquidée sur le pied le plus avantageux.
Le brave général Bubna [1], homme d'esprit et de cœur,
avait l'air tout honteux de l'assassinat de Prina et de la
prison du comte.

Après cette bourrasque [2], conjurée par le caractère ferme
de la comtesse, les deux époux vécurent, tant bien que mal,
avec la pension de retraite, qui, grâce à la recommandation
du général Bubna, ne se fit pas attendre.

Par bonheur, il se trouva que, depuis cinq ou six
ans, la comtesse avait beaucoup d'amitié pour un jeune
homme fort riche, lequel était aussi ami intime du
comte, et ne manquait pas de mettre à leur disposition
le plus bel attelage de chevaux anglais qui fût alors à
Milan, sa loge au théâtre de la Scala, et son château à
la campagne. Mais le comte avait la conscience de sa
bravoure, son âme était généreuse, il s'emportait facilement, et alors se permettait d'étranges propos. Un jour
qu'il était à la chasse avec des jeunes gens, l'un d'eux,
qui avait servi sous d'autres drapeaux que lui, se mit à
faire des plaisanteries sur la bravoure des soldats de la
république cisalpine ; le comte lui donna un soufflet,
l'on se battit aussitôt, et le comte, qui était seul de son
bord, au milieu de tous ces jeunes gens, fut tué. On
parla beaucoup de cette espèce de duel, et les personnes qui s'y étaient trouvées prirent le parti d'aller
voyager en Suisse.

Ce courage ridicule qu'on appelle résignation, le
courage d'un sot qui se laisse pendre sans mot dire,

---

1. Le comte de Bubna-Littiz fut en effet gouverneur de Lombardie,
mais en 1818, et Stendhal en a toujours parlé d'une manière favorable
comme ici.   2. C'est le mot clé qui définit Gina : tempête, orage,
bourrasque, au propre et au figuré ; elle aime la crise, le risque, le pari
et le jeu.

n'était point à l'usage de la comtesse. Furieuse de la mort de son mari, elle aurait voulu que Limercati, ce jeune homme riche, son ami intime, prît aussi la fantaisie de voyager en Suisse, et de donner un coup de carabine ou un soufflet au meurtrier du comte Pietranera[1].

Limercati trouva ce projet d'un ridicule achevé, et la comtesse s'aperçut que chez elle le mépris avait tué l'amour. Elle redoubla d'attention pour Limercati ; elle voulait réveiller son amour, et ensuite le planter là et le mettre au désespoir. Pour rendre ce plan de vengeance intelligible en France, je dirai qu'à Milan, pays fort éloigné du nôtre, on est encore au désespoir par amour. La comtesse, qui, dans ses habits de deuil, éclipsait de bien loin toutes ses rivales, fit des coquetteries aux jeunes gens qui tenaient le haut du pavé, et l'un d'eux, le comte N..., qui, de tout temps, avait dit qu'il trouvait le mérite de Limercati un peu lourd, un peu empesé pour une femme d'autant d'esprit, devint amoureux fou de la comtesse. Elle écrivit à Limercati :

Voulez-vous agir une fois en homme d'esprit ? Figurez-vous que vous ne m'avez jamais connue.

Je suis, avec un peu de mépris peut-être, votre très humble servante.

Gina Pietranera.

---

1. Nous avons ici des éléments précurseurs du roman : la prison (évitée) du comte, la première vengeance voulue par Gina qui ne peut venger son mari, mais se venge de son amant par une rupture spectaculaire et une lettre insolente et humiliante ; elle fait penser ici aux héroïnes du roman libertin, comme la marquise de Merteuil des *Liaisons dangereuses*. Mais le récit de Stendhal concernant ces aventures, et par la suite la situation de la comtesse qui semble entretenue par ses amants, est discret et elliptique. La Pietragrua, son modèle, était plus carrément intéressée, plus perfide et plus masquée dans ses liaisons multiples ; en la qualifiant de « catin sublime », Stendhal pensait à l'audace, à l'absence de tout scrupule, à l'irrépressible liberté d'allure qu'il a donnée à son personnage.

À la lecture de ce billet, Limercati partit pour un de ses châteaux ; son amour s'exalta, il devint fou, et parla de se brûler la cervelle, chose inusitée dans les pays à enfer. Dès le lendemain de son arrivée à la campagne, il avait écrit à la comtesse pour lui offrir sa main et ses 200 000 livres de rente. Elle lui renvoya sa lettre non décachetée par le groom du comte N... Sur quoi Limercati a passé trois ans dans ses terres, revenant tous les deux mois à Milan, mais sans avoir jamais le courage d'y rester, et ennuyant tous ses amis de son amour passionné pour la comtesse, et du récit circonstancié des bontés que jadis elle avait pour lui. Dans les commencements, il ajoutait qu'avec le comte N... elle se perdait, et qu'une telle liaison la déshonorait.

Le fait est que la comtesse n'avait aucune sorte d'amour pour le comte N..., et c'est ce qu'elle lui déclara quand elle fut tout à fait sûre du désespoir de Limercati. Le comte, qui avait de l'usage, la pria de ne point divulguer la triste vérité dont elle lui faisait confidence :

— Si vous avez l'extrême indulgence, ajouta-t-il, de continuer à me recevoir avec toutes les distinctions extérieures accordées à l'amant régnant, je trouverai peut-être une place convenable.

Après cette déclaration héroïque la comtesse ne voulut plus des chevaux ni de la loge du comte N... Mais depuis quinze ans elle était accoutumée à la vie la plus élégante : elle eut à résoudre ce problème difficile ou pour mieux dire impossible : vivre à Milan avec une pension de 1 500 francs [1]. Elle quitta son palais, loua deux chambres à un cinquième étage, renvoya tous ses gens et jusqu'à sa femme de chambre remplacée par une pauvre vieille faisant des ménages. Ce sacrifice était dans le fait moins héroïque et moins pénible qu'il

---

1. Au chapitre VI, la pension du général est de 3 500 francs ; la pension de sa veuve est plus faible ; au chapitre XII, Gina se donne 1 200 livres de rente et 5 000 francs de dettes.

ne nous semble ; à Milan la pauvreté n'est pas ridicule, et partant ne se montre pas aux âmes effrayées comme le pire des maux. Après quelques mois de cette pauvreté noble, assiégée par les lettres continuelles de Limercati, et même du comte N... qui lui aussi voulait épouser, il arriva que le marquis del Dongo, ordinairement d'une avarice exécrable, vint à penser que ses ennemis pourraient bien triompher de la misère de sa sœur. Quoi ! une del Dongo être réduite à vivre avec la pension que la cour de Vienne, dont il avait tant à se plaindre, accorde aux veuves de ses généraux !

Il lui écrivit qu'un appartement et un traitement dignes de sa sœur l'attendaient au château de Grianta. L'âme mobile de la comtesse embrassa avec enthousiasme l'idée de ce nouveau genre de vie ; il y avait vingt ans qu'elle n'avait habité ce château vénérable s'élevant majestueusement au milieu des vieux châtaigniers plantés du temps des Sforce. Là, se disait-elle, je trouverai le repos, et, à mon âge, n'est-ce pas le bonheur ? (Comme elle avait trente et un ans elle se croyait arrivée au moment de la retraite.) Sur ce lac sublime où je suis née, m'attend enfin une vie heureuse et paisible.

Je ne sais si elle se trompait, mais ce qu'il y a de sûr c'est que cette âme passionnée, qui venait de refuser si lestement l'offre de deux immenses fortunes, apporta le bonheur au château du Grianta. Ses deux nièces étaient folles de joie.

— Tu m'as rendu les beaux jours de la jeunesse, lui disait la marquise en l'embrassant ; la veille de ton arrivée j'avais cent ans.

La comtesse se mit à revoir[1], avec Fabrice, tous ces

1. Sur le lac de Côme, son rôle dans le roman, sa description, voir Grazia Merler, « Description et espace dans *La Chartreuse de Parme* », dans *S-C*, nº 89, 1980, Carlo Cordié, « Stendhal e il Lario », dans *Ricerche stendhaliane*, Milan, 1967, Annalisa Bottacin, « Le lac de Côme, paysage de l'âme dans *La Chartreuse de Parme* », dans *Colloque international de Paris IV-Sorbonne...*, et l'étude de H.-F. Imbert,

lieux enchanteurs voisins de Grianta, et si célébrés par les voyageurs : la villa Melzi [1] de l'autre côté du lac, vis-à-vis le château, et qui lui sert de point de vue ; au-dessus le bois sacré des *Sfondrata* [2], et le hardi promontoire qui sépare les deux branches du lac, celle de Côme, si voluptueuse, et celle qui court vers Lecco, pleine de sévérité : aspects sublimes et gracieux, que le site le plus renommé du monde, la baie de Naples, égale, mais ne surpasse point. C'était avec ravissement que la comtesse retrouvait les souvenirs de sa première jeunesse et les comparait à ses sensations actuelles. Le lac de Côme, se disait-elle, n'est point environné, comme le lac de Genève, de grandes pièces de terre bien closes et cultivées selon les meilleures méthodes, choses qui rappellent l'argent et la spéculation [3]. Ici de tous côtés je vois des collines d'inégales hauteurs couvertes de bouquets d'arbres plantés par le hasard, et que la main de l'homme n'a point encore gâtés et forcés *à rendre du revenu*. Au milieu de ces collines aux formes admirables et se précipitant vers le lac par des pentes si singulières, je puis garder toutes les illusions des descriptions du Tasse et de l'Arioste [4]. Tout est noble et tendre, tout parle d'amour, rien ne rappelle

---

« Philosophie beyliste du lac », dans *Variétés beylistes*, Champion, 1995.

   1. Ce palais se trouve sur la route de Côme à Bellagio, donc en face de Grianta ; il a été construit de 1810 à 1815.   **2.** Sur la pointe escarpée de Bellagio, entre les deux branches du lac, se trouve une villa édifiée au XVIIIᵉ siècle par le pape Grégoire XIV, de la grande famille milanaise des Sfondrati ; c'est aujourd'hui la villa Serbelloni qui conserve le jardin extraordinaire auquel Stendhal fait allusion. **3.** Dans la Cinquième Promenade des *Rêveries*, Rousseau opposait les rives du lac de Genève à celles du lac de Bienne, « plus sauvages et plus romantiques » parce que moins cultivées et moins peuplées.   **4.** Le rapprochement entre les paysages des lacs lombards et les constructions féeriques et enchantées des épopées chevaleresques chères à Stendhal est fréquent chez les voyageurs du XVIIIᵉ siècle ; ainsi le Président de Brosses voyant les îles Borromées se croit dans « le pays de Romancie » ; *cf.* Letizia Cagiano de Azevedo, « Stendhal e de Brosses alle Isole Borrome », dans *Stendhal a Milano, op. cit,* t. II, p. 719.

les laideurs de la civilisation. Les villages situés à mi-
côte sont cachés par de grands arbres, et au-dessus des
sommets des arbres s'élève l'architecture charmante de
leurs jolis clochers. Si quelque petit champ de cinquante pas de large vient interrompre de temps à autre
les bouquets de châtaigniers et de cerisiers sauvages,
l'œil satisfait y voit croître des plantes plus vigou-
reuses et plus heureuses là qu'ailleurs[a]. Par-delà ces
collines, dont le faîte offre des ermitages qu'on voudrait tous habiter, l'œil étonné aperçoit les pics des
Alpes, toujours couverts de neige, et leur austérité
sévère lui rappelle des malheurs de la vie et ce qu'il
en faut pour accroître la volupté présente[1]. L'imagination est touchée par le son lointain de la cloche de
quelque petit village caché sous les arbres : ces sons
portés sur les eaux qui les adoucissent prennent une
teinte de douce mélancolie et de résignation, et semblent dire à l'homme : la vie s'enfuit, ne te montre
donc point si difficile envers le bonheur qui se présente, hâte-toi de jouir. Le langage de ces lieux ravissants, et qui n'ont point de pareils au monde, rendit à
la comtesse son cœur de seize ans. Elle ne concevait
pas comment elle avait pu passer tant d'années sans
revoir le lac. Est-ce donc au commencement de la
vieillesse, se disait-elle, que le bonheur se serait réfugié ! Elle acheta une barque que Fabrice, la marquise
et elle ornèrent de leurs mains, car on manquait d'argent pour tout, au milieu de l'état de maison le plus
splendide ; depuis sa disgrâce le marquis del Dongo
avait redoublé de faste aristocratique. Par exemple,
pour gagner dix pas de terrain sur le lac, près de la
fameuse allée de platanes, à côté de la Cadenabia, il
faisait construire une digue dont le devis allait à
80 mille francs. À l'extrémité de la digue on voyait

---

1. Il est impossible d'isoler dans ce texte par des guillemets ce qui
est attribuable à Gina. Si le début de son monologue est net, la fin est
incertaine.

s'élever, sur les dessins du fameux marquis Cagnola [1], une chapelle bâtie tout entière en blocs de granit énormes, et, dans la chapelle, Marchesi, le sculpteur à la mode de Milan, lui bâtissait un tombeau sur lequel des bas-reliefs nombreux devaient représenter les belles actions de ses ancêtres.

Le frère aîné de Fabrice, le *marchesine* Ascagne voulut se mettre des promenades de ces dames ; mais sa tante jetait de l'eau sur ses cheveux poudrés, et avait tous les jours quelque nouvelle niche à lancer à sa gravité. Enfin il délivra de l'aspect de sa grosse figure blafarde la joyeuse troupe qui n'osait rire en sa présence. On pensait qu'il était l'espion du marquis son père, et il fallait ménager ce despote sévère et toujours furieux depuis sa démission forcée.

Ascagne jura de se venger de Fabrice.

Il y eut une tempête où l'on courut des dangers ; quoiqu'on eût infiniment peu d'argent, on paya généreusement les deux bateliers pour qu'ils ne dissent rien au marquis, qui déjà témoignait beaucoup d'humeur de ce qu'on emmenait ses deux filles. On rencontra une seconde tempête ; elles sont terribles et imprévues sur ce beau lac : des rafales de vent sortent à l'improviste de deux gorges de montagnes placées dans des directions opposées et luttent sur les eaux. La comtesse voulut débarquer au milieu de l'ouragan et des coups de tonnerre ; elle prétendait que, placée sur un rocher isolé au milieu du lac, et grand comme une petite chambre, elle aurait un spectacle singulier ; elle se verrait assiégée de toutes parts par des vagues furieuses ; mais, en sautant de la barque, elle tomba dans l'eau [2]. Fabrice se jeta après elle pour la sauver, et tous deux furent entraînés assez loin. Sans doute il n'est pas beau de se noyer, mais l'en-

---

1. Cagnola (1762-1833), architecte milanais, qui a construit à Milan un arc de triomphe pour Napoléon, auquel il ajouta ensuite des ornements en l'honneur des Alliés. Marchesi (1790-1858) est un élève du sculpteur Canova.   2. Cette scène correspond à la fête nocturne sur le Tibre imaginée par Stendhal pour Vanozza Farnèse.

nui, tout étonné, était banni du château féodal. La comtesse s'était passionnée pour le caractère primitif et pour l'astrologie de l'abbé Blanès. Le peu d'argent qui lui restait après l'acquisition de la barque avait été employé à acheter un petit télescope de rencontre, et presque tous les soirs, avec ses nièces et Fabrice, elle allait s'établir sur la plate-forme d'une des tours gothiques du château. Fabrice était le savant de la troupe, et l'on passait là plusieurs heures fort gaiement, loin des espions.

Il faut avouer qu'il y avait des journées où la comtesse n'adressait la parole à personne ; on la voyait se promener sous les hauts châtaigniers, plongée dans de sombres rêveries ; elle avait trop d'esprit pour ne pas sentir parfois l'ennui qu'il y a à ne pas échanger ses idées. Mais le lendemain elle riait comme la veille : c'étaient les doléances de la marquise, sa belle-sœur, qui produisaient ces impressions sombres sur cette âme naturellement si agissante.

— Passerons-nous donc ce qui nous reste de jeunesse dans ce triste château ! s'écriait la marquise.

Avant l'arrivée de la comtesse, elle n'avait pas même le courage d'avoir de ces regrets[a].

L'on vécut ainsi pendant l'hiver de 1814 à 1815. Deux fois, malgré sa pauvreté, la comtesse vint passer quelques jours à Milan ; il s'agissait de voir un ballet sublime de Vigano[1], donné au théâtre de la Scala, et le marquis ne défendait point à sa femme d'accompagner sa belle-sœur. On allait toucher les quartiers de la petite pension, et c'était la pauvre veuve du général cisalpin qui prêtait quelques sequins à la richissime marquise del Dongo. Ces parties étaient charmantes ; on invitait à dîner de vieux amis, et l'on se consolait en riant de tout, comme de vrais enfants. Cette gaieté italienne, pleine de *brio* et d'imprévu, faisait oublier la tristesse sombre que

---

1. S. Vigano (1769-1821), chorégraphe milanais, est une des grandes admirations de Stendhal.

les regards du marquis et de son fils aîné répandaient autour d'eux à Grianta. Fabrice, à peine âgé de seize ans, représentait fort bien le chef de la maison[a].

Le 7 mars 1815, les dames étaient de retour, depuis l'avant-veille, d'un charmant petit voyage de Milan ; elles se promenaient dans la belle allée de platanes, récemment prolongée sur l'extrême bord du lac. Une barque parut, venant du côté de Côme, et fit des signes singuliers. Un agent du marquis sauta sur la digue : Napoléon venait de débarquer au golfe de Juan[1]. L'Europe eut la bonhomie d'être surprise de cet événement, qui ne surprit point le marquis del Dongo ; il écrivit à son souverain une lettre pleine d'effusion de cœur ; il lui offrait ses talents et plusieurs millions, et lui répétait que ses ministres étaient des jacobins d'accord avec les meneurs de Paris.

Le 8 mars, à six heures du matin, le marquis, revêtu de ses insignes, se faisait dicter, par son fils aîné, le brouillon d'une troisième dépêche politique ; il s'occupait avec gravité à la transcrire de sa belle écriture soignée, sur du papier portant en filigrane l'effigie du souverain. Au même instant, Fabrice se faisait annoncer chez la comtesse Pietranera.

— Je pars, lui dit-il, je vais rejoindre l'Empereur qui est aussi roi d'Italie ; il avait tant d'amitié pour ton mari ! Je passe par la Suisse. Cette nuit, à Menaggio[2], mon ami Vasi, le marchand de baromètres, m'a donné son passeport ; maintenant donne-moi quelques napoléons, car je n'en ai que deux à moi ; mais s'il le faut, j'irai à pied.

La comtesse pleurait de joie et d'angoisse.

---

1. Napoléon, venant de l'île d'Elbe, a débarqué à Golfe-Juan le 1er mars 1815.   2. Menaggio se trouve sur la côte occidentale du lac, au nord de Grianta. Stendhal prend son nom au sculpteur graveur G. Vasi (1710-1782) qui fut le maître de Piranèse. Le détail des baromètres n'est pas fortuit : les habitants de la région fabriquaient et vendaient en colportage des baromètres. Silvio Pellico avait raconté dans le journal milanais romantique et libéral le *Conciliatore* les aventures picaresques d'un marchand ambulant de baromètres, Ser Barometro.

— Grand Dieu ! pourquoi faut-il que cette idée te soit venue ! s'écriait-elle en saisissant les mains de Fabrice.

Elle se leva et alla prendre dans l'armoire au linge, où elle était soigneusement cachée, une petite bourse ornée de perles ; c'était tout ce qu'elle possédait au monde.

— Prends, dit-elle à Fabrice ; mais au nom de Dieu, ne te fais pas tuer. Que restera-t-il à ta malheureuse mère et à moi, si tu nous manques ? Quant au succès de Napoléon, il est impossible, mon pauvre ami ; nos messieurs sauront bien le faire périr. N'as-tu pas entendu, il y a huit jours, à Milan l'histoire des vingt-trois projets d'assassinat tous si bien combinés et auxquels il n'échappa que par miracle ? et alors il était tout-puissant. Et tu as vu que ce n'est pas la volonté de le perdre qui manque à nos ennemis ; la France n'était plus rien depuis son départ.

C'était avec l'accent de l'émotion la plus vive que la comtesse parlait à Fabrice des futures destinées de Napoléon.

— En te permettant d'aller le rejoindre, je lui sacrifie ce que j'ai de plus cher au monde, disait-elle.

Les yeux de Fabrice se mouillèrent, il répandit des larmes en embrassant la comtesse, mais sa résolution de partir ne fut pas un instant ébranlée. Il expliquait avec effusion à cette amie si chère toutes les raisons qui le déterminaient, et que nous prenons la liberté de trouver bien plaisantes.

— Hier soir, il était six heures moins sept minutes, nous nous promenions, comme tu sais, sur le bord du lac dans l'allée de platanes, au-dessous de la Casa Sommariva[1], et nous marchions vers le sud. Là, pour

---

1. Elle se trouve tout près de la situation fictive du château del Dongo, entre Tremezzo et Cadenabbia ; Sommariva a été Directeur de la République Cisalpine ; son palais (maintenant la villa Carlotta) est célèbre par ses jardins et ses collections d'œuvres d'art.

la première fois, j'ai remarqué au loin le bateau qui
venait de Côme, porteur d'une si grande nouvelle.
Comme je regardais ce bateau sans songer à l'Empereur, et seulement enviant le sort de ceux qui peuvent
voyager, tout à coup j'ai été saisi d'une émotion profonde. Le bateau a pris terre, l'agent a parlé bas à mon
père, qui a changé de couleur, et nous a pris à part
pour nous annoncer la *terrible nouvelle*. Je me tournai
vers le lac sans autre but que de cacher les larmes de
joie dont mes yeux étaient inondés. Tout à coup à une
hauteur immense et à ma droite j'ai vu un aigle, l'oiseau de Napoléon ; il volait majestueusement se dirigeant vers la Suisse, et par conséquent vers Paris. Et
moi aussi, me suis-je dit à l'instant, je traverserai la
Suisse avec la rapidité de l'aigle, et j'irai offrir à ce
grand homme bien peu de chose, mais enfin tout ce
que je puis offrir, le secours de mon faible bras. Il
voulut nous donner une patrie et il aima mon oncle. À
l'instant, quand je voyais encore l'aigle, par un effet
singulier mes larmes se sont taries ; et la preuve que
cette idée vient d'en haut, c'est qu'au même moment,
sans discuter, j'ai pris ma résolution et j'ai vu les
moyens d'exécuter ce voyage. En un clin d'œil toutes
les tristesses qui, comme tu sais, empoisonnent ma vie,
surtout les dimanches, ont été comme enlevées par un
souffle divin. J'ai vu cette grande image de l'Italie[1]
se relever de la fange où les Allemands la retiennent
plongée ; elle étendait ses bras meurtris et encore à
demi chargés de chaînes vers son roi et son libérateur[*].
Et moi, me suis-je dit, fils encore inconnu de cette
mère malheureuse, je partirai, j'irai mourir ou vaincre

---

[*] C'est un personnage passionné qui parle ; il traduit en prose
quelques vers du célèbre Monti.

---

[1]. Comme l'indique la note de Stendhal, Fabrice paraphrase
quelques vers d'un poème de Monti (1754-1828) écrit en 1801 : *In
morte di Lorenzo Mascheroni* ; il réunit le début du second chant et les
vers 127-135 où se trouvent les paroles de l'Italie enchaînée.

avec cet homme marqué par le destin, et qui voulut nous laver du mépris que nous jettent même les plus esclaves et les plus vils parmi les habitants de l'Europe.

» Tu sais, ajouta-t-il à voix basse en se rapprochant de la comtesse, et fixant sur elle ses yeux d'où jaillissaient des flammes, tu sais ce jeune marronnier que ma mère, l'hiver de ma naissance, planta elle-même au bord de la grande fontaine dans notre forêt, à deux lieues d'ici[1] : avant de rien faire, j'ai voulu l'aller visiter. Le printemps n'est pas trop avancé, me disais-je : eh bien ! si mon arbre a des feuilles, ce sera un signe pour moi. Moi aussi je dois sortir de l'état de torpeur où je languis dans ce triste et froid château. Ne trouves-tu pas que ces vieux murs noircis, symboles maintenant et autrefois moyens du despotisme, sont une véritable image du triste hiver ? ils sont pour moi ce que l'hiver est pour mon arbre.

» Le croirais-tu, Gina ?[a] hier soir à sept heures et demie j'arrivais à mon marronnier ; il avait des feuilles, de jolies petites feuilles déjà assez grandes ! Je les baisai sans leur faire de mal. J'ai bêché la terre avec respect à l'entour de l'arbre chéri. Aussitôt rempli d'un transport nouveau, j'ai traversé la montagne ; je suis arrivé à Menaggio : il me fallait un passeport pour entrer en Suisse. Le temps avait volé, il était déjà une heure du matin quand je me suis vu à la porte de Vasi. Je pensais devoir frapper longtemps pour le réveiller ; mais il était debout avec

---

1. Sur le rôle du marronnier dans le roman, on se reportera à l'article de J. Wayne-Conner, « L'arbre de Fabrice et l'abbé Blanès », dans *Le Divan*, oct.-déc. 1954, qui évoque cette ancienne coutume de planter un arbre à la naissance d'un enfant ; mais Fabrice va plus loin : s'identifiant à l'arbre, il en fait un signe de son destin, un signe naturel institué d'une manière surnaturelle qui devient un présage, comme le vol de l'oiseau. En outre, l'arbre va signifier le printemps, le printemps de tous les êtres, et le printemps moral ou politique. C'est encore le printemps des peuples comme les premières lignes du roman.

trois de ses amis. À mon premier mot : « Tu vas rejoindre Napoléon ! » s'est-il écrié ; et il m'a sauté au cou. Les autres aussi m'ont embrassé avec transport. « Pourquoi suis-je marié ! » disait l'un d'eux.

Mme Pietranera était devenue pensive ; elle crut devoir présenter quelques objections. Si Fabrice eût eu la moindre expérience, il eût bien vu que la comtesse elle-même ne croyait pas aux bonnes raisons qu'elle se hâtait de lui donner. Mais, à défaut d'expérience, il avait de la résolution ; il ne daigna pas même écouter ces raisons. La comtesse se réduisit bientôt à obtenir de lui que du moins il fît part de son projet à sa mère.

— Elle le dira à mes sœurs, et ces femmes me trahiront à leur insu ! s'écria Fabrice avec une sorte de hauteur héroïque.

— Parlez donc avec plus de respect, dit la comtesse souriant au milieu de ses larmes, du sexe qui fera votre fortune ; car vous déplairez toujours aux hommes, vous avez trop de feu pour les âmes prosaïques.

La marquise fondit en larmes en apprenant l'étrange projet de son fils ; elle n'en sentait pas l'héroïsme, et fit tout son possible pour le retenir. Quand elle fut convaincue que rien au monde, excepté les murs d'une prison, ne pourrait l'empêcher de partir, elle lui remit le peu d'argent qu'elle possédait ; puis elle se souvint qu'elle avait depuis la veille huit ou dix petits diamants valant peut-être dix mille francs, que le marquis lui avait confiés pour les faire monter à Milan. Les sœurs de Fabrice entrèrent chez leur mère tandis que la comtesse cousait ces diamants dans l'habit de voyage de notre héros ; il rendait à ces pauvres femmes leurs chétifs napoléons. Ses sœurs furent tellement enthousiasmées de son projet, elles l'embrassaient avec une joie si bruyante, qu'il prit à la main quelques diamants qui restaient encore à cacher, et voulut partir sur-le-champ.

— Vous me trahiriez à votre insu, dit-il à ses sœurs. Puisque j'ai tant d'argent, il est inutile d'emporter des hardes ; on en trouve partout. Il embrassa ces personnes qui lui étaient si chères, et partit à l'instant même sans vouloir rentrer dans sa chambre. Il marcha si vite, craignant toujours d'être poursuivi par des gens à cheval, que le soir même il entrait à Lugano. Grâce à Dieu, il était dans une ville suisse, et ne craignait plus d'être violenté sur la route solitaire par des gendarmes payés par son père. De ce lieu, il lui écrivit une belle lettre, faiblesse d'enfant qui donna de la consistance à la colère du marquis. Fabrice prit la poste, passa le Saint-Gothard ; son voyage fut rapide, et il entra en France par Pontarlier. L'Empereur était à Paris. Là commencèrent les malheurs de Fabrice ; il était parti dans la ferme intention de parler à l'Empereur : jamais il ne lui était venu à l'esprit que ce fût chose difficile. À Milan, dix fois par jour il voyait le prince Eugène et eût pu lui adresser la parole. À Paris, tous les matins, il allait dans la cour du château des Tuileries assister aux revues passées par Napoléon ; mais jamais il ne put approcher de l'Empereur. Notre héros croyait tous les Français profondément émus comme lui de l'extrême danger que courait la patrie[a]. À la table de l'hôtel où il était descendu, il ne fit point mystère de ses projets et de son dévouement ; il trouva des jeunes gens d'une douceur aimable, encore plus enthousiastes que lui, et qui, en peu de jours, ne manquèrent pas de lui voler tout l'argent qu'il possédait. Heureusement, par pure modestie, il n'avait pas parlé des diamants donnés par sa mère. Le matin où, à la suite d'une orgie, il se trouva décidément volé, il acheta deux beaux chevaux, prit pour domestique un ancien soldat palefrenier du maquignon, et, dans son mépris pour les jeunes Parisiens beaux parleurs, partit pour l'armée. Il ne savait rien, sinon qu'elle se rassemblait vers Maubeuge [1]. À peine fut-il arrivé sur la fron-

---

1. Les premières concentrations de troupes en mai 1815 se firent dans cette région.

tière, qu'il trouva ridicule de se tenir dans une maison, occupé à se chauffer devant une bonne cheminée, tandis que des soldats bivouaquaient. Quoi que pût lui dire son domestique, qui ne manquait pas de bon sens, il courut se mêler imprudemment aux bivouacs de l'extrême frontière, sur la route de Belgique. À peine fut-il arrivé au premier bataillon placé à côté de la route, que les soldats se mirent à regarder ce jeune bourgeois, dont la mise n'avait rien qui rappelât l'uniforme. La nuit tombait, il faisait un vent froid. Fabrice s'approcha d'un feu, et demanda l'hospitalité en payant. Les soldats se regardèrent étonnés surtout de l'idée de payer, et lui accordèrent avec bonté une place au feu ; son domestique lui fit un abri. Mais, une heure après, l'adjudant du régiment passant à portée du bivouac, les soldats allèrent lui raconter l'arrivée de cet étranger parlant mal français. L'adjudant interrogea Fabrice, qui lui parla de son enthousiasme pour l'Empereur avec un accent fort suspect ; sur quoi ce sous-officier le pria de le suivre jusque chez le colonel, établi dans une ferme voisine. Le domestique de Fabrice s'approcha avec les deux chevaux. Leur vue parut frapper si vivement l'adjudant sous-officier, qu'aussitôt il changea de pensée, et se mit à interroger aussi le domestique. Celui-ci, ancien soldat, devinant d'abord le plan de campagne de son interlocuteur, parla des grandes protections qu'avait son maître, ajoutant que, certes, on ne lui *chiperait* pas ses beaux chevaux. Aussitôt un soldat appelé par l'adjudant lui mit la main sur le collet ; un autre soldat prit soin des chevaux, et, d'un air sévère, l'adjudant ordonna à Fabrice de le suivre sans répliquer.

Après lui avoir fait faire une bonne lieue, à pied, dans l'obscurité rendue plus profonde en apparence par le feu des bivouacs qui de toutes parts éclairaient l'horizon, l'adjudant remit Fabrice à un officier de gendarmerie qui, d'un air grave, lui demanda ses papiers. Fabrice montra son passeport qui le qualifiait marchand de baromètres *portant sa marchandise*.

— Sont-ils bêtes, s'écria l'officier, c'est aussi trop fort !

Il fit des questions à notre héros qui parla de l'Empereur et de la liberté dans les termes du plus vif enthousiasme ; sur quoi l'officier de gendarmerie fut saisi d'un rire fou.

— Parbleu ! tu n'es pas trop adroit ! s'écria-t-il. Il est un peu fort de café que l'on ose nous expédier des blancs-becs de ton espèce ! Et quoi que pût dire Fabrice, qui se tuait à expliquer qu'en effet il n'était pas marchand de baromètres, l'officier l'envoya à la prison de B..., petite ville du voisinage où notre héros arriva sur les trois heures du matin, outré de fureur et mort de fatigue.

Fabrice, d'abord étonné, puis furieux, ne comprenant absolument rien à ce qui lui arrivait, passa trente-trois longues [1] journées dans cette misérable prison ; il écrivait lettres sur lettres au commandant de la place, et c'était la femme du geôlier, belle Flamande de trente-six ans, qui se chargeait de les faire parvenir. Mais comme elle n'avait nulle envie de faire fusiller un aussi joli garçon, et que d'ailleurs il payait bien, elle ne manquait pas de jeter au feu toutes ces lettres. Le soir, fort tard, elle daignait venir écouter les doléances du prisonnier ; elle avait dit à son mari que le blanc-bec avait de l'argent, sur quoi le prudent geôlier lui avait donné carte blanche. Elle usa de la permission et reçut quelques napoléons d'or, car l'adjudant n'avait enlevé que les chevaux, et l'officier de gendarmerie n'avait rien confisqué du tout. Une après-midi du mois de juin, Fabrice entendit une forte canonnade assez éloignée. On se battait donc enfin ! son cœur bondissait d'impatience. Il entendit aussi beaucoup de bruit dans la ville ; en effet un grand mouvement

---

1. Trente-trois jours ici, neuf mois dans la tour Farnèse : un soubassement numérologique se met en place. De même dans la scène du vol de l'aigle, on relèvera les 7 et les 3.

s'opérait, trois divisions traversaient B... Quand, sur les onze heures du soir, la femme du geôlier vint partager ses peines, Fabrice fut plus aimable encore que de coutume ; puis, lui prenant les mains :

— Faites-moi sortir d'ici, je jurerai sur l'honneur de revenir dans la prison dès qu'on aura cessé de se battre.

— Balivernes que tout cela ! As-tu du *quibus*[1] ?

Il parut inquiet, il ne comprenait pas le mot *quibus*. La geôlière voyant ce mouvement, jugea que les eaux étaient basses, et, au lieu de parler de napoléons d'or comme elle l'avait résolu, elle ne parla plus que de francs.

— Écoute, lui dit-elle, si tu peux donner une centaine de francs, je mettrai un double napoléon sur chacun des yeux du caporal qui va venir relever la garde pendant la nuit. Il ne pourra te voir partir de prison, et si son régiment doit filer dans la journée, il acceptera.

Le marché fut bientôt conclu. La geôlière consentit même à cacher Fabrice dans sa chambre, d'où il pourrait plus facilement s'évader le lendemain matin.

Le lendemain, avant l'aube, cette femme tout attendrie dit à Fabrice :

— Mon cher petit, tu es encore bien jeune pour faire ce vilain métier : crois-moi, n'y reviens plus.

— Mais quoi ! répétait Fabrice, il est donc criminel de vouloir défendre la patrie ?

— Suffit. Rappelle-toi toujours que je t'ai sauvé la vie ; ton cas était net, tu aurais été fusillé ; mais ne le dis à personne, car tu nous ferais perdre notre place à mon mari et à moi ; surtout ne répète jamais ton mauvais conte d'un gentilhomme de Milan déguisé en marchand de baromètres, c'est trop bête. Écoute-moi bien, je vais te donner les habits d'un hussard mort avant-hier dans la prison : n'ouvre la bouche que le moins possible, mais enfin, si un maréchal des logis ou un officier t'interroge de façon à te forcer de répondre, dis

1. Terme populaire désignant l'argent monnayé.

que tu es resté malade chez un paysan qui t'a recueilli par charité comme tu tremblais la fièvre dans un fossé de la route. Si l'on n'est pas satisfait de cette réponse, ajoute que tu vas rejoindre ton régiment. On t'arrêtera peut-être à cause de ton accent : alors dis que tu es né en Piémont [1], que tu es un conscrit resté en France l'année passée, etc., etc.

Pour la première fois, après trente-trois jours de fureur, Fabrice comprit le fin mot de tout ce qui lui arrivait. On le prenait pour un espion. Il raisonna avec la geôlière, qui, ce matin-là, était fort tendre ; et enfin, tandis qu'armée d'une aiguille elle rétrécissait les habits du hussard, il raconta son histoire bien clairement à cette femme étonnée. Elle y crut un instant ; il avait l'air si naïf, et il était si joli habillé en hussard !

— Puisque tu as tant de bonne volonté pour te battre, lui dit-elle enfin à demi persuadée, il fallait donc en arrivant à Paris t'engager dans un régiment. En payant à boire à un maréchal des logis, ton affaire était faite ! La geôlière ajouta beaucoup de bons avis pour l'avenir, et enfin, à la petite pointe du jour, mit Fabrice hors de chez elle, après lui avoir fait jurer cent et cent fois que jamais il ne prononcerait son nom, quoi qu'il pût arriver. Dès que Fabrice fut sorti de la petite ville, marchant gaillardement le sabre de hussard sous le bras, il lui vint un scrupule. Me voici, se dit-il, avec l'habit et la feuille de route d'un hussard mort en prison, où l'avait conduit, dit-on, le vol d'une vache et de quelques couverts d'argent ! j'ai pour ainsi dire succédé à son être... et cela sans le vouloir ni le prévoir

---

1. Le Piémont a fait partie de l'Empire français jusqu'au mois d'avril 1814 ; à cette date, il redevient Royaume de Sardaigne ; Fabrice doit feindre d'avoir été régulièrement enrôlé dans l'armée française, bien qu'Italien, et d'être resté volontairement en France pendant un an.

en aucune manière ! Gare la prison !... Le présage est clair, j'aurai beaucoup à souffrir de la prison !ᵃ

Il n'y avait pas une heure que Fabrice avait quitté sa bienfaitrice, lorsque la pluie commença à tomber avec une telle force qu'à peine le nouvel hussard pouvait-il marcher, embarrassé par des bottes grossières qui n'étaient pas faites pour lui. Il fit rencontre d'un paysan monté sur un méchant cheval, il acheta le cheval en s'expliquant par signes ; la geôlière lui avait recommandé de parler le moins possible, à cause de son accent.

Ce jour-là[1] l'armée, qui venait de gagner la bataille de Ligny, était en pleine marche sur Bruxelles ; on était à la veille de la bataille de Waterloo. Sur le midi, la pluie à verse continuant toujours, Fabrice entendit le bruit du canon ; ce bonheur lui fit oublier tout à fait les affreux moments de désespoir que venait de lui donner cette prison si injuste. Il marcha jusqu'à la nuit très avancée, et comme il commençait à avoir quelque bon sens, il alla prendre son logement dans une maison de paysan fort éloignée de la route. Ce paysan pleurait et prétendait qu'on lui avait tout pris ; Fabrice lui donna un écu, et il trouva de l'avoine. Mon cheval n'est pas beau, se dit Fabrice, mais n'importe, il pourrait bien se trouver du goût de quelque adjudant, et il alla coucher à l'écurie à ses côtés. Une heure avant le jour, le lendemain, Fabrice était sur la route, et, à force de caresses, il était parvenu à faire prendre le trot à son cheval. Sur les cinq heures, il entendit la canonnade : c'étaient les préliminaires de Waterloo.ᵇ

---

1. Nous sommes le 17 juin 1815 ; la veille de la sortie de prison de Fabrice, Napoléon a battu les Prussiens à Ligny, et le 17 il force les Anglais à battre en retraite. Toute la journée du 17 et toute la nuit il pleut. Sur l'épisode de Waterloo, on lira Mairit Nordenstreng-Woolf, « Waterloo, Étude sur le troisième chapitre de *La Chartreuse de Parme* », dans *S-C*, nº 63, 1974, et Sheila M. Belle, « Waterloo revisité », dans *Recherches et travaux*, Université Stendhal, nº 46, 1994.

CHAPITRE III

Fabrice trouva bientôt des vivandières, et l'extrême reconnaissance qu'il avait pour la geôlière de B... le porta à leur adresser la parole ; il demanda à l'une d'elles où était le 4ᵉ régiment de hussards, auquel il appartenait [1].

— Tu ferais tout aussi bien de ne pas tant te presser, mon petit soldat, dit la cantinière touchée par la pâleur et les beaux yeux de Fabrice. Tu n'as pas encore la poigne assez ferme pour les coups de sabre qui vont se donner aujourd'hui. Encore si tu avais un fusil, je ne dis pas, tu pourrais lâcher ta balle tout comme un autre.

Ce conseil déplut à Fabrice ; mais il avait beau pousser son cheval, il ne pouvait aller plus vite que la charrette de la cantinière[a]. De temps à autre le bruit du canon semblait se rapprocher et les empêchait de s'entendre, car Fabrice était tellement hors de lui d'enthousiasme et de bonheur, qu'il avait renoué la conversation. Chaque mot de la cantinière redoublait son bonheur en le lui faisant comprendre. À l'exception de son vrai nom et de sa fuite de prison, il finit par tout dire à cette femme qui semblait si bonne. Elle était fort étonnée et ne compre-

---

1. Ni le 4ᵉ hussards ni le 6ᵉ léger (infanterie légère) n'était engagé à Waterloo. Stendhal rejette toute allusion historique trop précise.

nait rien du tout à ce que lui racontait ce beau jeune soldat.

— Je vois le fin mot, s'écria-t-elle enfin d'un air de triomphe : vous êtes un jeune bourgeois amoureux de la femme de quelque capitaine du 4ᵉ de hussards. Votre amoureuse vous aura fait cadeau de l'uniforme que vous portez, et vous courez après elle. Vrai, comme Dieu est là-haut, vous n'avez jamais été soldat ; mais, comme un brave garçon que vous êtes, puisque votre régiment est au feu, vous voulez y paraître, et ne pas passer pour un capon.

Fabrice convint de tout : c'était le seul moyen qu'il eût de recevoir de bons conseils. J'ignore toutes les façons d'agir de ces Français, se disait-il, et, si je ne suis pas guidé par quelqu'un, je parviendrai encore à me faire jeter en prison, et l'on me volera mon cheval.

— D'abord, mon petit, lui dit la cantinière, qui devenait de plus en plus son amie, conviens que tu n'as pas vingt et un ans : c'est tout le bout du monde si tu en as dix-sept.

C'était la vérité, et Fabrice l'avoua de bonne grâce.

— Ainsi, tu n'es pas même conscrit ; c'est uniquement à cause des beaux yeux de la madame que tu vas te faire casser les os. Peste ! elle n'est pas dégoûtée. Si tu as encore quelques-uns de ces *jaunets* qu'elle t'a remis, il faut *primo* que tu achètes un autre cheval ; vois comme ta rosse dresse les oreilles quand le bruit du canon ronfle d'un peu près ; c'est là un cheval de paysan qui te fera tuer dès que tu seras en ligne. Cette fumée blanche, que tu vois là-bas par-dessus la haie, ce sont des feux de peloton, mon petit ! Ainsi, prépare-toi à avoir une fameuse venette[1], quand tu vas entendre siffler les balles. Tu ferais aussi bien de manger un morceau tandis que tu en as encore le temps.

---

1. Terme bas et populaire, selon le Littré, qui désigne la peur.

Fabrice suivit ce conseil, et, présentant un napoléon à la vivandière, la pria de se payer.

— C'est pitié de le voir ! s'écria cette femme ; le pauvre petit ne sait pas seulement dépenser son argent ! Tu mériterais bien qu'après avoir empoigné ton napoléon je fisse prendre son grand trot à Cocotte ; du diable si ta rosse pourrait me suivre. Que ferais-tu, nigaud, en me voyant détaler ? Apprends que, quand le brutal gronde, on ne montre jamais d'or. Tiens, lui dit-elle, voilà 18 fr. 50 cent., et ton déjeuner te coûte trente sous. Maintenant, nous allons bientôt avoir des chevaux à revendre. Si la bête est petite, tu en donneras 10 francs, et, dans tous les cas, jamais plus de 20 francs, quand ce serait le cheval des quatre fils Aymon[1].

Le déjeuner fini, la vivandière, qui pérorait toujours, fut interrompue par une femme qui s'avançait à travers champs, et qui passa sur la route.

— Holà, eh ! lui cria cette femme ; holà ! Margot ! ton 6e léger est sur la droite.

— Il faut que je te quitte, mon petit, dit la vivandière à notre héros ; mais en vérité tu me fais pitié ; j'ai de l'amitié pour toi, sacrédié ! Tu ne sais rien de rien, tu vas te faire moucher, comme Dieu est Dieu ! Viens-t'en au 6e léger avec moi.

— Je comprends bien que je ne sais rien, lui dit Fabrice, mais je veux me battre et suis résolu d'aller là-bas vers cette fumée blanche.

— Regarde comme ton cheval remue les oreilles ! Dès qu'il sera là-bas, quelque peu de vigueur qu'il ait, il te forcera la main, il se mettra à galoper, et Dieu sait où il te mènera. Veux-tu m'en croire ? Dès que tu seras avec les petits soldats, ramasse un fusil

---

1. Les Quatre fils Aymon, soit Renaut de Montauban et ses trois frères sont les héros d'une chanson de geste du XIIe siècle ; elle eut un immense succès populaire et devint un livre de colportage. Renaut et ses frères ont un seul cheval, Bayard, mais c'est un animal surnaturel.

et une giberne[1], mets-toi à côté des soldats et fais comme eux, exactement. Mais, mon Dieu, je parie que tu ne sais pas seulement déchirer une cartouche.

Fabrice, fort piqué, avoua cependant à sa nouvelle amie qu'elle avait deviné juste.

— Pauvre petit ! il va être tué tout de suite ; vrai comme Dieu ! ça ne sera pas long. Il faut absolument que tu viennes avec moi, reprit la cantinière d'un air d'autorité.

— Mais je veux me battre.

— Tu te battras aussi ; va, le 6e léger est un fameux, et aujourd'hui il y en a pour tout le monde.

— Mais serons-nous bientôt à votre régiment ?

— Dans un quart d'heure tout au plus.

Recommandé par cette brave femme, se dit Fabrice, mon ignorance de toutes choses ne me fera pas prendre pour un espion, et je pourrai me battre. À ce moment, le bruit du canon redoubla, un coup n'attendait pas l'autre.

— C'est comme un chapelet, dit Fabrice.

— On commence à distinguer les feux de peloton, dit la vivandière en donnant un coup de fouet à son petit cheval qui semblait tout animé par le feu[a].

La cantinière tourna à droite et prit un chemin de traverse au milieu des prairies ; il y avait un pied de boue ; la petite charrette fut sur le point d'y rester : Fabrice poussa à la roue. Son cheval tomba deux fois ; bientôt le chemin, moins rempli d'eau, ne fut plus qu'un sentier au milieu du gazon. Fabrice n'avait pas fait cinq cents pas que sa rosse s'arrêta tout court : c'était un cadavre, posé en travers du sentier, qui faisait horreur au cheval et au cavalier.

La figure de Fabrice, très pâle naturellement, prit une teinte verte fort prononcée ; la cantinière après avoir regardé le mort, dit, comme en se parlant à elle-même :

---

1. Boîte de cuir dans laquelle le fantassin met ses cartouches.

La guerre

— Ça n'est pas de notre division.

Puis, levant les yeux sur notre héros, elle éclata de rire.

— Ha, ha ! mon petit ! s'écria-t-elle, en voilà du nanan[1] !

Fabrice restait glacé. Ce qui le frappait surtout, c'était la saleté des pieds de ce cadavre qui déjà était dépouillé de ses souliers, et auquel on n'avait laissé qu'un mauvais pantalon tout souillé de sang.

— Approche, lui dit la cantinière ; descends de cheval ; il faut que tu t'y accoutumes ; tiens, s'écria-t-elle, il en a eu par la tête.

Une balle, entrée à côté du nez, était sortie par la tempe opposée, et défigurait ce cadavre d'une façon hideuse ; il était resté avec un œil ouvert.

— Descends donc de cheval, petit, dit la cantinière, et donne-lui une poignée de main pour voir s'il te la rendra.

Sans hésiter, quoique prêt à rendre l'âme de dégoût, Fabrice se jeta à bas de cheval et prit la main du cadavre qu'il secoua ferme ; puis il resta comme anéanti ; il sentait qu'il n'avait pas la force de remonter à cheval. Ce qui lui faisait horreur surtout, c'était cet œil ouvert.

La vivandière va me croire un lâche, se disait-il avec amertume ; mais il sentait l'impossibilité de faire un mouvement : il serait tombé. Ce moment fut affreux ; Fabrice fut sur le point de se trouver mal tout à fait. La vivandière s'en aperçut, sauta lestement à bas de sa

---

1. Dans son journal à la date du 5 mai 1809, Stendhal raconte un épisode qui est sans doute à l'origine de cette poignée de main échangée avec la mort ; avec les services de l'Intendant Général Daru, le jeune Beyle suit la rive sud du Danube ; à Ebersberg sur la Traun, il voit une « scène d'horreur horrible » ; un combat furieux a eu lieu dans le village entre les Français et les Autrichiens, et le village a brûlé, il est plein de cadavres carbonisés ; un de ses compagnons voulut retourner le cadavre d'un officier, « il le prend par la main, la peau de l'officier y reste ». Stoïque et affectant même la désinvolture, Stendhal se raidit contre l'horreur.

petite voiture, et lui présenta, sans mot dire, un verre d'eau-de-vie qu'il avala d'un trait ; il put remonter sur sa rosse, et continua la route sans dire une parole. La vivandière le regardait de temps à autre du coin de l'œil.

— Tu te battras demain, mon petit, lui dit-elle enfin, aujourd'hui tu resteras avec moi. Tu vois bien qu'il faut que tu apprennes le métier de soldat.

— Au contraire, je veux me battre tout de suite, s'écria notre héros d'un air sombre, qui sembla de bon augure à la vivandière.

Le bruit du canon redoublait et semblait s'approcher. Les coups commençaient à former comme une basse continue ; un coup n'était séparé du coup voisin par aucun intervalle, et sur cette basse continue, qui rappelait le bruit d'un torrent lointain, on distinguait fort bien les feux de peloton.

Dans ce moment la route s'enfonçait au milieu d'un bouquet de bois : la vivandière vit trois ou quatre soldats des nôtres qui venaient à elle courant à toutes jambes ; elle sauta lestement à bas de sa voiture et courut se cacher à quinze ou vingt pas du chemin. Elle se blottit dans un trou qui était resté au lieu où l'on venait d'arracher un grand arbre. Donc, se dit Fabrice, je vais voir si je suis un lâche ! Il s'arrêta auprès de la petite voiture abandonnée par la cantinière et tira son sabre. Les soldats ne firent pas attention à lui et passèrent en courant le long du bois, à gauche de la route.

— Ce sont des nôtres, dit tranquillement la vivandière en revenant tout essoufflée vers sa petite voiture... Si ton cheval était capable de galoper, je te dirais pousse en avant jusqu'au bout du bois, vois s'il y a quelqu'un dans la plaine.

Fabrice ne se le fit pas dire deux fois, il arracha une branche à un peuplier, l'effeuilla et se mit à battre son cheval à tour de bras ; la rosse prit le galop un instant puis revint à son petit trot accoutumé. La vivandière avait mis son cheval au galop :

— Arrête-toi donc, arrête ! criait-elle à Fabrice.

Bientôt tous les deux furent hors du bois ; en arrivant au bord de la plaine, ils entendirent un tapage effroyable, le canon et la mousqueterie tonnaient de tous les côtés, à droite, à gauche, derrière. Et comme le bouquet de bois d'où ils sortaient occupait un tertre élevé de huit ou dix pieds au-dessus de la plaine, ils aperçurent assez bien un coin de la bataille ; mais enfin il n'y avait personne dans le pré au-delà du bois. Ce pré était bordé, à mille pas de distance, par une longue rangée de saules, très touffus ; au-dessus des saules paraissait une fumée blanche qui quelquefois s'élevait dans le ciel en tournoyant.

— Si je savais seulement où est le régiment ! disait la cantinière embarrassée. Il ne faut pas traverser ce grand pré tout droit. À propos, toi, dit-elle à Fabrice, si tu vois un soldat ennemi, pique-le avec la pointe de ton sabre, ne va pas t'amuser à le sabrer.

À ce moment, la cantinière aperçut les quatre soldats dont nous venons de parler, ils débouchaient du bois dans la plaine à gauche de la route. L'un d'eux était à cheval.

— Voilà ton affaire, dit-elle à Fabrice. Holà, ho ! cria-t-elle à celui qui était à cheval, viens donc ici boire le verre d'eau-de-vie.

Les soldats s'approchèrent.

— Où est le 6e léger ? cria-t-elle.

— Là-bas, à cinq minutes d'ici, en avant de ce canal qui est le long des saules ; même que le colonel Macon[1] vient d'être tué.

---

1. Le colonel Macon commandait en Italie en 1800 la 6e demi-brigade ; Stendhal le mentionne dans la *Vie de Henry Brulard* (O.I., II, p. 952) à propos des combats sur le Tessin auxquels il aurait lui-même assisté. Mort en 1806, le colonel lui laisse un nom en quelque sorte vacant.

— Veux-tu cinq francs de ton cheval, toi ?

— Cinq francs ! tu ne plaisantes pas mal, petite mère, un cheval d'officier que je vais vendre cinq napoléons avant un quart d'heure.

— Donne-m'en un de tes napoléons, dit la vivandière à Fabrice.

Puis s'approchant du soldat à cheval :

— Descends vivement, lui dit-elle, voilà ton napoléon.

Le soldat descendit, Fabrice sauta en selle gaiement, la vivandière détachait le petit portemanteau qui était sur la rosse.

— Aidez-moi donc, vous autres ! dit-elle aux soldats, c'est comme ça que vous laissez travailler une dame !

Mais à peine le cheval de prise sentit le portemanteau, qu'il se mit à cabrer, et Fabrice, qui montait fort bien, eut besoin de toute sa force pour le contenir.

— Bon signe ! dit la vivandière, le monsieur n'est pas accoutumé au chatouillement du portemanteau.

— Un cheval de général, s'écriait le soldat qui l'avait vendu, un cheval qui vaut dix napoléons comme un liard !

— Voilà vingt francs, lui dit Fabrice, qui ne se sentait pas de joie de se trouver entre les jambes un cheval qui eût du mouvement.

À ce moment, un boulet donna dans la ligne de saules, qu'il prit de biais, et Fabrice eut le curieux spectacle de toutes ces petites branches volant de côté et d'autre comme rasées par un coup de faux.

— Tiens, voilà le brutal qui s'avance, lui dit le soldat en prenant ses vingt francs.

Il pouvait être deux heures.

Fabrice était encore dans l'enchantement de ce spectacle curieux, lorsqu'une troupe de généraux, suivis d'une vingtaine de hussards, traversèrent au galop un des angles de la vaste prairie au bord de laquelle il était arrêté : son cheval hennit, se cabra deux ou trois fois de suite, puis donna des coups de tête violents contre la bride qui le retenait. Hè bien, soit ! se dit Fabrice.

Le cheval laissé à lui-même partit ventre à terre et alla rejoindre l'escorte qui suivait les généraux. Fabrice compta quatre chapeaux bordés. Un quart d'heure après, par quelques mots que dit un hussard son voisin, Fabrice comprit qu'un de ces généraux était le célèbre maréchal Ney[1]. Son bonheur fut au comble ; toutefois il ne put deviner lequel des quatre généraux était le maréchal Ney ; il eût donné tout au monde pour le savoir, mais il se rappela qu'il ne fallait pas parler. L'escorte s'arrêta pour passer un large fossé rempli d'eau par la pluie de la veille ; il était bordé de grands arbres et terminait sur la gauche la prairie à l'entrée de laquelle Fabrice avait acheté le cheval. Presque tous les hussards avaient mis pied à terre ; le bord du fossé était à pic et fort glissant, et l'eau se trouvait bien à trois ou quatre pieds en contrebas au-dessous de la prairie. Fabrice, distrait par sa joie, songeait plus au maréchal Ney et à la gloire qu'à son cheval, lequel, étant fort animé, sauta dans le canal ; ce qui fit rejaillir l'eau à une hauteur considérable. Un des généraux fut entièrement mouillé par la nappe d'eau, et s'écria en jurant :

— Au diable la f... bête !

Fabrice se sentit profondément blessé de cette injure. Puis-je en demander raison ? se dit-il. En attendant, pour prouver qu'il n'était pas si gauche, il entreprit de faire monter à son cheval la rive opposée du fossé ; mais elle était à pic et haute de cinq à

---

1. Le maréchal Ney (1769-1815), le brave des braves, était sous-lieutenant en 1789 ; duc d'Elchingen en 1808, prince de la Moskova en 1812, il sut protéger les arrières de l'armée durant la retraite de Russie. À Waterloo, il dirigea des charges épiques, mais, hélas, inutiles, contre les Anglais. Il s'était rallié à la Première Restauration, puis au lieu de combattre l'Empereur marchant sur Paris, il se réconcilia avec lui ; accusé de trahison, il est fusillé le 7 décembre 1815.

six pieds. Il fallut y renoncer ; alors il remonta le courant, son cheval ayant de l'eau jusqu'à la tête, et enfin trouva une sorte d'abreuvoir ; par cette pente douce il gagna facilement le champ de l'autre côté du canal. Il fut le premier homme de l'escorte qui y parut ; il se mit à trotter fièrement le long du bord : au fond du canal les hussards se démenaient, assez embarrassés de leur position ; car en beaucoup d'endroits l'eau avait cinq pieds de profondeur. Deux ou trois chevaux prirent peur et voulurent nager, ce qui fit un barbotement épouvantable. Un maréchal des logis s'aperçut de la manœuvre que venait de faire ce blanc-bec, qui avait l'air si peu militaire.

— Remontez ! il y a un abreuvoir à gauche ! s'écria-t-il, et peu à peu tous passèrent.

En arrivant sur l'autre rive, Fabrice y avait trouvé les généraux tout seuls ; le bruit du canon lui sembla redoubler ; ce fut à peine s'il entendit le général, par lui si bien mouillé, qui criait à son oreille :

— Où as-tu pris ce cheval ?

Fabrice était tellement troublé qu'il répondit en italien :

— *L'ho comprato poco fa.* (Je viens de l'acheter à l'instant.)

— Que dis-tu ? lui cria le général.

Mais le tapage devint tellement fort en ce moment, que Fabrice ne put lui répondre. Nous avouerons que notre héros était fort peu héros en ce moment. Toutefois, la peur ne venait chez lui qu'en seconde ligne ; il était surtout scandalisé de ce bruit qui lui faisait mal aux oreilles [1]. L'escorte prit le galop ; on traversait une grande pièce de terre labourée, située au-delà du canal, et ce champ était jonché de cadavres.

---

1. Autre impression de jeunesse : en 1800, lors du passage du fort de Bard dans une vallée encaissée des Alpes, « la canonnade épouvantable dans ces rochers si hauts dans une vallée si étroite me rendait fou d'émotion » ; Fabrice, plus prosaïquement, a mal aux oreilles.

— Les habits rouges ! les habits rouges[1] ! criaient avec joie les hussards de l'escorte.

Et d'abord Fabrice ne comprenait pas ; enfin il remarqua qu'en effet presque tous les cadavres étaient vêtus de rouge. Une circonstance lui donna un frisson d'horreur ; il remarqua que beaucoup de ces malheureux habits rouges vivaient encore ; ils criaient évidemment pour demander du secours, et personne ne s'arrêtait pour leur en donner. Notre héros, fort humain, se donnait toutes les peines du monde pour que son cheval ne mît les pieds sur aucun habit rouge. L'escorte s'arrêta ; Fabrice qui ne faisait pas assez d'attention à son devoir de soldat, galopait toujours en regardant un malheureux blessé.

— Veux-tu bien t'arrêter, blanc-bec ! lui cria le maréchal des logis.

Fabrice s'aperçut qu'il était à vingt pas sur la droite en avant des généraux, et précisément du côté où ils regardaient avec leurs lorgnettes. En revenant se ranger à la queue des autres hussards restés à quelques pas en arrière, il vit le plus gros de ces généraux qui parlait à son voisin, général aussi, d'un air d'autorité et presque de réprimande ; il jurait. Fabrice ne put retenir sa curiosité, et, malgré le conseil de ne point parler, à lui donné par son amie la geôlière, il arrangea une petite phrase bien française, bien correcte, et dit à son voisin :

— Quel est-il ce général qui *gourmande* son voisin ?

— Pardi, c'est le maréchal !

— Quel maréchal ?

— Le maréchal Ney, bêta ! Ah çà ! où as-tu servi jusqu'ici ?

Fabrice, quoique fort susceptible, ne songea point à se fâcher de l'injure ; il contemplait, perdu dans une

---

1. C'est la couleur traditionnelle de l'habit des soldats anglais, vulgairement appelés « écrevisses ».

admiration enfantine, ce fameux prince de la Moskova, le brave des braves.

Tout à coup on partit au grand galop. Quelques instants après, Fabrice vit, à vingt pas en avant, une terre labourée qui était remuée d'une façon singulière. Le fond des sillons était plein d'eau, et la terre fort humide, qui formait la crête de ces sillons, volait en petits fragments noirs lancés à trois ou quatre pieds de haut. Fabrice remarqua en passant cet effet singulier ; puis sa pensée se remit à songer à la gloire du maréchal. Il entendit un cri sec auprès de lui ; c'étaient deux hussards qui tombaient atteints par des boulets ; et, lorsqu'il les regarda, ils étaient déjà à vingt pas de l'escorte. Ce qui lui sembla horrible, ce fut un cheval tout sanglant qui se débattait sur la terre labourée, en engageant ses pieds dans ses propres entrailles ; il voulait suivre les autres : le sang coulait dans la boue.

Ah ! m'y voilà donc enfin au feu ! se dit-il. J'ai vu le feu ! se répétait-il avec satisfaction. Me voici un vrai militaire. À ce moment, l'escorte allait ventre à terre, et notre héros comprit que c'étaient des boulets qui faisaient voler la terre de toutes parts. Il avait beau regarder du côté d'où venaient les boulets, il voyait la fumée blanche de la batterie à une distance énorme, et, au milieu du ronflement égal et continu produit par les coups de canon, il lui semblait entendre des décharges beaucoup plus voisines ; il n'y comprenait rien du tout[1].

---

1. C'est le mot qui résume tout ; en 1813, Stendhal, spectateur de la bataille de Bautzen (*cf.* O.I., I, p. 867 sq. à la date du 21 mai 1813), avait eu la même impression de chaos confus : « nous voyons fort bien de midi à 3 heures tout ce qu'on peut voir d'une bataille, c'est-à-dire rien. » Mais il ajoute ceci, qui est capital pour bien lire ce récit : « Le plaisir consiste à ce qu'on est un peu ému par la certitude qu'on a, que là se passe une chose qu'on sait être terrible. Le bruit majestueux du canon est pour beaucoup dans cet effet. Il est tout à fait d'accord avec cette impression. Si le canon produisait le bruit aigu du sifflet, il me semble qu'il n'émouvrait pas tant. » Il ajoute que la vue de la bataille tient de la vision : les uns voient un carré et suivent ses évolutions, là

À ce moment, les généraux et l'escorte descendirent dans un petit chemin plein d'eau, qui était à cinq pieds en contrebas.

Le maréchal s'arrêta, et regarda de nouveau avec sa lorgnette. Fabrice, cette fois, put le voir tout à son aise ; il le trouva très blond, avec une grosse tête rouge. Nous n'avons point des figures comme celle-là en Italie, se dit-il. Jamais, moi qui suis si pâle et qui ai des cheveux châtains, je ne serai comme ça, ajoutait-il avec tristesse. Pour lui ces paroles voulaient dire : Jamais je ne serai un héros. Il regarda les hussards ; à l'exception d'un seul, tous avaient des moustaches jaunes. Si Fabrice regardait les hussards de l'escorte, tous le regardaient aussi. Ce regard le fit rougir, et, pour finir son embarras, il tourna la tête vers l'ennemi. C'étaient des lignes fort étendues d'hommes rouges ; mais, ce qui l'étonna fort, ces hommes lui semblaient tout petits. Leurs longues files, qui étaient des régiments ou des divisions, ne lui paraissaient pas plus hautes que des haies. Une ligne de cavaliers rouges trottait pour se rapprocher du chemin en contrebas que le maréchal et l'escorte s'étaient mis à suivre au petit pas, pataugeant dans la boue. La fumée empêchait de rien distinguer du côté vers lequel on s'avançait ; l'on voyait quelquefois des hommes au galop se détacher sur cette fumée blanche.

Tout à coup, du côté de l'ennemi, Fabrice vit quatre hommes qui arrivaient ventre à terre. Ah ! nous sommes

---

où d'autres témoins voient une haie. Le fait qu'on ne voit pas le combat, qu'on le devine ou l'imagine, accroît sa grandeur et son aspect terrible ; c'est le principe même du sublime ; tout ce qui est indéterminé exerce une emprise sur l'homme. Sur cet aspect de la non-description de Waterloo, voir Margherita Leoni, « Vertiges de la sensation : le spectacle impossible de Waterloo », dans *Colloques, Romantisme*, Didier Philippot, « Le "réalisme subjectif" dans *La Chartreuse de Parme* : une idée reçue ? », dans *Colloque Paris IV-Sorbonne...*, et notre préface dans l'édition Garnier.

attaqués, se dit-il ; puis il vit deux de ces hommes parler
au maréchal. Un des généraux de la suite de ce dernier
partit au galop du côté de l'ennemi, suivi de deux hussards de l'escorte et des quatre hommes qui venaient
d'arriver. Après un canal que tout le monde passa,
Fabrice se trouva à côté d'un maréchal des logis qui avait
l'air fort bon enfant. Il faut que je parle à celui-là, se dit-
il, peut-être ils cesseront de me regarder. Il médita longtemps.

— Monsieur, c'est la première fois que j'assiste à la
bataille, dit-il enfin au maréchal des logis ; mais ceci
est-il une véritable bataille ?

— Un peu. Mais vous, qui êtes-vous ?

— Je suis frère de la femme d'un capitaine.

— Et comment l'appelez-vous, ce capitaine ?

Notre héros fut terriblement embarrassé ; il n'avait
point prévu cette question. Par bonheur, le maréchal et
l'escorte repartaient au galop. Quel nom français dirai-
je ? pensait-il. Enfin il se rappela le nom du maître de
l'hôtel où il avait logé à Paris ; il rapprocha son cheval
de celui du maréchal des logis, et lui cria de toutes ses
forces :

— Le capitaine Meunier[1] !

L'autre, entendant mal à cause du roulement du
canon, lui répondit :

— Ah ! le capitaine Teulier ? Eh bien ! il a été tué.

Bravo ! se dit Fabrice. Le capitaine Teulier ; il faut
faire l'affligé.

— Ah ! mon Dieu ! cria-t-il, et il prit une mine
piteuse.

On était sorti du chemin en contrebas, on traversait
un petit pré, on allait ventre à terre, les boulets arrivaient de nouveau, le maréchal se porta vers une divi-

---

1. Stendhal puise dans sa réserve personnelle de noms : en 1805, à
Marseille, il a travaillé pour un négociant, Charles Meunier ; et un
Pietro Teuliè a servi dans la Légion italienne avant de devenir ministre
de la République Cisalpine.

sion de cavalerie. L'escorte se trouvait au milieu de cadavres et de blessés ; mais ce spectacle ne faisait déjà plus autant d'impression sur notre héros ; il avait autre chose à penser.

Pendant que l'escorte était arrêtée, il aperçut la petite voiture d'une cantinière, et sa tendresse pour ce corps respectable l'emportant sur tout, il partit au galop pour la rejoindre.

— Restez donc, s... ! lui cria le maréchal des logis.

Que peut-il me faire ici ? pensa Fabrice, et il continua de galoper vers la cantinière. En donnant de l'éperon à son cheval, il avait eu quelque espoir que c'était sa bonne cantinière du matin ; les chevaux et les petites charrettes se ressemblaient fort, mais la propriétaire était tout autre, et notre héros lui trouva l'air fort méchant. Comme il l'abordait, Fabrice l'entendit qui disait :

— Il était pourtant bien bel homme !

Un fort vilain spectacle attendait là le nouveau soldat ; on coupait la cuisse à un cuirassier, beau jeune homme de cinq pieds dix pouces. Fabrice ferma les yeux et but coup sur coup quatre verres d'eau-de-vie.

— Comme tu y vas, gringalet ! s'écria la cantinière.

L'eau-de-vie lui donna une idée : Il faut que j'achète la bienveillance de mes camarades les hussards de l'escorte.

— Donnez-moi le reste de la bouteille, dit-il à la vivandière.

— Mais sais-tu, répondit-elle, que ce reste-là coûte dix francs, un jour comme aujourd'hui ?

Comme il regagnait l'escorte au galop :

— Ah ! tu nous rapportes la goutte, s'écria le maréchal des logis, c'est pour ça que tu désertais ? Donne.

La bouteille circula ; le dernier qui la prit la jeta en l'air après avoir bu.

— Merci, camarade ! cria-t-il à Fabrice.

Tous les yeux le regardèrent avec bienveillance. Ces regards ôtèrent un poids de cent livres de dessus le cœur de Fabrice : c'était un de ces cœurs de fabrique trop fine qui ont besoin de l'amitié de ce qui les entoure. Enfin il n'était plus mal vu de ses compagnons, il y avait liaison entre eux ! Fabrice respira profondément, puis d'une voix libre, il dit au maréchal des logis :

— Et si le capitaine Teulier a été tué, où pourrai-je rejoindre ma sœur ?

Il se croyait un petit Machiavel, de dire si bien Teulier au lieu de Meunier.

— C'est ce que vous saurez ce soir, lui répondit le maréchal des logis.

L'escorte repartit et se porta vers des divisions d'infanterie. Fabrice se sentait tout à fait enivré ; il avait bu trop d'eau-de-vie, il roulait un peu sur sa selle : il se souvint fort à propos d'un mot que répétait le cocher de sa mère : Quand on a levé le coude, il faut regarder entre les oreilles de son cheval, et faire comme fait le voisin. Le maréchal s'arrêta longtemps auprès de plusieurs corps de cavalerie qu'il fit charger ; mais pendant une heure ou deux notre héros n'eut guère la conscience de ce qui se passait autour de lui. Il se sentait fort las, et quand son cheval galopait il retombait sur la selle comme un morceau de plomb.

Tout à coup le maréchal des logis cria à ses hommes :

— Vous ne voyez donc pas l'Empereur, s... !

Sur-le-champ l'escorte cria *vive l'Empereur !* à tue-tête. On peut penser si notre héros regarda de tous ses yeux, mais il ne vit que des généraux qui galopaient, suivis, eux aussi, d'une escorte. Les longues crinières pendantes que portaient à leurs casques les dragons de la suite l'empêchèrent de distinguer les figures. Ainsi, je n'ai pu voir l'Empereur sur un champ de bataille, à cause de ces maudits verres d'eau-de-vie ! Cette réflexion le réveilla tout à fait.

On redescendit dans un chemin rempli d'eau, les chevaux voulurent boire.

— C'est donc l'Empereur qui a passé là ? dit-il à son voisin.

— Eh ! certainement, celui qui n'avait pas d'habit brodé. Comment ne l'avez-vous pas vu ? lui répondit le camarade avec bienveillance.

Fabrice eut grande envie de galoper après l'escorte de l'Empereur et de s'y incorporer. Quel bonheur de faire réellement la guerre à la suite de ce héros ! C'était pour cela qu'il était venu en France. J'en suis parfaitement le maître, se dit-il, car enfin je n'ai d'autre raison pour faire le service que je fais, que la volonté de mon cheval qui s'est mis à galoper pour suivre ces généraux.

Ce qui détermina Fabrice à rester[a], c'est que les hussards ses nouveaux camarades lui faisaient bonne mine ; il commençait à se croire l'ami intime de tous les soldats avec lesquels il galopait depuis quelques heures. Il voyait entre eux et lui cette noble amitié des héros du Tasse et de l'Arioste. S'il se joignait à l'escorte de l'Empereur, il y aurait une nouvelle connaissance à faire ; peut-être même on lui ferait la mine, car ces autres cavaliers étaient des dragons, et lui portait l'uniforme de hussard ainsi que tout ce qui suivait le maréchal. La façon dont on le regardait maintenant mit notre héros au comble du bonheur ; il eût fait tout au monde pour ses camarades ; son âme et son esprit étaient dans les nues. Tout lui semblait avoir changé de face depuis qu'il était avec des amis, il mourait d'envie de faire des questions. Mais je suis encore un peu ivre, se dit-il, il faut que je me souvienne de la geôlière. Il remarqua en sortant du chemin creux que l'escorte n'était plus avec le maréchal Ney ; le général qu'ils suivaient était grand, mince, et avait la figure sèche et l'œil terrible.

Ce général n'était autre que le comte d'A... le lieute-

nant Robert du 15 mai 1796[1]. Quel bonheur il eût
trouvé à voir Fabrice del Dongo !

Il y avait déjà longtemps que Fabrice n'apercevait
plus la terre volant en miettes noires sous l'action
des boulets ; on arriva derrière un régiment de cuiras-
siers, il entendit distinctement les biscaïens[2] frapper
sur les cuirasses et il vit tomber plusieurs hommes.

Le soleil était déjà fort bas et il allait se coucher
lorsque l'escorte, sortant d'un chemin creux, monta
une petite pente de trois ou quatre pieds pour entrer
dans une terre labourée. Fabrice entendit un petit
bruit singulier tout près de lui : il tourna la tête,
quatre hommes étaient tombés avec leurs chevaux ;
le général lui-même avait été renversé, mais il se
relevait tout couvert de sang. Fabrice regardait les
hussards jetés par terre : trois faisaient encore
quelques mouvements convulsifs, le quatrième criait :

— Tirez-moi de dessous.

Le maréchal des logis et deux ou trois hommes
avaient mis pied à terre pour secourir le général qui,
s'appuyant sur son aide de camp, essayait de faire
quelques pas ; il cherchait à s'éloigner de son cheval
qui se débattait renversé par terre et lançait des coups
de pied furibonds.

Le maréchal des logis s'approcha de Fabrice. À ce
moment notre héros entendit dire derrière lui et tout
près de son oreille :

---

1. Le nom complet, le comte d'Arblay, figure dans l'exemplaire
Royer. Dans tout le roman, le hasard décide de tout, et de rien : les
deux personnages, le père et le fils, se sont croisés, et Stendhal évite
la scène de reconnaissance, qui risquait d'être vraiment du « roman »
et de donner trop de précision à une virtualité du récit, la naissance
illégitime de Fabrice. Jadis, le lieutenant Robert s'était habillé aux
dépens des morts, ici il vole son cheval à son « fils », et il n'en saura
jamais rien. Comme Napoléon, le général d'Arblay *passe*, figure épique
un instant entrevue, restée à l'arrière-plan, il va, comme une force en
mouvement, irrésistible et fatale que l'on ne peut voir que dans le
lointain.   2. Ce sont des balles d'un gros calibre et en fer utilisées
dans les tirs à mitraille.

— C'est le seul qui puisse encore galoper.

Il se sentit saisir les pieds ; on les élevait en même temps qu'on lui soutenait le corps par-dessous les bras ; on le fit passer par-dessus la croupe de son cheval, puis on le laissa glisser jusqu'à terre, où il tomba assis.

L'aide de camp prit le cheval de Fabrice par la bride ; le général, aidé par le maréchal des logis, monta et partit au galop ; il fut suivi rapidement par les six hommes qui restaient. Fabrice se releva furieux, et se mit à courir après eux en criant :

— *Ladri ! ladri !* (voleurs ! voleurs !)

Il était plaisant de courir après des voleurs au milieu d'un champ de bataille.

L'escorte et le général, comte d'A..., disparurent bientôt derrière une rangée de saules. Fabrice, ivre de colère, arriva aussi à cette ligne de saules ; il se trouva tout contre un canal fort profond qu'il traversa. Puis, arrivé de l'autre côté, il se remit à jurer en apercevant de nouveau, mais à une très grande distance, le général et l'escorte qui se perdaient dans les arbres.

— Voleurs ! voleurs ! criait-il maintenant en français.

Désespéré, bien moins de la perte de son cheval que de la trahison, il se laissa tomber au bord du fossé, fatigué et mourant de faim. Si son beau cheval lui eût été enlevé par l'ennemi, il n'y eût pas songé ; mais se voir trahir et voler par ce maréchal des logis qu'il aimait tant et par ces hussards qu'il regardait comme des frères ! c'est ce qui lui brisait le cœur. Il ne pouvait se consoler de tant d'infamie, et, le dos appuyé contre un saule, il se mit à pleurer à chaudes larmes. Il défaisait un à un tous ses beaux rêves d'amitié chevaleresque et sublime, comme celle des héros de la *Jérusalem délivrée*. Voir arriver la mort n'était rien, entouré d'âmes héroïques et tendres, de nobles amis qui vous serrent la main au moment du dernier soupir ! mais garder son enthousiasme, entouré de vils fripons[1] ! ! ! ! Fabrice exagérait comme tout homme indigné. Au bout d'un quart d'heure d'attendrissement, il remarqua que les boulets commençaient à arriver jusqu'à la rangée d'arbres à l'ombre desquels il méditait. Il se leva et chercha à s'orienter. Il regardait ces prairies bordées par un large canal et la rangée de saules touffus ; il crut se reconnaître. Il aperçut un corps d'infanterie qui passait le fossé et entrait dans les prairies, à un quart de lieue en avant de lui. « J'allais m'endormir, se dit-il ; il s'agit de n'être pas prisonnier » ; et il se mit à marcher très vite. En avançant il fut rassuré, il reconnut l'uniforme, les régiments par lesquels il craignait d'être coupé étaient français. Il obliqua à droite pour les rejoindre.

Après la douleur morale d'avoir été si indignement trahi et volé, il en était une autre qui, à chaque instant, se faisait sentir plus vivement : il mourait de faim. Ce fut donc avec une joie extrême qu'après avoir marché, ou plutôt couru pendant dix minutes, il s'aperçut que le corps d'infanterie, qui allait très vite aussi, s'arrêtait comme pour prendre position. Quelques minutes plus tard, il se trouvait au milieu des premiers soldats[a].

— Camarades, pourriez-vous me vendre un morceau de pain ?

— Tiens ! cet autre qui nous prend pour des boulangers !

Ce mot dur et le ricanement général qui le suivit accablèrent Fabrice. La guerre n'était donc plus ce noble et commun élan d'âmes amantes de la gloire

---

1. C'est la réaction de Brulard (O, I, II, p. 941) découvrant durant la montée du col du Saint-Bernard des soldats qui ne ressemblaient guère aux chevaliers de l'Arioste et du Tasse : « Au lieu des sentiments d'héroïque amitié que je leur supposais d'après six ans de rêveries héroïques, basées sur les caractères de Ferragus et de Rinaldo, j'entrevoyais des égoïstes aigris et méchants, souvent ils juraient contre nous de colère de nous voir à cheval et eux à pied. Un peu plus ils nous volaient nos chevaux. »

qu'il s'était figuré d'après les proclamations de
Napoléon ! Il s'assit, ou plutôt se laissa tomber sur
le gazon ; il devint très pâle. Le soldat qui lui avait
parlé, et qui s'était arrêté à dix pas pour nettoyer la
batterie de son fusil avec son mouchoir, s'approcha
et lui jeta un morceau de pain ; puis, voyant qu'il
ne le ramassait pas, le soldat lui mit un morceau de
ce pain dans la bouche. Fabrice ouvrit les yeux, et
mangea ce pain sans avoir la force de parler. Quand
enfin il chercha des yeux le soldat pour le payer, il
se trouva seul, les soldats les plus voisins de lui
étaient éloignés de cent pas et marchaient. Il se leva
machinalement et les suivit. Il entra dans un bois ;
il allait tomber de fatigue, et cherchait déjà de l'œil
une place commode ; mais quelle ne fut pas sa joie
en reconnaissant d'abord le cheval, puis la voiture,
et enfin la cantinière du matin ! Elle accourut à lui
et fut effrayée de sa mine.

— Marche encore, mon petit, lui dit-elle ; tu es donc
blessé ? et ton beau cheval ?

En parlant ainsi elle le conduisait vers sa voiture, où
elle le fit monter, en le soutenant par-dessous les bras.
À peine dans la voiture, notre héros, excédé de fatigue,
s'endormit profondément[*][1].

---

* Para v P. y E. 15 x 38.

---

1. Cryptogramme « égotiste », c'est-à-dire adressé à Stendhal par
lui-même et dans un codage ne valant que pour lui, message au reste
ne concernant que sa vie intime ; il a été déchiffré en 1914 : on peut
donc lire : Para vosotras Paquita y Eugenia/1er décembre 1838/. Pensée
en espagnol pour les demoiselles de Montijo qui rappelle que le récit
de Waterloo fut initialement destiné à elles deux et devait leur présenter
l'épopée impériale. Dans l'exemplaire Royer, Stendhal a écrit : « J'eus
l'idée de faire un récit de bataille intelligible pour elle (pour Eugénie).
Peu auparavant je lui contais quelques batailles de Napoléon.
Décembre 1838 ». À la date indiquée, le roman est proche de sa fin,
mais Stendhal se relit et écrit sur son manuscrit ce rappel ; l'éditeur
l'imprime tout cru. Avec son accord ou non ? Avec Stendhal, les frontières entre le livre imprimé et le brouillon intime sont incertaines : il
écrit sur tout, les livres des autres, et les siens.

CHAPITRE IV

Rien ne put le réveiller, ni les coups de fusil tirés fort près de la petite charrette, ni le trot du cheval que la cantinière fouettait à tour de bras. Le régiment, attaqué à l'improviste par des nuées de cavalerie prussienne, après avoir cru à la victoire toute la journée, battait en retraite, ou plutôt s'enfuyait du côté de la France.

Le colonel, beau jeune homme, bien *ficelé*[1], qui venait de succéder à Macon, fut sabré ; le chef de bataillon qui le remplaça dans le commandement, vieillard à cheveux blancs, fit faire halte au régiment.

— F... ! dit-il aux soldats, du temps de la république on attendait pour filer d'y être forcé par l'ennemi... Défendez chaque pouce de terrain et faites-vous tuer, s'écriait-il en jurant ; c'est maintenant le sol de la patrie que ces Prussiens veulent envahir !

La petite charrette s'arrêta, Fabrice se réveilla tout à coup. Le soleil était couché depuis longtemps ; il fut tout étonné de voir qu'il était presque nuit. Les soldats couraient de côté et d'autre dans une confusion qui surprit fort notre héros ; il trouva qu'ils avaient l'air penaud.

— Qu'est-ce donc ? dit-il à la cantinière.

— Rien du tout. C'est que nous sommes flambés,

---

1. Dans son emploi populaire, le mot signifie « bien habillé », et même « trop bien habillé », « serré dans ses vêtements ».

mon petit ; c'est la cavalerie des Prussiens qui nous sabre, rien que ça. Le bêta de général a d'abord cru que c'était la nôtre. Allons, vivement, aide-moi à réparer le trait de Cocotte qui s'est cassé.

Quelques coups de fusil partirent à dix pas de distance : notre héros, frais et dispos, se dit : Mais réellement pendant toute la journée je ne me suis pas battu, j'ai seulement escorté un général.

— Il faut que je me batte, dit-il à la cantinière.

— Sois tranquille, tu te battras, et plus que tu ne voudras ! Nous sommes perdus.

» Aubry [1], mon garçon, cria-t-elle à un caporal qui passait, regarde toujours de temps en temps où en est la petite voiture.

— Vous allez vous battre ? dit Fabrice à Aubry.

— Non, je vais mettre mes escarpins pour aller à la danse !

— Je vous suis.

— Je te recommande le petit hussard, cria la cantinière, le jeune bourgeois a du cœur.

Le caporal Aubry marchait sans dire mot. Huit ou dix soldats le rejoignirent en courant, il les conduisit derrière un gros chêne entouré de ronces. Arrivé là il les plaça au bord du bois, toujours sans mot dire, sur une ligne fort étendue ; chacun était au moins à dix pas de son voisin.

— Ah çà ! vous autres, dit le caporal, et c'était la première fois qu'il parlait, n'allez pas faire feu avant l'ordre, songez que vous n'avez plus que trois cartouches.

Mais que se passe-t-il donc ? se demandait Fabrice. Enfin, quand il se trouva seul avec le caporal, il lui dit :

— Je n'ai pas de fusil.

— Tais-toi d'abord ! Avance-toi là, à cinquante pas

---

1. Dans son journal du 21 juin 1801, Stendhal mentionne le chef de bataillon Aubry.

en avant du bois, tu trouveras quelqu'un des pauvres soldats du régiment qui viennent d'être sabrés ; tu lui prendras sa giberne et son fusil. Ne va pas dépouiller un blessé, au moins ; prends le fusil et la giberne d'un qui soit bien mort, et dépêche-toi, pour ne pas recevoir les coups de fusil de nos gens.

Fabrice partit en courant et revint bien vite avec un fusil et une giberne.

— Charge ton fusil et mets-toi là derrière cet arbre, et surtout ne va pas tirer avant l'ordre que je t'en donnerai... Dieu de Dieu ! dit le caporal en s'interrompant, il ne sait pas même charger son arme... (Il aida Fabrice en continuant son discours.) Si un cavalier ennemi galope sur toi pour te sabrer, tourne autour de ton arbre et ne lâche ton coup qu'à bout portant, quand ton cavalier sera à trois pas de toi ; il faut presque que ta baïonnette touche son uniforme.

« Jette donc ton grand sabre, s'écria le caporal, veux-tu qu'il te fasse tomber, nom de D... ! Quels soldats on nous donne maintenant ! »

En parlant ainsi, il prit lui-même le sabre qu'il jeta au loin avec colère.

— Toi, essuie la pierre de ton fusil avec ton mouchoir. Mais as-tu jamais tiré un coup de fusil ?

— Je suis chasseur.

— Dieu soit loué ! reprit le caporal avec un gros soupir. Surtout ne tire pas avant l'ordre que je te donnerai ; et il s'en alla.

Fabrice était tout joyeux. « Enfin je vais me battre réellement, se disait-il, tuer un ennemi[a] ! Ce matin ils nous envoyaient des boulets, et moi je ne faisais rien que m'exposer à être tué ; métier de dupe. » Il regardait de tous côtés avec une extrême curiosité. Au bout d'un moment, il entendit partir sept à huit coups de fusil tout près de lui. Mais, ne recevant point l'ordre de tirer, il se tenait tranquille derrière son arbre. Il était presque nuit ; il lui semblait être à *l'espère*, à la chasse à l'ours,

dans la montagne de la Tramezzina[1], au-dessus de
Grianta. Il lui vint une idée de chasseur ; il prit une
cartouche dans sa giberne et en détacha la balle : Si je
le vois, dit-il, il ne faut pas que je le manque, et il fit
couler cette seconde balle dans le canon de son fusil.
Il entendit tirer deux coups de feu tout à côté de son
arbre ; en même temps il vit un cavalier vêtu de bleu
qui passait au galop devant lui, se dirigeant de sa droite
à sa gauche. Il n'est pas à trois pas, se dit-il, mais à
cette distance je suis sûr de mon coup, il suivit bien le
cavalier du bout de son fusil et enfin pressa la détente ;
le cavalier tomba avec son cheval. Notre héros se
croyait à la chasse : il courut tout joyeux sur la pièce
qu'il venait d'abattre. Il touchait déjà l'homme qui lui
semblait mourant, lorsque avec une rapidité incroyable
deux cavaliers prussiens arrivèrent sur lui pour le
sabrer. Fabrice se sauva à toutes jambes vers le bois ;
pour mieux courir il jeta son fusil. Les cavaliers prussiens n'étaient plus qu'à trois pas de lui lorsqu'il atteignit une nouvelle plantation de petits chênes gros
comme le bras et bien droits qui bordaient le bois. Ces
petits chênes arrêtèrent un instant les cavaliers, mais
ils passèrent et se remirent à poursuivre Fabrice dans
une clairière. De nouveau ils étaient près de l'atteindre,
lorsqu'il se glissa entre sept à huit gros arbres. À ce
moment, il eut presque la figure brûlée par la flamme
de cinq ou six coups de fusil qui partirent en avant de
lui. Il baissa la tête ; comme il la relevait, il se trouva
vis-à-vis du caporal.

— Tu as tué le tien ? lui demanda le caporal Aubry.

— Oui, mais j'ai perdu mon fusil.

— Ce n'est pas les fusils qui nous manquent ; tu es
un bon b... ; malgré ton air cornichon, tu as bien gagné
ta journée, et ces soldats-ci viennent de manquer ces

---

1. Les montagnes de la Tremezzina dominent Grianta et séparent le
lac de Côme du lac de Lugano. Y trouvait-on des ours ? Les guides
contemporains l'affirment. *À l'espère*, c'est-à-dire à l'affût.

deux qui te poursuivaient et venaient droit à eux ; moi, je ne les voyais pas. Il s'agit maintenant de filer rondement ; le régiment doit être à un demi-quart de lieue, et, de plus, il y a un petit bout de prairie où nous pouvons être ramassés au demi-cercle.

Tout en parlant, le caporal marchait rapidement à la tête de ses dix hommes. À deux cents pas de là, en entrant dans la petite prairie dont il avait parlé, on rencontra un général blessé qui était porté par son aide de camp et par un domestique.

— Vous allez me donner quatre hommes, dit-il au caporal d'une voix éteinte, il s'agit de me transporter à l'ambulance ; j'ai la jambe fracassée.

— Va te faire f..., répondit le caporal, toi et tous les généraux. Vous avez tous trahi l'Empereur aujourd'hui.

— Comment, dit le général en fureur, vous méconnaissez mes ordres ! Savez-vous que je suis le général comte B***, commandant votre division, etc., etc.

Il fit des phrases. L'aide de camp se jeta sur les soldats. Le caporal lui lança un coup de baïonnette dans le bras, puis fila avec ses hommes en doublant le pas.

— Puissent-ils être tous comme toi, répétait le caporal en jurant, les bras et les jambes fracassés ! Tas de freluquets ! Tous vendus aux Bourbons, et trahissant l'Empereur !

Fabrice écoutait avec saisissement cette affreuse accusation.

Vers les dix heures du soir, la petite troupe rejoignit le régiment à l'entrée d'un gros village qui formait plusieurs rues fort étroites, mais Fabrice remarqua que le caporal Aubry évitait de parler à aucun des officiers.

— Impossible d'avancer ! s'écria le caporal.

Toutes ces rues étaient encombrées d'infanterie, de cavaliers et surtout de caissons d'artillerie et de fourgons. Le caporal se présenta à l'issue de trois de ces

rues ; après avoir fait vingt pas il fallait s'arrêter : tout
le monde jurait et se fâchait.

— Encore quelque traître qui commande ! s'écria le
caporal ; si l'ennemi a l'esprit de tourner le village
nous sommes tous prisonniers comme des chiens. Sui-
vez-moi, vous autres. Fabrice regarda ; il n'y avait plus
que six soldats avec le caporal. Par une grande porte
ouverte ils entrèrent dans une vaste basse-cour ; de la
basse-cour ils passèrent dans une écurie, dont la petite
porte leur donna entrée dans un jardin. Ils s'y perdirent
un moment, errant de côté et d'autre. Mais enfin, en
passant une haie, ils se trouvèrent dans une vaste pièce
de blé noir. En moins d'une demi-heure, guidés par les
cris et le bruit confus, ils eurent regagné la grande
route au-delà du village. Les fossés de cette route
étaient remplis de fusils abandonnés ; Fabrice en choisit un : mais la route, quoique fort large, était tellement
encombrée de fuyards et de charrettes, qu'en une demi-
heure de temps, à peine si le caporal et Fabrice avaient
avancé de cinq cents pas ; on disait que cette route
conduisait à Charleroi[a]. Comme onze heures sonnaient
à l'horloge du village :

— Prenons de nouveau à travers champs, s'écria le
caporal. La petite troupe n'était plus composée que de
trois soldats, le caporal et Fabrice. Quand on fut à un
quart de lieue de la grande route :

— Je n'en puis plus, dit un des soldats.

— Et moi itou, dit un autre.

— Belle nouvelle ! Nous en sommes tous logés là,
dit le caporal ; mais obéissez-moi, et vous vous en
trouverez bien. Il vit cinq ou six arbres le long d'un
petit fossé au milieu d'une immense pièce de blé. Aux
arbres ! dit-il à ses hommes ; couchez-vous là, ajouta-
t-il quand on y fut arrivé, et surtout pas de bruit. Mais
avant de s'endormir, qui est-ce qui a du pain ?

— Moi, dit un des soldats.

— Donne, dit le caporal, d'un air magistral.

Il divisa le pain en cinq morceaux et prit le plus petit.

— Un quart d'heure avant le point du jour, dit-il en mangeant, vous allez avoir sur le dos la cavalerie ennemie. Il s'agit de ne pas se laisser sabrer. Un seul est flambé, avec de la cavalerie sur le dos, dans ces grandes plaines, cinq au contraire peuvent se sauver : restez avec moi bien unis, ne tirez qu'à bout portant, et demain soir je me fais fort de vous rendre à Charleroi.

Le caporal les éveilla une heure avant le jour ; il leur fit renouveler la charge de leurs armes, le tapage sur la grande route continuait, et avait duré toute la nuit : c'était comme le bruit d'un torrent entendu dans le lointain.

— Ce sont comme des moutons qui se sauvent, dit Fabrice au caporal, d'un air naïf.

— Veux-tu bien te taire, blanc-bec ! dit le caporal indigné. Et les trois soldats qui composaient toute son armée avec Fabrice regardèrent celui-ci d'un air de colère, comme s'il eût blasphémé. Il avait insulté la nation.

Voilà qui est fort ! pensa notre héros ; j'ai déjà remarqué cela chez le vice-roi à Milan ; ils ne fuient pas, non ! Avec ces Français il n'est pas permis de dire la vérité quand elle choque leur vanité. Mais quant à leur air méchant je m'en moque, il faut que je le leur fasse comprendre. On marchait toujours à cinq cents pas de ce torrent de fuyards qui couvraient la grande route. À une lieue de là le caporal et sa troupe traversèrent un chemin qui allait rejoindre la route et où beaucoup de soldats étaient couchés. Fabrice acheta un cheval assez bon qui lui coûta quarante francs, et parmi tous les sabres jetés de côté et d'autre, il choisit avec soin un grand sabre droit. « Puisqu'on dit qu'il faut piquer pensa-t-il, celui-ci est le meilleur. » Ainsi équipé, il mit son cheval au galop et rejoignit bientôt le caporal qui avait pris les devants. Il s'affermit sur ses étriers, prit de la main gauche le fourreau de son sabre droit, et dit aux quatre Français :

— Ces gens qui se sauvent sur la grande route ont l'air d'un troupeau de moutons... Ils marchent comme des moutons effrayés...

Fabrice avait beau appuyer sur le mot *mouton*, ses camarades ne se souvenaient plus d'avoir été fâchés par ce mot une heure auparavant. Ici se trahit un des contrastes des caractères italien et français ; le Français est sans doute le plus heureux, il glisse sur les événements de la vie et ne garde pas rancune.

Nous ne cacherons point que Fabrice fut très satisfait de sa personne après avoir parlé des *moutons*[a]. On marchait en faisant la petite conversation. À deux lieues de là le caporal, toujours fort étonné de ne point voir la cavalerie ennemie, dit à Fabrice :

— Vous êtes notre cavalerie, galopez vers cette ferme sur ce petit tertre, demandez au paysan s'il veut nous *vendre* à déjeuner, dites bien que nous ne sommes que cinq. S'il hésite donnez-lui cinq francs d'avance de votre argent mais soyez tranquille, nous reprendrons la pièce blanche après le déjeuner.

Fabrice regarda le caporal, il vit en lui une gravité imperturbable, et vraiment l'air de la supériorité morale ; il obéit. Tout se passa comme l'avait prévu le commandant en chef, seulement Fabrice insista pour qu'on ne reprît pas de vive force les cinq francs qu'il avait donnés au paysan.

— L'argent est à moi, dit-il à ses camarades, je ne paie pas pour vous, je paie pour l'avoine qu'il a donnée à mon cheval.

Fabrice prononçait si mal le français, que ses camarades crurent voir dans ses paroles un ton de supériorité ; ils furent vivement choqués, et dès lors dans leur esprit un duel se prépara pour la fin de la journée. Ils le trouvaient fort différent d'eux-mêmes, ce qui les choquait ; Fabrice au contraire commençait à se sentir beaucoup d'amitié pour eux.

On marchait sans rien dire depuis deux heures, lorsque le caporal, regardant la grande route, s'écria avec un transport de joie :

— Voici le régiment !

On fut bientôt sur la route ; mais, hélas ! autour de l'aigle il n'y avait pas deux cents hommes. L'œil de Fabrice eut bientôt aperçu la vivandière : elle marchait à pied, avait les yeux rouges et pleurait de temps à autre. Ce fut en vain que Fabrice chercha la petite charrette et Cocotte.

— Pillés, perdus, volés, s'écria la vivandière répondant aux regards de notre héros.

Celui-ci, sans mot dire, descendit de son cheval, le prit par la bride, et dit à la vivandière :

— Montez.

Elle ne se le fit pas dire deux fois.

— Raccourcis-moi les étriers, fit-elle.

Une fois bien établie à cheval, elle se mit à raconter à Fabrice tous les désastres de la nuit.[a] Après un récit d'une longueur infinie, mais avidement écouté par notre héros qui, à vrai dire, ne comprenait rien à rien, mais avait une tendre amitié pour la vivandière, celle-ci ajouta :

— Et dire que ce sont des Français qui m'ont pillée, battue, abîmée...

— Comment ! ce ne sont pas les ennemis ? dit Fabrice d'un air naïf qui rendait charmante sa belle figure grave et pâle.

— Que tu es bête, mon pauvre petit ! dit la vivandière, souriant au milieu de ses larmes ; et quoique ça, tu es bien gentil.

— Et tel que vous le voyez, il a fort bien descendu son Prussien, dit le caporal Aubry qui, au milieu de la cohue générale, se trouvait par hasard de l'autre côté du cheval monté par la cantinière. Mais il est fier, continua le caporal...

Fabrice fit un mouvement.

— Et comment t'appelles-tu ? continua le caporal, car enfin, s'il y a un rapport, je veux te nommer.

— Je m'appelle Vasi, répondit Fabrice, faisant une mine singulière, c'est-à-dire *Boulot*, ajouta-t-il se reprenant vivement.

Boulot avait été le nom du propriétaire de la feuille de route que la geôlière de B... lui avait remise l'avant-veille, il l'avait étudiée avec soin, tout en marchant, car il commençait à réfléchir quelque peu et n'était plus si étonné des choses. Outre la feuille de route du hussard Boulot, il conservait précieusement le passeport italien d'après lequel il pouvait prétendre au noble nom de Vasi, marchand de baromètres. Quand le caporal lui avait reproché d'être fier, il avait été sur le point de répondre : Moi fier ! moi Fabrice Valserra, *marchesino* del Dongo, qui consens à porter le nom d'un Vasi, marchand de baromètres !

Pendant qu'il faisait des réflexions et qu'il se disait : Il faut bien me rappeler que je m'appelle Boulot, ou, gare la prison dont le sort me menace, le caporal et la cantinière avaient échangé plusieurs mots sur son compte.

— Ne m'accusez pas d'être une curieuse, lui dit la cantinière en cessant de le tutoyer ; c'est pour votre bien que je vous fais des questions. Qui êtes-vous, là, réellement ?

Fabrice ne répondit pas d'abord ; il considérait que jamais il ne pourrait trouver d'amis plus dévoués pour leur demander conseil, et il avait un pressant besoin de conseils. Nous allons entrer dans une place de guerre, le gouverneur voudra savoir qui je suis, et gare la prison si je fais voir par mes réponses que je ne connais personne au 4ᵉ régiment de hussards dont je porte l'uniforme ! En sa qualité de sujet de l'Autriche, Fabrice savait toute l'importance qu'il faut attacher à un passeport. Les membres de sa famille, quoique nobles et dévots, quoique appartenant au parti vainqueur, avaient été vexés plus de vingt fois à l'occasion de leurs passeports ; il ne fut donc nullement choqué de la question que lui adressait la cantinière. Mais comme, avant que de répondre, il cherchait les mots français les plus clairs, la cantinière, piquée d'une vive curiosité, ajouta pour l'engager à parler :

— Le caporal Aubry et moi nous allons vous donner de bons avis pour vous conduire.

— Je n'en doute pas, répondit Fabrice : je m'appelle Vasi et je suis de Gênes ; ma sœur, célèbre par sa beauté, a épousé un capitaine. Comme je n'ai que dix-sept ans, elle me faisait venir auprès d'elle pour me faire voir la France, et me former un peu ; ne la trouvant pas à Paris et sachant qu'elle était à cette armée, j'y suis venu, je l'ai cherchée de tous les côtés sans pouvoir la trouver. Les soldats, étonnés de mon accent, m'ont fait arrêter. J'avais de l'argent alors, j'en ai donné au gendarme, qui m'a remis une feuille de route, un uniforme et m'a dit : File, et jure-moi de ne jamais prononcer mon nom.

— Comment s'appelait-il ? dit la cantinière.

— J'ai donné ma parole, dit Fabrice.

— Il a raison, reprit le caporal, le gendarme est un gredin, mais le camarade ne doit pas le nommer. Et comment s'appelle-t-il, ce capitaine, mari de votre sœur ? Si nous savons son nom, nous pourrons le chercher.

— Teulier, capitaine au 4ᵉ de hussards, répondit notre héros.

— Ainsi, dit le caporal avec assez de finesse, à votre accent étranger, les soldats vous prirent pour un espion ?

— C'est là le mot infâme ! s'écria Fabrice, les yeux brillants. Moi qui aime tant l'Empereur et les Français ! Et c'est par cette insulte que je suis le plus vexé.

— Il n'y a pas d'insulte, voilà ce qui vous trompe ; l'erreur des soldats était fort naturelle, reprit gravement le caporal Aubry.

Alors il lui expliqua avec beaucoup de pédanterie qu'à l'armée il faut appartenir à un corps et porter un uniforme, faute de quoi il est tout simple qu'on vous prenne pour un espion. L'ennemi nous en lâche beaucoup : tout le monde trahit dans cette guerre. Les écailles tombèrent des yeux de Fabrice ; il comprit pour la première fois qu'il avait tort dans tout ce qui lui arrivait depuis deux mois.

— Mais il faut que le petit nous raconte tout, dit la cantinière dont la curiosité était de plus en plus excitée.

Fabrice obéit. Quand il eut fini :

— Au fait, dit la cantinière parlant d'un air grave au caporal, cet enfant n'est point militaire ; nous allons faire une vilaine guerre maintenant que nous sommes battus et trahis. Pourquoi se ferait-il casser les os *gratis pro Deo* ?

— Et même, dit le caporal, qu'il ne sait pas charger son fusil, ni en douze temps, ni à volonté. C'est moi qui ai chargé le coup qui a descendu le Prussien.

— De plus, il montre son argent à tout le monde, ajouta la cantinière ; il sera volé de tout dès qu'il ne sera plus avec nous.

— Le premier sous-officier de cavalerie qu'il rencontre, dit le caporal, le confisque à son profit pour se faire payer la goutte, et peut-être on le recrute pour l'ennemi, car tout le monde trahit. Le premier venu va lui ordonner de le suivre, et il le suivra ; il ferait mieux d'entrer dans notre régiment.

— Non pas, s'il vous plaît, caporal ! s'écria vivement Fabrice ; il est plus commode d'aller à cheval, et d'ailleurs je ne sais pas charger un fusil, et vous avez vu que je manie un cheval.

Fabrice fut très fier de ce petit discours. Nous ne rendrons pas compte de la longue discussion sur sa destinée future, qui eut lieu entre le caporal et la cantinière. Fabrice remarqua qu'en discutant ces gens répétaient trois ou quatre fois toutes les circonstances de son histoire : les soupçons des soldats, le gendarme lui vendant une feuille de route et un uniforme, la façon dont la veille il s'était trouvé faire partie de l'escorte du maréchal, l'Empereur vu au galop, le cheval *escofié*[1], etc., etc.

Avec une curiosité de femme, la cantinière revenait sans cesse sur la façon dont on l'avait dépossédé du bon cheval qu'elle lui avait fait acheter.

— Tu t'es senti saisir par les pieds, on t'a fait passer doucement par-dessus la queue de ton cheval, et l'on t'a assis par terre ! Pourquoi répéter si souvent, se disait Fabrice, ce que nous connaissons tous trois parfaitement bien ? Il ne savait pas encore que c'est ainsi qu'en France les gens du peuple vont à la recherche des idées.

— Combien as-tu d'argent ? lui dit tout à coup la cantinière.

Fabrice n'hésita pas à répondre ; il était sûr de la noblesse d'âme de cette femme : c'est là le beau côté de la France[a].

— En tout, il peut me rester trente napoléons en or et huit ou dix écus de cinq francs.

— En ce cas, tu as le champ libre ! s'écria la cantinière ; tire-toi du milieu de cette armée en déroute ; jette-toi de côté, prends la première route un peu frayée que tu trouveras là sur ta droite ; pousse ton cheval ferme, toujours t'éloignant de l'armée. À la première occasion achète des habits de pékin[2]. Quand tu seras à huit ou dix lieues, et que tu ne verras plus de soldats, prends la poste, et va te reposer huit jours et manger des biftecks dans quelque bonne ville. Ne dis jamais à personne que tu as été à l'armée ; les gendarmes te ramasseraient comme déserteur ; et quoique tu sois bien gentil, mon petit, tu n'es pas encore assez futé

---

1. « Escoffié », terme d'argot qui signifie « tué » ; or le cheval de Fabrice lui a été volé.   2. Terme d'argot militaire qui date de l'Empire et qui désigne le civil.

pour répondre à des gendarmes. Dès que tu auras sur le dos des habits de bourgeois, déchire ta feuille de route en mille morceaux et reprends ton nom véritable ; dis que tu es Vasi.

» Et d'où devra-t-il dire qu'il vient ? fit-elle au caporal.

— De Cambrai sur l'Escaut : c'est une bonne ville toute petite, entends-tu ? et où il y a une cathédrale et Fénelon.

— C'est ça, dit la cantinière ; ne dis jamais que tu as été à la bataille, ne souffle mot de B***, ni du gendarme qui t'a vendu la feuille de route. Quand tu voudras rentrer à Paris, rends-toi d'abord à Versailles, et passe la barrière de Paris de ce côté-là en flânant, en marchant à pied comme un promeneur[1]. Couds tes napoléons dans ton pantalon ; et surtout quand tu as à payer quelque chose, ne montre tout juste que l'argent qu'il faut pour payer. Ce qui me chagrine, c'est qu'on va t'empaumer, on va te chiper tout ce que tu as ; et que feras-tu une fois sans argent, toi qui ne sais pas te conduire ? etc.

La bonne cantinière parla longtemps encore ; le caporal appuyait ses avis par des signes de tête, ne pouvant trouver jour à saisir la parole. Tout à coup cette foule qui couvrait la grande route, d'abord doubla le pas ; puis, en un clin d'œil, passa le petit fossé qui bordait la route à gauche, et se mit à fuir à toutes jambes.

— Les Cosaques ! les Cosaques[2] ! criait-on de tous les côtés.

— Reprends ton cheval ! s'écria la cantinière.

---

1. C'est encore de cette manière que Fabrice et Ludovic pénétreront à Bologne ; dans *L'Abbesse de Castro*, le chef des brigands, Fabrice Colonna, donne les mêmes directives au héros, c'est l'a b c de quiconque est hors la loi et veut passer inaperçu.   2. À Waterloo, il n'y avait pas de troupe russe. Les fuyards ont-ils l'illusion d'être attaqués par les Cosaques ? Ou Stendhal s'est-il souvenu de leurs attaques durant la retraite de Russie, et de ce convoi en 1813 où il se trouvait et qui subit leur assaut ?

— Dieu m'en garde ! dit Fabrice. Galopez ! fuyez ! je vous le donne. Voulez-vous de quoi racheter une petite voiture ? La moitié de ce que j'ai est à vous.

— Reprends ton cheval, te dis-je ! s'écria la cantinière en colère.

Et elle se mettait en devoir de descendre.

Fabrice tira son sabre :

— Tenez-vous bien ! lui cria-t-il, et il donna deux ou trois coups de plat de sabre au cheval, qui prit le galop et suivit les fuyards.

Notre héros regarda la grande route ; naguère trois ou quatre mille individus s'y pressaient, serrés comme des paysans à la suite d'une procession. Après le mot *cosaques* il n'y vit exactement plus personne ; les fuyards avaient abandonné des shakos, des fusils, des sabres, etc. Fabrice, étonné, monta dans un champ à droite du chemin, et qui était élevé de vingt ou trente pieds ; il regarda la grande route des deux côtés et la plaine, il ne vit pas trace de cosaques. Drôles de gens, que ces Français ! se dit-il. Puisque je dois aller sur la droite, pensa-t-il, autant vaut marcher tout de suite ; il est possible que ces gens aient pour courir une raison que je ne connais pas. Il ramassa un fusil, vérifia qu'il était chargé, remua la poudre de l'amorce, nettoya la pierre, puis choisit une giberne bien garnie, et regarda encore de tous les côtés ; il était absolument seul au milieu de cette plaine naguère si couverte de monde. Dans l'extrême lointain, il voyait les fuyards qui commençaient à disparaître derrière les arbres, et couraient toujours. Voilà qui est bien singulier ! se dit-il ; et, se rappelant la manœuvre employée la veille par le caporal, il alla s'asseoir au milieu d'un champ de blé. Il ne s'éloignait pas, parce qu'il désirait revoir ses bons amis, la cantinière et le caporal Aubry.

Dans ce blé, il vérifia qu'il n'avait plus que dix-huit napoléons, au lieu de trente comme il le pensait, mais il lui restait de petits diamants qu'il avait placés dans la doublure des bottes du hussard, le matin, dans la chambre de la geôlière, à B...ᵃ Il cacha ses napoléons du mieux qu'il put, tout en réfléchissant profondément à cette disparition si soudaine. Cela est-il d'un mauvais présage pour moi ? se disait-il. Son principal chagrin était de ne pas avoir adressé cette question au caporal Aubry : Ai-je réellement assisté à une bataille ? Il lui semblait que oui, et il eût été au comble du bonheur s'il en eût été certain.

Toutefois, se dit-il, j'y ai assisté portant le nom d'un prisonnier, j'avais la feuille de route d'un prisonnier dans ma poche, et, bien plus, son habit sur moi ! Voilà qui est fatal pour l'avenir : qu'en eût dit l'abbé Blanès ? Et ce malheureux Boulot est mort en prison ! Tout cela est de sinistre augure ; le destin me conduira en prison. Fabrice eût donné tout au monde pour savoir si le hussard Boulot était réellement coupable ; en rappelant ses souvenirs, il lui semblait que la geôlière de B*** lui avait dit que le hussard avait été ramassé non seulement pour des couverts d'argent, mais encore pour avoir volé la vache d'un paysan, et battu le paysan à toute outrance : Fabrice ne doutait pas qu'il ne fût mis un jour en prison pour une faute qui aurait quelque rapport avec celle du hussard Boulot. Il pensait à son ami le curé Blanès ; que n'eût-il pas donné pour pouvoir le consulter ! Puis il se rappela qu'il n'avait pas écrit à sa tante depuis qu'il avait quitté Paris. Pauvre Gina ! se dit-il, et il avait les larmes aux yeux, lorsque tout à coup il entendit un petit bruit tout près de lui ; c'était un soldat qui faisait manger le blé par trois chevaux auxquels il avait ôté la bride, et qui semblaient morts de faim ; il les tenait par le bridon. Fabrice se leva comme un perdreau, le soldat eut peur. Notre héros le remarqua, et céda au plaisir de jouer un instant le rôle de hussard.

— Un de ces chevaux m'appartient, f... ! s'écria-t-il,

mais je veux bien te donner cinq francs pour la peine
que tu as prise de me l'amener ici.

— Est-ce que tu te fiches de moi ? dit le soldat.

Fabrice le mit en joue à six pas de distance.

— Lâche le cheval ou je te brûle !

Le soldat avait son fusil en bandoulière, il donna un
tour d'épaule pour le reprendre.

— Si tu fais le plus petit mouvement tu es mort !
s'écria Fabrice en lui courant dessus.

— Eh bien ! donnez les cinq francs et prenez un des
chevaux, dit le soldat confus, après avoir jeté un regard
de regret sur la grande route où il n'y avait absolument
personne.

Fabrice, tenant son fusil haut de la main gauche, de
la droite lui jeta trois pièces de cinq francs.

— Descends, ou tu es mort... Bride le noir et va-
t'en plus loin avec les deux autres... Je te brûle si tu
remues.

Le soldat obéit en rechignant. Fabrice s'approcha du
cheval et passa la bride dans son bras gauche, sans
perdre de vue le soldat qui s'éloignait lentement ;
quand Fabrice le vit à une cinquantaine de pas, il sauta
lestement sur le cheval. Il y était à peine et cherchait
l'étrier de droite avec le pied, lorsqu'il entendit siffler
une balle de fort près : c'était le soldat qui lui lâchait
son coup de fusil. Fabrice, transporté de colère, se mit
à galoper sur le soldat qui s'enfuit à toutes jambes, et
bientôt Fabrice le vit monté sur un de ses deux chevaux
et galopant. Bon, le voilà hors de portée, se dit-il. Le
cheval qu'il venait d'acheter était magnifique, mais
paraissait mourant de faim. Fabrice revint sur la grande
route, où il n'y avait toujours âme qui vive ; il la traversa et mit son cheval au trot pour atteindre un petit
repli de terrain sur la gauche où il espérait retrouver la
cantinière ; mais quand il fut au sommet de la petite
montée il n'aperçut, à plus d'une lieue de distance, que
quelques soldats isolés. Il est écrit que je ne la reverrai
plus, se dit-il avec un soupir, brave et bonne femme !

Il gagna une ferme qu'il apercevait dans le lointain et sur la droite de la route. Sans descendre de cheval, et après avoir payé d'avance, il fit donner de l'avoine à son pauvre cheval, tellement affamé qu'il mordait la mangeoire. Une heure plus tard, Fabrice trottait sur la grande route toujours dans le vague espoir de retrouver la cantinière, ou du moins le caporal Aubry. Allant toujours et regardant de tous les côtés il arriva à une rivière marécageuse traversée par un pont en bois assez étroit. Avant le pont, sur la droite de la route, était une maison isolée portant l'enseigne du Cheval-Blanc. Là, je vais dîner, se dit Fabrice. Un officier de cavalerie avec le bras en écharpe se trouvait à l'entrée du pont ; il était à cheval et avait l'air fort triste ; à dix pas de lui, trois cavaliers à pied arrangeaient leurs pipes.

— Voilà des gens, se dit Fabrice, qui m'ont bien la mine de vouloir m'acheter mon cheval encore moins cher qu'il ne m'a coûté. L'officier blessé et les trois piétons le regardaient venir et semblaient l'attendre. Je devrais bien ne pas passer sur ce pont, et suivre le bord de la rivière à droite, ce serait la route conseillée par la cantinière pour sortir d'embarras... Oui, se dit notre héros ; mais si je prends[a] la fuite, demain j'en serai tout honteux : d'ailleurs mon cheval a de bonnes jambes, celui de l'officier est probablement fatigué ; s'il entreprend de me démonter je galoperai. En faisant ces raisonnements, Fabrice *rassemblait*[1] son cheval et s'avançait au plus petit pas possible.

— Avancez donc, hussard, lui cria l'officier d'un air d'autorité.

Fabrice avança quelques pas et s'arrêta.

— Voulez-vous me prendre mon cheval ? cria-t-il.

---

1. Terme de manège : mettre le cheval ensemble, agir simultanément des mains et des jambes de manière que le cheval s'asseyant sur ses hanches ait le devant plus libre pour l'exécution des mouvements (Littré). Sur les compétences équestres de Stendhal, voir le comte de Comminges, « Stendhal homme de cheval », dans *Le Divan*, 1928.

— Pas le moins du monde ; avancez.

Fabrice regarda l'officier : il avait des moustaches blanches, et l'air le plus honnête du monde ; le mouchoir qui soutenait son bras gauche était plein de sang, et sa main droite aussi était enveloppée d'un linge sanglant. Ce sont les piétons qui vont sauter à la bride de mon cheval, se dit Fabrice ; mais, en y regardant de près, il vit que les piétons aussi étaient blessés.

— Au nom de l'honneur, lui dit l'officier qui portait les épaulettes de colonel, restez ici en vedette, et dites à tous les dragons, chasseurs et hussards que vous verrez, que le colonel Le Baron[1] est dans l'auberge que voilà, et que je leur ordonne de venir me joindre.

Le vieux colonel avait l'air navré de douleur ; dès le premier mot il avait fait la conquête de notre héros, qui lui répondit avec bon sens :

— Je suis bien jeune, monsieur, pour que l'on veuille m'écouter ; il faudrait un ordre écrit de votre main.

— Il a raison, dit le colonel en le regardant beaucoup ; écris l'ordre, La Rose, toi qui as une main droite.

Sans rien dire, La Rose tira de sa poche un petit livret de parchemin, écrivit quelques lignes, et, déchirant une feuille, la remit à Fabrice ; le colonel répéta l'ordre à celui-ci, ajoutant qu'après deux heures de faction il serait relevé, comme de juste, par un des trois cavaliers blessés qui étaient avec lui. Cela dit, il entra dans l'auberge avec ses hommes. Fabrice les regardait marcher et restait immobile au bout de son pont de bois, tant il avait été frappé par la douleur morne et

---

1. Le 6ᵉ dragons où servit Stendhal était commandé par le colonel Le Baron ; on y trouvait encore un maréchal des logis La Rose, et un capitaine Henriet. Le souci réaliste de Stendhal l'a donc amené à ne donner à ses personnages militaires que des noms qui furent réellement portés par des militaires. L'onomastique vraie est un des traits de l'écriture réaliste. Et Fabrice retrouve l'ancien régiment de Stendhal sur son chemin !

silencieuse de ces trois personnages[1]. On dirait des génies enchantés[a], se dit-il. Enfin il ouvrit le papier plié et lut l'ordre ainsi conçu :

Le colonel Le Baron, du 6ᵉ dragons, commandant la seconde brigade de la première division de cavalerie du 14ᵉ corps, ordonne à tous cavaliers, dragons, chasseurs et hussards de ne point passer le pont, et de le rejoindre à l'Auberge du Cheval-Blanc, près le pont, où est son quartier général.

Au quartier général, près le pont de la Sainte[2], *le 19 juin 1815.*

> *Pour le colonel Le Baron,*
> *blessé au bras droit[3], et*
> *par son ordre, le maréchal*
> *des logis,*
> *La Rose.*

Il y avait à peine une demi-heure que Fabrice était en sentinelle au pont, quand il vit arriver six chasseurs montés et trois à pied ; il leur communique l'ordre du colonel.

— Nous allons revenir, disent quatre des chasseurs montés, et ils passent le pont au grand trot.

Fabrice parlait alors aux deux autres. Durant la discussion qui s'animait, les trois hommes à pied passent

---

1. Attention : Stendhal s'embrouille. Les trois cavaliers sont quatre, à moins que, dans ce passage, il ne songe qu'aux trois soldats et ne compte plus le colonel descendu de son cheval ; au début il y avait le colonel et trois soldats : le maréchal des logis est-il compté parmi les trois ? Sinon il y a cinq hommes en tout. Pour toutes les incohérences du roman écrit décidément avec hâte, on se reportera à l'étude de Raymond Rhéault, « Inadvertances et imprécisions dans *La Chartreuse de Parme* », dans *S-C*, nᵒ 73, 1976.   **2.** Ici le toponyme est réfractaire à toute analyse.   **3.** Attention : le colonel est blessé quelques lignes plus haut au bras gauche et à la main droite ; aussi confie-t-il au sous-officier le soin d'écrire l'ordre ; il faut donc lire ici, main droite. Dans la bagarre qui suit, il saisit la rêne d'un cheval de sa main droite blessée.

le pont. Un des deux chasseurs montés qui restaient finit par demander à revoir l'ordre, et l'emporte en disant :

— Je vais le porter à mes camarades, qui ne manqueront pas de revenir ; attends-les ferme.

Et il part au galop ; son camarade le suit. Tout cela fut fait en un clin d'œil.

Fabrice, furieux, appela un des soldats blessés, qui parut à une des fenêtres du Cheval-Blanc. Ce soldat, auquel Fabrice vit des galons de maréchal des logis, descendit et lui cria en s'approchant :

— Sabre à la main donc ! vous êtes en faction.

Fabrice obéit, puis lui dit :

— Ils ont emporté l'ordre.

— Ils ont de l'humeur de l'affaire d'hier, reprit l'autre d'un air morne. Je vais vous donner un de mes pistolets ; si l'on force de nouveau la consigne, tirez-le en l'air, je viendrai, ou le colonel lui-même paraîtra.

Fabrice avait fort bien vu un geste de surprise chez le maréchal des logis, à l'annonce de l'ordre enlevé ; il comprit que c'était une insulte personnelle qu'on lui avait faite, et se promit bien de ne plus se laisser jouer[a].

Armé du pistolet d'arçon du maréchal des logis, Fabrice avait repris fièrement sa faction lorsqu'il vit arriver à lui sept hussards montés : il s'était placé de façon à barrer le pont, il leur communique l'ordre du colonel, ils en ont l'air fort contrarié, le plus hardi cherche à passer. Fabrice suivant le sage précepte de son amie la vivandière qui, la veille au matin, lui disait qu'il fallait piquer et non sabrer, abaisse la pointe de son grand sabre droit et fait mine d'en porter un coup à celui qui veut forcer la consigne.

— Ah ! il veut nous tuer, le blanc-bec ! s'écrient les hussards, comme si nous n'avions pas été assez tués hier !

Tous tirent leurs sabres à la fois et tombent sur Fabrice ; il se crut mort ; mais il songea à la surprise du maréchal des logis, et ne voulut pas être méprisé de nouveau. Tout en reculant sur son pont, il tâchait de donner des coups de pointe. Il avait une si drôle de mine en maniant ce grand sabre droit de grosse cavalerie, beaucoup trop lourd pour lui, que les hussards virent bientôt à qui ils avaient affaire ; ils cherchèrent alors, non pas à le blesser, mais à lui couper son habit sur le corps. Fabrice reçut ainsi trois ou quatre petits coups de sabre sur les bras. Pour lui, toujours fidèle au précepte de la cantinière, il lançait de tout son cœur force coups de pointe. Par malheur un de ces coups de pointe blessa un hussard à la main : fort en colère d'être touché par un tel soldat, il riposta par un coup de pointe à fond qui atteignit Fabrice au haut de la cuisse. Ce qui fit porter le coup, c'est que le cheval de notre héros, loin de fuir la bagarre, semblait y prendre plaisir et se jeter sur les assaillants. Ceux-ci voyant couler le sang de Fabrice le long de son bras droit[1], craignirent d'avoir poussé le jeu trop avant, et, le poussant vers le parapet gauche du pont, partirent au galop. Dès que Fabrice eut un moment de loisir il tira en l'air son coup de pistolet pour avertir le colonel.

Quatre hussards montés et deux à pied, du même régiment que les autres, venaient vers le pont et en étaient encore à deux cents pas lorsque le coup de pistolet partit : ils regardaient fort attentivement ce qui se passait sur le pont, et s'imaginant que Fabrice avait tiré sur leurs camarades, les quatre à cheval fondirent sur lui au galop et le sabre haut ; c'était une véritable charge. Le colonel Le Baron, averti par le coup de pistolet, ouvrit la porte de l'auberge et se précipita sur le pont au moment où les hussards au galop y arrivaient, et il leur intima lui-même l'ordre de s'arrêter.

— Il n'y a plus de colonel ici, s'écria l'un d'eux, et il poussa son cheval.

---

1. Attention : Fabrice blessé à la cuisse ne peut voir le sang couler le long de son bras sauf s'il a deux blessures. Ce qui va arriver ! L'exemplaire Chaper a corrigé l'erreur.

Le colonel, exaspéré, interrompit la remontrance qu'il leur adressait, et, de sa main droite blessée, saisit la rêne de ce cheval du côté hors du montoir.

— Arrête ! mauvais soldat, dit-il au hussard ; je te connais, tu es de la compagnie du capitaine Henriet.

— Eh bien ! que le capitaine lui-même me donne l'ordre ! Le capitaine Henriet a été tué hier, ajouta-t-il en ricanant, et va te faire f...

En disant ces paroles, il veut forcer le passage et pousse le vieux colonel qui tombe assis sur le pavé du pont[1]. Fabrice, qui était à deux pas plus loin sur le pont, mais faisant face du côté de l'auberge, pousse son cheval, et tandis que le poitrail du cheval de l'assaillant jette par terre le colonel qui ne lâche point la rêne hors du montoir[2], Fabrice, indigné, porte au hussard un coup de pointe à fond. Par bonheur le cheval du hussard, se sentant tiré vers la terre par la bride que tenait le colonel, fit un mouvement de côté, de façon que la longue lame du sabre de grosse cavalerie de Fabrice glissa le long du gilet du hussard et passa tout entière sous ses yeux. Furieux, le hussard se retourne et lance un coup de toutes ses forces, qui coupe la manche de Fabrice et entre profondément dans son bras : notre héros tombe.

Un des hussards démontés voyant les deux défenseurs du pont par terre, saisit l'à-propos, saute sur le cheval de Fabrice et veut s'en emparer en le lançant au galop sur le pont.

Le maréchal des logis, en accourant de l'auberge, avait vu tomber son colonel, et le croyait gravement blessé. Il court après le cheval de Fabrice et plonge la pointe de son sabre dans les reins du voleur, celui-ci tombe. Les hussards, ne voyant plus sur le pont que le maréchal des logis à pied, passent au galop et filent

---

1. Mais le pont est en bois.   **2.** C'est-à-dire à droite du cheval, le côté du montoir est à sa gauche.

rapidement. Celui qui était à pied s'enfuit dans la campagne.

Le maréchal des logis s'approcha des blessés. Fabrice s'était déjà relevé ; il souffrait peu, mais perdait beaucoup de sang. Le colonel se releva plus lentement ; il était tout étourdi de sa chute, mais n'avait reçu aucune blessure.

— Je ne souffre, dit-il au maréchal des logis, que de mon ancienne blessure à la main.

Le hussard blessé par le maréchal des logis mourait.

— Le diable l'emporte ! s'écria le colonel, mais, dit-il au maréchal des logis et aux deux autres cavaliers qui accouraient, songez à ce petit jeune homme que j'ai exposé mal à propos. Je vais rester au pont moi-même pour tâcher d'arrêter ces enragés. Conduisez le petit jeune homme à l'auberge et pansez son bras ; prenez une de mes chemises.

CHAPITRE V

Toute cette aventure n'avait pas duré une minute ; les blessures de Fabrice n'étaient rien ; on lui serra le bras avec des bandes taillées dans la chemise du colonel. On voulait lui arranger un lit au premier étage de l'auberge :

— Mais pendant que je serai ici bien choyé au premier étage, dit Fabrice au maréchal des logis, mon cheval, qui est à l'écurie, s'ennuiera tout seul et s'en ira avec un autre maître.

— Pas mal pour un conscrit ! dit le maréchal des logis.

Et l'on établit Fabrice sur de la paille bien fraîche, dans la mangeoire même à laquelle son cheval était attaché.

Puis, comme Fabrice se sentait très faible, le maréchal des logis lui apporta une écuelle de vin chaud et fit un peu la conversation avec lui. Quelques compliments inclus dans cette conversation mirent notre héros au troisième ciel.

Fabrice ne s'éveilla que le lendemain au point du jour ; les chevaux poussaient de longs hennissements et faisaient un tapage affreux ; l'écurie se remplissait de fumée. D'abord Fabrice ne comprenait rien à tout ce bruit, et ne savait même où il était ; enfin, à demi étouffé par la fumée, il eut l'idée que la maison brûlait ; en un clin d'œil il fut hors de l'écurie et à cheval. Il leva la tête ; la fumée sortait avec violence par les deux fenêtres au-dessus de l'écurie, et le toit était couvert d'une fumée noire qui tourbillonnait. Une centaine de fuyards étaient arrivés dans la nuit à l'Auberge du Cheval-Blanc ; tous criaient et juraient. Les cinq ou six que Fabrice put voir de près lui semblèrent complètement ivres ; l'un d'eux voulait l'arrêter et lui criait :

— Où emmènes-tu mon cheval ?

Quand Fabrice fut à un quart de lieue, il tourna la tête ; personne ne le suivait, la maison était en flammes. Fabrice reconnut le pont[1], il pensa à sa blessure et sentit son bras serré par des bandes et fort chaud. Et le vieux colonel, que sera-t-il devenu ? Il a donné sa chemise pour panser mon bras. Notre héros était ce matin-là du plus beau sang-froid du monde[a] ; la quantité de sang qu'il avait perdue l'avait délivré de toute la partie romanesque de son caractère.

À droite ! se dit-il, et filons. Il se mit tranquillement à suivre le cours de la rivière qui, après avoir passé sous le pont, coulait vers la droite de la route. Il se rappelait les conseils de la bonne cantinière. Quelle amitié ! se disait-il, quel caractère ouvert !

Après une heure de marche, il se trouva très faible. Ah çà ! vais-je m'évanouir ? se dit-il : si je m'évanouis, on me vole mon cheval et peut-être mes habits, et avec les habits le trésor. Il n'avait plus la force de conduire son cheval, et il cherchait à se tenir en équilibre lorsqu'un paysan, qui bêchait dans un champ à côté de la grande route, vit sa pâleur et vint lui offrir un verre de bière et du pain.

— À vous voir si pâle, j'ai pensé que vous étiez un des blessés de la grande bataille ! lui dit le paysan.

Jamais secours ne vint plus à propos. Au moment où Fabrice mâchait le morceau de pain noir, les yeux commencèrent à lui faire mal quand il regardait devant lui. Quand il fut un peu remis, il remercia.

---

1. L'auberge s'est éloignée du pont ; dans la première description, elle était juste à la sortie.

— Et où suis-je ? demanda-t-il.

Le paysan lui apprit qu'à trois quarts de lieue plus loin se trouvait le bourg de Zonders[1], où il serait très bien soigné. Fabrice arriva dans ce bourg, ne sachant pas trop ce qu'il faisait, et ne songeant à chaque pas qu'à ne pas tomber de cheval. Il vit une grande porte ouverte, il entra : c'était l'auberge de l'Étrille. Aussitôt accourut la bonne maîtresse de la maison, femme énorme ; elle appela du secours d'une voix altérée par la pitié. Deux jeunes filles aidèrent Fabrice à mettre pied à terre ; à peine descendu de cheval, il s'évanouit complètement. Un chirurgien fut appelé, on le saigna. Ce jour-là et ceux qui suivirent, Fabrice ne savait pas trop ce qu'on lui faisait, il dormait presque sans cesse.

Le coup de pointe à la cuisse menaçait d'un dépôt considérable. Quand il avait sa tête à lui, il recommandait qu'on prît soin de son cheval, et répétait souvent qu'il paierait bien, ce qui offensait[a] la bonne maîtresse de l'auberge et ses filles. Il y avait quinze jours qu'il était admirablement soigné, et il commençait à reprendre un peu ses idées, lorsqu'il s'aperçut un soir que ses hôtesses avaient l'air fort troublé. Bientôt un officier allemand entra dans sa chambre : on se servait pour lui répondre d'une langue qu'il n'entendait pas ; mais il vit bien qu'on parlait de lui ; il feignit de dormir. Quelque temps après, quand il pensa que l'officier pouvait être sorti, il appela ses hôtesses :

— Cet officier ne vient-il pas m'écrire sur une liste, et me faire prisonnier ?

L'hôtesse en convint les larmes aux yeux.

— Eh bien ! il y a de l'argent dans mon dolman[2] ! s'écria-t-il en se relevant sur son lit ; achetez-moi des habits bourgeois, et, cette nuit, je pars sur mon cheval.

---

1. Il faut à Stendhal un toponyme de tonalité flamande (bien que Waterloo soit en territoire francophone) ; il songe, semble-t-il, au bourg néerlandais de Grootzundert, où il est justement passé en juillet 1838. **2.** Veste à manches qui fait partie de l'uniforme des hussards.

Vous m'avez sauvé la vie une fois en me recevant au moment où j'allais tomber dans la rue ; sauvez-la-moi encore en me donnant les moyens de rejoindre ma mère.

En ce moment, les filles de l'hôtesse se mirent à fondre en larmes ; elles tremblaient pour Fabrice ; et, comme elles comprenaient à peine le français, elles s'approchèrent de son lit pour lui faire des questions. Elles discutèrent en flamand avec leur mère ; mais, à chaque instant, des yeux attendris se tournaient vers notre héros ; il crut comprendre que sa fuite pouvait les compromettre gravement, mais qu'elles voulaient bien en courir la chance. Il les remercia avec effusion et en joignant les mains. Un juif du pays fournit un habillement complet ; mais, quand il l'apporta vers les dix heures du soir, ces demoiselles reconnurent, en comparant l'habit avec le dolman de Fabrice, qu'il fallait le rétrécir infiniment. Aussitôt elles se mirent à l'ouvrage ; il n'y avait pas de temps à perdre. Fabrice indiqua quelques napoléons cachés dans ses habits, et pria ses hôtesses de les coudre dans les vêtements qu'on venait d'acheter. On avait apporté avec les habits une belle paire de bottes neuves. Fabrice n'hésita point à prier ces bonnes filles de couper les bottes à la hussarde à l'endroit qu'il leur indiqua, et l'on cacha ses petits diamants dans la doublure des nouvelles bottes.

Par un effet singulier de la perte de sang et de la faiblesse qui en était la suite, Fabrice avait presque tout à fait oublié le français ; il s'adressait en italien à ses hôtesses, qui parlaient un patois flamand, de façon que l'on s'entendait presque uniquement par signes. Quand les jeunes filles, d'ailleurs parfaitement désintéressées, virent les diamants, leur enthousiasme pour lui n'eut plus de bornes ; elles le crurent un prince déguisé. Aniken, la cadette [1] et la plus naïve, l'embrassa sans autre

---

1. Aniken est la seule femme qui ait ému Fabrice jusqu'à la rencontre avec Clélia. Une ébauche d'idylle suit la scène de guerre et elle laisse au héros des souvenirs vivaces. Cet instant de bonheur que Fabrice aurait voulu durable clôt le moment épique par un contrepoint

façon. Fabrice, de son côté, les trouvait charmantes ; et vers minuit, lorsque le chirurgien lui eut permis un peu de vin, à cause de la route qu'il allait entreprendre, il avait presque envie de ne pas partir. « Où pourrais-je être mieux qu'ici ? » disait-il. Toutefois, sur les deux heures du matin, il s'habilla. Au moment de sortir de sa chambre, la bonne hôtesse lui apprit que son cheval avait été emmené par l'officier qui, quelques heures auparavant, était venu faire la visite de la maison.

— Ah ! canaille ! s'écriait Fabrice en jurant, à un blessé ! Il n'était pas assez philosophe, ce jeune Italien, pour se rappeler à quel prix lui-même avait acheté ce cheval.

Aniken lui apprit en pleurant qu'on avait loué un cheval pour lui ; elle eût voulu qu'il ne partît pas ; les adieux furent tendres. Deux grands jeunes gens, parents de la bonne hôtesse, portèrent Fabrice sur la selle ; pendant la route, ils le soutenaient à cheval, tandis qu'un troisième, qui précédait le petit convoi de quelques centaines de pas, examinait s'il n'y avait point de patrouille suspecte dans les chemins. Après deux heures de marche, on s'arrêta chez une cousine de l'hôtesse de l'Étrille. Quoi que Fabrice pût leur dire, les jeunes gens qui l'accompagnaient ne voulurent jamais le quitter ; ils prétendaient qu'ils connaissaient mieux que personne les passages dans les bois.

— Mais demain matin, quand on saura ma fuite, et qu'on ne vous verra pas dans le pays, votre absence vous compromettra, disait Fabrice.

On se remit en marche. Par bonheur, quand le jour vint à paraître, la plaine était couverte d'un brouillard épais. Vers les huit heures du matin, l'on

amoureux, c'est une fin, et une annonce. Pourquoi Aniken ? Ce diminutif allemand d'Anne serait venu à Stendhal de l'autobiographie de Goethe, *Poésie et Vérité*, qu'il n'a jamais lue, mais un compte rendu féroce de la *Revue d'Édimbourg*, lu en 1817, lui avait parlé des amours du poète avec la fille d'un aubergiste du nom d'Aennchen. Sur l'épisode, voir Carlo Pellegrini, « L'idylle de Fabrice del Dongo », dans *S-C*, n° 1, 1958.

arriva près d'une petite ville. L'un des jeunes gens se détacha pour voir si les chevaux de la poste avaient été volés. Le maître de poste avait eu le temps de les faire disparaître, et de recruter des rosses infâmes dont il avait garni ses écuries. On alla chercher deux chevaux dans les marécages où ils étaient cachés, et, trois heures après, Fabrice monta dans un petit cabriolet tout délabré, mais attelé de deux bons chevaux de poste. Il avait repris des forces. Le moment de la séparation avec les jeunes gens, parents de l'hôtesse, fut du dernier pathétique ; jamais, quelque prétexte aimable que Fabrice pût trouver, ils ne voulurent accepter d'argent.

— Dans votre état, monsieur, vous en avez plus besoin que nous, répondaient toujours ces braves jeunes gens.

Enfin ils partirent avec des lettres où Fabrice, un peu fortifié par l'agitation de la route, avait essayé de faire connaître à ses hôtesses tout ce qu'il sentait pour elles. Fabrice écrivait les larmes aux yeux, et il y avait certainement de l'amour dans la lettre adressée à la petite Aniken.

Le reste du voyage n'eut rien que d'ordinaire. En arrivant à Amiens il souffrait beaucoup du coup de pointe qu'il avait reçu à la cuisse ; le chirurgien de campagne n'avait pas songé à débrider la plaie, et, malgré les saignées, il s'y était formé un dépôt. Pendant les quinze jours que Fabrice passa dans l'auberge d'Amiens[1], tenue par une famille complimenteuse et avide, les Alliés envahissaient la France, et Fabrice devint comme un autre homme, tant il fit de réflexions profondes sur les choses qui venaient de lui arriver. Il n'était resté enfant que sur un point : ce qu'il avait vu, était-ce une bataille, et en second lieu, cette bataille était-elle Waterloo ? Pour la pre-

---

1. Le chapitre prévu sous le titre « L'Avant-scène » se rapporte à cette rapide suggestion.

mière fois de sa vie il trouva du plaisir à lire ; il
espérait toujours trouver dans les journaux, ou dans
les récits de la bataille, quelque description qui lui
permettrait de reconnaître les lieux qu'il avait par-
courus à la suite du maréchal Ney, et plus tard avec
l'autre général. Pendant son séjour à Amiens, il écrivit presque tous les jours à ses bonnes amies de
l'Étrille. Dès qu'il fut guéri, il vint à Paris ; il trouva
à son ancien hôtel vingt lettres de sa mère et de sa
tante qui le suppliaient de revenir au plus vite. Une
dernière lettre de la comtesse de Pietranera avait un
certain tour énigmatique qui l'inquiéta fort, cette
lettre lui enleva toutes ses rêveries tendres. C'était
un caractère auquel il ne fallait qu'un mot pour
prévoir facilement les plus grands malheurs ; son
imagination se chargeait ensuite de lui peindre ces
malheurs avec les détails les plus horribles.

« Garde-toi bien de signer les lettres que tu écris
pour donner de tes nouvelles, lui disait la comtesse. À
ton retour tu ne dois point venir d'emblée sur le lac de
Côme : arrête-toi à Lugano, sur le territoire suisse. » Il
devait arriver dans cette petite ville sous le nom de
Cavi ; il trouverait à la principale auberge le valet de
chambre de la comtesse, qui lui indiquerait ce qu'il
fallait faire. Sa tante finissait par ces mots : « Cache
par tous les moyens possibles la folie que tu as faite,
et surtout ne conserve sur toi aucun papier imprimé ou
écrit ; en Suisse tu seras environné des amis de Sainte-
Marguerite [*][1]. Si j'ai assez d'argent, lui disait la
comtesse, j'enverrai quelqu'un à Genève, à l'hôtel des
Balances, et tu auras des détails que je ne puis écrire
et qu'il faut pourtant que tu saches avant d'arriver.

---

* Pellico a rendu ce nom européen, c'est celui de la rue de Milan
où se trouvent le palais et les prisons de la police.

---

1. La note de Stendhal explique l'allusion ; la police autrichienne
était installée dans un ancien couvent rue Sainte-Marguerite. Pellico y
fut détenu du 13 octobre 1820 au 19 février 1821.

Mais, au nom de Dieu, pas un jour de plus à Paris ; tu y serais reconnu par nos espions. » L'imagination de Fabrice se mit à se figurer les choses les plus étranges, et il fut incapable de tout autre plaisir que celui de chercher à deviner ce que sa tante pouvait avoir à lui apprendre de si étrange. Deux fois, en traversant la France, il fut arrêté ; mais il sut se dégager ; il dut ces désagréments à son passeport italien et à cette étrange qualité de marchand de baromètres, qui n'était guère d'accord avec sa figure jeune et son bras en écharpe.

Enfin, dans Genève, il trouva un homme appartenant à la comtesse qui lui raconta de sa part, que lui, Fabrice, avait été dénoncé par la police de Milan comme étant allé porter à Napoléon des propositions arrêtées par une vaste conspiration organisée dans le ci-devant royaume d'Italie. Si tel n'eût pas été le but de son voyage, disait la dénonciation, à quoi bon prendre un nom supposé ? Sa mère chercherait à prouver ce qui était vrai ; c'est-à-dire :

1° Qu'il n'était jamais sorti de la Suisse ;

2° Qu'il avait quitté le château à l'improviste à la suite d'une querelle avec son frère aîné.

À ce récit, Fabrice eut un sentiment d'orgueil. J'aurais été une sorte d'ambassadeur auprès de Napoléon ! se dit-il ; j'aurais eu l'honneur de parler à ce grand homme, plût à Dieu ! Il se souvint que son septième aïeul, le petit-fils de celui qui arriva à Milan à la suite de Sforce[1], eut l'honneur d'avoir la tête tranchée par les ennemis du duc, qui le surprirent comme il allait en Suisse porter des propositions aux louables cantons et recruter des soldats. Il voyait des yeux de l'âme l'estampe relative à ce fait, placée dans la généalogie de la famille. Fabrice, en interrogeant ce valet de

---

1. En 1450, François Sforza devient duc de Milan. Une nouvelle fois la généalogie des del Dongo, parfaitement mémorisée par Fabrice, texte et images, lui sert de références dans les évènements de sa vie. C'est un présage venu du passé.

chambre, le trouva outré d'un détail qui enfin lui échappa, malgré l'ordre exprès de le lui taire, plusieurs fois répété par la comtesse. C'était Ascagne, son frère aîné, qui l'avait dénoncé à la police de Milan[1]. Ce mot cruel donna comme un accès de folie à notre héros. De Genève pour aller en Italie on passe par Lausanne ; il voulut partir à pied et sur-le-champ, et faire ainsi dix ou douze lieues, quoique la diligence de Genève à Lausanne dût partir deux heures plus tard. Avant de sortir de Genève, il se prit de querelle dans un des tristes cafés du pays, avec un jeune homme qui le regardait, disait-il, d'une façon singulière. Rien de plus vrai, le jeune Genevois flegmatique, raisonnable et ne songeant qu'à l'argent, le croyait fou ; Fabrice en entrant avait jeté des regards furibonds de tous les côtés, puis renversé sur son pantalon la tasse de café qu'on lui servait. Dans cette querelle, le premier mouvement de Fabrice fut tout à fait du seizième siècle : au lieu de parler de duel au jeune Genevois, il tira son poignard et se jeta sur lui pour l'en percer. En ce moment de passion, Fabrice oubliait tout ce qu'il avait appris sur les règles de l'honneur, et revenait à l'instinct, ou, pour mieux dire, aux souvenirs de la première enfance.

L'homme de confiance intime qu'il trouva dans Lugano augmenta sa fureur en lui donnant de nouveaux détails. Comme Fabrice était aimé à Grianta, personne n'eût prononcé son nom, et sans l'aimable procédé de son frère, tout le monde eût feint de croire qu'il était à Milan, et jamais l'attention de la police de cette ville n'eût été appelée sur son absence[a].

— Sans doute les douaniers ont votre signalement, lui dit l'envoyé de sa tante, et si nous suivons la grande route, à la frontière du royaume lombardo-vénitien, vous serez arrêté.

Fabrice et ses gens connaissaient les moindres sen-

---

1. Le code autrichien fait un devoir de dénoncer les membres de sa famille ; le geste fratricide est donc « normal ».

tiers de la montagne qui sépare Lugano du lac de
Côme[1] : ils se déguisèrent en chasseurs, c'est-à-dire en
contrebandiers, et comme ils étaient trois et porteurs
de mines assez résolues, les douaniers qu'ils rencontrèrent ne songèrent qu'à les saluer. Fabrice s'arrangea de
façon à n'arriver au château que vers minuit ; à cette
heure, son père et tous les valets de chambre portant
de la poudre étaient couchés depuis longtemps. Il descendit sans peine dans le fossé profond et pénétra dans
le château par la fenêtre d'une cave : c'est là qu'il
était attendu par sa mère et sa tante ; bientôt ses sœurs
accoururent. Les transports de tendresse et les larmes
se succédèrent pendant longtemps, et l'on commençait
à peine à parler raison lorsque les premières lueurs de
l'aube vinrent avertir ces êtres qui se croyaient malheureux[2], que le temps volait.

— J'espère que ton frère ne se sera pas douté de
ton arrivée, lui dit madame Pietranera ; je ne lui parlais
guère depuis sa belle équipée, ce dont son amour-
propre me faisait l'honneur d'être fort piqué : ce soir
à souper j'ai daigné lui adresser la parole ; j'avais
besoin de trouver un prétexte pour cacher la joie folle
qui pouvait lui donner des soupçons. Puis, lorsque je
me suis aperçue qu'il était tout fier de cette prétendue
réconciliation, j'ai profité de sa joie pour le faire boire
d'une façon désordonnée ; et certainement il n'aura pas
songé à se mettre en embuscade pour continuer son
métier d'espion.

— C'est dans ton appartement qu'il faut cacher
notre hussard, dit la marquise, il ne peut partir tout de
suite ; dans ce premier moment, nous ne sommes pas
assez maîtresses de notre raison, et il s'agit de choisir

---

1. Le chapitre additif « La forêt entre Lugano et Grianta » développe
ce passage. 2. Pour les Italiens tels que Stendhal les voit et les
aime, la vie rapide, dense, pleine d'émotions et de craintes ne peut
être malheureuse ; l'énergie est au-delà du dualisme banal malheur-
bonheur.

la meilleure façon de mettre en défaut cette terrible police de Milan.

On suivit cette idée ; mais le marquis et son fils aîné remarquèrent, le jour d'après, que la marquise était sans cesse dans la chambre de sa belle-sœur. Nous ne nous arrêterons pas à peindre les transports de tendresse et de joie qui ce jour-là encore agitèrent ces êtres si heureux. Les cœurs italiens sont, beaucoup plus que les nôtres, tourmentés par les soupçons et par les idées folles que leur présente une imagination brûlante, mais en revanche leurs joies sont bien plus intenses et durent plus longtemps. Ce jour-là la comtesse et la marquise étaient absolument privées de leur raison ; Fabrice fut obligé de recommencer tous ces récits : enfin on résolut d'aller cacher la joie commune à Milan, tant il sembla difficile de se dérober plus longtemps à la police du marquis et de son fils Ascagne.

On prit la barque ordinaire de la maison pour aller à Côme ; en agir autrement eût été réveiller mille soupçons ; mais en arrivant au port de Côme la marquise se souvint qu'elle avait oublié à Grianta des papiers de la dernière importance : elle se hâta d'y renvoyer les bateliers, et ces hommes ne purent faire aucune remarque sur la manière dont ces deux dames employaient leur temps à Côme. À peine arrivées, elles louèrent au hasard une de ces voitures qui attendent pratique près de cette haute tour du Moyen Âge[1] qui s'élève au-dessus de la porte de Milan. On partit à l'instant même sans que le cocher eût le temps de parler à personne. À un quart de lieue de la ville, on trouva un jeune chasseur de la connaissance de ces dames, et qui par complaisance, comme elles n'avaient aucun homme avec elles, voulut bien leur servir de chevalier jusqu'aux portes de Milan, où il se rendait en chassant. Tout allait bien, et ces dames faisaient la conversation

---

1. Détail touristique qui n'a pas changé ; il s'agit de la Porta Torre, par où l'on va à Milan et qui fait partie des murailles médiévales.

la plus joyeuse avec le jeune voyageur, lorsqu'à un détour que fait la route pour tourner la charmante colline et le bois de San Giovanni, trois gendarmes déguisés sautèrent à la bride des chevaux.

— Ah ! mon mari nous a trahis ! s'écria la marquise, et elle s'évanouit.

Un maréchal des logis qui était resté un peu en arrière s'approcha de la voiture en trébuchant, et dit d'une voix qui avait l'air de sortir du cabaret :

— Je suis fâché de la mission que j'ai à remplir, mais je vous arrête, général Fabio Conti.

Fabrice crut que le maréchal des logis lui faisait une mauvaise plaisanterie en l'appelant *général*. Tu me le paieras, se dit-il ; il regardait les gendarmes déguisés, et guettait le moment favorable pour sauter à bas de la voiture et se sauver à travers champs.

La comtesse sourit à tout hasard, je crois, puis dit au maréchal des logis :

— Mais, mon cher maréchal, est-ce donc cet enfant de seize ans que vous prenez pour le général Conti ?

— N'êtes-vous pas la fille du général ? dit le maréchal des logis.

— Voyez mon père, dit la comtesse en montrant Fabrice.

Les gendarmes furent saisis d'un rire fou.

— Montrez vos passeports sans raisonner, reprit le maréchal des logis piqué de la gaieté générale.

— Ces dames n'en prennent jamais pour aller à Milan, dit le cocher d'un air froid et philosophique ; elles viennent de leur château de Grianta. Celle-ci est madame la comtesse Pietranera, celle-là, madame la marquise del Dongo.

Le maréchal des logis, tout déconcerté, passa à la tête des chevaux, et là tint conseil avec ses hommes. La conférence durait bien depuis cinq minutes, lorsque la comtesse Pietranera pria ces messieurs de permettre que la voiture fût avancée de quelques pas et placée à l'ombre ; la chaleur était accablante, quoiqu'il ne fût que onze heures du matin. Fabrice, qui regardait fort attentivement de tous les côtés cherchant le moyen de se sauver, vit déboucher d'un petit sentier à travers champs, et arriver sur la grande route, couverte de poussière, une jeune fille de quatorze à quinze ans qui pleurait timidement sous son mouchoir. Elle s'avançait à pied entre deux gendarmes en uniforme, et, à trois pas derrière elle, aussi entre deux gendarmes, marchait un grand homme sec qui affectait des airs de dignité comme un préfet suivant une procession.

— Où les avez-vous donc trouvés ? dit le maréchal des logis tout à fait ivre en ce moment.

— Se sauvant à travers champs, et pas plus de passeports que sur la main.

Le maréchal des logis parut perdre tout à fait la tête ; il avait devant lui cinq prisonniers au lieu de deux qu'il lui fallait. Il s'éloigna de quelques pas, ne laissant qu'un homme pour garder le prisonnier qui faisait de la majesté, et un autre pour empêcher les chevaux d'avancer.

— Reste, dit la comtesse à Fabrice qui avait déjà sauté à terre, tout va s'arranger.

On entendit un gendarme s'écrier :

— Qu'importe ! s'ils n'ont pas de passeports ils sont de bonne prise tout de même.

Le maréchal des logis semblait n'être pas tout à fait aussi décidé ; le nom de la comtesse Pietranera lui donnait de l'inquiétude, il avait connu le général, dont il ne savait pas la mort. Le général n'est pas homme à ne pas se venger si j'arrête sa femme mal à propos, se disait-il.

Pendant cette délibération qui fut longue, la comtesse avait lié conversation avec la jeune fille qui était à pied sur la route et dans la poussière à côté de la calèche ; elle avait été frappée de sa beauté [1].

---

1. Une ancienne étude de Paul Arbelet nous indique que Stendhal avait dans ses relations une très jeune fille à la beauté précoce et frappante, la jeune Eugénie de Montijo à qui le roman est comme dédié, et qui deviendra impératrice des Français en épousant Napoléon III.

— Le soleil va vous faire mal, mademoiselle ; ce brave soldat, ajouta-t-elle en parlant au gendarme placé à la tête des chevaux, vous permettra bien de monter en calèche.

Fabrice, qui rôdait autour de la voiture, s'approcha pour aider la jeune fille à monter. Celle-ci s'élançait déjà sur le marchepied, le bras soutenu par Fabrice, lorsque l'homme imposant, qui était à six pas en arrière de la voiture, cria d'une voix grossie par la volonté d'être digne :

— Restez sur la route, ne montez pas dans une voiture qui ne vous appartient pas.

Fabrice n'avait pas entendu cet ordre ; la jeune fille, au lieu de monter dans la calèche, voulut redescendre, et Fabrice continuant à la soutenir, elle tomba dans ses bras. Il sourit, elle rougit profondément ; ils restèrent un instant à se regarder après que la jeune fille se fut dégagée de ses bras.

— Ce serait une charmante compagne de prison, se dit Fabrice : quelle pensée profonde sous ce front ! elle saurait aimer.

Le maréchal des logis s'approcha d'un air d'autorité :

— Laquelle de ces dames se nomme Clélia Conti ?

— Moi, dit la jeune fille.

— Et moi, s'écria l'homme âgé, je suis le général Fabio Conti, chambellan de S.A.S. monseigneur le prince de Parme ; je trouve fort inconvenant qu'un homme de ma sorte soit traqué comme un voleur.

— Avant-hier, en vous embarquant au port de Côme, n'avez-vous pas envoyé promener l'inspecteur de police qui vous demandait votre passeport ? Hé bien ! aujourd'hui il vous empêche de vous promener.

— Je m'éloignais déjà avec ma barque, j'étais pressé, le temps étant à l'orage ; un homme sans uniforme m'a crié du quai de rentrer au port, je lui ai dit mon nom et j'ai continué mon voyage.

— Et ce matin, vous vous êtes enfui de Côme ?

— Un homme comme moi ne prend pas de passe-port pour aller de Milan voir le lac. Ce matin, à Côme, on m'a dit que je serais arrêté à la porte, je suis sorti à pied avec ma fille ; j'espérais trouver sur la route quelque voiture qui me conduirait jusqu'à Milan, où certes ma première visite sera pour porter mes plaintes au général commandant la province.

Le maréchal des logis parut soulagé d'un grand poids.

— Eh bien ! général, vous êtes arrêté, et je vais vous conduire à Milan. Et vous, qui êtes-vous ? dit-il à Fabrice.

— Mon fils, reprit la comtesse : Ascagne, fils du général de division Pietranera.

— Sans passeport, madame la comtesse ? dit le maréchal des logis fort radouci.

— À son âge il n'en a jamais pris ; il ne voyage jamais seul, il est toujours avec moi.

Pendant ce colloque, le général Conti faisait de la dignité de plus en plus offensée avec les gendarmes.

— Pas tant de paroles, lui dit l'un d'eux, vous êtes arrêté, suffit !

— Vous serez trop heureux, dit le maréchal des logis, que nous consentions à ce que vous louiez un cheval de quelque paysan ; autrement, malgré la poussière et la chaleur, et le grade de chambellan de Parme, vous marcherez fort bien à pied au milieu de nos chevaux.

Le général se mit à jurer.

— Veux-tu bien te taire ! reprit le gendarme. Où est ton uniforme de général ? Le premier venu ne peut-il pas dire qu'il est général ?

Le général se fâcha de plus belle. Pendant ce temps les affaires allaient beaucoup mieux dans la calèche.

La comtesse faisait marcher les gendarmes comme s'ils eussent été ses gens. Elle venait de donner un écu à l'un d'eux pour aller chercher du vin et surtout de l'eau fraîche, dans une cassine[1] que l'on apercevait à deux cents pas. Elle avait trouvé le temps de calmer Fabrice, qui, à toute force, voulait se sauver dans le bois qui couvrait la colline. « J'ai de bons pistolets », disait-il. Elle obtint du général irrité qu'il laisserait monter sa fille dans la voiture. À cette occasion, le général, qui aimait à parler de lui et de sa famille, apprit à ces dames que sa fille n'avait que douze ans, étant née en 1803, le 27 octobre ; mais tout le monde lui donnait quatorze ou quinze ans, tant elle avait de raison.

Homme tout à fait commun, disaient les yeux de la comtesse à la marquise. Grâce à la comtesse, tout s'arrangea après un colloque d'une heure. Un gendarme, qui se trouva avoir affaire dans le village voisin, loua son cheval au général Conti, après que la comtesse lui eut dit :

— Vous aurez 10 francs.

Le maréchal des logis partit seul avec le général ; les autres gendarmes restèrent sous un arbre en compagnie avec quatre énormes bouteilles de vin, sorte de petites *dames-jeannes*, que le gendarme envoyé à la cassine avait rapportées, aidé par un paysan. Clélia Conti fut autorisée par le digne chambellan à accepter, pour revenir à Milan, une place dans la voiture de ces dames, et personne ne songea à arrêter le fils du brave général comte Pietranera. Après les premiers moments donnés à la politesse et aux commentaires sur le petit incident qui venait de se terminer, Clélia Conti remarqua la nuance d'enthousiasme avec laquelle une aussi belle dame que la comtesse parlait à Fabrice ; certainement elle n'était pas sa mère. Son attention fut surtout excitée par des allusions répétées à quelque chose d'héroïque, de hardi, de dangereux au suprême degré, qu'il avait fait depuis peu ; mais, malgré toute son

---

1. C'est le mot italien « cascina » passé en français dès le XVIe siècle ; il désigne toute maison des champs.

intelligence, la jeune Clélia ne put deviner de quoi il s'agissait.

Elle regardait avec étonnement ce jeune héros dont les yeux semblaient respirer encore tout le feu de l'action. Pour lui, il était un peu interdit de la beauté si singulière de cette jeune fille de douze ans, et ses regards la faisaient rougir.

Une lieue avant d'arriver à Milan, Fabrice dit qu'il allait voir son oncle, et prit congé des dames.

— Si jamais je me tire d'affaire, dit-il à Clélia, j'irai voir les beaux tableaux de Parme, et alors daignerez-vous vous rappeler ce nom : Fabrice del Dongo ?

— Bon ! dit la comtesse, voilà comme tu sais garder l'incognito ! Mademoiselle, daignez vous rappeler que ce mauvais sujet est mon fils et s'appelle Pietranera et non del Dongo.

Le soir, fort tard, Fabrice rentra dans Milan par la porte *Renza*[1], qui conduit à une promenade à la mode. L'envoi des deux domestiques en Suisse avait épuisé les fort petites économies de la marquise et de sa sœur ; par bonheur, Fabrice avait encore quelques napoléons, et l'un des diamants, qu'on résolut de vendre.

Ces dames étaient aimées et connaissaient toute la ville ; les personnages les plus considérables dans le parti autrichien et dévot[a] allèrent parler en faveur de Fabrice au baron Binder, chef de la police[2]. Ces messieurs ne concevaient pas, disaient-ils, comment l'on pouvait prendre au sérieux l'incartade d'un enfant de seize ans qui se dispute avec un frère aîné et déserte la maison paternelle.

— Mon métier est de tout prendre au sérieux, répondait doucement le baron Binder, homme sage et triste.

---

[1]. Appelée plus communément Porta Orientale, et maintenant Porta Venezia.   [2]. Nom réel, mais porté par un agent autrichien installé à Paris. L'essentiel est sa couleur germanique.

Il établissait alors cette fameuse police de Milan, et s'était engagé à prévenir une révolution comme celle de 1746 [1], qui chassa les Autrichiens de Gênes. Cette police de Milan, devenue depuis si célèbre par les aventures de MM. Pellico et d'Andryane [2], ne fut pas précisément cruelle, elle exécutait raisonnablement et sans pitié des lois sévères. L'empereur François II voulait qu'on frappât de terreur ces imaginations italiennes si hardies.

— Donnez-moi jour par jour, répétait le baron Binder aux protecteurs de Fabrice, l'indication *prouvée* de ce qu'a fait le jeune marchesino del Dongo ; prenons-le depuis le moment de son départ de Grianta, 8 mars, jusqu'à son arrivée, hier soir, dans cette ville, où il s'est caché dans une des chambres de l'appartement de sa mère, et je suis prêt à le traiter comme le plus aimable et le plus espiègle des jeunes gens de la ville. Si vous ne pouvez pas me fournir l'itinéraire du jeune homme pendant toutes les journées qui ont suivi son départ de Grianta, quels que soient la grandeur de sa naissance et le respect que je porte aux amis de sa famille, mon devoir n'est-il pas de le faire arrêter ? Ne dois-je pas le retenir en prison jusqu'à ce qu'il m'ait

---

1. Nous suivons les éditeurs modernes qui ont corrigé Stendhal : l'évènement a eu lieu en 1746 et il a écrit sans jamais se corriger 1740.
2. Ce sont les deux emmurés du Spielberg qui ont contribué à la naissance et au déroulement du roman. Silvio Pellico, arrêté en 1820, impliqué dans les mouvements clandestins de Milan, fut condamné à mort, sa peine commuée en prison à vie ; il fut emprisonné au Spielberg jusqu'en 1830. Son livre *Mes prisons* parut en 1833 et eut un succès immense (voir H. Bédarida, « La fortune de *Mes prisons* en France », *Revue de Littérature comparée*, 1933). Stendhal, qui l'avait bien connu à Milan, a tenté d'intéresser l'opinion à son malheur bien avant 1830. Andryane est un conspirateur français venu aider les Milanais ; il fut arrêté en 1823, et après une condamnation à mort, emprisonné pendant dix ans, jusqu'en 1833. Il publia ses *Mémoires d'un prisonnier d'État* de 1837 à 1838. Stendhal l'a lu avec passion ; sur sa dette envers ce livre, voir Kosei Kurisu, « Les *Mémoires d'Andryane* et la création de *La Chartreuse de Parme* », S-C, n° 127, 1990 et, bien entendu, L.-F. Benedetto, *op. cit.*

donné la preuve qu'il n'est pas allé porter des paroles à Napoléon de la part de quelques mécontents qui peuvent exister en Lombardie parmi les sujets de Sa Majesté Impériale et Royale ?[a] Remarquez encore, messieurs, que si le jeune del Dongo parvient à se justifier sur ce point, il restera coupable d'avoir passé à l'étranger sans passeport [1] régulièrement délivré, et de plus en prenant un faux nom et faisant usage sciemment d'un passeport délivré à un simple ouvrier, c'est-à-dire à un individu d'une classe tellement au-dessous de celle à laquelle il appartient.

Cette déclaration, cruellement raisonnable, était accompagnée de toutes les marques de déférence et de respect que le chef de la police devait à la haute position de la marquise del Dongo et à celle des personnages importants qui venaient s'entremettre pour elle.

La marquise fut au désespoir quand elle apprit la réponse du baron Binder.

— Fabrice va être arrêté, s'écria-t-elle en pleurant, et une fois en prison, Dieu sait quand il en sortira ! Son père le reniera !

Mme Pietranera et sa belle-sœur tinrent conseil avec deux ou trois amis intimes, et, quoi qu'ils pussent dire, la marquise voulut absolument faire partir son fils dès la nuit suivante.

— Mais tu vois bien, lui disait la comtesse, que le baron Binder sait que ton fils est ici ; cet homme n'est point méchant.

— Non, mais il veut plaire à l'empereur François.

— Mais s'il croyait utile à son avancement de jeter Fabrice en prison, il y serait déjà ; et c'est lui marquer une défiance injurieuse que de le faire sauver.

---

1. Selon le code autrichien, toute personne qui quitte le pays sans passeport est frappée de mort civile et ses biens sont confisqués ; en cas d'arrestation, la peine est de trois ans de travaux forcés ; pour avoir servi sous un drapeau étranger, Fabrice encourt les travaux forcés à perpétuité.

— Mais nous avouer qu'il sait où est Fabrice, c'est nous dire faites-le partir ! Non, je ne vivrai pas tant que je pourrai me répéter : Dans un quart d'heure mon fils peut être entre quatre murailles ! Quelle que soit l'ambition du baron Binder, ajoutait la marquise, il croit utile à sa position personnelle en ce pays d'afficher des ménagements pour un homme du rang de mon mari, et j'en vois une preuve dans cette ouverture de cœur singulière avec laquelle il avoue qu'il sait où prendre mon fils. Bien plus, le baron détaille complaisamment les deux contraventions dont Fabrice est accusé, d'après la dénonciation de son indigne frère ; il explique que ces deux contraventions emportent la prison ; n'est-ce pas nous dire que si nous aimons mieux l'exil, c'est à nous de choisir [1] ?

— Si tu choisis l'exil, répétait toujours la comtesse, de la vie nous ne le reverrons.

Fabrice, présent à tout l'entretien, avec un des anciens amis de la marquise, maintenant conseiller au tribunal formé par l'Autriche, était grandement d'avis de prendre la clef des champs. Et, en effet, le soir même il sortit du palais caché dans la voiture qui conduisait au théâtre de la Scala sa mère et sa tante. Le cocher dont on se défiait, alla faire comme d'habitude une station au cabaret, et pendant que le laquais, homme sûr, gardait les chevaux, Fabrice, déguisé en paysan, se glissa hors de la voiture et sortit de la ville. Le lendemain matin il passa la frontière avec le même bonheur, et quelques heures plus tard il était installé dans une terre que sa mère avait en Piémont, près de Novare, précisément à Romagnano, où Bayard fut tué [2].

---

1. L'administration autrichienne avait souvent recours à l'exil volontaire pour se débarrasser des suspects ; il semble bien qu'en 1821 la police sut convaincre Stendhal de quitter de lui-même Milan. 2. À moins de cent kilomètres de Milan, mais dans le royaume de Sardaigne. Bayard fut tué à Romagnano en 1524. Dès le

On peut penser avec quelle attention ces dames arrivées dans leur loge, à la Scala, écoutaient le spectacle.
Elles n'y étaient allées que pour pouvoir consulter plusieurs de leurs amis appartenant au parti libéral, et dont
l'apparition au palais del Dongo eût pu être mal interprétée par la police. Dans la loge, il fut résolu de faire
une nouvelle démarche auprès du baron Binder. Il ne
pouvait pas être question d'offrir une somme d'argent
à ce magistrat parfaitement honnête homme, et d'ailleurs ces dames étaient fort pauvres, elles avaient forcé
Fabrice à emporter tout ce qui restait sur le produit du
diamant.

Il était fort important toutefois d'avoir le dernier mot
du baron. Les amis de la comtesse lui rappelèrent un
certain chanoine Borda[1], jeune homme fort aimable,
qui jadis avait voulu lui faire la cour, et avec d'assez
vilaines façons ; ne pouvant réussir, il avait dénoncé
son amitié pour Limercati au général Pietranera, sur
quoi il avait été chassé comme un vilain. Or, maintenant ce chanoine faisait tous les soirs la partie de tarots
de la baronne Binder, et naturellement était l'ami
intime du mari. La comtesse se décida à la démarche
horriblement pénible d'aller voir ce chanoine ; et le
lendemain matin de bonne heure, avant qu'il sortît de
chez lui, elle se fit annoncer.

Lorsque le domestique unique du chanoine prononça
le nom de la comtesse Pietranera, cet homme fut ému
au point d'en perdre la voix ; il ne chercha point à
réparer le désordre d'un négligé fort simple.

— Faites entrer et allez-vous-en, dit-il d'une voix
éteinte.

La comtesse entra ; Borda se jeta à genoux.

— C'est dans cette position qu'un malheureux fou

_____

début, Fabrice est donc exclu des territoires sous domination autrichienne. C'est aussi le cas de Stendhal qui ne fut même pas accepté
après 1830 comme consul à Trieste.

1. Stendhal prend le nom d'un médecin italien, professeur à Pavie,
et qu'il a lui-même consulté.

doit recevoir vos ordres, dit-il à la comtesse qui ce matin-là, dans son négligé à demi-déguisement, était d'un piquant irrésistible.

Le profond chagrin de l'exil de Fabrice, la violence qu'elle se faisait pour paraître chez un homme qui en avait agi traîtreusement avec elle, tout se réunissait pour donner à son regard un éclat incroyable.

— C'est dans cette position que je veux recevoir vos ordres, s'écria le chanoine, car il est évident que vous avez quelque service à me demander, autrement vous n'auriez pas honoré de votre présence la pauvre maison d'un malheureux fou : jadis transporté d'amour et de jalousie, il se conduisit avec vous comme un lâche, une fois qu'il vit qu'il ne pouvait vous plaire.

Ces paroles étaient sincères et d'autant plus belles que le chanoine jouissait maintenant d'un grand pouvoir : la comtesse en fut touchée jusqu'aux larmes ; l'humiliation, la crainte glaçaient son âme, en un instant l'attendrissement et un peu d'espoir leur succédaient. D'un état fort malheureux elle passait en un clin d'œil presque au bonheur.

— Baise ma main, dit-elle au chanoine en la lui présentant, et lève-toi. (Il faut savoir qu'en Italie le tutoiement indique la bonne et franche amitié tout aussi bien qu'un sentiment plus tendre.) Je viens te demander grâce pour mon neveu Fabrice. Voici la vérité complète et sans le moindre déguisement comme on la dit à un vieil ami. À seize ans et demi il vient de faire une insigne folie ; nous étions au château de Grianta, sur le lac de Côme. Un soir, à sept heures, nous avons appris, par un bateau de Côme, le débarquement de l'Empereur au golfe de Juan. Le lendemain matin Fabrice est parti pour la France, après s'être fait donner le passeport d'un de ses amis du peuple, un marchand de baromètres nommé Vasi. Comme il n'a pas l'air précisément d'un marchand de baromètres, à peine avait-il fait dix lieues en France, que sur sa bonne mine on l'a arrêté ; ses élans d'enthousiasme en mauvais

français semblaient suspects. Au bout de quelque
temps il s'est sauvé et a pu gagner Genève ; nous avons
envoyé à sa rencontre à Lugano...

— C'est-à-dire à Genève, dit le chanoine en souriant.

La comtesse acheva l'histoire.

— Je ferai pour vous tout ce qui est humainement
possible, reprit le chanoine avec effusion ; je me mets
entièrement à vos ordres. Je ferai même des imprudences, ajouta-t-il. Dites, que dois-je faire au moment
où ce pauvre salon sera privé de cette apparition
céleste, et qui fait époque dans l'histoire de ma vie ?

— Il faut aller chez le baron Binder lui dire que vous
aimez Fabrice depuis sa naissance, que vous avez vu
naître cet enfant quand vous veniez chez nous, et qu'enfin, au nom de l'amitié qu'il vous accorde, vous le sup-
pliez d'employer tous ces espions à vérifier si, avant son
départ pour la Suisse, Fabrice a eu la moindre entrevue
avec aucun de ces libéraux qu'il surveille. Pour peu que
le baron soit bien servi, il verra qu'il s'agit ici uniquement d'une véritable étourderie de jeunesse. Vous savez
que j'avais, dans mon bel appartement du palais
Dugnani, les estampes des batailles gagnées par Napoléon : c'est en lisant les légendes de ces gravures que
mon neveu apprit à lire. Dès l'âge de cinq ans, mon
pauvre mari lui expliquait ces batailles ; nous lui met-
tions sur la tête le casque de mon mari, l'enfant traînait
son grand sabre. Eh bien ! un beau jour il apprend que le
dieu de mon mari, que l'Empereur est de retour en France ; il part pour le rejoindre, comme un étourdi, mais il
n'y réussit pas. Demandez à votre baron de quelle peine
il veut punir ce moment de folie.

— J'oubliais une chose, s'écria le chanoine, vous
allez voir que je ne suis pas tout à fait indigne du pardon que vous m'accordez. Voici, dit-il en cherchant
sur la table parmi ses papiers, voici la dénonciation de
cet infâme *col-torto* (hypocrite [1]), voyez, signée *Asca-*

---

1. Stendhal traduit lui-même col-torto, ou cou tordu, cou de travers.

nio *Valserra del* DONGO, qui a commencé toute cette affaire ; je l'ai prise hier soir dans les bureaux de la police, et suis allé à la Scala, dans l'espoir de trouver quelqu'un allant d'habitude dans votre loge, par lequel je pourrais vous la faire communiquer. Copie de cette pièce est à Vienne depuis longtemps. Voilà l'ennemi que nous devons combattre.

Le chanoine lut la dénonciation avec la comtesse, et il fut convenu que, dans la journée, il lui en ferait tenir une copie par une personne sûre. Ce fut la joie dans le cœur que la comtesse rentra au palais del Dongo.

— Il est impossible d'être plus galant homme que cet ancien *coquin*, dit-elle à la marquise ; ce soir à la Scala, à dix heures trois quarts à l'horloge du théâtre, nous renverrons tout le monde de notre loge, nous éteindrons les bougies, nous fermerons notre porte [1], et, à onze heures, le chanoine lui-même viendra nous dire ce qu'il a pu faire. C'est ce que nous avons trouvé de moins compromettant pour lui.

Ce chanoine avait beaucoup d'esprit ; il n'eut garde de manquer au rendez-vous : il y montra une bonté complète et une ouverture de cœur sans réserve que l'on ne trouve guère que dans les pays où la vanité ne domine pas tous les sentiments. Sa dénonciation de la comtesse au général Pietranera, son mari, était un des grands remords de sa vie, et il trouvait un moyen d'abolir ce remords.

Le matin, quand la comtesse était sortie de chez lui : La voilà qui fait l'amour avec son neveu [2], s'était-il dit avec amertume, car il n'était point guéri. Altière comme elle l'est, être venue chez moi !... À la mort de ce pauvre Pietranera, elle repoussa avec horreur mes

---

1. Stendhal a souvent évoqué le rôle de salon que jouent les loges de la Scala : on s'y donne rendez-vous, on y bavarde, on y joue.
2. L'expression au sens classique et en italien a une signification très large et désigne des relations de galanterie et de sentiment ; ce ne sera plus le cas au chapitre VII, quand Mosca ira interroger la femme de chambre de la duchesse.

offres de service, quoique fort polies et très bien présentées par le colonel Scotti, son ancien amant. La belle Pietranera vivre avec 1 500 francs ! ajoutait le chanoine en se promenant avec action dans sa chambre !... Puis aller habiter le château de Grianta avec un abominable *secatore*[1], ce marquis del Dongo !... Tout s'explique maintenant !... Au fait, ce jeune Fabrice est plein de grâces, grand, bien fait, une figure toujours riante... et mieux que cela, un certain regard chargé de douce volupté... une physionomie à la Corrège, ajoutait le chanoine avec amertume.

» La différence d'âge... point trop grande... Fabrice né après l'entrée des Français, vers 98, ce me semble[a] ; la comtesse peut avoir vingt-sept ou vingt-huit ans, impossible d'être plus jolie, plus adorable ; dans ce pays fertile en beautés, elle les bat toutes ; la Marini, la Gherardi, la Ruga, l'Aresi, la Pietragrua[2], elle l'emporte sur toutes ces femmes... Ils vivaient heureux cachés sur ce beau lac de Côme quand le jeune homme a voulu rejoindre Napoléon... Il y a encore des âmes en Italie ! et, quoi qu'on fasse ! Chère patrie !... Non, continuait ce cœur enflammé par la jalousie, impossible d'expliquer autrement cette résignation à végéter à la campagne, avec le dégoût de voir tous les jours, à tous les repas, cette horrible figure du marquis del Dongo, plus cette infâme physionomie blafarde du *marchesino Ascanio*, qui sera pis que son père !... Hé

---

1. *Seccatore*, « sécheur », c'est-à-dire raseur, ennuyeux. **2.** Comme Balzac glisse ses personnages fictifs au milieu d'une énumération de personnages historiques, Stendhal unit aux dames galantes de Milan en 1800 le nom de sa maîtresse, la Pietragrua, qui n'était pas si illustre. Mme Marini, femme d'un médecin, avait une très mauvaise réputation ; son nom bourgeois passera à la fin du roman à Anetta Marini. Mme Gherardi, de la famille des Lecchi de Brescia ralliée au parti français, fut la maîtresse de Murat, comme la belle Ruga qui servit de modèle pour un tableau de Diane au bain ; la comtesse Arese, maîtresse du poète Foscolo, était non moins célèbre pour la perfection de ses formes.

bien ! je la servirai franchement. Au moins j'aurais le plaisir de la voir autrement qu'au bout de ma lorgnette.

Le chanoine Borda expliqua fort clairement l'affaire à ces dames. Au fond, Binder était on ne peut pas mieux disposé ; il était charmé que Fabrice eût pris la clef des champs avant les ordres qui pouvaient arriver de Vienne ; car le Binder n'avait pouvoir de décider de rien, il attendait des ordres pour cette affaire comme pour toutes les autres ; il envoyait à Vienne chaque jour la copie exacte de toutes les informations : puis il attendait.

Il fallait que dans son exil à Romagnan Fabrice :

1° Ne manquât pas d'aller à la messe tous les jours, prît pour confesseur un homme d'esprit, dévoué à la cause de la monarchie, et ne lui avouât, au tribunal de la pénitence, que des sentiments fort irréprochables.

2° Il ne devait fréquenter aucun homme passant pour avoir de l'esprit, et, dans l'occasion, il fallait parler de la révolte avec horreur, et comme n'étant jamais permise.

3° Il ne devait point se faire voir au café, il ne fallait jamais lire d'autres journaux que les gazettes officielles de Turin et de Milan ; en général, montrer du dégoût pour la lecture, ne jamais lire, surtout aucun ouvrage imprimé après 1720, exception tout au plus pour les romans de Walter Scott ;

4° Enfin, ajouta le chanoine avec un peu de malice, il faut surtout qu'il fasse ouvertement la cour à quelqu'une des jolies femmes du pays, de la classe noble, bien entendu ; cela montrera qu'il n'a pas le génie sombre et mécontent d'un conspirateur en herbe.

Avant de se coucher, la comtesse et la marquise écrivirent à Fabrice deux lettres infinies dans lesquelles on lui expliquait avec une anxiété charmante tous les conseils donnés par Borda.

Fabrice n'avait nulle envie de conspirer : il aimait Napoléon[a], et, en sa qualité de noble, se croyait fait pour être plus heureux qu'un autre et trouvait les bourgeois ridicules. Jamais il n'avait ouvert un livre depuis

le collège, où il n'avait lu que des livres arrangés par
les jésuites. Il s'établit à quelque distance de Romagnan, dans un palais magnifique ; l'un des chefs-
d'œuvre du fameux architecte San Micheli[1], mais
depuis trente ans on ne l'avait pas habité, de sorte qu'il
pleuvait dans toutes les pièces et pas une fenêtre ne
fermait. Il s'empara des chevaux de l'homme d'affaires, qu'il montait sans façon toute la journée ; il ne
parlait point, et réfléchissait. Le conseil de prendre une
maîtresse dans une famille *ultra* lui parut plaisant et il
le suivit à la lettre. Il choisit pour confesseur un jeune
prêtre intrigant qui voulait devenir évêque (comme le
confesseur du Spielberg[*2]) ; mais il faisait trois lieues
à pied et s'enveloppait d'un mystère qu'il croyait
impénétrable, pour lire *Le Constitutionnel*[3], qu'il trouvait sublime. Cela est aussi beau qu'Alfieri et le
Dante ! s'écriait-il souvent. Fabrice avait cette ressemblance avec la jeunesse française qu'il s'occupait beaucoup plus sérieusement de son cheval et de son journal
que de sa maîtresse bien pensante[a]. Mais il n'y avait
pas encore de place pour l'*imitation des autres* dans
cette âme naïve et ferme, et il ne fit pas d'amis dans
la société du gros bourg de Romagnan ; sa simplicité

----

* Voir les curieux mémoires de M. Andryane, amusants comme un
conte, et qui resteront comme Tacite.

----

1. L'architecte San Micheli (1484-1509) ou Sammicheli a travaillé
à Rome et dans le nord de l'Italie et édifié des palais et des forteresses.
2. Renvoi direct et précis à Andryane qui donne le nom de ce confesseur, don Stefano Paolowitz, et raconte ses démêlés avec ce prêtre-
policier, confident de l'Empereur, et lui servant d'intermédiaire avec
les prisonniers ; le souci du monarque est d'obtenir des révélations ou
des déclarations de reniement de ces conjurés qui n'ont rien fait, mais
commis des crimes *idéologiques* ; le prêtre utilise donc la confession
pour exercer des pressions sur les prisonniers, leur promettre des avantages, des grâces, des réductions de peines en échange d'« aveux » ; il
est en effet nommé évêque.   3. C'est le grand journal de la gauche
libérale sous la Restauration ; fondé en 1815, un peu après le moment
où nous en sommes dans la chronologie fictive, il est interdit dans tous
les États de la Sainte Alliance.

passait pour de la hauteur ; on ne savait que dire de ce caractère.

— *C'est un cadet mécontent de n'être pas aîné*, dit le curé.

CHAPITRE VI

Nous avouerons avec sincérité que la jalousie du chanoine Borda n'avait pas absolument tort ; à son retour de France, Fabrice parut aux yeux de la comtesse Pietranera comme un bel étranger qu'elle eût beaucoup connu jadis. S'il eût parlé d'amour, elle l'eût aimé ; n'avait-elle pas déjà pour sa conduite et sa personne une admiration passionnée et pour ainsi dire sans bornes ? Mais Fabrice l'embrassait avec une telle effusion d'innocente reconnaissance et de bonne amitié, qu'elle se fût fait horreur à elle-même si elle eût cherché un autre sentiment dans cette amitié presque filiale. Au fond, se disait la comtesse, quelques amis qui m'ont connue, il y a six ans, à la cour du prince Eugène, peuvent encore me trouver jolie et même jeune, mais pour lui je suis une femme respectable... et, s'il faut tout dire sans nul ménagement pour mon amour-propre, une femme âgée. La comtesse se faisait illusion sur l'époque de la vie où elle était arrivée, mais ce n'était pas à la façon des femmes vulgaires. À son âge, d'ailleurs, ajoutait-elle, on s'exagère un peu les ravages du temps ; un homme plus avancé dans la vie...

La comtesse, qui se promenait dans son salon, s'arrêta devant une glace, puis sourit. Il faut savoir que depuis quelques mois le cœur de Mme Pietranera était attaqué d'une façon sérieuse et par un singulier personnage. Peu après le départ de Fabrice pour la France, la comtesse qui, sans qu'elle se l'avouât tout à fait, commençait déjà à s'occuper beaucoup de lui, était tombée dans une profonde mélancolie. Toutes ses occupations lui semblaient sans plaisir, et, si l'on ose ainsi parler, sans saveur ; elle se disait que Napoléon, voulant s'attacher ses peuples d'Italie, prendrait Fabrice pour aide de camp.

— Il est perdu pour moi ! s'écriait-elle en pleurant, je ne le reverrai plus ; il m'écrira, mais que serai-je pour lui dans dix ans ?

Ce fut dans ces dispositions qu'elle fit un voyage à Milan ; elle espérait y trouver des nouvelles plus directes de Napoléon, et, qui sait, peut-être par contrecoup des nouvelles de Fabrice. Sans se l'avouer, cette âme active commençait à être bien lasse de la vie monotone qu'elle menait à la campagne : c'est s'empêcher de mourir, disait-elle, ce n'est pas vivre. Tous les jours voir ces figures *poudrées*, le frère, le neveu Ascagne, leurs valets de chambre ! Que seraient les promenades sur le lac sans Fabrice ? Son unique consolation était puisée dans l'amitié qui l'unissait à la marquise. Mais depuis quelque temps, cette intimité avec la mère de Fabrice, plus âgée qu'elle, et désespérant de la vie, commençait à lui être moins agréable.

Telle était la position singulière de Mme Pietranera : Fabrice parti, elle espérait peu de l'avenir ; son cœur avait besoin de consolation et de nouveauté. Arrivée à Milan, elle se prit de passion pour l'opéra à la mode ; elle allait s'enfermer toute seule, durant de longues heures, à la Scala, dans la loge du général Scotti, son ancien ami. Les hommes qu'elle cherchait à rencontrer pour avoir des nouvelles de Napoléon et de son armée lui semblaient vulgaires et grossiers. Rentrée chez elle, elle improvisait sur son piano jusqu'à trois heures du matin. Un soir, à la Scala, dans la loge d'une de ses amies, où elle allait chercher des nouvelles de France, on lui présenta le comte Mosca, ministre de Parme[1] : c'était un homme aimable et qui parla de la France et de Napoléon de façon à donner à son cœur de nouvelles raisons pour espérer ou pour craindre. Elle retourna dans cette loge le lendemain : cet homme d'esprit revint, et, tout le temps du spectacle, elle lui parla avec plaisir. Depuis le départ de Fabrice, elle n'avait pas trouvé une soirée vivante comme celle-là. Cet homme qui l'amusait[a], le comte Mosca della Rovere Sorezana, était alors ministre de la guerre, de la police et des finances de ce fameux prince de Parme, Ernest IV, si célèbre par ses sévérités que les libéraux de Milan appelaient des cruautés[2]. Mosca pou-

---

1. Le nom de Mosca est très répandu, illustré par un sculpteur, deux musiciens au XVIIIe siècle, et plus récemment par un comte Mosca, connu de Stendhal, et personnalité importante de l'Italie napoléonienne. Il a vécu à Parme, a été décoré, nommé baron, puis comte par l'Empereur ; il a exercé des fonctions de préfet, de directeur général de la police du Royaume d'Italie. Par son deuxième nom (Della Rovere, du chêne), Stendhal le rattache à une illustre famille qui a donné deux papes mais qui a essaimé dans toute l'Italie centrale ; à la fin nous apprenons que le comte se marie à Pérouse où se trouve le tombeau de ses ancêtres. Le dernier nom (Soresana, en italien) ne renvoie à rien. Stendhal a peut-être un pilotis, mais le masque de deux noms de pure couleur italienne. Sur ce point, voir l'étude de R. di Cesare, « Per una questione di onomastica stendhaliana : il conte Mosca », dans *Rivista Italiana di Studi Napoleonici*, 1983.   **2.** Balzac et les contemporains ne s'y trompaient pas : le prince de Parme ressemblait beaucoup au duc de Modène ; les lieux communs de l'actualité politique offraient des traits qui convergeaient vers lui. Son double nom : Ranuce-Ernest, le premier est de tradition chez les Farnèse, le deuxième fréquent chez les princes allemands ; or le duc de Modène appartient à la famille des Habsbourg et à celle d'Este, c'est un souverain germano-italien ; ses richesses fabuleuses que les notes Chaper vont amplifier ; son journal doctrinaire : c'est le seul État italien à posséder un journal de ce type ; ses « cruautés », il est couramment désigné dans la presse comme « le Néron de Modène », il pratique une politique de répression violente et arbitraire, les juges sont à ses ordres, et les sentences de mort souvent rédigées avant même le procès ; son ambition d'unifier sous son pouvoir l'Italie du Nord en cas de crise révolutionnaire où il serait le recours de la Sainte Alliance ; le double jeu entre Mosca et Rassi : dans la tourmente qui secoue l'Italie en 1831 il donne des gages au

vait avoir quarante ou quarante-cinq ans ; il avait de grands traits, aucun vestige d'importance, et un air simple et gai qui prévenait en sa faveur ; il eût été fort bien encore[a], si une bizarrerie de son prince ne l'eût obligé à porter de la poudre dans les cheveux comme gages de bons sentiments politiques. Comme on craint peu de choquer la vanité, on arrive fort vite en Italie au ton de l'intimité, et à dire des choses personnelles. Le correctif de cet usage est de ne pas se revoir si l'on est blessé.

— Pourquoi donc, comte, portez-vous de la poudre ? lui dit Mme Pietranera la troisième fois qu'elle le voyait. De la poudre ! un homme comme vous, aimable, encore jeune et qui a fait la guerre en Espagne avec nous !

— C'est que je n'ai rien volé dans cette Espagne, et qu'il faut vivre. J'étais fou de la gloire ; une parole flatteuse du général français, Gouvion-Saint-Cyr[1], qui nous commandait, était alors tout pour moi. À la chute de Napoléon, il s'est trouvé que, tandis que je mangeais mon bien à son service, mon père, homme d'imagination et qui me voyait déjà général, me bâtissait un palais dans Parme. En 1813, je me suis trouvé pour tout bien un grand palais à finir et une pension.

— Une pension : 3 500 francs, comme mon mari ?

— Le comte Pietranera était général de division. Ma pension, à moi, pauvre chef d'escadron, n'a jamais été que de 800 francs, et encore je n'en ai été payé que depuis que je suis ministre des finances.

---

chef des révolutionnaires, qui est son ami, pour se retourner contre lui et le faire enfin exécuter ; d'un côté prince modéré, de l'autre tyran sanguinaire. Voir L.-F. Benedetto qui a admirablement mis au point ce système d'allusions. Stendhal a évoqué le tyran de Modène dans ses récits de voyage et dans sa correspondance consulaire.

1. Peintre, comédien, volontaire en 1792, Gouvion-Saint-Cyr (1764-1830) servit en Italie, en Espagne, en Russie ; maréchal en 1813, il se rallia à la Restauration et fut ministre de la Guerre. Stendhal admirait beaucoup ses *Mémoires*.

Comme il n'y avait dans la loge que la dame d'opinions fort libérales à laquelle elle appartenait, l'entretien continua avec la même franchise. Le comte Mosca, interrogé, parla de sa vie à Parme.

— En Espagne, sous le général Saint-Cyr, j'affrontais des coups de fusil pour arriver à la croix et ensuite à un peu de gloire, maintenant je m'habille comme un personnage de comédie pour gagner un grand état de maison et quelques milliers de francs. Une fois entré dans cette sorte de jeu d'échecs, choqué des insolences de mes supérieurs, j'ai voulu occuper une des premières places ; j'y suis arrivé : mais mes jours les plus heureux sont toujours ceux que de temps à autre je puis venir passer à Milan ; là vit encore, ce me semble, le cœur de votre armée d'Italie.

La franchise, la *disenvoltura* [1] avec laquelle parlait ce ministre d'un prince si redouté piqua la curiosité de la comtesse ; sur son titre elle avait cru trouver un pédant plein d'importance, elle voyait un homme[a] qui avait honte de la gravité de sa place. Mosca lui avait promis de lui faire parvenir toutes les nouvelles de France qu'il pourrait recueillir : c'était une grande indiscrétion à Milan, dans le mois qui précéda Waterloo ; il s'agissait alors pour l'Italie d'être ou de n'être pas ; tout le monde avait la fièvre, à Milan, d'espérance ou de crainte. Au milieu de ce trouble universel, la comtesse fit des questions sur le compte d'un homme qui parlait si lestement d'une place si enviée et qui était sa seule ressource.

Des choses curieuses et d'une bizarrerie intéressante furent rapportées à Mme Pietranera :

— Le comte Mosca della Rovere Sorezana, lui dit-on, est sur le point de devenir premier ministre[b] et favori déclaré de Ranuce Ernest IV, souverain absolu de Parme, et, de plus, l'un des princes les plus riches de l'Europe. Le comte serait déjà arrivé à ce poste

---

1. Il faudrait *disinvoltura*.

suprême s'il eût voulu prendre une mine plus grave ;
on dit que le prince lui fait souvent la leçon à cet égard.

— Qu'importent mes façons à votre altesse, répond-
il librement, si je fais bien ses affaires ?

— Le bonheur de ce favori, ajoutait-on, n'est pas
sans épines. Il faut plaire à un souverain, homme de
sens et d'esprit sans doute, mais qui, depuis qu'il est
monté sur un trône absolu, semble avoir perdu la tête
et montre, par exemple, des soupçons dignes d'une
femmelette.

» Ernest IV n'est brave qu'à la guerre. Sur les
champs de bataille, on l'a vu vingt fois guider une
colonne à l'attaque en brave général ; mais après la
mort de son père Ernest III, de retour dans ses États,
où, pour son malheur, il possède un pouvoir sans
limites, il s'est mis à déclamer follement contre les
libéraux et la liberté. Bientôt il s'est figuré qu'on le
haïssait ; enfin, dans un moment de mauvaise humeur,
il a fait pendre deux libéraux, peut-être peu coupables,
conseillé à cela par un misérable nommé Rassi, sorte
de ministre de la justice.

» Depuis ce moment fatal, la vie du prince a été
changée ; on le voit tourmenté par les soupçons les
plus bizarres. Il n'a pas cinquante ans, et la peur l'a
tellement amoindri, si l'on peut parler ainsi, que, dès
qu'il parle des jacobins et des projets du comité directeur de Paris, on lui trouve la physionomie d'un vieillard de quatre-vingts ans ; il retombe dans les peurs
chimériques de la première enfance. Son favori Rassi,
fiscal général (ou grand juge), n'a d'influence que par
la peur de son maître ; et dès qu'il craint pour son crédit, il se hâte de découvrir quelque nouvelle conspiration des plus noires et des plus chimériques. Trente
imprudents se réunissent-ils pour lire un numéro du
Constitutionnel, Rassi les déclare conspirateurs et les
envoie prisonniers dans cette fameuse citadelle de
Parme, terreur de toute la Lombardie. Comme elle est
fort élevée, cent quatre-vingts pieds, dit-on, on l'aper-

çoit de fort loin au milieu de cette plaine immense ; et la forme physique de cette prison, de laquelle on raconte des choses horribles, la fait reine, de par la peur, de toute cette plaine, qui s'étend de Milan à Bologne. »

— Le croiriez-vous ? disait à la comtesse un autre voyageur, la nuit, au troisième étage de son palais, gardé par quatre-vingts sentinelles qui, tous les quarts d'heure, hurlent une phrase entière, Ernest IV tremble dans sa chambre [1]. Toutes les portes fermées à dix verrous, et les pièces voisines, au-dessus comme au-dessous, remplies de soldats, il a peur des jacobins. Si une feuille du parquet vient à crier, il saute sur ses pistolets et croit à un libéral caché sous son lit. Aussitôt toutes les sonnettes du château sont en mouvement, et un aide de camp va réveiller le comte Mosca. Arrivé au château, ce ministre de la police se garde bien de nier la conspiration, au contraire ; seul avec le prince, et armé jusqu'aux dents, il visite tous les coins des appartements, regarde sous les lits, et, en un mot, se livre à une foule d'actions ridicules dignes d'une vieille femme. Toutes ces précautions eussent semblé bien avilissantes au prince lui-même dans les temps heureux où il faisait la guerre et n'avait tué personne qu'à coups de fusil. Comme c'est un homme d'infiniment d'esprit, il a honte de ces précautions ; elles lui semblent ridicules, même au moment où il s'y livre, et la source de l'immense crédit du comte Mosca, c'est qu'il emploie toute

---

1. L'insomnie, la terreur du tyran sont des thèmes traditionnels : crainte et cruauté s'engendrent sans fin et le tyran ignore le repos, il est voué à la peur illimitée. Dans *Télémaque* de Fénelon, le tyran de Tyr ne couche jamais deux nuits de suite dans la même chambre ; à Parme, le palais du prince devient aussi bien gardé que la prison. L'étude de Tim I. Eastbridge, « Tacitus and the Portrait of Prince Ranuce-Ernst IV in *La Chartreuse de Parme* », *Romance Notes*, 1991, découvre des ressemblances entre Tibère et le Prince : même jeunesse exemplaire, puis la peur des conspirations et la métamorphose de l'homme par le pouvoir, encouragée par le mauvais ministre (Séjan et Rassi) qui exploite ses phobies.

son adresse à faire que le prince n'ait jamais à rougir en sa présence. C'est lui, Mosca, qui, en sa qualité de ministre de la police, insiste pour regarder sous les meubles, et, dit-on à Parme, jusque dans les étuis de contrebasses[1]. C'est le prince qui s'y oppose, et plaisante son ministre sur sa ponctualité excessive. — Ceci est un pari, lui répond le comte Mosca : songez aux sonnets satiriques dont les jacobins nous accableraient si nous vous laissions tuer. Ce n'est pas seulement votre vie que nous défendons ; c'est notre honneur. » Mais il paraît que le prince n'est dupe qu'à demi, car si quelqu'un dans la ville s'avise de dire que la veille on a passé une nuit blanche au château, le grand fiscal Rassi envoie le mauvais plaisant à la citadelle ; et une fois dans cette demeure élevée et *en bon air*, comme on dit à Parme, il faut un miracle pour que l'on se souvienne du prisonnier. C'est parce qu'il est militaire, et qu'en Espagne, il s'est sauvé vingt fois le pistolet à la main, au milieu des surprises, que le prince préfère le comte Mosca à Rassi, qui est bien plus flexible et plus bas. Ces malheureux prisonniers de la citadelle sont au secret le plus rigoureux, et l'on fait des histoires sur leur compte. Les libéraux prétendent que, par une invention de Rassi, les geôliers et confesseurs ont ordre de leur persuader que, tous les mois à peu près, l'un d'eux est conduit à la mort. Ce jour-là les prisonniers ont la permission de monter sur l'esplanade de l'immense tour, à cent quatre-vingts pieds d'élévation, et de là ils voient défiler un cortège avec un espion qui joue le rôle d'un pauvre diable qui marche à la mort[2].

Ces contes, et vingt autres du même genre et d'une

---

1. Dans le roman de Walter Scott *Péveril du Pic*, des conspirateurs cachent des armes dans un étui de violoncelle, mais un nain prend la place des armes et parvient jusqu'au roi Charles II pour l'avertir du complot dirigé contre lui. *Cf.* Jules C. Alciatore, « Stendhal, Scott et une singulière cachette », dans *Le Divan*, 1952. **2.** À Modène, selon L.-F. Benedetto, les prisonniers devaient assister aux exécutions, et ce n'était pas une mise en scène.

non moindre authenticité, intéressaient vivement madame Pietranera ; le lendemain elle demandait des détails au comte Mosca, qu'elle plaisantait vivement. Elle le trouvait amusant et lui soutenait qu'au fond il était un monstre sans s'en douter. Un jour, en rentrant à son auberge, le comte se dit : Non seulement cette comtesse Pietranera est une femme charmante ; mais quand je passe la soirée dans sa loge, je parviens à oublier certaines choses de Parme dont le souvenir me perce le cœur.

« Ce ministre, malgré son air léger et ses façons brillantes, n'avait pas une âme *à la française* ; il ne savait pas *oublier* les chagrins. Quand son chevet avait une épine, il était obligé de la briser et de l'user à force d'y piquer ses membres palpitants. » Je demande pardon pour cette phrase, traduite de l'italien.

Le lendemain de cette découverte, le comte trouva que, malgré les affaires qui l'appelaient à Milan, la journée était d'une longueur énorme ; il ne pouvait tenir en place ; il fatigua les chevaux de sa voiture. Vers les six heures, il monta à cheval pour aller au *Corso*[1] ; il avait quelque espoir d'y rencontrer madame Pietranera ; ne l'y ayant pas vue, il se rappela qu'à huit heures le théâtre de la Scala ouvrait ; il y entra et ne vit que dix personnes dans cette salle immense. Il eut quelque pudeur de se trouver là. Est-il possible, dit-il, qu'à quarante-cinq ans sonnés je fasse des folies dont rougirait un sous-lieutenant ! Par bonheur personne ne les soupçonne. Il s'enfuit et essaya d'user le temps en se promenant dans ces rues si jolies qui entourent le théâtre de la Scala. Elles sont occupées par des cafés qui, à cette heure, regorgent de monde ; devant chacun de ces cafés, des foules de curieux établis sur des chaises, au milieu de la rue, prennent des glaces et critiquent les passants. Le comte était un passant

---

1. Promenade rituelle de la bonne société milanaise qui se donne rendez-vous en voiture et à cheval à la fin de l'après-midi.

remarquable ; aussi eut-il le plaisir d'être reconnu et accosté. Trois ou quatre importuns de ceux qu'on ne peut brusquer, saisirent cette occasion d'avoir audience d'un ministre si puissant. Deux d'entre eux lui remirent des pétitions ; le troisième se contenta de lui adresser des conseils fort longs sur sa conduite politique.

On ne dort point, dit-il, quand on a tant d'esprit[1] ; on ne se promène point quand on est aussi puissant. Il rentra au théâtre et eut l'idée de louer une loge au troisième rang ; de là son regard pourrait plonger, sans être remarqué de personne, sur la loge des secondes où il espérait voir arriver la comtesse. Deux grandes heures d'attente ne parurent point trop longues à cet amoureux ; sûr de n'être point vu, il se livrait avec bonheur à toute sa folie. La vieillesse, se disait-il, n'est-ce pas, avant tout, n'être plus capable de ces enfantillages délicieux ?

Enfin la comtesse parut. Armé de sa lorgnette, il l'examinait avec transport : jeune, brillante, légère comme un oiseau, se disait-il, elle n'a pas vingt-cinq ans. Sa beauté est son moindre charme : où trouver ailleurs cette âme toujours sincère, qui jamais n'agit *avec prudence*, qui se livre tout entière à l'impression du moment, qui ne demande qu'à être entraînée par quelque objet nouveau ? Je conçois les folies du comte Nani[2].

Le comte se donnait d'excellentes raisons pour être fou, tant qu'il ne songeait qu'à conquérir le bonheur qu'il voyait sous ses yeux. Il n'en trouvait plus d'aussi bonnes quand il venait à considérer son âge et les soucis quelquefois fort tristes qui remplissaient sa vie. Un homme habile à qui la peur ôte l'esprit me donne une grande existence et beaucoup d'argent pour être son

---

1. Citation de La Fontaine, « Le gland et la citrouille » ; Mosca s'applique à lui-même le mot du paysan Garo obsédé par ses réflexions sur l'ordre du monde. 2. C'est le personnage amoureux de Gina au chapitre II et désigné par l'initiale N.

ministre ; mais que demain il me renvoie, je reste vieux
et pauvre, c'est-à-dire tout ce qu'il y a au monde de
plus méprisé ; voilà un aimable personnage à offrir à
la comtesse ! Ces pensées étaient trop noires, il revint
à madame Pietranera ; il ne pouvait se lasser de la
regarder, et pour mieux penser à elle il ne descendait
pas dans sa loge. Elle n'avait pris Nani, vient-on de
me dire, que pour faire pièce à cet imbécile de Limercati qui ne voulut pas entendre à donner un coup
d'épée ou à faire donner un coup de poignard à l'assassin du mari. Je me battrais vingt fois pour elle, s'écria
le comte avec transport ! À chaque instant il consultait
l'horloge du théâtre qui par des chiffres éclatants de
lumière et se détachant sur un fond noir avertit les
spectateurs, toutes les cinq minutes, de l'heure où il
leur est permis d'arriver dans une loge amie. Le comte
se disait : Je ne saurais passer qu'une demi-heure tout
au plus dans sa loge, moi, connaissance de si fraîche
date ; si j'y reste davantage, je m'affiche, et grâce à
mon âge et plus encore à ces maudits cheveux poudrés,
j'aurai l'air attrayant d'un Cassandre[1]. Mais une
réflexion le décida tout à coup : Si elle allait quitter
cette loge pour faire une visite, je serais bien récompensé de l'avarice avec laquelle je m'économise ce
plaisir. Il se levait pour descendre dans la loge où il
voyait la comtesse ; tout à coup, il ne se sentit presque
plus d'envie de s'y présenter. Ah ! voici qui est charmant, s'écria-t-il en riant de soi-même, et s'arrêtant sur
l'escalier ; c'est un mouvement de timidité véritable !
voilà bien vingt-cinq ans que pareille aventure ne m'est
arrivée.

Il entra dans la loge en faisant presque effort sur lui-
même ; et, profitant en homme d'esprit de l'accident
qui lui arrivait, il ne chercha point du tout à montrer
de l'aisance ou à faire de l'esprit en se jetant dans

---

1. Personnage de la *commedia dell'arte*, qui est le type du vieillard
toujours amoureux et toujours berné.

quelque récit plaisant ; il eut le courage d'être timide, il employa son esprit à laisser entrevoir son trouble sans être ridicule. Si elle prend la chose de travers, se disait-il, je me perds à jamais. Quoi ! timide avec des cheveux couverts de poudre, et qui sans le secours de la poudre paraîtraient gris ! Mais enfin la chose est vraie, donc elle ne peut être ridicule que si je l'exagère ou si j'en fais trophée. La comtesse s'était si souvent ennuyée au château de Grianta vis-à-vis des figures poudrées de son frère, de son neveu et de quelques ennuyeux bien pensants du voisinage, qu'elle ne songea pas à s'occuper de la coiffure de son nouvel adorateur.

L'esprit de la comtesse ayant un bouclier contre l'éclat de rire de l'entrée, elle ne fut attentive qu'aux nouvelles de France que Mosca avait toujours à lui donner en particulier, en arrivant dans la loge ; sans doute il inventait. En les discutant avec lui, elle remarqua ce soir-là son regard, qui était beau et bienveillant.

— Je m'imagine, lui dit-elle, qu'à Parme, au milieu de vos esclaves, vous n'allez pas avoir ce regard aimable, cela gâterait tout et leur donnerait quelque espoir de n'être pas pendus.

L'absence totale d'importance chez un homme qui passait pour le premier diplomate de l'Italie parut singulière à la comtesse ; elle trouva même qu'il avait de la grâce. Enfin, comme il parlait bien et avec feu, elle ne fut point choquée qu'il eût jugé à propos de prendre pour une soirée, et sans conséquence, le rôle d'attentif.

Ce fut un grand pas de fait, et bien dangereux ; par bonheur pour le ministre, qui, à Parme, ne trouvait pas de cruelles, c'était seulement depuis peu de jours que la comtesse arrivait de Grianta ; son esprit était encore tout raidi par l'ennui de la vie champêtre. Elle avait comme oublié la plaisanterie ; et toutes ces choses qui appartiennent à une façon de vivre élégante et légère avaient pris à ses yeux comme une teinte de nouveauté qui les rendait sacrées ; elle n'était disposée à se moquer de rien, pas même d'un amoureux de quarante-cinq ans et timide. Huit jours plus tard, la témérité du comte eût pu recevoir un tout autre accueil.

À la Scala, il est d'usage de ne faire durer qu'une vingtaine de minutes ces petites visites que l'on fait dans les loges ; le comte passa toute la soirée dans celle où il avait le bonheur de rencontrer madame Pietra-nera : c'est une femme, se disait-il, qui me rend toutes les folies de la jeunesse ! Mais il sentait bien le danger. Ma qualité de pacha tout-puissant à quarante lieues d'ici me fera-t-elle pardonner cette sottise ? je m'ennuie tant à Parme ! Toutefois, de quart d'heure en quart d'heure il se promettait de partir.

— Il faut avouer, madame, dit-il en riant à la comtesse, qu'à Parme je meurs d'ennui, et il doit m'être permis de m'enivrer de plaisir quand j'en trouve sur ma route. Ainsi, sans conséquence et pour une soirée, permettez-moi de jouer auprès de vous le rôle d'amoureux. Hélas ! dans peu de jours je serai bien loin de cette loge qui me fait oublier tous les chagrins et même, direz-vous, toutes les convenances.

Huit jours après cette visite monstre dans la loge à la Scala, et à la suite de plusieurs petits incidents dont le récit semblerait long peut-être, le comte Mosca était absolument fou d'amour, et la comtesse pensait déjà que l'âge ne devait pas faire objection, si d'ailleurs on le trouvait aimable. On en était à ces pensées quand Mosca fut rappelé par un courrier de Parme. On eût dit que son prince avait peur tout seul. La comtesse retourna à Grianta ; son imagination ne parant plus ce beau lieu, il lui parut désert. Est-ce que je me serais attachée à cet homme ? se dit-elle. Mosca écrivit et n'eut rien à jouer, l'absence lui avait enlevé la source de toutes ses pensées ; ses lettres étaient amusantes, et, par une petite singularité qui ne fut pas mal prise, pour éviter les commentaires du marquis del Dongo qui n'aimait pas à payer des ports de lettres, il envoyait des courriers qui jetaient les siennes à la poste à Côme, à Lecco, à Varèse ou dans quelque autre de ces petites villes charmantes des environs du lac. Ceci tendait à obtenir que le courrier lui rapportât les réponses ; il y parvint.

Bientôt les jours de courrier firent événement pour la comtesse ; ces courriers apportaient des fleurs, des fruits, de petits cadeaux sans valeur mais qui l'amusaient, ainsi que sa belle-sœur. Le souvenir du comte se mêlait à l'idée de son grand pouvoir ; la comtesse était devenue curieuse de tout ce qu'on disait de lui, les libéraux eux-mêmes rendaient hommage à ses talents[a].

La principale source de mauvaise réputation pour le comte, c'est qu'il passait pour le chef du parti *ultra* à la cour de Parme, et que le parti libéral avait à sa tête une intrigante capable de tout, et même de réussir, la marquise Raversi [1], immensément riche. Le prince était fort attentif à ne pas décourager celui des deux partis qui n'était pas au pouvoir ; il savait bien qu'il serait toujours le maître, même avec un ministère pris dans le salon de Mme Raversi[b]. On donnait à Grianta mille détails sur ces intrigues ; l'absence de Mosca, que tout le monde peignait[c] comme un ministre du premier talent et un homme d'action, permettait de ne plus songer aux cheveux poudrés, symbole de tout ce qui est lent et triste ; c'était un détail sans conséquence, une des obligations de la cour, où il jouait d'ailleurs un si beau rôle.

— Une cour, c'est ridicule, disait la comtesse à la marquise, mais c'est amusant ; c'est un jeu qui intéresse, mais dont il faut accepter les règles. Qui s'est jamais avisé de se récrier contre le ridicule des règles du whist ? Et pourtant une fois qu'on s'est accoutumé

---

1. À Milan, Stendhal avait pour ennemie la cousine de Metilde Dembowski, la Traversi, qui était « libérale » (mais avait trempé dans le meurtre de Prina), débauchée et très riche ; il lui attribue tous ses malheurs, elle lui aurait nui dans l'esprit de la femme aimée. Privée de son initiale, elle peut être transposée à Parme et y devenir le pôle néfaste de l'intrigue.

aux règles, il est agréable de faire l'adversaire *chlemm*[1].

La comtesse pensait souvent à l'auteur de tant de lettres aimables ; le jour où elle les recevait était agréable pour elle ; elle prenait sa barque et allait les lire dans les beaux sites du lac, à la *Pliniana*, à *Bélan*, au bois des *Sfondrata*[2]. Ces lettres semblaient la consoler un peu de l'absence de Fabrice. Elle ne pouvait du moins refuser au comte d'être fort amoureux ; un mois ne s'était pas écoulé qu'elle songeait à lui avec une amitié tendre. De son côté, le comte Mosca était presque de bonne foi quand il lui offrait de donner sa démission, de quitter le ministère, et de venir passer sa vie avec elle à Milan ou ailleurs.

— J'ai 400 000 francs, ajoutait-il, ce qui nous fera toujours 15 000 livres de rente.

De nouveau une loge, des chevaux ! etc., se disait la comtesse ; c'étaient des rêves aimables. Les sublimes beautés des aspects du lac de Côme recommençaient à la charmer. Elle allait rêver sur ses bords à ce retour de vie brillante et singulière qui, contre toute apparence, redevenait possible pour elle. Elle se voyait sur le Corso, à Milan, heureuse et gaie, comme au temps du vice-roi ; la jeunesse, ou du moins la vie active recommencerait pour moi !

Quelquefois son imagination ardente lui cachait les choses, mais jamais avec elle il n'y avait de ces illusions volontaires que donne la lâcheté. C'était surtout

---

1. C'est-à-dire gagner ; dans le texte de 1839 la comparaison est incohérente, car le terme utilisé, « repic et capot », appartient au jeu du piquet et non au whist. Dans une note Chaper, Stendhal s'est corrigé et a remplacé « repic et capot » par « chlemm » ; Henri Martineau a intégré cette correction au texte et cette solution est certainement la meilleure.   2. La Villa Pliniana construite au XVIᵉ siècle sur la rive orientale du lac, près de Côme, est célèbre par la fontaine intermittente qui a été décrite par le naturaliste latin Pline ; Belan (pour Bellano), sur la rive orientale du lac mais bien plus au nord, après la jonction de deux branches est célèbre pour son « orrido », un ensemble de gorges, de grottes et de cascades.

une femme de bonne foi avec elle-même. Si je suis un peu trop âgée pour faire des folies, se disait-elle, l'envie, qui se fait des illusions comme l'amour, peut empoisonner pour moi le séjour de Milan. Après la mort de mon mari, ma pauvreté noble eut du succès, ainsi que le refus de deux grandes fortunes. Mon pauvre petit comte Mosca n'a pas la vingtième partie de l'opulence que mettaient à mes pieds ces deux nigauds Limercati et Nani. La chétive pension de veuve péniblement obtenue, les gens congédiés, ce qui eut de l'éclat, la petite chambre au cinquième qui amenait vingt carrosses à la porte, tout cela forma jadis un spectacle singulier. Mais j'aurai des moments désagréables, quelque adresse que j'y mette, si, ne possédant toujours pour fortune que la pension de veuve, je reviens vivre à Milan avec la bonne petite aisance bourgeoise que peuvent nous donner les 15 000 livres qui resteront à Mosca après sa démission. Une puissante objection, dont l'envie se fera une arme terrible, c'est que le comte, quoique séparé de sa femme depuis longtemps, est marié. Cette séparation se sait à Parme, mais à Milan elle sera nouvelle, et on me l'attribuera. Ainsi, mon beau théâtre de la Scala, mon divin lac de Côme... adieu ! adieu !

Malgré toutes ces prévisions, si la comtesse avait eu la moindre fortune, elle eût accepté l'offre de la démission de Mosca. Elle se croyait une femme âgée, et la cour lui faisait peur ; mais, ce qui paraîtra de la dernière invraisemblance de ce côté-ci des Alpes, c'est que le comte eût donné cette démission avec bonheur. C'est du moins ce qu'il parvint à persuader à son amie. Dans toutes ses lettres il sollicitait avec une folie toujours croissante une seconde entrevue à Milan, on la lui accorda.

— Vous jurer que j'ai pour vous une passion folle, lui disait la comtesse, un jour à Milan, ce serait mentir ; je serais trop heureuse d'aimer aujourd'hui, à trente ans passés, comme jadis j'aimais à vingt-deux ! Mais j'ai vu tomber tant de choses que j'avais crues éternel-les ! J'ai pour vous la plus tendre amitié, je vous accorde une confiance sans bornes, et de tous les hommes, vous êtes celui que je préfère.

La comtesse se croyait parfaitement sincère, pour-tant vers la fin, cette déclaration contenait un petit mensonge. Peut-être si Fabrice l'eût voulu, il l'eût emporté sur tout dans son cœur. Mais Fabrice n'était qu'un enfant aux yeux du comte Mosca ; celui-ci arriva à Milan trois jours après le départ du jeune étourdi pour Novare, et il se hâta d'aller parler en sa faveur au baron Binder. Le comte pensa que l'exil était une affaire sans remède.

Il n'était point arrivé seul à Milan, il avait dans sa voiture le duc Sanseverina-Taxis[1], joli petit vieillard de soixante-huit ans, gris pommelé[2], bien poli, bien

---

1. Ce nom est imaginaire, bien que formé de deux noms réels. Les ducs de Tour et Taxis ont existé, c'est une famille milanaise, puis germanique, qui acquit la Maîtrise générale des postes sur tout le terri-toire allemand. En français, « Taxis » fait penser à « taxe » et Stendhal fait de son duc le petit-fils d'un fermier général. Le nom est immédiate-ment amputé de cette partie fâcheuse. La duchesse sera uniquement Sanseverina. Stendhal a pu trouver ce nom dans ses manuscrits italiens où il est question parmi les aventures napolitaines (au chapitre XXII, le prince Ranuce-Ernest V rappelle à la duchesse que son titre est romain) d'une Catherine Sanseverino qui au début du XVIe siècle vit une vie d'aventures, d'amour, de vengeance ; elle est veuve d'un mari lié au parti français et exécuté après la défaite du maréchal de Lautrec. Mais Stendhal a pu connaître d'après des guides de voyage la destinée tragique de Barbara Sanseverino, comtesse de Sala, marquise de Colorno, décapitée à Parme en 1612. Ranuce Ier duc de Parme la compromet par dépit amoureux dans un faux complot et la condamne à mort : c'est très exactement le destin que redoute la duchesse après l'arrestation de Fabrice. Mais tous les précédents attestés disent Sanse-verino, parfois féminisé en a, mais Stendhal n'use que du féminin, le duc est lui-même un Sanseverina. La voyelle comme pour Grianta crée un écart avec la réalité ; où Stendhal a-t-il voulu mettre entièrement au féminin la famille illustrée par son héroïne ?   2. Le mot pommelé, ou couvert de taches blanches s'applique au ciel, aux chevaux, à toute couleur grise mêlée de taches plus foncées ; il ridiculise le duc, surtout si l'on se souvient que Beaumarchais dans *Le Barbier de Séville*, I, 4, avait parlé d'« un jeune vieillard, gris pommelé ».

propre, immensément riche, mais pas assez noble. C'était son grand-père seulement qui avait amassé des millions par le métier de fermier général des revenus de l'État de Parme. Son père s'était fait nommer ambassadeur du prince de Parme à la cour de ***, à la suite du raisonnement que voici :

— Votre Altesse accorde trente mille francs à son envoyé à la cour de ***, lequel y fait une figure fort médiocre. Si elle daigne me donner cette place, j'accepterai six mille francs d'appointements. Ma dépense à la cour de *** ne sera jamais au-dessous de cent mille francs par an et mon intendant remettra chaque année vingt mille francs à la caisse des affaires étrangères à Parme. Avec cette somme, l'on pourra placer auprès de moi tel secrétaire d'ambassade que l'on voudra, et je ne me montrerai nullement jaloux des secrets diplomatiques, s'il y en a. Mon but est de donner de l'éclat à ma maison nouvelle encore, et de l'illustrer par une des grandes charges du pays.

Le duc actuel, fils de cet ambassadeur, avait eu la gaucherie de se montrer à demi libéral, et, depuis deux ans, il était au désespoir. Du temps de Napoléon, il avait perdu deux ou trois millions par son obstination à rester à l'étranger, et toutefois, depuis le rétablissement de l'ordre en Europe, il n'avait pu obtenir un certain grand cordon qui ornait le portrait de son père ; l'absence de ce cordon le faisait dépérir.

Au point d'intimité qui suit l'amour en Italie, il n'y avait plus d'objection de vanité entre les deux amants. Ce fut donc avec la plus parfaite simplicité que Mosca dit à la femme qu'il adorait :

— J'ai deux ou trois plans de conduite à vous offrir, tous assez bien combinés ; je ne rêve qu'à cela depuis trois mois.

» 1° Je donne ma démission, et nous vivons en bons bourgeois à Milan, à Florence, à Naples, où vous voudrez. Nous avons quinze mille livres de rente, indépendamment des bienfaits du prince qui dureront plus ou moins.

» 2° Vous daignez venir dans le pays où je puis quelque chose, vous achetez une terre, *Sacca*[1], par exemple, maison charmante, au milieu d'une forêt, dominant le cours du Pô, vous pouvez avoir le contrat de vente signé d'ici à huit jours. Le prince vous attache à sa cour. Mais ici se présente une immense objection. On vous recevra bien à cette cour ; personne ne s'aviserait de broncher devant moi ; d'ailleurs la princesse se croit malheureuse, et je viens de lui rendre des services à votre intention. Mais je vous rappellerai une objection capitale : le prince est parfaitement dévot, et, comme vous le savez encore, la fatalité veut que je sois marié. De là un million de désagréments de détail. Vous êtes veuve, c'est un beau titre qu'il faudrait échanger contre un autre, et ceci fait l'objet de ma troisième proposition.

» On pourrait trouver un nouveau mari point gênant. Mais d'abord il le faudrait fort avancé en âge, car pourquoi me refuseriez-vous l'espoir de le remplacer un jour ? Eh bien ! j'ai conclu cette affaire singulière avec le duc Sanseverina-Taxis, qui, bien entendu, ne sait pas le nom de la future duchesse. Il sait seulement qu'elle le fera ambassadeur et lui donnera un grand cordon qu'avait son père, et dont l'absence le rend le plus infortuné des mortels. À cela près, ce duc n'est point trop imbécile ; il fait venir de Paris ses habits et ses

---

1. Le village existe, au nord de Parme, sur les bords du Pô ; Stendhal l'a fait figurer sur son croquis topographique ; les cartes lui garantissent l'existence de bois autour de Sacca et même la présence d'un hameau de Sanseverino. Sacca va devenir dans la géographie poétique du roman un fief, avec un château, une forêt, une colline, une population de vassaux-contrebandiers-rebelles fidèles à la Sanseverina : son modèle du XVIIe siècle était bien la suzeraine de cette région. Colorno qui est tout près est le site célèbre de la résidence des ducs de Parme, un Versailles parmesan ; il figure sur le croquis, mais Stendhal évite d'en parler : il invente dans Parme une deuxième Parme, et ne veut pas répéter la réalité.

perruques. Ce n'est nullement un homme à méchancetés *pourpensées* [1] d'avance, il croit sérieusement que l'honneur consiste à avoir un cordon, et il a honte de son bien. Il vint il y a un an me proposer de fonder un hôpital pour gagner ce cordon ; je me moquai de lui ; mais il ne s'est point moqué de moi quand je lui ai proposé un mariage ; ma première condition a été, bien entendu, que jamais il ne remettrait le pied dans Parme.

— Mais savez-vous que ce que vous me proposez là est fort immoral ? dit la comtesse.

— Pas plus immoral que tout ce qu'on fait à notre cour et dans vingt autres. Le pouvoir absolu a cela de commode qu'il sanctifie tout aux yeux des peuples ; or, qu'est-ce qu'un ridicule que personne n'aperçoit ? Notre politique, pendant vingt ans, va consister à avoir peur des jacobins, et quelle peur ! Chaque année nous nous croirons à la veille de 93. Vous entendrez, j'espère, les phrases que je fais là-dessus à mes réceptions ! C'est beau ! Tout ce qui pourra diminuer un peu cette peur sera *souverainement moral* aux yeux des nobles et des dévots. Or, à Parme, tout ce qui n'est pas noble ou dévot est en prison, ou fait ses paquets pour y entrer ; soyez bien convaincue que ce mariage ne semblera singulier chez nous que du jour où je serai disgracié. Cet arrangement n'est une friponnerie envers personne, voilà l'essentiel, ce me semble. Le prince, de la faveur duquel nous faisons métier et marchandise, n'a mis qu'une condition à son consentement, c'est que la future duchesse fût née noble. L'an passé, ma place, tout calculé, m'a valu cent sept mille francs ; mon revenu a dû être au total de cent vingt-deux mille, j'en ai placé vingt mille à Lyon. Eh bien ! choisissez : 1° une grande existence basée sur cent vingt-deux mille francs à dépenser, qui, à Parme, font au moins comme quatre cent mille à Milan ; mais avec ce mariage qui vous donne le nom d'un homme passable et que vous ne

---

1. Pour penser, méditer longuement, mûrir un projet.

verrez jamais qu'à l'autel ; 2° ou bien la petite vie bourgeoise avec quinze mille francs à Florence ou à Naples,
car je suis de votre avis, on vous a trop admirée à Milan ;
l'envie nous y persécuterait, et peut-être parviendrait-
elle à nous donner de l'humeur. La grande existence à
Parme aura, je l'espère, quelques nuances de nouveauté,
même à vos yeux qui ont vu la cour du prince Eugène ;
il serait sage de la connaître avant de s'en fermer la
porte. Ne croyez pas que je cherche à influencer votre
opinion. Quant à moi, mon choix est bien arrêté : j'aime
mieux vivre dans un quatrième étage avec vous que de
continuer seul cette grande existence.

La possibilité de cet étrange mariage fut débattue
chaque jour entre les deux amants. La comtesse vit au
bal de la Scala le duc Sanseverina-Taxis qui lui sembla
fort présentable. Dans une de leurs dernières conversations, Mosca résumait ainsi sa proposition :

— Il faut prendre un parti décisif, si nous voulons
passer le reste de notre vie d'une façon allègre et n'être
pas vieux avant le temps. Le prince a donné son appro-
bation ; Sanseverina est un personnage plutôt bien que
mal ; il possède le plus beau palais de Parme et une
fortune sans bornes ; il a soixante-huit ans et une passion folle pour le grand cordon ; mais une tache gâte
sa vie, il acheta jadis dix mille francs un buste de
Napoléon par Canova. Son second péché qui le fera
mourir, si vous ne venez à son secours, c'est d'avoir
prêté vingt-cinq napoléons à Ferrante Palla[1], un fou de
notre pays, mais quelque peu homme de génie, que

---

1. Deux mots sur le nom : le prénom Ferrante et les deux syllabes
Palla ont mis sur la piste d'un rapprochement historique : Ferrante
Pallavicino, Parmesan d'origine, moine défroqué, poète et pamphlé-
taire, décapité à Avignon en 1644, personnage audacieux et irrégulier,
qui a servi les Farnèse contre Venise et contre le pape Urbain VIII ; ce
dernier l'attira par ruse en terre papale, à Avignon, et le fit condamner
à mort. Après la révolution de Parme, Palla, caché à Antibes, craint
d'y être enlevé par des agents de Rassi. Voir l'étude d'Armando Mar-
chi, « Lo stendhalesco don Ferrante Pallavicino », dans *Archivio sto-
rico per il province Parmensi*, 1985-86.

depuis nous avons condamné à mort, heureusement par contumace. Ce Ferrante a fait deux cents vers en sa vie, dont rien n'approche ; je vous les réciterai, c'est aussi beau que le Dante. Le prince envoie Sanseverina à la cour de ***, il vous épouse le jour de son départ, et la seconde année de son voyage, qu'il appellera une ambassade, il reçoit ce cordon de *** sans lequel il ne peut vivre. Vous aurez en lui un frère qui ne sera nullement désagréable, il signe d'avance tous les papiers que je veux, et d'ailleurs vous le verrez peu ou jamais, comme il vous conviendra. Il ne demande pas mieux que de ne point se montrer à Parme où son grand-père fermier et son prétendu libéralisme le gênent. Rassi, notre bourreau, prétend que le duc a été abonné en secret au *Constitutionnel* par l'intermédiaire de Ferrante Palla le poète, et cette calomnie a fait longtemps obstacle sérieux au consentement du prince.

Pourquoi l'historien qui suit fidèlement les moindres détails du récit qu'on lui a fait serait-il coupable ? Est-ce sa faute si les personnages, séduits par des passions qu'il ne partage point, malheureusement pour lui, tombent dans des actions profondément immorales ? Il est vrai que des choses de cette sorte ne se font plus dans un pays où l'unique passion survivante à toutes les autres est l'argent, moyen de vanité.

Trois mois après les événements racontés jusqu'ici, la duchesse Sanseverina-Taxis étonnait la cour de Parme par son amabilité facile et par la noble sérénité de son esprit : sa maison fut sans comparaison la plus agréable de la ville. C'est ce que le comte Mosca avait promis à son maître. Ranuce-Ernest IV, le prince régnant, et la princesse sa femme, auxquels elle fut présentée par deux des plus grandes dames du pays, lui firent un accueil fort distingué. La duchesse était curieuse de voir ce prince maître du sort de l'homme qu'elle aimait, elle voulut lui plaire et y réussit trop. Elle trouva un homme d'une taille élevée, mais un peu épaisse ; ses cheveux, ses moustaches, ses énormes

favoris étaient d'un beau blond selon ses courtisans ;
ailleurs ils eussent provoqué, par leur couleur effacée,
le mot ignoble de filasse[1]. Au milieu d'un gros visage
s'élevait fort peu un tout petit nez presque féminin.
Mais la duchesse remarqua que pour apercevoir tous
ces motifs de laideur, il fallait chercher à détailler les
traits du prince. Au total, il avait l'air d'un homme
d'esprit et d'un caractère ferme. Le port du prince, sa
manière de se tenir n'étaient point sans majesté, mais
souvent il voulait imposer à son interlocuteur ; alors il
s'embarrassait lui-même et tombait dans un balancement d'une jambe à l'autre presque continuel. Du reste,
Ernest IV avait un regard pénétrant et dominateur ; les
gestes de ses bras avaient de la noblesse, et ses paroles
étaient à la fois mesurées et concises.

Mosca avait prévenu la comtesse que le prince avait,
dans le grand cabinet où il recevait en audience, un
portrait en pied de Louis XIV, et une table fort belle
de *Scagliola*[2] de Florence. Elle trouva que l'imitation
était frappante ; évidemment il cherchait le regard et la
parole noble de Louis XIV, et il s'appuyait sur la table
de *Scagliola*, de façon à se donner la tournure de
Joseph II[3]. Il s'assit aussitôt après les premières
paroles adressées par lui à la duchesse, afin de lui donner l'occasion de faire usage du tabouret qui appartenait à son rang. À cette cour, les duchesses, les
princesses et les femmes des grands d'Espagne s'as-
soient seules ; les autres femmes attendent que le
prince ou la princesse les y engagent ; et, pour marquer
la différence des rangs, ces personnages augustes ont

---

1. Le mot a désigné d'abord les filaments tirés de l'écorce du
chanvre ou du lin, puis leur couleur indécise et rougeâtre et leur consistance grossière ; il est courant chez le duc de Saint-Simon pour les
chevelures.   2. La *scagliola* est une pierre transparente qui en
incrustations remplace le marbre.   3. Joseph II, empereur d'Allemagne de 1765 à 1790, est le type du despote éclairé et réformateur ;
dans de nombreux textes, Stendhal a loué son action, justement à
Milan. Les deux modèles du prince sont sensiblement opposés.

toujours soin de laisser passer un petit intervalle avant de convier les dames non duchesses à s'asseoir[1]. La duchesse trouva qu'en de certains moments l'imitation de Louis XIV était un peu trop marquée chez le prince ; par exemple, dans sa façon de sourire avec bonté tout en renversant la tête.

Ernest IV portait un frac à la mode arrivant de Paris ; on lui envoyait tous les mois de cette ville, qu'il abhorrait, un frac[2], une redingote et un chapeau. Mais, par un bizarre mélange de costumes, le jour où la duchesse fut reçue il avait pris une culotte rouge, des bas de soie et des souliers fort couverts, dont on peut trouver les modèles dans les portraits de Joseph II.

Il reçut Mme Sanseverina avec grâce ; il lui dit des choses spirituelles et fines ; mais elle remarqua fort bien qu'il n'y avait pas excès dans la bonne réception.

— Savez-vous pourquoi ? lui dit le comte Mosca au retour de l'audience, c'est que Milan est une ville plus grande et plus belle que Parme. Il eût craint, en vous faisant l'accueil auquel je m'attendais et qu'il m'avait fait espérer, d'avoir l'air d'un provincial en extase devant les grâces d'une belle dame arrivant de la capitale. Sans doute aussi il est encore contrarié d'une particularité que je n'ose vous dire : le prince ne voit à sa cour aucune femme qui puisse vous le disputer en *beauté*. Tel a été hier soir, à son petit coucher, l'unique sujet de son entretien avec Pernice[3], son premier valet de chambre, qui a des

---

1. Le siège, le costume (voir l'audience de congé où la duchesse scandalise parce qu'elle est en tenue de voyage et non de cour) sont des éléments capitaux de l'étiquette ; à Versailles, que Stendhal connaît par les *Mémoires* du duc de Saint-Simon, le tabouret (siège sans dos ni bras) est réservé aux ducs et duchesses, aux princes et princesses du sang ; encore les tabourets sont-ils hiérarchisés dans un ordre de préséance. Louis XIV ménageait un léger intervalle pour que les femmes titrées ayant droit au tabouret usent de leur privilège ; plus « libérale », la cour de Parme laisse s'asseoir, mais après une sorte d'autorisation, les femmes non titrées. **2.** Habit masculin avec boutons sur la poitrine et deux longues basques. **3.** Le mot signifie « perdrix » en italien.

bontés pour moi. Je prévois une petite révolution dans l'étiquette ; mon plus grand ennemi à cette cour est un sot qu'on appelle le général Fabio Conti. Figurez-vous un original qui a été à la guerre un jour peut-être en sa vie, et qui part de là pour imiter la tenue de Frédéric le Grand. De plus, il tient aussi à reproduire l'affabilité noble du général Lafayette, et cela parce qu'il est ici le chef du parti libéral. (Dieu sait quels libéraux)

— Je connais le Fabio Conti, dit la duchesse ; j'en ai eu la vision près de Côme ; il se disputait avec la gendarmerie.

Elle raconta la petite aventure dont le lecteur se souvient peut-être.

— Vous saurez un jour, madame, si votre esprit parvient jamais à se pénétrer des profondeurs de notre étiquette, que les demoiselles ne paraissent à la cour qu'après leur mariage. Eh bien ! le prince a pour la supériorité de sa ville de Parme sur toutes les autres un patriotisme tellement brûlant, que je parierais qu'il va trouver un moyen de se faire présenter la petite Clélia Conti, fille de notre Lafayette. Elle est ma foi charmante, et passait encore, il y a huit jours, pour la plus belle personne des États du prince.

» Je ne sais, continua le comte, si les horreurs que les ennemis du souverain ont publiées sur son compte sont arrivées jusqu'au château de Grianta ; on en a fait un monstre, un ogre. Le fait est qu'Ernest IV avait tout plein de bonnes petites vertus, et l'on peut ajouter que, s'il eût été invulnérable comme Achille, il eût continué à être le modèle des potentats. Mais dans un moment d'ennui et de colère, et aussi un peu pour imiter Louis XIV faisant couper la tête à je ne sais quel héros de la Fronde que l'on découvrit vivant tranquillement et insolemment dans une terre à côté de Versailles, cinquante ans après la Fronde[1], Ernest IV a fait pendre un jour deux libéraux. Il paraît que ces imprudents se réunissaient à jour fixe pour dire du mal du prince et adresser au ciel des vœux ardents, afin que la peste pût venir à Parme, et les délivrer du tyran. Le mot *tyran* a été prouvé. Rassi appela cela conspirer ; il les fit condamner à mort, et l'exécution de l'un d'eux, le comte L...[2], fut atroce. Ceci se passait avant moi. Depuis ce moment fatal, ajouta le comte en baissant la voix, le prince est sujet à des accès de peur *indignes d'un homme*, mais qui sont la source unique de la faveur dont je jouis. Sans la peur souveraine, j'aurais un genre de mérite trop brusque, trop âpre pour cette cour, où l'imbécile foisonne. Croiriez-vous que le prince regarde sous les lits de son appartement avant de se coucher, et dépense un million, ce qui à Parme est comme quatre millions à Milan, pour avoir une bonne police, et vous voyez devant vous, madame la duchesse, le chef de cette police terrible. Par la police, c'est-à-dire par la peur, je suis devenu ministre de la guerre et des finances ; et comme le ministre de l'intérieur est mon chef nominal, en tant qu'il a la police dans ses attributions, j'ai fait donner

---

1. Le prince n'imite pas seulement Louis XIV, il l'imite d'après Saint-Simon dont il a une connaissance précise ; l'anecdote se trouve dans les *Mémoires* de l'année 1705 mais s'est produite en 1665 ; l'amnistie des Frondeurs remonte à 1659. Partis de Saint-Germain des courtisans aboutissent après une longue chasse où ils se sont égarés dans la région de Dourdan ; ils reçoivent l'hospitalité de Fargues, ex-frondeur célèbre, qui malgré l'amnistie cherchait à se cacher et à se faire oublier. Ils ébruitent leur aventure et Louis XIV se sentant défié par la proximité de Fargues fait rouvrir son procès sous le prétexte d'un délit découvert après l'amnistie ; Fargues est pendu. Mais le sens de l'anecdote reprise en 1705 est important : elle vise surtout la justice, et permet de découvrir dans Saint-Simon des précurseurs de Rassi. L'auteur du procès inique fait à Fargues est un grand magistrat, le président Lamoignon, qui reçut en paiement les biens de Fargues, en particulier son château. **2.** Aux chapitres VII, XVI et XVII, l'affaire va revenir, mais le nom de la victime changera, ce sera Davide Palanza et il aurait été empoisonné.

ce portefeuille au comte Zurla-Contarini[1], un imbécile bourreau de travail, qui se donne le plaisir d'écrire quatre-vingts lettres chaque jour. Je viens d'en recevoir une ce matin sur laquelle le comte Zurla-Contarini a eu la satisfaction d'écrire de sa propre main le numéro 20715.

La duchesse Sanseverina fut présentée à la triste princesse de Parme Clara-Paolina, qui, parce que son mari avait une maîtresse (une assez jolie femme, la marquise Balbi), se croyait la plus malheureuse personne de l'univers, ce qui l'en avait rendue peut-être la plus ennuyeuse. La duchesse trouva une femme fort grande et fort maigre, qui n'avait pas trente-six ans et en paraissait cinquante. Une figure régulière et noble eût pu passer pour belle, quoique un peu déparée par de gros yeux ronds qui n'y voyaient guère, si la princesse ne se fût pas abandonnée elle-même. Elle reçut la duchesse avec une timidité si marquée, que quelques courtisans ennemis du comte Mosca, osèrent dire que la princesse avait l'air de la femme qu'on présente, et la duchesse de la souveraine. La duchesse, surprise et presque déconcertée, ne savait où trouver des termes pour se mettre à une place inférieure à celle que la princesse se donnait à elle-même. Pour rendre quelque sang-froid à cette pauvre princesse, qui au fond ne manquait point d'esprit, la duchesse ne trouva rien de mieux que d'entamer et de faire durer une longue dissertation sur la botanique. La princesse était réellement savante en ce genre ; elle avait de fort belles serres avec force plantes des tropiques. La duchesse, en cher-

---

1. Nom fabriqué avec deux noms réels, celui d'une famille célèbre de Venise, les Contarini, et celui d'un cardinal contemporain, Zurla, qui a des fonctions importantes à Rome sous le règne du pape Grégoire XVI. En 1833, de passage à Civitavecchia, il reçoit le consul de France, Monsieur Beyle ; en 1836, Stendhal raconte qu'il est mort empoisonné par des moines siciliens et décrit son cadavre qu'il aurait vu en compagnie d'une amie italienne qui prend la main du mort pour la serrer.

chant tout simplement à se tirer d'embarras, fit à jamais la conquête de la princesse Clara-Paolina, qui, de timide et d'interdite qu'elle avait été au commencement de l'audience, se trouva vers la fin tellement à son aise, que, contre toutes les règles de l'étiquette, cette première audience ne dura pas moins de cinq quarts d'heure. Le lendemain, la duchesse fit acheter des plantes exotiques, et se porta pour grand amateur de botanique[1].

La princesse passait sa vie avec le vénérable père Landriani, archevêque de Parme, homme de science, homme d'esprit même, et parfaitement honnête homme, mais qui offrait un singulier spectacle quand il était assis dans sa chaise de velours cramoisi (c'était le droit de sa place[2]), vis-à-vis le fauteuil de la princesse, entourée de ses dames d'honneur et de ses deux dames *pour accompagner*. Le vieux prélat en longs cheveux blancs était encore plus timide, s'il se peut, que la princesse ; ils se voyaient tous les jours, et toutes les audiences commençaient par un silence d'un gros quart d'heure. C'est au point que la comtesse Alvizi, une des dames pour accompagner, était devenue une sorte de favorite, parce qu'elle avait l'art de les encourager à se parler et de les faire rompre le silence.

---

1. Avec cette princesse forte en botanique et un prince héritier qui se consacre à la minéralogie, nous trouvons la tradition des princes « éclairés » du XVIIIe siècle à qui on faisait apprendre une science ou un métier (Louis XVI était serrurier) ; mais aussi nous trouvons un autre aspect de l'histoire de Parme : l'époque des Bourbons qui ont régné à Parme au XVIIIe siècle, nous y reviendrons ; alors le duc Ferdinand est savant et cultivé et s'occupe de jardins, de serres, de cabinets scientifiques ; et son fils qui fut l'élève de Condillac a sa science préférée, quant à la princesse, elle est botaniste (activité éminemment rousseauiste). Enfin Stendhal a décrit ainsi un archiduc autrichien, vice-roi du Royaume lombard-vénitien : « homme raisonnable, froid, mal mis, fort savant en statistique, en botanique et en géologie. Mais il ne sait pas parler aux femmes ».   **2.** La chaise s'oppose au tabouret, et au fauteuil ; l'archevêque précède les ducs et duchesses dans l'ordre de préséance.

Pour terminer le cours de ses présentations, la duchesse fut admise chez S.A.S. le prince héréditaire, personnage d'une plus haute taille que son père, et plus timide que sa mère. Il était fort en minéralogie[1], et avait seize ans. Il rougit excessivement en voyant entrer la duchesse, et fut tellement désorienté, que jamais il ne put inventer un mot à dire à cette belle dame. Il était fort bel homme, et passait sa vie dans les bois un marteau à la main. Au moment où la duchesse se levait pour mettre fin à cette audience silencieuse :

— Mon Dieu ! madame, que vous êtes jolie ! s'écria le prince héréditaire, ce qui ne fut pas trouvé de trop mauvais goût par la dame présentée.

La marquise Balbi[2], jeune femme de vingt-cinq ans, pouvait encore passer pour le plus parfait modèle du *joli italien*, deux ou trois ans avant l'arrivée de la duchesse Sanseverina à Parme. Maintenant c'étaient toujours les plus beaux yeux du monde et les petites mines les plus gracieuses ; mais, vue de près, sa peau était parsemée d'un nombre infini de petites rides fines, qui faisaient de la marquise comme une jeune vieille. Aperçue à une certaine distance, par exemple au théâtre, dans sa loge, c'était encore une beauté ; et les gens du parterre trouvaient le prince de fort bon goût. Il

---

1. Ce prince héritier mort de timidité et de sottise s'éclaire avec Saint-Simon et de nombreuses remarques de Stendhal sur l'éducation des princes, en particulier chez les Bourbons ; élevés sous cloche, dressés à la vanité et à la nullité, dans une dépendance paralysante, il leur manque l'épreuve de la vie et de l'action. Le prince au contraire a fait la guerre, payé de sa personne, il existe ; l'héritier a le caractère brisé par la soumission, la timidité et la morale. Saint-Simon a relevé les mêmes traits chez le duc de Bourgogne, et surtout chez son frère, le duc de Berry, autre petit-fils de Louis XIV, d'une « timidité si outrée qu'il en devint inepte à la plupart des choses... jusqu'à ne savoir que dire aux gens avec qui il n'était pas accoutumé... jusqu'à s'être persuadé qu'il n'était qu'un sot et une bête propre à rien ». Au Parlement où il doit prononcer quelques mots, il ne peut que dire trois fois « Monsieur » ; puis il prend la fuite et va pleurer sur son éducation qui l'a abêti. 2. Le nom a été porté par une des dernières maîtresses royales en France sous le règne de Louis XVIII.

passait toutes les soirées chez la marquise Balbi, mais souvent sans ouvrir la bouche, et l'ennui où elle voyait le prince avait fait tomber cette pauvre femme dans une maigreur extraordinaire. Elle prétendait à une finesse sans bornes, et toujours souriait avec malice ; elle avait les plus belles dents du monde, et à tout hasard, n'ayant guère de sens, elle voulait, par un sourire malin, faire entendre autre chose que ce que disaient ses paroles. Le comte Mosca disait que c'étaient ces sourires continuels, tandis qu'elle bâillait intérieurement, qui lui donnaient tant de rides. La Balbi entrait dans toutes les affaires, et l'État ne faisait pas un marché de mille francs, sans qu'il y eût un *souvenir* pour la marquise (c'était le mot honnête à Parme). Le bruit public voulait qu'elle eût placé six millions de francs en Angleterre, mais sa fortune, à la vérité de fraîche date, ne s'élevait pas en réalité à 1 500 mille francs. C'était pour être à l'abri de ses finesses, et pour l'avoir dans sa dépendance, que le comte Mosca s'était fait ministre des finances. La seule passion de la marquise était la peur déguisée en avarice sordide : *Je mourrai sur la paille*, disait-elle quelquefois au prince que ce propos outrait. La duchesse remarqua que l'antichambre, resplendissante de dorures, du palais de la Balbi, était éclairée par une seule chandelle coulant sur une table de marbre précieux, et les portes de son salon étaient noircies par les doigts des laquais.

— Elle m'a reçue, dit la duchesse à son ami, comme si elle eût attendu de moi une gratification de cinquante francs.

Le cours des succès de la duchesse fut un peu interrompu par la réception que lui fit la femme la plus adroite de la cour, la célèbre marquise Raversi, intrigante consommée qui se trouvait à la tête du parti opposé à celui du comte Mosca. Elle voulait le renverser, et d'autant plus depuis quelques mois, qu'elle était nièce du comte Sanseverina, et craignait de voir attaquer l'héritage par les grâces de la nouvelle duchesse.

— La Raversi n'est point une femme à mépriser, disait le comte à son amie, je la tiens pour tellement capable de tout que je me suis séparé de ma femme uniquement parce qu'elle s'obstinait à prendre pour amant le chevalier Bentivoglio, l'un des amis de la Raversi.

Cette dame, grande virago aux cheveux fort noirs, remarquable par les diamants qu'elle portait dès le matin, et par le rouge dont elle couvrait ses joues, s'était déclarée d'avance l'ennemie de la duchesse, et en la recevant chez elle prit à tâche de commencer la guerre. Le duc Sanseverina, dans les lettres qu'il écrivait de ***, paraissait tellement enchanté de son ambassade, et surtout de l'espoir du grand cordon, que sa famille craignait qu'il ne laissât une partie de sa fortune à sa femme qu'il accablait de petits cadeaux. La Raversi, quoique régulièrement laide, avait pour amant le comte Baldi, le plus joli homme de la cour : en général elle réussissait à tout ce qu'elle entreprenait.

La duchesse tenait le plus grand état de maison. Le palais Sanseverina avait toujours été un des plus magnifiques de la ville de Parme, et le duc, à l'occasion de son ambassade et de son futur grand cordon, dépensait de fort grosses sommes pour l'embellir : la duchesse dirigeait les réparations.

Le comte avait deviné juste : peu de jours après la présentation de la duchesse, la jeune Clélia Conti vint à la cour, on l'avait faite chanoinesse [1]. Afin de parer le coup que cette faveur pouvait avoir l'air de porter au crédit du comte, la duchesse donna une fête sous prétexte d'inaugurer le jardin de son palais, et, par ses façons pleines de grâces elle fit de Clélia, qu'elle appelait sa jeune amie du lac de Côme, la reine de la soirée. Son chiffre se trouva comme par hasard sur les princi-

---

1. Selon toute vraisemblance le titre ne renvoie qu'au droit de toucher une prébende ; mais tout de suite Clélia est liée à quelque chose de monacal.

paux transparents[1]. La jeune Clélia, quoique un peu pensive, fut aimable dans ses façons de parler de la petite aventure près du lac, et de sa vive reconnaissance. On la disait fort dévote et fort amie de la solitude.

— Je parierais, disait le comte, qu'elle a assez d'esprit pour avoir honte de son père.

La duchesse fit son amie de cette jeune fille, elle se sentait de l'inclination pour elle ; elle ne voulait pas paraître jalouse[2], et la mettait à toutes ses parties de plaisir ; enfin son système était de chercher à diminuer toutes les haines dont le comte était l'objet.

Tout souriait à la duchesse ; elle s'amusait de cette existence de cour où la tempête est toujours à craindre ; il lui semblait recommencer la vie. Elle était tendrement attachée au comte, qui littéralement était fou de bonheur. Cette aimable situation lui avait procuré un sang-froid parfait pour tout ce qui ne regardait que ses intérêts d'ambition. Aussi deux mois à peine après l'arrivée de la duchesse, il obtint la patente et les honneurs de premier ministre, lesquels approchent fort de ceux que l'on rend au souverain lui-même. Le comte pouvait tout sur l'esprit de son maître, on en eut à Parme une preuve qui frappa tous les esprits.

Au sud-est, et à dix minutes de la ville, s'élève cette fameuse citadelle si renommée en Italie, et dont la grosse tour a cent quatre-vingts pieds de haut et s'aperçoit de si loin. Cette tour, bâtie sur le modèle du mausolée d'Adrien, à Rome, par les Farnèse, petits-fils de Paul III, vers le commencement du XVIᵉ siècle[3], est tellement épaisse, que sur l'esplanade

---

1. En éclairant par-derrière les transparents, faits de toile, de gaze, de papier huilé, on pouvait faire apparaître pour les fêtes et réjouissances des noms, des devises, des hommages. **2.** Situation prophétique qui est un présage narratif. **3.** Les Farnèse ne règnent à Parme que depuis le début du XVIIᵉ siècle. Stendhal a inventé la citadelle de Parme, mais par une combinaison de réalités diverses : l'ensemble est fictif, mais les éléments sont référentiels. Le lieu d'abord : il y avait à cet emplacement (voir le croquis de Stendhal, p. 735) une forteresse ; il y avait ensuite dans la ville une Roquetta, ou Tour de Parme, prison

qui la termine on a pu bâtir un palais pour le gouverneur de la citadelle et une nouvelle prison appelée
la tour Farnèse. Cette prison, construite en l'honneur
du fils aîné de Ranuce-Ernest II, lequel était devenu
l'amant aimé de sa belle-mère, passe pour belle et
singulière dans le pays. La duchesse eut la curiosité
de la voir ; le jour de sa visite, la chaleur était
accablante à Parme, et là-haut, dans cette position
élevée, elle trouva de l'air, ce dont elle fut tellement
ravie, qu'elle y passa plusieurs heures. On s'empressa
de lui ouvrir les salles de la tour Farnèse.

La duchesse rencontra sur l'esplanade de la grosse
tour un pauvre libéral prisonnier, qui était venu jouir
de la demi-heure de promenade qu'on lui accordait
tous les trois jours. Redescendue à Parme, et n'ayant
pas encore la discrétion nécessaire dans une cour absolue, elle parla de cet homme qui lui avait raconté toute
son histoire. Le parti de la marquise Raversi s'empara
de ces propos de la duchesse et les répéta beaucoup,
espérant fort qu'ils choqueraient le prince. En effet,
Ernest IV répétait souvent que l'essentiel était surtout
de frapper les imaginations.

— *Toujours* est un grand mot, disait-il, et plus
terrible en Italie qu'ailleurs : en conséquence, de sa
vie il n'avait accordé de grâce. Huit jours après sa
visite à la forteresse, la duchesse reçut une lettre de

---

d'État de sinistre réputation, qui a servi à des vengeances familiales ;
Ranuce Ier y a fait mourir un de ses fils naturels qui l'inquiétait pour
des raisons politiques ; et au XVIIe siècle, c'est encore un autre bâtard
qui est enfermé jusqu'à sa mort, cette fois à cause de ses amours. En
un sens Fabrice est encore un Farnèse enfermé dans la tour de Parme.
Ce passé que Stendhal a pu connaître est synthétisé dans l'origine de la tour :
l'inceste du prince. Comme les dynasties tragiques de l'Antiquité, les
grandes lignées italiennes sont un résumé de tous les crimes et de toutes les
vengeances. Enfin la tour, reconstruite par l'imagination de Stendhal comme
un édifice immense, écrasant et féerique, emprunte son architecture à un
monument célèbre, le château Saint-Ange à Rome, tombeau dans l'Antiquité, forteresse et prison au Moyen Âge et au XIXe siècle encore.

commutation de peine, signée du prince et du ministre, avec le nom en blanc. Le prisonnier dont elle écrirait le nom devait obtenir la restitution de ses biens, et la permission d'aller passer en Amérique le reste de ses jours [1]. La duchesse écrivit le nom de l'homme qui lui avait parlé. Par malheur cet homme se trouva un demi-coquin, une âme faible ; c'était sur ses aveux que le fameux Ferrante Palla avait été condamné à mort.

La singularité de cette grâce mit le comble à l'agrément de la position de madame Sanseverina. Le comte Mosca était fou de bonheur, ce fut une belle époque de sa vie, et elle eut une influence décisive sur les destinées de Fabrice. Celui-ci était toujours à Romagnan, près de Novare, se confessant, chassant, ne lisant point et faisant la cour à une femme noble comme le portaient ses instructions. La duchesse était toujours un peu choquée par cette dernière nécessité. Un autre signe qui ne valait rien pour le comte, c'est qu'étant avec lui de la dernière franchise sur tout au monde, et pensant tout haut en sa présence, elle ne lui parlait jamais de Fabrice qu'après avoir songé à la tournure de sa phrase.

— Si vous voulez, lui disait un jour le comte, j'écrirai à cet aimable frère que vous avez sur le lac de Côme, et je forcerai bien ce marquis del Dongo, avec un peu de peine pour moi et mes amis de ***, à demander la grâce de votre aimable Fabrice. S'il est vrai, comme je me garderais bien d'en douter, que Fabrice soit un peu au-dessus des jeunes gens qui promènent leurs chevaux anglais dans les rues de Milan, quelle vie que celle qui à dix-huit ans ne fait rien et a la perspective de ne jamais rien faire ! Si le ciel lui avait accordé une vraie passion pour quoi que ce soit, fût-ce pour la pêche à la ligne, je

---

1. La même condition accompagnait la grâce d'un certain nombre de prisonniers italiens du Spielberg.

la respecterais ; mais que fera-t-il à Milan même après sa grâce obtenue ? Il montera un cheval qu'il aura fait venir d'Angleterre à une certaine heure, à une autre le désœuvrement le conduira chez sa maîtresse qu'il aimera moins que son cheval... Mais si vous m'en donnez l'ordre, je tâcherai de procurer ce genre de vie à votre neveu.

— Je le voudrais officier, dit la duchesse.

— Conseilleriez-vous à un souverain de confier un poste qui, dans un jour donné, peut être de quelque importance à un jeune homme 1° susceptible d'enthousiasme ; 2° qui a montré de l'enthousiasme pour Napoléon, au point d'aller le rejoindre à Waterloo ? Songez à ce que nous serions tous si Napoléon eût vaincu à Waterloo ! Nous n'aurions point de libéraux à craindre, il est vrai, mais les souverains des anciennes familles ne pourraient régner qu'en épousant les filles de ses maréchaux. Ainsi la carrière militaire pour Fabrice, c'est la vie de l'écureuil dans la cage qui tourne : beaucoup de mouvement pour n'avancer en rien. Il aura le chagrin de se voir primer par tous les dévouements plébéiens. La première qualité chez un jeune homme aujourd'hui, c'est-à-dire pendant cinquante ans peut-être, tant que nous aurons peur et que la religion ne sera point rétablie, c'est de n'être pas susceptible d'enthousiasme et de n'avoir pas d'esprit.

» J'ai pensé à une chose, mais qui va vous faire jeter les hauts cris d'abord, et qui me donnera à moi des peines infinies et pendant plus d'un jour, c'est une folie que je veux faire pour vous. Mais, dites-moi, si vous le savez, quelle folie je ne ferais pas pour obtenir un sourire.

— Eh bien ? dit la duchesse.

— Eh bien ! nous avons eu pour archevêque à Parme trois membres de votre famille : Ascagne del Dongo qui a écrit, en 16..., Fabrice en 1699, et un second Ascagne en 1740[1]. Si Fabrice veut entrer dans la prélature[a] et marquer par des vertus du premier ordre, je le fais évêque quelque part, puis archevêque ici, si toutefois mon influence dure. L'objection réelle est celle-ci : resterai-je ministre assez longtemps pour réaliser ce beau plan qui exige plusieurs années ? Le prince peut mourir, il peut avoir le mauvais goût de me renvoyer. Mais enfin c'est le seul moyen que j'aie de faire pour Fabrice quelque chose qui soit digne de vous.

On discuta longtemps : cette idée répugnait fort à la duchesse.

— Reprouvez-moi, dit-elle au comte, que toute autre carrière est impossible pour Fabrice.

Le comte prouva.

— Vous regrettez, ajouta-t-il, le brillant uniforme ; mais à cela je ne sais que faire.

Après un mois que la duchesse avait demandé pour réfléchir, elle se rendit en soupirant aux vues sages du ministre.

— Monter d'un air empesé un cheval anglais dans quelque grande ville, répétait le comte, ou prendre un état qui ne jure pas avec sa naissance ; je ne vois pas de milieu. Par malheur un gentilhomme ne peut se faire ni médecin, ni avocat, et le siècle est aux avocats.

» Rappelez-vous toujours, madame, répétait le comte, que vous faites à votre neveu, sur le pavé de Milan, le sort dont jouissent les jeunes gens de son âge qui passent pour les plus fortunés. Sa grâce obtenue, vous lui donnez quinze, vingt, trente mille francs ; peu vous importe, ni vous ni moi ne prétendons faire des économies.

La duchesse était sensible à la gloire ; elle ne voulait

---

1. L'étude de L. Magniani (*cf.* Bibliographie) a montré comment la carrière de Fabrice ressemble à celle du cardinal de Retz qui devient coadjuteur puis archevêque de Paris pour la raison déterminante que son oncle l'était déjà avant lui, et que trois membres de sa famille dont deux cardinaux avaient occupé le même poste.

pas que Fabrice fût un simple mangeur d'argent ; elle
revint au plan de son amant.

— Remarquez, lui disait le comte, que je ne prétends pas faire de Fabrice un prêtre exemplaire comme
vous en voyez tant. Non ; c'est un grand seigneur avant
tout ; il pourra rester parfaitement ignorant si bon lui
semble, et n'en deviendra pas moins évêque et archevêque, si le prince continue à me regarder comme un
homme utile.

» Si vos ordres daignent changer ma proposition en
décret immuable, ajouta le comte, il ne faut point que
Parme voie notre protégé dans une petite fortune. La
sienne choquera, si on l'a vu ici simple prêtre ; il ne
doit paraître à Parme qu'avec les *bas violets* [*][1] et dans
un équipage convenable. Tout le monde alors devinera
que votre neveu doit être évêque, et personne ne sera
choqué.

» Si vous m'en croyez, vous enverrez Fabrice faire
sa théologie, et passer trois années à Naples. Pendant
les vacances de l'Académie ecclésiastique, il ira, s'il
veut, voir Paris et Londres ; mais il ne se montrera
jamais à Parme.

Ce mot donna comme un frisson à la duchesse.

Elle envoya un courrier à son neveu, et lui donna
rendez-vous à Plaisance. Faut-il dire que ce courrier
était porteur de tous les moyens d'argent et de tous les
passeports nécessaires ?

---

[*] En Italie, les jeunes gens protégés ou savants deviennent *monsignor* et prélat, ce qui ne veut pas dire évêque ; on porte alors des bas
violets. On ne fait pas de vœux pour être *monsignor*, on peut quitter
les bas violets et se marier.

---

[1]. L'état du *monsignore*, porteur de bas violets, et abusivement
nommé encore « prélat », n'implique aucun engagement religieux,
aucune fonction ecclésiastique ou autre, c'est une sorte de projet de
carrière indéfini. En général Stendhal sacrifie le *e* final du mot italien.
Nous avons respecté cette graphie qui sans doute atténue la *couleur*
italienne du terme ou lui ajoute une nuance d'humour : il s'agit d'une
institution très spécifique de l'Église italienne.

Arrivé le premier à Plaisance, Fabrice courut au-devant de la duchesse, et l'embrassa avec des transports qui la firent fondre en larmes. Elle fut heureuse que le comte ne fût pas présent ; depuis leurs amours, c'était la première fois qu'elle éprouvait cette sensation.

Fabrice fut profondément touché, et ensuite affligé des plans que la duchesse avait faits pour lui ; son espoir avait toujours été que, son affaire de Waterloo arrangée, il finirait par être militaire. Une chose frappa la duchesse et augmenta encore l'opinion romanesque qu'elle s'était formée de son neveu ; il refusa absolument de mener la vie de café dans une des grandes villes d'Italie.

— Te vois-tu au *Corso* de Florence ou de Naples, disait la duchesse, avec des chevaux anglais de pur sang ! Pour le soir, une voiture, un joli appartement, etc.

Elle insistait avec délices sur la description de ce bonheur vulgaire qu'elle voyait Fabrice repousser avec dédain[a]. C'est un héros, pensait-elle.

— Et après dix ans de cette vie agréable, qu'aurais-je fait ? disait Fabrice ; que serais-je ? Un jeune homme *mûr* qui doit céder le haut du pavé au premier bel adolescent qui débute dans le monde, lui aussi sur un cheval anglais.

Fabrice rejeta d'abord bien loin le parti de l'Église ; il parlait d'aller à New York, de se faire citoyen et soldat républicain en Amérique.

— Quelle erreur est la tienne ! Tu n'auras pas la guerre, et tu retombes dans la vie de café, seulement sans élégance, sans musique, sans amours, répliqua la duchesse. Crois-moi, pour toi comme pour moi, ce serait une triste vie que celle d'Amérique.

Elle lui expliqua le culte du *dieu* dollar, et ce respect qu'il faut avoir pour les artisans de la rue, qui par leurs votes décident de tout. On revint au parti de l'Église.

— Avant de te gendarmer, lui dit la duchesse,

comprends donc ce que le comte te demande : il ne s'agit pas du tout d'être un pauvre prêtre plus ou moins exemplaire et vertueux, comme l'abbé Blanès. Rappelle-toi ce que furent tes oncles les archevêques de Parme ; relis les notices sur leurs vies, dans le supplément à la généalogie. Avant tout il convient à un homme de ton nom d'être un grand seigneur, noble, généreux, protecteur de la justice, destiné d'avance à se trouver à la tête de son ordre... et dans toute sa vie ne faisant qu'une coquinerie, mais celle-là fort utile.

— Ainsi voilà toutes mes illusions à vau-l'eau, disait Fabrice en soupirant profondément ; le sacrifice est cruel ! je l'avoue, je n'avais pas réfléchi à cette horreur pour l'enthousiasme et l'esprit, même exercés à leur profit, qui désormais va régner parmi les souverains absolus.

— Songe qu'une proclamation, qu'un caprice du cœur précipite l'homme enthousiaste dans le parti contraire à celui qu'il a servi toute la vie !

— Moi enthousiaste ! répéta Fabrice ; étrange accusation ! je ne puis pas même être amoureux !

— Comment ? s'écria la duchesse.

— Quand j'ai l'honneur de faire la cour à une beauté, même de bonne naissance, et dévote, je ne puis penser à elle que quand je la vois.

Cet aveu fit une étrange impression sur la duchesse.

— Je te demande un mois, reprit Fabrice, pour prendre congé de madame C. de Novare et, ce qui est encore plus difficile, des châteaux en Espagne de toute ma vie. J'écrirai à ma mère, qui sera assez bonne pour venir me voir à *Belgirate*, sur la rive piémontaise du lac Majeur, et le trente et unième jour après celui-ci, je serai incognito dans Parme.

— Garde-t'en bien ! s'écria la duchesse.

Elle ne voulait pas que le comte Mosca la vît parler à Fabrice.

Les mêmes personnages se revirent à Plaisance ; la duchesse cette fois était fort agitée ; un orage s'était élevé à la cour ; le parti de la marquise Raversi touchait au triomphe ; il était possible que le comte Mosca fût remplacé par le général Fabio Conti, chef de ce qu'on appelait à Parme le *parti libéral.* Excepté le nom du rival qui croissait dans la faveur du prince, la duchesse dit tout à Fabrice. Elle discuta de nouveau les chances de son avenir, même avec la perspective de manquer de la toute-puissante protection du comte.

— Je vais passer trois ans à l'Académie ecclésiastique de Naples, s'écria Fabrice ; mais puisque je dois être avant tout un jeune gentilhomme, et que tu ne m'astreins pas à mener la vie sévère d'un séminariste vertueux, ce séjour à Naples ne m'effraie nullement, cette vie-là vaudra bien celle de Romagnano ; la bonne compagnie de l'endroit commençait à me trouver jacobin. Dans mon exil j'ai découvert que je ne sais rien, pas même le latin, pas même l'orthographe. J'avais le projet de refaire mon éducation à Novare, j'étudierai volontiers la théologie à Naples : c'est une science compliquée[a].

La duchesse fut ravie.

— Si nous sommes chassés, lui dit-elle, nous irons te voir à Naples. Mais puisque tu acceptes jusqu'à nouvel ordre le parti des bas violets, le comte, qui connaît bien l'Italie actuelle, m'a chargée d'une idée pour toi. Crois ou ne crois pas à ce qu'on t'enseignera, *mais ne fais jamais aucune objection.* Figure-toi qu'on t'enseigne les règles du jeu de whist ; est-ce que tu ferais des objections aux règles du whist ? J'ai dit au comte que tu croyais, et il s'en est félicité ; cela est utile dans ce monde et dans l'autre. Mais si tu crois, ne tombe point dans la vulgarité de parler avec horreur de Voltaire, Diderot, Raynal, et de tous ces écervelés de Français précurseurs des deux Chambres. Que ces noms-là se trouvent rarement dans ta bouche ; mais enfin quand il le faut, parle de ces messieurs avec une ironie calme ; ce sont gens depuis longtemps réfutés, et dont les attaques ne sont plus d'aucune conséquence. Crois aveuglément tout ce que l'on te dira à l'Académie. Songe qu'il y a des gens qui tiendront note fidèle de tes moindres objections ; on te pardonnera une petite intrigue galante si elle est bien menée, et non pas un doute ; l'âge supprime l'intrigue et augmente le doute. Agis sur ce principe au tribunal de la pénitence. Tu auras une lettre de recommandation pour un évêque factotum du cardinal archevêque de Naples ; à lui seul tu dois avouer ton escapade en France, et ta présence, le 18 juin, dans les environs de Waterloo. Du reste abrège beaucoup, diminue cette aventure, avoue-la seulement pour qu'on ne puisse pas te reprocher de l'avoir cachée ; tu étais si jeune alors !

» La seconde idée que le comte t'envoie est celle-ci : S'il te vient une raison brillante, une réplique victorieuse qui change le cours de la conversation, ne cède point à la tentation de briller, garde le silence ; les gens fins verront ton esprit dans tes yeux. Il sera temps d'avoir de l'esprit quand tu seras évêque[a].

Fabrice débuta à Naples avec une voiture modeste et quatre domestiques, bons Milanais, que sa tante lui avait envoyés. Après une année d'étude personne ne disait que c'était un homme d'esprit, on le regardait comme un grand seigneur appliqué, fort généreux, mais un peu libertin.

Cette année, assez amusante pour Fabrice, fut terrible pour la duchesse[b]. Le comte fut trois ou quatre fois à deux doigts de sa perte ; le prince, plus peureux que jamais parce qu'il était malade cette année-là, croyait, en le renvoyant, se débarrasser de l'odieux des exécutions faites avant l'entrée du comte au ministère[c]. Le Rassi était le favori du cœur qu'on voulait garder avant tout. Les périls du comte lui attachèrent passionnément la duchesse, elle ne songeait plus à Fabrice. Pour donner une couleur à leur retraite possible, il se trouva que l'air de Parme, un peu humide en effet, comme celui de toute la Lombardie, ne convenait nullement à sa santé. Enfin après des intervalles de disgrâce, qui allèrent pour le comte, premier ministre, jusqu'à passer quelquefois vingt jours entiers sans voir son maître en particulier, Mosca l'emporta ; il fit nommer le général Fabio Conti, le prétendu libéral, gouverneur de la citadelle où l'on enfermait les libéraux jugés par Rassi. « Si Conti use d'indulgence envers ses prisonniers, disait Mosca à son amie, on le disgracie comme un jacobin auquel ses idées politiques font oublier ses devoirs de général ; s'il se montre sévère et impitoyable, et c'est ce me semble de ce côté-là qu'il inclinera, il cesse d'être le chef de son propre parti, et s'aliène toutes les familles qui ont un des leurs à la citadelle. Ce pauvre homme sait prendre un air tout confit de respect à l'approche du prince ; au besoin il change de costume quatre fois en un jour ; il peut discuter une question d'étiquette, mais ce n'est point une tête capable de suivre le chemin difficile par lequel seulement il peut se sauver ; et dans tous les cas je suis là. »

Le lendemain de la nomination du général Fabio Conti, qui terminait la crise ministérielle, on apprit que Parme aurait un journal ultramonarchique[1].

— Que de querelles ce journal va faire naître ! disait la duchesse[a].

— Ce journal, dont l'idée est peut-être mon chef-d'œuvre, répondait le comte en riant, peu à peu je m'en laisserai bien malgré moi ôter la direction par les ultrafuribonds. J'ai fait attacher de beaux appointements aux places de rédacteur. De tous côtés on va solliciter ces places : cette affaire va nous faire passer un mois ou deux, et l'on oubliera les périls que je viens de courir. Les graves personnages P. et D. sont déjà sur les rangs.

---

1. C'est en 1831 qu'est créé à Modène un journal ultra, la *Voce della Verità* ; la date dans le roman est bien antérieure. C'est en sa qualité de consul à Civitavecchia que Stendhal doit s'occuper de ce journal répandu dans les États du pape (mais interdit dans les régions soumises à l'Autriche !) ; il se livre à une violente propagande anti-française et Stendhal suggère à son ministre des Affaires étrangères d'en demander l'interdiction au gouvernement de Rome.

— Mais ce journal sera d'une absurdité révoltante.

— J'y compte bien, répliquait le comte. Le prince le lira tous les matins et admirera ma doctrine à moi qui l'ai fondé. Pour les détails, il approuvera ou sera choqué ; des heures qu'il consacre au travail en voilà deux de prises. Le journal se fera des affaires, mais à l'époque où arriveront les plaintes sérieuses, dans huit ou dix mois, il sera entièrement dans les mains des ultra furibonds. Ce sera ce parti qui me gêne qui devra répondre, moi j'élèverai des objections contre le journal ; au fond, j'aime mieux cent absurdités atroces qu'un seul pendu. Qui se souvient d'une absurdité deux ans après le numéro du journal officiel ? Au lieu que les fils et la famille du pendu me vouent une haine qui durera autant que moi et qui peut-être abrégera ma vie.

La duchesse, toujours passionnée pour quelque chose, toujours agissante, jamais oisive, avait plus d'esprit que toute la cour de Parme ; mais elle manquait de patience et d'impassibilité pour réussir dans les intrigues. Toutefois, elle était parvenue à suivre avec passion les intérêts des diverses coteries, elle commençait même à avoir un crédit personnel auprès du prince. Clara-Paolina, la princesse régnante, environnée d'honneurs, mais emprisonnée dans l'étiquette la plus surannée, se regardait comme la plus malheureuse des femmes. La duchesse Sanseverina lui fit la cour, et entreprit de lui prouver qu'elle n'était point si malheureuse. Il faut savoir que le prince ne voyait sa femme qu'à dîner : ce repas durait trente minutes et le prince passait des semaines entières sans adresser la parole à Clara-Paolina. Madame Sanseverina essaya de changer tout cela ; elle amusait le prince, et d'autant plus qu'elle avait su conserver toute son indépendance. Quand elle l'eût voulu, elle n'eût pas pu ne jamais blesser aucun des sots qui pullulaient à cette cour. C'était cette parfaite inhabileté de sa part qui la faisait exécrer du vulgaire des courtisans, tous comtes ou marquis, jouissant en général de cinq mille livres de rentes[a]. Elle comprit ce malheur dès les premiers jours, et s'attacha exclusivement à plaire au souverain et à sa femme, laquelle dominait absolument le prince héréditaire. La duchesse savait amuser le souverain et profitait de l'extrême attention qu'il accordait à ses moindres paroles pour donner de bons ridicules aux courtisans qui la haïssaient. Depuis les sottises que Rassi lui avait fait faire, et les sottises de sang ne se réparent pas, le prince avait peur quelquefois, et s'ennuyait souvent, ce qui l'avait conduit à la triste envie ; il sentait qu'il ne s'amusait guère, et devenait sombre quand il croyait voir que d'autres s'amusaient ; l'aspect du bonheur le rendait furieux. « Il faut cacher nos amours », dit la duchesse à son ami ; et elle laissa deviner au prince qu'elle n'était plus que fort médiocrement éprise du comte, homme d'ailleurs si estimable.

Cette découverte avait donné un jour heureux à Son Altesse. De temps à autre, la duchesse laissait tomber quelques mots du projet qu'elle aurait de se donner chaque année un congé de quelques mois qu'elle emploierait à voir l'Italie qu'elle ne connaissait point : elle irait visiter Naples, Florence, Rome. Or, rien au monde ne pouvait faire plus de peine au prince qu'une telle apparence de désertion : c'était là une de ses faiblesses les plus marquées, les démarches qui pouvaient être imputées à mépris pour sa ville capitale lui perçaient le cœur. Il sentait qu'il n'avait aucun moyen de retenir madame Sanseverina, et madame Sanseverina était de bien loin la femme la plus brillante de Parme. Chose unique avec la paresse italienne, on revenait des campagnes environnantes pour assister à ses *jeudis* ; c'étaient de véritables fêtes ; presque toujours la duchesse y avait quelque chose de neuf et de piquant. Le prince mourait d'envie de voir un de ces jeudis ; mais comment s'y prendre ? Aller chez un simple particulier ! c'était une chose que ni son père ni lui n'avaient jamais faite[1] !

Un certain jeudi, il pleuvait, il faisait froid ; à chaque instant de la soirée le duc entendait des voitures qui ébranlaient le pavé de la place du palais, en allant chez madame Sanseverina. Il eut un mouvement d'impatience : d'autres s'amusaient, et lui, prince souverain, maître absolu, qui devait s'amuser plus que personne au monde, il connaissait l'ennui ! Il sonna son aide de camp, il fallut le temps de placer une douzaine de gens affidés dans la rue qui conduisait du palais de son altesse au palais Sanseverina. Enfin, après une heure qui parut un siècle au prince, et pendant laquelle il fut vingt fois tenté de braver les poignards et de sortir à l'étourdie et sans nulle précaution, il parut dans le premier salon de madame Sanseverina. La foudre serait

---

1. La duchesse a-t-elle des modèles historiques ? Balzac en énumère, et parmi eux se trouve la princesse des Ursins ; cette piste a été aussi proposée par les études qui portent sur les relations de Stendhal et de Saint-Simon ; nous avons tenté (voir l'édition Garnier) de montrer comment cette héroïne prodigieuse des *Mémoires*, véritable génie de la cour et de l'intrigue, survit dans l'héroïne de Stendhal. La princesse des Ursins (d'origine française, mais veuve d'un prince romain, le prince Orsini) dirige littéralement la cour d'Espagne et son entente souterraine avec Mme de Maintenon et la séduction qu'elle exerce sur Louis XIV en font une puissance politique. Or comme la Sanseverina, c'est par l'esprit, et par son charme, et jamais par ses charmes qu'elle gouverne ; la stratégie de la Sanseverina (réconcilier le prince et sa femme) est celle de la princesse : elle règne sur le roi d'Espagne grâce à la reine. Elle possède cette magie impalpable du succès, de la faveur, cette force des caprices et des audaces où l'on se permet tout, on retrouve tout cela dans l'épisode du jeudi glorieux de la duchesse, libre développement par Stendhal du récit de Saint-Simon, en particulier de la scène stupéfiante du retour à Versailles de la princesse un moment disgraciée ; alors c'est le roi qui lui fait la cour devant les courtisans éblouis. Stendhal doit à Saint-Simon un sens de la vie de cour qui lui permet d'inventer à partir de la réalité. Proust à son tour va opérer la même transposition créatrice du je-ne-sais-quoi fascinant et nul de la cour qui se donne en spectacle à un public pris de vertige. Il y a aussi la chute de la princesse des Ursins : le monologue de la duchesse après l'arrestation de Fabrice en est le correspondant. Voir Yves Coirault, « Le duc de Saint-Simon "phare" de Stendhal », dans *S-C*, n° 56, 1972.

tombée dans ce salon qu'elle n'eût pas produit une pareille surprise. En un clin d'œil, et à mesure que le prince s'avançait, s'établissait dans ces salons si bruyants et si gais un silence de stupeur ; tous les yeux, fixés sur le prince, s'ouvraient outre mesure. Les courtisans paraissaient déconcertés ; la duchesse elle seule n'eut point l'air étonné. Quand enfin l'on eut retrouvé la force de parler, la grande préoccupation de toutes les personnes présentes fut de décider cette importante question : La duchesse avait-elle été avertie de cette visite, ou bien a-t-elle été surprise comme tout le monde ?

Le prince s'amusa, et l'on va juger du caractère tout de premier mouvement de la duchesse, et du pouvoir infini que les idées vagues de départ adroitement jetées lui avaient laissé prendre.

En reconduisant le prince qui lui adressait des mots fort aimables, il lui vint une idée singulière et qu'elle osa bien lui dire tout simplement, et comme une chose des plus ordinaires.

— Si votre altesse sérénissime voulait adresser à la princesse trois ou quatre de ces phrases charmantes qu'elle me prodigue, elle ferait mon bonheur bien plus sûrement qu'en me disant ici que je suis jolie. C'est que je ne voudrais pas pour tout au monde que la princesse pût voir de mauvais œil l'insigne marque de faveur dont votre altesse vient de m'honorer.

Le prince la regarda fixement et répliqua d'un air sec :

— Apparemment que je suis le maître d'aller où il me plaît.

La duchesse rougit.

— Je voulais seulement, reprit-elle à l'instant, ne pas exposer son altesse à faire une course inutile, car ce jeudi sera le dernier ; je vais aller passer quelques jours à Bologne ou à Florence.

Comme elle rentrait dans ses salons, tout le monde la croyait au comble de la faveur, et elle venait de hasarder ce que de mémoire d'homme personne n'avait osé à Parme. Elle fit un signe au comte qui quitta sa table de whist et la suivit dans un petit salon éclairé, mais solitaire.

— Ce que vous avez fait est bien hardi, lui dit-il ; je ne vous l'aurais pas conseillé ; mais dans les cœurs bien épris, ajouta-t-il en riant, le bonheur augmente l'amour, et si vous partez demain matin, je vous suis demain soir. Je ne serai retardé que par cette corvée du ministère des finances dont j'ai eu la sottise de me charger, mais en quatre heures de temps bien employées on peut faire la remise de bien des caisses. Rentrons, chère amie, et faisons de la fatuité ministérielle en toute liberté, et sans nulle retenue ; c'est peut-être la dernière représentation que nous donnons en cette ville. S'il se croit bravé, l'homme est capable de tout ; il appellera cela *faire un exemple*. Quand ce monde sera parti, nous aviserons aux moyens de vous barricader pour cette nuit ; le mieux serait peut-être de partir sans délai pour votre maison de Sacca, près du Pô, qui a l'avantage de n'être qu'à une demi-heure de distance des États autrichiens.

L'amour et l'amour-propre de la duchesse eurent un moment délicieux ; elle regarda le comte, et ses yeux se mouillèrent de larmes. Un ministre si puissant, environné de cette foule de courtisans qui l'accablaient d'hommages égaux à ceux qu'ils adressaient au prince lui-même, tout quitter pour elle et avec cette aisance !

En rentrant dans les salons, elle était folle de joie. Tout le monde se prosternait devant elle.

« Comme le bonheur change la duchesse, disaient de toutes parts les courtisans, c'est à ne pas la reconnaître. Enfin cette âme romaine et au-dessus de tout daigne pourtant apprécier la faveur exorbitante dont elle vient d'être l'objet de la part du souverain ! »

Vers la fin de la soirée, le comte vint à elle :

— Il faut que je vous dise des nouvelles.

Aussitôt les personnes qui se trouvaient auprès de la duchesse s'éloignèrent.

— Le prince en rentrant au palais, continua le comte, s'est fait annoncer chez sa femme. Jugez de la surprise ! Je viens vous rendre compte, lui a-t-il dit, d'une soirée fort aimable, en vérité, que j'ai passée chez la Sanseverina. C'est elle qui m'a prié de vous faire le détail de la façon dont elle a arrangé ce vieux palais enfumé. Alors le prince, après s'être assis, s'est mis à faire la description de chacun de vos salons.

» Il a passé plus de vingt minutes chez sa femme qui pleurait de joie ; malgré son esprit, elle n'a pas pu trouver un mot pour soutenir la conversation sur le ton léger que son altesse voulait bien lui donner.

Ce prince n'était point un méchant homme, quoi qu'en pussent dire les libéraux d'Italie. À la vérité, il avait fait jeter dans les prisons un assez bon nombre d'entre eux, mais c'était par peur, et il répétait quelquefois comme pour se consoler de certains souvenirs : Il vaut mieux tuer le diable que si le diable nous tue. Le lendemain de la soirée dont nous venons de parler, il était tout joyeux, il avait fait deux belles actions : aller au jeudi et parler à sa femme. À dîner, il lui adressa la parole ; en un mot, ce *jeudi* de madame Sanseverina amena une révolution d'intérieur dont tout Parme retentit ; la Raversi fut consternée, et la duchesse eut une double joie : elle avait pu être utile à son amant et l'avait trouvé plus épris que jamais.

— Tout cela à cause d'une idée bien imprudente qui m'est venue ! disait-elle au comte. Je serais plus libre sans doute à Rome ou à Naples, mais y trouverais-je un jeu aussi attachant ? Non, en vérité, mon cher comte, et vous faites mon bonheur.

CHAPITRE VII

C'est de petits détails de cour aussi insignifiants que celui que nous venons de raconter qu'il faudrait remplir l'histoire des quatre années qui suivirent. Chaque printemps, la marquise venait avec ses filles passer deux mois au palais Sanseverina ou à la terre de Sacca, aux bords du Pô ; il y avait des moments bien doux, et l'on parlait de Fabrice ; mais le comte ne voulut jamais lui permettre une seule visite à Parme. La duchesse et le ministre eurent bien à réparer quelques étourderies, mais en général Fabrice suivait assez sagement la ligne de conduite qu'on lui avait indiqué : un grand seigneur qui étudie la théologie et qui ne compte point absolument sur sa vertu pour faire son avancement. À Naples, il s'était pris d'un goût très vif pour l'étude de l'antiquité, il faisait des fouilles ; cette passion avait presque remplacé celle des chevaux. Il avait vendu ses chevaux anglais pour continuer des fouilles à Misène, où il avait trouvé un buste de Tibère [1], jeune encore, qui avait pris rang parmi les plus beaux restes de l'antiquité. La découverte de ce buste fut presque le plaisir le plus vif qu'il eût rencontré à Naples. Il avait l'âme trop haute pour chercher à imiter les autres jeunes gens, et, par exemple, pour vouloir jouer avec un certain sérieux le rôle d'amoureux. Sans doute il ne man-

---

1. C'est Stendhal lui-même qui, en 1832, à Misène, a acheté un buste de Tibère. À Civitavecchia, il s'occupait lui aussi de fouilles, mais dans les tombeaux étrusques.

quait point de maîtresses, mais elles n'étaient pour lui d'aucune conséquence, et, malgré son âge, on pouvait dire de lui qu'il ne connaissait point l'amour ; il n'en était que plus aimé. Rien ne l'empêchait d'agir avec le plus beau sang-froid, car pour lui une femme jeune et jolie était toujours l'égale d'une autre femme jeune et jolie ; seulement la dernière connue lui semblait la plus piquante. Une des dames les plus admirées à Naples avait fait des folies en son honneur pendant la dernière année de son séjour, ce qui d'abord l'avait amusé, et avait fini par l'excéder d'ennui, tellement qu'un des bonheurs de son départ fut d'être délivré des attentions de la charmante duchesse d'A***. Ce fut en 1821, qu'ayant subi passablement tous ses examens, son directeur d'études ou gouverneur eut une croix et un cadeau, et lui partit pour voir enfin cette ville de Parme, à laquelle il songeait souvent. Il était *Monsignore*, et il avait quatre chevaux à sa voiture ; à la poste avant Parme, il n'en prit que deux, et dans la ville fit arrêter devant l'église de Saint-Jean[1]. Là se trouvait le riche tombeau de l'archevêque Ascagne del Dongo, son arrière-grand-oncle, l'auteur de la *Généalogie latine*. Il pria auprès du tombeau, puis arriva à pied au palais de la duchesse, qui ne l'attendait que quelques jours plus tard. Elle avait grand monde dans son salon, bientôt on la laissa seule.

— Hé bien ! es-tu contente de moi ? lui dit-il en se jetant dans ses bras : grâce à toi, j'ai passé quatre années assez heureuses à Naples, au lieu de m'ennuyer à Novare avec ma maîtresse autorisée par la police.

La duchesse ne revenait pas de son étonnement, elle ne l'eût pas reconnu à le voir passer dans la rue ; elle le trouvait ce qu'il était en effet, l'un des plus jolis hommes de l'Italie ; il avait surtout une physionomie charmante. Elle l'avait envoyé à Naples avec la tour-

---

1. L'église Saint-Jean-l'Évangéliste se trouve dans le centre de Parme et elle contient des fresques du Corrège et du Parmesan.

nure d'un hardi casse-cou ; la cravache qu'il portait toujours alors semblait faire partie inhérente de son être : maintenant il avait l'air le plus noble et le plus mesuré devant les étrangers, et dans le particulier, elle lui trouvait tout le feu de sa première jeunesse. C'était un diamant qui n'avait rien perdu à être poli. Il n'y avait pas une heure que Fabrice était arrivé, lorsque le comte Mosca survint ; il arriva un peu trop tôt. Le jeune homme lui parla en si bons termes de la croix de Parme accordée à son gouverneur, et il exprima sa vive reconnaissance pour d'autres bienfaits dont il n'osait parler d'une façon aussi claire, avec une mesure si parfaite, que du premier coup d'œil le ministre le jugea favorablement.

— Ce neveu, dit-il tout bas à la duchesse, est fait pour orner toutes les dignités auxquelles vous voudrez l'élever par la suite.

Tout allait à merveille jusque-là, mais quand le ministre, fort content de Fabrice, et jusque-là attentif uniquement à ses faits et gestes, regarda la duchesse, il lui trouva des yeux singuliers. Ce jeune homme fait ici une étrange impression, se dit-il. Cette réflexion fut amère ; le comte avait atteint la *cinquantaine* [1], c'est un mot bien cruel et dont peut-être un homme éperdument amoureux peut seul sentir tout le retentissement. Il était fort bon, fort digne d'être aimé, à ses sévérités près comme ministre. Mais, à ses yeux, ce mot cruel la *cinquantaine* jetait du noir sur toute sa vie et eût été capable de le faire cruel pour son propre compte. Depuis cinq années qu'il avait décidé la duchesse à venir à Parme, elle avait souvent excité sa jalousie, surtout dans les premiers temps, mais jamais elle ne lui avait donné de sujet de plainte réel. Il croyait même, et il avait raison, que c'était dans le dessein de mieux s'assurer de son cœur que la duchesse avait eu recours

---

1. Voir le début de la *Vie de Henry Brulard* ; le même âge est le point de départ du retour autobiographique de Stendhal sur lui-même.

à ces apparences de distinction en faveur de quelques jeunes beaux de la cour. Il était sûr, par exemple, qu'elle avait refusé les hommages du prince, qui même, à cette occasion, avait dit un mot instructif.

— Mais si j'acceptais les hommages de votre altesse, lui disait la duchesse en riant, de quel front oser reparaître devant le comte ?

— Je serais presque aussi décontenancé que vous. Le cher comte ! mon ami ! Mais c'est un embarras bien facile à tourner et auquel j'ai songé : le comte serait mis à la citadelle pour le reste de ses jours.

Au moment de l'arrivée de Fabrice, la duchesse fut tellement transportée de bonheur, qu'elle ne songea pas du tout aux idées que ses yeux pourraient donner au comte. L'effet fut profond et les soupçons sans remède[a].

Fabrice fut reçu par le prince deux heures après son arrivée ; la duchesse, prévoyant le bon effet que cette audience impromptu devait produire dans le public, la sollicitait depuis deux mois : cette faveur mettait Fabrice hors de pair dès le premier instant ; le prétexte avait été qu'il ne faisait que passer à Parme pour aller voir sa mère en Piémont. Au moment où un petit billet charmant de la duchesse vint dire au prince que Fabrice attendait ses ordres, son altesse s'ennuyait[b]. Je vais voir, se dit-elle, un petit saint bien niais, une mine plate ou sournoise. Le commandant de la place avait déjà rendu compte de la première visite au tombeau de l'oncle archevêque. Le prince vit entrer un grand jeune homme, que, sans ses bas violets, il eût pris pour quelque jeune officier.

Cette petite surprise chassa l'ennui : voilà un gaillard, se dit-il, pour lequel on va me demander Dieu sait quelles faveurs, toutes celles dont je puis disposer. Il arrive, il doit être ému : je m'en vais faire de la politique jacobine ; nous verrons un peu comment il répondra.

Après les premiers mots gracieux de la part du prince :

— Hé bien ! *Monsignore,* dit-il à Fabrice, les peuples de Naples sont-ils heureux ? Le roi est-il aimé ?

— Altesse sérénissime, répondit Fabrice sans hésiter un instant, j'admirais, en passant dans la rue, l'excellente tenue des soldats des divers régiments de S. M. le Roi ; la bonne compagnie est respectueuse envers ses maîtres comme elle doit l'être ; mais j'avouerai que de la vie je n'ai souffert que les gens des basses classes me parlassent d'autre chose que du travail pour lequel je les paie.

— Peste ! dit le prince, quel *sacre*[1] ! voici un oiseau bien stylé, c'est l'esprit de la Sanseverina.

Piqué au jeu, le prince employa beaucoup d'adresse à faire parler Fabrice sur ce sujet si scabreux. Le jeune homme, animé par le danger, eut le bonheur de trouver des réponses admirables :

— C'est presque de l'insolence que d'afficher de l'amour pour son roi, disait-il, c'est de l'obéissance aveugle qu'on lui doit.

À la vue de tant de prudence, le prince eut presque de l'humeur ; il paraît que voici un homme d'esprit qui

---

1. Le sacre est un oiseau de proie proche de l'épervier et au sens figuré un homme capable de rapacité, de crimes, qui marque aussi par sa fourberie et son cynisme. C'est un mot purement français et fortement connoté depuis les *Mémoires* de Saint-Simon. Ici le prince les cite comme un érudit, il imite spontanément non pas Louis XIV mais le mémorialiste. Le mot a été consacré (voir A. Michiels, « Stendhal, Saint-Simon et le *sacre* », dans *Le Français Moderne*, 1952) dans le récit de la présentation au roi de son nouveau confesseur, le père jésuite Tellier, personnage historique qui a tellement frappé le jeune Beyle qu'il a élaboré une pièce dont le personnage principal, maître hypocrite et « jésuite », s'appelait Letellier ; questionné sur ses origines, le père en rajoute tellement sur l'obscurité de sa naissance que le médecin du roi présent dit à son voisin : « Quel sacre ! » L'excès de conformité ne peut être que calcul hypocrite. C'est ainsi que, dans son audience de présentation, le prince interprète comme fausseté méthodique les propos ultra auxquels Fabrice ne cesse de croire.

nous arrive de Naples, et je n'aime pas *cette engeance* ;
un homme d'esprit a beau marcher dans les meilleurs
principes et même de bonne foi, toujours par quelque
côté il est cousin germain de Voltaire et de Rousseau.

Le prince se trouvait comme bravé par les manières
si convenables et les réponses tellement inattaquables
du jeune échappé de collège ; ce qu'il avait prévu n'arrivait point : en un clin d'œil il prit le ton de la bonhomie, et, remontant, en quelques mots, jusqu'aux grands
principes des sociétés et du gouvernement, il débita,
en les adaptant à la circonstance, quelques phrases de
Fénelon qu'on lui avait fait apprendre par cœur dès
l'enfance pour les audiences publiques.

— Ces principes vous étonnent, jeune homme, dit-
il à Fabrice (il l'avait appelé *monsignore* au commencement de l'audience, et il comptait lui donner du *monsignore* en le congédiant, mais dans le courant de la
conversation il trouvait plus adroit, plus favorable aux
tournures pathétiques, de l'interpeller par un petit nom
d'amitié) ; ces principes vous étonnent, jeune homme,
j'avoue qu'ils ne ressemblent guère aux *tartines d'ab-
solutisme* (ce fut le mot) que l'on peut lire tous les
jours dans mon journal officiel... Mais, grand Dieu !
qu'est-ce que je vais vous citer là ? ces écrivains du
journal sont pour vous bien inconnus.

— Je demande pardon à votre altesse sérénissime ;
non seulement je lis le journal de Parme, qui me
semble assez bien écrit, mais encore je tiens, avec lui,
que tout ce qui a été fait depuis la mort de Louis XIV,
en 1715, est à la fois un crime et une sottise. Le plus
grand intérêt de l'homme, c'est son salut, il ne peut pas
y avoir deux façons de voir à ce sujet, et ce bonheur-là
doit durer une éternité. Les mots *liberté, justice, bonheur du plus grand nombre* sont infâmes et criminels :
ils donnent aux esprits l'habitude de la discussion et
de la méfiance. Une Chambre des députés *se défie* de
ce que ces gens-là appellent *le ministère*. Cette fatale
habitude de la *méfiance* une fois contractée, la faiblesse

humaine l'applique à tout, l'homme arrive à se méfier
de la Bible, des ordres de l'Église, de la tradition, etc.,
etc. ; dès lors il est perdu. Quand bien même, ce qui
est horriblement faux et criminel à dire, cette méfiance
envers l'autorité des princes *établis de Dieu* donnerait
le bonheur pendant les vingt ou trente années de vie
que chacun de nous peut prétendre, qu'est-ce qu'un
demi-siècle ou un siècle tout entier, comparé à une
éternité de supplices ? etc.

On voyait, à l'air dont Fabrice parlait, qu'il cherchait
à arranger ses idées de façon à les faire saisir le plus
facilement possible par son auditeur, il était clair qu'il
ne récitait pas une leçon.

Bientôt le prince ne se soucia plus de lutter avec ce
jeune homme dont les manières simples et graves le
gênaient.

— Adieu, *monsignore*, lui dit-il brusquement, je
vois qu'on donne une excellente éducation dans l'Académie ecclésiastique de Naples, et il est tout simple
que quand ces bons préceptes tombent sur un esprit
aussi distingué, on obtienne des résultats brillants.
Adieu.

Et il lui tourna le dos.

Je n'ai point plu à cet animal-là, se dit Fabrice.

« Maintenant il nous reste à voir, dit le prince dès
qu'il fut seul, si ce beau jeune homme est susceptible
de passion pour quelque chose, en ce cas il serait
complet... Peut-on répéter avec plus d'esprit les leçons
de la tante ? Il me semblait l'entendre parler ; s'il y
avait une révolution chez moi, ce serait elle qui rédige-
rait *Le Moniteur*, comme jadis la San Felice à
Naples [1] ! Mais la San Felice, malgré ses vingt-cinq ans

1. Sur la marquise San Felice, on se reportera au roman d'Alexandre
Dumas qui porte son nom, c'est la meilleure source historique. Elle fut
bien pendue à Naples en juillet 1800 pour sa participation à la révolution napolitaine : elle avait révélé à son amant une conspiration
royaliste dont il allait être victime ; les auteurs du complot furent exé-
cutés. Le prince se trompe sur elle : celle qui dirigea le *Moniteur de la*

et sa beauté, fut un peu pendue ! Avis aux femmes de trop d'esprit. » En croyant Fabrice l'élève de sa tante, le prince se trompait : les gens d'esprit qui naissent sur le trône ou à côté perdent bientôt toute finesse de tact ; ils proscrivent, autour d'eux, la liberté de conversation qui leur paraît grossièreté ; ils ne veulent voir que des masques et prétendent juger de la beauté du teint ; le plaisant c'est qu'ils se croient beaucoup de tact. Dans ce cas-ci, par exemple, Fabrice[a] croyait à peu près tout ce que nous lui avons entendu dire ; il est vrai qu'il ne songeait pas deux fois par mois à tous ces grands principes. Il avait des goûts vifs, il avait de l'esprit, mais il avait la foi.

Le goût de la liberté, la mode et le culte du *bonheur du plus grand nombre*, dont le XIXe siècle s'est entiché, n'étaient à ses yeux qu'une *hérésie* qui passera comme les autres, mais après avoir tué beaucoup d'âmes, comme la peste tandis qu'elle règne dans une contrée tue beaucoup de corps. Et malgré tout cela Fabrice lisait avec délices les journaux français, et faisait même des imprudences pour s'en procurer[b].

Comme Fabrice revenait tout ébouriffé de son audience au palais, et racontait à sa tante les diverses attaques du prince :

— Il faut, lui dit-elle, que tu ailles tout présentement chez le père Landriani, notre excellent archevêque ; vas-y à pied, monte doucement l'escalier, fais peu de bruit dans les antichambres ; si l'on te fait attendre, tant mieux, mille fois tant mieux ! en un mot, sois *apostolique* !

— J'entends, dit Fabrice, notre homme est un tartufe.

— Pas le moins du monde, c'est la vertu même.

Révolution de Naples et qui fut pendue aussi, c'est la princesse Fonseca-Pimentel. L'ami de Stendhal, H. de Latouche, les a évoquées aussi toutes les deux dans *Fragoletta* (1829).

— Même après ce qu'il a fait, reprit Fabrice étonné, lors du supplice du comte Palanza ?

— Oui, mon ami, après ce qu'il a fait : le père de notre archevêque était un commis au ministère des finances, un petit bourgeois, voilà qui explique tout. Monseigneur Landriani est un homme d'un esprit vif, étendu, profond ; il est sincère, il aime la vertu : je suis convaincue que si un empereur Décius revenait au monde, il subirait le martyre comme le Polyeucte de l'Opéra[1], qu'on nous donnait la semaine passée. Voilà le beau côté de la médaille, voici le revers : dès qu'il est en présence du souverain, ou seulement du premier ministre, il est ébloui de tant de grandeur, il se trouble, il rougit ; il lui est matériellement impossible de dire non. De là les choses qu'il a faites, et qui lui ont valu cette cruelle réputation dans toute l'Italie ; mais ce qu'on ne sait pas, c'est que, lorsque l'opinion publique vint l'éclairer sur le procès du comte Palanza, il s'imposa pour pénitence de vivre au pain et à l'eau pendant treize semaines, autant de semaines qu'il y a de lettres dans les noms *Davide Palanza*. Nous avons à cette cour un coquin d'infiniment d'esprit, nommé *Rassi*, grand juge ou fiscal général, qui, lors de la mort du comte Palanza, ensorcela le père Landriani. À l'époque de la pénitence des treize semaines, le comte Mosca, par pitié et un peu par malice l'invitait à dîner une et même deux fois par semaine ; le bon archevêque, pour faire sa cour, dînait comme tout le monde. Il eût cru qu'il y avait rébellion et jacobinisme à afficher une pénitence pour une action approuvée du souverain. Mais l'on savait que, pour chaque dîner, où son devoir de fidèle sujet l'avait obligé à manger comme tout le

---

1. Donizetti a fait un *Polyeucte* joué à Paris en 1840, mais refusé par la censure à Naples en 1838 ; il est de toute façon en dehors de la chronologie fictive. Sur ce point, voir Kosei Kurisu, « La création de *La Chartreuse de Parme* et quelques sources françaises », dans *HB*, n° 1, 1997.

monde, il s'imposait une pénitence de deux journées de nourriture au pain et à l'eau.

» Monseigneur Landriani, esprit supérieur, savant du premier ordre, n'a qu'un faible, *il veut être aimé :* ainsi, attendris-toi en le regardant, et, à la troisième visite, aime-le tout à fait. Cela, joint à ta naissance, te fera adorer tout de suite. Ne marque pas de surprise s'il te reconduit jusque sur l'escalier, aie l'air d'être accoutumé à ces façons ; c'est un homme né à genoux devant la noblesse. Du reste, sois simple, apostolique, pas d'esprit, pas de brillant, pas de repartie prompte ; si tu ne l'effarouches point, il se plaira avec toi ; songe qu'il faut que de son propre mouvement il te fasse son grand vicaire. Le comte et moi nous serons surpris et même fâchés de ce trop rapide avancement, cela est essentiel vis-à-vis du souverain.

Fabrice courut à l'archevêché : par un bonheur singulier, le valet de chambre du bon prélat, un peu sourd, n'entendit pas le nom *del Dongo* ; il annonça un jeune prêtre, nommé Fabrice ; l'archevêque se trouvait avec un curé de mœurs peu exemplaires, et qu'il avait fait venir pour le gronder. Il était en train de faire une réprimande, chose très pénible pour lui, et ne voulait pas avoir ce chagrin sur le cœur plus longtemps ; il fit donc attendre trois quarts d'heure le petit neveu du grand archevêque Ascanio del Dongo.

Comment peindre ses excuses et son désespoir quand, après avoir reconduit le curé jusqu'à la seconde antichambre, et lorsqu'il demandait en repassant à cet homme qui attendait en *quoi il pouvait le servir*, il aperçut les bas violets et entendit le nom Fabrice del Dongo[a] ? La chose parut si plaisante à notre héros, que, dès cette première visite, il hasarda de baiser la main du saint prélat, dans un transport de tendresse. Il fallait entendre l'archevêque répéter avec désespoir :

— Un del Dongo attendre dans mon antichambre !

Il se crut obligé, en forme d'excuse, de lui raconter toute l'anecdote du curé, ses torts, ses réponses, etc.

Est-il bien possible, se disait Fabrice en revenant au palais Sanseverina, que ce soit là l'homme qui a fait hâter le supplice de ce pauvre comte Palanza !

— Que pense votre excellence, lui dit en riant le comte Mosca, en le voyant rentrer chez la duchesse (le comte ne voulait pas que Fabrice l'appelât excellence).

— Je tombe des nues ; je ne connais rien au caractère des hommes : j'aurais parié, si je n'avais pas su son nom, que celui-ci ne peut voir saigner un poulet.

— Et vous auriez gagné, reprit le comte ; mais quand il est devant le prince, ou seulement devant moi, il ne peut dire non. À la vérité, pour que je produise tout mon effet, il faut que j'aie le grand cordon jaune passé par-dessus l'habit ; en frac il me contredirait, aussi je prends toujours un uniforme pour le recevoir. Ce n'est pas à nous à détruire le prestige du pouvoir, les journaux français le démolissent bien assez vite ; à peine si la *manie respectante* vivra autant que nous, et vous, mon neveu, vous survivrez au respect. Vous, vous serez bon homme !

Fabrice se plaisait fort dans la société du comte : c'était le premier homme supérieur qui eût daigné lui parler sans comédie ; d'ailleurs ils avaient un goût commun, celui des antiquités et des fouilles. Le comte, de son côté, était flatté de l'extrême attention avec laquelle le jeune homme l'écoutait ; mais il y avait une objection capitale : Fabrice occupait un appartement dans le palais Sanseverina, passait sa vie avec la duchesse, laissait voir en toute innocence que cette intimité faisait son bonheur, et Fabrice avait des yeux, un teint d'une fraîcheur désespérante.

De longue main, Ranuce-Ernest IV, qui trouvait rarement de cruelles, était piqué de ce que la vertu de la duchesse, bien connue à la cour, n'avait pas fait une exception en sa faveur. Nous l'avons vu, l'esprit et la présence d'esprit de Fabrice l'avaient choqué dès le premier jour. Il prit mal l'extrême amitié que sa tante et lui se montraient à l'étourdie ; il prêta l'oreille avec une extrême attention aux propos de ses courtisans, qui furent infinis. L'arrivée de ce jeune homme et l'audience si extraordinaire qu'il avait obtenue firent pendant un mois la nouvelle et l'étonnement de la cour ; sur quoi le prince eut une idée.

Il avait dans sa garde un simple soldat qui supportait le vin d'une admirable façon ; cet homme passait sa vie au cabaret, et rendait compte de l'esprit du militaire directement au souverain. Carlone ne savait pas écrire, sans quoi depuis longtemps il eût obtenu de l'avancement[1]. Or, sa consigne était de se trouver devant le palais tous les jours quand midi sonnait à la grande horloge. Le prince alla lui-même un peu avant midi disposer d'une certaine façon la persienne d'un entresol tenant à la pièce où son altesse s'habillait. Il retourna dans cet entresol un peu après que midi eut sonné, il y trouva le soldat ; le prince avait dans sa poche une feuille de papier et une écritoire, il dicta au soldat le billet que voici :

Votre excellence a beaucoup d'esprit, sans doute, et c'est grâce à sa profonde sagacité que nous voyons cet État si bien gouverné. Mais, mon cher comte, de si grands succès ne marchent point sans un peu d'envie, et je crains fort qu'on ne rie un peu à vos dépens, si votre sagacité ne devine pas qu'un certain beau jeune homme a eu le bonheur d'inspirer, malgré lui peut-être, un amour des plus singuliers. Cet heureux mortel n'a, dit-on, que vingt-trois ans, et, cher comte, ce qui complique la question, c'est que vous et moi nous avons beaucoup plus que le double de cet âge. Le soir, à une certaine distance, le comte est charmant, sémillant, homme d'esprit, aimable au possible ; mais le matin, dans l'intimité, à bien prendre les choses, le nouveau venu a peut-être plus d'agréments. Or, nous

---

1. La phrase est elliptique : Carlone avait la réputation de ne pas savoir écrire.

*autres femmes, nous faisons grand cas de cette fraî-
cheur de la jeunesse, surtout quand nous avons passé
la trentaine. Ne parle-t-on pas déjà de fixer cet
aimable adolescent à notre cour, par quelque belle
place ? Et quelle est donc la personne qui en parle le
plus souvent à votre excellence ?*

Le prince prit la lettre et donna deux écus au soldat.

— Ceci outre vos appointements, lui dit-il d'un air
morne ; le silence absolu envers tout le monde, ou bien
la plus humide des basses fosses à la citadelle.

Le prince avait dans son bureau une collection d'enveloppes avec les adresses de la plupart des gens de sa
cour, de la main de ce même soldat qui passait pour
ne pas savoir écrire, et n'écrivait jamais, même ses
rapports de police : le prince choisit celle qu'il fallait.

Quelques heures plus tard, le comte Mosca reçut une
lettre par la poste ; on avait calculé l'heure où elle
pourrait arriver, et au moment où le facteur, qu'on
avait vu entrer tenant une petite lettre à la main, sortit
du palais du ministère, Mosca fut appelé chez son
altesse. Jamais le favori n'avait paru dominé par une
plus noire tristesse ; pour en jouir plus à l'aise, le
prince lui cria en le voyant :

— J'ai besoin de me délasser en jasant au hasard
avec l'ami, et non pas de travailler avec le ministre. Je
jouis ce soir d'un mal à la tête fou, et de plus il me
vient des idées noires.

Faut-il parler de l'humeur abominable qui agitait le
premier ministre, comte Mosca de la Rovère, à l'instant où il lui fut permis de quitter son auguste maître ?
Ranuce-Ernest IV était parfaitement habile dans l'art
de torturer un cœur, et je pourrais faire ici sans trop
d'injustice la comparaison du tigre qui aime à jouer
avec sa proie.

Le comte se fit reconduire chez lui au galop ; il cria
en passant qu'on ne laissât monter âme qui vive, fit
dire à l'*auditeur* de service qu'il lui rendait la liberté

(savoir un être humain à portée de sa voix lui était odieux), et courut s'enfermer dans la grande galerie de tableaux. Là enfin, il put se livrer à toute sa fureur ; là il passa la soirée sans lumières à se promener au hasard, comme un homme hors de lui. Il cherchait à imposer silence à son cœur, pour concentrer toute la force de son attention dans la discussion du parti à prendre. Plongé dans des angoisses qui eussent fait pitié à son plus cruel ennemi, il se disait : L'homme que j'abhorre loge chez la duchesse, passe tous ses moments avec elle. Dois-je tenter de faire parler une de ses femmes ? Rien de plus dangereux ; elle est si bonne ; elle les paie bien ! elle est adorée ! (Et de qui, grand Dieu, n'est-elle pas adorée !) Voici la question, reprenait-il avec rage : Faut-il laisser deviner la jalousie qui me dévore, ou ne pas en parler ? Si je me tais, on ne se cachera point de moi. Je connais Gina, c'est une femme toute de premier mouvement ; sa conduite est imprévue même pour elle ; si elle veut se tracer un rôle d'avance, elle s'embrouille ; toujours, au moment de l'action, il lui vient une nouvelle idée qu'elle suit avec transport comme étant ce qu'il y a de mieux au monde, et qui gâte tout.

» Ne disant mot de mon martyre, on ne se cache point de moi et je vois tout ce qui peut se passer...

» Oui, mais en parlant, je fais naître d'autres circonstances ; je fais faire des réflexions ; je préviens beaucoup de ces choses horribles qui peuvent arriver... Peut-être on l'éloigne (le comte respira), alors j'ai presque partie gagnée ; quand même on aurait un peu d'humeur dans le moment, je la calmerai... et cette humeur quoi de plus naturel ?... elle l'aime comme un fils depuis quinze ans. Là gît tout mon espoir : *comme un fils...* mais elle a cessé de le voir depuis sa fuite pour Waterloo ; mais en revenant de Naples, surtout pour elle, c'est un autre homme. *Un autre homme !* répéta-t-il avec rage, et cet homme est charmant ; il a surtout cet air naïf et tendre et cet œil souriant qui

promettent tant de bonheur ! et ces yeux-là la duchesse
ne doit pas être accoutumée à les trouver à notre
cour !... Ils y sont remplacés par le regard morne ou
sardonique. Moi-même, poursuivi par les affaires, ne
régnant que par mon influence sur un homme qui voudrait me tourner en ridicule, quels regards dois-je avoir
souvent ? Ah ! quelques soins que je prenne, c'est surtout mon regard qui doit être vieux en moi ! Ma gaieté
n'est-elle pas toujours voisine de l'ironie ?... Je dirai
plus, ici il faut être sincère, ma gaieté ne laisse-t-elle
pas entrevoir, comme chose toute proche, le pouvoir
absolu... et la méchanceté ? Est-ce que quelquefois je
ne me dis pas à moi-même, surtout quand on m'irrite :
Je puis ce que je veux ? Et même j'ajoute une sottise :
je dois être plus heureux qu'un autre, puisque je possède ce que les autres n'ont pas : le pouvoir souverain
dans les trois quarts des choses... Eh bien ! soyons juste ; l'habitude de cette pensée doit gâter mon sourire...
doit me donner un air d'égoïsme... content... Et,
comme son sourire à lui est charmant ! il respire le
bonheur facile de la première jeunesse, et il le fait naître. »

Par malheur pour le comte, ce soir-là le temps était
chaud, étouffé, annonçant la tempête ; de ces temps, en
un mot, qui, dans ces pays-là, portent aux résolutions
extrêmes. Comment rapporter tous les raisonnements,
toutes les façons de voir ce qui lui arrivait, qui, durant
trois mortelles heures, mirent à la torture cet homme
passionné ? Enfin le parti de la prudence l'emporta,
uniquement par suite de cette réflexion : Je suis fou,
probablement ; en croyant raisonner, je ne raisonne
pas ; je me retourne seulement pour chercher une position moins cruelle, je passe sans la voir à côté de
quelque raison décisive. Puisque je suis aveuglé par
l'excessive douleur, suivons cette règle, approuvée de
tous les gens sages, qu'on appelle *prudence*.

» D'ailleurs, une fois que j'ai prononcé le mot fatal
jalousie, mon rôle est tracé à tout jamais. Au contraire,

ne disant rien aujourd'hui, je puis parler demain, je reste maître de tout.

La crise était trop forte, le comte serait devenu fou, si elle eût duré. Il fut soulagé pour quelques instants, son attention vint à s'arrêter sur la lettre anonyme. De quelle part pouvait-elle venir ? Il y eut là une recherche de noms et un jugement à propos de chacun d'eux, qui fit diversion. À la fin, le comte se rappela un éclair de malice qui avait jailli de l'œil du souverain, quand il en était venu à dire, vers la fin de l'audience :

— Oui, cher ami, convenons-en, les plaisirs et les soins de l'ambition la plus heureuse, même du pouvoir sans bornes, ne sont rien auprès du bonheur intime que donnent les relations de tendresse et d'amour. Je suis homme avant d'être prince, et, quand j'ai le bonheur d'aimer, ma maîtresse s'adresse à l'homme et non au prince.

Le comte rapprocha ce moment de bonheur malin de cette phrase de la lettre : *C'est grâce à votre profonde sagacité que nous voyons cet État si bien gouverné.*

« Cette phrase est du prince, s'écria-t-il, chez un courtisan elle serait d'une imprudence gratuite ; la lettre vient de son altesse. »

Ce problème résolu, la petite joie causée par le plaisir de deviner fut bientôt effacée par la cruelle apparition des grâces charmantes de Fabrice, qui revint de nouveau. Ce fut comme un poids énorme qui retomba sur le cœur du malheureux.

— Qu'importe de qui soit la lettre anonyme ! s'écriat-il avec fureur, le fait qu'elle me dénonce en existet-il moins ? Ce caprice peut changer ma vie, dit-il, comme pour s'excuser d'être tellement fou. Au premier moment, si elle l'aime d'une certaine façon, elle part avec lui pour Belgirate, pour la Suisse, pour quelque coin du monde. Elle est riche, et d'ailleurs, dût-elle vivre avec quelques louis chaque année, que lui importe ? Ne m'avouait-elle pas, il n'y a pas huit jours, que son palais, si bien arrangé, si magnifique, l'ennuie ? Il faut du nouveau à cette âme si jeune ! Et avec quelle simplicité se présente cette félicité nouvelle ! elle sera entraînée avant d'avoir songé au danger, avant d'avoir songé à me plaindre ! Et je suis pourtant si malheureux ! s'écria le comte fondant en larmes.

Il s'était juré de ne pas aller chez la duchesse ce soir-là, mais il n'y put tenir ; jamais ses yeux n'avaient eu une telle soif de la regarder. Sur le minuit il se présenta chez elle ; il la trouva seule avec son neveu ; à dix heures elle avait renvoyé tout le monde et fait fermer sa porte.

À l'aspect de l'intimité tendre qui régnait entre ces deux êtres, et de la joie naïve de la duchesse, une affreuse difficulté s'éleva devant les yeux du comte, et à l'improviste ! il n'y avait pas songé durant la longue délibération dans la galerie de tableaux : comment cacher sa jalousie ?

Ne sachant à quel prétexte avoir recours, il prétendit que ce soir-là, il avait trouvé le prince excessivement prévenu contre lui, contredisant toutes ses assertions, etc., etc. Il eut la douleur de voir la duchesse l'écouter à peine, et ne faire aucune attention à ces circonstances qui, l'avant-veille encore, l'auraient jetée dans des raisonnements infinis. Le comte regarda Fabrice : jamais cette belle figure lombarde ne lui avait paru si simple et si noble ! Fabrice faisait plus d'attention que la duchesse aux embarras qu'il racontait.

Réellement, se dit-il, cette tête joint l'extrême bonté à l'expression d'une certaine joie naïve et tendre qui est irrésistible. Elle semble dire : Il n'y a que l'amour et le bonheur qu'il donne qui soient choses sérieuses en ce monde. Et pourtant arrive-t-on à quelque détail où l'esprit soit nécessaire, son regard se réveille et vous étonne, et l'on reste confondu.

» Tout est simple à ses yeux parce que tout est vu de haut. Grand Dieu ! comment combattre un tel ennemi ? Et après tout, qu'est-ce que la vie sans l'amour de Gina ? Avec quel ravissement elle semble écouter les charmantes saillies de cet esprit si jeune, et qui, pour une femme, doit sembler unique au monde !

Une idée atroce saisit le comte comme une crampe : Le poignarder là devant elle, et me tuer après ?

Il fit un tour dans la chambre, se soutenant à peine sur ses jambes, mais la main serrée convulsivement autour du manche de son poignard. Aucun des deux ne faisait attention à ce qu'il pouvait faire. Il dit qu'il allait donner un ordre au laquais, on ne l'entendit même pas ; la duchesse riait tendrement d'un mot que Fabrice venait de lui adresser. Le comte s'approcha d'une lampe dans le premier salon, et regarda si la pointe de son poignard était bien affilée. Il faut être gracieux et de manières parfaites envers ce jeune homme, se disait-il en revenant et se rapprochant d'eux.

Il devenait fou ; il lui sembla qu'en se penchant ils se donnaient des baisers, là, sous ses yeux. Cela est impossible en ma présence, se dit-il ; ma raison s'égare. Il faut se calmer ; si j'ai des manières rudes, la duchesse est capable, par simple pique de vanité, de le suivre à Belgirate ; et là, ou pendant le voyage, le hasard peut amener un mot qui donnera un nom à ce qu'ils sentent l'un pour l'autre ; et après, en un instant, toutes les conséquences.

» La solitude rendra ce mot décisif, et d'ailleurs, une fois la duchesse loin de moi, que devenir ? et si, après beaucoup de difficultés surmontées du côté du prince, je vais montrer ma figure vieille et soucieuse à Belgirate, quel rôle jouerai-je au milieu de ces gens fous de bonheur ?

» Ici même que suis-je autre chose que le *terzo incomodo* ? (Cette belle langue italienne est toute faite pour l'amour !) *Terzo incomodo* (un tiers présent qui incommode) ! Quelle douleur pour un homme d'esprit de sentir qu'on joue ce rôle exécrable, et de ne pouvoir prendre sur soi de se lever et de s'en aller !

Le comte allait éclater ou du moins trahir sa douleur par la décomposition de ses traits. Comme en faisant des tours dans le salon, il se trouvait près de la porte, il prit la fuite en criant d'un air bon et intime :

— Adieu, vous autres ! Il faut éviter le sang, se dit-il.

Le lendemain de cette horrible soirée, après une nuit passée tantôt à se détailler les avantages de Fabrice, tantôt dans les affreux transports de la plus cruelle jalousie, le comte eut l'idée de faire appeler un jeune valet de chambre à lui ; cet homme faisait la cour à une jeune fille nommée Chékina [1], l'une des femmes de chambre de la duchesse et sa favorite. Par bonheur ce jeune domestique était fort rangé dans sa conduite, avare même, et il désirait une place de concierge dans l'un des établissements publics de Parme. Le comte ordonna à cet homme de faire venir à l'instant Chékina, sa maîtresse. L'homme obéit, et une heure plus tard le comte parut à l'improviste dans la chambre où cette fille se trouvait avec son prétendu. Le comte les effraya tous deux par la quantité d'or qu'il leur donna, puis il adressa ce peu de mots à la tremblante Chékina, en la regardant entre les deux yeux.

— La duchesse fait-elle l'amour avec monsignore ?

— Non, dit cette fille prenant sa résolution après un moment de silence... non, *pas encore*, mais il baise souvent les mains de Madame en riant, il est vrai, mais avec transport.

Ce témoignage fut complété par cent réponses à autant de questions furibondes du comte ; sa passion inquiète fit bien gagner à ces pauvres gens l'argent qu'il leur avait jeté : il finit par croire à ce qu'on lui disait, et fut moins malheureux.

— Si jamais la duchesse se doute de cet entretien, dit-il à Chékina, j'enverrai votre prétendu passer vingt

---

1. Stendhal écrit phonétiquement Cechina, diminutif de Francesca ; la Cecchina est un personnage type, depuis un opéra de Piccinni, *La buona Figliuola* ; cette servante de théâtre est soumise au subterfuge de Valmont qui, dans *Les Liaisons dangereuses* (lettre XLIV), arrange la surprise de la femme de chambre de Mme de Tourvel avec son valet pour la forcer à trahir sa maîtresse.

ans à la forteresse, et vous ne le reverrez qu'en cheveux blancs.

Quelques jours se passèrent pendant lesquels Fabrice à son tour perdit toute sa gaieté.

— Je t'assure, disait-il à la duchesse, que le comte Mosca a de l'antipathie pour moi.

— Tant pis pour son excellence, répondait-elle avec une sorte d'humeur.

Ce n'était point là le véritable sujet d'inquiétude qui avait fait disparaître la gaieté de Fabrice. « La position où le hasard me place n'est pas tenable, se disait-il. Je suis bien sûr qu'elle ne parlera jamais, elle aurait horreur d'un mot trop significatif comme d'un inceste. Mais si un soir, après une journée imprudente et folle, elle vient à faire l'examen de sa conscience, si elle croit que j'ai pu deviner le goût qu'elle semble prendre pour moi, quel rôle jouerai-je à ses yeux ? exactement le *casto Giuseppe* (proverbe italien, allusion au rôle ridicule de Joseph avec la femme de l'eunuque Putiphar[1]).

» Faire entendre par une belle confidence que je ne suis pas susceptible d'amour sérieux ? je n'ai pas assez de tenue dans l'esprit pour énoncer ce fait de façon à ce qu'il ne ressemble pas comme deux gouttes d'eau à une impertinence. Il ne me reste que la ressource d'une grande passion laissée à Naples, en ce cas, y retourner pour vingt-quatre heures : ce parti est sage, mais c'est bien de la peine ! Resterait un petit amour de bas étage à Parme, ce qui peut déplaire ; mais tout est préférable au rôle affreux de l'homme qui ne veut pas deviner. Ce dernier parti pourrait, il est vrai, compromettre mon avenir ; il faudrait, à force de prudence et en achetant la discrétion, diminuer le danger. »

Ce qu'il y avait de cruel au milieu de toutes ces pensées, c'est que réellement Fabrice aimait la duchesse de bien loin plus qu'aucun être au monde. Il faut être bien

---

1. Cf. Genèse, 39, l'aventure de Joseph, esclave de Putiphar et résistant aux avances de sa femme.

maladroit, se disait-il avec colère, pour tant redouter de
ne pouvoir persuader ce qui est si vrai ! Manquant d'habileté pour se tirer de cette position, il devint sombre et
chagrin. Que serait-il de moi, grand Dieu ! si je me
brouillais avec le seul être au monde pour qui j'aie un
attachement passionné ? D'un autre côté, Fabrice ne
pouvait se résoudre à gâter un bonheur si délicieux par
un mot indiscret. Sa position était si remplie de charmes ! L'amitié intime d'une femme si aimable et si jolie
était si douce ! Sous les rapports plus vulgaires de la vie,
sa protection lui faisait une position si agréable à cette
cour, dont les grandes intrigues, grâce à elle qui les lui
expliquait, l'amusaient comme une comédie ! Mais au
premier moment je puis être réveillé par un coup de foudre ! se disait-il. Ces soirées si gaies, si tendres, passées
presque en tête à tête avec une femme si piquante, si elles
conduisent à quelque chose de mieux, elle croira trouver
en moi un amant ; elle me demandera des transports, de
la folie, et je n'aurai toujours à lui offrir que l'amitié la
plus vive, mais sans amour ; la nature m'a privé de cette
sorte de folie sublime. Que de reproches n'ai-je pas eu à
essuyer à cet égard ! Je crois encore entendre la duchesse
d'A***, et je me moquais de la duchesse ! Elle croira
que je manque d'amour pour elle, tandis que c'est
l'amour qui manque en moi ; jamais elle ne voudra me
comprendre. Souvent à la suite d'une anecdote sur la
cour contée par elle avec cette grâce, cette folie qu'elle
seule au monde possède, et d'ailleurs nécessaire à mon
instruction, je lui baise les mains et quelquefois la joue.
Que devenir si cette main presse la mienne d'une certaine façon ?

  Fabrice paraissait chaque jour dans les maisons les
plus considérées et les moins gaies de Parme. Dirigé
par les conseils habiles de la duchesse, il faisait une
cour savante aux deux princes père et fils, à la princesse Clara-Paolina et à monseigneur l'archevêque. Il
avait des succès, mais qui ne le consolaient point de la
peur mortelle de se brouiller avec la duchesse.

CHAPITRE VIII

Ainsi moins d'un mois seulement après son arrivée à la cour, Fabrice avait tous les chagrins d'un courtisan, et l'amitié intime qui faisait le bonheur de sa vie était empoisonnée. Un soir, tourmenté par ces idées, il sortit de ce salon de la duchesse où il avait trop l'air d'un amant régnant ; errant au hasard dans la ville, il passa devant le théâtre qu'il vit éclairé ; il entra. C'était une imprudence gratuite chez un homme de sa robe et qu'il s'était bien promis d'éviter à Parme, qui après tout n'est qu'une petite ville de quarante mille habitants. Il est vrai que dès les premiers jours il s'était affranchi de son costume officiel ; le soir, quand il n'allait pas dans le très grand monde, il était simplement vêtu de noir comme un homme en deuil.

Au théâtre il prit une loge du troisième rang pour n'être pas vu ; l'on donnait *La Jeune hôtesse*, de Goldoni [1]. Il regardait l'architecture de la salle : à peine tournait-il les yeux vers la scène. Mais le public nombreux éclatait de rire à chaque instant ; Fabrice jeta les yeux sur la jeune actrice qui faisait le rôle de l'hôtesse, il la trouva drôle. Il regarda avec plus d'attention, elle lui sembla tout à fait gentille et surtout remplie de naturel : c'était une jeune fille naïve qui riait la pre-

---

1. Le titre exact est *La Locandiera* ; Stendhal, en 1803, a traduit et adapté la pièce. Coïncidences : le héros se nomme Fabrice, et, en 1811, Stendhal a assisté à une représentation à Bologne, et une certaine Marietta Marcolini jouait dans la pièce.

mière des jolies choses que Goldoni mettait dans sa bouche, et qu'elle avait l'air tout étonnée de prononcer. Il demanda comment elle s'appelait, on lui dit :

— *Marietta Valserra.*

Ah ! pensa-t-il, elle a pris mon nom, c'est singulier ; malgré ses projets il ne quitta le théâtre qu'à la fin de la pièce. Le lendemain il revint ; trois jours après il savait l'adresse de la Marietta Valserra.

Le soir même du jour où il s'était procuré cette adresse avec assez de peine, il remarqua que le comte lui faisait une mine charmante. Le pauvre amant jaloux, qui avait toutes les peines du monde à se tenir dans les bornes de la prudence, avait mis des espions à la suite du jeune homme, et son équipée du théâtre lui plaisait. Comment peindre la joie du comte lorsque le lendemain du jour où il avait pu prendre sur lui d'être aimable avec Fabrice, il apprit que celui-ci, à la vérité à demi déguisé par une longue redingote bleue, avait monté jusqu'au misérable appartement que la Marietta Valserra occupait au quatrième étage d'une vieille maison derrière le théâtre ? Sa joie redoubla lorsqu'il sut que Fabrice s'était présenté sous un faux nom, et avait eu l'honneur d'exciter la jalousie d'un mauvais garnement nommé Giletti[1], lequel à la ville jouait les troisièmes rôles de valet, et dans les villages dansait sur la corde. Ce noble amant de la Marietta se répandait en injures contre Fabrice et disait qu'il voulait le tuer.

Les troupes d'opéra sont formées par un *impresario* qui engage de côté et d'autre les sujets qu'il peut payer ou qu'il trouve libres, et la troupe amassée au hasard reste ensemble une saison ou deux tout au plus. Il n'en est pas de même des *compagnies comiques* ; tout en courant de ville en ville et changeant de résidence tous

---

1. C'est le nom d'un avocat milanais qui en 1801 est mentionné par Stendhal ; il aurait été l'amant de la Pietragrua. Autre vengeance littéraire de Stendhal ?

les deux ou trois mois, elle n'en forme pas moins comme une famille dont tous les membres s'aiment ou se haïssent. Il y a dans ces compagnies des ménages établis que les *beaux* des villes où la troupe va jouer trouvent quelquefois beaucoup de difficultés à désunir. C'est précisément ce qui arrivait à notre héros : la petite Marietta l'aimait assez, mais elle avait une peur horrible du Giletti qui prétendait être son maître unique et la surveillait de près. Il protestait partout qu'il tuerait le *monsignore*, car il avait suivi Fabrice et était parvenu à découvrir son nom. Ce Giletti était bien l'être le plus laid et le moins fait pour l'amour : démesurément grand, il était horriblement maigre, fort marqué de la petite vérole et un peu louche. Du reste, plein des grâces de son métier, il entrait ordinairement dans les coulisses où ses camarades étaient réunis, en faisant la roue sur les pieds et sur les mains, ou quelque autre tour gentil. Il triomphait dans les rôles où l'acteur doit paraître la figure blanchie avec de la farine et recevoir ou donner un nombre infini de coups de bâton. Ce digne rival de Fabrice avait trente-deux francs d'appointements par mois et se trouvait fort riche.

Il sembla au comte Mosca revenir des portes du tombeau, quand ses observateurs lui donnèrent la certitude de tous ces détails. L'esprit aimable reparut ; il sembla plus gai et de meilleure compagnie que jamais dans le salon de la duchesse, et se garda bien de rien lui dire de la petite aventure qui le rendait à la vie. Il prit même des précautions pour qu'elle fût informée de tout ce qui se passait le plus tard possible. Enfin il eut le courage d'écouter la raison qui lui criait en vain depuis un mois que toutes les fois que le mérite d'un amant pâlit, cet amant doit voyager.

Une affaire importante l'appela à Bologne, et deux fois par jour des courriers du cabinet lui apportaient bien moins les papiers officiels de ses bureaux que des nouvelles des amours de la petite Marietta, de la colère du terrible Giletti et des entreprises de Fabrice.

Un des agents du comte demanda plusieurs fois *Arlequin squelette et pâté*, l'un des triomphes de Giletti (il sort du pâté au moment où son rival Brighella l'entame et le bâtonne [1]) ; ce fut un prétexte pour lui faire passer cent francs. Giletti, criblé de dettes, se garda bien de parler de cette bonne aubaine, mais devint d'une fierté étonnante.

La fantaisie de Fabrice se changea en pique d'amour-propre (à son âge, les soucis l'avaient déjà réduit à avoir *des fantaisies*) ! La vanité le conduisait au spectacle ; la petite fille jouait fort gaiement et l'amusait ; au sortir du théâtre il était amoureux pour une heure. Le comte revint à Parme sur la nouvelle que Fabrice courait des dangers réels ; le Giletti, qui avait été dragon dans le beau régiment des dragons Napoléon, parlait sérieusement de tuer Fabrice, et prenait des mesures pour s'enfuir ensuite en Romagne. Si le lecteur est très jeune, il se scandalisera de notre admiration pour ce beau trait de vertu. Ce ne fut pas cependant un petit effort d'héroïsme de la part du comte que celui de revenir de Bologne ; car enfin, souvent, le matin, il avait le teint fatigué, et Fabrice avait tant de fraîcheur, tant de sérénité ! Qui eût songé à lui faire un sujet de reproche de la mort de Fabrice, arrivée en son absence, et pour une si sotte cause ? Mais il avait une de ces âmes rares qui se font un remords éternel d'une action généreuse qu'elles pouvaient faire et qu'elles n'ont pas faite ; d'ailleurs, il ne put supporter l'idée de voir la duchesse triste, et par sa faute.

Il la trouva, à son arrivée, silencieuse et morne ; voici ce qui s'était passé : la petite femme de chambre, Chékina, tourmentée par les remords, et jugeant de l'importance de sa faute par l'énormité de la somme qu'elle avait reçue pour la commettre, était tombée malade. Un soir, la duchesse qui l'aimait, monta jus-

---

1. Dans *Péveril du Pic*, le nain qui s'est caché dans un violoncelle se cache aussi dans un pâté.

qu'à sa chambre. La petite fille ne put résister à cette marque de bonté ; elle fondit en larmes, voulut remettre à sa maîtresse ce qu'elle possédait encore sur l'argent qu'elle avait reçu, et enfin eut le courage de lui avouer les questions faites par le comte et ses réponses. La duchesse courut vers la lampe qu'elle éteignit, puis dit à la petite Chékina qu'elle lui pardonnait, mais à condition qu'elle ne dirait jamais un mot de cette étrange scène à qui que ce fût :

— Le pauvre comte, ajouta-t-elle d'un air léger, craint le ridicule ; tous les hommes sont ainsi.

La duchesse se hâta de descendre chez elle. À peine enfermée dans sa chambre, elle fondit en larmes ; elle trouvait quelque chose d'horrible dans l'idée de faire l'amour avec ce Fabrice qu'elle avait vu naître ; et pourtant que voulait dire sa conduite ?

Telle avait été la première cause de la noire mélancolie dans laquelle le comte la trouva plongée ; lui arrivé, elle eut des accès d'impatience contre lui, et presque contre Fabrice ; elle eût voulu ne plus les revoir ni l'un ni l'autre ; elle était dépitée du rôle ridicule à ses yeux que Fabrice jouait auprès de la petite Marietta ; car le comte lui avait tout dit en véritable amoureux incapable de garder un secret. Elle ne pouvait s'accoutumer à ce malheur : son idole avait un défaut ; enfin dans un moment de bonne amitié elle demanda conseil au comte ; ce fut pour celui-ci un instant délicieux et une belle récompense du mouvement honnête qui l'avait fait revenir à Parme.

— Quoi de plus simple ! dit le comte en riant : les jeunes gens veulent avoir toutes les femmes, puis le lendemain, ils n'y pensent plus. Ne doit-il pas aller à Belgirate, voir la marquise del Dongo ? Hé bien ! qu'il parte. Pendant son absence je prierai la troupe comique de porter ailleurs ses talents, je paierai les frais de route ; mais bientôt nous le verrons amoureux de la première jolie femme que le hasard conduira sur ses pas :

c'est dans l'ordre, et je ne voudrais pas le voir autrement... S'il est nécessaire, faites écrire par la marquise.

Cette idée, donnée avec l'air d'une complète indifférence, fut un trait de lumière pour la duchesse, elle
avait peur de Giletti. Le soir le comte annonça, comme
par hasard, qu'il y avait un courrier qui, allant à
Vienne, passait par Milan ; trois jours après Fabrice
recevait une lettre de sa mère. Il partit fort piqué de
n'avoir pu encore, grâce à la jalousie du Giletti, profiter des excellentes intentions dont la petite Marietta lui
faisait porter l'assurance par une *mammacia* [1], vieille
femme qui lui servait de mère.

Fabrice trouva sa mère et une de ses sœurs à Belgirate, gros village piémontais, sur la rive droite du lac
Majeur ; la rive gauche appartient au Milanais, et par
conséquent à l'Autriche. Ce lac, parallèle au lac de
Côme, et qui court aussi du nord au midi, est situé
à une vingtaine de lieues plus au couchant. L'air des
montagnes, l'aspect majestueux et tranquille de ce lac
superbe qui lui rappelait celui près duquel il avait passé
son enfance, tout contribua à changer en douce mélancolie le chagrin de Fabrice, voisin de la colère. C'était
avec une tendresse infinie que le souvenir de la
duchesse se présentait maintenant à lui ; il lui semblait
que de loin il prenait pour elle cet amour qu'il n'avait
jamais éprouvé pour aucune femme ; rien ne lui eût été
plus pénible que d'en être à jamais séparé, et dans ces
dispositions, si la duchesse eût daigné avoir recours à
la moindre coquetterie, elle eût conquis ce cœur, par
exemple, en lui opposant un rival. Mais bien loin de
prendre un parti aussi décisif, ce n'était pas sans se
faire de vifs reproches qu'elle trouvait sa pensée toujours attachée aux pas du jeune voyageur. Elle se
reprochait ce qu'elle appelait encore une fantaisie,
comme si c'eût été une horreur ; elle redoubla d'attentions et de prévenances pour le comte qui, séduit par

---

1. Stendhal écrit *mamacia*.

tant de grâces, n'écoutait pas la saine raison qui prescrivait un second voyage à Bologne.

La marquise del Dongo, pressée par les noces de sa fille aînée qu'elle mariait à un duc milanais, ne put donner que trois jours à son fils bien-aimé ; jamais elle n'avait trouvé en lui une si tendre amitié. Au milieu de la mélancolie qui s'emparait de plus en plus de l'âme de Fabrice, une idée bizarre et même ridicule s'était présentée et tout à coup s'était fait suivre. Oserons-nous dire qu'il voulait consulter l'abbé Blanès ? Cet excellent vieillard était parfaitement incapable de comprendre les chagrins d'un cœur tiraillé par des passions puériles et presque égales en force ; d'ailleurs il eût fallu huit jours pour lui faire entrevoir seulement tous les intérêts que Fabrice devait ménager à Parme ; mais en songeant à le consulter Fabrice retrouvait la fraîcheur de ses sensations de seize ans. Le croira-t-on ? ce n'était pas simplement comme homme sage, comme ami parfaitement dévoué que Fabrice voulait lui parler ; l'objet de cette course et les sentiments qui agitèrent notre héros pendant les cinquante heures qu'elle dura, sont tellement absurdes que sans doute, dans l'intérêt du récit, il eût mieux valu les supprimer. Je crains que la crédulité de Fabrice ne le prive de la sympathie du lecteur ; mais enfin, il était ainsi, pourquoi le flatter lui plutôt qu'un autre ? Je n'ai point flatté le comte Mosca ni le prince.

Fabrice donc, puisqu'il faut tout dire, Fabrice reconduisit sa mère jusqu'au port de Laveno[1], rive gauche du lac Majeur, rive autrichienne, où elle descendit vers les huit heures du soir. (Le lac est considéré comme un pays neutre, et l'on ne demande point de passeport à qui ne descend point à terre.) Mais à peine la nuit fut-elle venue qu'il se fit débarquer sur cette même rive autrichienne, au milieu d'un petit bois qui avance

---

1. Sur la rive orientale du lac Majeur, au début de la branche qui s'étend jusqu'à Locarno.

dans les flots. Il avait loué une *sediola*[1], sorte de til-
bury champêtre et rapide, à l'aide duquel il put suivre,
à cinq cents pas de distance, la voiture de sa mère ; il
était déguisé en domestique de la *casa del Dongo*, et
aucun des nombreux employés de la police ou de la
douane n'eut l'idée de lui demander son passeport. À
un quart de lieue de Côme, où la marquise et sa fille
devaient s'arrêter pour passer la nuit, il prit un sentier
à gauche, qui, contournant le bourg de Vico[2], se réunit
ensuite à un petit chemin récemment établi sur l'extrême bord du lac. Il était minuit, et Fabrice pouvait
espérer de ne rencontrer aucun gendarme. Les arbres
des bouquets de bois que le petit chemin traversait à
chaque instant dessinaient le noir contour de leur feuil-
lage sur un ciel étoilé, mais voilé par une brume légère.
Les eaux et le ciel étaient d'une tranquillité profonde ;
l'âme de Fabrice ne put résister à cette beauté sublime ;
il s'arrêta, puis s'assit sur un rocher qui s'avançait dans
le lac, formant comme un petit promontoire. Le silence
universel n'était troublé, à intervalles égaux, que par la
petite lame du lac qui venait expirer sur la grève[3].
Fabrice avait un cœur italien ; j'en demande pardon
pour lui : ce défaut, qui le rendra moins aimable,
consistait surtout en ceci : il n'avait de vanité que par
accès, et l'aspect seul de la beauté sublime le portait à
l'attendrissement, et ôtait à ses chagrins leur pointe
âpre et dure. Assis sur son rocher isolé, n'ayant plus à
se tenir en garde contre les agents de la police, protégé
par la nuit profonde et le vaste silence[4], de douces

---

1. Ainsi définie par Stendhal : « une chaise posée sur l'essieu qui
réunit deux roues fort hautes. On fait trois lieues à l'heure ». Une note
Chaper corrige les vingt lieues indiquées plus haut comme distance
entre les deux lacs en dix lieues.　　2. « De Como on va à pied au
bourg de Vico », dit un itinéraire de Stendhal établi à l'usage de son
cousin Romain Colomb.　　3. Même expérience presque extatique
dans la *Cinquième Rêverie* de Rousseau.　　4. Hypallage que Stendhal
emploie souvent avec quelque moquerie ; il la doit à La Fontaine, qui
dans un de ses *Contes*, « La clochette », a écrit : « Ô belles, évitez/ Le
fond des bois et le vaste silence. »

larmes mouillèrent ses yeux, et il trouva là, à peu de frais, les moments les plus heureux qu'il eût goûtés depuis longtemps.

Il résolut de ne jamais dire de mensonges à la duchesse, et c'est parce qu'il l'aimait à l'adoration en ce moment, qu'il se jura de ne jamais lui dire qu'*il l'aimait* ; jamais il ne prononcerait auprès d'elle le mot d'amour, puisque la passion que l'on appelle ainsi était étrangère à son cœur. Dans l'enthousiasme de générosité et de vertu qui faisait sa félicité en ce moment, il prit la résolution de lui tout dire à la première occasion : son cœur n'avait jamais connu l'amour. Une fois ce parti courageux bien adopté, il se sentit comme délivré d'un poids énorme. « Elle me dira peut-être quelques mots sur Marietta : eh bien ! je ne reverrai jamais la petite Marietta », se répondit-il à lui-même avec gaieté.

La chaleur accablante qui avait régné pendant la journée commençait à être tempérée par la brise du matin. Déjà l'aube dessinait par une faible lueur blanche les pics des Alpes qui s'élèvent au nord et à l'orient du lac de Côme. Leurs masses, blanchies par les neiges, même au mois de juin, se dessinent sur l'azur clair d'un ciel toujours pur à ces hauteurs immenses. Une branche des Alpes s'avançant au midi vers l'heureuse Italie sépare les versants du lac de Côme de ceux du lac de Garde. Fabrice suivait de l'œil toutes les branches de ces montagnes sublimes, l'aube en s'éclaircissant venait marquer les vallées qui les séparent en éclairant la brume légère qui s'élevait du fond des gorges.

Depuis quelques instants Fabrice s'était remis en marche ; il passa la colline qui forme la presqu'île de Durini [1], et enfin parut à ses yeux ce clocher du village

---

1. Durino se trouve sur la rive occidentale du lac de Côme un peu au nord de Cernobbio ; Fabrice qui a vu se lever le jour va marcher toute la journée pour arriver à Grianta à une heure avancée de la nuit ; l'abbé Blanès doit parler tant que dure la nuit ; le lendemain, c'est la

de Grianta, où si souvent il avait fait des observations d'étoiles avec l'abbé Blanès. Quelle n'était pas mon ignorance en ce temps-là ! Je ne pouvais comprendre, se disait-il, même le latin ridicule de ces traités d'astrologie que feuilletait mon maître, et je crois que je les respectais surtout parce que, n'y entendant que quelques mots par-ci par-là, mon imagination se chargeait de leur prêter un sens, et le plus romanesque possible.

Peu à peu sa rêverie prit un autre cours. Y aurait-il quelque chose de réel dans cette science ? Pourquoi serait-elle différente des autres ? Un certain nombre d'imbéciles et de gens adroits conviennent entre eux qu'ils savent le *mexicain*, par exemple ; ils s'imposent en cette qualité à la société qui les respecte et aux gouvernements qui les paient. On les accable de faveurs précisément parce qu'ils n'ont point d'esprit, et que le pouvoir n'a pas à craindre qu'ils soulèvent les peuples et fassent du pathos à l'aide des sentiments généreux ! Par exemple le père Bari, auquel Ernest IV vient d'accorder quatre mille francs de pension et la croix de son ordre pour avoir restitué dix-neuf vers d'un dithyrambe grec !

» Mais, grand Dieu ! ai-je bien le droit de trouver ces choses-là ridicules ? Est-ce bien à moi de me plaindre ? se dit-il tout à coup en s'arrêtant, est-ce que cette même croix ne vient pas d'être donnée à mon gouverneur de Naples ? Fabrice éprouva un sentiment de malaise profond ; le bel enthousiasme de vertu qui naguère venait de faire battre son cœur se changeait dans le vil plaisir d'avoir une bonne part dans un vol. Eh bien ! se dit-il enfin avec les yeux éteints d'un homme mécontent de soi, puisque ma naissance me donne le droit de profiter de ces abus, il serait d'une insigne duperie à moi de n'en pas prendre ma part ;

---

fête de Saint-Giovita et Fabrice devra quitter le clocher dans la nuit. Il n'aura pas vu l'abbé Blanès à la lumière du jour.

mais il ne faut point m'aviser de les maudire en public. Ces raisonnements ne manquaient pas de justesse ; mais Fabrice était bien tombé de cette élévation de bonheur sublime où il s'était trouvé transporté une heure auparavant. La pensée du privilège avait desséché cette plante toujours si délicate qu'on nomme le bonheur.

S'il ne faut pas croire à l'astrologie, reprit-il en cherchant à s'étourdir, si cette science est, comme les trois quarts des sciences non mathématiques, une réunion de nigauds enthousiastes et d'hypocrites adroits et payés par qui ils servent, d'où vient que je pense si souvent et avec émotion à cette circonstance fatale ? Jadis je suis sorti de la prison de B***, mais avec l'habit et la feuille de route d'un soldat jeté en prison pour de justes causes.

Le raisonnement de Fabrice ne put jamais pénétrer plus loin ; il tournait de cent façons autour de la difficulté sans parvenir à la surmonter. Il était trop jeune encore ; dans ses moments de loisir, son âme s'occupait avec ravissement à goûter les sensations produites par des circonstances romanesques que son imagination était toujours prête à lui fournir. Il était bien loin d'employer son temps à regarder avec patience les particularités réelles des choses pour ensuite deviner leurs causes. Le réel lui semblait encore plat et fangeux ; je conçois qu'on n'aime pas à le regarder, mais alors il ne faut pas en raisonner. Il ne faut pas surtout faire des objections avec les diverses pièces de son ignorance.

C'est ainsi que, sans manquer d'esprit, Fabrice ne put parvenir à voir que sa demi-croyance dans les présages était pour lui une religion, une impression profonde reçue à son entrée dans la vie. Penser à cette croyance c'était sentir, c'était un bonheur. Et il s'obstinait à chercher comment ce pouvait être une science *prouvée*, réelle, dans le genre de la géométrie par exemple. Il recherchait avec ardeur, dans sa mémoire, toutes les circonstances où des présages observés par lui n'avaient pas été suivis de l'événement heureux ou malheureux qu'ils semblaient annoncer. Mais tout en croyant suivre un raisonnement et marcher à la vérité, son attention s'arrêtait avec bonheur sur le souvenir des cas où le présage avait été largement suivi par l'accident heureux ou malheureux qu'il lui semblait prédire, et son âme était frappée de respect et attendrie ; et il eût éprouvé une répugnance invincible pour l'être qui eût nié les présages, et surtout s'il eût employé l'ironie.

Fabrice marchait sans s'apercevoir des distances, et il en était là de ses raisonnements impuissants, lorsqu'en levant la tête il vit le mur du jardin de son père. Ce mur qui soutenait une belle terrasse, s'élevait à plus de quarante pieds au-dessus du chemin, à droite. Un cordon de pierres de taille tout en haut, près de la balustrade, lui donnait un air monumental. « Il n'est pas mal, se dit froidement Fabrice, cela est d'une bonne architecture, presque dans le goût romain. » Il appliquait ses nouvelles connaissances en antiquités. Puis il détourna la tête avec dégoût ; les sévérités de son père, et surtout la dénonciation de son frère Ascagne au retour de son voyage en France, lui revinrent à l'esprit.

Cette dénonciation dénaturée a été l'origine de ma vie actuelle ; je puis la haïr, je puis la mépriser, mais enfin elle a changé ma destinée. Que devenais-je une fois relégué à Novare et n'étant presque que souffert chez l'homme d'affaires de mon père, si ma tante n'avait fait l'amour avec un ministre puissant ? si cette tante se fût trouvée n'avoir qu'une âme sèche et commune au lieu de cette âme tendre et passionnée et qui m'aime avec une sorte d'enthousiasme qui m'étonne ? où en serais-je maintenant si la duchesse avait eu l'âme de son frère le marquis del Dongo ?

Accablé par ces souvenirs cruels, Fabrice ne marchait plus que d'un pas incertain ; il parvint au bord du fossé précisément vis-à-vis la magnifique façade du

château. Ce fut à peine s'il jeta un regard sur ce grand
édifice noirci par le temps. Le noble langage de l'architecture le trouva insensible ; le souvenir de son frère et
de son père fermait son âme à toute sensation de
beauté, il n'était attentif qu'à se tenir sur ses gardes en
présence d'ennemis hypocrites et dangereux. Il regarda
un instant, mais avec un dégoût marqué, la petite
fenêtre de la chambre qu'il occupait avant 1815 au troisième étage. Le caractère de son père avait dépouillé
de tout charme les souvenirs de la première enfance.
Je n'y suis pas rentré, pensa-t-il, depuis le 7 mars à
8 heures du soir. J'en sortis pour aller prendre le passeport de Vasi, et le lendemain, la crainte des espions me
fit précipiter mon départ. Quand je repassai après le
voyage en France, je n'eus pas le temps d'y monter,
même pour revoir mes gravures, et cela grâce à la
dénonciation de mon frère.

Fabrice détourna la tête avec horreur. L'abbé Blanès
a plus de quatre-vingt-trois ans, se dit-il tristement, il
ne vient presque plus au château, à ce que m'a raconté
ma sœur ; les infirmités de la vieillesse ont produit leur
effet. Ce cœur si ferme et si noble est glacé par l'âge.
Dieu sait depuis combien de temps il ne va plus à son
clocher ! je me cacherai dans le cellier, sous les cuves
ou sous le pressoir jusqu'au moment de son réveil ; je
n'irai pas troubler le sommeil du bon vieillard ; probablement il aura oublié jusqu'à mes traits, six ans font
beaucoup à cet âge ! je ne trouverai plus que le tombeau d'un ami ! Et c'est un véritable enfantillage,
ajouta-t-il, d'être venu ici affronter le dégoût que me
cause le château de mon père.

Fabrice entrait alors sur la petite place de l'église ;
ce fut avec un étonnement allant jusqu'au délire qu'il
vit, au second étage de l'antique clocher, la fenêtre
étroite et longue éclairée par la petite lanterne de l'abbé
Blanès. L'abbé avait coutume de l'y déposer, en montant à la cage de planches qui formait son observatoire,
afin que la clarté ne l'empêchât pas de lire sur son

planisphère. Cette carte du ciel était tendue sur un grand vase de terre cuite qui avait appartenu jadis à un oranger du château. Dans l'ouverture, au fond du vase, brûlait la plus exiguë des lampes, dont un petit tuyau de fer-blanc conduisait la fumée hors du vase, et l'ombre du tuyau marquait le nord sur la carte [1]. Tous ces souvenirs de choses si simples inondèrent d'émotions l'âme de Fabrice et la remplirent de bonheur.

Presque sans y songer, il fit avec l'aide de ses deux mains le petit sifflement bas et bref qui, autrefois était le signal de son admission. Aussitôt il entendit tirer à plusieurs reprises la corde qui, du haut de l'observatoire, ouvrait le loquet de la porte du clocher. Il se précipita dans l'escalier, ému jusqu'au transport ; il trouva l'abbé sur son fauteuil de bois à sa place accoutumée ; son œil était fixé sur la petite lunette d'un quart de cercle mural [2]. De la main gauche, l'abbé lui fit signe de ne pas l'interrompre dans son observation ; un instant après il écrivit un chiffre sur une carte à jouer, puis, se retournant sur son fauteuil, il ouvrit les bras à notre héros qui s'y précipita en fondant en larmes. L'abbé Blanès était son véritable père.

— Je t'attendais, dit Blanès, après les premiers mots d'épanchement et de tendresse. L'abbé faisait-il son métier de savant ; ou bien, comme il pensait souvent à Fabrice, quelque signe astrologique lui avait-il par un pur hasard annoncé son retour ?

— Voici ma mort qui arrive, dit l'abbé Blanès.

— Comment ! s'écria Fabrice tout ému.

— Oui, reprit l'abbé d'un ton sérieux, mais point triste : cinq mois et demi ou six mois et demi après

---

1. J.-J. Rousseau (*Confessions*, I, vi) décrit le dispositif qu'il utilisait pour se livrer à ses observations astronomiques : un planisphère sur un châssis éclairé en dessous par une chandelle placée dans un pot de terre pour l'abriter du vent. **2.** Terme d'astronomie, le cercle mural ou le quart de cercle mural est gradué et fixé à un axe horizontal tournant et placé sur un mur ; une lunette est mobile parallèlement à ce cercle ; il sert à la mesure de la déclinaison des astres.

que je t'aurai revu, ma vie, ayant trouvé son complément de bonheur, s'éteindra.

Come face al mancar dell' alimento [1]

(Comme la petite lampe quand l'huile vient à manquer.) Avant le moment suprême, je passerai probablement un ou deux mois sans parler, après quoi je serai reçu dans le sein de notre père ; si toutefois il trouve que j'ai rempli mon devoir dans le poste où il m'avait placé en sentinelle.

» Toi tu es excédé de fatigue, ton émotion te dispose au sommeil. Depuis que je t'attends, j'ai caché un pain et une bouteille d'eau-de-vie dans la grande caisse de mes instruments. Donne ces soutiens à ta vie et tâche de prendre assez de forces pour m'écouter encore quelques instants. Il est en mon pouvoir de te dire plusieurs choses avant que la nuit soit tout à fait remplacée par le jour ; maintenant je les vois beaucoup plus distinctement que peut-être je ne les verrai demain. Car, mon enfant, nous sommes toujours faibles, et il faut toujours faire entrer cette faiblesse en ligne de compte. Demain peut-être le vieil homme, l'homme terrestre sera occupé en moi des préparatifs de ma mort, et demain soir à neuf heures, il faut que tu me quittes.

Fabrice lui ayant obéi en silence comme c'était sa coutume,

— Donc, il est vrai, reprit le vieillard, que lorsque tu as essayé de voir Waterloo, tu n'as trouvé d'abord qu'une prison ?

— Oui, mon père, répliqua Fabrice étonné [2].

— Hé bien ! ce fut un rare bonheur, car averti par

---

1. Premier vers du poème de V. Monti, *In morte di Lorenzo Mascheroni*, déjà paraphrasé au chapitre II.   2. Comment l'abbé connaît-il les aventures de Fabrice à Waterloo ? Ils n'ont jamais pu se voir et se parler.

ma voix, ton âme peut se préparer à une autre prison bien autrement dure, bien plus terrible ! Probablement tu n'en sortiras que par un crime, mais, grâce au ciel, ce crime ne sera pas commis par toi. Ne tombe jamais dans le crime avec quelque violence que tu sois tenté ; je crois voir qu'il sera question de tuer un innocent, qui, sans le savoir, usurpe tes droits ; si tu résistes à la violente tentation qui semblera justifiée par les lois de l'honneur, ta vie sera très heureuse aux yeux des hommes..., et raisonnablement heureuse aux yeux du sage, ajouta-t-il, après un instant de réflexion ; tu mourras comme moi, mon fils, assis sur un siège de bois, loin de tout luxe, et détrompé du luxe, et comme moi n'ayant à te faire aucun reproche grave.

» Maintenant, les choses de l'état futur sont terminées entre nous, je ne pourrais ajouter rien de bien important. C'est en vain que j'ai cherché à voir de quelle durée sera cette prison ; s'agit-il de six mois, d'un an, de dix ans ? Je n'ai rien pu découvrir ; apparemment j'ai commis quelque faute, et le ciel a voulu me punir par le chagrin de cette incertitude. J'ai vu seulement qu'après la prison, mais je ne sais si c'est au moment même de la sortie, il y aura ce que j'appelle un crime, mais par bonheur je crois être sûr qu'il ne sera pas commis par toi. Si tu as la faiblesse de tremper dans ce crime, tout le reste de mes calculs n'est qu'une longue erreur. Alors tu ne mourras point avec la paix de l'âme sur un siège de bois et vêtu de blanc.

En disant ces mots, l'abbé Blanès voulut se lever ; ce fut alors que Fabrice s'aperçut des ravages du temps ; il mit près d'une minute à se lever et à se retourner vers Fabrice. Celui-ci le laissait faire, immobile et silencieux. L'abbé se jeta dans ses bras à diverses reprises ; il le serra avec une extrême tendresse. Après quoi il reprit avec toute sa gaieté d'autrefois :

— Tâche de t'arranger au milieu de mes instruments pour dormir un peu commodément, prends mes pelisses ; tu en trouveras plusieurs de grand prix que la duchesse Sanseverina me fit parvenir il y a quatre ans. Elle me demanda une prédiction sur ton compte, que je me gardai bien de lui envoyer, tout en gardant ses pelisses et son beau quart de cercle. Toute annonce de l'avenir est une infraction à la règle, et a ce danger qu'elle peut changer l'événement, auquel cas toute la science tombe par terre comme un véritable jeu d'enfant ; et d'ailleurs il y avait des choses dures à dire à cette duchesse toujours si jolie. À propos, ne sois point effrayé dans ton sommeil par les cloches qui vont faire un tapage effroyable à côté de ton oreille, lorsque l'on va sonner la messe de sept heures ; plus tard, à l'étage inférieur, ils vont mettre en branle le gros bourdon qui secoue tous mes instruments. C'est aujourd'hui la saint Giovita, martyr et soldat. Tu sais, le petit village de Grianta a le même patron que la grande ville de Brescia, ce qui par parenthèse, trompa d'une façon bien plaisante mon illustre maître Jacques Marini de Ravenne. Plusieurs fois il m'annonça que je ferais une assez belle fortune ecclésiastique, il croyait que je serais curé de la magnifique église de Saint-Giovita, à Brescia[1] ; j'ai été curé d'un petit village de sept cent cinquante feux ! Mais tout a été pour le mieux. J'ai vu, il n'y a pas dix ans de cela, que si j'eusse été curé à Brescia, ma destinée était d'être mis en prison sur une colline de la Moravie, au Spielberg. Demain je t'apporterai toutes sortes de mets délicats volés au grand dîner que je donne à tous les curés des environs qui viennent chanter à ma grand-messe. Je les apporterai en bas, mais ne cherche point à me voir, ne descends pour te mettre en possession de ces bonnes choses que lorsque

---

1. Saint Giovita et saint Faustin sont les patrons de Brescia et leur église est un des plus grands monuments de la ville ; mais leur fête tombe le 16 février, alors que tous les éléments du décor disent l'été et que l'heure du coucher du soleil (19 h 27) renvoie au milieu du mois de mai ou au milieu du mois d'août. Les patrons de Griante sont tout à fait différents.

tu m'auras entendu ressortir. Il ne faut pas que tu me revoies *de jour*, et le soleil se couchant demain à sept heures et vingt-sept minutes, je ne viendrai t'embrasser que vers les huit heures, et il faut que tu partes pendant que les heures se comptent encore par neuf, c'est-à-dire avant que l'horloge ait sonné dix heures. Prends garde que l'on ne te voie aux fenêtres du clocher : les gendarmes ont ton signalement et ils sont en quelque sorte sous les ordres de ton frère qui est un fameux tyran. Le marquis del Dongo s'affaiblit, ajouta Blanès d'un air triste, et s'il te revoyait, peut-être te donnerait-il quelque chose de la main à la main. Mais de tels avantages entachés de fraude ne conviennent point à un homme tel que toi, dont la force sera un jour dans sa conscience. Le marquis abhorre son fils Ascagne, et c'est à ce fils qu'échoieront les cinq ou six millions qu'il possède. C'est justice. Toi, à sa mort, tu auras une pension de quatre mille francs, et cinquante aunes de drap noir, pour le deuil de tes gens.

CHAPITRE IX

L'âme de Fabrice était exaltée par les discours du vieillard, par la profonde attention et par l'extrême fatigue[a]. Il eut grand-peine à s'endormir, et son sommeil fut agité de songes, peut-être présages de l'avenir ; le matin, à dix heures, il fut réveillé par le tremblement général du clocher, un bruit effroyable semblait venir du dehors. Il se leva éperdu, et se crut à la fin du monde, puis il pensa qu'il était en prison ; il lui fallut du temps pour reconnaître le son de la grosse cloche que quarante paysans mettaient en mouvement en l'honneur du grand saint Giovita, dix auraient suffi.

Fabrice chercha un endroit convenable pour voir sans être vu ; il s'aperçut que de cette grande hauteur, son regard plongeait sur les jardins, et même sur la cour intérieure du château de son père. Il l'avait oublié. L'idée de ce père arrivant aux bornes de la vie changeait tous ses sentiments. Il distinguait jusqu'aux moineaux qui cherchaient quelques miettes de pain sur le grand balcon de la salle à manger. Ce sont les descendants de ceux qu'autrefois j'avais apprivoisés, se dit-il. Ce balcon, comme tous les autres balcons du palais, était chargé d'un grand nombre d'orangers dans des vases de terre plus ou moins grands : cette vue l'attendrit ; l'aspect de cette cour intérieure, ainsi ornée avec ses ombres bien tranchées et marquées par un soleil éclatant, était vraiment grandiose.

L'affaiblissement de son père lui revenait à l'esprit.

Mais c'est vraiment singulier, se disait-il, mon père n'a que trente-cinq ans de plus que moi ; trente-cinq et vingt-trois ne font que cinquante-huit ! Ses yeux, fixés sur les fenêtres de la chambre de cet homme sévère et qui ne l'avait jamais aimé, se remplirent de larmes. Il frémit, et un froid soudain courut dans ses veines lorsqu'il crut reconnaître son père traversant une terrasse garnie d'orangers, qui se trouvait de plain-pied avec sa chambre ; mais ce n'était qu'un valet de chambre. Tout à fait sous le clocher, une quantité de jeunes filles vêtues de blanc et divisées en différentes troupes étaient occupées à tracer des dessins avec des fleurs rouges, bleues et jaunes sur le sol des rues où devait passer la procession. Mais il y avait un spectacle qui parlait plus vivement à l'âme de Fabrice : du clocher, ses regards plongeaient sur les deux branches du lac à une distance de plusieurs lieues, et cette vue sublime lui fit bientôt oublier tous les autres ; elle réveillait chez lui les sentiments les plus élevés. Tous les souvenirs de son enfance vinrent en foule assiéger sa pensée ; et cette journée passée en prison dans un clocher fut peut-être l'une des plus heureuses de sa vie.

Le bonheur le porta à une hauteur de pensées assez étrangère à son caractère ; il considérait les événements de la vie, lui, si jeune, comme si déjà il fût arrivé à sa dernière limite. Il faut en convenir, depuis mon arrivée à Parme, se dit-il enfin, après plusieurs heures de rêveries délicieuses, je n'ai point eu de joie tranquille et parfaite, comme celle que je trouvais à Naples en galopant dans les chemins de Vômero ou en courant les rives de Misène. Tous les intérêts si compliqués de cette petite cour méchante m'ont rendu méchant... Je n'ai point du tout de plaisir à haïr, je crois même que ce serait un triste bonheur pour moi que celui d'humilier mes ennemis si j'en avais ; mais je n'ai point d'ennemi... Halte-là ! se dit-il tout à coup, j'ai pour ennemi Giletti... Voilà qui est singulier, se dit-il ; le plaisir que j'éprouverais à voir cet homme si laid aller à tous les diables, survit au goût fort léger que j'avais pour la petite Marietta... Elle ne vaut pas à beaucoup près la duchesse d'A*** que j'étais obligé d'aimer à Naples puisque je lui avais dit que j'étais amoureux d'elle. Grand Dieu ! que de fois je me suis ennuyé durant les longs rendez-vous que m'accordait cette belle duchesse ; jamais rien de pareil dans la petite chambre délabrée et servant de cuisine où la petite Marietta m'a reçu deux fois, et pendant deux minutes chaque fois.

» Eh ! grand Dieu ! qu'est-ce que ces gens-là mangent ? C'est à faire pitié ! J'aurais dû faire à elle et à la *mammacia* une pension de trois beefsteack payables tous les jours... La petite Marietta, ajouta-t-il, me distrayait des pensées méchantes que me donnait le voisinage de cette cour.

» J'aurais peut-être bien fait de prendre la vie de café, comme dit la duchesse ; elle semblait pencher de ce côté-là, et elle a bien plus de génie que moi. Grâce à ses bienfaits, ou bien seulement avec cette pension de quatre mille francs et ce fonds de quarante mille placés à Lyon et que ma mère me destine, j'aurais toujours un cheval et quelques écus pour faire des fouilles et former un cabinet. Puisqu'il semble que je ne dois pas connaître l'amour, ce seront toujours là pour moi les grandes sources de félicité ; je voudrais, avant de mourir, aller revoir le champ de bataille de Waterloo, et tâcher de reconnaître la prairie où je fus si gaiement enlevé de mon cheval et assis par terre. Ce pèlerinage accompli, je reviendrais souvent sur ce lac sublime ; rien d'aussi beau ne peut se voir au monde, du moins pour mon cœur. À quoi bon aller si loin chercher le bonheur, il est là sous mes yeux !

» Ah ! se dit Fabrice, comme objection, la police me chasse du lac de Côme, mais je suis plus jeune que les gens qui dirigent les coups de cette police. Ici, ajouta-t-il en riant, je ne trouverais point de duchesse d'A***, mais je trouverais une de ces petites filles là-bas qui arrangent des fleurs sur le pavé et, en vérité, je l'aimerais tout autant : l'hypocrisie me glace même en amour, et nos grandes dames visent à des effets trop sublimes. Napoléon leur a donné des idées de mœurs et de constance [1].

» Diable ! se dit-il tout à coup, en retirant la tête de la fenêtre, comme s'il eût craint d'être reconnu malgré l'ombre de l'énorme jalousie de bois qui garantissait les cloches de la pluie, voici une entrée de gendarmes en grande tenue. » En effet, dix gendarmes, dont quatre sous-officiers, paraissaient dans le haut de la grande rue du village. Le maréchal des logis les distribuait de cent pas en cent pas, le long du trajet que devait parcourir la procession. Tout le monde me connaît ici ; si l'on me voit, je ne fais qu'un saut des bords du lac de Côme au Spielberg, où l'on m'attachera à chaque jambe une chaîne pesant cent dix livres [2] : et quelle douleur pour la duchesse !

Fabrice eut besoin de deux ou trois minutes pour se rappeler que d'abord il était placé à plus de quatre-vingts pieds d'élévation, que le lieu où il se trouvait était comparativement obscur, que les yeux des gens qui pourraient le regarder étaient frappés par un soleil éclatant, et qu'enfin ils se promenaient les yeux grands ouverts dans les rues dont toutes les maisons venaient d'être blanchies au lait de chaux, en l'honneur de la fête de saint Giovita. Malgré des raisonnements si

---

1. Sur Fabrice libertin et le rapprochement avec Don Juan, voir l'étude de Nathalie Prince, « De l'amour dans *La Chartreuse de Parme* : Fabrice et Don Juan » dans *HB*, n° 2, 1998. 2. Ici 110 livres ; au chapitre X, Mosca parle d'« une trentaine de livres » dont il aurait réussi à faire diminuer le poids des fers de Fabrice ; au chapitre XI, Fabrice redoute 120 livres. Voir L.-F. Benedetto (p. 469 et note) et Misley sur ces détails du « carcere duro » autrichien : 20 livres de chaîne, enfermement continuel sauf pour la messe le dimanche (et c'est une « grâce »), vêtement de galérien, une planche nue pour dormir, pas de lumière, du pain trempé dans l'eau chaude comme nourriture, travail forcé quotidien. La réalité effrayante prend dans le roman des proportions légendaires : Fabrice et Mosca pratiquent peut-être à ce sujet un humour noir.

clairs, l'âme italienne de Fabrice eût été désormais hors d'état de goûter aucun plaisir, s'il n'eût interposé entre lui et les gendarmes un lambeau de vieille toile qu'il cloua contre la fenêtre et auquel il fit deux trous pour les yeux.

Les cloches ébranlaient l'air depuis dix minutes, la procession sortait de l'église, les *mortaretti* se firent entendre. Fabrice tourna la tête et reconnut cette petite esplanade garnie d'un parapet et dominant le lac, où si souvent, dans sa jeunesse, il s'était exposé à voir les mortaretti lui partir entre les jambes, ce qui faisait que le matin des jours de fête sa mère voulait le voir auprès d'elle.

Il faut savoir que les *mortaretti* (ou petits mortiers) ne sont autre chose que des canons de fusil que l'on scie de façon à ne leur laisser que quatre pouces de longueur ; c'est pour cela que les paysans recueillent avidement les canons de fusil que, depuis 1796, la politique de l'Europe a semés à foison dans les plaines de la Lombardie. Une fois réduits à quatre pouces de longueur, on charge ces petits canons jusqu'à la gueule, on les place à terre dans une position verticale, et une traînée de poudre va de l'un à l'autre ; ils sont rangés sur trois lignes comme un bataillon, et au nombre de deux ou trois cents, dans quelque emplacement voisin du lieu que doit parcourir la procession. Lorsque le Saint-Sacrement approche, on met le feu à la traînée de poudre, et alors commence un feu de file de coups secs, le plus inégal du monde et le plus ridicule ; les femmes sont ivres de joie. Rien n'est gai comme le bruit de ces mortaretti entendu de loin sur le lac, et adouci par le balancement des eaux ; ce bruit singulier et qui avait fait si souvent la joie de son enfance chassa les idées un peu trop sérieuses dont notre héros était assiégé ; il alla chercher la grande lunette astronomique de l'abbé, et reconnut la plupart des hommes et des femmes qui suivaient la procession. Beaucoup de charmantes petites filles que Fabrice avait

laissées à l'âge de onze ou douze ans étaient maintenant des femmes superbes, dans toute la fleur de la plus
vigoureuse jeunesse ; elles firent renaître le courage de
notre héros, et pour leur parler il eût fort bien bravé
les gendarmes.

La procession passée et rentrée dans l'église par une
porte latérale que Fabrice ne pouvait apercevoir, la chaleur devint bientôt extrême même au haut du clocher ;
les habitants rentrèrent chez eux et il se fit un grand
silence dans le village. Plusieurs barques se chargèrent
de paysans retournant à Bellagio, à Menaggio [1] et autres
villages situés sur le lac ; Fabrice distinguait le bruit de
chaque coup de rame : ce détail si simple le ravissait en
extase ; sa joie actuelle se composait de tout le malheur,
de toute la gêne qu'il trouvait dans la vie compliquée des
cours. Qu'il eût été heureux en ce moment de faire une
lieue sur ce beau lac si tranquille et qui réfléchissait si
bien la profondeur des cieux ! Il entendit ouvrir la porte
d'en bas du clocher : c'était la vieille servante de l'abbé
Blanès, qui apportait un grand panier ; il eut toutes les
peines du monde à s'empêcher de lui parler. « Elle a
pour moi presque autant d'amitié que son maître, se
disait-il, et d'ailleurs je pars ce soir à neuf heures ; est-
ce qu'elle ne garderait pas le secret qu'elle m'aurait juré,
seulement pendant quelques heures ? Mais, se dit
Fabrice, je déplairais à mon ami ! je pourrais le compromettre avec les gendarmes ! » Et il laissa partir la Ghita
sans lui parler. Il fit un excellent dîner, puis s'arrangea
pour dormir quelques minutes : il ne se réveilla qu'à huit
heures et demie du soir, l'abbé Blanès lui secouait le
bras, et il était nuit.

Blanès était extrêmement fatigué, il avait cinquante
ans de plus que la veille. Il ne parla plus de choses
sérieuses ; assis sur son fauteuil de bois :

---

1. Menaggio est au nord de Grianta sur la même rive du lac, Bellagio est juste en face à la pointe du promontoire qui sépare les deux
branches du lac.

— Embrasse-moi, dit-il à Fabrice.

Il le reprit plusieurs fois dans ses bras.

— La mort, dit-il enfin, qui va terminer cette vie si longue, n'aura rien d'aussi pénible que cette séparation. J'ai une bourse que je laisserai en dépôt à la Ghita, avec ordre d'y puiser pour ses besoins, mais de te remettre ce qui restera si jamais tu viens le demander. Je la connais ; après cette recommandation, elle est capable, par économie pour toi, de ne pas acheter de la viande quatre fois par an, si tu ne lui donnes des ordres bien précis. Tu peux toi-même être réduit à la misère, et l'obole du vieil ami te servira. N'attends rien de ton frère que des procédés atroces, et tâche de gagner de l'argent par un travail qui te rende utile à la société. Je prévois des orages étranges ; peut-être dans cinquante ans ne voudra-t-on plus d'oisifs. Ta mère et ta tante peuvent te manquer, tes sœurs devront obéir à leurs maris... Va-t'en, va-t'en ! fuis ! s'écria Blanès avec empressement.

Il venait d'entendre un petit bruit dans l'horloge qui annonçait que dix heures allaient sonner, il ne voulut pas même permettre à Fabrice de l'embrasser une dernière fois.

— Dépêche ! dépêche ! lui cria-t-il ; tu mettras au moins une minute à descendre l'escalier ; prends garde de tomber, ce serait d'un affreux présage.

Fabrice se précipita dans l'escalier, et, arrivé sur la place, se mit à courir. Il était à peine arrivé devant le château de son père, que la cloche sonna dix heures ; chaque coup retentissait dans sa poitrine et y portait un trouble singulier. Il s'arrêta pour réfléchir, ou plutôt pour se livrer aux sentiments passionnés que lui inspirait la contemplation de cet édifice majestueux qu'il jugeait si froidement la veille. Au milieu de sa rêverie, des pas d'homme vinrent le réveiller ; il regarda et se vit au milieu de quatre gendarmes. Il avait deux excellents pistolets dont il venait de renouveler les amorces en dînant, le petit bruit qu'il fit en les armant attira l'attention d'un des gendarmes, et fut sur le point de le faire arrêter. Il s'aperçut du danger qu'il courait et pensa à faire feu le premier ; c'était son droit, car c'était la seule manière qu'il eût de résister à quatre hommes bien armés. Par bonheur les gendarmes, qui circulaient pour faire évacuer les cabarets, ne s'étaient point montrés tout à fait insensibles aux politesses qu'ils avaient reçues dans plusieurs de ces lieux aimables ; ils ne se décidèrent pas assez rapidement à faire leur devoir. Fabrice prit la fuite en courant à toutes jambes. Les gendarmes firent quelques pas en courant aussi et criant :

— Arrête ! arrête !

Puis tout rentra dans le silence. À trois cents pas de là, Fabrice s'arrêta pour reprendre haleine. Le bruit de mes pistolets a failli me faire prendre ; c'est bien pour le coup que la duchesse m'eût dit, si jamais il m'eût été donné de revoir ses beaux yeux, que mon âme trouve du plaisir à contempler ce qui arrivera dans dix ans, et oublie de regarder ce qui se passe actuellement à mes côtés.

Fabrice frémit en pensant au danger qu'il venait d'éviter ; il doubla le pas, mais bientôt il ne put s'empêcher de courir, ce qui n'était pas trop prudent, car il se fit remarquer de plusieurs paysans qui regagnaient leur logis. Il ne put prendre sur lui de s'arrêter que dans la montagne, à plus d'une lieue de Grianta, et, même arrêté, il eut une sueur froide en pensant au Spielberg.

Voilà une belle peur ! se dit-il. (En entendant le son de ce mot, il fut presque tenté d'avoir honte.) Mais ma tante ne me dit-elle pas que la chose dont j'ai le plus besoin c'est d'apprendre à me pardonner ? Je me compare toujours à un modèle parfait, et qui ne peut exister. Hé bien ! je me pardonne ma peur, car, d'un autre côté, j'étais bien disposé à défendre ma liberté, et certainement tous les quatre ne seraient pas restés debout pour me conduire en prison. Ce que je fais en ce moment, ajouta-t-il, n'est pas militaire ; au lieu de me retirer rapidement, après avoir rempli mon objet, et peut-être donné l'éveil à mes ennemis, je m'amuse à une fantaisie plus ridicule peut-être que toutes les prédictions du bon abbé.

En effet, au lieu de se retirer par la ligne la plus courte, et de gagner les bords du lac Majeur, où sa barque l'attendait, il faisait un énorme détour pour aller voir *son arbre*. Le lecteur se souvient peut-être de l'amour que Fabrice portait à un marronnier planté par sa mère vingt-trois ans auparavant. « Il serait digne de mon frère, se dit-il, d'avoir fait couper cet arbre ; mais ces êtres-là ne sentent pas les choses délicates ; il n'y aura pas songé. Et d'ailleurs, ce ne serait pas d'un mauvais augure », ajouta-t-il avec fermeté. Deux heures plus tard son regard fut consterné ; des méchants ou un orage avaient rompu l'une des principales branches du jeune arbre, qui pendait desséchée ; Fabrice la coupa avec respect, à l'aide de son poignard, et tailla bien net la coupure, afin que l'eau ne pût pas s'introduire dans le tronc. Ensuite, quoique le temps fût bien précieux pour lui, car le jour allait paraître, il passa une bonne heure à bêcher la terre autour de l'arbre chéri. Toutes ces folies accomplies, il reprit rapidement la route du lac Majeur. Au total, il n'était point triste, l'arbre était d'une belle venue, plus vigoureux que jamais, et, en cinq ans[1], il avait presque doublé. La branche n'était qu'un accident sans conséquence ; une fois coupée, elle ne nuisait plus à l'arbre, et même il serait plus élancé, sa membrure commençant plus haut.

Fabrice n'avait pas fait une lieue, qu'une bande éclatante de blancheur dessinait à l'orient les pics du *Resegon di Lek*[2], montagne célèbre dans le pays. La route

---

1. Fabrice n'a pas vu son arbre depuis 1815, et d'après la chronologie interne nous sommes en 1821.   2. Il s'agit du Resegone di Lecco ou Scie de Lecco (1 829 mètres), qui domine la rive orientale du lac tout au fond. Stendhal, qui adore cette montagne, l'orthographie toujours à la milanaise.

qu'il suivait se couvrait de paysans ; mais, au lieu
d'avoir des idées militaires, Fabrice se laissait attendrir
par les aspects sublimes ou touchants de ces forêts des
environs du lac de Côme. Ce sont peut-être les plus
belles du monde ; je ne veux pas dire celles qui rendent
le plus d'*écus neufs*, comme on dirait en Suisse, mais
celles qui parlent le plus à l'âme. Écouter ce langage
dans la position où se trouvait Fabrice, en butte aux
attentions de MM. les gendarmes lombardo-vénitiens,
c'était un véritable enfantillage. Je suis à une demi-
lieue de la frontière, se dit-il enfin, je vais rencontrer
des douaniers et des gendarmes faisant leur ronde au
matin : cet habit de drap fin va leur être suspect, ils
vont me demander mon passeport ; or, ce passeport
porte en toutes lettres un nom promis à la prison ; me
voici dans l'agréable nécessité de commettre un
meurtre. Si, comme de coutume, les gendarmes marchent deux ensemble, je ne puis pas attendre bonnement pour faire feu que l'un des deux cherche à me
prendre au collet ; pour peu qu'en tombant il me
retienne un instant, me voilà au Spielberg. Fabrice,
saisi d'horreur surtout de cette nécessité de faire feu le
premier, peut-être sur un ancien soldat de son oncle, le
comte Pietranera, courut se cacher dans le tronc creux
d'un énorme châtaignier[1] ; il renouvelait l'amorce de
ses pistolets, lorsqu'il entendit un homme qui s'avançait dans le bois en chantant très bien un air délicieux
de *Mercadante*[2], alors à la mode en Lombardie.

Voilà qui est d'un bon augure ! se dit Fabrice. Cet
air qu'il écoutait religieusement lui ôta la petite pointe
de colère qui commençait à se mêler à ses raisonne-

---

1. Nouvelle preuve des affinités de Fabrice avec les arbres. La
cachette est bien « romanesque », elle appartient à toute la tradition du
romance ; dans Shakespeare, *Le Roi Lear* (II, III), Edgar traqué se cache
dans un arbre creux.   2. Stendhal a apprécié ce compositeur d'origine napolitaine (1795-1870) à peu près à la date où le roman est
supposé se dérouler.

ments. Il regarda attentivement la grande route des deux côtés, il n'y vit personne.

Le chanteur arrivera par quelque chemin de traverse, se, dit-il. Presque au même instant, il vit un valet de chambre très proprement vêtu à l'anglaise, et monté sur un cheval de suite, qui s'avançait au petit pas en tenant en main un beau cheval de race, peut-être un peu trop maigre.

Ah ! si je raisonnais comme Mosca, se dit Fabrice, lorsqu'il me répète que les dangers que court un homme sont toujours la mesure de ses droits sur le voisin, je casserais la tête d'un coup de pistolet à ce valet de chambre, et, une fois monté sur le cheval maigre, je me moquerais fort de tous les gendarmes du monde. À peine de retour à Parme, j'enverrais de l'argent à cet homme ou à sa veuve... mais ce serait une horreur !

CHAPITRE X

Tout en se faisant la morale, Fabrice sautait sur la grande route qui de Lombardie va en Suisse : en ce lieu, elle est bien à quatre ou cinq pieds en contrebas de la forêt. Si mon homme prend peur, se dit Fabrice, il part d'un temps de galop, et je reste planté là faisant la vraie figure d'un nigaud. En ce moment, il se trouvait à dix pas du valet de chambre qui ne chantait plus : il vit dans ses yeux qu'il avait peur ; il allait peut-être retourner ses chevaux. Sans être encore décidé à rien, Fabrice fit un saut et saisit la bride du cheval maigre.

— Mon ami, dit-il au valet de chambre, je ne suis pas un voleur ordinaire, car je vais commencer par vous donner vingt francs, mais je suis obligé de vous emprunter votre cheval ; je vais être tué si je ne f... pas le camp rapidement. J'ai sur les talons les quatre frères Riva, ces grands chasseurs que vous connaissez sans doute ; ils viennent de me surprendre dans la chambre de leur sœur, j'ai sauté par la fenêtre et me voici. Ils sont sortis dans la forêt avec leurs chiens et leurs fusils. Je m'étais caché dans ce gros châtaignier creux, parce que j'ai vu l'un d'eux traverser la route, leurs chiens vont me dépister ! Je vais monter sur votre cheval et galoper jusqu'à une lieue au-delà de Côme ; je vais à Milan me jeter aux genoux du vice-roi. Je laisserai votre cheval à la poste avec deux napoléons pour vous, si vous consentez de bonne grâce. Si vous faites la moindre résistance, je vous tue avec les pistolets que voici. Si, une fois parti, vous mettez les gendarmes à mes trousses, mon cousin, le brave comte Alari[1], écuyer de l'empereur, aura soin de vous faire casser les os.

Fabrice inventait ce discours à mesure qu'il le prononçait d'un air tout pacifique.

— Au reste, dit-il, en riant, mon nom n'est point un secret ; je suis le Marchesino Ascanio del Dongo, mon château est tout près d'ici, à Grianta. F..., dit-il, en élevant la voix, lâchez donc le cheval !

Le valet de chambre, stupéfait, ne soufflait mot. Fabrice passa son pistolet dans la main gauche, saisit la bride que l'autre lâcha, sauta à cheval et partit au petit galop. Quand il fut à trois cents pas, il s'aperçut qu'il avait oublié de donner les vingt francs promis ; il s'arrêta : il n'y avait toujours personne sur la route que le valet de chambre qui le suivait au galop ; il lui fit signe avec son mouchoir d'avancer, et quand il le vit à cinquante pas, il jeta sur la route une poignée de monnaie, et repartit. Il vit de loin le valet de chambre ramasser les pièces d'argent. Voilà un homme vraiment raisonnable, se dit Fabrice en riant, pas un mot inutile. Il fila rapidement, vers le midi s'arrêta dans une maison écartée, et se remit en route quelques heures plus tard. À deux heures du matin il était sur le bord du lac Majeur ; bientôt il aperçut sa barque qui battait l'eau, elle vint au signal convenu. Il ne vit point de paysan à qui remettre le cheval ; il rendit la liberté au noble animal, trois heures après il était à Belgirate. Là, se trouvant en pays ami, il prit quelque repos ; il était fort joyeux, il avait réussi parfaitement bien. Oserons-nous indiquer les véritables causes de sa joie ? Son arbre était d'une venue superbe, et son âme avait été rafraîchie par l'attendrissement profond qu'il avait trouvé dans les bras de l'abbé Blanès. Croit-il réelle-

---

1. Encore un personnage que Stendhal n'invente pas, il a parlé du comte Alari comme d'un riche collectionneur de peinture milanais.

ment, se disait-il, à toutes les prédictions qu'il m'a faites ; ou bien comme mon frère m'a fait la réputation
d'un jacobin, d'un homme sans foi ni loi, capable de
tout, a-t-il voulu seulement m'engager à ne pas céder
à la tentation de casser la tête à quelque animal qui
m'aura joué un mauvais tour[1]. Le surlendemain
Fabrice était à Parme, où il amusa fort la duchesse et
le comte, en leur narrant avec la dernière exactitude,
comme il faisait toujours, toute l'histoire de son
voyage.

À son arrivée, Fabrice trouva le portier et tous les
domestiques du palais Sanseverina chargés des
insignes du plus grand deuil.

— Quelle perte avons-nous faite ? demanda-t-il à la
duchesse.

— Cet excellent homme qu'on appelait mon mari
vient de mourir à Baden. Il me laisse ce palais ; c'était
une chose convenue, mais en signe de bonne amitié, il
y ajoute un legs de trois cent mille francs qui m'embar-
rasse fort ; je ne veux pas y renoncer en faveur de sa
nièce, la marquise Raversi, qui me joue tous les jours
des tours pendables. Toi qui es amateur, il faudra que
tu me trouves quelque bon sculpteur ; j'élèverai au duc
un tombeau de trois cent mille francs.

Le comte se mit à dire des anecdotes sur la Raversi.

— C'est en vain que j'ai cherché à l'amadouer par
des bienfaits, dit la duchesse. Quant aux neveux du
duc, je les ai tous faits colonels ou généraux. En
revanche, il ne se passe pas de mois qu'ils ne m'adres-
sent quelque lettre anonyme abominable, j'ai été obligée de prendre un secrétaire pour lire les lettres de ce
genre.

— Et ces lettres anonymes sont leurs moindres

---

1. La prédiction de Blanès pourrait porter sur le meurtre du valet de
chambre que Fabrice a évité : mais elle demeure en suspens malgré la
mise en garde de Mosca qui rejoint celle de l'abbé Blanès et celle-ci
peut s'appliquer au meurtre de Giletti.

péchés, reprit le comte Mosca ; ils tiennent manufacture de dénonciations infâmes. Vingt fois j'aurais pu faire traduire toute cette clique devant les tribunaux, et votre excellence peut penser, ajouta-t-il en s'adressant à Fabrice, si mes bons juges les eussent condamnés.

— Eh bien ! voilà qui me gâte tout le reste, répliqua Fabrice avec une naïveté bien plaisante à la cour, j'aurais mieux aimé les voir condamnés par des magistrats jugeant en conscience.

— Vous me ferez plaisir, vous qui voyagez pour vous instruire, de me donner l'adresse de tels magistrats, je leur écrirai avant de me mettre au lit.

— Si j'étais ministre, cette absence de juges honnêtes gens blesserait mon amour-propre.

— Mais il me semble, répliqua le comte, que votre excellence, qui aime tant les Français, et qui même jadis leur prêta le secours de son bras invincible, oublie en ce moment une de leurs grandes maximes : Il vaut mieux tuer le diable que si le diable vous tue. Je voudrais voir comment vous gouverneriez ces âmes ardentes, et qui lisent toute la journée l'histoire de la *Révolution de France* avec des juges qui renverraient acquittés les gens que j'accuse. Ils arriveraient à ne pas condamner les coquins le plus évidemment coupables et se croiraient des Brutus. Mais je veux vous faire une querelle ; votre âme si délicate n'a-t-elle pas quelque remords au sujet de ce beau cheval un peu maigre que vous venez d'abandonner sur les rives du lac Majeur ?

— Je compte bien, dit Fabrice d'un grand sérieux, faire remettre ce qu'il faudra au maître du cheval pour le rembourser des frais d'affiches et autres, à la suite desquels il se le sera fait rendre par les paysans qui l'auront trouvé ; je vais lire assidûment le journal de Milan, afin d'y chercher l'annonce d'un cheval perdu ; je connais fort bien le signalement de celui-ci.

— Il est vraiment *primitif*, dit le comte à la duchesse. Et que serait devenue votre excellence, poursuivit-il en riant, si lorsqu'elle galopait ventre à terre sur ce cheval emprunté, il se fût avisé de faire un faux pas ? Vous étiez au Spielberg, mon cher petit neveu, et tout mon crédit eût à peine pu parvenir à faire diminuer d'une trentaine de livres le poids de la chaîne attachée à chacune de vos jambes. Vous auriez passé en ce lieu de plaisance une dizaine d'années ; peut-être vos jambes se fussent-elles enflées et gangrenées, alors on les eût fait couper proprement [1]...

— Ah ! de grâce, ne poussez pas plus loin un si triste roman, s'écria la duchesse les larmes aux yeux. Le voici de retour...

— Et j'en ai plus de joie que vous, vous pouvez le croire, répliqua le ministre, d'un grand sérieux ; mais enfin pourquoi ce cruel enfant ne m'a-t-il pas demandé un passeport sous un nom convenable, puisqu'il voulait pénétrer en Lombardie ? À la première nouvelle de son arrestation je serais parti pour Milan, et les amis que j'ai dans ce pays-là auraient bien voulu fermer les yeux et supposer que leur gendarmerie avait arrêté un sujet du prince de Parme. Le récit de votre course est gracieux, amusant, j'en conviens volontiers, répliqua le comte en reprenant un ton moins sinistre, votre sortie du bois sur la grande route me plaît assez ; mais entre nous, puisque ce valet de chambre tenait votre vie entre ses mains, vous aviez le droit de prendre la sienne. Nous allons faire à votre excellence une fortune brillante, du moins voici madame qui me l'ordonne, et je ne crois pas que mes plus grands ennemis puissent m'accuser d'avoir jamais désobéi à ses commande-

---

1. Allusion à un des épisodes les plus sinistres de l'emprisonnement des Milanais au Spielberg : il s'agit du compagnon de S. Pellico, Maroncelli, et le récit de son amputation se trouve dans *Mes prisons* et dans Andryane. Blessé à une jambe par ses fers, Maroncelli est paralysé par une tumeur, il faut lui couper la jambe ; l'opération est faite par le barbier ; Maroncelli chante, prie, improvise des vers... Mais la blessure initiale ne devint dangereuse que par la négligence de l'administration et les lenteurs de la bureaucratie de Vienne qui fit attendre près d'un an l'autorisation de l'opération.

ments. Quel chagrin mortel pour elle et pour moi si dans cette espèce de course au clocher, que vous venez de faire avec ce cheval maigre, il eût fait un faux pas. Il eût presque mieux valu, ajouta le comte, que ce cheval vous cassât le cou.

— Vous êtes bien tragique ce soir, mon ami, dit la duchesse tout émue.

— C'est que nous sommes environnés d'événements tragiques, répliqua le comte aussi avec émotion ; nous ne sommes pas ici en France, où tout finit par des chansons ou par un emprisonnement d'un an ou deux, et j'ai réellement tort de vous parler de toutes ces choses en riant. Ah çà ! mon petit neveu, je suppose que je trouve jour à vous faire évêque, car bonnement je ne puis pas commencer par l'archevêché de Parme, ainsi que le veut, très raisonnablement, madame la duchesse ici présente ; dans cet évêché où vous serez loin de nos sages conseils, dites-nous un peu quelle sera votre politique ?

— Tuer le diable plutôt qu'il ne me tue, comme disent fort bien mes amis les Français, répliqua Fabrice avec des yeux ardents ; conserver par tous les moyens possibles, y compris le coup de pistolet, la position que vous m'aurez faite. J'ai lu dans la généalogie des del Dongo l'histoire de celui de nos ancêtres qui bâtit le château de Grianta[1]. Sur la fin de sa vie, son bon ami Galéas, duc de Milan, l'envoie visiter un château fort sur notre lac ; on craignait une nouvelle invasion de la part des Suisses. « Il faut pourtant que j'écrive un mot de politesse au commandant », lui dit le duc de Milan en le congédiant. Il écrit et lui remet une lettre de deux

---

1. Le vieux conte grec dont se souvient l'ancêtre de Fabrice et qu'il recommence est l'histoire de Bellérophon, fils du dieu Poséidon, que le roi d'Argos près de qui il s'est réfugié envoya chez son beau-père le roi Iobates avec une lettre demandant sa mise à mort. Bellérophon évita le piège et épousa la fille du roi. Mais l'histoire complète avec le stratagème de la lettre modifiée se trouve dans *Hamlet* (IV, III et V, II) : le héros esquive ainsi l'assassinat préparé contre lui.

lignes ; puis il la lui redemande pour la cacheter. « Ce sera plus poli », dit le prince. Vespasien del Dongo part, mais en naviguant sur le lac, il se souvient d'un vieux conte grec, car il était savant ; il ouvre la lettre de son bon maître et y trouve l'ordre adressé au commandant du château, de le mettre à mort aussitôt son arrivée. Le *Sforce*, trop attentif à la comédie qu'il jouait avec notre aïeul, avait laissé un intervalle entre la dernière ligne du billet et sa signature ; Vespasien del Dongo y écrit l'ordre de le reconnaître pour gouverneur général de tous les châteaux sur le lac, et supprime la tête de la lettre. Arrivé et reconnu dans le fort, il jette le commandant dans un puits, déclare la guerre au Sforce, et au bout de quelques années il échange sa forteresse contre ces terres immenses qui ont fait la fortune de toutes les branches de notre famille, et qui un jour me vaudront à moi quatre mille livres de rente.

— Vous parlez comme un académicien, s'écria le comte en riant ; c'est un beau coup de tête que vous nous racontez là, mais ce n'est que tous les dix ans que l'on a l'occasion amusante de faire de ces choses piquantes. Un être à demi stupide, mais attentif, mais prudent tous les jours, goûte très souvent le plaisir de triompher des hommes à imagination. C'est par une folie d'imagination que Napoléon s'est rendu au prudent *John Bull*, au lieu de chercher à gagner l'Amérique. John Bull, dans son comptoir, a bien ri de sa lettre où il cite Thémistocle [1]. De tous temps les vils Sancho Pança l'emporteront à la longue sur les sublimes don Quichotte. Si vous voulez consentir à ne rien faire d'extraordinaire, je ne doute pas que vous ne soyez un évêque très respecté, si ce n'est très respectable. Toutefois, ma remarque subsiste ; votre excel-

---

[1]. C'est le 4 juillet 1815 que Napoléon écrivit au prince régent d'Angleterre pour lui demander asile ; il rappelait le cas de Thémistocle, vainqueur des Perses à Salamine et contraint ensuite de se réfugier chez eux. L'Angleterre lui répondit en l'internant, au mépris de tous les droits connus, dans l'île de Sainte-Hélène.

lence s'est conduite avec légèreté dans l'affaire du cheval, elle a été à deux doigts d'une prison éternelle.

Ce mot fit tressaillir Fabrice, il resta plongé dans un profond étonnement. Était-ce là, se disait-il, cette prison dont je suis menacé ? Est-ce le crime que je ne devais pas commettre ? Les prédictions de Blanès, dont il se moquait fort en tant que prophéties, prenaient à ses yeux toute l'importance de présages véritables.

— Eh bien ! qu'as-tu donc ? lui dit la duchesse étonnée ; le comte t'a plongé dans les noires images.

— Je suis illuminé par une vérité nouvelle, et, au lieu de me révolter contre elle, mon esprit l'adopte. Il est vrai, j'ai passé bien près d'une prison sans fin ! Mais ce valet de chambre était si joli dans son habit à l'anglaise ! quel dommage de le tuer !

Le ministre fut enchanté de son petit air sage.

— Il est fort bien de toutes façons, dit-il en regardant la duchesse. Je vous dirai, mon ami, que vous avez fait une conquête, et la plus désirable de toutes, peut-être.

Ah ! pensa Fabrice, voici une plaisanterie sur la petite Marietta. Il se trompait ; le comte ajouta :

— Votre simplicité *évangélique* a gagné le cœur de notre vénérable archevêque, le père Landriani. Un de ces jours nous allons faire de vous un grand-vicaire, et, ce qui fait le charme de cette plaisanterie, c'est que les trois grands-vicaires actuels, gens de mérite, travailleurs, et dont deux, je pense, étaient grands-vicaires avant votre naissance, demanderont, par une belle lettre adressée à leur archevêque, que vous soyez le premier en rang parmi eux. Ces messieurs se fondent sur vos vertus d'abord, et ensuite sur ce que vous êtes petit-neveu du célèbre archevêque Ascagne del Dongo. Quand j'ai appris le respect qu'on avait pour vos vertus, j'ai sur-le-champ nommé capitaine le neveu du plus ancien des vicaires généraux ; il était lieutenant depuis le siège de Tarragone par le maréchal Suchet[1].

— Va-t'en tout de suite en négligé, comme tu es, faire une visite de tendresse à ton archevêque, s'écria la duchesse. Raconte-lui le mariage de ta sœur ; quand il saura qu'elle va être duchesse, il te trouvera bien plus apostolique. Du reste, tu ignores tout ce que le comte vient de te confier sur ta future nomination.

Fabrice courut au palais archiépiscopal ; il y fut simple et modeste, c'était un ton qu'il prenait avec trop de facilité ; au contraire, il avait besoin d'efforts pour jouer le grand seigneur. Tout en écoutant les récits un peu longs de monseigneur Landriani, il se disait : Aurais-je dû tirer un coup de pistolet au valet de chambre qui tenait par la bride le cheval maigre ? Sa raison lui disait oui, mais son cœur ne pouvait s'accoutumer à l'image sanglante du beau jeune homme tombant de cheval défiguré.

Cette prison où j'allais m'engloutir, si le cheval eût bronché, était-elle la prison dont je suis menacé par tant de présages ?

Cette question était de la dernière importance pour lui, et l'archevêque fut content de son air de profonde attention.

---

1. Tarragone en Catalogne fut pris par le maréchal Suchet après un siège difficile en avril 1811.

CHAPITRE XI

Au sortir de l'archevêché, Fabrice courut chez la petite Marietta ; il entendit de loin la grosse voix de Giletti qui avait fait venir du vin et se régalait avec le souffleur et les moucheurs de chandelle, ses amis. La *mammacia*, qui faisait fonctions de mère, répondit seule à son signal.

— Il y a du nouveau depuis toi, s'écria-t-elle ; deux ou trois de nos acteurs sont accusés d'avoir célébré par une orgie la fête du grand Napoléon, et notre pauvre troupe, qu'on appelle jacobine, a reçu l'ordre de vider les États de Parme, et vive Napoléon ! Mais le ministre a, dit-on, craché au bassinet. Ce qu'il y a de sûr, c'est que Giletti a de l'argent, je ne sais pas combien, mais je lui ai vu une poignée d'écus. Marietta a reçu cinq écus de notre directeur pour frais de voyage jusqu'à Mantoue et Venise, et moi un. Elle est toujours bien amoureuse de toi, mais Giletti lui fait peur ; il y a trois jours, à la dernière représentation que nous avons donnée, il voulait absolument la tuer ; il lui a lancé deux fameux soufflets, et, ce qui est abominable, il lui a déchiré son châle bleu. Si tu voulais lui donner un châle bleu, tu serais bien bon enfant, et nous dirions que nous l'avons gagné à une loterie. Le tambour-maître des carabiniers donne un assaut demain, tu en trouveras l'heure affichée à tous les coins de rues. Viens nous voir ; s'il est parti pour l'assaut, de façon à nous faire espérer qu'il restera dehors un peu long-temps, je serai à la fenêtre et je te ferai signe de monter. Tâche de nous apporter quelque chose de bien joli, et la Marietta t'aime à la passion.

En descendant l'escalier tournant de ce taudis infâme, Fabrice était plein de componction : Je ne suis point changé, se disait-il ; toutes mes belles réso-lutions prises au bord de notre lac quand je voyais la vie d'un œil si philosophique se sont envolées. Mon âme était hors de son assiette ordinaire, tout cela était un rêve et disparaît devant l'austère réalité. Ce serait le moment d'agir, se dit Fabrice en rentrant au palais Sanseverina sur les onze heures du soir. Mais ce fut en vain qu'il chercha dans son cœur le courage de parler avec cette sincérité sublime qui lui semblait si facile la nuit qu'il passa aux rives du lac de Côme. « Je vais fâcher la personne que j'aime le mieux au monde ; si je parle, j'aurai l'air d'un mau-vais comédien ; je ne vaux réellement quelque chose que dans de certains moments d'exaltation. »

— Le comte est admirable pour moi, dit-il à la duchesse après lui avoir rendu compte de la visite à l'archevêché ; j'apprécie d'autant plus sa conduite que je crois m'apercevoir que je ne lui plais que fort médiocrement ; ma façon d'agir doit donc être correcte à son égard. Il a ses fouilles de *Sanguigna* [1] dont il est toujours fou, à en juger du moins par son voyage d'avant-hier ; il a fait douze lieues au galop pour passer deux heures avec ses ouvriers. Si l'on trouve des fragments de statues dans le temple antique dont il vient de découvrir les fondations, il craint qu'on ne les lui vole ; j'ai envie de lui propo-ser d'aller passer trente-six heures à Sanguigna.

---

1. C'est le nom d'un hameau dans les environs de Sacca et de Color-no ; on y a découvert une inscription romaine célèbre. Stendhal rap-proche le petit village, dont il a pu trouver le nom sur les cartes de la région, de la grande route Parme-Casalmaggiore qu'il a suivie.

Demain, vers les cinq heures, je dois revoir l'archevêque, je pourrai partir dans la soirée et profiter de la fraîcheur de la nuit pour faire la route.

La duchesse ne répondit pas d'abord.

— On dirait que tu cherches des prétextes pour t'éloigner de moi, lui dit-elle ensuite avec une extrême tendresse ; à peine de retour de Belgirate, tu trouves une raison pour partir.

Voici une belle occasion de parler, se dit Fabrice. Mais sur le lac j'étais un peu fou, je ne me suis pas aperçu dans mon enthousiasme de sincérité que mon compliment finit par une impertinence ; il s'agirait de dire : Je t'aime de l'amitié la plus dévouée, etc., etc., mais mon âme n'est pas susceptible d'amour. N'est-ce pas dire : Je vois que vous avez de l'amour pour moi ; mais prenez garde, je ne puis vous payer en même monnaie ? Si elle a de l'amour, la duchesse peut se fâcher d'être devinée, et elle sera révoltée de mon impudence si elle n'a pour moi qu'une amitié toute simple... et ce sont de ces offenses qu'on ne pardonne point.

Pendant qu'il pesait ces idées importantes, Fabrice, sans s'en apercevoir, se promenait dans le salon, d'un air grave et plein de hauteur, en homme qui voit le malheur à dix pas de lui.

La duchesse le regardait avec admiration ; ce n'était plus l'enfant qu'elle avait vu naître, ce n'était plus le neveu toujours prêt à lui obéir ; c'était un homme grave et duquel il serait délicieux de se faire aimer. Elle se leva de l'ottomane où elle était assise, et, se jetant dans ses bras avec transport :

— Tu veux donc me fuir ? lui dit-elle.

— Non, répondit-il de l'air d'un empereur romain, mais je voudrais être sage.

Ce mot était susceptible de diverses interprétations ; Fabrice ne se sentit pas le courage d'aller plus loin et de courir le hasard de blesser cette femme adorable. Il était trop jeune, trop susceptible de prendre de l'émotion ; son esprit ne lui fournissait aucune tournure aimable pour faire entendre ce qu'il voulait dire. Par un transport naturel et malgré tout raisonnement, il prit dans ses bras cette femme charmante et la couvrit de baisers. Au même instant, on entendit le bruit de la voiture du comte qui entrait dans la cour, et presque en même temps lui-même parut dans le salon ; il avait l'air tout ému.

— Vous inspirez des passions bien singulières, dit-il à Fabrice, qui resta presque confondu du mot.

» L'archevêque avait ce soir l'audience que Son Altesse Sérénissime lui accorde tous les jeudis ; le prince vient de me raconter que l'archevêque, d'un air tout troublé, a débuté par un discours appris par cœur et fort savant, auquel d'abord le prince ne comprenait rien. Landriani a fini par déclarer qu'il était important pour l'église de Parme que *Monsignore* Fabrice del Dongo fût nommé son premier vicaire général, et par la suite, dès qu'il aurait vingt-quatre ans accomplis, son coadjuteur *avec future succession*[1].

» Ce mot m'a effrayé, je l'avoue, dit le comte ; c'est aller un peu bien vite, et je craignais une boutade d'humeur chez le prince. Mais il m'a regardé en riant et m'a dit en français : « Ce sont là de vos coups, monsieur ! » — « Je puis faire serment devant Dieu et devant votre altesse, me suis-je écrié avec toute l'onction possible, que j'ignorais parfaitement le mot de *future succession*. » Alors j'ai dit la vérité, ce que nous répétions ici même il y a quelques heures ; j'ai ajouté, avec entraînement, que, par la suite, je me serais regardé comme comblé des faveurs de son altesse, si elle daignait m'accorder un

---

1. Encore un trait qui renvoie au cardinal de Retz qui demanda la place de coadjuteur de l'archevêque de Paris avec « promesse de succession » ; Louis XIII objecta qu'il était trop jeune. L'expression est purement française et Stendhal semble s'en justifier en faisant parler le prince en français.

petit évêché pour commencer. Il faut que le prince m'ait cru, car il a jugé à propos de faire le gracieux ; il m'a dit, avec toute la simplicité possible : « Ceci est une affaire officielle entre l'archevêque et moi, vous n'y entrez pour rien » ; le bonhomme m'adresse une sorte de rapport fort long et passablement ennuyeux, à la suite duquel il arrive à une proposition officielle ; je lui ai répondu très froidement que le sujet était bien jeune, et surtout bien nouveau dans ma cour ; que j'aurais presque l'air de payer une lettre de change tirée sur moi par l'empereur, en donnant la perspective d'une si haute dignité au fils d'un des grands officiers de son royaume lombardo-vénitien. L'archevêque a protesté qu'aucune recommandation de ce genre n'avait eu lieu. C'était une bonne sottise à me dire *à moi* ; j'en ai été surpris de la part d'un homme aussi entendu ; mais il est toujours désorienté quand il m'adresse la parole, et ce soir il était plus troublé que jamais, ce qui m'a donné l'idée qu'il désirait la chose avec passion. Je lui ai dit que je savais mieux que lui qu'il n'y avait point eu de haute recommandation en faveur de del Dongo, que personne à ma cour ne lui refusait de la capacité, qu'on ne parlait point trop mal de ses mœurs, mais que je craignais qu'il ne fût susceptible d'*enthousiasme*, et que je m'étais promis de ne jamais élever aux places considérables les fous de cette espèce avec lesquels un prince n'est sûr de rien. Alors, a continué son altesse, j'ai dû subir un pathos presque aussi long que le premier ; l'archevêque me faisait l'éloge de l'enthousiasme de la maison de Dieu. « Maladroit, me disais-je, tu t'égares, tu compromets la nomination qui était presque accordée ; il fallait couper court et me remercier avec effusion. » Point : il continuait son homélie avec une intrépidité ridicule ; je cherchais une réponse qui ne fût point trop défavorable au petit del Dongo ; je l'ai trouvée, et assez heureuse, comme

vous allez en juger : « Monseigneur, lui ai-je dit,
Pie VII fut un grand pape et un grand saint ; parmi
tous les souverains, lui seul osa dire *non* au tyran
qui voyait l'Europe à ses pieds ! eh bien ! il était
susceptible d'enthousiasme, ce qui l'a porté, lorsqu'il
était évêque d'Imola, à écrire sa fameuse pastorale
du citoyen cardinal Chiaramonti en faveur de la
république cisalpine [1]. »

» Mon pauvre archevêque est resté stupéfait et,
pour achever de le stupéfier, je lui ai dit d'un air
fort sérieux : « Adieu, monseigneur, je prendrai
vingt-quatre heures pour réfléchir à votre proposition. » Le pauvre homme a ajouté quelques supplications assez mal tournées et assez inopportunes après
le mot *adieu* prononcé par moi. Maintenant, comte
Mosca della Rovère, je vous charge de dire à la
duchesse que je ne veux pas retarder de vingt-quatre
heures une chose qui peut lui être agréable ; asseyez-
vous là et écrivez à l'archevêque le billet d'approba-
tion qui termine toute cette affaire. J'ai écrit le billet,
il l'a signé, il m'a dit : « Portez-le à l'instant même
à la duchesse. » Voici le billet, madame, et c'est ce
qui m'a donné un prétexte pour avoir le bonheur de
vous revoir ce soir. »

La duchesse lut le billet avec ravissement. Pendant
le long récit du comte, Fabrice avait eu le temps de
se remettre : il n'eut point l'air étonné de cet incident, il prit la chose en véritable grand seigneur qui
naturellement a toujours cru qu'il avait droit à ces
avancements extraordinaires, à ces coups de fortune
qui mettraient un bourgeois hors des gonds ; il parla
de sa reconnaissance, mais en bons termes, et finit
par dire au comte :

---

1. Le cardinal Chiaramonti (1742-1823) était évêque d'Imola quand
se produisirent l'invasion française et la création de la République
Cisalpine ; il s'y rallia spectaculairement. En 1800 il devint Pie VII,
qui résista intrépidement à Napoléon ; c'est le personnage de la pièce
de Claudel *L'Otage*.

— Un bon courtisan doit flatter la passion dominante ; hier vous témoigniez la crainte que vos ouvriers de Sanguigna ne volent les fragments de statues antiques qu'ils pourraient découvrir ; j'aime beaucoup les fouilles, moi ; si vous voulez bien le permettre, j'irai voir les ouvriers. Demain soir, après les remerciements convenables au palais et chez l'archevêque, je partirai pour Sanguigna.

— Mais devinez-vous, dit la duchesse au comte, d'où vient cette passion subite du bon archevêque pour Fabrice ?

— Je n'ai pas besoin de deviner ; le grand-vicaire dont le frère est capitaine me disait hier : « Le père Landriani part de ce principe certain, que le titulaire est supérieur au coadjuteur », et il ne se sent pas de joie d'avoir sous ses ordres un del Dongo et de l'avoir obligé. Tout ce qui met en lumière la haute naissance de Fabrice ajoute à son bonheur intime : il a un tel homme pour aide de camp ! En second lieu monseigneur Fabrice lui a plu, il ne se sent point timide devant lui ; enfin il nourrit depuis dix ans une haine bien conditionnée pour l'évêque de Plaisance, qui affiche hautement la prétention de lui succéder sur le siège de Parme, et qui de plus est fils d'un meunier. C'est dans ce but de succession future que l'évêque de Plaisance a pris des relations fort étroites avec la marquise Raversi, et maintenant ces liaisons font trembler l'archevêque pour le succès de son dessein favori, avoir un del Dongo à son état-major, et lui donner des ordres.

Le surlendemain, de bonne heure, Fabrice dirigeait les travaux de la fouille de Sanguigna, vis-à-vis Colorno (c'est le Versailles des princes de Parme)[1] ;

---

1. L'emplacement du château et le plan du parc figurent dans le croquis de Stendhal (p. 735). C'est une ancienne forteresse de la famille Sanseverino, dont les Farnèse ont fait leur résidence ; les Bourbons l'ont modernisée et embellie au XVIIIᵉ siècle.

ces fouilles s'étendaient dans la plaine tout près de la grande route qui conduit de Parme au pont de Casal-Maggiore, première ville de l'Autriche. Les ouvriers coupaient la plaine par une longue tranchée profonde de huit pieds et aussi étroite que possible ; on était occupé à rechercher, le long de l'ancienne voie romaine, les ruines d'un second temple qui, disait-on dans le pays, existait encore au moyen âge[1]. Malgré les ordres du prince, plusieurs paysans ne voyaient pas sans jalousie ces longs fossés traversant leurs propriétés. Quoi qu'on pût leur dire, ils s'imaginaient qu'on était à la recherche d'un trésor, et la présence de Fabrice était surtout convenable pour empêcher quelque petite émeute. Il ne s'ennuyait point, il suivait ces travaux avec passion ; de temps à autre on trouvait quelque médaille, et il ne voulait pas laisser le temps aux ouvriers de s'accorder entre eux pour l'escamoter.

La journée était belle[2], il pouvait être six heures du matin : il avait emprunté un vieux fusil à un coup, il tira quelques alouettes[3], l'une d'elles blessée alla tomber sur la grande route ; Fabrice, en la poursuivant, aperçut de loin une voiture qui venait de Parme et se dirigeait vers la frontière de Casal-Maggiore. Il venait de recharger son fusil lorsque, la voiture fort délabrée s'approchant au tout petit pas, il reconnut la petite Marietta ; elle avait à ses côtés

---

1. L'épisode est très fidèlement repris de l'adaptation par Stendhal de l'*Origine*, mais les détails sur les fouilles étudiées par Benedetto montrent toute la volonté de vraisemblance de Stendhal : c'est à Velleja, autre lieu important du roman, que les fouilles du ministre du Tillot en 1760 avaient découvert une basilique chrétienne et vainement cherché les ruines d'un temple.   2. C'est exactement ici que le cours du roman s'inverse et bascule dans le tragique : la conversation antérieure annonçait déjà cette nouvelle tonalité.   3. Tirer des alouettes et faire des fouilles étaient les seules distractions de Stendhal à Civitavecchia.

le grand escogriffe[1] Giletti, et cette femme âgée qu'elle faisait passer pour sa mère.

Giletti s'imagina que Fabrice s'était placé ainsi au milieu de la route, et un fusil à la main, pour l'insulter et peut-être même pour lui enlever la petite Marietta. En homme de cœur il sauta à bas de la voiture ; il avait dans la main gauche un grand pistolet fort rouillé, et tenait de la droite une épée encore dans son fourreau, dont il se servait lorsque les besoins de la troupe forçaient de lui confier quelque rôle de marquis.

— Ah, brigand ! s'écria-t-il, je suis bien aise de te trouver ici à une lieue de la frontière ; je vais te faire ton affaire ; tu n'es plus protégé ici par tes bas violets.

Fabrice faisait des mines à la petite Marietta et ne s'occupait guère des cris jaloux du Giletti, lorsque tout à coup il vit à trois pieds de sa poitrine le bout du pistolet rouillé ; il n'eut que le temps de donner un coup sur ce pistolet, en se servant de son fusil comme d'un bâton : le pistolet partit, mais ne blessa personne.

— Arrêtez donc, f..., cria Giletti au *veturino*[2].

En même temps il eut l'adresse de sauter sur le bout du fusil de son adversaire et de le tenir éloigné de la direction de son corps ; Fabrice et lui tiraient le fusil chacun de toutes ses forces. Giletti, beaucoup plus vigoureux, plaçant une main devant l'autre, avançait toujours vers la batterie, et était sur le point de s'emparer du fusil, lorsque Fabrice, pour l'empêcher d'en faire usage, fit partir le coup. Il avait bien observé auparavant que l'extrémité du fusil était à plus de trois pouces au-dessus de l'épaule de Giletti : la détonation eut lieu tout près de l'oreille de ce

---

1. Synonyme de voleur, puis homme de grande taille et mal mis ; mot familier et drôle. 2. Ou cocher, mais s'écrit *vetturino*.

dernier. Il resta un peu étonné, mais se remit en un clin d'œil.

— Ah ! tu veux me faire sauter le crâne, canaille ! je vais te faire ton compte.

Giletti jeta le fourreau de son épée de marquis, et fondit sur Fabrice avec une rapidité admirable. Celui-ci n'avait point d'arme et se vit perdu.

Il se sauva vers la voiture, qui était arrêtée à une dizaine de pas derrière Giletti ; il passa à gauche, et saisissant de la main le ressort de la voiture, il tourna rapidement tout autour et repassa tout près de la portière droite qui était ouverte. Giletti, lancé avec ses grandes jambes et qui n'avait pas eu l'idée de se retenir au ressort de la voiture, fit plusieurs pas dans sa première direction avant de pouvoir s'arrêter. Au moment où Fabrice passait auprès de la portière ouverte, il entendit Marietta qui lui disait à demi-voix :

— Prends garde à toi ; il te tuera. Tiens !

Au même instant, Fabrice vit tomber de la portière une sorte de grand couteau de chasse ; il se baissa pour le ramasser, mais, au même instant il fut touché à l'épaule par un coup d'épée que lui lançait Giletti. Fabrice, en se relevant, se trouva à six pouces de Giletti qui lui donna dans la figure un coup furieux avec le pommeau de son épée ; ce coup était lancé avec une telle force qu'il ébranla tout à fait la raison de Fabrice ; en ce moment il fut sur le point d'être tué. Heureusement pour lui, Giletti était encore trop près pour pouvoir lui donner un coup de pointe. Fabrice, quand il revint à soi, prit la fuite en courant de toutes ses forces ; en courant, il jeta le fourreau du couteau de chasse, et ensuite, se retournant vive-ment, il se trouva à trois pas de Giletti qui le poursui-vait. Giletti était lancé, Fabrice lui porta un coup de pointe ; Giletti avec son épée eut le temps de relever un peu le couteau de chasse, mais il reçut le coup de pointe en plein dans la joue gauche. Il passa tout près de Fabrice qui se sentit percer la cuisse, c'était le couteau de Giletti que celui-ci avait eu le temps d'ouvrir. Fabrice fit un saut à droite ; il se retourna, et enfin les deux adversaires se trouvèrent à une juste distance de combat.

Giletti jurait comme un damné.

— Ah ! je vais te couper la gorge, gredin de prêtre, répétait-il à chaque instant.

Fabrice était tout essoufflé et ne pouvait parler ; le coup de pommeau d'épée dans la figure le faisait beaucoup souffrir, et son nez saignait abondamment ; il para plusieurs coups avec son couteau de chasse et porta plusieurs bottes sans trop savoir ce qu'il faisait ; il lui semblait vaguement être à un assaut public. Cette idée lui avait été suggérée par la présence de ses ouvriers qui, au nombre de vingt-cinq ou trente, formaient cercle autour des combattants, mais à distance fort respectueuse ; car on voyait ceux-ci courir à tout moment et s'élancer l'un sur l'autre.

Le combat semblait se ralentir un peu ; les coups ne se suivaient plus avec la même rapidité, lorsque Fabrice se dit : À la douleur que je ressens au visage, il faut qu'il m'ait défiguré. Saisi de rage à cette idée, il sauta sur son ennemi la pointe du couteau de chasse en avant. Cette pointe entra dans le côté droit de la poitrine de Giletti et sortit vers l'épaule gauche ; au même instant l'épée de Giletti pénétrait de toute sa longueur dans le haut du bras de Fabrice, mais l'épée glissa sous la peau, et ce fut une blessure insignifiante.

Giletti était tombé ; au moment où Fabrice s'avançait vers lui, regardant sa main gauche qui tenait un couteau, cette main s'ouvrait machinalement et laissait échapper son arme.

Le gredin est mort, se dit Fabrice.

Il le regarda au visage, Giletti rendait beaucoup de sang par la bouche. Fabrice courut à la voiture.

— Avez-vous un miroir ? cria-t-il à Marietta.

Marietta le regardait très pâle et ne répondait pas. La vieille femme ouvrit d'un grand sang-froid un sac à ouvrage vert, et présenta à Fabrice un petit miroir à manche grand comme la main. Fabrice, en se regardant, se maniait la figure : Les yeux sont sains, se disait-il, c'est déjà beaucoup. Il regarda les dents, elles n'étaient point cassées.

— D'où vient donc que je souffre tant ? se disait-il à demi-voix.

La vieille femme lui répondit :

— C'est que le haut de votre joue a été pilé entre le pommeau de l'épée de Giletti et l'os que nous avons là. Votre joue est horriblement enflée et bleue : mettez-y des sangsues à l'instant, et ce ne sera rien.

— Ah ! des sangsues à l'instant, dit Fabrice en riant, et il reprit tout son sang-froid.

Il vit que les ouvriers entouraient Giletti et le regardaient sans oser le toucher.

— Secourez donc cet homme, leur cria-t-il ; ôtez-lui son habit...

Il allait continuer, mais, en levant les yeux, il vit cinq ou six hommes à trois cents pas sur la grande route qui s'avançaient à pied et d'un pas mesuré vers le lieu de la scène.

Ce sont des gendarmes, pensa-t-il, et comme il y a un homme de tué, ils vont m'arrêter, et j'aurai l'honneur de faire une entrée solennelle dans la ville de Parme. Quelle anecdote pour les courtisans amis de la Raversi et qui détestent ma tante !

Aussitôt, et avec la rapidité de l'éclair, il jette aux ouvriers ébahis tout l'argent qu'il avait dans ses poches, il s'élance dans la voiture.

— Empêchez les gendarmes de me poursuivre, crie-t-il à ses ouvriers, et je fais votre fortune ; dites-leur que je suis innocent, que cet homme *m'a attaqué et voulait me tuer*.

» Et toi, dit-il au *veturino*, mets tes chevaux au galop, tu auras quatre napoléons d'or si tu passes le Pô avant que ces gens là-bas puissent m'atteindre.

— Ça va ! dit le *veturino* ; mais n'ayez donc pas peur, ces hommes là-bas sont à pied, et le trot seul de mes petits chevaux suffit pour les laisser fameusement derrière.

Disant ces paroles il les mit au galop.

Notre héros fut choqué de ce mot *peur* employé par le cocher : c'est que réellement il avait eu une peur extrême après le coup de pommeau d'épée qu'il avait reçu dans la figure.

— Nous pouvons contre-passer des gens à cheval venant vers nous, dit le *veturino* prudent et qui songeait aux quatre napoléons, et les hommes qui nous suivent peuvent crier qu'on nous arrête.

Ceci voulait dire : Rechargez vos armes...

— Ah ! que tu es brave, mon petit abbé ! s'écriait la Marietta en embrassant Fabrice.

La vieille femme regardait hors de la voiture par la portière ; au bout d'un peu de temps elle rentra la tête.

— Personne ne vous poursuit, monsieur, dit-elle à Fabrice d'un grand sang-froid ; et il n'y a personne sur la route devant vous. Vous savez combien les employés de la police autrichienne sont formalistes : s'ils vous voient arriver ainsi au galop, sur la digue au bord du Pô, ils vous arrêteront, n'en ayez aucun doute.

Fabrice regarda par la portière.

— Au trot, dit-il au cocher. Quel passeport avez-vous ? dit-il à la vieille femme.

— Trois au lieu d'un, répondit-elle, et qui nous ont coûté chacun quatre francs : n'est-ce pas une horreur pour de pauvres artistes dramatiques qui voyagent toute l'année ! Voici le passeport de M. Giletti, artiste dramatique, ce sera vous ; voici nos deux passeports à la Marietta et à moi. Mais

Giletti avait tout notre argent dans sa poche, qu'allons-nous devenir ?

— Combien avait-il ? dit Fabrice.

— Quarante beaux écus de cinq francs, dit la vieille femme.

— C'est-à-dire six et de la petite monnaie, dit la Marietta en riant ; je ne veux pas que l'on trompe mon petit abbé.

— N'est-il pas tout naturel, monsieur, reprit la vieille femme d'un grand sang-froid, que je cherche à vous accrocher trente-quatre écus ? Qu'est-ce que trente-quatre écus pour vous ? Et nous, nous avons perdu notre protecteur ; qui est-ce qui se chargera de nous loger, de débattre les prix avec les *veturini* quand nous voyageons, et de faire peur à tout le monde ? Giletti n'était pas beau, mais il était bien commode, et si la petite que voilà n'était pas une sotte, qui d'abord s'est amourachée de vous, jamais Giletti ne se fût aperçu de rien, et vous nous auriez donné de beaux écus. Je vous assure que nous sommes bien pauvres.

Fabrice fut touché ; il tira sa bourse et donna quelques napoléons à la vieille femme.

— Vous voyez, lui dit-il, qu'il ne m'en reste que quinze[1], ainsi il est inutile dorénavant de me tirer aux jambes.

La petite Marietta lui sauta au cou, et la vieille lui baisait les mains. La voiture avançait toujours au petit trot. Quand on vit de loin les barrières jaunes rayées de noir qui annoncent les possessions autrichiennes, la vieille femme dit à Fabrice :

— Vous feriez mieux d'entrer à pied avec le passeport de Giletti dans votre poche ; nous, nous allons nous arrêter un instant, sous prétexte de faire un peu de toilette. Et d'ailleurs, la douane visitera nos effets. Vous, si vous m'en croyez, traversez Casal-Maggiore

---

1. Mais il vient de jeter aux ouvriers des fouilles tout son argent.

d'un pas nonchalant ; entrez même au café et buvez le verre d'eau-de-vie ; une fois hors du village, filez ferme. La police est vigilante en diable en pays autrichien ; elle saura bientôt qu'il y a eu un homme de tué ; vous voyagez avec un passeport qui n'est pas le vôtre, il n'en faut pas tant pour passer deux ans en prison. Gagnez le Pô à droite en sortant de la ville, louez une barque et réfugiez-vous à Ravenne ou à Ferrare ; sortez au plus vite des États autrichiens[1]. Avec deux louis vous pourrez acheter un autre passeport de quelque douanier, celui-ci vous serait fatal ; rappelez-vous que vous avez tué l'homme.

En approchant à pied du pont de bateaux de Casal-Maggiore, Fabrice relisait attentivement le passeport de Giletti. Notre héros avait grand-peur, il se rappelait vivement tout ce que le comte Mosca lui avait dit du danger qu'il y avait pour lui à rentrer dans les États autrichiens ; or, il voyait à deux cents pas devant lui le pont terrible qui allait lui donner accès en ce pays, dont la capitale à ses yeux était le Spielberg. Mais comment faire autrement ? Le duché de Modène qui borne au midi l'État de Parme lui rendait les fugitifs en vertu d'une convention expresse ; la frontière de l'État qui s'étend dans les montagnes du côté de Gênes était trop éloignée ; sa mésaventure serait connue à Parme bien avant qu'il pût atteindre ces montagnes ; il ne restait donc que les États de l'Autriche sur la rive gauche du Pô. Avant qu'on eût le temps d'écrire aux autorités autrichiennes pour les engager à l'arrêter, il se passerait peut-être trente-six heures ou deux jours. Toutes réflexions faites, Fabrice brûla avec le feu de son cigare son propre passeport ; il valait mieux pour lui

---

1. Fabrice doit se réfugier dans les États du pape, mais il ne peut y parvenir qu'en traversant les territoires autrichiens et en s'embarquant sur le Pô à partir de la rive gauche du fleuve.

en pays autrichien être un vagabond que d'être Fabrice del Dongo, et il était possible qu'on le fouillât.

Indépendamment de la répugnance bien naturelle qu'il avait à confier sa vie au passeport du malheureux Giletti, ce document présentait des difficultés matérielles : la taille de Fabrice atteignait tout au plus à cinq pieds cinq pouces, et non pas à cinq pieds dix pouces comme l'énonçait le passeport[1] ; il avait près de vingt-quatre ans et paraissait plus jeune, Giletti en avait trente-neuf. Nous avouerons que notre héros se promena une grande demi-heure sur une contre-digue du Pô voisine du pont de barques, avant de se décider à y descendre. Que conseillerais-je à un autre qui se trouverait à ma place ? se dit-il enfin. Évidemment de passer : il y a un péril à rester dans l'État de Parme ; un gendarme peut être envoyé à la poursuite de l'homme qui en a tué un autre, fût-ce même à son corps défendant. Fabrice fit la revue de ses poches, déchira tous les papiers et ne garda exactement que son mouchoir et sa boîte à cigares ; il lui importait d'abréger l'examen qu'il allait subir. Il pensa à une terrible objection qu'on pourrait lui faire et à laquelle il ne trouvait que de mauvaises réponses : il allait dire qu'il s'appelait Giletti et tout son linge était marqué F. D.

Comme on voit, Fabrice était un de ces malheureux tourmentés par leur imagination ; c'est assez le défaut des gens d'esprit en Italie. Un soldat français d'un courage égal ou même inférieur se serait présenté pour passer sur le pont tout de suite, et sans songer d'avance à aucune difficulté ; mais aussi il y aurait porté tout son sang-froid, et Fabrice était bien loin d'être de sang-froid, lorsque au bout du pont un petit homme, vêtu de gris, lui dit :

---

1. Un pouce fait 27,07 mm ; il y a donc une différence de 11 cm entre Fabrice et Giletti (1,78 m contre 1,89 m).

— Entrez au bureau de police pour votre passeport.

Ce bureau avait des murs sales garnis de clous auxquels les pipes et les chapeaux sales des employés étaient suspendus. Le grand bureau de sapin derrière lequel ils étaient retranchés était tout taché d'encre et de vin ; deux ou trois gros registres reliés en peau verte portaient des taches de toutes couleurs, et la tranche de leurs pages était noircie par les mains. Sur les registres placés en pile l'un sur l'autre il y avait trois magnifiques couronnes de laurier qui avaient servi l'avant-veille pour une des fêtes de l'empereur.

Fabrice fut frappé de tous ces détails, ils lui serrèrent le cœur ; il paya ainsi le luxe magnifique et plein de fraîcheur qui éclatait dans son joli appartement du palais Sanseverina. Il était obligé d'entrer dans ce sale bureau et d'y paraître comme inférieur ; il allait subir un interrogatoire.

L'employé qui tendit une main jaune pour prendre son passeport était petit et noir, il portait un bijou de laiton à sa cravate. Ceci est un bourgeois de mauvaise humeur, se dit Fabrice ; le personnage parut excessivement surpris en lisant le passeport, et cette lecture dura bien cinq minutes.

— Vous avez eu un accident, dit-il à l'étranger en indiquant sa joue du regard.

— Le *veturino* nous a jetés en bas de la digue du Pô. Puis le silence recommença et l'employé lançait des regards farouches sur le voyageur.

J'y suis, se dit Fabrice, il va me dire qu'il est fâché d'avoir une mauvaise nouvelle à m'apprendre et que je suis arrêté. Toutes sortes d'idées folles arrivèrent à la tête de notre héros, qui dans ce moment n'était pas fort logique. Par exemple, il songea à s'enfuir par la porte du bureau qui était restée ouverte ; je me défais de mon habit ; je me jette dans le Pô, et sans doute je pourrai le traverser à la nage. Tout vaut mieux que le Spielberg. L'employé de police le regardait fixement au moment où il calculait les chances de succès de cette équipée, cela faisait deux bonnes physionomies. La présence du danger donne du génie à l'homme raisonnable, elle le met, pour ainsi dire, au-dessus de lui-même ; à l'homme d'imagination elle inspire des romans, hardis il est vrai, mais souvent absurdes.

Il fallait voir l'œil indigné de notre héros sous l'œil scrutateur de ce commis de police orné de ses bijoux de cuivre. Si je le tuais, se disait Fabrice, je serais condamné pour meurtre à vingt ans de galère ou à la mort, ce qui est bien moins affreux que le Spielberg avec une chaîne de cent vingt livres à chaque pied et huit onces de pain pour toute nourriture, et cela dure vingt ans ; ainsi je n'en sortirais qu'à quarante-quatre ans. La logique de Fabrice oubliait que, puisqu'il avait brûlé son passeport, rien n'indiquait à l'employé de police qu'il fût le rebelle Fabrice del Dongo.

Notre héros était suffisamment effrayé, comme on le voit ; il l'eût été bien davantage s'il eût connu les pensées qui agitaient le commis de police. Cet homme était ami de Giletti ; on peut juger de sa surprise lorsqu'il vit son passeport entre les mains d'un autre ; son premier mouvement fut de faire arrêter cet autre, puis il songea que Giletti pouvait bien avoir vendu son passeport à ce beau jeune homme qui apparemment venait de faire quelque mauvais coup à Parme. Si je l'arrête, se dit-il, Giletti sera compromis ; on découvrira facilement qu'il a vendu son passeport ; d'un autre côté, que diront mes chefs si l'on vient à vérifier que moi, ami de Giletti, j'ai visé son passeport porté par un autre ? L'employé se leva en bâillant et dit à Fabrice : — Attendez, monsieur ; puis, par une habitude de police, il ajouta : il s'élève une difficulté. Fabrice dit à part soi : Il va s'élever ma fuite.

En effet, l'employé quittait le bureau dont il laissait la porte ouverte, et le passeport était resté sur la table de sapin. Le danger est évident, pensa Fabrice ; je vais prendre mon passeport et repasser le pont au petit pas, je dirai au gendarme, s'il m'interroge, que j'ai oublié de faire viser mon passeport par le commissaire de police du dernier village des États de Parme. Fabrice avait déjà son passeport à la main, lorsque, à son inexprimable étonnement, il entendit le commis aux bijoux de cuivre qui disait :

— Ma foi, je n'en puis plus ; la chaleur m'étouffe ; je vais au café prendre la demi-tasse. Entrez au bureau quand vous aurez fini votre pipe, il y a un passeport à viser ; l'étranger est là.

Fabrice, qui sortait à pas de loup, se trouva face à face avec un beau jeune homme qui se disait en chantonnant : « Hé bien ! visons donc ce passeport, je vais leur faire mon paraphe. »

— Où monsieur veut-il aller ?

— À Mantoue, Venise et Ferrare.

— Ferrare soit, répondit l'employé en sifflant.

Il prit une griffe, imprima le visa en encre bleue sur le passeport, écrivit rapidement les mots : Mantoue, Venise et Ferrare dans l'espace laissé en blanc par la griffe, puis il fit plusieurs tours en l'air avec la main, signa et reprit de l'encre pour son paraphe qu'il exécuta avec lenteur et en se donnant des soins infinis. Fabrice suivait tous les mouvements de cette plume ; le commis regarda son paraphe avec complaisance, il y ajouta cinq ou six points, enfin il remit le passeport à Fabrice en disant d'un air léger :

— Bon voyage, monsieur.

Fabrice s'éloignait d'un pas dont il cherchait à dissimuler la rapidité, lorsqu'il se sentit arrêter par le bras gauche : instinctivement il mit la main sur le manche de son poignard [1], et s'il ne se fût vu entouré de maisons, il fût peut-être tombé dans une étourderie. L'homme qui lui touchait le bras gauche, lui voyant l'air tout effaré, lui dit en forme d'excuse :

— Mais j'ai appelé monsieur trois fois, sans qu'il

_____
1. Inadvertance du narrateur : dans le combat avec Giletti, Fabrice n'avait que son fusil, puis le couteau de chasse donné par Marietta.

répondît ; monsieur a-t-il quelque chose à déclarer à la douane ?

— Je n'ai sur moi que mon mouchoir ; je vais ici tout près chasser chez un de mes parents.

Il eût été bien embarrassé si on l'eût prié de nommer ce parent. Par la grande chaleur qu'il faisait et avec ces émotions Fabrice était mouillé comme s'il fût tombé dans le Pô. « Je ne manque pas de courage contre les comédiens, mais les commis ornés de bijoux de cuivre me mettent hors de moi ; avec cette idée je ferai un sonnet comique pour la duchesse. »

À peine entré dans Casal-Maggiore, Fabrice prit à droite une mauvaise rue qui descend vers le Pô. J'ai grand besoin, se dit-il, des secours de Bacchus et de Cérès [1], et il entra dans une boutique au-dehors de laquelle pendait un torchon gris attaché à un bâton ; sur le torchon était écrit le mot *Trattoria*. Un mauvais drap de lit soutenu par deux cerceaux de bois fort minces, et pendant jusqu'à trois pieds de terre, mettaient la porte de la *Trattoria* à l'abri des rayons directs du soleil. Là, une femme à demi nue et fort jolie reçut notre héros avec respect, ce qui lui fit le plus vif plaisir ; il se hâta de lui dire qu'il mourait de faim. Pendant que la femme préparait le déjeuner, entra un homme d'une trentaine d'années, il n'avait pas salué en entrant ; tout à coup il se releva du banc où il s'était jeté d'un air familier, et dit à Fabrice :

— *Eccelenza* [2], *la riverisco* (je salue votre excellence).

Fabrice était très gai en ce moment, et au lieu de former des projets sinistres, il répondit en riant :

— Et d'où diable connais-tu mon excellence ?

— Comment ! votre excellence ne reconnaît pas Ludovic, l'un des cochers de madame la duchesse San-

---

1. Vieux clichés parodiques désignant le vin et le pain.   **2.** Il faut *Eccellenza* ; les jeux sur « Votre Excellence », « Mon Excellence », déjà apparus entre Fabrice et Mosca, se trouvent dans *Gil Blas*.

severina ? À *Sacca*, la maison de campagne où nous allions tous les ans, je prenais toujours la fièvre ; j'ai demandé la pension à madame et me suis retiré. Me voici riche ; au lieu de la pension de douze écus par an à laquelle tout au plus je pouvais avoir droit, madame m'a dit que pour me donner le loisir de faire des sonnets, car je suis poète en *langue vulgaire*[1], elle m'accordait vingt-quatre écus, et monsieur le comte m'a dit que si jamais j'étais malheureux, je n'avais qu'à venir lui parler. J'ai eu l'honneur de mener monsignore pendant un relais lorsqu'il est allé faire sa retraite comme un bon chrétien à la chartreuse de Velleja[2].

Fabrice regarda cet homme et le reconnut un peu. C'était un des cochers les plus coquets de la casa Sanseverina : maintenant qu'il était riche, disait-il, il avait pour tout vêtement une grosse chemise déchirée et une culotte de toile, jadis teinte en noir, qui lui arrivait à peine aux genoux ; une paire de souliers et un mauvais chapeau complétaient l'équipage. De plus il ne s'était pas fait la barbe depuis quinze jours. En mangeant son omelette, Fabrice fit la conversation avec lui absolument comme d'égal à égal ; il crut voir que Ludovic était l'amant de l'hôtesse. Il termina rapidement son déjeuner, puis dit à demi-voix à Ludovic :

— J'ai un mot pour vous.

— Votre excellence peut parler librement devant elle, c'est une femme réellement bonne, dit Ludovic d'un air tendre.

— Hé bien ! mes amis, reprit Fabrice sans hésiter, je suis malheureux, et j'ai besoin de votre secours. D'abord il n'y a rien de politique dans mon affaire ;

---

1. C'est-à-dire en italien dialectal. 2. Velleja, que Stendhal établit à dix lieues de Parme (13 en fait) vers le sud, dans un décor désolé de montagne, est un site de fouilles romaines, que Stendhal transporte à Sanguigna ; en échange il lui attribue une chartreuse (il s'y trouve un monastère d'un autre ordre) et plus loin la résidence de la Raversi exilée.

j'ai tout simplement tué un homme qui voulait m'assassiner parce que je parlais à sa maîtresse.

— Pauvre jeune homme ! dit l'hôtesse.

— Que votre excellence compte sur moi ! s'écria le cocher avec des yeux enflammés par le dévouement le plus vif ; où son excellence veut-elle aller ?

— À Ferrare. J'ai un passeport, mais j'aimerais mieux ne pas parler aux gendarmes, qui peuvent avoir connaissance du fait.

— Quand avez-vous expédié cet autre ?

— Ce matin à six heures.

— Votre Excellence n'a-t-elle point de sang sur ses vêtements ? dit l'hôtesse.

— J'y pensais, dit le cocher, et d'ailleurs le drap de ces vêtements est trop fin ; on n'en voit pas beaucoup de semblables dans nos campagnes, cela nous attirerait les regards ; je vais acheter des habits chez le juif. Votre excellence est à peu près de ma taille, mais plus mince.

— De grâce, ne m'appelez plus excellence, cela peut attirer l'attention.

— Oui, excellence, répondit le cocher en sortant de la boutique.

— Hé bien ! hé bien ! cria Fabrice, et l'argent ! revenez donc !

— Que parlez-vous d'argent ! dit l'hôtesse, il a soixante-sept écus qui sont fort à votre service. Moi-même, ajouta-t-elle en baissant la voix, j'ai une quarantaine d'écus que je vous offre de bien bon cœur ; on n'a pas toujours de l'argent sur soi lorsqu'il arrive de ces accidents.

Fabrice avait ôté son habit à cause de la chaleur en entrant dans la *Trattoria* :

— Vous avez là un gilet qui pourrait nous causer de l'embarras s'il entrait quelqu'un : cette belle *toile anglaise* attirerait l'attention.

Elle donna à notre fugitif un gilet de toile teinte en noir, appartenant à son mari. Un grand jeune homme entra dans la boutique par une porte intérieure, il était mis avec une certaine élégance.

— C'est mon mari, dit l'hôtesse. Pierre-Antoine, dit-elle au mari, monsieur est un ami de Ludovic ; il lui est arrivé un accident ce matin de l'autre côté du fleuve, il désire se sauver à Ferrare.

— Hé ! nous le passerons, dit le mari d'un air fort poli, nous avons la barque de Charles-Joseph.

Par une autre faiblesse de notre héros, que nous avouerons aussi naturellement que nous avons raconté sa peur dans le bureau de police au bout du pont, il avait les larmes aux yeux ; il était profondément attendri par le dévouement parfait qu'il rencontrait chez ces paysans : il pensait aussi à la bonté caractéristique de sa tante ; il eût voulu pouvoir faire la fortune de ces gens. Ludovic rentra chargé d'un paquet.

— Adieu cet autre, lui dit le mari d'un air de bonne amitié.

— Il ne s'agit pas de ça, reprit Ludovic d'un ton fort alarmé, on commence à parler de vous, on a remarqué que vous avez hésité en entrant dans notre *vicolo* [1] et quittant la belle rue comme un homme qui chercherait à se cacher.

— Montez vite à la chambre, dit le mari.

Cette chambre, fort grande et fort belle, avait de la toile grise au lieu de vitres aux deux fenêtres ; on y voyait quatre lits larges chacun de six pieds et hauts de cinq.

— Et vite, et vite ! dit Ludovic ; il y a un fat de gendarme nouvellement arrivé qui voulait faire la cour à la jolie femme d'en bas, et auquel j'ai prédit que quand il va en correspondance sur la route, il pourrait bien se rencontrer avec une balle ; si ce chien-là entend parler de votre excellence, il voudra nous jouer un tour, il cherchera à vous arrêter ici afin de faire mal noter la *Trattoria* de la Théodolinde.

---

1. Ou *ruelle*.

» Hé quoi ! continua Ludovic en voyant sa chemise toute tachée de sang et des blessures serrées avec des mouchoirs, le *porco* s'est donc défendu ? En voilà cent fois plus qu'il n'en faut pour vous faire arrêter : je n'ai point acheté de chemise. »

Il ouvrit sans façon l'armoire du mari et donna une de ses chemises à Fabrice qui bientôt fut habillé en riche bourgeois de campagne. Ludovic décrocha un filet suspendu à la muraille, plaça les habits de Fabrice dans le panier où l'on met le poisson, descendit en courant et sortit rapidement par une porte de derrière ; Fabrice le suivait.

— Théodolinde, cria-t-il en passant près de la boutique, cache ce qui est en haut, nous allons attendre dans les saules ; et toi, Pierre-Antoine, envoie-nous bien vite une barque, on paie bien.

Ludovic fit passer plus de vingt fossés à Fabrice. Il y avait des planches fort longues et fort élastiques qui servaient de ponts sur les plus larges de ces fossés ; Ludovic retirait ces planches après avoir passé. Arrivé au dernier canal, il tira la planche avec empressement.

— Respirons maintenant, dit-il ; ce chien de gendarme aurait plus de deux lieues à faire pour atteindre votre excellence. Vous voilà tout pâle, dit-il à Fabrice ; je n'ai point oublié la petite bouteille d'eau-de-vie.

— Elle vient fort à propos : la blessure à la cuisse commence à se faire sentir ; et d'ailleurs j'ai eu une fière peur dans le bureau de la police au bout du pont.

— Je le crois bien, dit Ludovic ; avec une chemise remplie de sang comme était la vôtre, je ne conçois pas seulement comment vous avez osé entrer en un tel lieu. Quant aux blessures, je m'y connais : je vais vous mettre dans un endroit bien frais où vous pourrez dormir une heure ; la barque viendra nous y chercher, s'il y a moyen d'obtenir une barque ; sinon, quand vous serez un peu reposé nous ferons encore deux petites lieues, et je vous mènerai à un moulin où je prendrai moi-même une barque. Votre excellence a bien plus de connaissances que moi : madame va être au désespoir quand elle apprendra l'accident ; on lui dira que vous êtes blessé à mort, peut-être même que vous avez tué l'autre en traître. La marquise Raversi ne manquera pas de faire courir tous les mauvais bruits qui peuvent chagriner madame. Votre excellence pourrait écrire.

— Et comment faire parvenir la lettre ?

— Les garçons du moulin où nous allons gagnent douze sous par jour ; en un jour et demi ils sont à Parme, donc quatre francs pour le voyage ; deux francs pour l'usure des souliers : si la course était faite pour un pauvre homme tel que moi, ce serait six francs ; comme elle est pour le service d'un seigneur, j'en donnerai douze.

Quand on fut arrivé au lieu de repos dans un bois de vernes[1] et de saules, bien touffu et bien frais, Ludovic alla à plus d'une heure de là chercher de l'encre et du papier.

— Grand Dieu, que je suis bien ici ! s'écria Fabrice. Fortune ! adieu, je ne serai jamais archevêque !

À son retour, Ludovic le trouva profondément endormi et ne voulut pas l'éveiller. La barque n'arriva que vers le coucher du soleil ; aussitôt que Ludovic la vit paraître au loin, il appela Fabrice qui écrivit deux lettres.

— Votre excellence a bien plus de connaissances que moi, dit Ludovic d'un air peiné, et je crains bien de lui déplaire au fond du cœur, quoi qu'elle en dise, si j'ajoute une certaine chose.

— Je ne suis pas aussi nigaud que vous le pensez, répondit Fabrice, et, quoi que vous puissiez dire, vous serez toujours à mes yeux un serviteur fidèle de ma tante, et un homme qui a fait tout au monde pour me tirer d'un fort vilain pas.

Il fallut bien d'autres protestations encore pour décider Ludovic à parler, et quand enfin il en eut pris la

---

1. Ou vergne ; le mot désigne l'aune (ou aulne).

résolution, il commença par une préface qui dura bien cinq minutes. Fabrice s'impatienta, puis il se dit : À qui la faute ? à notre vanité que cet homme a fort bien vue du haut de son siège. Le dévouement de Ludovic le porta enfin à courir le risque de parler net.

— Combien la marquise Raversi ne donnerait-elle pas au piéton que vous allez expédier à Parme pour avoir ces deux lettres ! Elles sont de votre écriture, et par conséquent font preuves judiciaires contre vous. Votre excellence va me prendre pour un curieux indiscret ; en second lieu, elle aura peut-être honte de mettre sous les yeux de madame la duchesse ma pauvre écriture de cocher ; mais enfin votre sûreté m'ouvre la bouche, quoique vous puissiez me croire un impertinent. Votre excellence ne pourrait-elle pas me dicter ces deux lettres ? Alors je suis le seul compromis, et encore bien peu, je dirais au besoin que vous m'êtes apparu au milieu d'un champ avec une écritoire de corne dans une main et un pistolet dans l'autre, et que vous m'avez ordonné d'écrire.

— Donnez-moi la main, mon cher Ludovic, s'écria Fabrice, et pour vous prouver que je ne veux point avoir de secret pour un ami tel que vous, copiez ces deux lettres telles qu'elles sont.

Ludovic comprit toute l'étendue de cette marque de confiance et y fut extrêmement sensible, mais au bout de quelques lignes, comme il voyait la barque s'avancer rapidement sur le fleuve :

— Les lettres seront plus tôt terminées, dit-il à Fabrice, si votre excellence veut prendre la peine de me les dicter.

Les lettres finies, Fabrice écrivit un A et un B à la dernière ligne, et sur une petite rognure de papier qu'ensuite il chiffonna, il mit en français : *Croyez A et B*. Le piéton devait cacher ce papier froissé dans ses vêtements.

La barque arrivant à portée de la voix, Ludovic appela les bateliers par des noms qui n'étaient pas les leurs ; ils ne répondirent point et abordèrent cinq cents toises plus bas, regardant de tous les côtés pour voir s'ils n'étaient point aperçus par quelque douanier.

— Je suis à vos ordres, dit Ludovic à Fabrice ; voulez-vous que je porte moi-même les lettres à Parme ? Voulez-vous que je vous accompagne à Ferrare ?

— M'accompagner à Ferrare est un service que je n'osais presque vous demander. Il faudra débarquer, et tâcher d'entrer dans la ville sans montrer le passeport. Je vous dirai que j'ai la plus grande répugnance à voyager sous le nom de Giletti, et je ne vois que vous qui puissiez m'acheter un autre passeport.

— Que ne parliez-vous à Casal-Maggiore ! Je sais un espion qui m'aurait vendu un excellent passeport, et pas cher, pour quarante ou cinquante francs.

L'un des deux mariniers qui était né sur la rive droite du Pô, et par conséquent n'avait pas besoin de passeport à l'étranger pour aller à Parme, se chargea de porter les lettres. Ludovic, qui savait manier la rame, se fit fort de conduire la barque avec l'autre.

— Nous allons trouver sur le bas Pô, dit-il, plusieurs barques armées appartenant à la police, et je saurai les éviter.

Plus de dix fois on fut obligé de se cacher au milieu de petites îles à fleur d'eau, chargées de saules. Trois fois on mit pied à terre pour laisser passer les barques vides devant les embarcations de la police. Ludovic profita de ces longs moments de loisir pour réciter à Fabrice plusieurs de ses sonnets. Les sentiments étaient assez justes, mais comme émoussés par l'expression, et ne valaient pas la peine d'être écrits ; le singulier, c'est que cet ex-cocher avait des passions et des façons de voir vives et pittoresques ; il devenait froid et commun dès qu'il écrivait. C'est le contraire de ce que nous voyons dans le monde, se dit Fabrice ; l'on sait maintenant tout exprimer avec grâce, mais les cœurs n'ont rien à dire. Il comprit que le plus grand plaisir qu'il pût faire à ce serviteur fidèle ce serait de corriger les fautes d'orthographe de ses sonnets.

— On se moque de moi quand je prête mon cahier, disait Ludovic ; mais si votre excellence daignait me dicter l'orthographe des mots lettre à lettre, les envieux ne sauraient plus que dire : l'orthographe ne fait pas le génie.

Ce ne fut que le surlendemain dans la nuit que Fabrice put débarquer en toute sûreté dans un bois de vernes, une lieue avant que d'arriver à *Ponte Lago Oscuro* [1]. Toute la journée il resta caché dans une chènevière [2], et Ludovic le précéda à Ferrare ; il y loua un petit logement chez un juif pauvre, qui comprit tout de suite qu'il y avait de l'argent à gagner si l'on savait se taire. Le soir, à la chute du jour, Fabrice entra dans Ferrare monté sur un petit cheval ; il avait bon besoin de ce secours, la chaleur l'avait frappé sur le fleuve ; le coup de couteau qu'il avait à la cuisse, et le coup d'épée que Giletti lui avait donné dans l'épaule, au commencement du combat, s'étaient enflammés et lui donnaient de la fièvre.

---

1. Cette localité dont le nom aujourd'hui s'écrit en un seul mot, se trouve sur la rive droite du Pô dans les États du pape. Fabrice est donc à l'abri de la police autrichienne.   2. Le chènevis est la graine du chanvre, et la chènevière est la surface ensemencée de chanvre.

CHAPITRE XII

Le juif, maître du logement, avait procuré un chirurgien discret, lequel, comprenant à son tour qu'il y avait de l'argent dans la bourse, dit à Ludovic que sa *conscience* l'obligeait à faire son rapport à la police sur les blessures du jeune homme que lui, Ludovic, appelait son frère.

— La loi est claire, ajouta-t-il ; il est trop évident que votre frère ne s'est point blessé lui-même, comme il le raconte, en tombant d'une échelle, au moment où il tenait à la main un couteau tout ouvert.

Ludovic répondit froidement à cet honnête chirurgien que, s'il s'avisait de céder aux inspirations de sa conscience, il aurait l'honneur, avant de quitter Ferrare, de tomber sur lui précisément avec un couteau ouvert à la main. Quand il rendit compte de cet incident à Fabrice, celui-le le blâma fort, mais il n'y avait plus un instant à perdre pour décamper. Ludovic dit au juif qu'il voulait essayer de faire prendre l'air à son frère ; il alla chercher une voiture, et nos amis sortirent de la maison pour ne plus y rentrer. Le lecteur trouve bien longs, sans doute, les récits de toutes ces démarches que rend nécessaires l'absence d'un passeport : ce genre de préoccupation n'existe plus en France ; mais en Italie, et surtout aux environs du Pô, tout le monde parle passeport. Une fois sorti de Ferrare sans encombre, comme pour faire une promenade, Ludovic renvoya le fiacre, puis il rentra dans la ville par une

autre porte, et revint prendre Fabrice avec une *sediola*
qu'il avait louée pour faire douze lieues. Arrivés près
de Bologne, nos amis se firent conduire à travers
champs sur la route qui de Florence conduit à Bologne ; ils passèrent la nuit dans la plus misérable
auberge qu'ils purent découvrir, et, le lendemain,
Fabrice se sentant la force de marcher un peu, ils entrèrent à Bologne comme des promeneurs[1]. On avait
brûlé le passeport de Giletti : la mort du comédien
devait être connue, et il y avait moins de péril à être
arrêtés comme gens sans passeports que comme porteurs du passeport d'un homme tué.

Ludovic connaissait à Bologne deux ou trois domestiques de grandes maisons ; il fut convenu qu'il irait
prendre langue auprès d'eux. Il leur dit que, venant de
Florence et voyageant avec son jeune frère, celui-ci, se
sentant le besoin de dormir, l'avait laissé partir seul
une heure avant le lever du soleil. Il devait le rejoindre
dans le village où lui, Ludovic, s'arrêterait pour passer
les heures de la grande chaleur. Mais Ludovic, ne
voyant point arriver son frère, s'était déterminé à
retourner sur ses pas ; il l'avait retrouvé blessé d'un
coup de pierre et de plusieurs coups de couteau, et, de
plus, volé par des gens qui lui avaient cherché dispute.
Ce frère était joli garçon, savait panser et conduire les
chevaux, lire et écrire, et il voudrait bien trouver une
place dans quelque bonne maison. Ludovic se réserva
d'ajouter, quand l'occasion s'en présenterait, que,
Fabrice tombé, les voleurs s'étaient enfuis emportant
le petit sac dans lequel étaient leur linge et leurs passeports.

En arrivant à Bologne, Fabrice, se sentant très
fatigué, et n'osant, sans passeport, se présenter dans
une auberge, était entré dans l'immense église de

---

1. Arrivés du nord, Fabrice et Ludovic veulent faire croire qu'ils
viennent du sud, donc de Florence, et aussi qu'ils ne voyagent pas.

Saint-Pétrone[1]. Il y trouva une fraîcheur délicieuse ; bientôt il se sentit tout ranimé. « Ingrat que je suis, se dit-il tout à coup, j'entre dans une église, et c'est pour m'y asseoir, comme dans un café ! » Il se jeta à genoux, et remercia Dieu avec effusion de la protection évidente dont il était entouré depuis qu'il avait eu le malheur de tuer Giletti. Le danger qui le faisait encore frémir, c'était d'être reconnu dans le bureau de police de Casal-Maggiore. Comment, se disait-il, ce commis, dont les yeux marquaient tant de soupçons et qui a relu mon passeport jusqu'à trois fois, ne s'est-il pas aperçu que je n'ai pas cinq pieds dix pouces, que je n'ai pas trente-huit ans, que je ne suis pas fort marqué de la petite vérole ? Que de grâces je vous dois, ô mon Dieu ! Et j'ai pu tarder jusqu'à ce moment de mettre mon néant à vos pieds ! Mon orgueil a voulu croire que c'était à une vaine prudence humaine que je devais le bonheur d'échapper au Spielberg qui déjà s'ouvrait pour m'engloutir !

Fabrice passa plus d'une heure dans cet extrême attendrissement, en présence de l'immense bonté de Dieu. Ludovic s'approcha sans qu'il l'entendît venir, et se plaça en face de lui. Fabrice, qui avait le front caché dans ses mains, releva la tête, et son fidèle serviteur vit les larmes qui sillonnaient ses joues.

— Revenez dans une heure, lui dit Fabrice assez durement.

Ludovic pardonna ce ton à cause de la piété. Fabrice récita plusieurs fois les sept psaumes de la pénitence, qu'il savait par cœur ; il s'arrêtait longuement aux versets qui avaient du rapport avec sa situation présente.

Fabrice demandait pardon à Dieu de beaucoup de choses, mais ce qui est remarquable, c'est qu'il ne lui

---

1. L'église de San-Petronio se trouve au centre de la vieille cité, c'est un édifice gothique de très vastes dimensions ; Stendhal lui accorde une *Madone* de Cimabue qui n'existe pas ; par contre, les portiques extérieurs se trouvent bien sur la place.

vint pas à l'esprit de compter parmi ses fautes le projet de devenir archevêque, uniquement parce que le comte Mosca était premier ministre, et trouvait cette place et la grande existence qu'elle donne convenables pour le neveu de la duchesse. Il l'avait désirée sans passion, il est vrai, mais enfin il y avait songé, exactement comme à une place de ministre ou de général. Il ne lui était point venu à la pensée que sa conscience pût être intéressée dans ce projet de la duchesse. Ceci est un trait remarquable de la religion qu'il devait aux enseignements des jésuites milanais. Cette religion *ôte le courage de penser aux choses inaccoutumées*, et défend surtout l'*examen personnel*, comme le plus énorme des péchés ; c'est un pas vers le protestantisme. Pour savoir de quoi l'on est coupable, il faut interroger son curé, ou lire la liste des péchés, telle qu'elle se trouve imprimée dans les livres intitulés : *Préparation au sacrement de la Pénitence*. Fabrice savait par cœur la liste des péchés rédigée en langue latine, qu'il avait apprise à l'Académie ecclésiastique de Naples. Ainsi, en récitant cette liste, parvenu à l'article du meurtre, il s'était fort bien accusé devant Dieu d'avoir tué un homme, mais en défendant sa vie. Il avait passé rapidement, et sans y faire la moindre attention, sur les divers articles relatifs au péché de *simonie* (se procurer par de l'argent les dignités ecclésiastiques). Si on lui eût proposé de donner cent louis pour devenir premier grand vicaire de l'archevêque de Parme, il eût repoussé cette idée avec horreur ; mais quoiqu'il ne manquât ni d'esprit ni surtout de logique, il ne lui vint pas une seule fois à l'esprit que le crédit du comte Mosca, employé en sa faveur, fût une *simonie*[1]. Tel est

---

1. Cette réflexion sur la simonie semble dériver la XIIᵉ *Provinciale* de Pascal qui s'en prend aux définitions restrictives du péché de simonie que donnent les casuistes jésuites : ils ne condamnent que l'échange formel d'un bien spirituel contre de l'argent ; dès lors, si le péché se trouve dans les conditions du marché, et non dans le marché lui-même, on peut admettre des échanges fondés par exemple sur le crédit ou l'influence.

le triomphe de l'éducation jésuitique : donner l'habitude de ne pas faire attention à des choses plus claires que le jour. Un Français, élevé au milieu des traits d'intérêt personnel et de l'ironie de Paris, eût pu, sans être de mauvaise foi, accuser Fabrice d'hypocrisie au moment même où notre héros ouvrait son âme à Dieu avec la plus extrême sincérité et l'attendrissement le plus profond.

Fabrice ne sortit de l'église qu'après avoir préparé la confession qu'il se proposait de faire dès le lendemain ; il trouva Ludovic assis sur les marches du vaste péristyle en pierre qui s'élève sur la grande place en avant de la façade de Saint-Pétrone. Comme après un grand orage l'air est plus pur, ainsi l'âme de Fabrice était tranquille, heureuse et comme rafraîchie.

— Je me trouve fort bien, je ne sens presque plus mes blessures, dit-il à Ludovic en l'abordant ; mais avant tout je dois vous demander pardon ; je vous ai répondu avec humeur lorsque vous êtes venu me parler dans l'église, je faisais mon examen de conscience. Hé bien ! où en sont nos affaires ?

— Elles vont au mieux : j'ai arrêté un logement, à la vérité bien peu digne de votre excellence, chez la femme d'un de mes amis, qui est fort jolie et de plus intimement liée avec l'un des principaux agents de la police. Demain j'irai déclarer comme quoi nos passeports nous ont été volés ; cette déclaration sera prise en bonne part ; mais je paierai le port de la lettre que la police écrira à Casal-Maggiore, pour savoir s'il existe dans cette commune un nommé Ludovic San-Micheli, lequel a un frère, nommé Fabrice, au service de madame la duchesse Sanseverina, à Parme. Tout est fini, *siamo a cavallo*. (Proverbe italien : nous sommes sauvés.)

Fabrice avait pris tout à coup un air fort sérieux[a] : il pria Ludovic de l'attendre un instant, rentra dans l'église presque en courant, et à peine y fut-il que de nouveau il se précipita à genoux ; il baisait humblement les dalles de pierre. « C'est un miracle, Seigneur, s'écriait-il les larmes aux yeux : quand vous avez vu mon âme disposée à rentrer dans le devoir, vous m'avez sauvé. Grand Dieu ! Il est possible qu'un jour je sois tué dans quelque affaire : souvenez-vous au moment de ma mort de l'état où mon âme se trouve en ce moment. » Ce fut avec les transports de la joie la plus vive que Fabrice récita de nouveau les sept psaumes de la pénitence. Avant que de sortir il s'approcha d'une vieille femme qui était assise devant une grande madone et à côté d'un triangle de fer placé verticalement sur un pied de même métal. Les bords de ce triangle étaient hérissés d'un grand nombre de pointes destinées à porter les petits cierges que la piété des fidèles allume devant la célèbre madone de Cimabue[1]. Sept cierges seulement étaient allumés quand Fabrice s'approcha ; il plaça cette circonstance dans sa mémoire avec l'intention d'y réfléchir ensuite plus à loisir.

— Combien coûtent les cierges ? dit-il à la femme.

— Deux bajocs[2] pièce.

En effet ils n'étaient guère plus gros qu'un tuyau de plume, et n'avaient pas un pied de long.

— Combien peut-on placer encore de cierges sur votre triangle ?

— Soixante-trois, puisqu'il y en a sept d'allumés.

Ah ! se dit Fabrice, soixante-trois et sept font soixante-dix : ceci est encore à noter. Il paya les cierges, plaça lui-même et alluma les sept premiers, puis se mit à genoux pour lui faire son offrande, et dit à la vieille femme en se relevant :

---

1. Cimabue (vers 1240-1302) est un peintre florentin.   **2.** Le bajoc ou baïoque est une monnaie des États de l'Église qui vaut un centième de l'écu (un écu = trois francs). Sur la numérologie dans le roman voir Christof Weiand, « La symbolique du chiffre 3 dans *La Chartreuse de Parme* », dans *Le Symbolisme stendhalien... op. cit.*, Jacques-Louis Douchin, « Esquisse de numérologie stendhalienne », dans *S-C*, n° 103, 1964, et Noël Baverez, « Arithmologie symbolique du début de *La Chartreuse de Parme* », dans *S-C*, n° 120, 1968.

— C'est *pour grâce reçue*.

— Je meurs de faim, dit Fabrice à Ludovic en le rejoignant.

— N'entrons point dans un cabaret, allons au logement ; la maîtresse de la maison ira vous acheter ce qu'il faut pour déjeuner ; elle volera une vingtaine de sous et en sera d'autant plus attachée au nouvel arrivant.

— Ceci ne tend à rien moins qu'à me faire mourir de faim une grande heure de plus, dit Fabrice en riant avec la sérénité d'un enfant, et il entra dans un cabaret voisin de Saint-Pétrone.

À son extrême surprise, il vit à une table voisine de celle où il était placé, Pépé, le premier valet de chambre de sa tante, celui-là même qui autrefois était venu à sa rencontre jusqu'à Genève. Fabrice lui fit signe de se taire ; puis, après avoir déjeuné rapidement, le sourire du bonheur errant sur ses lèvres, il se leva ; Pépé le suivit, et, pour la troisième fois, notre héros entra dans Saint-Pétrone. Par discrétion, Ludovic resta à se promener sur la place.

— Hé ! mon Dieu, monseigneur ! Comment vont vos blessures ? Madame la duchesse est horriblement inquiète : un jour entier elle vous a cru mort abandonné dans quelque île du Pô ; je vais lui expédier un courrier à l'instant même. Je vous cherche depuis six jours, j'en ai passé trois à Ferrare, courant toutes les auberges.

— Avez-vous un passeport pour moi ?

— J'en ai trois différents : l'un avec les noms et les titres de votre excellence ; le second avec votre nom seulement, et le troisième sous un nom supposé, Joseph Bossi[1] ; chaque passeport est en double expédition, selon que votre excellence voudra arriver de Florence ou de Modène. Il ne s'agit que de faire une promenade

---

1. C'est encore un vrai nom : Joseph Bossi (1777-1815) est un peintre milanais et l'auteur d'un ouvrage sur *La Cène* de Léonard de Vinci que Stendhal connaît bien.

hors de la ville. Monsieur le comte vous verrait loger avec plaisir à l'Auberge *del Pelegrino* [1], dont le maître est son ami.

Fabrice, ayant l'air de marcher au hasard, s'avança dans la nef droite de l'église jusqu'au lieu où ses cierges étaient allumés ; ses yeux se fixèrent sur la madone de Cimabué, puis il dit à Pépé en s'agenouillant :

— Il faut que je rende grâces un instant.

Pépé l'imita. Au sortir de l'église, Pépé remarqua que Fabrice donnait une pièce de vingt francs au premier pauvre qui lui demanda l'aumône ; ce mendiant jeta des cris de reconnaissance qui attirèrent sur les pas de l'être charitable les nuées de pauvres de tout genre qui ornent d'ordinaire la place de Saint-Pétrone. Tous voulaient avoir leur part du napoléon. Les femmes, désespérant de pénétrer dans la mêlée qui l'entourait, fondirent sur Fabrice, lui criant s'il n'était pas vrai qu'il avait voulu donner son napoléon pour être divisé parmi tous les pauvres du bon Dieu. Pépé, brandissant sa canne à pomme d'or, leur ordonna de laisser son excellence tranquille.

— Ah ! excellence, reprirent toutes ces femmes d'une voix plus perçante, donnez aussi un napoléon d'or pour les pauvres femmes !

Fabrice doubla le pas, les femmes le suivirent en criant, et beaucoup de pauvres mâles, accourant par toutes les rues, firent une sorte de petite sédition. Toute cette foule horriblement sale et énergique criait :

— *Excellence*.

Fabrice eut beaucoup de peine à se délivrer de la cohue ; cette scène rappela son imagination sur la terre. Je n'ai que ce que je mérite, se dit-il, je me suis frotté à la canaille.

---

1. Illustre auberge de Bologne où Byron et Stendhal lui-même ont logé. Nous aurons plus loin l'adresse, 79 via Larga (aujourd'hui via Ugo Bassi).

Deux femmes le suivirent jusqu'à la porte de Sara-gosse par laquelle il sortait de la ville[1] ; Pépé les arrêta en les menaçant sérieusement de sa canne, et leur jetant quelque monnaie. Fabrice monta la charmante colline de San Michele in Bosco, fit le tour d'une partie de la ville en dehors des murs, prit un sentier, arriva à cinq cents pas sur la route de Florence, puis rentra dans Bologne et remit gravement au commis de la police un passeport où son signalement était noté d'une façon fort exacte. Ce passeport le nommait Joseph Bossi, étu-diant en théologie. Fabrice y remarqua une petite tache d'encre rouge jetée, comme par hasard, au bas de la feuille vers l'angle droit[2]. Deux heures plus tard il eut un espion à ses trousses, à cause du titre d'*excellence* que son compagnon lui avait donné devant les pauvres de Saint-Pétrone, quoique son passeport ne portât aucun des titres qui donnent à un homme le droit de se faire appeler *excellence* par ses domestiques.

Fabrice vit l'espion, et s'en moqua fort ; il ne son-geait plus ni aux passeports ni à la police, et s'amusait de tout comme un enfant. Pépé, qui avait ordre de res-ter auprès de lui, le voyant fort content de Ludovic, aima mieux aller porter lui-même de si bonnes nou-velles à la duchesse. Fabrice écrivit deux très longues

---

1. Le problème de Fabrice qui est entré sans passeport, en prome-neur, dans Bologne est d'y rentrer avec un passeport ; il doit donc en sortir et y entrer à nouveau, cette fois le passeport à la main ; il passe par une porte qui donne au sud-ouest et revient par la route de Florence, au sud-est. La colline de San Michele in Bosco est un haut lieu de Stendhal : il aime à y découvrir un panorama immense qui fait penser à celui de la Tour Farnèse, et un bien-être physique, une paix morale qui font penser au lac de Côme.   2. Stendhal était mal vu de toutes les polices qui sévissaient en Italie (autrichienne, pontificale, toscane), et comme consul de France il visait les passeports, il savait tout sur les divers usages des polices. Ici il fait état d'une pratique réelle : la police de Bologne mettait sur les passeports des étrangers un signe conven-tionnel qui indiquait s'ils étaient normaux, suspects ou gravement sus-pects ; ces derniers avaient un point dans le millésime de la date. Fabrice est donc de cette troisième catégorie. *Cf*. F. Boyer, « Deux petites notes stendhaliennes », dans *Le Divan*, 1958.

lettres aux personnes qui lui étaient chères ; puis il eut l'idée d'en écrire une troisième au vénérable archevêque Landriani. Cette lettre produisit un effet merveilleux, elle contenait un récit fort exact du combat avec Giletti. Le bon archevêque, tout attendri, ne manqua pas d'aller lire cette lettre au prince, qui voulut bien l'écouter, assez curieux de voir comment ce jeune *monsignore* s'y prenait pour excuser un meurtre aussi épouvantable. Grâce aux nombreux amis de la marquise Raversi, le prince ainsi que toute la ville de Parme croyait que Fabrice s'était fait aider par vingt ou trente paysans pour assommer un mauvais comédien qui avait l'insolence de lui disputer la petite Marietta. Dans les cours despotiques, le premier intrigant adroit dispose de la *vérité*, comme la mode en dispose à Paris.

— Mais, que diable ! disait le prince à l'archevêque, on fait faire ces choses-là par un autre ; mais les faire soi-même, ce n'est pas l'usage ; et puis on ne tue pas un comédien tel que Giletti, on l'achète.

Fabrice ne se doutait en aucune façon de ce qui se passait à Parme. Dans le fait, il s'agissait de savoir si la mort de ce comédien, qui de son vivant gagnait trente-deux francs par mois, amènerait la chute du ministère ultra et de son chef le comte Mosca.

En apprenant la mort de Giletti, le prince, piqué des airs d'indépendance que se donnait la duchesse, avait ordonné au fiscal général Rassi de traiter tout ce procès comme s'il se fût agi d'un libéral. Fabrice, de son côté, croyait qu'un homme de son rang était au-dessus des lois ; il ne calculait pas que dans les pays où les grands noms ne sont jamais punis, l'intrigue peut tout, même contre eux. Il parlait souvent à Ludovic de sa parfaite innocence qui serait bien vite proclamée ; sa grande raison c'est qu'il n'était pas coupable. Sur quoi Ludovic lui dit un jour :

— Je ne conçois pas comment votre excellence, qui a tant d'esprit et d'instruction, prend la peine de dire de ces choses-là à moi qui suis son serviteur dévoué ;

votre excellence use de trop de précautions, ces choses-là sont bonnes à dire en public ou devant un tribunal.

Cet homme me croit un assassin et ne m'en aime pas moins, se dit Fabrice, tombant de son haut.

Trois jours après le départ de Pépé, il fut bien étonné de recevoir une lettre énorme fermée avec une tresse de soie comme du temps de Louis XIV, et adressée *à son excellence révérendissime monseigneur Fabrice del Dongo, premier grand-vicaire du diocèse de Parme, chanoine*, etc.

Mais, est-ce que je suis encore tout cela ? se dit-il en riant. L'épître de l'archevêque Landriani était un chef-d'œuvre de logique et de clarté ; elle n'avait pas moins de dix-neuf grandes pages, et racontait fort bien tout ce qui s'était passé à Parme à l'occasion de la mort de Giletti.

Une armée française commandée par le maréchal Ney et marchant sur la ville n'aurait pas produit plus d'effet, lui disait le bon archevêque ; *à l'exception de la duchesse et de moi, mon très cher fils, tout le monde croit que vous vous êtes donné le plaisir de tuer l'histrion Giletti. Ce malheur vous fût-il arrivé, ce sont de ces choses qu'on assoupit avec deux cents louis et une absence de six mois ; mais la Raversi veut renverser le comte Mosca à l'aide de cet incident. Ce n'est point l'affreux péché du meurtre que le public blâme en vous, c'est uniquement la* maladresse *ou plutôt l'insolence de ne pas avoir daigné recourir à un* bulo [1] (sorte

---

1. Les « buli » (ou mieux « bulli ») vont jouer un grand rôle dans le roman : ce sont des hommes de main à gages, bons pour toutes les besognes ; Brescia était célèbre pour sa population de professionnels de la violence ; Stendhal mentionne le modèle du comte M... que l'on va trouver, c'est le comte Martinengo de Brescia ; l'usage de troupes privées fait le lien entre le Moyen Âge, ou le XVIᵉ siècle et le XIXᵉ. Fabrice recrutera des « bravi » : le mot de *bravo* a quelque chose de plus noble et de plus historique ; il désigne un soldat, un vrai combattant mercenaire. Voir sur ces traits de l'Italie stendhalienne, Benedetto, *op. cit.*, p. 242 sq. et nous-même, *Stendhal et l'italianité*, p. 209 sq.

de fier-à-bras subalterne). *Je vous traduis ici en termes clairs les discours qui m'environnent, car depuis ce malheur à jamais déplorable, je me rends tous les jours dans trois maisons des plus considérables de la ville pour avoir l'occasion de vous justifier. Et jamais je n'ai cru faire un plus saint usage du peu d'éloquence que le Ciel a daigné m'accorder.*

Les écailles tombaient des yeux de Fabrice ; les nombreuses lettres de la duchesse, remplies de transports d'amitié, ne daignaient jamais raconter. La duchesse lui jurait de quitter Parme à jamais, si bientôt il n'y rentrait triomphant.

« Le comte fera pour toi, lui disait-elle dans la lettre qui accompagnait celle de l'archevêque, tout ce qui est humainement possible. Quant à moi, tu as changé mon caractère avec cette belle équipée ; je suis maintenant aussi avare que le banquier Tombone ; j'ai renvoyé tous mes ouvriers, j'ai fait plus, j'ai dicté au comte l'inventaire de ma fortune, qui s'est trouvée bien moins considérable que je ne le pensais. Après la mort de l'excellent comte Pietranera, que, par parenthèse, tu aurais bien plutôt dû venger, au lieu de t'exposer contre un être de l'espèce de Giletti, je restai avec 1 200 liv. de rente et 5 000 fr. de dette ; je me souviens, entre autres choses, que j'avais deux douzaines et demie de souliers de satin blanc venant de Paris, et une seule paire de souliers pour marcher dans la rue. Je suis presque décidée à prendre les 300 000 fr. que me laisse le duc, et que je voulais employer en entier à lui élever un tombeau magnifique. Au reste, c'est la marquise Raversi qui est ta principale ennemie, c'est-à-dire la mienne ; si tu t'ennuies seul à Bologne, tu n'as qu'à dire un mot, j'irai te rejoindre. Voici quatre nouvelles lettres de change, etc., etc. »

La duchesse ne disait mot à Fabrice de l'opinion qu'on avait à Parme sur son affaire, elle voulait avant tout le consoler, et, dans tous les cas, la mort d'un être ridicule tel que Giletti ne lui semblait pas de nature à être reprochée sérieusement à un del Dongo.

— Combien de Giletti nos ancêtres n'ont-ils pas envoyés dans l'autre monde, disait-elle au comte, sans que personne se soit mis en tête de leur en faire un reproche ?

Fabrice tout étonné, et qui entrevoyait pour la première fois le véritable état des choses, se mit à étudier la lettre de l'archevêque. Par malheur, l'archevêque lui-même le croyait plus au fait qu'il ne l'était réellement. Fabrice comprit que ce qui faisait surtout le triomphe de la marquise Raversi, c'est qu'il était impossible de trouver des témoins *de visu* de ce fatal combat. Le valet de chambre qui le premier en avait apporté la nouvelle à Parme était à l'auberge du village de Sanguigna lorsqu'il avait eu lieu ; la petite Marietta et la vieille femme qui lui servait de mère avaient disparu, et la marquise avait acheté le *veturino* qui conduisait la voiture et qui faisait maintenant une déposition abominable.

Quoique la procédure soit environnée du plus profond mystère, écrivait le bon archevêque avec son style cicéronien, *et dirigée par le fiscal général Rassi, dont la seule charité chrétienne peut m'empêcher de dire du mal, mais qui a fait sa fortune en s'acharnant après les malheureux accusés comme le chien de chasse après le lièvre ; quoique le Rassi, dis-je, dont votre imagination ne saurait s'exagérer la turpitude et la vénalité, ait été chargé de la direction du procès par un prince irrité, j'ai pu lire les trois dépositions du* veturino. *Par un insigne bonheur, ce malheureux se contredit. Et j'ajouterai, parce que je parle à mon vicaire général, à celui qui, après moi, doit avoir la direction de ce diocèse, que j'ai mandé le curé de la paroisse qu'habite ce pécheur égaré. Je vous dirai, mon très cher fils, mais sous le secret de la confession, que ce curé connaît déjà, par la femme du* veturino, *le nombre d'écus qu'il a reçus de la marquise Raversi ; je n'oserai dire que la marquise a exigé de lui de vous calomnier, mais le fait est probable. Les écus ont été remis par un malheureux prêtre qui remplit des fonctions peu relevées auprès de cette marquise, et auquel j'ai été obligé d'interdire la messe pour la seconde fois. Je ne vous fatiguerai point du récit de plusieurs autres démarches que vous deviez attendre de moi, et qui d'ailleurs rentrent dans mon devoir. Un chanoine, votre collègue à la cathédrale, et qui d'ailleurs se souvient un peu trop quelquefois de l'influence que lui donnent les biens de sa famille, dont, par la permission divine, il est resté le seul héritier, s'étant permis de dire chez M. le comte Zurla, ministre de l'Intérieur, qu'il regardait cette bagatelle comme prouvée contre vous (il parlait de l'assassinat du malheureux Giletti), je l'ai fait appeler devant moi, et là, en présence de mes trois autres vicaires généraux, de mon aumônier et de deux curés qui se trouvaient dans la salle d'attente, je l'ai prié de nous communiquer, à nous ses frères, les éléments de la conviction complète qu'il disait avoir acquise contre un de ses collègues à la cathédrale ; le malheureux n'a pu articuler que des raisons peu concluantes ; tout le monde s'est élevé contre lui, et, quoique je n'aie cru devoir ajouter que bien peu de paroles, il a fondu en larmes et nous a rendus témoins du plein aveu de son erreur complète, sur quoi je lui ai promis le secret en mon nom et en celui de toutes les personnes qui avaient assisté à cette conférence, sous la condition toutefois qu'il mettrait tout son zèle à rectifier les fausses impressions qu'avaient pu causer les discours par lui proférés depuis quinze jours.*

Je ne vous répéterai point, mon cher fils, ce que vous devez savoir depuis longtemps, c'est-à-dire que des trente-deux paysans employés à la fouille entre-

prise par le comte Mosca et que la Raversi prétend soldés par vous pour vous aider dans un crime, trente-deux étaient au fond de leur fossé, tout occupés de leurs travaux, lorsque vous vous saisîtes du couteau de chasse et l'employâtes à défendre votre vie contre l'homme qui vous attaquait à l'improviste. Deux d'entre eux, qui étaient hors du fossé, crièrent aux autres : On assassine Monseigneur ! *Ce cri seul montre votre innocence dans tout son éclat. Hé bien ! le fiscal général Rassi prétend que ces deux hommes ont disparu ; bien plus, on a retrouvé huit des hommes qui étaient au fond du fossé ; dans leur premier interrogatoire six ont déclaré avoir entendu le cri* on assassine Monseigneur ! *Je sais, par voies indirectes, que dans leur cinquième interrogatoire, qui a eu lieu hier soir, cinq ont déclaré qu'ils ne se souvenaient pas bien s'ils avaient entendu distinctement ce cri ou si seulement il leur avait été raconté par quelqu'un de leurs camarades. Des ordres sont donnés pour que l'on me fasse connaître la demeure de ces ouvriers terrassiers, et leurs curés leur feront comprendre qu'ils se damnent si, pour gagner quelques écus, ils se laissent aller à altérer la vérité.*

Le bon archevêque entrait dans des détails infinis, comme on peut en juger par ceux que nous venons de rapporter. Puis il ajoutait en se servant de la langue latine :

Cette affaire n'est rien moins qu'une tentative de changement de ministère. Si vous êtes condamné, ce ne peut être qu'aux galères ou à la mort, auquel cas j'interviendrais en déclarant, du haut de ma chaire archiépiscopale, que je sais que vous êtes innocent, que vous avez tout simplement défendu votre vie contre un brigand, et qu'enfin je vous ai défendu de revenir à Parme tant que vos ennemis y triompheront ; je me propose même de stigmatiser, comme il le mérite, le fiscal général ; la haine contre cet homme est aussi commune que l'estime pour son caractère est rare. Mais enfin la veille du jour où ce fiscal prononcera cet arrêt si injuste, la duchesse Sanseverina quittera la ville et peut-être les États de Parme : dans ce cas l'on ne fait aucun doute que le comte ne donne sa démission. Alors, très probablement, le général Fabio Conti arrive au ministère, et la marquise Raversi triomphe. Le grand mal de votre affaire, c'est qu'aucun homme entendu n'est chargé en chef des démarches nécessaires pour mettre au jour votre innocence et déjouer les tentatives faites pour suborner des témoins. Le comte croit remplir ce rôle ; mais il est trop grand seigneur pour descendre à de certains détails ; de plus, en sa qualité de ministre de la Police, il a dû donner, dans le premier moment, les ordres les plus sévères contre vous. Enfin, oserai-je dire ? Notre souverain seigneur vous croit coupable, ou du moins simule cette croyance, et apporte quelque aigreur dans cette affaire.

(Les mots correspondant à *notre souverain seigneur* et à *simule cette croyance* étaient en grec, et Fabrice sut un gré infini à l'archevêque d'avoir osé les écrire. Il coupa avec un canif cette ligne de sa lettre, et la détruisit sur-le-champ.)

Fabrice s'interrompit vingt fois en lisant cette lettre ; il était agité des transports de la plus vive reconnaissance : il répondit à l'instant par une lettre de huit pages. Souvent il fut obligé de relever la tête pour que ses larmes ne tombassent pas sur son papier. Le lendemain, au moment de cacheter cette lettre, il en trouva le ton trop mondain. Je vais l'écrire en latin, se dit-il, elle en paraîtra plus convenable au digne archevêque. Mais en cherchant à construire de belles phrases latines bien longues, bien imitées de Cicéron, il se rappela qu'un jour l'archevêque, lui parlant de Napoléon, affectait de l'appeler Buonaparte ; à l'instant disparut toute l'émotion qui la veille le touchait jusqu'aux larmes. « Ô roi d'Italie, s'écria-t-il, cette fidélité que tant d'autres t'ont jurée de ton vivant, je te la garderai après ta mort. Il m'aime, sans doute, mais parce que je suis un del Dongo et lui le fils d'un bourgeois. » Pour que sa belle lettre en italien ne fût pas perdue, Fabrice y fit quelques changements nécessaires, et l'adressa au comte Mosca.

Ce jour-là même, Fabrice rencontra dans la rue la petite Marietta ; elle devint rouge de bonheur, et lui fit signe de la suivre sans l'aborder. Elle gagna rapidement un portique désert ; là, elle avança encore la dentelle noire qui, suivant la mode du pays, lui couvrait la tête, de façon à ce qu'elle ne pût être reconnue ; puis, se retournant vivement :

— Comment se fait-il, dit-elle à Fabrice, que vous marchiez ainsi librement dans la rue ?

Fabrice lui raconta son histoire.

— Grand Dieu ! vous avez été à Ferrare ! Moi qui vous y ai tant cherché ! Vous saurez que je me suis brouillée avec la vieille femme parce qu'elle voulait me conduire à Venise, où je savais bien que vous n'iriez jamais, puisque vous êtes sur la liste noire de l'Autriche. J'ai vendu mon collier d'or pour venir à Bologne, un pressentiment m'annonçait le bonheur que j'ai de vous y rencontrer ; la vieille femme est arrivée deux jours après moi. Ainsi, je ne vous engagerai point à venir chez nous, elle vous ferait encore de ces vilaines demandes d'argent qui me font tant de honte. Nous avons vécu fort convenablement depuis le jour fatal que vous savez, et nous n'avons pas dépensé le quart de ce que vous lui donnâtes. Je ne voudrais pas aller vous voir à l'auberge du *Pellegrino*, ce serait une *publicité*. Tâchez de louer une petite chambre dans une rue déserte, et à l'*Ave Maria* (la tombée de la nuit), je me trouverai ici, sous ce même portique.

Ces mots dits, elle prit la fuite.

CHAPITRE XIII

Toutes les idées sérieuses furent oubliées à l'apparition imprévue de cette aimable personne. Fabrice se mit à vivre à Bologne dans une joie et une sécurité profondes. Cette disposition naïve à se trouver heureux de tout ce qui remplissait sa vie perçait dans les lettres qu'il adressait à la duchesse ; ce fut au point qu'elle en prit de l'humeur. À peine si Fabrice le remarqua ; seulement il écrivit en signes abrégés sur le cadran de sa montre : Quand j'écris à la D. ne jamais dire *quand j'étais prélat, quand j'étais homme d'église ; cela la fâche.* Il avait acheté deux petits chevaux dont il était fort content : il les attelait à une calèche de louage toutes les fois que la petite Marietta voulait aller voir quelqu'un de ces sites ravissants des environs de Bologne ; presque tous les soirs il la conduisait à la *Chute du Reno*[1]. Au retour, il s'arrêtait chez l'aimable Crescentini, qui se croyait un peu le père de la Marietta.

Ma foi ! si c'est là la vie de café qui me semblait si ridicule pour un homme de quelque valeur, j'ai eu tort de la repousser, se disait Fabrice. Il oubliait qu'il n'allait jamais au café que pour lire *Le Constitutionnel*, et que, parfaitement inconnu à tout le beau monde de

---

1. À 7 km de Bologne se trouve la cascade du fleuve Reno. Jérôme Crescentini (1766-1846) est un chanteur de réputation européenne que Napoléon fit venir à sa cour en 1805 ; Stendhal l'aurait rencontré. Mais c'était un castrat notoire ; comment interpréter le passage ? « Un peu » renvoie à une bien faible paternité.

Bologne, les jouissances de vanité n'entraient pour rien dans sa félicité présente. Quand il n'était pas avec la petite Marietta, on le voyait à l'Observatoire, où il suivait un cours d'astronomie ; le professeur l'avait pris en grande amitié, et Fabrice lui prêtait ses chevaux le dimanche pour aller briller avec sa femme au *Corso* de la *Montagnola* [1].

Il avait en exécration de faire le malheur d'un être quelconque, si peu aimable qu'il fût. La Marietta ne voulait pas absolument qu'il vît la vieille femme ; mais un jour qu'elle était à l'église, il monta chez la *mammacia* qui rougit de colère en le voyant entrer. « C'est le cas de faire le del Dongo », se dit Fabrice.

— Combien la Marietta gagne-t-elle par mois quand elle est engagée ? s'écria-t-il de l'air dont un jeune homme qui se respecte entre à Paris au balcon des Bouffes.

— Cinquante écus.

— Vous mentez comme toujours ; dites la vérité, ou par Dieu vous n'aurez pas un centime.

— Eh bien ! elle gagnait vingt-deux écus dans notre compagnie à Parme, quand nous avons eu le malheur de vous connaître ; moi je gagnais douze écus, et nous donnions à Giletti, notre protecteur, chacune le tiers de ce qui nous revenait. Sur quoi, tous les mois à peu près, Giletti faisait un cadeau à la Marietta ; ce cadeau pouvait bien valoir deux écus.

— Vous mentez encore ; vous, vous ne receviez que quatre écus. Mais si vous êtes bonne avec la Marietta, je vous engage comme si j'étais un *impresario* ; tous les mois vous recevrez douze écus pour vous et vingt-deux pour elle ; mais si je lui vois les yeux rouges, je fais banqueroute.

— Vous faites le fier ; eh bien ! votre belle généro-

---

1. Le *Corso* de Bologne est une promenade au nord de la ville, surélevée par rapport à la plaine et que Stendhal a comparée aux Tuileries.

sité nous ruine, répondit la vieille femme d'un ton furieux ; nous perdons l'*avviamento* (l'achalandage). Quand nous aurons l'énorme malheur d'être privées de la protection de votre excellence, nous ne serons plus connues d'aucune troupe, toutes seront au grand complet ; nous ne trouverons pas d'engagement, et par vous, nous mourrons de faim.

— Va-t'en au diable, dit Fabrice en s'en allant.

— Je n'irai pas au diable ; vilain impie ! mais tout simplement au bureau de la police, qui saura de moi que vous êtes un *Monsignor* qui a jeté le froc aux orties, et que vous ne vous appelez pas plus Joseph Bossi que moi.

Fabrice avait déjà descendu quelques marches d'escalier, il revint.

— D'abord la police sait mieux que toi quel peut être mon vrai nom ; mais si tu t'avises de me dénoncer, si tu as cette infamie, lui dit-il d'un grand sérieux, Ludovic te parlera, et ce n'est pas six coups de couteau que recevra ta vieille carcasse, mais deux douzaines, et tu seras pour six mois à l'hôpital, et sans tabac.

La vieille femme pâlit et se précipita sur la main de Fabrice, qu'elle voulut baiser.

— J'accepte avec reconnaissance le sort que vous nous faites, à la Marietta et à moi. Vous avez l'air si bon, que je vous prenais pour un niais ; et pensez-y bien, d'autres que moi pourront commettre la même erreur ; je vous conseille d'avoir habituellement l'air plus grand seigneur.

Puis elle ajouta avec une impudence admirable :

— Vous réfléchirez à ce bon conseil, et, comme l'hiver n'est pas bien éloigné, vous nous ferez cadeau à la Marietta et à moi de deux bons habits de cette belle étoffe anglaise que vend le gros marchand qui est sur la place Saint-Pétrone.

L'amour de la jolie Marietta offrait à Fabrice tous les charmes de l'amitié la plus douce, ce qui le faisait songer au bonheur du même genre qu'il aurait pu trouver auprès de la duchesse.

Mais n'est-ce pas une chose bien plaisante, se disait-il quelquefois, que je ne sois pas susceptible de cette préoccupation exclusive et passionnée qu'ils appellent de l'amour ? Parmi les liaisons que le hasard m'a données à Novare ou à Naples, ai-je jamais rencontré de femme dont la présence, même dans les premiers jours, fût pour moi préférable à une promenade sur un joli cheval inconnu ? Ce qu'on appelle amour, ajoutait-il, serait-ce donc encore un mensonge ? J'aime sans doute, comme j'ai bon appétit à six heures ! Serait-ce cette propension quelque peu vulgaire dont ces menteurs auraient fait l'amour d'Othello, l'amour de Tancrède ? ou bien faut-il croire que je suis organisé autrement que les autres hommes ? Mon âme manquerait d'une passion, pourquoi cela ? ce serait une singulière destinée !

À Naples, surtout dans les derniers temps, Fabrice avait rencontré des femmes qui, fières de leur rang, de leur beauté et de la position qu'occupaient dans le monde les adorateurs qu'elles lui avaient sacrifiés, avaient prétendu le mener. À la vue de ce projet, Fabrice avait rompu de la façon la plus scandaleuse et la plus rapide. Or, se disait-il, si je me laisse jamais transporter par le plaisir, sans doute très vif, d'être bien avec cette jolie femme qu'on appelle la duchesse Sanseverina, je suis exactement comme ce Français étourdi qui tua un jour la poule aux œufs d'or. C'est à la duchesse que je dois le seul bonheur que j'aie jamais éprouvé par les sentiments tendres ; mon amitié pour elle est ma vie, et d'ailleurs, sans elle, que suis-je ? un pauvre exilé réduit à vivoter péniblement dans un château délabré des environs de Novare. Je me souviens que durant les grandes pluies d'automne j'étais obligé, le soir, crainte d'accident, d'ajuster un parapluie sur le ciel de mon lit[a]. Je montais les chevaux de l'homme d'affaires, qui voulait bien le souffrir par respect pour mon *sang bleu* (pour ma haute naissance), mais il commençait à trouver mon séjour un peu long ; mon père m'avait assigné une pension de douze cents francs, et se croyait damné de donner du pain à un jacobin. Ma pauvre mère et mes sœurs se laissaient manquer de robes pour me mettre en état de faire quelques petits cadeaux à mes maîtresses. Cette façon d'être généreux me perçait le cœur. Et de plus, on commençait à soupçonner ma misère, et la jeune noblesse des environs allait me prendre en pitié. Tôt ou tard, quelque fat eût laissé voir son mépris pour un jacobin pauvre et malheureux dans ses desseins, car, aux yeux de ces gens-là, je n'étais pas autre chose. J'aurais donné ou reçu quelque bon coup d'épée qui m'eût conduit à la forteresse de Fenestrelles [1], ou bien j'eusse de nouveau été me réfugier en Suisse, toujours avec douze cents francs de pension. J'ai le bonheur de devoir à la duchesse l'absence de tous ces maux ; de plus, c'est elle qui sent pour moi les transports d'amitié que je devrais éprouver pour elle.

» Au lieu de cette vie ridicule et piètre qui eût fait de moi un animal triste, un sot, depuis quatre ans je vis dans une grande ville et j'ai une excellente voiture, ce qui m'a empêché de connaître l'envie et tous les sentiments bas de la province. Cette tante trop aimable me gronde toujours de ce que je ne prends pas assez d'argent chez le banquier. Veux-je gâter à jamais cette admirable position ? Veux-je perdre l'unique amie que j'aie au monde ? Il suffit de proférer *un mensonge*, il suffit de dire à une femme charmante et peut-être unique au monde, et pour laquelle j'ai l'amitié la plus passionnée : *Je t'aime*, moi qui ne sais pas ce que c'est qu'aimer d'amour. Elle passerait la journée à me faire un crime de l'absence de ces transports qui me sont

---

1. Forteresse qui commande le col du mont Genèvre et qui sert de prison d'État. C'est là que se déroule le roman de X.-B. Saintine, *La Picciola* (1836), roman carcéral comme *La Chartreuse*.

inconnus. La Marietta, au contraire, qui ne voit pas dans mon cœur et qui prend une caresse pour un transport de l'âme, me croit fou d'amour, et s'estime la plus heureuse des femmes.

» Dans le fait je n'ai connu un peu de cette préoccupation tendre qu'on appelle, je crois, *l'amour*, que pour cette jeune Aniken de l'auberge de *Zonders*, près de la frontière de Belgique.

C'est avec regret que nous allons placer ici l'une des plus mauvaises actions de Fabrice ; au milieu de cette vie tranquille, une misérable *pique* de vanité s'empara de ce cœur rebelle à l'amour et le conduisit fort loin. En même temps que lui se trouvait à Bologne la fameuse Fausta F***, sans contredit l'une des premières chanteuses de notre époque, et peut-être la femme la plus capricieuse que l'on ait jamais vue. L'excellent poète Burati [1], de Venise, avait fait sur son

---

1. Le poète vénitien Pietro Buratti (1778-1832) est très admiré par Stendhal qui le connaît personnellement : poète dialectal, gai, licencieux, burlesque et frondeur. Le sonnet que Stendhal lui attribue est « baroque » ou précieux : il ne contient que des pointes et des oppositions. L'épisode de la Fausta est l'adaptation aux mœurs du XIXe siècle d'un récit que Stendhal avait trouvé dans ses manuscrits italiens et qui l'avait immédiatement intéressé en 1833. L'histoire s'est déroulée vers l'an 1600 et s'intitule : « Acte de vengeance commis par le Cardinal Aldobrandini sur la personne de Girolamo Longobardi, chevalier romain » ; le cardinal, neveu du pape régnant et par là tout-puissant et sûr d'être impuni, fait assassiner le chevalier qui est l'amant d'une chanteuse, Anna Brochi, dont il est amoureux ; un beau matin on trouve la tête du chevalier au bout d'une pique sur la place Saint-Pierre. Stendhal respecte en les transposant les épisodes ; il change d'époque et de ton : l'histoire tragique et sanglante devient comique et parodique ; c'est une tragédie *jouée* qui tourne à la dérision d'un Matamore fou de vanité. Fabrice est ici dans le rôle du cardinal et dans l'histoire vraie, la vengeance était le fait de l'ambassadeur d'Espagne qui voulait punir le cardinal pour de tout autres raisons ; il s'arrange pour que ses rendez-vous galants soient connus de tous les Romains et racontés au pape qui ignore les crimes et frasques de son neveu. On poste des hommes pourvus de torches qui attendent que le cardinal sorte en pleine nuit de la maison de sa maîtresse. Quand il sort, il est illuminé par les flambeaux et le scandale éclate. Stendhal a fait de la fin un carnaval burlesque et inoffensif, mais a conservé le coup de lumière des torches.

compte ce fameux sonnet satirique qui alors se trouvait dans la bouche des princes comme des derniers gamins de carrefours.

Vouloir et ne pas vouloir, adorer et détester en un jour, n'être contente que dans l'inconstance, mépriser ce que le monde adore, tandis que le monde l'adore, la Fausta a ces défauts et bien d'autres encore. Donc ne vois jamais ce serpent. Si tu la vois, imprudent, tu oublies ses caprices. As-tu le bonheur de l'entendre, tu t'oublies toi-même, et l'amour fait de toi, en un moment, ce que Circé fit jadis des compagnons d'Ulysse.

Pour le moment ce miracle de beauté était sous le charme des énormes favoris et de la haute insolence du jeune comte M***, au point de n'être pas révoltée de son abominable jalousie. Fabrice vit ce comte dans les rues de Bologne, et fut choqué de l'air de supériorité avec lequel il occupait le pavé, et daignait montrer ses grâces au public. Ce jeune homme était fort riche, se croyait tout permis, et comme ses *prepotenze*[1] lui avaient attiré des menaces, il ne se montrait guère qu'environné de huit ou dix buli (sorte de coupe-jarrets), revêtus de sa livrée, et qu'il avait fait venir de ses terres dans les environs de Brescia. Les regards de Fabrice avaient rencontré une ou deux fois ceux de ce terrible comte, lorsque le hasard lui fit entendre la Fausta. Il fut étonné de l'angélique douceur de cette voix : il ne se figurait rien de pareil ; il lui dut des sensations de bonheur suprême, qui faisaient un beau

---

Sur cet épisode controversé car il est évidemment étranger à l'intrigue, mais non à l'esprit du roman, voir Benedetto, *op. cit.*, p. 288-308 (le texte complet est mis au point et commenté) et les études de P. Laforgue, « L'épisode de la Fausta ou romanesque et réflexivité dans *La Chartreuse de Parme* », dans *Romantisme, Colloques*, et de Didier Philippot, « *La Chartreuse*-bouffe, ou la folie de la gaieté », dans *HB*, n° 1, 1997.

1. Ou abus de pouvoir, acte de supériorité, vexation. Le nom du comte livré par Stendhal lui-même est Martinengo.

contraste avec la *placidité* de sa vie présente. Serait-ce enfin là de l'amour ? se dit-il. Fort curieux d'éprouver ce sentiment, et d'ailleurs amusé par l'action de braver ce comte M***, dont la mine était plus terrible que celle d'aucun *tambour-major*, notre héros se livra à l'enfantillage de passer beaucoup trop souvent devant le palais Tanari[1], que le comte M*** avait loué pour la Fausta.

Un jour, vers la tombée de la nuit, Fabrice, cherchant à se faire apercevoir de la Fausta, fut salué par des éclats de rire fort marqués lancés par les *buli* du comte, qui se trouvaient sur la porte du palais Tanari. Il courut chez lui, prit de bonnes armes et repassa devant ce palais. La Fausta, cachée derrière ses persiennes, attendait ce retour, et lui en tint compte. M***, jaloux de toute la terre, devint spécialement jaloux de M. Joseph Bossi, et s'emporta en propos ridicules ; sur quoi tous les matins notre héros lui faisait parvenir une lettre qui ne contenait que ces mots :

M. Joseph Bossi détruit les insectes incommodes, et loge au Pelegrino, *via Larga, n° 79.*

Le comte M***, accoutumé aux respects que lui assuraient en tous lieux son énorme fortune, son *sang bleu* et la bravoure de ses trente domestiques, ne voulut point entendre le langage de ce petit billet.

Fabrice en écrivait d'autres à la Fausta ; M*** mit des espions autour de ce rival, qui peut-être ne déplaisait pas ; d'abord il apprit son véritable nom, et ensuite que pour le moment il ne pouvait se montrer à Parme. Peu de jours après, le comte M***, ses buli, ses magnifiques chevaux et la Fausta partirent pour Parme.

Fabrice, piqué au jeu, les suivit le lendemain. Ce fut en vain que le bon Ludovic fit des remontrances pathétiques ; Fabrice l'envoya promener, et Ludovic, fort brave lui-même, l'admira ; d'ailleurs ce voyage le rapprochait de la jolie maîtresse qu'il avait à

---

1. Il existe toujours, via Galleria, et date du XVIᵉ siècle.

Casal-Maggiore. Par les soins de Ludovic, huit ou dix anciens soldats des régiments de Napoléon entrèrent chez M. Joseph Bossi, sous le nom de domestiques. Pourvu, se dit Fabrice en faisant la folie de suivre la Fausta, que je n'aie aucune communication ni avec le ministre de la police, comte Mosca, ni avec la duchesse, je n'expose que moi. Je dirai plus tard à ma tante que j'allais à la recherche de l'amour, cette belle chose que je n'ai jamais rencontrée. Le fait est que je pense à la Fausta, même quand je ne la vois pas... Mais est-ce le souvenir de sa voix que j'aime, ou sa personne ? Ne songeant plus à la carrière ecclésiastique, Fabrice avait arboré des moustaches et des favoris presque aussi terribles que ceux du comte M***, ce qui le déguisait un peu. Il établit son quartier général non à Parme, c'eût été trop imprudent, mais dans un village des environs, au milieu des bois, sur la route de *Sacca*, où était le château de sa tante. D'après les conseils de Ludovic, il s'annonça dans ce village comme le valet de chambre d'un grand seigneur anglais fort original, qui dépensait 100 000 fr. par an pour se donner le plaisir de la chasse, et qui arriverait sous peu du lac de Côme, où il était retenu par la pêche des truites. Par bonheur, le joli petit palais que le comte M*** avait loué pour la belle Fausta était situé à l'extrémité méridionale de la ville de Parme, précisément sur la route de Sacca[1], et les fenêtres de la Fausta donnaient sur les belles allées de grands arbres qui s'étendent sous la haute tour de la citadelle. Fabrice n'était point connu dans ce quartier désert ; il ne manqua pas de faire suivre le comte M***, et, un jour que celui-ci venait de sortir de chez l'admirable

---

1. Inadvertance de Stendhal ou volonté de brouiller les pistes qui conduiraient à un excès de réalisme : Sacca est au nord de Parme, le roman l'a établi ainsi comme la carte géographique, et la citadelle, la vraie comme la fictive, est au sud de la ville. On retiendra l'antithèse : Fabrice courtise la Fausta juste au pied de la tour où il va être enfermé.

cantatrice, il eut l'audace de paraître dans la rue en plein jour ; à la vérité, il était monté sur un excellent cheval, et bien armé. Des musiciens, de ceux qui courent les rues en Italie, et qui parfois sont excellents, vinrent planter leurs contrebasses sous les fenêtres de la Fausta : après avoir préludé, ils chantèrent assez bien une cantate en son honneur. La Fausta se mit à la fenêtre, et remarqua facilement un jeune homme fort poli qui, arrêté à cheval au milieu de la rue, la salua d'abord, puis se mit à lui adresser des regards fort peu équivoques. Malgré le costume anglais exagéré adopté par Fabrice, elle eut bientôt reconnu l'auteur des lettres passionnées qui avaient amené son départ de Bologne. Voilà un être singulier, se dit-elle, il me semble que je vais l'aimer. J'ai 100 louis devant moi, je puis fort bien planter là ce terrible comte M***. Au fait, il manque d'esprit et d'imprévu, et n'est un peu amusant que par la mine atroce de ses gens.

Le lendemain, Fabrice ayant appris que tous les jours, vers les onze heures, la Fausta allait entendre la messe au centre de la ville, dans cette même église de Saint-Jean où se trouvait le tombeau de son grand-oncle, l'archevêque *Ascanio del Dongo*, il osa l'y suivre. À la vérité, Ludovic lui avait procuré une belle perruque anglaise avec des cheveux du plus beau rouge. À propos de la couleur de ces cheveux, qui était celle des flammes qui brûlaient son cœur, il fit un sonnet que la Fausta trouva charmant ; une main inconnue avait eu soin de le placer sur son piano. Cette petite guerre dura bien huit jours, mais Fabrice trouvait que, malgré ses démarches de tout genre, il ne faisait pas de progrès réels ; la Fausta refusait de le recevoir. Il outrait la nuance de singularité ; elle a dit depuis qu'elle avait peur de lui. Fabrice n'était plus retenu que par un reste d'espoir d'arriver à sentir ce qu'on appelle *de l'amour*, mais souvent il s'ennuyait.

— Monsieur, allons-nous-en, lui répétait Ludovic, vous n'êtes point amoureux ; je vous vois un sang-froid et un bon sens désespérants. D'ailleurs vous n'avancez point ; par pure vergogne, décampons.

Fabrice allait partir au premier moment d'humeur, lorsqu'il apprit que la Fausta devait chanter chez la duchesse Sanseverina ; peut-être que cette voix sublime achèvera d'enflammer[1] mon cœur, se dit-il ; et il osa bien s'introduire déguisé dans ce palais où tous les yeux le connaissaient. Qu'on juge de l'émotion de la duchesse, lorsque tout à fait vers la fin du concert elle remarqua un homme en livrée de chasseur, debout près de la porte du grand salon ; cette tournure rappelait quelqu'un. Elle chercha le comte Mosca qui seulement alors lui apprit l'insigne et vraiment incroyable folie de Fabrice. Il la prenait très bien. Cet amour pour une autre que la duchesse lui plaisait fort ; le comte, parfaitement galant homme, hors de la politique, agissait d'après cette maxime qu'il ne pouvait trouver le bonheur qu'autant que la duchesse serait heureuse.

— Je le sauverai de lui-même, dit-il à son amie ; jugez de la joie de nos ennemis si on l'arrêtait dans ce palais ! Aussi ai-je ici plus de cent hommes à moi, et c'est pour cela que je vous ai fait demander les clefs du grand château d'eau[2]. Il se porte pour amoureux fou de la Fausta, et jusqu'ici ne peut l'enlever au comte M*** qui donne à cette folle une existence de reine.

La physionomie de la duchesse trahit la plus vive douleur : Fabrice n'était donc qu'un libertin tout à fait incapable d'un sentiment tendre et sérieux.

— Et ne pas nous voir ! c'est ce que jamais je ne

---

1. Lui aussi pense par pointes et imite son sonnet, qui imitait celui de Buratti.   2. Rien n'explique cette allusion à une tour des eaux où le comte logerait cette véritable garnison. Le réservoir qui servira de signal plus loin ne saurait être désigné de cette manière.

pourrai lui pardonner ! dit-elle enfin ; et moi qui lui écris tous les jours à Bologne !

— J'estime fort sa retenue, répliqua le comte, il ne veut pas nous compromettre par son équipée, et il sera plaisant de la lui entendre raconter.

La Fausta était trop folle pour savoir taire ce qui l'occupait : le lendemain du concert, dont ses yeux avaient adressé tous les airs à ce grand jeune homme habillé en chasseur, elle parla au comte M*** d'un attentif inconnu.

— Où le voyez-vous ? dit le comte furieux.

— Dans les rues, à l'église, répondit la Fausta interdite.

Aussitôt elle voulut réparer son imprudence ou du moins éloigner tout ce qui pouvait rappeler Fabrice : elle se jeta dans une description infinie d'un grand jeune homme à cheveux rouges, il avait des yeux bleus ; sans doute c'était quelque Anglais fort riche et fort gauche, ou quelque prince. À ce mot, le comte M***, qui ne brillait pas par la justesse des aperçus, alla se figurer, chose délicieuse pour sa vanité, que ce rival n'était autre que le prince héréditaire de Parme. Ce pauvre jeune homme mélancolique, gardé par cinq ou six gouverneurs, sous-gouverneurs, précepteurs, etc., etc., qui ne le laissaient sortir qu'après avoir tenu conseil, lançait d'étranges regards sur toutes les femmes passables qu'il lui était permis d'approcher. Au concert de la duchesse, son rang l'avait placé en avant de tous les auditeurs, sur un fauteuil isolé, à trois pas de la belle Fausta, et ses regards avaient souverainement choqué le comte M***. Cette folie d'exquise vanité : avoir un prince pour rival, amusa fort la Fausta qui se fit un plaisir de la confirmer par cent détails naïvement donnés.

— Votre race, disait-elle au comte, est aussi ancienne que celle des Farnèse à laquelle appartient ce jeune homme ?

— Que voulez-vous dire ? aussi ancienne ! Moi je
n'ai point de bâtardise dans ma famille[*][1].

Le hasard voulut que jamais le comte M*** ne put
voir à son aise ce rival prétendu ; ce qui le confirma
dans l'idée flatteuse d'avoir un prince pour antago-
niste. En effet, quand les intérêts de son entreprise
n'appelaient point Fabrice à Parme, il se tenait dans les
bois vers Sacca et les bords du Pô. Le comte M***
était bien plus fier, mais aussi plus prudent depuis qu'il
se croyait en passe de disputer le cœur de la Fausta à
un prince ; il la pria fort sérieusement de mettre la plus
grande retenue dans toutes ses démarches. Après s'être
jeté à ses genoux en amant jaloux et passionné, il lui
déclara fort net que son honneur était intéressé à ce
qu'elle ne fût pas la dupe du jeune prince.

— Permettez, je ne serais pas sa dupe si je l'aimais ;
moi, je n'ai jamais vu de prince à mes pieds.

— Si vous cédez, reprit-il avec un regard hautain,
peut-être ne pourrai-je pas me venger du prince ; mais
certes, je me vengerai.

Et il sortit en fermant les portes à tour de bras.

Si Fabrice se fût présenté en ce moment, il gagnait
son procès.

— Si vous tenez à la vie, lui dit-il le soir, en prenant
congé d'elle après le spectacle, faites que je ne sache
jamais que le jeune prince a pénétré dans votre maison.
Je ne puis rien sur lui, morbleu ! mais ne me faites pas
souvenir que je puis tout sur vous !

— Ah ! mon petit Fabrice, s'écria la Fausta ; si je
savais où te prendre !

La vanité piquée peut mener loin un jeune homme

---

* Pierre-Louis, le premier souverain de la famille Farnèse, si célèbre
par ses vertus, fut, comme on sait, fils naturel du saint Paul III.

---

1. Pier Luigi, fils naturel de Paul III, est le fondateur de la dynastie
des Farnèse ; il devient duc de Parme et de Plaisance en 1545 ; les
Farnèse y ont régné jusqu'en 1731. Selon les *Origines*, Alexandre Farnèse lui-même fut bâtard.

riche et dès le berceau toujours environné de flatteurs. La passion très véritable que le comte M*** avait eue pour la Fausta se réveilla avec fureur ; il ne fut point arrêté par la perspective dangereuse de lutter avec le fils unique du souverain chez lequel il se trouvait ; de même qu'il n'eut point l'esprit de chercher à voir ce prince, ou du moins à le faire suivre. Ne pouvant autrement l'attaquer, M*** osa songer à lui donner un ridicule. Je serai banni pour toujours des États de Parme, se dit-il, eh ! que m'importe ? S'il eût cherché à reconnaître la position de l'ennemi, le comte M*** eût appris que le pauvre jeune prince ne sortait jamais sans être suivi par trois ou quatre vieillards, ennuyeux gardiens de l'étiquette, et que le seul plaisir de son choix qu'on lui permît au monde, était la minéralogie. De jour comme de nuit, le petit palais occupé par la Fausta et où la bonne compagnie de Parme faisait foule, était environné d'observateurs ; M*** savait heure par heure ce qu'elle faisait et surtout ce qu'on faisait autour d'elle. L'on peut louer ceci dans les précautions de ce jaloux, cette femme si capricieuse n'eut d'abord aucune idée de ce redoublement de surveillance. Les rapports de tous ses agents disaient au comte M*** qu'un homme fort jeune, portant une perruque de cheveux rouges, paraissait fort souvent sous les fenêtres de la Fausta, mais toujours avec un déguisement nouveau. Évidemment c'est le jeune prince, se dit M***, autrement pourquoi se déguiser ? et parbleu ! un homme comme moi n'est pas fait pour lui céder. Sans les usurpations de la république de Venise, je serais prince souverain, moi aussi.

Le jour de San Stefano[1], les rapports des espions prirent une couleur plus sombre ; ils semblaient indiquer que la Fausta commençait à répondre aux empressements de l'inconnu. Je puis partir à l'instant avec

---

[1]. Il faut lire Santo-Stefano ; c'est le 26 décembre et Stendhal suit le manuscrit italien dans cette datation.

cette femme ! se dit M*** ! Mais quoi ! à Bologne, j'ai
fui devant del Dongo ; ici je fuirais devant un prince !
Mais que dirait ce jeune homme ? Il pourrait penser
qu'il a réussi à me faire peur ! Et pardieu ! je suis
d'aussi bonne maison que lui. M*** était furieux,
mais, pour comble de misère, tenait avant tout à ne
point se donner, aux yeux de la Fausta qu'il savait
moqueuse, le ridicule d'être jaloux. Le jour de *San Stefano* donc, après avoir passé une heure avec elle, et en
avoir été accueilli avec un empressement qui lui sembla le comble de la fausseté, il la laissa sur les onze
heures, s'habillant pour aller entendre la messe à
l'église de Saint-Jean. Le comte M*** revint chez lui,
prit l'habit noir râpé d'un jeune élève en théologie, et
courut à Saint-Jean ; il choisit sa place derrière un des
tombeaux qui ornent la troisième chapelle à droite ; il
voyait tout ce qui se passait dans l'église par-dessous
le bras d'un cardinal que l'on a représenté à genoux
sur sa tombe ; cette statue ôtait la lumière au fond de
la chapelle et le cachait suffisamment. Bientôt il vit
arriver la Fausta plus belle que jamais ; elle était en
grande toilette, et vingt adorateurs appartenant à la plus
haute société lui faisaient cortège. Le sourire et la joie
éclataient dans ses yeux et sur ses lèvres ; Il est évident, se dit le malheureux jaloux, qu'elle compte rencontrer ici l'homme qu'elle aime, et que depuis
longtemps peut-être, grâce à moi, elle n'a pu voir. Tout
à coup, le bonheur le plus vif sembla redoubler dans
les yeux de la Fausta, Mon rival est présent, se dit
M***, et sa fureur de vanité n'eut plus de bornes.
Quelle figure est-ce que je fais ici, servant de pendant
à un jeune prince qui se déguise ? Mais quelques
efforts qu'il pût faire, jamais il ne parvint à découvrir
ce rival que ses regards affamés cherchaient de toutes
parts.

À chaque instant la Fausta, après avoir promené les
yeux dans toutes les parties de l'église, finissait par
arrêter des regards, chargés d'amour et de bonheur, sur

le coin obscur où M*** s'était caché. Dans un cœur
passionné, l'amour est sujet à exagérer les nuances les
plus légères, il en tire les conséquences les plus ridicules, le pauvre M*** ne finit-il pas par se persuader
que la Fausta l'avait vu, que malgré ses efforts s'étant
aperçue de sa mortelle jalousie, elle voulait la lui
reprocher et en même temps l'en consoler par ces
regards si tendres.

Le tombeau du cardinal, derrière lequel M*** s'était
placé en observation, était élevé de quatre ou cinq
pieds sur le pavé de marbre de Saint-Jean. La messe à
la mode finie vers les une heure, la plupart des fidèles
s'en allèrent, et la Fausta congédia les *beaux* de la ville,
sous un prétexte de dévotion ; restée agenouillée sur sa
chaise, ses yeux devenus plus tendres et plus brillants,
étaient fixés sur M*** ; depuis qu'il n'y avait plus que
peu de personnes dans l'église, ses regards ne se donnaient plus la peine de la parcourir tout entière, avant
de s'arrêter avec bonheur sur la statue du cardinal. Que
de délicatesses ! se disait le comte M*** se croyant
regardé. Enfin la Fausta se leva et sortit brusquement,
après avoir fait, avec les mains, quelques mouvements
singuliers.

M***, ivre d'amour et presque tout à fait désabusé
de sa folle jalousie, quittait sa place pour voler au
palais de sa maîtresse, et la remercier mille et mille
fois, lorsqu'en passant devant le tombeau du cardinal
il aperçut un jeune homme tout en noir ; cet être
funeste s'était tenu jusque-là agenouillé tout contre
l'épitaphe du tombeau, et de façon à ce que les regards
de l'amant jaloux qui le cherchaient pussent passer par-
dessus sa tête et ne point le voir.

Ce jeune homme se leva, marcha vite et fut à l'instant même environné par sept ou huit personnages
assez gauches, d'un aspect singulier et qui semblaient
lui appartenir. M*** se précipita sur ses pas, mais, sans
qu'il y eût rien de trop marqué, il fut arrêté dans le
défilé que forme le tambour de bois de la porte d'en-

trée, par ces hommes gauches qui protégeaient son rival ; enfin, lorsque après eux il arriva à la rue, il ne put que voir fermer la portière d'une voiture de chétive apparence, laquelle, par un contraste bizarre, était attelée de deux excellents chevaux, et en un moment fut hors de sa vue.

Il rentra chez lui haletant de fureur ; bientôt arrivèrent ses observateurs, qui lui rapportèrent froidement que ce jour-là, l'amant mystérieux, déguisé en prêtre, s'était agenouillé fort dévotement, tout contre un tombeau placé à l'entrée d'une chapelle obscure de l'église de Saint-Jean. La Fausta était restée dans l'église jusqu'à ce qu'elle fût à peu près déserte, et alors elle avait échangé rapidement certains signes avec cet inconnu ; avec les mains, elle faisait comme des croix. M*** courut chez l'infidèle ; pour la première fois elle ne put cacher son trouble ; elle raconta avec la naïveté menteuse d'une femme passionnée, que comme de coutume elle était allée à Saint-Jean, mais qu'elle n'y avait pas aperçu cet homme qui la persécutait. À ces mots, M***, hors de lui, la traita comme la dernière des créatures, lui dit tout ce qu'il avait vu lui-même, et la hardiesse des mensonges croissant avec la vivacité des accusations, il prit son poignard et se précipita sur elle. D'un grand sang-froid la Fausta lui dit :

— Eh bien ! tout ce dont vous vous plaignez est la pure vérité, mais j'ai essayé de vous la cacher afin de ne pas jeter votre audace dans des projets de vengeance insensés et qui peuvent nous perdre tous les deux ; car, sachez-le une bonne fois, suivant mes conjectures, l'homme qui me persécute de ses soins est fait pour ne pas trouver d'obstacles à ses volontés, du moins en ce pays.

Après avoir rappelé fort adroitement qu'après tout M*** n'avait aucun droit sur elle, la Fausta finit par dire que probablement elle n'irait plus à l'église de Saint-Jean. M*** était éperdument amoureux, un peu de coquetterie avait pu se joindre à la prudence dans le cœur de cette jeune femme, il se sentit désarmer. Il eut l'idée de quitter Parme ; le jeune prince, si puissant qu'il fût, ne pourrait le suivre, ou s'il le suivait ne serait plus que son égal. Mais l'orgueil représenta de nouveau que ce départ aurait toujours l'air d'une fuite, et le comte M*** se défendit d'y songer.

Il ne se doute pas de la présence de mon petit Fabrice, se dit la cantatrice ravie, et maintenant nous pourrons nous moquer de lui d'une façon précieuse !

Fabrice ne devina point son bonheur, trouvant le lendemain les fenêtres de la cantatrice soigneusement fermées, et ne la voyant nulle part, la plaisanterie commença à lui sembler longue. Il avait des remords. Dans quelle situation est-ce que je mets ce pauvre comte Mosca, lui Ministre de la Police ! on le croira mon complice, je serai venu dans ce pays pour casser le cou à sa fortune ! Mais si j'abandonne un projet si longtemps suivi, que dira la duchesse quand je lui conterai mes essais d'amour ?

Un soir que prêt à quitter la partie il se faisait ainsi la morale, en rôdant sous les grands arbres qui séparent le palais de la Fausta de la citadelle, il remarqua qu'il était suivi par un espion de fort petite taille ; ce fut en vain que pour s'en débarrasser il alla passer par plusieurs rues, toujours cet être microscopique semblait attaché à ses pas. Impatienté il courut dans une rue solitaire située le long de la Parma, et où ses gens étaient en embuscade ; sur un signe qu'il fit ils sautèrent sur le pauvre petit espion qui se précipita à leurs genoux : c'était la *Bettina*, femme de chambre de la Fausta ; après trois jours d'ennui et de réclusion, déguisée en homme pour échapper au poignard du comte M***, dont sa maîtresse et elle avaient grand-peur, elle avait entrepris de venir dire à Fabrice qu'on l'aimait à la passion et qu'on brûlait de le voir ; mais on ne pouvait plus paraître à l'église de Saint-Jean. Il était temps, se dit Fabrice, vive l'insistance !

La petite femme de chambre était fort jolie, ce qui

enleva Fabrice à ses rêveries morales. Elle lui apprit que la promenade et toutes les rues où il avait passé ce soir-là étaient soigneusement gardées, sans qu'il y parût, par des espions de M***. Ils avaient loué des chambres au rez-de-chaussée ou au premier étage, cachés derrière les persiennes et gardant un profond silence, ils observaient tout ce qui se passait dans la rue, en apparence la plus solitaire, et entendaient ce qu'on y disait.

— Si ces espions eussent reconnu ma voix, dit la petite Bettina, j'étais poignardée sans rémission à ma rentrée au logis, et peut-être ma pauvre maîtresse avec moi.

Cette terreur la rendait charmante aux yeux de Fabrice.

— Le comte M***, continua-t-elle, est furieux, et madame sait qu'il est capable de tout... Elle m'a chargée de vous dire qu'elle voudrait être à cent lieues d'ici avec vous !

Alors elle raconta la scène du jour de la Saint-Étienne et la fureur de M***, qui n'avait perdu aucun des regards et des signes d'amour que la Fausta, ce jour-là folle de Fabrice, lui avait adressés. Le comte avait tiré son poignard, avait saisi la Fausta par les cheveux, et, sans sa présence d'esprit, elle était perdue.

Fabrice fit monter la jolie Bettina dans un petit appartement qu'il avait près de là. Il lui raconta qu'il était de Turin, fils d'un grand personnage qui pour le moment se trouvait à Parme, ce qui l'obligeait à garder beaucoup de ménagements. La Bettina lui répondit en riant qu'il était bien plus grand seigneur qu'il ne voulait le paraître. Notre héros eut besoin d'un peu de temps avant de comprendre que la charmante fille le prenait pour un non moindre personnage que le prince héréditaire lui-même. La Fausta commençait à avoir peur et à aimer Fabrice ; elle avait pris sur elle de ne pas dire ce nom à sa femme de chambre, et de lui parler du prince. Fabrice finit par avouer à la jolie fille qu'elle avait deviné juste :

— Mais si mon nom est ébruité, ajouta-t-il, malgré la grande passion dont j'ai donné tant de preuves à ta maîtresse, je serai obligé de cesser de la voir, et aussitôt les ministres de mon père, ces méchants drôles que je destituerai un jour, ne manqueront pas de lui envoyer l'ordre de vider le pays, que jusqu'ici elle a embelli de sa présence.

Vers le matin, Fabrice combina avec la petite camériste plusieurs projets de rendez-vous pour arriver à la Fausta ; il fit appeler Ludovic et un autre de ses gens fort adroit, qui s'entendirent avec la Bettina, pendant qu'il écrivait à la Fausta la lettre la plus extravagante ; la situation comportait toutes les exagérations de la tragédie, et Fabrice ne s'en fit pas faute. Ce ne fut qu'à la pointe du jour qu'il se sépara de la petite camériste, fort contente des façons du jeune prince.

Il avait été cent fois répété que, maintenant que la Fausta était d'accord avec son amant, celui-ci ne repasserait plus sous les fenêtres du petit palais que lorsqu'on pourrait l'y recevoir, et alors il y aurait signal. Mais Fabrice, amoureux de la Bettina, et se croyant près du dénoûment avec la Fausta, ne put se tenir dans son village à deux lieues de Parme. Le lendemain, vers les minuit, il vint à cheval, et bien accompagné, chanter sous les fenêtres de la Fausta un air alors à la mode, et dont il changeait les paroles. N'est-ce pas ainsi qu'en agissent messieurs les amants ? se disait-il.

Depuis que la Fausta avait témoigné le désir d'un rendez-vous, toute cette chasse semblait bien longue à Fabrice. Non, je n'aime point, se disait-il en chantant assez mal sous les fenêtres du petit palais ; la Bettina me semble cent fois préférable à la Fausta, et c'est par elle que je voudrais être reçu en ce moment. Fabrice, s'ennuyant assez, retournait à son village, lorsque à cinq cents pas du palais de la Fausta quinze ou vingt hommes se jetèrent sur lui, quatre d'entre eux saisirent la bride de son cheval, deux autres s'emparèrent de ses bras. Ludovic et les *bravi* de Fabrice furent assaillis, mais purent se sauver ; ils tirèrent quelques coups de pistolet. Tout cela fut l'affaire d'un instant : cinquante flambeaux allumés parurent dans la rue en un clin d'œil et comme par enchantement. Tous ces hommes étaient bien armés. Fabrice avait sauté à bas de son cheval, malgré les gens qui le retenaient ; il chercha à se faire jour ; il blessa même un des hommes qui lui serrait les bras avec des mains semblables à des étaux ; mais il fut bien étonné d'entendre cet homme lui dire du ton le plus respectueux :

— Votre Altesse me fera une bonne pension pour cette blessure, ce qui vaudra mieux pour moi que de tomber dans le crime de lèse-majesté, en tirant l'épée contre mon prince.

Voici justement le châtiment de ma sottise, se dit Fabrice, je me serai damné pour un péché qui ne me semblait point aimable.

À peine la petite tentative de combat fut-elle terminée, que plusieurs laquais en grande livrée parurent avec une chaise à porteurs dorée et peinte d'une façon bizarre : c'était une de ces chaises grotesques dont les masques se servent pendant le carnaval. Six hommes, le poignard à la main, prièrent Son Altesse d'y entrer, lui disant que l'air frais de la nuit pourrait nuire à sa voix ; on affectait les formes les plus respectueuses, le nom de prince était répété à chaque instant, et presque en criant. Le cortège commença à défiler. Fabrice compta dans la rue plus de cinquante hommes portant des torches allumées. Il pouvait être une heure du matin, tout le monde s'était mis aux fenêtres, la chose se passait avec une certaine gravité. Je craignais des coups de poignard de la part du comte M***, se dit Fabrice ; il se contente de se moquer de moi, je ne lui croyais pas tant de goût. Mais pense-t-il réellement avoir affaire au prince ? s'il sait que je ne suis que Fabrice, gare les coups de dague !

Ces cinquante hommes portant des torches et les vingt hommes armés, après s'être longtemps arrêtés sous les fenêtres de la Fausta, allèrent parader devant les plus beaux palais de la ville. Des majordomes placés aux deux côtés de la chaise à porteurs demandaient de temps à autre à Son Altesse si elle avait quelque ordre à leur donner. Fabrice ne perdit point la tête ; à l'aide de la clarté que répandaient les torches, il voyait que Ludovic et ses hommes suivaient le cortège autant que possible. Fabrice se disait : Ludovic n'a que huit ou dix hommes et n'ose attaquer. De l'intérieur de sa chaise à porteurs, Fabrice voyait fort bien que les gens chargés de la mauvaise plaisanterie étaient armés jusqu'aux dents. Il affectait de rire avec les majordomes chargés de le soigner. Après plus de deux heures de marche triomphale, il vit que l'on allait passer à l'extrémité de la rue où était situé le palais Sanseverina.

Comme on tournait la rue qui y conduit, il ouvre avec rapidité la porte de la chaise pratiquée sur le devant, saute par-dessus l'un des bâtons, renverse d'un coup de poignard l'un des estafiers qui lui portait sa torche au visage ; il reçoit un coup de dague dans l'épaule ; un second estafier lui brûle la barbe avec sa torche allumée, et enfin Fabrice arrive à Ludovic auquel il crie :

— *Tue ! tue tout ce qui porte des torches !*

Ludovic donne des coups d'épée et le délivre de deux hommes qui s'attachaient à le poursuivre. Fabrice arrive en courant jusqu'à la porte du palais Sanseverina ; par curiosité, le portier avait ouvert la petite porte haute de trois pieds pratiquée dans la grande, et regardait tout ébahi ce grand nombre de flambeaux. Fabrice entre d'un saut et ferme derrière lui cette porte en miniature ; il court au jardin et s'échappe par une porte qui donnait sur une rue solitaire. Une heure après, il était hors de la ville, au jour il passait la frontière des États de Modène et se trouvait en sûreté. Le soir il entra dans Bologne. Voici une belle expédition, se dit-il ; je n'ai pas même pu parler à ma belle. Il se hâta d'écrire des lettres d'excuse au comte et à la duchesse, lettres prudentes, et qui, en peignant ce qui se passait dans son cœur, ne pouvaient rien apprendre à un ennemi. « J'étais amoureux de l'amour, disait-il à la duchesse ; j'ai fait tout au monde pour le connaître, mais il paraît que la nature m'a refusé un cœur pour aimer et être mélancolique ; je ne puis m'élever plus haut que le vulgaire plaisir, etc. »

On ne saurait donner l'idée du bruit que cette aventure fit dans Parme. Le mystère excitait la curiosité : une infinité de gens avaient vu les flambeaux et la chaise à porteurs. Mais quel était cet homme enlevé et envers lequel on affectait toutes les formes du respect ? Le lendemain aucun personnage connu ne manqua dans la ville.

Le petit peuple qui habitait la rue d'où le prisonnier s'était échappé disait bien avoir vu un cadavre, mais au grand jour, lorsque les habitants osèrent sortir de leurs maisons, ils ne trouvèrent d'autres traces du combat que beaucoup de sang répandu sur le pavé. Plus de vingt mille curieux vinrent visiter la rue dans la journée. Les villes d'Italie sont accoutumées à des spectacles singuliers, mais toujours elles savent le *pourquoi* et le *comment*. Ce qui choqua Parme dans cette occurrence, ce fut que même un mois après, quand on cessa de parler uniquement de la promenade aux flambeaux, personne, grâce à la prudence du comte Mosca, n'avait pu deviner le nom du rival qui avait voulu enlever la Fausta au comte M***. Cet amant jaloux et vindicatif avait pris la fuite dès le commencement de la promenade. Par ordre du comte, la Fausta fut mise à la citadelle. La duchesse rit beaucoup d'une petite injustice que le comte dut se permettre pour arrêter tout à fait la curiosité du prince, qui autrement eût pu arriver jusqu'au nom de Fabrice.

On voyait à Parme un savant homme arrivé du nord

pour écrire une histoire du moyen âge ; il cherchait des manuscrits dans les bibliothèques, et le comte lui avait donné toutes les autorisations possibles. Mais ce savant, fort jeune encore, se montrait irascible ; il croyait, par exemple, que tout le monde à Parme cherchait à se moquer de lui. Il est vrai que les gamins des rues le suivaient quelquefois à cause d'une immense chevelure rouge clair étalée avec orgueil. Ce savant croyait qu'à l'auberge on lui demandait des prix exagérés de toutes choses, et il ne payait pas la moindre bagatelle sans en chercher le prix dans le voyage d'une Mme Starke qui est arrivé à une vingtième édition[1], parce qu'il indique à l'Anglais prudent le prix d'un dindon, d'une pomme, d'un verre de lait, etc., etc.

Le savant à la crinière rouge, le soir même du jour où Fabrice fit cette promenade forcée, devint furieux à son auberge, et sortit de sa poche de *petits pistolets* pour se venger du *cameriere* qui lui demandait deux sous d'une pêche médiocre. On l'arrêta, car porter de petits pistolets est un grand crime !

Comme ce savant irascible était long et maigre, le comte eut l'idée, le lendemain matin, de le faire passer aux yeux du prince pour le téméraire qui, ayant prétendu enlever la Fausta au comte M***, avait été mystifié. Le port des pistolets de poche est puni de trois ans de galère à Parme ; mais cette peine n'est jamais appliquée. Après quinze jours de prison, pendant lesquels le savant n'avait vu qu'un avocat qui lui avait fait une peur horrible des lois atroces dirigées par la pusillanimité des gens au pouvoir contre les porteurs d'armes cachées, un autre avocat visita la prison et lui raconta la promenade infligée par le comte M*** à un rival qui était resté inconnu.

1. Ce guide de voyage existe bien ; il a été publié en 1820 ; la caricature du voyageur anglais est fréquente chez Stendhal. Mais ici cet Anglais aux cheveux rouges, qui s'intéresse aux manuscrits italiens (comme Stendhal lui-même), devait renvoyer à Warney, le personnage épisodique que Stendhal avait prévu d'introduire après Waterloo.

— La police ne veut pas avouer au prince qu'elle
n'a pu savoir quel est ce rival : Avouez que vous vouliez plaire à la Fausta, que cinquante brigands vous
ont enlevé comme vous chantiez sous sa fenêtre, que
pendant une heure on vous a promené en chaise à porteurs sans vous adresser autre chose que des honnê-
tetés. Cet aveu n'a rien d'humiliant, on ne vous
demande qu'un mot. Aussitôt après qu'en le prononçant vous aurez tiré la police d'embarras, elle vous
embarque dans une chaise de poste et vous conduit à
la frontière où l'on vous souhaite le bonsoir.

Le savant résista pendant un mois ; deux ou trois
fois le prince fut sur le point de le faire amener au
ministère de l'Intérieur, et de se trouver présent à l'interrogatoire. Mais enfin il n'y songeait plus quand
l'historien, ennuyé, se détermina à tout avouer et fut
conduit à la frontière. Le prince resta convaincu que
le rival du comte M*** avait une forêt de cheveux
rouges.

Trois jours après la promenade comme Fabrice qui
se cachait à Bologne organisait avec le fidèle Ludovic
les moyens de trouver le comte M***, il apprit que,
lui aussi, se cachait dans un village de la montagne sur
la route de Florence. Le comte n'avait que trois de ses
buli avec lui ; le lendemain, au moment où il rentrait
de la promenade, il fut enlevé par huit hommes
masqués qui se donnèrent à lui pour des sbires de
Parme. On le conduisit, après lui avoir bandé les yeux,
dans une auberge deux lieues plus avant dans la montagne, où il trouva tous les égards possibles et un souper fort abondant. On lui servit les meilleurs vins
d'Italie et d'Espagne.

— Suis-je donc prisonnier d'État ? dit le comte[a].

— Pas le moins du monde ! lui répondit fort poliment Ludovic masqué. Vous avez offensé un simple
particulier, en vous chargeant de le faire promener en
chaise à porteurs ; demain matin, il veut se battre en
duel avec vous. Si vous le tuez, vous trouverez deux

bons chevaux, de l'argent et des relais préparés sur la route de Gênes.

— Quel est le nom du fier-à-bras ? dit le comte irrité.

— Il se nomme *Bombace*[1]. Vous aurez le choix des armes et de bons témoins, bien loyaux, mais il faut que l'un des deux meure !

— C'est donc un assassinat ! dit le comte M***, effrayé.

— À Dieu ne plaise ! c'est tout simplement un duel à mort avec le jeune homme que vous avez promené dans les rues de Parme au milieu de la nuit, et qui resterait déshonoré si vous restiez en vie. L'un de vous deux est de trop sur la terre, ainsi tâchez de le tuer ; vous aurez des épées, des pistolets, des sabres, toutes les armes qu'on a pu se procurer en quelques heures, car il a fallu se presser ; la police de Bologne est fort diligente, comme vous pouvez le savoir, et il ne faut pas qu'elle empêche ce duel nécessaire à l'honneur du jeune homme dont vous vous êtes moqué.

— Mais si ce jeune homme est un prince...

— C'est un simple particulier comme vous, et même beaucoup moins riche que vous, mais il veut se battre à mort, et il vous forcera à vous battre, je vous en avertis.

— Je ne crains rien au monde ! s'écria M***.

— C'est ce que votre adversaire désire avec le plus de passion, répliqua Ludovic. Demain, de grand matin, préparez-vous à défendre votre vie ; elle sera attaquée par un homme qui a raison d'être fort en colère et qui ne vous ménagera pas ; je vous répète que vous aurez le choix des armes ; et faites votre testament.

Vers les six heures du matin, le lendemain, on servit à déjeuner au comte M***, puis on ouvrit une porte de la chambre où il était gardé, et on l'engagea à passer

---

1. Sobriquet grotesque qui fait penser à bombance, à bombe et au verbe italien « bombare », boire avidement, pomper les liquides.

dans la cour d'une auberge de campagne ; cette cour était environnée de haies et de murs assez hauts, et les portes en étaient soigneusement fermées.

Dans un angle, sur une table de laquelle on invita le comte M*** à s'approcher, il trouva quelques bouteilles de vin et d'eau-de-vie, deux pistolets, deux épées, deux sabres, du papier et de l'encre ; une vingtaine de paysans étaient aux fenêtres de l'auberge qui donnaient sur la cour. Le comte implora leur pitié.

— On veut m'assassiner ! s'écriait-il ; sauvez-moi la vie !

— Vous vous trompez ! ou vous voulez tromper, lui cria Fabrice qui était à l'angle opposé de la cour, à côté d'une table chargée d'armes.

Il avait mis habit bas, et sa figure était cachée par un de ces masques en fil de fer qu'on trouve dans les salles d'armes.

— Je vous engage, ajouta Fabrice, à prendre le masque en fil de fer qui est près de vous, ensuite avancez vers moi avec une épée ou des pistolets ; comme on vous l'a dit hier soir, vous avez le choix des armes.

Le comte M*** élevait des difficultés sans nombre, et semblait fort contrarié de se battre ; Fabrice, de son côté, redoutait l'arrivée de la police, quoique l'on fût dans la montagne à cinq grandes lieues de Bologne ; il finit par adresser à son rival les injures les plus atroces ; enfin il eut le bonheur de mettre en colère le comte M***, qui saisit une épée et marcha sur Fabrice ; le combat s'engagea assez mollement.

Après quelques minutes, il fut interrompu par un grand bruit. Notre héros avait bien senti qu'il se jetait dans une action, qui, pendant toute sa vie, pourrait être pour lui un sujet de reproches ou du moins d'imputations calomnieuses. Il avait expédié Ludovic dans la campagne pour lui recruter des témoins. Ludovic donna de l'argent à des étrangers qui travaillaient dans un bois voisin ; ils accoururent en poussant des cris, pensant qu'il s'agissait de tuer un ennemi de l'homme qui payait. Arrivés à l'auberge, Ludovic les pria de regarder de tous leurs yeux, et de voir si l'un de ces deux jeunes gens qui se battaient agissait en traître et prenait sur l'autre des avantages illicites.

Le combat un instant interrompu par les cris de mort des paysans tardait à recommencer ; Fabrice insulta de nouveau la fatuité du comte.

— Monsieur le comte, lui criait-il, quand on est insolent, il faut être brave. Je sens que la condition est dure pour vous, vous aimez mieux payer des gens qui sont braves.

Le comte, de nouveau piqué, se mit à lui crier qu'il avait longtemps fréquenté la salle d'armes du fameux Battistin à Naples, et qu'il allait châtier son insolence ; la colère du comte M*** ayant enfin reparu, il se battit avec assez de fermeté, ce qui n'empêcha point Fabrice de lui donner un fort beau coup d'épée dans la poitrine, qui le retint au lit plusieurs mois. Ludovic, en donnant les premiers soins au blessé, lui dit à l'oreille :

— Si vous dénoncez ce duel à la police, je vous ferai poignarder dans votre lit[a].

Fabrice se sauva dans Florence ; comme il s'était tenu caché à Bologne, ce fut à Florence seulement qu'il reçut toutes les lettres de reproches de la duchesse ; elle ne pouvait lui pardonner d'être venu à son concert et de ne pas avoir cherché à lui parler. Fabrice fut ravi des lettres du comte Mosca, elles respiraient une franche amitié et les sentiments les plus nobles. Il devina que le comte avait écrit à Bologne, de façon à écarter les soupçons qui pouvaient peser sur lui relativement au duel ; la police fut d'une justice parfaite : elle constata que deux étrangers, dont l'un seulement, le blessé, était connu (le comte M***), s'étaient battus à l'épée, devant plus de trente paysans, au milieu desquels se trouvait vers la fin du combat le curé du village qui avait fait de vains efforts pour séparer les duellistes. Comme le nom de Joseph Bossi n'avait point été prononcé, moins de deux mois après, Fabrice

osa revenir à Bologne, plus convaincu que jamais que
sa destinée le condamnait à ne jamais connaître la partie noble et intellectuelle de l'amour. C'est ce qu'il se
donna le plaisir d'expliquer fort au long à la duchesse ;
il était bien las de sa vie solitaire et désirait passionnément alors retrouver les charmantes soirées qu'il passait entre le comte et sa tante. Il n'avait pas revu depuis
eux les douceurs de la bonne compagnie.

*Je me suis tant ennuyé à propos de l'amour que je
voulais me donner et de la Fausta,* écrivait-il à la
duchesse, *que maintenant son caprice me fût-il encore
favorable, je ne ferais pas vingt lieues pour aller la
sommer de sa parole ; ainsi ne crains pas, comme tu
me le dis, que j'aille jusqu'à Paris où je vois qu'elle
débute avec un succès fou. Je ferais toutes les lieues
possibles pour passer une soirée avec toi et avec ce
comte si bon pour ses amis.*

LIVRE SECOND

Par ses cris continuels,
cette république nous empêcherait de jouir
de la meilleure des monarchies.
(Chap. XXIII.) [1]

---

1. Cette troisième épigraphe du roman est une citation de Mosca prise dans le chapitre XXIII ; mais c'est une citation inexacte ; Mosca analyse son rôle dans la nouvelle cour ; la phrase déplacée et modifiée a une valeur générale et s'adresse à nous, au lecteur. L'épigraphe semble considérer toute l'époque. Mosca était ironique ; reste-t-il celui qui ironise, ou est-il à son tour ironisé ? Est-ce qu'il n'aurait pas raison ? C'est alors au lecteur de choisir l'interprétation d'une phrase rigoureusement ironique : à deux sens.

CHAPITRE XIV

Pendant que Fabrice était à la chasse de l'amour dans un village voisin de Parme, le fiscal général Rassi, qui ne le savait pas si près de lui, continuait à traiter son affaire comme s'il eût été un libéral[a] : il feignit de ne pouvoir trouver, ou plutôt intimida les témoins à décharge ; et enfin, après un travail fort savant de près d'une année, et environ deux mois après le dernier retour de Fabrice à Bologne, un certain vendredi, la marquise Raversi, ivre de joie, dit publiquement dans son salon que, le lendemain, la sentence qui venait d'être rendue depuis une heure contre le petit del Dongo serait présentée à la signature du prince et approuvée par lui. Quelques minutes plus tard la duchesse sut ce propos de son ennemie. Il faut que le comte soit bien mal servi par ses agents ! se dit-elle ; encore ce matin il croyait que la sentence ne pouvait être rendue avant huit jours. Peut-être ne serait-il pas fâché d'éloigner de Parme mon jeune grand vicaire ; mais, ajouta-t-elle en chantant, nous le verrons revenir, et un jour il sera notre archevêque. La duchesse sonna :

— Réunissez tous les domestiques dans la salle d'attente, dit-elle à son valet de chambre, même les cuisiniers ; allez prendre chez le commandant de la place le permis nécessaire pour avoir quatre chevaux de poste, et enfin qu'avant une demi-heure ces chevaux soient attelés à mon landau.

Toutes les femmes de la maison furent occupées à faire des malles, la duchesse prit à la hâte un habit de voyage, le tout sans rien faire dire au comte ; l'idée de se moquer un peu de lui la transportait de joie.

— Mes amis, dit-elle aux domestiques rassemblés, j'apprends que mon pauvre neveu va être condamné par contumace pour avoir eu l'audace de défendre sa vie contre un furieux ; c'était Giletti qui voulait le tuer. Chacun de vous a pu voir combien le caractère de Fabrice est doux et inoffensif. Justement indignée de cette injure atroce, je pars pour Florence : je laisse à chacun de vous ses gages pendant dix ans ; si vous êtes malheureux, écrivez-moi, et tant que j'aurai un sequin, il y aura quelque chose pour vous.

La duchesse pensait exactement ce qu'elle disait, et, à ses derniers mots, les domestiques fondirent en larmes ; elle aussi avait les yeux humides ; elle ajouta d'une voix émue :

— Priez Dieu pour moi et pour monseigneur Fabrice del Dongo, premier grand vicaire du diocèse, qui demain matin va être condamné aux galères, ou, ce qui serait moins bête, à la peine de mort.

Les larmes des domestiques redoublèrent et peu à peu se changèrent en cris à peu près séditieux ; la duchesse monta dans son carrosse et se fit conduire au palais du prince. Malgré l'heure indue, elle fit solliciter une audience par le général Fontana, aide de camp de service ; elle n'était point en grand habit de cour, ce qui jeta cet aide de camp dans une stupeur profonde. Quant au prince, il ne fut point surpris, et encore moins fâché de cette demande d'audience. Nous allons voir des larmes répandues par de beaux yeux, se dit-il en se frottant les mains. Elle vient demander grâce ; enfin cette fière beauté va s'humilier ! elle était aussi trop insupportable avec ses petits airs d'indépendance ! Ces yeux si parlants semblaient toujours me dire, à la moindre chose qui la choquait : Naples et Milan seraient un séjour bien autrement aimable que votre petite ville de Parme. À la vérité je ne règne pas sur Naples ou sur Milan ; mais enfin cette grande dame vient me demander quelque chose qui dépend de moi uniquement et qu'elle brûle d'obtenir ; j'ai toujours pensé que l'arrivée de ce neveu m'en ferait tirer pied ou aile.

Pendant que le prince souriait à ces pensées et se livrait à toutes ces prévisions agréables, il se promenait dans son grand cabinet, à la porte duquel le général Fontana était resté debout et raide comme un soldat au port d'armes. Voyant les yeux brillants du prince, et se rappelant l'habit de voyage de la duchesse, il crut à la dissolution de la monarchie. Son ébahissement n'eut plus de bornes quand il entendit le prince lui dire :

— Priez madame la duchesse d'attendre un petit quart d'heure.

Le général aide de camp fit son demi-tour comme un soldat à la parade ; le prince sourit encore : Fontana n'est pas accoutumé, se dit-il, à voir attendre cette fière duchesse : la figure étonnée avec laquelle il va lui parler du *petit quart d'heure d'attente* préparera le passage aux larmes touchantes que ce cabinet va voir répandre. Ce petit quart d'heure fut délicieux pour le prince ; il se promenait d'un pas ferme et égal, il *régnait*. Il s'agit ici de ne rien dire qui ne soit parfaitement à sa place ; quels que soient mes sentiments envers la duchesse, il ne faut point oublier que c'est une des plus grandes dames de ma cour. Comment Louis XIV parlait-il aux princesses ses filles quand il avait lieu d'en être mécontent ? et ses yeux s'arrêtèrent sur le portrait du grand roi[1].

---

1. Ce n'est pas le portrait qui peut lui donner une réponse, mais sa connaissance des *Mémoires* de Saint-Simon. Mais Louis XIV n'a de filles que naturelles, et il intervient en effet dans les « picoteries » des princesses entre elles. Stendhal a commenté d'un « voilà la profondeur que j'aime », ce texte de Saint-Simon qui se rapporte au rôle de roi dans de telles remontrances : « il le fit d'un ton de père, mêlé d'un ton de roi et de maître, adoucit la tendresse avec une mesure si juste et si composée qu'elle ne fit que faciliter, sans donner courage à la résis-

Le plaisant de la chose c'est que le prince ne songea point à se demander s'il ferait grâce à Fabrice et quelle serait cette grâce. Enfin, au bout de vingt minutes, le fidèle Fontana se présenta de nouveau à la porte, mais sans rien dire. — La duchesse Sanseverina peut entrer, cria le prince d'un air théâtral. Les larmes vont commencer, se dit-il, et, comme pour se préparer à un tel spectacle, il tira son mouchoir.

Jamais la duchesse n'avait été aussi leste et aussi jolie ; elle n'avait pas vingt-cinq ans. En voyant son petit pas léger et rapide effleurer à peine les tapis, le pauvre aide de camp fut sur le point de perdre tout à fait la raison.

— J'ai bien des pardons à demander à votre altesse sérénissime, dit la duchesse de sa petite voix légère et gaie, j'ai pris la liberté de me présenter devant elle avec un habit qui n'est pas précisément convenable, mais votre altesse m'a tellement accoutumée à ses bontés que j'ai osé espérer qu'elle voudrait bien m'accorder encore cette grâce.

La duchesse parlait assez lentement, afin de se donner le temps de jouir de la figure du prince ; elle était délicieuse à cause de l'étonnement profond et du reste de grands airs que la position de la tête et des bras accusait encore. Le prince était resté comme frappé par la foudre ; de sa petite voix aigre et troublée il s'écriait de temps à autre en articulant à peine :

— *Comment ! comment !*

La duchesse, comme par respect, après avoir fini son compliment, lui laissa tout le temps de répondre ; puis elle ajouta :

— J'ose espérer que votre altesse sérénissime daigne me pardonner l'incongruité de mon costume.

Mais, en parlant ainsi, ses yeux moqueurs brillaient d'un si vif éclat que le prince ne put le supporter ; il

tance, manière rare, mais très ordinaire au roi quand il voulait s'en servir ».

regarda au plafond, ce qui chez lui était le dernier signe du plus extrême embarras.

— *Comment ! comment !* dit-il encore.

Puis il eut le bonheur de trouver une phrase :

— Madame la duchesse, asseyez-vous donc.

Il avança lui-même un fauteuil et avec assez de grâce. La duchesse ne fut point insensible à cette politesse, elle modéra la pétulance de son regard.

— *Comment ! comment !* répéta encore le prince en s'agitant dans son fauteuil, sur lequel on eût dit qu'il ne pouvait trouver de position solide.

— Je vais profiter de la fraîcheur de la nuit pour courir la poste, reprit la duchesse, et, comme mon absence peut être de quelque durée, je n'ai point voulu sortir des états de son altesse sérénissime sans la remercier de toutes les bontés que depuis cinq années elle a daigné avoir pour moi.

À ces mots le prince comprit enfin ; il devint pâle : c'était l'homme du monde qui souffrait le plus de se voir trompé dans ses prévisions ; puis il prit un air de grandeur tout à fait digne du portrait de Louis XIV qui était sous ses yeux. À la bonne heure, se dit la duchesse, voilà un homme.

— Et quel est le motif de ce départ subit ? dit le prince d'un ton assez ferme.

— J'avais ce projet depuis longtemps, répondit la duchesse, et une petite insulte que l'on a faite à *monsignor* del Dongo que demain l'on va condamner à mort ou aux galères, me fait hâter mon départ.

— Et dans quelle ville allez-vous ?

— À Naples, je pense.

Elle ajouta en se levant :

— Il ne me reste plus qu'à prendre congé de votre altesse sérénissime et à la remercier très humblement de ses *anciennes* bontés. À son tour, elle parlait d'un air si ferme que le prince vit bien que dans deux secondes tout serait fini ; l'éclat du départ ayant eu lieu, il savait que tout arrangement était impossible ;

elle n'était pas femme à revenir sur ses démarches. Il courut après elle.

— Mais vous savez bien, madame la duchesse, lui dit-il en lui prenant la main, que toujours je vous ai aimée, et d'une amitié à laquelle il ne tenait qu'à vous de donner un autre nom. Un meurtre a été commis, c'est ce qu'on ne saurait nier ; j'ai confié l'instruction du procès à mes meilleurs juges...

À ces mots, la duchesse se releva de toute sa hauteur ; toute apparence de respect et même d'urbanité disparut en un clin d'œil : la femme outragée parut clairement, et la femme outragée s'adressant à un être qu'elle sait de mauvaise foi. Ce fut avec l'expression de la colère la plus vive et même du mépris, qu'elle dit au prince en pesant sur tous les mots :

— Je quitte à jamais les états de votre altesse sérénissime, pour ne jamais entendre parler du fiscal Rassi, et des autres infâmes assassins qui ont condamné à mort mon neveu et tant d'autres ; si votre altesse sérénissime ne veut pas mêler un sentiment d'amertume aux derniers instants que je passe auprès d'un prince poli et spirituel quand il n'est pas trompé, je la prie très humblement de ne pas me rappeler l'idée de ces juges infâmes qui se vendent pour mille écus ou une croix.

L'accent admirable et surtout vrai avec lequel furent prononcées ces paroles fit tressaillir le prince ; il craignit un instant de voir sa dignité compromise par une accusation encore plus directe, mais au total sa sensation finit bientôt par être de plaisir : il admirait la duchesse ; l'ensemble de sa personne atteignit en ce moment une beauté sublime. Grand Dieu ! qu'elle est belle, se dit le prince ; on doit passer quelque chose à une femme unique et telle que peut-être il n'en existe pas une seconde dans toute l'Italie... Eh bien ! avec un peu de bonne politique il ne serait peut-être pas impossible d'en faire un jour ma maîtresse ; il y a loin d'un tel être à cette poupée de marquise Balbi, et qui encore chaque année vole au moins trois cent mille francs à mes pauvres sujets... Mais l'ai-je bien entendu ? pensa-t-il tout à coup ; elle a dit : condamné mon neveu et tant d'autres ; alors la colère surnagea, et ce fut avec une hauteur digne du rang suprême que le prince dit, après un silence :

— Et que faudrait-il faire pour que madame ne partît point ?

— Quelque chose dont vous n'êtes pas capable, répliqua la duchesse avec l'accent de l'ironie la plus amère et du mépris le moins déguisé.

Le prince était hors de lui, mais il devait à l'habitude de son métier de souverain absolu la force de résister à un premier mouvement. Il faut avoir cette femme, se dit-il, c'est ce que je me dois, puis il faut la faire mourir par le mépris... Si elle sort de ce cabinet, je ne la revois jamais. Mais, ivre de colère et de haine comme il l'était en ce moment, où trouver un mot qui pût satisfaire à la fois à ce qu'il se devait à lui-même et porter la duchesse à ne pas déserter sa cour à l'instant ? On ne peut, se dit-il, ni répéter ni tourner en ridicule un geste, et il alla se placer entre la duchesse et la porte de son cabinet. Peu après il entendit gratter à cette porte.

— Quel est le jean sucre, s'écria-t-il en jurant de toute la force de ses poumons, quel est le jean sucre qui vient ici m'apporter sa sotte présence ?

Le pauvre général Fontana montra sa figure pâle et totalement renversée, et ce fut avec l'air d'un homme à l'agonie qu'il prononça ces mots mal articulés :

— Son excellence le comte Mosca sollicite l'honneur d'être introduit.

— Qu'il entre ! dit le prince en criant.

Et comme Mosca saluait :

— Hé bien ! lui dit-il, voici madame la duchesse Sanseverina qui prétend quitter Parme à l'instant pour aller s'établir à Naples, et qui par-dessus le marché me dit des impertinences.

— Comment ! dit Mosca pâlissant.

— Quoi ! vous ne saviez pas ce projet de départ ?

— Pas la première parole ; j'ai quitté madame à six heures, joyeuse et contente.

Ce mot produisit sur le prince un effet incroyable. D'abord il regarda Mosca ; sa pâleur croissante lui montra qu'il disait vrai et n'était point complice du coup de tête de la duchesse. En ce cas, se dit-il, je la perds pour toujours ; plaisir et vengeance tout s'envole en même temps. À Naples elle fera des épigrammes avec son neveu Fabrice sur la grande colère du petit prince de Parme. Il regarda la duchesse ; le plus violent mépris et la colère se disputaient son cœur ; ses yeux étaient fixés en ce moment sur le comte Mosca, et les contours si fins de cette belle bouche exprimaient le dédain le plus amer. Toute cette figure disait : vil courtisan ! Ainsi, pensa le prince, après l'avoir examinée, je perds ce moyen de la rappeler en ce pays. Encore en ce moment, si elle sort de ce cabinet elle est perdue pour moi, Dieu sait ce qu'elle dira de mes juges à Naples... Et avec cet esprit et cette force de persuasion divine que le ciel lui a donnés, elle se fera croire de tout le monde. Je lui devrai la réputation d'un tyran ridicule qui se lève la nuit pour regarder sous son lit... Alors, par une manœuvre adroite et comme cherchant à se promener pour diminuer son agitation, le prince se plaça de nouveau devant la porte du cabinet ; le comte était à sa droite à trois pas de distance, pâle, défait et tellement tremblant, qu'il fut obligé de chercher un appui sur le dos du fauteuil que la duchesse avait occupé au commencement de l'audience, et que le prince dans un mouvement de colère avait poussé au loin. Le comte était amoureux. Si la duchesse part je la suis, se disait-il ; mais voudra-t-elle de moi à sa suite ? voilà la question.

À la gauche du prince, la duchesse debout, les bras croisés et serrés contre la poitrine, le regardait avec une impertinence admirable ; une pâleur complète et profonde avait succédé aux vives couleurs qui naguère animaient cette tête sublime.

Le prince, au contraire des deux autres personnages, avait la figure rouge et l'air inquiet ; sa main gauche jouait d'une façon convulsive avec la croix attachée au grand cordon de son ordre qu'il portait sous l'habit ; de la main droite il se caressait le menton.

— Que faut-il faire ? dit-il au comte, sans trop savoir ce qu'il faisait lui-même, et entraîné par l'habitude de le consulter sur tout.

— Je n'en sais rien en vérité, altesse sérénissime, répondit le comte de l'air d'un homme qui rend le dernier soupir.

Il pouvait à peine prononcer les mots de sa réponse. Le ton de cette voix donna au prince la première consolation que son orgueil blessé eût trouvée dans cette audience, et ce petit bonheur lui fournit une phrase heureuse pour son amour-propre.

— Eh bien ! dit-il, je suis le plus raisonnable des trois ; je veux bien faire abstraction complète de ma position dans le monde. Je vais parler *comme un ami*.

Et il ajouta, avec un beau sourire de condescendance bien imité des temps heureux de Louis XIV.

— *Comme un ami parlant à des amis*. Madame la duchesse, ajouta-t-il, que faut-il faire pour vous faire oublier une résolution intempestive ?

— En vérité, je n'en sais rien, répondit la duchesse avec un grand soupir, en vérité, je n'en sais rien, tant j'ai Parme en horreur.

Il n'y avait nulle intention d'épigramme dans ce mot, on voyait que la sincérité même parlait par sa bouche.

Le comte se tourna vivement de son côté ; l'âme du courtisan était scandalisée ; puis il adressa au prince un regard suppliant. Avec beaucoup de dignité et de sang-froid le prince laissa passer un moment ; puis s'adressant au comte :

— Je vois, dit-il, que votre charmante amie est tout

à fait hors d'elle-même ; c'est tout simple, elle *adore* son neveu.

Et, se tournant vers la duchesse, il ajouta, avec le regard le plus galant et en même temps de l'air que l'on prend pour citer le mot d'une comédie :

— *Que faut-il faire pour plaire à ces beaux yeux ?*

La duchesse avait eu le temps de réfléchir ; d'un ton ferme et lent, et comme si elle eût dicté son *ultimatum*, elle répondit :

— Son altesse m'écrirait une lettre gracieuse, comme elle sait si bien les faire ; elle me dirait que, n'étant point convaincue de la culpabilité de Fabrice del Dongo, premier grand vicaire de l'archevêque, elle ne signera point la sentence quand on viendra la lui présenter, et que cette procédure injuste n'aura aucune suite à l'avenir.

— Comment *injuste* ! s'écria le prince en rougissant jusqu'au blanc des yeux, et reprenant sa colère.

— Ce n'est pas tout ! répliqua la duchesse avec une fierté romaine ; *dès ce soir*, et, ajouta-t-elle en regardant la pendule, il est déjà onze heures et un quart, dès ce soir Son Altesse Sérénissime enverra dire à la marquise Raversi qu'elle lui conseille d'aller à la campagne pour se délasser des fatigues qu'a dû lui causer un certain procès dont elle parlait dans son salon au commencement de la soirée.

Le duc se promenait dans son cabinet comme un homme furieux.

— Vit-on jamais une telle femme ?... s'écriait-il ; elle me manque de respect.

La duchesse répondit avec une grâce parfaite :

— De la vie je n'ai eu l'idée de manquer de respect à son altesse sérénissime ; son altesse a eu l'extrême condescendance de dire qu'elle parlait *comme un ami à des amis*. Je n'ai, du reste, aucune envie de rester à Parme, ajouta-t-elle en regardant le comte avec le dernier mépris.

Ce regard décida le prince, jusqu'ici fort incertain,

quoique ces paroles eussent semblé annoncer un engagement ; il se moquait fort des paroles.

Il y eut encore quelques mots d'échangés, mais enfin le comte Mosca reçut l'ordre d'écrire le billet gracieux sollicité par la duchesse. Il omit la phrase : *Cette procédure injuste n'aura aucune suite à l'avenir.* Il suffit, se dit le comte, que le prince promette de ne point signer la sentence qui lui sera présentée. Le prince le remercia d'un coup d'œil en signant.

Le comte eut grand tort, le prince était fatigué et eût tout signé ; il croyait se bien tirer de la scène, et toute l'affaire était dominée à ses yeux par ces mots : « Si la duchesse part, je trouverai ma cour ennuyeuse avant huit jours. » Le comte remarqua que le maître corrigeait la date et mettait celle du lendemain [1]. Il regarda la pendule, elle marquait près de minuit. Le ministre ne vit dans cette date corrigée que l'envie pédantesque de faire preuve d'exactitude et de bon gouvernement. Quant à l'exil de la marquise Raversi, il ne fit pas un pli ; le prince avait un plaisir particulier à exiler les gens.

— Général Fontana, s'écria-t-il en entrouvrant la porte.

Le général parut avec une figure tellement étonnée et tellement curieuse, qu'il y eut échange d'un regard gai entre la duchesse et le comte, et ce regard fit la paix.

— Général Fontana, dit le prince, vous allez monter dans ma voiture qui attend sous la colonnade ; vous irez chez la marquise Raversi, vous vous ferez annoncer ; si elle est au lit, vous ajouterez que vous venez de ma part, et, arrivé dans sa chambre, vous direz ces précises paroles, et non d'autres : « Madame la mar-

---

1. Si l'on interprète bien ce problème de date, on s'aperçoit que le prince s'arrange pour antidater la signature de la sentence, si bien qu'il soit impossible de lui reprocher de ne pas tenir la parole donnée par écrit à la Sanseverina ; officiellement il a signé la sentence avant la lettre où il déclare qu'il ne la signera pas.

quise Raversi, son altesse sérénissime vous engage à partir demain, avant huit heures du matin, pour votre château de Velleja ; son altesse vous fera connaître quand vous pourrez revenir à Parme. »

Le prince chercha des yeux ceux de la duchesse, laquelle, sans le remercier comme il s'y attendait, lui fit une révérence extrêmement respectueuse et sortit rapidement.

— Quelle femme ! dit le prince en se tournant vers le comte Mosca.

Celui-ci, ravi de l'exil de la marquise Raversi qui facilitait toutes ses actions comme ministre, parla pendant une grosse demi-heure en courtisan consommé ; il voulait consoler l'amour-propre du souverain, et ne prit congé que lorsqu'il le vit bien convaincu que l'histoire anecdotique de Louis XIV n'avait pas de page plus belle que celle qu'il venait de fournir à ses historiens futurs[1].

En rentrant chez elle, la duchesse ferma sa porte, et dit qu'on n'admît personne, pas même le comte. Elle voulait se trouver seule avec elle-même, et voir un peu quelle idée elle devait se former de la scène qui venait d'avoir lieu. Elle avait agi au hasard et pour se faire plaisir au moment même ; mais à quelque démarche qu'elle se fût laissé entraîner elle y eût tenu avec fermeté. Elle ne se fût point blâmée en revenant au sang-froid, encore moins repentie : tel était le caractère auquel elle devait d'être encore à trente-six ans la plus jolie femme de la cour.

Elle rêvait en ce moment à ce que Parme pouvait offrir d'agréable, comme elle eût fait au retour d'un long voyage, tant de neuf heures à onze elle avait cru fermement quitter ce pays pour toujours.

« Ce pauvre comte a fait une plaisante figure lorsqu'il a connu mon départ en présence du prince... Au

---

1. Correction de Stendhal dans l'exemplaire Chaper : « aux Saint-Simons futurs ».

fait, c'est un homme aimable et d'un cœur bien rare !
Il eût quitté ses ministères pour me suivre... Mais aussi
pendant cinq années entières il n'a pas eu une distraction à me reprocher. Quelles femmes mariées à l'autel
pourraient en dire autant à leur seigneur et maître ? Il
faut convenir qu'il n'est point important, point pédant ;
il ne donne nullement l'envie de le tromper ; devant
moi il semble toujours avoir honte de sa puissance... Il
faisait une drôle de figure en présence de son seigneur
et maître ; s'il était là je l'embrasserais... Mais pour
rien au monde je ne me chargerais d'amuser un
ministre qui a perdu son portefeuille, c'est une maladie
dont on ne guérit qu'à la mort, et... qui fait mourir.
Quel malheur ce serait d'être ministre jeune ! Il faut
que je le lui écrive, c'est une de ces choses qu'il doit
savoir officiellement avant de se brouiller avec son
prince... Mais j'oubliais mes bons domestiques. »

La duchesse sonna. Ses femmes étaient toujours
occupées à faire des malles ; la voiture était avancée
sous le portique et on la chargeait ; tous les domestiques qui n'avaient pas de travail à faire entouraient
cette voiture, les larmes aux yeux. La Chékina, qui
dans les grandes occasions entrait seule chez la
duchesse, lui apprit tous ces détails.

— Faites-les monter, dit la duchesse.

Un instant après elle passa dans la salle d'attente.

— On m'a promis, leur dit-elle, que la sentence
contre mon neveu ne serait pas signée par le *souverain*
(c'est ainsi qu'on parle en Italie) ; je suspends mon
départ ; nous verrons si mes ennemis auront le crédit
de faire changer cette résolution.

Après un petit silence, les domestiques se mirent à
crier : « Vive madame la duchesse ! » et applaudirent
avec fureur. La duchesse, qui était déjà dans la pièce
voisine, reparut comme une actrice applaudie, fit une
petite révérence pleine de grâce à ses gens et leur dit :

— *Mes amis, je vous remercie.*

Si elle eût dit un mot, tous, en ce moment, eussent

marché contre le palais pour l'attaquer. Elle fit un signe à un postillon, ancien contrebandier et homme dévoué, qui la suivit.

— Tu vas t'habiller en paysan aisé, tu sortiras de Parme comme tu pourras, tu loueras une *sediola* et tu iras aussi vite que possible à Bologne. Tu entreras à Bologne en promeneur et par la porte de Florence, et tu remettras à Fabrice, qui est au *Pelegrino*, un paquet que Chékina va te donner. Fabrice se cache et s'appelle là-bas M. Joseph Bossi ; ne va pas le trahir par étourderie, n'aie pas l'air de le connaître ; mes ennemis mettront peut-être des espions à tes trousses. Fabrice te renverra ici au bout de quelques heures ou de quelques jours : c'est surtout en revenant qu'il faut redoubler de précautions pour ne pas le trahir.

— Ah ! les gens de la marquise Raversi ! s'écria le postillon ; nous les attendons, et si madame voulait ils seraient bientôt exterminés.

— Un jour peut-être ! mais gardez-vous sur votre tête de rien faire sans mon ordre.

C'était la copie du billet du prince que la duchesse voulait envoyer à Fabrice ; elle ne put résister au plaisir de l'amuser, et ajouta un mot sur la scène qui avait amené le billet ; ce mot devint une lettre de dix pages. Elle fit rappeler le postillon.

— Tu ne peux partir, lui dit-elle, qu'à quatre heures, porte ouvrante.

— Je comptais passer par le grand égout, j'aurais de l'eau jusqu'au menton, mais je passerais...

— Non, dit la duchesse, je ne veux pas exposer à prendre la fièvre un de mes plus fidèles serviteurs. Connais-tu quelqu'un chez monseigneur l'archevêque ?

— Le second cocher est mon ami.

— Voici une lettre pour ce saint prélat : introduis-toi sans bruit dans son palais, fais-toi conduire chez le valet de chambre ; je ne voudrais pas qu'on réveillât monseigneur. S'il est déjà renfermé dans sa chambre, passe la nuit dans le palais, et, comme il est dans l'usage de se lever avec le jour, demain matin, à quatre heures, fais-toi annoncer de ma part, demande sa bénédiction au saint archevêque, remets-lui le paquet que voici, et prends les lettres qu'il te donnera peut-être pour Bologne.

La duchesse adressait à l'archevêque l'original même du billet du prince ; comme ce billet était relatif à son premier grand vicaire, elle priait de le déposer aux archives de l'archevêché, où elle espérait que messieurs les grands vicaires et les chanoines, collègues de son neveu, voudraient bien en prendre connaissance ; le tout sous la condition du plus profond secret.

La duchesse écrivait à Mgr Landriani avec une familiarité qui devait charmer ce bon bourgeois ; la signature seule avait trois lignes ; la lettre, fort amicale, était suivie de ces mots : *Angelina-Cornelia-Isola Valserra del Dongo, duchesse Sanseverina.*

Je n'en ai pas tant écrit, je pense, se dit la duchesse en riant, depuis mon contrat de mariage avec le pauvre duc ; mais on ne mène ces gens-là que par ces choses, et aux yeux des bourgeois la caricature fait beauté. Elle ne put pas finir la soirée sans céder à la tentation d'écrire une lettre de persiflage au pauvre comte ; elle lui annonçait officiellement, pour sa *gouverne*, disait-elle, *dans ses rapports avec les têtes couronnées*, qu'elle ne se sentait pas capable d'amuser un ministre disgracié. « Le prince vous fait peur ; quand vous ne pourrez plus le voir, ce serait donc à moi à vous faire peur ? » Elle fit porter sur-le-champ cette lettre.

De son côté, le lendemain dès sept heures du matin, le prince manda le comte Zurla, ministre de l'intérieur.

— De nouveau, lui dit-il, donnez les ordres les plus sévères à tous les podestats [1] pour qu'ils fassent arrêter le sieur Fabrice del Dongo. On nous annonce que peut-être il osera reparaître dans nos états. Ce fugitif se trouvant à Bologne, où il semble braver les poursuites de

---

1. Magistrat qui a des pouvoirs de justice et de police.

nos tribunaux, placez des sbires qui le connaissent personnellement, 1° dans les villages sur la route de Bologne à Parme ; 2° aux environs du château de la duchesse Sanseverina, à Sacca, et de sa maison de Castelnovo[1] ; 3° autour du château du comte Mosca. J'ose espérer de votre haute sagesse, monsieur le comte, que vous saurez dérober la connaissance de ces ordres de votre souverain à la pénétration du comte Mosca. Sachez que je veux que l'on arrête le sieur Fabrice del Dongo.

Dès que ce ministre fut sorti, une porte secrète introduisit chez le prince le fiscal général Rassi, qui s'avança plié en deux et saluant à chaque pas. La mine de ce coquin-là était à peindre ; elle rendait justice à toute l'infamie de son rôle, et, tandis que les mouvements rapides et désordonnés de ses yeux trahissaient la connaissance qu'il avait de ses mérites, l'assurance arrogante et grimaçante de sa bouche montrait qu'il savait lutter contre le mépris.

Comme ce personnage va prendre une assez grande influence sur la destinée de Fabrice, on peut en dire un mot. Il était grand, il avait de beaux yeux fort intelligents, mais un visage abîmé par la petite vérole ; pour de l'esprit, il en avait, et beaucoup et du plus fin ; on lui accordait de posséder parfaitement la science du droit, mais c'était surtout par l'esprit de ressource qu'il brillait. De quelque sens que pût se présenter une affaire, il trouvait facilement, et en peu d'instants les moyens fort bien fondés en droit d'arriver à une condamnation ou à un acquittement ; il était surtout le roi des finesses de procureur.

À cet homme, que de grandes monarchies eussent envié au prince de Parme, on ne connaissait qu'une passion : être en conversation intime avec de grands personnages et leur plaire par des bouffonneries. Peu

---

1. La carte sur laquelle Stendhal aurait décalqué son croquis indique un Castelnovo entre Parme et Colorno dans le « fief » de la duchesse.

lui importait que l'homme puissant rît de ce qu'il
disait, ou de sa propre personne, ou fît des plaisanteries
révoltantes sur madame Rassi ; pourvu qu'il vît rire et
qu'on le traitât avec familiarité, il était content. Quelquefois le prince, ne sachant plus comment abuser de
la dignité de ce grand juge, lui donnait des coups de
pied ; si les coups de pied lui faisaient mal, il se mettait
à pleurer. Mais l'instinct de bouffonnerie était si puissant chez lui, qu'on le voyait tous les jours préférer le
salon d'un ministre qui le bafouait, à son propre salon
où il régnait despotiquement sur toutes les robes noires
du pays. Le Rassi s'était surtout fait une position à
part, en ce qu'il était impossible au noble le plus insolent de pouvoir l'humilier ; sa façon de se venger des
injures qu'il essuyait toute la journée était de les raconter au prince, auquel il s'était acquis le privilège de
tout dire ; il est vrai que souvent la réponse était un
soufflet bien appliqué et qui faisait mal, mais il ne s'en
formalisait aucunement. La présence de ce grand juge
distrayait le prince dans ses moments de mauvaise
humeur, alors il s'amusait à l'outrager. On voit que
Rassi était à peu près l'homme parfait à la cour : sans
honneur et sans humeur [1].

— Il faut du secret avant tout, lui cria le prince sans
le saluer, et le traitant tout à fait comme un cuistre [2],
lui qui était si poli avec tout le monde. De quand votre
sentence est-elle datée ?

— Altesse sérénissime, d'hier matin.

— De combien de juges est-elle signée ?

— De tous les cinq.

— Et la peine ?

— Vingt ans de forteresse, comme votre altesse
sérénissime me l'avait dit.

— La peine de mort eût révolté, dit le prince

---

1. Citation quasi proverbiale que Stendhal doit à Helvé-
tius.　**2.** Le cuistre au sens premier est un valet ou pion de collège,
puis le mot désigne le pédant crasseux et bas.

comme se parlant à soi-même, c'est dommage ! Quel effet sur cette femme ! Mais c'est un del Dongo, et ce nom est révéré dans Parme, à cause des trois archevêques presque successifs... Vous me dites vingt ans de forteresse ?

— Oui, altesse sérénissime, reprit le fiscal Rassi toujours debout et plié en deux, avec, au préalable, excuse publique devant le portrait de son altesse sérénissime ; de plus, jeûne au pain et à l'eau tous les vendredis et toutes les veilles des fêtes principales, *le sujet étant d'une impiété notoire*. Ceci pour l'avenir et pour casser le cou à sa fortune.

— Écrivez, dit le prince : *Son altesse sérénissime ayant daigné écouter avec bonté les très humbles supplications de la marquise del Dongo, mère du coupable, et de la duchesse Sanseverina, sa tante, lesquelles ont représenté qu'à l'époque du crime leur fils et neveu était fort jeune et d'ailleurs égaré par une folle passion conçue pour la femme du malheureux Giletti, a bien voulu, malgré l'horreur inspirée par un tel meurtre, commuer la peine à laquelle Fabrice del Dongo a été condamné, en celle de douze années de forteresse*[1].

» Donnez que je signe. »

Le prince signa et data de la veille ; puis, rendant la sentence à Rassi, il lui dit :

— Écrivez immédiatement au-dessous de ma signature :

La duchesse Sanseverina s'étant derechef jetée aux genoux de son altesse, le prince a permis que tous les jeudis le coupable ait une heure de promenade sur la

---

1. C'est le signe de l'arbitraire : la sentence de la justice ne signifie rien ; les condamnés du Spielberg étaient passés de la peine de mort à une peine de prison à vie, qu'ils ne subirent pas complètement. Les vingt ans de « carcere duro » étaient un minimum dans le système de répression de l'Autriche. Le jeûne est une aggravation de peine et la promenade une faveur. Fabrice devra à don Cesare d'y « avoir droit ».

plate-forme de la tour carrée vulgairement appelée tour Farnèse.

» Signez cela, dit le prince, et surtout bouche close, quoi que vous puissiez entendre annoncer par la ville. Vous direz au conseiller De Capitani, qui a voté pour deux ans de forteresse et qui a même péroré en faveur de cette opinion ridicule, que je l'engage à relire les lois et règlements. Derechef, silence, et bonsoir. »

Le fiscal Rassi fit, avec beaucoup de lenteur, trois profondes révérences que le prince ne regarda pas.

Ceci se passait à sept heures du matin. Quelques heures plus tard, la nouvelle de l'exil de la marquise Raversi se répandait dans la ville et dans les cafés, tout le monde parlait à la fois de ce grand événement. L'exil de la marquise chassa pour quelque temps de Parme cet implacable ennemi des petites villes et des petites cours, l'ennui. Le général Fabio Conti, qui s'était cru ministre, prétexta une attaque de goutte, et pendant plusieurs jours ne sortit point de sa forteresse. La bourgeoisie et par suite le petit peuple conclurent, de ce qui se passait, qu'il était clair que le prince avait résolu de donner l'archevêché de Parme à *monsignor* del Dongo. Les fins politiques de café allèrent même jusqu'à prétendre qu'on avait engagé le père Landriani, l'archevêque actuel, à feindre une maladie et à présenter sa démission ; on lui accorderait une grosse pension sur la ferme du tabac, ils en étaient sûrs : ce bruit vint jusqu'à l'archevêque qui s'en alarma fort, et pendant quelques jours son zèle pour notre héros en fut grandement paralysé. Deux mois après, cette belle nouvelle se trouvait dans les journaux de Paris, avec ce petit changement, que c'était le comte de Mosca, neveu de la duchesse de Sanseverina, qui allait être fait archevêque.

La marquise Raversi était furibonde dans son château de *Velleja* ; ce n'était point une femmelette, de celles qui croient se venger en lançant des propos outrageants contre leurs ennemis. Dès le lendemain de sa disgrâce, le chevalier Riscara et trois autres de ses amis se présentèrent au prince par son ordre, et lui demandèrent la permission d'aller la voir à son château. L'altesse reçut ces messieurs avec une grâce parfaite, et leur arrivée à Velleja fut une grande consolation pour la marquise. Avant la fin de la seconde semaine, elle avait trente personnes dans son château, tous ceux que le ministère libéral devait porter aux places. Chaque soir la marquise tenait un conseil régulier avec les mieux informés de ses amis. Un jour qu'elle avait reçu beaucoup de lettres de Parme et de Bologne, elle se retira de bonne heure : la femme de chambre favorite introduisit d'abord l'amant régnant, le comte Baldi, jeune homme d'une admirable figure et fort insignifiant ; et plus tard, le chevalier Riscara son prédécesseur : celui-ci était un petit homme noir au physique et au moral, qui, ayant commencé par être répétiteur de géométrie au collège des nobles à Parme, se voyait maintenant conseiller d'État et chevalier de plusieurs ordres[1].

— J'ai la bonne habitude, dit la marquise à ces deux hommes, de ne détruire jamais aucun papier, et bien m'en prend ; voici neuf lettres que la Sanseverina m'a écrites en différentes occasions. Vous allez partir tous les deux pour Gênes, vous chercherez parmi les galériens un ex-notaire nommé Burati, comme le grand poète de Venise, ou Durati. Vous, comte Baldi, placez-vous à mon bureau et écrivez ce que je vais vous dicter.

---

1. Le chevalier Riscara est « noir » en tout ; il se livre aux sales besognes et, comme Rassi, c'est un bouffon qui imite Polichinelle. C'est un « jésuite » ; le Collège des nobles appartient à l'ordre et il a une très grande réputation en Italie. Mais Modène est célèbre aussi pour son collège et Stendhal a beaucoup parlé de sa pédagogie fondée sur la délation des élèves entre eux. Riscara est un espion, un faussaire, et un dénonciateur.

Une idée me vient et je t'écris ce mot. Je vais à ma chaumière près de Castelnovo ; si tu veux venir passer douze heures avec moi, je serai bien heureuse : il n'y a, ce me semble, pas grand danger après ce qui vient de se passer ; les nuages s'éclaircissent. Cependant arrête-toi avant d'entrer dans Castelnovo ; tu trouveras sur la route un de mes gens, ils t'aiment tous à la folie. Tu garderas, bien entendu, le nom de Bossi pour ce petit voyage. On dit que tu as de la barbe comme le plus admirable capucin, et l'on ne t'a vu à Parme qu'avec la figure décente d'un grand vicaire.

— Comprends-tu, Riscara ?

— Parfaitement ; mais le voyage à Gênes est un luxe inutile ; je connais un homme dans Parme qui, à la vérité, n'est pas encore aux galères, mais qui ne peut manquer d'y arriver. Il contrefera admirablement l'écriture de la Sanseverina.

À ces mots, le comte Baldi ouvrit démesurément ses yeux si beaux ; il comprenait seulement.

— Si tu connais ce digne personnage de Parme, pour lequel tu espères de l'avancement, dit la marquise à Riscara, apparemment qu'il te connaît aussi ; sa maîtresse, son confesseur, son ami peuvent être vendus à la Sanseverina ; j'aime mieux différer cette petite plaisanterie de quelques jours, et ne m'exposer à aucun hasard. Partez dans deux heures, comme de bons petits agneaux, ne voyez âme qui vive à Gênes et revenez bien vite.

Le chevalier Riscara s'enfuit en riant, et parlant du nez comme Polichinelle : *Il faut préparer les paquets*, disait-il en courant d'une façon burlesque. Il voulait laisser Baldi seul avec la dame. Cinq jours après, Riscara ramena à la marquise son comte Baldi tout écorché : pour abréger de six lieues, on lui avait fait passer une montagne à dos de mulet ; il jurait qu'on ne le reprendrait plus à faire de *grands voyages*. Baldi remit à la marquise trois exemplaires de la lettre qu'elle lui avait dictée, et cinq ou six autres lettres de la même écriture, composées par Riscara, et dont on pourrait peut-être tirer parti par la suite. L'une de ces lettres contenait de fort jolies plaisanteries sur les peurs que le prince avait la nuit, et sur la déplorable maigreur de la marquise Baldi, sa maîtresse, laquelle laissait, dit-on, la marque d'une pincette sur le coussin des bergères après s'y être assise un instant. On eût juré que toutes ces lettres étaient écrites de la main de madame Sanseverina.

— Maintenant je sais à n'en pas douter, dit la marquise, que l'ami du cœur, que le Fabrice est à Bologne ou dans les environs...

— Je suis trop malade, s'écria le comte Baldi en l'interrompant ; je demande en grâce d'être dispensé de ce second voyage, ou du moins je voudrais obtenir quelques jours de repos pour remettre ma santé.

— Je vais plaider votre cause, dit Riscara.

Il se leva et parla bas à la marquise.

— Eh bien ! soit, j'y consens, répondit-elle en souriant.

— Rassurez-vous, vous ne partirez point, dit la marquise à Baldi d'un air assez dédaigneux.

— Merci, s'écria celui-ci avec l'accent du cœur.

En effet, Riscara monta seul en chaise de poste. Il était à peine à Bologne depuis deux jours, lorsqu'il aperçut dans une calèche Fabrice et la petite Marietta. Diable ! se dit-il, il paraît que notre futur archevêque ne se gêne point ; il faudra faire connaître ceci à la duchesse, qui en sera charmée. Riscara n'eut que la peine de suivre Fabrice pour savoir son logement ; le lendemain matin, celui-ci reçut par un courrier la lettre de fabrique génoise ; il la trouva un peu courte, mais du reste n'eut aucun soupçon. L'idée de revoir la duchesse et le comte le rendit fou de bonheur, et quoi que pût dire Ludovic, il prit un cheval à la poste et partit au galop. Sans s'en douter, il était suivi à peu de distance par le chevalier Riscara, qui, en arrivant, à six lieues de Parme, à la poste avant Castelnovo [1], eut le plaisir de voir un grand attroupement dans la place devant la prison du lieu ; on venait d'y conduire notre héros, reconnu à la poste, comme il changeait de cheval, par deux sbires [2] choisis et envoyés par le comte Zurla.

Les petits yeux du chevalier Riscara brillèrent de joie ; il vérifia avec une patience exemplaire tout ce qui venait d'arriver dans ce petit village, puis expédia un courrier à la marquise Raversi. Après quoi, courant les rues comme pour voir l'église fort curieuse, et ensuite pour chercher un tableau du Parmesan qu'on lui avait dit exister dans le pays, il rencontra enfin le podestat qui s'empressa de rendre ses hommages à un conseiller d'État. Riscara eut l'air étonné qu'il n'eût pas envoyé sur-le-champ à la citadelle de Parme le conspirateur qu'il avait eu le bonheur de faire arrêter.

— On pourrait craindre, ajouta Riscara d'un air froid, que ses nombreux amis qui le cherchaient avant-hier pour favoriser son passage à travers les États de son altesse sérénissime ne rencontrent les gendarmes ; ces rebelles étaient bien douze ou quinze à cheval.

— *Intelligenti pauca* [3] ! s'écria le podestat d'un air malin.

---

1. C'est un autre Castelnovo, différent du précédent et qui se trouve entre Bologne et Parme. L.-F. Benedetto en a trouvé un répondant à cette condition, et un autre encore, dans une direction différente, mais où l'on mentionnait des fresques du Parmesan.   2. Nom traditionnel en Italie des archers de police.   3. « À qui peut comprendre, peu de mots suffisent. »

CHAPITRE XV

Deux heures plus tard, le pauvre Fabrice, garni de menottes et attaché par une longue chaîne à la *sediola* même dans laquelle on l'avait fait monter, partait pour la citadelle de Parme, escorté par huit gendarmes. Ceux-ci avaient l'ordre d'emmener avec eux tous les gendarmes stationnés dans les villages que le cortège devait traverser ; le podestat lui-même suivait ce prisonnier d'importance. Sur les sept heures après midi, la *sediola*, escortée par tous les gamins de Parme et par trente gendarmes, traversa la belle promenade, passa devant le petit palais qu'habitait la Fausta quelques mois auparavant, et enfin se présenta à la porte extérieure de la citadelle à l'instant où le général Fabio Conti et sa fille allaient sortir. La voiture du gouverneur s'arrêta avant d'arriver au pont-levis pour laisser entrer la *sediola* à laquelle Fabrice était attaché ; le général cria aussitôt que l'on fermât les portes de la citadelle, et se hâta de descendre au bureau d'entrée pour voir un peu ce dont il s'agissait ; il ne fut pas peu surpris quand il reconnut le prisonnier, lequel était devenu tout raide, attaché à sa *sediola* pendant une aussi longue route ; quatre gendarmes l'avaient enlevé et le portaient au bureau d'écrou. J'ai donc en mon pouvoir, se dit le vaniteux gouverneur, ce fameux Fabrice del Dongo, dont on dirait que depuis près d'un an la haute société de Parme a juré de s'occuper exclusivement !

Vingt fois le général l'avait rencontré à la cour, chez la duchesse et ailleurs ; mais il se garda bien de témoigner qu'il le connaissait ; il eût craint de se compromettre.

— Que l'on dresse, cria-t-il au commis de la prison, un procès-verbal fort circonstancié de la remise qui m'est faite du prisonnier par le digne podestat de Castelnovo.

Barbone[1], le commis, personnage terrible par le volume de sa barbe et sa tournure martiale, prit un air plus important que de coutume, on eût dit un geôlier allemand[2]. Croyant savoir que c'était surtout la duchesse Sanseverina qui avait empêché son maître, le gouverneur, de devenir ministre de la guerre, il fut d'une insolence plus qu'ordinaire envers le prisonnier ; il lui adressait la parole en l'appelant *voi*, ce qui est en Italie la façon de parler aux domestiques.

— Je suis prélat de la sainte Église romaine, lui dit Fabrice avec fermeté, et grand vicaire de ce diocèse ; ma naissance seule me donne droit aux égards.

— Je n'en sais rien ! répliqua le commis avec impertinence ; prouvez vos assertions en exhibant les brevets qui vous donnent droit à ces titres fort respectables.

---

1. C'est le nom ou le surnom (« barbone », grande barbe, le barbu) d'un bandit célèbre par sa stature impressionnante, sa force, sa férocité ; il opérait dans la région romaine et fit sa soumission en 1818. Il fut emprisonné au château Saint-Ange où il occupa les fonctions de portier. Libéré, arrêté encore, il finit aux galères. Son nom peut donc être attribué par Stendhal à un gardien de prison chargé d'accueillir à la porte les prisonniers. Au fond, dans un régime despotique et sans légalité, rien ne distingue dans l'usage de la force le crime de la loi. On apprend plus loin que Barbone est lui-même un assassin. 2. Pellico, Andryane ont évoqué des silhouettes de geôlier allemand, « l'obéissance passive en chair et en os », comme le vieux Schiller, qui avait « la raideur d'une machine à ressorts », la tenue impeccable d'un vieux soldat et un « imperturbable sérieux ». Mais ces gardiens de prison étaient fort pieux et en général témoignaient aux prisonniers infiniment de bonté ; ils allaient même jusqu'à enfreindre la discipline par compassion.

Fabrice n'avait point de brevets et ne répondit pas. Le général Fabio Conti, debout à côté de son commis, le regardait écrire sans lever les yeux sur le prisonnier, afin de n'être pas obligé de dire qu'il était réellement Fabrice del Dongo.

Tout à coup Clélia Conti, qui attendait en voiture, entendit un tapage effroyable dans le corps de garde. Le commis Barbone faisant une description insolente et fort longue de la personne du prisonnier, lui ordonna d'ouvrir ses vêtements, afin que l'on pût vérifier et constater le nombre et l'état des égratignures reçues lors de l'affaire Giletti.

— Je ne puis, dit Fabrice souriant amèrement ; je me trouve hors d'état d'obéir aux ordres de monsieur, les menottes m'en empêchent !

— Quoi ! s'écria le général d'un air naïf, le prisonnier a des menottes ! dans l'intérieur de la forteresse ! cela est contre les règlements, il faut un ordre *ad hoc* ; ôtez-lui les menottes.

Fabrice le regarda. Voilà un plaisant jésuite ! pensa-t-il ; il y a une heure qu'il me voit ces menottes qui me gênent horriblement, et il fait l'étonné !

Les menottes furent ôtées par les gendarmes ; ils venaient d'apprendre que Fabrice était neveu de la duchesse Sanseverina, et se hâtèrent de lui montrer une politesse mielleuse qui faisait contraste avec la grossièreté du commis ; celui-ci en parut piqué et dit à Fabrice qui restait immobile :

— Allons donc ! dépêchons ! montrez-nous ces égratignures que vous avez reçues du pauvre Giletti, lors de l'assassinat.

D'un saut, Fabrice s'élança sur le commis, et lui donna un soufflet tel que le Barbone tomba de sa chaise sur les jambes du général. Les gendarmes s'emparèrent des bras de Fabrice qui restait immobile ; le général lui-même et deux gendarmes qui étaient à ses côtés se hâtèrent de relever le commis dont la figure saignait abondamment. Deux gendarmes plus éloignés coururent fermer la porte du bureau, dans l'idée que le prisonnier cherchait à s'évader. Le brigadier qui les commandait pensa que le jeune del Dongo ne pouvait pas tenter une fuite bien sérieuse, puisque enfin il se trouvait dans l'intérieur de la citadelle ; toutefois il s'approcha de la fenêtre pour empêcher le désordre, et par un instinct de gendarme. Vis-à-vis de cette fenêtre ouverte, et à deux pas, se trouvait arrêtée la voiture du général : Clélia s'était blottie dans le fond, afin de ne pas être témoin de la triste scène qui se passait au bureau ; lorsqu'elle entendit tout ce bruit elle regarda.

— Que se passe-t-il ? dit-elle au brigadier.

— Mademoiselle, c'est le jeune Fabrice del Dongo qui vient d'appliquer un fier soufflet à cet insolent de Barbone !

— Quoi ! c'est M. del Dongo qu'on amène en prison ?

— Eh sans doute, dit le brigadier ; c'est à cause de la haute naissance de ce pauvre jeune homme que l'on fait tant de cérémonies ; je croyais que mademoiselle était au fait.

Clélia ne quitta plus la portière ; quand les gendarmes qui entouraient la table s'écartaient un peu, elle apercevait le prisonnier. Qui m'eût dit, pensait-elle, que je le reverrais pour la première fois dans cette triste situation, quand je le rencontrai sur la route du lac de Côme ?... Il me donna la main pour monter dans le carrosse de sa mère... Il se trouvait déjà avec la duchesse ! Leurs amours avaient-ils commencé à cette époque ?

Il faut apprendre au lecteur que dans le parti libéral dirigé par la marquise Raversi et le général Conti, on affectait de ne pas douter de la tendre liaison qui devait exister entre Fabrice et la duchesse. Le comte Mosca, qu'on abhorrait, était pour sa duperie l'objet d'éternelles plaisanteries.

Ainsi, pensa Clélia, le voilà prisonnier et prisonnier de ses ennemis ! car au fond, le comte Mosca, quand on voudrait le croire un ange, va se trouver ravi de cette capture.

Un accès de gros rire éclata dans le corps de garde.

— Jacopo, dit-elle au brigadier d'une voix émue, que se passe-t-il donc ?

— Le général a demandé avec vigueur au prisonnier pourquoi il avait frappé Barbone : *monsignor* Fabrice a répondu froidement : « Il m'a appelé *assassin*, qu'il montre les titres et brevets qui l'autorisent à me donner ce titre » ; et l'on rit.

Un geôlier qui savait écrire remplaça Barbone ; Clélia vit sortir celui-ci, qui essuyait avec son mouchoir le sang qui coulait en abondance de son affreuse figure : il jurait comme un païen :

— Ce f... Fabrice, disait-il à très haute voix, ne mourra jamais que de ma main. Je volerai le bourreau, etc., etc.

Il s'était arrêté entre la fenêtre du bureau et la voiture du général pour regarder Fabrice, et ses jurements redoublaient.

— Passez votre chemin, lui dit le brigadier ; on ne jure point ainsi devant mademoiselle.

Barbone leva la tête pour regarder dans la voiture, ses yeux rencontrèrent ceux de Clélia à laquelle un cri d'horreur échappa ; jamais elle n'avait vu d'aussi près une expression de figure tellement atroce. Il tuera Fabrice ! se dit-elle, il faut que je prévienne don Cesare. C'était son oncle, l'un des prêtres les plus respectables de la ville ; le général Conti, son frère, lui avait fait avoir la place d'économe et de premier aumônier de la prison.

Le général remonta en voiture.

— Veux-tu rentrer chez toi, dit-il à sa fille, ou m'attendre peut-être longtemps dans la cour du palais ? il faut que j'aille rendre compte de tout ceci au souverain.

Fabrice sortait du bureau escorté par trois gendarmes ; on le conduisait à la chambre qu'on lui avait destinée : Clélia regardait par la portière, le prisonnier était fort près d'elle. En ce moment elle répondit à la question de son père par ces mots : *je vous suivrai*. Fabrice, entendant prononcer ces paroles tout près de lui, leva les yeux et rencontra le regard de la jeune fille. Il fut frappé surtout de l'expression de mélancolie de sa figure. Comme elle est embellie, pensa-t-il, depuis notre rencontre près de Côme ! quelle expression de pensée profonde !... On a raison de la comparer à la duchesse ; quelle physionomie angélique ! Barbone, le commis sanglant, qui ne s'était pas placé près de la voiture sans intention, arrêta d'un geste les trois gendarmes qui conduisaient Fabrice, et, faisant le tour de la voiture par derrière, pour arriver à la portière près de laquelle était le général :

— Comme le prisonnier a fait acte de violence dans l'intérieur de la citadelle, lui dit-il, en vertu de l'article 157 du règlement, n'y aurait-il pas lieu de lui appliquer les menottes pour trois jours ?

— Allez au diable ! s'écria le général, que cette arrestation ne laissait pas d'embarrasser.

Il s'agissait pour lui de ne pousser à bout ni la duchesse ni le comte Mosca : et d'ailleurs, dans quel sens le comte allait-il prendre cette affaire ? au fond, le meurtre d'un Giletti était une bagatelle, et l'intrigue seule était parvenue à en faire quelque chose.

Durant ce court dialogue, Fabrice était superbe au milieu de ces gendarmes, c'était bien la mine la plus fière et la plus noble ; ses traits fins et délicats, et le sourire de mépris qui errait sur ses lèvres, faisaient un charmant contraste avec les apparences grossières des gendarmes qui l'entouraient. Mais tout cela ne formait pour ainsi dire que la partie extérieure de sa physionomie ; il était ravi de la céleste beauté de Clélia, et son œil trahissait toute sa surprise. Elle, profondément pensive, n'avait pas songé à retirer la tête de la portière ; il la salua avec le demi-sourire le plus respectueux ; puis, après un instant :

— Il me semble, mademoiselle, lui dit-il, qu'autrefois, près d'un lac, j'ai déjà eu l'honneur de vous rencontrer avec accompagnement de gendarmes.

Clélia rougit et fut tellement interdite qu'elle ne trouva aucune parole pour répondre. Quel air noble au milieu de ces êtres grossiers ! se disait-elle au moment où Fabrice lui adressait la parole. La profonde pitié, et nous dirons presque l'attendrissement où elle était plongée, lui ôtèrent la présence d'esprit nécessaire pour trouver un mot quelconque, elle s'aperçut de son silence et rougit encore davantage [1]. En ce moment on tirait avec violence les verrous de la grande porte de la citadelle, la voiture de son excellence n'attendait-elle pas depuis une minute au moins ? Le bruit fut si violent sous cette voûte, que, quand même Clélia aurait trouvé quelque mot pour répondre, Fabrice n'aurait pu entendre ses paroles.

Emportée par les chevaux qui avaient pris le galop aussitôt après le pont-levis, Clélia se disait : Il m'aura trouvée bien ridicule ! Puis tout à coup elle ajouta : Non pas seulement ridicule ; il aura cru voir en moi une âme basse, il aura pensé que je ne répondais pas à son salut parce qu'il est prisonnier et moi fille du gouverneur.

Cette idée fut du désespoir pour cette jeune fille qui avait l'âme élevée. Ce qui rend mon procédé tout à fait avilissant, ajouta-t-elle, c'est que jadis, quand nous nous rencontrâmes pour la première fois, aussi *avec accompagnement de gendarmes*, comme il le dit, c'était moi qui me trouvais prisonnière, et lui me rendait service et me tirait d'un fort grand embarras... Oui, il faut en convenir, mon procédé est complet, c'est à la fois de la grossièreté et de l'ingratitude. Hélas ! le

---

1. Il y a eu une première rencontre des amants futurs près du lac de Côme, c'était leur première première vue ; ici c'est la seconde première vue. Sur cet épisode fondamental qui est comme constitutif du genre roman, voir Jean Rousset, *Leurs yeux se rencontrèrent*.

pauvre jeune homme ! maintenant qu'il est dans le malheur tout le monde va se montrer ingrat envers lui. Il m'avait bien dit alors : Vous souviendrez-vous de mon nom à Parme ? Combien il me méprise à l'heure qu'il est ! Un mot poli était si facile à dire ! Il faut l'avouer, oui, ma conduite a été atroce avec lui. Jadis, sans l'offre généreuse de la voiture de sa mère, j'aurais dû suivre les gendarmes à pied dans la poussière, ou, ce qui est bien pis, monter en croupe derrière un de ces gens-là ; c'était alors mon père qui était arrêté et moi sans défense ! Oui, mon procédé est complet. Et combien un être comme lui a dû le sentir vivement ! Quel contraste entre sa physionomie si noble et mon procédé ! Quelle noblesse ! quelle sérénité ! Comme il avait l'air d'un héros entouré de ses vils ennemis ! Je comprends maintenant la passion de la duchesse : puisqu'il est ainsi au milieu d'un événement contrariant et qui peut avoir des suites affreuses, quel ne doit-il pas paraître lorsque son âme est heureuse !

Le carrosse du gouverneur de la citadelle resta plus d'une heure et demie dans la cour du palais, et toutefois, lorsque le général descendit de chez le prince, Clélia ne trouva point qu'il y fût resté trop longtemps.

— Quelle est la volonté de son altesse ? demanda Clélia.

— Sa parole a dit : la prison ! et son regard : la mort !

— La mort ! Grand Dieu ! s'écria Clélia.

— Allons, tais-toi ! reprit le général avec humeur ; que je suis sot de répondre à un enfant !

Pendant ce temps, Fabrice montait les trois cent quatre-vingts marches [1] qui conduisaient à la tour Farnèse, nouvelle prison bâtie sur la plate-forme de la

---

1. Les marches seront 360 à la fin du chapitre, 390 au début du chapitre XVI, 360 au chapitre XIX, et Stendhal parle alors du « grand escalier dit des *trois cents marches* ». Au début du chapitre XVI, Fabrice les monte « sous les yeux du gouverneur » qui dans ce texte est parti voir le prince.

grosse tour, à une élévation prodigieuse. Il ne songea pas une seule fois, distinctement du moins, au grand changement qui venait de s'opérer dans son sort. Quel regard ! se disait-il ; que de choses il exprimait ! quelle profonde pitié ! Elle avait l'air de dire : la vie est un tel tissu de malheurs ! Ne vous affligez point trop de ce qui vous arrive ! est-ce que nous ne sommes point ici-bas pour être infortunés ? Comme ses yeux si beaux restaient attachés sur moi, même quand les chevaux s'avançaient avec tant de bruit sous la voûte !

Fabrice oubliait complètement d'être malheureux.

Clélia suivit son père dans plusieurs salons ; au commencement de la soirée, personne ne savait encore la nouvelle de l'arrestation du *grand coupable*, car ce fut le nom que les courtisans donnèrent deux heures plus tard à ce pauvre jeune homme imprudent.

On remarqua ce soir-là plus d'animation que de coutume dans la figure de Clélia ; or, l'animation, l'air de prendre part à ce qui l'environnait, étaient surtout ce qui manquait à cette belle personne. Quand on comparait sa beauté à celle de la duchesse, c'était surtout cet air de n'être émue par rien, cette façon d'être comme au-dessus de toutes choses, qui faisaient pencher la balance en faveur de sa rivale. En Angleterre, en France, pays de vanité, on eût été probablement d'un avis tout opposé. Clélia Conti était une jeune fille encore un peu trop svelte que l'on pouvait comparer aux belles figures du Guide [1] ; nous ne dissimulerons

_____

1. Guido Reni, dit le Guide (1575-1642), est un peintre de l'école de Bologne. Les deux héroïnes ont droit à un portrait ou à ce qui en tient lieu dans Stendhal quand elles deviennent rivales et quand la prison de Fabrice va les unir pour le sauver ; les deux héroïnes n'apparaissent qu'à travers un clair-obscur : elles ne sont pas décrites ; c'est au lecteur de les imaginer. Leur différence n'est pas facile à saisir : elles ne sont pas dans leur beauté très éloignées l'une de l'autre ; seule vraie différence : la beauté de la duchesse est sans doute plus visible et plus définissable. Celle de Clélia est davantage de l'ordre de l'invisible. Sur le portrait dans le roman, voir Margherita Leoni, « La physionomie et le détail, le voile et la couleur dans *La Chartreuse de Parme* », dans

point que, suivant les données de la beauté grecque, on eût pu reprocher à cette tête des traits un peu marqués, par exemple, les lèvres remplies de la grâce la plus touchante étaient un peu fortes.

L'admirable singularité de cette figure dans laquelle éclataient les grâces naïves et l'empreinte céleste de l'âme la plus noble, c'est que, bien que de la plus rare et de la plus singulière beauté, elle ne ressemblait en aucune façon aux têtes des statues grecques. La duchesse avait au contraire un peu trop de la beauté *connue* de l'idéal, et sa tête vraiment lombarde rappelait le sourire voluptueux et la tendre mélancolie des belles Hérodiades de Léonard de Vinci. Autant la duchesse était sémillante, pétillante d'esprit et de malice, s'attachant avec passion, si l'on peut parler ainsi, à tous les sujets que le courant de la conversation amenait devant les yeux de son âme, autant Clélia se montrait calme et lente à s'émouvoir, soit par mépris de ce qui l'entourait, soit par regret de quelque chimère absente [1]. Longtemps on avait cru qu'elle finirait par embrasser la vie religieuse. À vingt ans on lui voyait de la répugnance à aller au bal, et si elle y suivait son père, ce n'était que par obéissance et pour ne pas nuire aux intérêts de son ambition.

« Il me sera donc impossible, répétait trop souvent l'âme vulgaire du général, le Ciel m'ayant donné pour fille la plus belle personne des États de notre souverain, et la plus vertueuse, d'en tirer quelque parti pour l'avancement de ma fortune ! Ma vie est trop isolée, je n'ai qu'elle au monde, et il me faut de toute nécessité une famille qui m'étaie dans le monde, et qui me donne un certain nombre de salons, où mon mérite et sur-

---

La Chartreuse de Parme, Colloque Sorbonne, Ph. Berthier, « Fabrice ou l'amour peintre », dans *Stendhal, Images et texte*, Günter Narr Verlag, Tübingen, 1994, Fabienne Bercegol, « Le roman du portrait dans *La Chartreuse de Parme* », dans *HB*, n° 1, 1997.

1. Formule commentée dans l'article de M.-R. Guinard Corredor, « La chimère absente », dans *Romantisme, Colloques, op. cit.*

tout mon aptitude au ministère soient posés comme bases inattaquables de tout raisonnement politique. Eh bien ! ma fille si belle, si sage, si pieuse, prend de l'humeur dès qu'un jeune homme bien établi à la cour entreprend de lui faire agréer ses hommages. Ce prétendant est-il éconduit, son caractère devient moins sombre, et je la vois presque gaie, jusqu'à ce qu'un autre épouseur se mette sur les rangs. Le plus bel homme de la cour, le comte Baldi, s'est présenté et a déplu : l'homme le plus riche des états de son altesse, le marquis Crescenzi[1], lui a succédé, elle prétend qu'il ferait son malheur.

» Décidément, disait d'autres fois le général, les yeux de ma fille sont plus beaux que ceux de la duchesse, en cela surtout qu'en de rares occasions ils sont susceptibles d'une expression plus profonde ; mais cette expression magnifique, quand est-ce qu'on la lui voit ? Jamais dans un salon où elle pourrait lui faire honneur, mais bien à la promenade, seule avec moi, où elle se laissera attendrir, par exemple, par le malheur de quelque manant hideux. « Conserve quelque souvenir de ce regard sublime, lui dis-je quelquefois, pour les salons où nous paraîtrons ce soir. » Point : daigne-t-elle me suivre dans le monde, sa figure noble et pure offre l'expression assez hautaine et peu encourageante de l'obéissance passive. »

Le général n'épargnait aucune démarche, comme on voit, pour se trouver un gendre convenable, mais il disait vrai.

Les courtisans, qui n'ont rien à regarder dans leur âme, sont attentifs à tout : ils avaient remarqué que c'était surtout dans ces jours où Clélia ne pouvait prendre sur elle de s'élancer hors de ses chères rêveries et de feindre de l'intérêt pour quelque chose que la

---

1. Le marquis porte un nom prestigieux ; il tentera de se rattacher à Crescentius qui au Xe siècle combattit l'empereur Othon et tenta de ramener Rome à la liberté ; il fut assiégé dans le château Saint-Ange.

duchesse aimait à s'arrêter auprès d'elle et cherchait à la faire parler. Clélia avait des cheveux blond cendré, se détachant, par un effet très doux, sur des joues d'un coloris fin, mais en général un peu trop pâle. La forme seule du front eût pu annoncer à un observateur attentif que cet air si noble, cette démarche tellement au-dessus des grâces vulgaires, tenaient à une profonde incurie pour tout ce qui est vulgaire. C'était l'absence et non pas l'impossibilité de l'intérêt pour quelque chose. Depuis que son père était gouverneur de la citadelle, Clélia se trouvait heureuse, ou du moins exempte de chagrins, dans son appartement si élevé. Le nombre effroyable de marches qu'il fallait monter pour arriver à ce palais du gouverneur, situé sur l'esplanade de la grosse tour, éloignait les visites ennuyeuses, et Clélia, par cette raison matérielle, jouissait de la liberté du couvent ; c'était presque là tout l'idéal de bonheur que, dans un temps, elle avait songé à demander à la vie religieuse. Elle était saisie d'une sorte d'horreur à la seule pensée de mettre sa chère solitude et ses pensées intimes à la disposition d'un jeune homme, que le titre de mari autoriserait à troubler toute cette vie intérieure. Si par la solitude elle n'atteignait pas au bonheur, du moins elle était parvenue à éviter les sensations trop douloureuses.

Le jour où Fabrice fut conduit à la forteresse, la duchesse rencontra Clélia à la soirée du ministre de l'Intérieur, comte Zurla ; tout le monde faisait cercle autour d'elles : ce soir-là, la beauté de Clélia l'emportait sur celle de la duchesse. Les yeux de la jeune fille avaient une expression si singulière et si profonde qu'ils en étaient presque indiscrets : il y avait de la pitié, il y avait aussi de l'indignation et de la colère dans ses regards. La gaieté et les idées brillantes de la duchesse semblaient jeter Clélia dans des moments de douleur allant jusqu'à l'horreur. Quels vont être les cris et les gémissements de la pauvre femme, se disait-elle, lorsqu'elle va savoir que son amant, ce jeune homme d'un si grand cœur et d'une physionomie si noble, vient d'être jeté en prison ! Et ces regards du souverain qui le condamnent à mort ! Ô pouvoir absolu, quand cesseras-tu de peser sur l'Italie ! Ô âmes vénales et basses ! Et je suis fille d'un geôlier ! et je n'ai point démenti ce noble caractère en ne daignant pas répondre à Fabrice ! et autrefois il fut mon bienfaiteur ! Que pense-t-il de moi à cette heure, seul dans sa chambre et en tête-à-tête avec sa petite lampe ? Révoltée par cette idée, Clélia jetait des regards d'horreur sur la magnifique illumination des salons du ministre de l'Intérieur.

Jamais, se disait-on dans le cercle de courtisans qui se formait autour des deux beautés à la mode, et qui cherchait à se mêler à leur conversation, jamais elles ne se sont parlé d'un air si animé et en même temps si intime[a]. La duchesse, toujours attentive à conjurer les haines excitées par le premier ministre, aurait-elle songé à quelque grand mariage en faveur de la Clélia ? Cette conjecture était appuyée sur une circonstance qui jusque-là ne s'était jamais présentée à l'observation de la cour : les yeux de la jeune fille avaient plus de feu, et même, si l'on peut ainsi dire, plus de passion que ceux de la belle duchesse. Celle-ci, de son côté était étonnée, et, l'on peut dire à sa gloire, ravie des grâces si nouvelles qu'elle découvrait dans la jeune solitaire ; depuis une heure elle la regardait avec un plaisir assez rarement senti à la vue d'une rivale. Mais que se passe-t-il donc ? se demandait la duchesse ; jamais Clélia n'a été aussi belle, et l'on peut dire aussi touchante : son cœur aurait-il parlé ?... Mais en ce cas-là, certes, c'est de l'amour malheureux, il y a de la sombre douleur au fond de cette animation si nouvelle... Mais l'amour malheureux se tait ! S'agirait-il de ramener un inconstant par un succès dans le monde ? Et la duchesse regardait avec attention les jeunes gens qui les environnaient. Elle ne voyait nulle part d'expression singulière, c'était toujours de la fatuité plus ou moins contente. Mais il y a du miracle ici, se disait la duchesse, piquée de ne pas deviner. Où est le comte Mosca, cet être si fin ? Non, je ne me trompe point, Clélia me regarde avec attention et comme si j'étais pour elle l'objet d'un intérêt tout nouveau. Est-ce l'effet de quelque ordre donné par son père, ce vil courtisan ? Je croyais cette âme noble et jeune incapable de se ravaler à des intérêts d'argent. Le général Fabio Conti aurait-il quelque demande décisive à faire au comte ?

Vers les dix heures, un ami de la duchesse s'approcha et lui dit deux mots à voix basse ; elle pâlit excessivement ; Clélia lui prit la main et osa la lui serrer.

— Je vous remercie et je vous comprends maintenant... vous avez une belle âme ! dit la duchesse, faisant effort sur elle-même.

Elle eut à peine la force de prononcer ce peu de mots. Elle adressa beaucoup de sourires à la maîtresse de la maison qui se leva pour l'accompagner jusqu'à la porte du dernier salon : ces honneurs n'étaient dus qu'à des princesses du sang et faisaient pour la duchesse un cruel contresens avec sa position présente. Aussi elle sourit beaucoup à la comtesse Zurla, mais malgré des efforts inouïs ne put jamais lui adresser un seul mot.

Les yeux de Clélia se remplirent de larmes en voyant passer la duchesse au milieu de ces salons peuplés alors de ce qu'il y avait de plus brillant dans la société. Que va devenir cette pauvre femme, se dit-elle, quand elle se trouvera seule dans sa voiture ? Ce serait une indiscrétion à moi de m'offrir pour l'accompagner ! je n'ose... Combien le pauvre prisonnier, assis dans quelque affreuse chambre, tête à tête avec sa petite lampe, serait consolé pourtant s'il savait qu'il est aimé à ce point ! Quelle solitude affreuse que celle dans laquelle on l'a plongé ! et nous, nous sommes ici dans ces salons si brillants ! quelle horreur ! Y aurait-il un moyen de lui faire parvenir un mot ? Grand Dieu ! ce

serait trahir mon père ; *sa situation* est si délicate entre
les deux partis ! Que devient-il s'il s'expose à la haine
passionnée de la duchesse qui dispose de la volonté du
premier ministre, lequel est le maître dans les trois
quarts des affaires ! D'un autre côté le prince s'occupe
sans cesse de ce qui se passe à la forteresse, et il n'entend pas raillerie sur ce sujet ; la peur rend cruel... Dans
tous les cas, Fabrice (Clélia ne disait plus M. del
Dongo) est bien autrement à plaindre !... il s'agit pour
lui de bien autre chose que du danger de perdre une
place lucrative !... Et la duchesse !... Quelle terrible
passion que l'amour !... et cependant tous ces menteurs
du monde en parlent comme d'une source de bonheur !
On plaint les femmes âgées parce qu'elles ne peuvent
plus ressentir ou inspirer de l'amour !... Jamais je n'ou-
blierai ce que je viens de voir ; quel changement subit !
Comme les yeux de la duchesse, si beaux, si radieux,
sont devenus mornes, éteints, après le mot fatal que le
marquis N. est venu lui dire !... Il faut que Fabrice soit
bien digne d'être aimé !...

Au milieu de ces réflexions fort sérieuses et qui
occupaient toute l'âme de Clélia, les propos compli-
menteurs qui l'entouraient toujours lui semblèrent plus
désagréables encore que de coutume. Pour s'en délivrer, elle s'approcha d'une fenêtre ouverte et à demi
voilée par un rideau de taffetas ; elle espérait que personne n'aurait la hardiesse de la suivre dans cette sorte
de retraite. Cette fenêtre donnait sur un petit bois
d'orangers en pleine terre : à la vérité, chaque hiver on
était obligé de les recouvrir d'un toit[1]. Clélia respirait
avec délices le parfum de ces fleurs, et ce plaisir semblait rendre un peu de calme à son âme... Je lui ai

---

1. L'oranger est présent dans tout le roman, il constitue un thème, ou
mieux un symbole ; traditionnellement il signifie à la fois la virginité et
le mariage ; on se reportera à Stirling Haig, « Sur les orangers dans *La
Chartreuse de Parme* », S-C, n° 53, 1971, Pierrette Néaud, « Le thème
de l'oranger dans *La Chartreuse de Parme* : un aspect du mirage italien ? », dans *Stendhal, Paris... op. cit.*

trouvé l'air fort noble, pensa-t-elle ; mais inspirer une telle passion à une femme si distinguée !... Elle a eu la gloire de refuser les hommages du prince, et si elle eût daigné le vouloir, elle eût été la reine de ses États... Mon père dit que la passion du souverain allait jusqu'à l'épouser si jamais il fût devenu libre !, et cet amour pour Fabrice dure depuis si longtemps ! car il y a bien cinq ans [1] que nous les rencontrâmes près du lac de Côme !... Oui, il y a cinq ans, se dit-elle après un instant de réflexion. J'en fus frappée même alors, où tant de choses passaient inaperçues devant mes yeux d'enfant ! Comme ces deux dames semblaient admirer Fabrice !...

Clélia remarqua avec joie qu'aucun des jeunes gens qui lui parlaient avec tant d'empressement n'avait osé se rapprocher du balcon. L'un d'eux, le marquis Crescenzi, avait fait quelques pas dans ce sens, puis s'était arrêté auprès d'une table de jeu. Si au moins, se disait-elle, sous ma petite fenêtre du palais de la forteresse, la seule qui ait de l'ombre, j'avais la vue de jolis orangers, tels que ceux-ci, mes idées seraient moins tristes ! mais pour toute perspective les énormes pierres de taille de la tour *Farnèse*... Ah ! s'écria-t-elle en faisant un mouvement, c'est peut-être là qu'on l'aura placé ! Qu'il me tarde de pouvoir parler à don Cesare ! il sera moins sévère que le général. Mon père ne me dira rien certainement en rentrant à la forteresse, mais je saurai tout par don Cesare... J'ai de l'argent ; je pourrais acheter quelques orangers qui, placés sous la fenêtre de ma volière, m'empêcheraient de voir ce gros mur de la tour Farnèse. Combien il va m'être plus odieux encore

---

1. En fait, si l'on compte le temps écoulé dans la chronologie du roman, il y a sept ans. Fabrice est arrêté le 3 août 1822 ; le meurtre de Giletti a eu lieu le 26 août 1821. De septembre 1821 à février 1822 se déroulent les épisodes de la vie à Bologne, les amours avec la Fausta ; c'est en juillet 1822 que la sentence contre Fabrice est rendue et il se retrouve en prison le soir du 3 août, un peu moins d'un an après sa fuite à Casalmaggiore.

maintenant que je connais l'une des personnes qu'il cache à la lumière !... Oui, c'est bien la troisième fois que je l'ai vu ; une fois à la cour, au bal du jour de naissance de la princesse ; aujourd'hui, entouré de trois gendarmes, pendant que cet horrible Barbone sollicitait les menottes contre lui, et enfin près du lac de Côme... Il y a bien cinq ans de cela ; quel air de mauvais garnement il avait alors ! quels yeux il faisait aux gendarmes, et quels regards singuliers sa mère et sa tante lui adressaient ! Certainement il y avait ce jour-là quelque secret, quelque chose de particulier entre eux ; dans le temps, j'eus l'idée que lui aussi avait peur des gendarmes... » Clélia tressaillit. « Mais que j'étais ignorante ! Sans doute, déjà dans ce temps, la duchesse avait de l'intérêt pour lui... Comme il nous fit rire au bout de quelques moments, quand ces dames, malgré leur préoccupation évidente, se furent un peu accoutumées à la présence d'une étrangère !... et ce soir j'ai pu ne pas répondre au mot qu'il m'a adressé !... Ô ignorance et timidité ! combien souvent vous ressemblez à ce qu'il y a de plus noir ! Et je suis ainsi à vingt ans passés !... J'avais bien raison de songer au cloître ; réellement je ne suis faite que pour la retraite ! « Digne fille d'un geôlier ! » se sera-t-il dit. Il me méprise, et, dès qu'il pourra écrire à la duchesse, il parlera de mon manque d'égard, et la duchesse me croira une petite fille bien fausse ; car enfin ce soir elle a pu me croire remplie de sensibilité pour son malheur.

Clélia s'aperçut que quelqu'un s'approchait et apparemment dans le dessein de se placer à côté d'elle au balcon de fer de cette fenêtre ; elle en fut contrariée, quoiqu'elle se fît des reproches ; les rêveries auxquelles on l'arrachait n'étaient point sans quelque douceur. Voilà un importun que je vais joliment recevoir ! pensa-t-elle. Elle tournait la tête avec un regard altier, lorsqu'elle aperçut la figure timide de l'archevêque qui s'approchait du balcon par de petits mouvements insensibles. Ce saint homme n'a point d'usage, pensa Clélia ; pourquoi venir troubler une pauvre fille telle que moi ? Ma tranquillité est tout ce que je possède. Elle le saluait avec respect, mais aussi d'un air hautain, lorsque le prélat lui dit :

— Mademoiselle, savez-vous l'horrible nouvelle ?

Les yeux de la jeune fille avaient déjà pris une tout autre expression ; mais, suivant les instructions cent fois répétées de son père, elle répondit avec un air d'ignorance que le langage de ses yeux contredisait hautement :

— Je n'ai rien appris, monseigneur.

— Mon premier grand vicaire, le pauvre Fabrice del Dongo, qui est coupable comme moi de la mort de ce brigand de Giletti, a été enlevé à Bologne où il vivait sous le nom supposé de Joseph Bossi ; on l'a renfermé dans votre citadelle ; il y est arrivé *enchaîné* à la voiture même qui le portait. Une sorte de geôlier nommé Barbone, qui jadis eut sa grâce après avoir assassiné un de ses frères, a voulu faire éprouver une violence personnelle à Fabrice ; mais mon jeune ami n'est point homme à souffrir une insulte. Il a jeté à ses pieds son infâme adversaire, sur quoi on l'a descendu dans un cachot à vingt pieds sous terre, après lui avoir mis les menottes.

— Les menottes, non.

— Ah ! vous savez quelque chose ! s'écria l'archevêque, et les traits du vieillard perdirent de leur profonde expression de découragement ; mais, avant tout, on peut approcher de ce balcon et nous interrompre : seriez-vous assez charitable pour remettre vous-même à don Cesare mon anneau pastoral que voici ?

La jeune fille avait pris l'anneau, mais ne savait où le placer pour ne pas courir la chance de le perdre.

— Mettez-le au pouce, dit l'archevêque ; et il le

plaça lui-même. Puis-je compter que vous remettrez cet anneau [1] ?

— Oui, monseigneur.

— Voulez-vous me promettre le secret sur ce que je vais ajouter, même dans le cas où vous ne trouveriez pas convenable d'accéder à ma demande ?

— Mais oui, monseigneur, répondit la jeune fille toute tremblante en voyant l'air sombre et sérieux que le vieillard avait pris tout à coup... Notre respectable archevêque, ajouta-t-elle, ne peut que me donner des ordres dignes de lui et de moi.

— Dites à don Cesare que je lui recommande mon fils adoptif : je sais que les sbires qui l'ont enlevé ne lui ont pas donné le temps de prendre son bréviaire, je prie don Cesare de lui faire tenir le sien, et si monsieur votre oncle veut envoyer demain à l'archevêché, je me charge de remplacer le livre par lui donné à Fabrice. Je prie don Cesare de faire tenir également l'anneau que porte cette jolie main, à M. del Dongo.

L'archevêque fut interrompu par le général Fabio Conti qui venait prendre sa fille pour la conduire à sa voiture ; il y eut là un petit moment de conversation qui ne fut pas dépourvu d'adresse de la part du prélat. Sans parler en aucune façon du nouveau prisonnier, il s'arrangea de façon à ce que le courant du discours pût amener convenablement dans sa bouche certaines maximes morales et politiques ; par exemple : Il y a des moments de crise dans la vie des cours qui décident pour longtemps de l'existence des plus grands personnages ; il y aurait une imprudence notable à changer en *haine personnelle* l'état d'éloignement politique qui est souvent le résultat fort simple de positions opposées. L'archevêque, se laissant un peu emporter par le profond chagrin que lui causait une arrestation si

---

1. L'anneau pastoral passé au doigt de la jeune fille devient une sorte de bague de fiançailles sans perdre sa valeur mystique ; en un sens c'est aussi un présage.

imprévue, alla jusqu'à dire qu'il fallait assurément conserver les positions dont on jouissait, mais qu'il y aurait une imprudence bien gratuite à s'attirer pour la suite des haines furibondes en se prêtant à de certaines choses que l'on n'oublie point.

Quand le général fut dans son carrosse avec sa fille :

— Ceci peut s'appeler des menaces, lui dit-il... des menaces à un homme de ma sorte[1] !

Il n'y eut pas d'autres paroles échangées entre le père et la fille pendant vingt minutes.

En recevant l'anneau pastoral de l'archevêque, Clélia s'était bien promis de parler à son père, lorsqu'elle serait en voiture, du petit service que le prélat lui demandait. Mais après le mot *menaces* prononcé avec colère, elle se tint pour assurée que son père intercepterait la commission ; elle recouvrait cet anneau de la main gauche et le serrait avec passion. Durant tout le temps que l'on mit pour aller du ministère de l'Intérieur à la citadelle, elle se demanda s'il serait criminel à elle de ne pas parler à son père. Elle était fort pieuse, fort timorée, et son cœur, si tranquille d'ordinaire, battait avec une violence inaccoutumée ; mais enfin le *qui vive* de la sentinelle placée sur le rempart au-dessus de la porte retentit à l'approche de la voiture, avant que Clélia eût trouvé les termes convenables pour disposer son père à ne pas refuser, tant elle avait peur d'être refusée ! En montant les trois cent soixante marches qui conduisaient au palais du gouverneur, Clélia ne trouva rien.

Elle se hâta de parler à son oncle, qui la gronda et refusa de se prêter à rien.

---

1. Le général, lors de sa première apparition, avait déjà employé ces termes : « un homme de ma sorte », « un homme comme moi », formules de l'importance la plus niaise qui remontent à Voltaire qui dans *Zadig* les avait placées dans la bouche du vaniteux grotesque, le seigneur Itobad.

CHAPITRE XVI

— Eh bien ! s'écria le général, en apercevant son frère don Cesare, voilà la duchesse qui va dépenser cent mille écus pour se moquer de moi et faire sauver le prisonnier !

Mais pour le moment, nous sommes obligés de laisser Fabrice dans sa prison, tout au faîte de la citadelle de Parme ; on le garde bien, et nous l'y retrouverons peut-être un peu changé. Nous allons nous occuper avant tout de la cour, où des intrigues fort compliquées, et surtout les passions d'une femme malheureuse vont décider de son sort. En montant les trois cent quatre-vingt-dix marches de sa prison à la tour Farnèse, sous les yeux du gouverneur, Fabrice, qui avait tant redouté ce moment, trouva qu'il n'avait pas le temps de songer au malheur.

En rentrant chez elle après la soirée du comte Zurla, la duchesse renvoya ses femmes d'un geste ; puis, se laissant tomber tout habillée sur son lit : *Fabrice*, s'écria-t-elle à haute voix, *est au pouvoir de ses ennemis, et peut-être à cause de moi ils lui donneront du poison !* Comment peindre le moment de désespoir qui suivit cet exposé de la situation, chez une femme aussi peu raisonnable, aussi esclave de la sensation présente, et, sans se l'avouer, éperdument amoureuse du jeune prisonnier ? Ce furent des cris inarticulés, des transports de rage, des mouvements convulsifs, mais pas une larme. Elle renvoyait ses femmes pour les cacher, elle pensait qu'elle allait éclater en sanglots dès qu'elle se trouverait seule ; mais les larmes, ce premier soulagement des grandes douleurs, lui manquèrent tout à fait. La colère, l'indignation, le sentiment de son infériorité vis-à-vis du prince, dominaient trop cette âme altière.

Suis-je assez humiliée ! s'écriait-elle à chaque instant ; on m'outrage, et, bien plus, on expose la vie de Fabrice ! et je ne me vengerais pas ! Halte-là, mon prince ! vous me tuez, soit, vous en avez le pouvoir ; mais ensuite moi j'aurai votre vie. Hélas ! pauvre Fabrice, à quoi cela te servira-t-il ? Quelle différence avec ce jour où je voulus quitter Parme ! et pourtant alors je me croyais malheureuse... quel aveuglement ! J'allais briser toutes les habitudes d'une vie agréable : hélas ! sans le savoir, je touchais à un événement qui allait à jamais décider de mon sort. Si, par ses infâmes habitudes de plate courtisanerie, le comte n'eût supprimé le mot *procédure injuste* de ce fatal billet que m'accordait la vanité du prince, nous étions sauvés. J'avais eu le bonheur plus que l'adresse, il faut en convenir, de mettre en jeu son amour-propre au sujet de sa chère ville de Parme. Alors je menaçais de partir, alors j'étais libre ! Grand Dieu ! suis-je assez esclave ! Maintenant me voici clouée dans ce cloaque infâme, et Fabrice enchaîné dans la citadelle, dans cette citadelle qui pour tant de gens distingués a été l'antichambre de la mort ! et je ne puis plus tenir ce tigre en respect par la crainte de me voir quitter son repaire !

» Il a trop d'esprit pour ne pas sentir que je ne m'éloignerai jamais de la tour infâme où mon cœur est enchaîné. Maintenant la vanité piquée de cet homme peut lui suggérer les idées les plus singulières ; leur cruauté bizarre ne ferait que piquer au jeu son étonnante vanité. S'il revient à ses anciens propos de fade galanterie, s'il me dit : Agréez les hommages de votre esclave, ou Fabrice périt ; eh bien ! la vieille histoire de Judith... Oui, mais si ce n'est qu'un suicide pour moi, c'est un assassinat pour Fabrice ; le benêt de successeur, notre prince royal, et l'infâme bourreau Rassi font pendre Fabrice comme mon complice.

La duchesse jeta des cris : cette alternative dont elle ne voyait aucun moyen de sortir torturait ce cœur malheureux. Sa tête troublée ne voyait aucune autre probabilité dans l'avenir. Pendant dix minutes elle s'agita comme une insensée ; enfin un sommeil d'accablement remplaça pour quelques instants cet état horrible, la vie était épuisée. Quelques minutes après, elle se réveilla en sursaut, et se trouva assise sur son lit ; il lui semblait qu'en sa présence le prince voulait faire couper la tête de Fabrice. Quels yeux égarés la duchesse ne jeta-t-elle pas autour d'elle ! Quand enfin elle se fut convaincue qu'elle n'avait sous les yeux ni le prince ni Fabrice, elle retomba sur son lit et fut sur le point de s'évanouir. Sa faiblesse physique était telle qu'elle ne se sentait pas la force de changer de position. Grand Dieu ! si je pouvais mourir ! se dit-elle... Mais quelle lâcheté ! moi abandonner Fabrice dans le malheur ! Je m'égare... Voyons, revenons au vrai ; envisageons de sang-froid l'exécrable position où je me suis plongée comme à plaisir. Quelle funeste étourderie ! venir habiter la cour d'un prince absolu ! un tyran qui connaît toutes ses victimes ! chacun de leurs regards lui semble une bravade pour son pouvoir. Hélas ! c'est ce que ni le comte ni moi nous ne vîmes lorsque je quittai Milan : je pensais aux grâces d'une cour aimable ; quelque chose d'inférieur, il est vrai, mais quelque chose dans le genre des beaux jours du prince Eugène !

» De loin nous ne nous faisons pas d'idée de ce que c'est que l'autorité d'un despote qui connaît de vue tous ses sujets. La forme extérieure du despotisme est la même que celle des autres gouvernements : il y a des juges, par exemple, mais ce sont des Rassi ; le monstre, il ne trouverait rien d'extraordinaire à faire pendre son père si le prince le lui ordonnait... il appellerait cela son devoir... Séduire Rassi ! malheureuse que je suis ! je n'en possède aucun moyen. Que puis-je lui offrir ? cent mille francs peut-être ! et l'on prétend que, lors du dernier coup de poignard auquel la colère du ciel envers ce malheureux pays l'a fait échapper, le prince lui a envoyé dix mille sequins d'or dans une cassette ! D'ailleurs quelle somme d'argent pourrait le séduire ? Cette âme de boue, qui n'a jamais vu que du mépris dans les regards des hommes, a le plaisir ici d'y voir maintenant de la crainte, et même du respect ; il peut devenir ministre de la police, et pourquoi pas ? Alors les trois quarts des habitants du pays seront ses bas courtisans, et trembleront devant lui, aussi servilement que lui-même tremble devant le souverain.

» Puisque je ne peux fuir ce lieu détesté, il faut que j'y sois utile à Fabrice : vivre seule, solitaire, désespérée ! que puis-je alors pour Fabrice ? Allons, *marche, malheureuse femme* ; fais ton devoir ; va dans le monde, feins de ne plus penser à Fabrice... Feindre de t'oublier, cher ange !

À ce mot, la duchesse fondit en larmes ; enfin, elle pouvait pleurer. Après une heure accordée à la faiblesse humaine, elle vit avec un peu de consolation que ses idées commençaient à s'éclaircir. Avoir le tapis magique, se dit-elle, enlever Fabrice de la citadelle, et me réfugier avec lui dans quelque pays heureux, où nous ne puissions être poursuivis, Paris, par exemple. Nous y vivrions d'abord avec les douze cents francs que l'homme d'affaires de son père me fait passer avec une exactitude si plaisante. Je pourrais bien ramasser cent mille francs des débris de ma fortune ! L'imagination de la duchesse passait en revue avec des moments d'inexprimables délices tous les détails de la vie qu'elle mènerait à trois cents lieues de Parme. Là, se disait-elle, il pourrait entrer au service sous un nom supposé... Placé dans un régiment de ces braves Français, bientôt le jeune Valserra aurait une réputation ; enfin il serait heureux.

Ces images fortunées rappelèrent une seconde fois

les larmes, mais celles-ci étaient de douces larmes. Le bonheur existait donc encore quelque part ! Cet état dura longtemps ; la pauvre femme avait horreur de revenir à la contemplation de l'affreuse réalité. Enfin, comme l'aube du jour commençait à marquer d'une ligne blanche le sommet des arbres de son jardin, elle se fit violence. « Dans quelques heures, se dit-elle, je serai sur le champ de bataille ; il sera question d'agir, et s'il m'arrive quelque chose d'irritant, si le prince s'avise de m'adresser quelque mot relatif à Fabrice, je ne suis pas assurée de pouvoir garder tout mon sang-froid. Il faut donc ici et sans délai *prendre des résolutions*.

Si je suis déclarée criminelle d'État, Rassi fait saisir tout ce qui se trouve dans ce palais ; le premier de ce mois, le comte et moi nous avons brûlé, suivant l'usage, tous les papiers dont la police pourrait abuser, et il est le ministre de la police, voilà le plaisant. J'ai trois diamants de quelque prix : demain, Fulgence, mon ancien batelier de Grianta, partira pour Genève où il les mettra en sûreté. Si jamais Fabrice s'échappe (grand Dieu ! soyez-moi propice ! et elle fit un signe de croix), l'incommensurable lâcheté du marquis del Dongo trouvera qu'il y a du péché à envoyer du pain à un homme poursuivi par un prince légitime, alors il trouvera du moins mes diamants, il aura du pain.

» Renvoyer le comte... me trouver seule avec lui, après ce qui vient d'arriver, c'est ce qui m'est impossible. Le pauvre homme ! il n'est point méchant, au contraire ; il n'est que faible. Cette âme vulgaire n'est point à la hauteur des nôtres. Pauvre Fabrice ! que ne peux-tu être ici un instant avec moi, pour tenir conseil sur nos périls !

» La prudence méticuleuse du comte gênerait tous mes projets, et d'ailleurs il ne faut point l'entraîner dans ma perte... Car pourquoi la vanité de ce tyran ne me jetterait-elle pas en prison ? J'aurai conspiré... quoi de plus facile à prouver ? Si c'était à sa citadelle qu'il

m'envoyât et que je pusse à force d'or parler à Fabrice,
ne fût-ce qu'un instant, avec quel courage nous mar-
cherions ensemble à la mort ! Mais laissons ces folies ;
son Rassi lui conseillerait de finir avec moi par le poison ; ma présence dans les rues, placée sur une charrette, pourrait émouvoir la sensibilité de ses chers
Parmesans... Mais quoi ! toujours le roman ! Hélas !
l'on doit pardonner ces folies à une pauvre femme dont
le sort réel est si triste ! Le vrai de tout ceci, c'est que
le prince ne m'enverra point à la mort ; mais rien de
plus facile que de me jeter en prison et de m'y retenir ;
il fera cacher dans un coin de mon palais toutes sortes
de papiers suspects comme on a fait pour ce pauvre
L... Alors trois juges pas trop coquins, car il y aura ce
qu'ils appellent des *pièces probantes*, et une douzaine
de faux témoins suffisent. Je puis donc être condamnée
à mort comme ayant conspiré ; et le prince, dans sa
clémence infinie, considérant qu'autrefois j'ai eu
l'honneur d'être admise à sa cour, commuera ma peine
en dix ans de forteresse. Mais moi, pour ne point
déchoir de ce caractère violent qui a fait dire tant de
sottises à la marquise Raversi et à mes autres ennemis,
je m'empoisonnerai bravement. Du moins le public
aura la bonté de le croire ; mais je gage que le Rassi
paraîtra dans mon cachot pour m'apporter galamment,
de la part du prince, un petit flacon de strychnine ou
de l'opium de Pérouse.

» Oui, il faut me brouiller très ostensiblement avec
le comte, car je ne veux pas l'entraîner dans ma perte,
ce serait une infamie ; le pauvre homme m'a aimée
avec tant de candeur ! Ma sottise a été de croire qu'il
restait assez d'âme dans un courtisan véritable pour
être capable d'amour. Très probablement le prince
trouvera quelque prétexte pour me jeter en prison ; il
craindra que je ne pervertisse l'opinion publique relativement à Fabrice. Le comte est plein d'honneur ; à
l'instant il fera ce que les cuistres de cette cour, dans
leur étonnement profond, appelleront une folie, il quit-

tera la cour. J'ai bravé l'autorité du prince le soir du
billet, je puis m'attendre à tout de la part de sa vanité
blessée : un homme né prince oublie-t-il jamais la sensation que je lui ai donnée ce soir-là ? D'ailleurs le
comte brouillé avec moi est en meilleure position pour
être utile à Fabrice. Mais si le comte, que ma résolution
va mettre au désespoir, se vengeait ?... Voilà, par
exemple, une idée qui ne lui viendra jamais ; il n'a
point l'âme foncièrement basse du prince : le comte
peut, en gémissant, contresigner un décret infâme, mais
il a de l'honneur. Et puis, de quoi se venger ? de ce
que, après l'avoir aimé cinq ans, sans faire la moindre
offense à son amour, je lui dis : « Cher comte ! j'avais
le bonheur de vous aimer : eh bien ! cette flamme
s'éteint ; je ne vous aime plus ! mais je connais le fond
de votre cœur, je garde pour vous une estime profonde,
et vous serez toujours le meilleur de mes amis. »

» Que peut répondre un galant homme à une déclaration aussi sincère ?

» Je prendrai un nouvel amant, du moins on le croira
dans le monde. Je dirai à cet amant : « Au fond le
prince a raison de punir l'étourderie de Fabrice ; mais
le jour de sa fête, sans doute notre gracieux souverain
lui rendra la liberté. » Ainsi je gagne six mois. Le nouvel amant désigné par la prudence serait ce juge vendu,
cet infâme bourreau, ce Rassi... il se trouverait anobli,
et dans le fait, je lui donnerais l'entrée de la bonne
compagnie. Pardonne, cher Fabrice ! un tel effort est
pour moi au-delà du possible. Quoi ! ce monstre,
encore tout couvert du sang du comte P. et de D. ! il
me ferait évanouir d'horreur en s'approchant de moi,
ou plutôt je saisirais un couteau et le plongerais dans
son infâme cœur. Ne me demande pas des choses
impossibles !

» Oui, surtout oublier Fabrice ! et pas l'ombre de
colère contre le prince, reprendre ma gaieté ordinaire,
qui paraîtra plus aimable à ces âmes fangeuses, premiè-
rement, parce que j'aurai l'air de me soumettre de

bonne grâce à leur souverain ; en second lieu, parce
que, bien loin de me moquer d'eux, je serai attentive à
faire ressortir leurs jolis petits mérites ; par exemple,
je ferai compliment au comte Zurla sur la beauté de la
plume blanche de son chapeau qu'il vient de faire venir
de Lyon par un courrier, et qui fait son bonheur.

» Choisir un amant dans le parti de la Raversi... Si
le comte s'en va, ce sera le parti ministériel ; là sera le
pouvoir. Ce sera un ami de la Raversi qui régnera sur
la citadelle, car le Fabio Conti arrivera au ministère.
Comment le prince, homme de bonne compagnie,
homme d'esprit, accoutumé au travail charmant du
comte, pourra-t-il traiter d'affaires avec ce bœuf, avec
ce roi des sots qui toute sa vie s'est occupé de ce problème capital : les soldats de son altesse doivent-ils
porter sur leur habit, à la poitrine, sept boutons ou bien
neuf ? Ce sont ces bêtes brutes fort jalouses de moi, et
voilà ce qui fait ton danger, cher Fabrice ! ce sont ces
bêtes brutes qui vont décider de mon sort et du tien !
Donc, ne pas souffrir que le comte donne sa démission ! qu'il reste, dût-il subir des humiliations ! Il
s'imagine toujours que donner sa démission est le plus
grand sacrifice que puisse faire un premier ministre ;
et toutes les fois que son miroir lui dit qu'il vieillit, il
m'offre ce sacrifice : donc brouillerie complète ; oui,
et réconciliation seulement dans le cas où il n'y aurait
que ce moyen de l'empêcher de s'en aller. Assurément,
je mettrai à son congé toute la bonne amitié possible ;
mais après l'omission courtisanesque des mots *procédure injuste* dans le billet du prince, je sens que pour
ne pas le haïr j'ai besoin de passer quelques mois sans
le voir. Dans cette soirée décisive, je n'avais pas besoin
de son esprit ; il fallait seulement qu'il écrivît sous ma
dictée, il n'avait qu'à écrire ce mot, *que j'avais obtenu*
par mon caractère : ses habitudes de bas courtisan l'ont
emporté. Il me disait le lendemain qu'il n'avait pu faire
signer une absurdité par son prince, qu'il aurait fallu
des *lettres de grâce :* eh ! bon Dieu ! avec de telles

gens, avec ces monstres de vanité et de rancune qu'on appelle des *Farnèse*, on prend ce qu'on peut.

À cette idée, toute la colère de la duchesse se ranima. Le prince m'a trompée, se disait-elle, et avec quelle lâcheté !... Cet homme est sans excuse : il a de l'esprit, de la finesse, du raisonnement ; il n'y a de bas en lui que ses passions. Vingt fois le comte et moi nous l'avons remarqué, son esprit ne devient vulgaire que lorsqu'il s'imagine qu'on a voulu l'offenser. Eh bien ! le crime de Fabrice est étranger à la politique, c'est un petit assassinat comme on en compte cent par an dans ces heureux états, et le comte m'a juré qu'il a fait prendre les renseignements les plus exacts, et que Fabrice est innocent. Ce Giletti n'était point sans courage : se voyant à deux pas de la frontière, il eut tout à coup la tentation de se défaire d'un rival qui plaisait.

La duchesse s'arrêta longtemps pour examiner s'il était possible de croire à la culpabilité de Fabrice : non pas qu'elle trouvât que ce fût un bien gros péché, chez un gentilhomme du rang de son neveu, de se défaire de l'impertinence d'un histrion ; mais, dans son désespoir, elle commençait à sentir vaguement qu'elle allait être obligée de se battre pour prouver cette innocence de Fabrice. Non, se dit-elle enfin, voici une preuve décisive ; il est comme le pauvre Pietranera, il a toujours des armes dans toutes ses poches, et, ce jour-là, il ne portait qu'un mauvais fusil à un coup, et encore, emprunté à l'un des ouvriers.

» Je hais le prince parce qu'il m'a trompée, et trompée de la façon la plus lâche ; après son billet de pardon, il a fait enlever le pauvre garçon à Bologne, etc. Mais ce compte se réglera. Vers les cinq heures du matin, la duchesse, anéantie par ce long accès de désespoir, sonna ses femmes ; celles-ci jetèrent un cri. En l'apercevant sur son lit, tout habillée, avec ses diamants, pâle comme ses draps et les yeux fermés, il leur sembla la voir exposée sur un lit de parade après sa mort. Elles l'eussent crue tout à fait évanouie, si elles ne se fussent rappelé qu'elle venait de les sonner. Quelques larmes fort rares coulaient de temps à autre sur ses joues insensibles ; ses femmes comprirent par un signe qu'elle voulait être mise au lit.

Deux fois après la soirée du ministre Zurla, le comte s'était présenté chez la duchesse : toujours refusé, il lui écrivit qu'il avait un conseil à lui demander pour lui-même : « Devait-il garder sa position après l'affront qu'on osait lui faire ? » Le comte ajoutait : « Le jeune homme est innocent ; mais, fût-il coupable, devait-on l'arrêter sans m'en prévenir, moi, son protecteur déclaré ? » La duchesse ne vit cette lettre que le lendemain.

Le comte n'avait pas de vertu ; l'on peut même ajouter que ce que les libéraux entendent par *vertu* (chercher le bonheur du plus grand nombre) lui semblait une duperie ; il se croyait obligé à chercher avant tout le bonheur du comte Mosca della Rovere ; mais il était plein d'honneur et parfaitement sincère lorsqu'il parlait de sa démission. De la vie il n'avait dit un mensonge à la duchesse ; celle-ci du reste ne fit pas la moindre attention à cette lettre ; son parti, et un parti bien pénible, était pris, *feindre d'oublier Fabrice* ; après cet effort, tout lui était indifférent.

Le lendemain, sur le midi, le comte, qui avait passé dix fois au palais Sanseverina, enfin fut admis ; il fut atterré à la vue de la duchesse... Elle a quarante ans ! se dit-il, et hier si brillante ! si jeune !... Tout le monde me dit que, durant sa longue conversation avec la Clélia Conti, elle avait l'air aussi jeune et bien autrement séduisante.

La voix, le ton de la duchesse étaient aussi étranges que l'aspect de sa personne. Ce ton, dépouillé de toute passion, de tout intérêt humain, de toute colère, fit pâlir le comte ; il lui rappela la façon d'être d'un de ses amis qui, peu de mois auparavant, sur le point de mourir, et ayant déjà reçu les sacrements, avait voulu l'entretenir.

Après quelques minutes, la duchesse put lui parler. Elle le regarda, et ses yeux restèrent éteints :

— Séparons-nous, mon cher comte, lui dit-elle d'une voix faible, mais bien articulée, et qu'elle s'efforçait de rendre aimable, séparons-nous, il le faut ! Le Ciel m'est témoin que, depuis cinq ans, ma conduite envers vous a été irréprochable. Vous m'avez donné une existence brillante, au lieu de l'ennui qui aurait été mon triste partage au château de Grianta ; sans vous j'aurais rencontré la vieillesse quelques années plus tôt... De mon côté, ma seule occupation a été de chercher à vous faire trouver le bonheur. C'est parce que je vous aime que je vous propose cette séparation *à l'amiable*, comme on dirait en France.

Le comte ne comprenait pas ; elle fut obligée de répéter plusieurs fois. Il devint d'une pâleur mortelle, et, se jetant à genoux auprès de son lit, il dit tout ce que l'étonnement profond, et ensuite le désespoir le plus vif, peuvent inspirer à un homme d'esprit passionnément amoureux. À chaque moment il offrait de donner sa démission et de suivre son amie dans quelque retraite à mille lieues de Parme.

— Vous osez me parler de départ, et Fabrice est ici ! s'écria-t-elle en se soulevant à demi.

Mais comme elle aperçut que ce nom de Fabrice faisait une impression pénible, elle ajouta après un moment de repos et en serrant légèrement la main du comte :

— Non, cher ami, je ne vous dirai pas que je vous ai aimé avec cette passion et ces transports que l'on n'éprouve plus, ce me semble, après trente ans, et je suis déjà bien loin de cet âge. On vous aura dit que j'aimais Fabrice, car je sais que le bruit en a couru dans cette cour *méchante*. (Ses yeux brillèrent pour la première fois dans cette conversation, en prononçant ce mot *méchante*.) Je vous jure devant Dieu, et sur la vie de Fabrice, que jamais il ne s'est passé entre lui et moi la plus petite chose que n'eût pas pu souffrir l'œil d'une tierce personne. Je ne vous dirai pas non plus que je l'aime exactement comme ferait une sœur ; je l'aime d'instinct, pour parler ainsi. J'aime en lui son courage si simple et si parfait, que l'on peut dire qu'il ne s'en aperçoit pas lui-même ; je me souviens que ce genre d'admiration commença à son retour de Waterloo. Il était encore enfant, malgré ses dix-sept ans ; sa grande inquiétude était de savoir si réellement il avait assisté à la bataille, et dans le cas du *oui*, s'il pouvait dire s'être battu, lui qui n'avait marché à l'attaque d'aucune batterie ni d'aucune colonne ennemie. Ce fut pendant les graves discussions que nous avions ensemble sur ce sujet important, que je commençai à voir en lui une grâce parfaite. Sa grande âme se révélait à moi ; que de savants mensonges eût étalés, à sa place, un jeune homme bien élevé ! Enfin, s'il n'est heureux je ne puis être heureuse. Tenez, voilà un mot qui peint bien l'état de mon cœur ; si ce n'est la vérité, c'est au moins tout ce que j'en vois.

Le comte, encouragé par ce ton de franchise et d'intimité, voulut lui baiser la main : elle la retira avec une sorte d'horreur.

— Les temps sont finis, lui dit-elle ; je suis une femme de trente-sept ans, je me trouve à la porte de la vieillesse, j'en ressens déjà tous les découragements, et peut-être même suis-je voisine de la tombe. Ce moment est terrible, à ce qu'on dit, et pourtant il me semble que je le désire. J'éprouve le pire symptôme de la vieillesse : mon cœur est éteint par cet affreux malheur, je ne puis plus aimer. Je ne vois plus en vous, cher comte, que l'ombre de quelqu'un qui me fut cher. Je dirai plus, c'est la reconnaissance toute seule qui me fait vous tenir ce langage.

— Que vais-je devenir ? lui répétait le comte, moi qui sens que je vous suis attaché avec plus de passion que les premiers jours, quand je vous voyais à la *Scala* !

— Vous avouerai-je une chose, cher ami, parler d'amour m'ennuie, et me semble indécent. Allons, dit-elle en essayant de sourire, mais en vain, courage !

soyez homme d'esprit, homme judicieux, homme à ressources dans les occurrences. Soyez avec moi ce que vous êtes réellement aux yeux des indifférents, l'homme le plus habile et le plus grand politique que l'Italie ait produit depuis des siècles.

Le comte se leva et se promena en silence pendant quelques instants.

— Impossible, chère amie, lui dit-il enfin : je suis en proie aux déchirements de la passion la plus violente, et vous me demandez d'interroger ma raison ! Il n'y a plus de raison pour moi !

— Ne parlons pas de passion, je vous prie, dit-elle d'un ton sec.

Et ce fut pour la première fois, après deux heures d'entretien, que sa voix prit une expression quelconque. Le comte, au désespoir lui-même, chercha à la consoler.

— Il m'a trompée, s'écriait-elle sans répondre en aucune façon aux raisons d'espérer que lui exposait le comte ; *il* m'a trompée de la façon la plus lâche ! Et sa pâleur mortelle cessa pour un instant ; mais, même dans un moment d'excitation violente, le comte remarqua qu'elle n'avait pas la force de soulever les bras.

Grand Dieu ! serait-il possible, pensa-t-il, qu'elle ne fût que malade ? en ce cas pourtant ce serait le début de quelque maladie fort grave. Alors, rempli d'inquiétude, il proposa de faire appeler le célèbre Razori, le premier médecin du pays et de l'Italie[1].

---

1. Le docteur Razori existe bien et Stendhal le connaît depuis 1811. Né à Parme, médecin célèbre, théoricien de la médecine, Rasori est aussi un patriote italien, un conspirateur, emprisonné dans la forteresse de Mantoue pour un complot avorté. En 1818, Stendhal parle de lui comme d'un grand homme, pauvre, gai, d'une volonté de fer ; c'est encore un poète qui a écrit des vers en prison. Pour Stendhal qui a essayé de l'aider dans une carrière parisienne, c'est un semblable, un frère en énergie. Il semble bien que Rasori, mentionné ici par le comte comme un médecin possible pour la duchesse et figurant comme « effet de réel » dans le roman, y figure aussi sous les traits de Palla dont il serait le pilotis. Il est donc présent sous son nom et comme personnage

— Vous voulez donc donner à un étranger le plaisir de connaître toute l'étendue de mon désespoir ?... Est-ce là le conseil d'un traître ou d'un ami ?

Et elle le regarda avec des yeux étranges.

C'en est fait, se dit-il avec désespoir, elle n'a plus d'amour pour moi ! et bien plus, elle ne me place plus même au rang des hommes d'honneur vulgaires.

— Je vous dirai, ajouta le comte en parlant avec empressement, que j'ai voulu avant tout avoir des détails sur l'arrestation qui nous met au désespoir, et, chose étrange ! je ne sais encore rien de positif ; j'ai fait interroger les gendarmes de la station voisine, ils ont vu arriver le prisonnier par la route de Castelnovo, et ont reçu l'ordre de suivre sa *sediola*. J'ai réexpédié aussitôt Bruno, dont vous connaissez le zèle non moins que le dévouement ; il a ordre de remonter de station en station pour savoir où et comment Fabrice a été arrêté.

En entendant prononcer le nom de Fabrice la duchesse fut saisie d'une légère convulsion.

— Pardonnez, mon ami, dit-elle au comte dès qu'elle put parler ; ces détails m'intéressent fort, donnez-les-moi tous, faites-moi bien comprendre les plus petites circonstances.

— Eh bien ! madame, reprit le comte en essayant un petit air de légèreté pour tenter de la distraire un peu, j'ai envie d'envoyer un commis de confiance à Bruno et d'ordonner à celui-ci de pousser jusqu'à Bologne ; c'est là, peut-être, qu'on aura enlevé notre jeune ami. De quelle date est sa dernière lettre ?

— De mardi, il y a cinq jours.

---

fictif dans le roman. Le type du médecin patriote que l'on trouve dans *Vanina Vanini* revient avec Palla. Serait-il aussi le symbole de la participation des professions libérales au Risorgimento ? Stendhal décrit son personnage avec les mêmes traits que Rasori : maigreur, un regard flamboyant, une force contenue. On lira l'étude de Bruno Pincherlé, « Lo stendhalesco dottore Rasori », dans *In Compagnia di Stendhal*, Milano, 1967.

— Avait-elle été ouverte à la poste ?

— Aucune trace d'ouverture. Il faut vous dire qu'elle était écrite sur du papier horrible ; l'adresse est d'une main de femme, et cette adresse porte le nom d'une vieille blanchisseuse parente de ma femme de chambre. La blanchisseuse croit qu'il s'agit d'une affaire d'amour, et la Chékina lui rembourse les ports de lettres sans y rien ajouter.

Le comte, qui avait pris tout à fait le ton d'un homme d'affaires, essaya de découvrir, en discutant avec la duchesse, quel pouvait avoir été le jour de l'enlèvement à Bologne. Il s'aperçut alors seulement, lui qui avait ordinairement tant de tact, que c'était là le ton qu'il fallait prendre. Ces détails intéressaient la malheureuse femme et semblaient la distraire un peu. Si le comte n'eût pas été amoureux, il eût eu cette idée si simple dès son entrée dans la chambre. La duchesse le renvoya pour qu'il pût sans délai expédier de nouveaux ordres au fidèle Bruno. Comme on s'occupait en passant de la question de savoir s'il y avait eu sentence avant le moment où le prince avait signé le billet adressé à la duchesse, celle-ci saisit avec une sorte d'empressement l'occasion de dire au comte :

— Je ne vous reprocherai point d'avoir omis les mots *injuste procédure* dans le billet que vous écrivîtes et qu'il signa, c'était l'instinct de courtisan qui vous prenait à la gorge ; sans vous en douter, vous préfériez l'intérêt de votre maître à celui de votre amie. Vous avez mis vos actions à mes ordres, cher comte, et cela depuis longtemps, mais il n'est pas en votre pouvoir de changer votre nature ; vous avez de grands talents pour être ministre, mais vous avez aussi l'instinct de ce métier. La suppression du mot *injuste* me perd ; mais loin de moi de vous la reprocher en aucune façon, ce fut la faute de l'instinct et non pas celle de la volonté.

» Rappelez-vous, ajouta-t-elle en changeant de ton et de l'air le plus impérieux, que je ne suis point trop affligée de l'enlèvement de Fabrice, que je n'ai pas eu la moindre velléité de m'éloigner de ce pays-ci, que je suis remplie de respect pour le prince. Voilà ce que vous avez à dire, et voici, moi, ce que je veux vous dire : Comme je compte seule diriger ma conduite à l'avenir, je veux me séparer de vous à l'amiable, c'est-à-dire en bonne et vieille amie. Comptez que j'ai soixante ans ; la jeune femme est morte en moi, je ne puis plus m'exagérer rien au monde, je ne puis plus aimer. Mais je serais encore plus malheureuse que je ne le suis s'il m'arrivait de compromettre votre destinée. Il peut entrer dans mes projets de me donner l'apparence d'avoir un jeune amant, et je ne voudrais pas vous voir affligé. Je puis vous jurer sur le bonheur de Fabrice, elle s'arrêta une demi-minute après ce mot, que jamais je ne vous ai fait une infidélité, et cela en cinq années de temps. C'est bien long, dit-elle ; elle essaya de sourire ; ses joues si pâles s'agitèrent, mais ses lèvres ne purent se séparer. Je vous jure même que jamais je n'en ai eu le projet ni l'envie. Cela bien entendu, laissez-moi. »

Le comte sortit, au désespoir, du palais Sanseverina : il voyait chez la duchesse l'intention bien arrêtée de se séparer de lui, et jamais il n'avait été aussi éperdument amoureux. C'est là une de ces choses sur lesquelles je suis obligé de revenir souvent, parce qu'elles sont improbables hors de l'Italie. En rentrant chez lui, il expédia jusqu'à six personnes différentes sur la route de Castelnovo et de Bologne, et les chargea de lettres. Mais ce n'est pas tout, se dit le malheureux comte, le prince peut avoir la fantaisie de faire exécuter ce malheureux enfant, et cela pour se venger du ton que la duchesse prit avec lui le jour de ce fatal billet. Je sentais que la duchesse passait une limite que l'on ne doit jamais franchir, et c'est pour raccommoder les choses que j'ai eu la sottise incroyable de supprimer le mot *procédure injuste*, le seul qui liât le souverain... Mais bah ! ces gens-là sont-ils liés par quelque chose ?

C'est là sans doute la plus grande faute de ma vie, j'ai mis au hasard tout ce qui peut en faire le prix pour moi : il s'agit de réparer cette étourderie à force d'activité et d'adresse ; mais enfin si je ne puis rien obtenir, même en sacrifiant un peu de ma dignité, je plante là cet homme ; avec ses rêves de haute politique, avec ses idées de se faire roi constitutionnel de la Lombardie, nous verrons comment il me remplacera... Fabio Conti n'est qu'un sot, le talent de Rassi se réduit à faire pendre légalement un homme qui déplaît au pouvoir.

Une fois cette résolution bien arrêtée de renoncer au ministère si les rigueurs à l'égard de Fabrice dépassaient celles d'une simple détention, le comte se dit : Si un caprice de la vanité de cet homme imprudemment bravée me coûte le bonheur, du moins l'honneur me restera... À propos, puisque je me moque de mon portefeuille, je puis me permettre cent actions qui, ce matin encore, m'eussent semblé hors du possible. Par exemple, je vais tenter tout ce qui est humainement faisable pour faire évader Fabrice... Grand Dieu ! s'écria le comte en s'interrompant et ses yeux s'ouvrant à l'excès comme à la vue d'un bonheur imprévu, la duchesse ne m'a pas parlé d'évasion, aurait-elle manqué de sincérité une fois en sa vie, et la brouille ne serait-elle que le désir que je trahisse le prince ? Ma foi, c'est fait !

L'œil du comte avait repris toute sa finesse satirique. Cet aimable fiscal Rassi est payé par le maître pour toutes les sentences qui nous déshonorent en Europe, mais il n'est pas homme à refuser d'être payé par moi pour trahir les secrets du maître. Cet animal-là a une maîtresse et un confesseur, mais la maîtresse est d'une trop vile espèce pour que je puisse lui parler, le lendemain elle raconterait l'entrevue à toutes les fruitières du voisinage. Le comte, ressuscité par cette lueur d'espoir, était déjà sur le chemin de la cathédrale ; étonné de la légèreté de sa démarche, il sourit malgré son chagrin : Ce que c'est, dit-il, que de n'être plus ministre !

Cette cathédrale, comme beaucoup d'églises en Italie, sert de passage d'une rue à l'autre, le comte vit de loin un des grands vicaires de l'archevêque qui traversait la nef.

— Puisque je vous rencontre, lui dit-il, vous serez assez bon pour épargner à ma goutte la fatigue mortelle de monter jusque chez monseigneur l'archevêque. Je lui aurais toutes les obligations du monde s'il voulait bien descendre jusqu'à la sacristie.

L'archevêque fut ravi de ce message, il avait mille choses à dire au ministre au sujet de Fabrice. Mais le ministre devina que ces choses n'étaient que des phrases et ne voulut rien écouter.

— Quel homme est-ce que Dugnani, vicaire de Saint-Paul ?

— Un petit esprit et une grande ambition, répondit l'archevêque, peu de scrupules et une extrême pauvreté, car nous en avons des vices !

— Tudieu, monseigneur ! s'écria le ministre, vous peignez comme Tacite.

Et il prit congé de lui en riant.

À peine de retour au ministère, il fit appeler l'abbé Dugnani.

— Vous dirigez la conscience de mon excellent ami le fiscal général Rassi, n'aurait-il rien à me dire ?

Et, sans autres paroles ou plus de cérémonie, il renvoya le Dugnani.

CHAPITRE XVII

Le comte se regardait comme hors du ministère. Voyons un peu, se dit-il, combien nous pourrons avoir de chevaux après ma disgrâce, car c'est ainsi qu'on appellera ma retraite. Le comte fit l'état de sa fortune : il était entré au ministère avec 80 000 francs de bien ; à son grand étonnement, il trouva que, tout compté, son avoir actuel ne s'élevait pas à 500 000 francs : c'est 20 000 livres de rente tout au plus, se dit-il. Il faut convenir que je suis un grand étourdi ! Il n'y a pas un bourgeois à Parme qui ne me croie 150 000 livres de rente ; et le prince, sur ce sujet, est plus bourgeois qu'un autre. Quand ils me verront dans la crotte, ils diront que je sais bien cacher ma fortune. Pardieu, s'écria-t-il, si je suis encore ministre trois mois, nous la verrons doublée, cette fortune. Il trouva dans cette idée l'occasion d'écrire à la duchesse, et la saisit avec avidité ; mais pour se faire pardonner une lettre, dans les termes où ils en étaient, il remplit celle-ci de chiffres et de calculs. Nous n'aurons que 20 000 livres de rente, lui dit-il, pour vivre tous trois à Naples, Fabrice, vous et moi. Fabrice et moi nous aurons un cheval de selle à nous deux [1]. Le

---

1. À chaque moment important, la fortune du comte est l'objet d'un examen qui semble rigoureux et ne l'est guère. Au chapitre VI, il n'a rien, sinon des dettes, un palais inachevé, et une pension de 800 francs. Deux ans plus tard, dans le même chapitre, il dispose de 400 000 francs et s'il quitte le ministère, il aura 15 000 livres de rente. Première incertitude : son revenu de l'an passé, s'il compte les faveurs du prince, a été de 107 000 ou 122 000 francs. Soudain ici, au chapitre XVII, il déclare avoir possédé 80 000 francs à son entrée au ministère ; la

ministre venait à peine d'envoyer sa lettre, lorsqu'on annonça le fiscal général Rassi ; il le reçut avec une hauteur qui frisait l'impertinence.

— Comment, monsieur, lui dit-il, vous faites enlever à Bologne un conspirateur que je protège, de plus vous voulez lui couper le cou, et vous ne me dites rien ! Savez-vous au moins le nom de mon successeur ? est-ce le général Conti, ou vous-même ?

Le Rassi fut atterré ; il avait trop peu d'habitude de la bonne compagnie pour deviner si le comte parlait sérieusement : il rougit beaucoup, ânonna quelques mots peu intelligibles ; le comte le regardait et jouissait de son embarras. Tout à coup le Rassi se secoua et s'écria avec une aisance parfaite et de l'air de Figaro pris en flagrant délit par Almaviva :

— Ma foi, monsieur le comte, je n'irai point par quatre chemins avec votre excellence : que me donnerez-vous pour répondre à toutes vos questions comme je ferais à celles de mon confesseur ?

— La croix de Saint-Paul (c'est l'ordre de Parme), ou de l'argent, si vous pouvez me fournir un prétexte pour vous en accorder.

— J'aime mieux la croix de Saint-Paul, parce qu'elle m'anoblit.

— Comment, cher fiscal, vous faites encore quelque cas de notre pauvre noblesse ?

---

somme au chapitre XXIII sera de 130 000 francs et son capital lui vaut 20 000 livres de rente ; comme ici il n'a que 500 000 francs. Alors, nous sommes en 1823, il veut doubler sa fortune et parvenir au million. Nous savons qu'il a placé 300 000 francs à Lyon et reçu de « fripons » 800 000 francs. « Nous ne serons guère riches », conclut la duchesse s'il quitte le pouvoir. En 1825, au chapitre XXIII, les comptes n'indiquent que 30 000 ou 40 000 livres de rente. Après 1830, le comte, revenu au pouvoir, sera « immensément riche » : sa fortune se perd dans l'incalculable.

— Si j'étais né noble, répondit le Rassi avec toute l'impudence de son métier, les parents des gens que j'ai fait pendre me haïraient, mais ils ne me mépriseraient pas.

— Eh bien ! je vous sauverai du mépris, dit le comte, guérissez-moi de mon ignorance. Que comptez-vous faire de Fabrice ?

— Ma foi, le prince est fort embarrassé : il craint que, séduit par les beaux yeux d'Armide, pardonnez à ce langage un peu vif, ce sont les termes précis du souverain ; il craint que, séduit par de fort beaux yeux qui l'ont un peu touché lui-même, vous ne le plantiez là, et il n'y a que vous pour les affaires de Lombardie. Je vous dirai même, ajouta Rassi en baissant la voix, qu'il y a là une fière occasion pour vous, et qui vaut bien la croix de Saint-Paul que vous me donnez. Le prince vous accorderait, comme récompense nationale, une jolie terre valant 600 000 francs qu'il distrairait de son domaine, ou une gratification de 300 000 francs écus, si vous vouliez consentir à ne pas vous mêler du sort de Fabrice del Dongo, ou du moins à ne lui en parler qu'en public.

— Je m'attendais à mieux que ça, dit le comte ; ne pas me mêler de Fabrice, c'est me brouiller avec la duchesse.

— Eh bien ! c'est encore ce que dit le prince : le fait est qu'il est horriblement monté contre madame la duchesse, entre nous soit dit ; et il craint que, pour dédommagement de la brouille avec cette dame aimable, maintenant que vous voilà veuf, vous ne lui demandiez la main de sa cousine, la vieille princesse Isota[1], laquelle n'est âgée que de cinquante ans.

— Il a deviné juste, s'écria le comte ; notre maître est l'homme le plus fin de ses États.

Jamais le comte n'avait eu l'idée baroque d'épouser cette vieille princesse ; rien ne fût allé plus mal à un

---

1. *Isotta*, en italien, ou Yseut.

homme que les cérémonies de cour ennuyaient à la mort.

Il se mit à jouer avec sa tabatière sur le marbre d'une petite table voisine de son fauteuil. Rassi vit dans ce geste d'embarras la possibilité d'une bonne aubaine ; son œil brilla.

— De grâce, monsieur le comte, s'écria-t-il, si votre excellence veut accepter, ou la terre de 600 000 francs, ou la gratification en argent, je la prie de ne point choisir d'autre négociateur que moi. Je me ferais fort, ajouta-t-il en baissant la voix, de faire augmenter la gratification en argent ou même de faire joindre une forêt assez importante à la terre domaniale. Si votre excellence daignait mettre un peu de douceur et de ménagement dans sa façon de parler au prince de ce morveux qu'on a coffré, on pourrait peut-être ériger en duché la terre que lui offrirait la reconnaissance nationale. Je le répète à votre excellence, le prince, pour le quart d'heure, exècre la duchesse, mais il est fort embarrassé, et même au point que j'ai cru parfois qu'il y avait quelque circonstance secrète qu'il n'osait pas m'avouer. Au fond on peut trouver ici une mine d'or, moi vous vendant ses secrets les plus intimes et fort librement, car on me croit votre ennemi juré. Au fond, s'il est furieux contre la duchesse, il croit aussi, et comme nous tous, que vous seul au monde pouvez conduire à bien toutes les démarches secrètes relatives au Milanais. Votre excellence me permet-elle de lui répéter textuellement les paroles du souverain ? dit le Rassi en s'échauffant, il y a souvent une physionomie dans la position des mots, qu'aucune traduction ne saurait rendre, et vous pourrez y voir plus que je n'y vois.

— Je permets tout, dit le comte en continuant, d'un air distrait, à frapper la table de marbre avec sa tabatière d'or, je permets tout et je serai reconnaissant.

— Donnez-moi des lettres de noblesse transmissible, indépendamment de la croix, et je serai plus que satisfait. Quand je parle d'anoblissement au prince, il me répond : « Un coquin tel que toi, noble ! il faudrait fermer boutique dès le lendemain ; personne à Parme ne voudrait plus se faire anoblir. » Pour en revenir à l'affaire du Milanais, le prince me disait, il n'y a pas trois jours : « Il n'y a que ce fripon-là pour suivre le fil de nos intrigues ; si je le chasse ou s'il suit la duchesse, il vaut autant que je renonce à l'espoir de me voir un jour le chef libéral et adoré de toute l'Italie. »

À ce mot le comte respira : Fabrice ne mourra pas, se dit-il.

De sa vie le Rassi n'avait pu arriver à une conversation intime avec le premier ministre : il était hors de lui de bonheur ; il se voyait à la veille de pouvoir quitter ce nom de Rassi, devenu dans le pays synonyme de tout ce qu'il y a de bas et de vil ; le petit peuple donnait le nom de *Rassi* aux chiens enragés ; depuis peu des soldats s'étaient battus en duel parce qu'un de leurs camarades les avait appelés *Rassi*. Enfin il ne se passait pas de semaine sans que ce malheureux nom ne vînt s'enchâsser dans quelque sonnet atroce. Son fils, jeune et innocent écolier de seize ans, était chassé des cafés, sur son nom.

C'est le souvenir brûlant de tous ces agréments de sa position qui lui fit commettre une imprudence.

— J'ai une terre, dit-il au comte en rapprochant sa chaise du fauteuil du ministre, elle s'appelle Riva, je voudrais être baron Riva.

— Pourquoi pas ? dit le ministre.

Rassi était hors de lui.

— Eh bien ! monsieur le comte, je me permettrai d'être indiscret, j'oserai deviner le but de vos désirs, vous aspirez à la main de la princesse Isota, et c'est une noble ambition. Une fois parent, vous êtes à l'abri de la disgrâce, vous *bouclez* notre homme. Je ne vous cacherai pas qu'il a ce mariage avec la princesse Isota en horreur ; mais si vos affaires étaient confiées à quelqu'un d'adroit et de *bien payé*, on pourrait ne pas désespérer du succès.

— Moi, mon cher baron, j'en désespérais ; je désavoue d'avance toutes les paroles que vous pourrez porter en mon nom ; mais le jour où cette alliance illustre viendra enfin combler mes vœux et me donner une si haute position dans l'État, je vous offrirai, moi, 300 000 francs de mon argent, ou bien je conseillerai au prince de vous accorder une marque de faveur que vous-même vous préférerez à cette somme d'argent.

Le lecteur trouve cette conversation longue : pourtant nous lui faisons grâce de plus de la moitié ; elle se prolongea encore deux heures. Le Rassi sortit de chez le comte fou de bonheur ; le comte resta avec de grandes espérances de sauver Fabrice, et plus résolu que jamais à donner sa démission. Il trouvait que son crédit avait besoin d'être renouvelé par la présence au pouvoir de gens tels que Rassi et le général Conti ; il jouissait avec délices d'une possibilité qu'il venait d'entrevoir de se venger du prince : Il peut faire partir la duchesse, s'écriait-il, mais parbleu il renoncera à l'espoir d'être roi constitutionnel de la Lombardie. (Cette chimère était ridicule : le prince avait beaucoup d'esprit, mais, à force d'y rêver, il en était devenu amoureux fou.)

Le comte ne se sentait pas de joie en courant chez la duchesse lui rendre compte de sa conversation avec le fiscal. Il trouva la porte fermée pour lui ; le portier n'osait presque pas lui avouer cet ordre reçu de la bouche même de sa maîtresse. Le comte regagna tristement le palais du ministère, le malheur qu'il venait d'essuyer éclipsait en entier la joie que lui avait donnée sa conversation avec le confident du prince. N'ayant plus le cœur de s'occuper de rien, le comte errait tristement dans sa galerie de tableaux, quand, un quart d'heure après, il reçut un billet ainsi conçu :

Puisqu'il est vrai, cher et bon ami, que nous ne sommes plus qu'amis, il faut ne venir me voir que trois fois par semaine. Dans quinze jours nous réduirons ces visites, toujours si chères à mon cœur, à deux par mois [1]. *Si vous voulez me plaire, donnez de la publicité à cette sorte de rupture ; si vous vouliez me rendre presque tout l'amour que jadis j'eus pour vous, vous feriez choix d'une nouvelle amie. Quant à moi, j'ai de grands projets de dissipation : je compte aller beaucoup dans le monde, peut-être même trouverai-je un homme d'esprit pour me faire oublier mes malheurs. Sans doute en qualité d'ami la première place dans mon cœur vous sera toujours réservée ; mais je ne veux plus que l'on dise que mes démarches ont été dictées par votre sagesse ; je veux surtout que l'on sache bien que j'ai perdu toute influence sur vos déterminations. En un mot, cher comte, croyez que vous serez toujours mon ami le plus cher, mais jamais autre chose. Ne gardez, je vous prie, aucune idée de retour, tout est bien fini. Comptez à jamais sur mon amitié.*

Ce dernier trait fut trop fort pour le courage du comte : il fit une belle lettre au prince pour donner sa démission de tous ses emplois, et il l'adressa à la duchesse avec prière de la faire parvenir au palais. Un instant après, il reçut sa démission, déchirée en quatre, et, sur un des blancs du papier, la duchesse avait daigné écrire : *Non, mille fois non !*

Il serait difficile de décrire le désespoir du pauvre ministre. Elle a raison, j'en conviens, se disait-il à chaque instant ; mon omission du mot *procédure injuste* est un affreux malheur ; elle entraînera peut-être la mort de Fabrice, et celle-ci amènera la mienne. Ce fut avec la mort dans l'âme que le comte, qui ne voulait pas paraître au palais du souverain avant d'y être appelé, écrivit de sa main le *motu proprio* qui nommait Rassi chevalier de l'ordre de Saint-Paul et lui conférait la noblesse transmissible ; le comte y joignit un rapport d'une demi-page qui exposait au prince les

---

1. Metilde Dembowski avait ainsi réduit Stendhal à deux visites par mois.

raisons d'État qui conseillaient cette mesure. Il trouva une sorte de joie mélancolique à faire de ces pièces deux belles copies qu'il adressa à la duchesse.

Il se perdait en suppositions ; il cherchait à deviner quel serait à l'avenir le plan de conduite de la femme qu'il aimait. Elle n'en sait rien elle-même, se disait-il ; une seule chose reste certaine, c'est que, pour rien au monde, elle ne manquerait aux résolutions qu'elle m'aurait une fois annoncées. Ce qui ajoutait encore à son malheur, c'est qu'il ne pouvait parvenir à trouver la duchesse blâmable. Elle m'a fait une grâce en m'aimant, elle cesse de m'aimer après une faute involontaire, il est vrai, mais qui peut entraîner une conséquence horrible ; je n'ai aucun droit de me plaindre. Le lendemain matin, le comte sut que la duchesse avait recommencé à aller dans le monde ; elle avait paru la veille au soir dans toutes les maisons qui recevaient. Que fût-il devenu s'il se fût rencontré avec elle dans le même salon ? Comment lui parler ? de quel ton lui adresser la parole ? et comment ne pas lui parler ?

Le lendemain fut un jour funèbre ; le bruit se répandait généralement que Fabrice allait être mis à mort, la ville fut émue. On ajoutait que le prince, ayant égard à sa haute naissance, avait daigné décider qu'il aurait la tête tranchée.

C'est moi qui le tue, se dit le comte ; je ne puis plus prétendre à revoir jamais la duchesse. Malgré ce raisonnement assez simple, il ne put s'empêcher de passer trois fois à sa porte ; à la vérité, pour n'être pas remarqué, il alla chez elle à pied. Dans son désespoir, il eut même le courage de lui écrire. Il avait fait appeler Rassi deux fois ; le fiscal ne s'était point présenté. Le coquin me trahit, se dit le comte.

Le lendemain, trois grandes nouvelles agitaient la haute société de Parme, et même la bourgeoisie. La mise à mort de Fabrice était plus que jamais certaine ; et, complément bien étrange de cette nouvelle, la duchesse ne paraissait point trop au désespoir. Selon les apparences, elle n'accordait que des regrets assez modérés à son jeune amant ; toutefois elle profitait avec un art infini de la pâleur que venait de lui donner une indisposition assez grave, qui était survenue en même temps que l'arrestation de Fabrice. Les bourgeois reconnaissaient bien à ces détails le cœur sec d'une grande dame de la cour. Par décence cependant, et comme sacrifice aux mânes du jeune Fabrice, elle avait rompu avec le comte Mosca.

— Quelle immoralité ! s'écriaient les jansénistes de Parme.

Mais déjà la duchesse, chose incroyable ! paraissait disposée à écouter les cajoleries des plus beaux jeunes gens de la cour. On remarquait, entre autres singularités, qu'elle avait été fort gaie dans une conversation avec le comte Baldi, l'amant actuel de la Raversi, et l'avait beaucoup plaisanté sur ses courses fréquentes au château de Velleja. La petite bourgeoisie et le peuple étaient indignés de la mort de Fabrice, que ces bonnes gens attribuaient à la jalousie du comte Mosca. La société de la cour s'occupait aussi beaucoup du comte, mais c'était pour s'en moquer. La troisième des grandes nouvelles que nous avons annoncées n'était autre en effet que la démission du comte ; tout le monde se moquait d'un amant ridicule qui, à l'âge de cinquante-six ans [1], sacrifiait une position magnifique au chagrin d'être quitté par une femme sans cœur et qui, depuis longtemps, lui préférait un jeune homme. Le seul archevêque eut l'esprit, ou plutôt le cœur, de deviner que l'honneur défendait au comte de rester premier ministre dans un pays où l'on allait couper la tête, et sans le consulter, à un jeune homme, son protégé. La nouvelle de la démission du comte eut l'effet de guérir de sa goutte le général Fabio Conti, comme nous

---

1. En 1815, le comte avait quarante-cinq ans ; nous sommes en 1822 et il n'en a que cinquante-deux.

le dirons en son lieu, lorsque nous parlerons de la façon dont le pauvre Fabrice passait son temps à la citadelle, pendant que toute la ville s'enquérait de l'heure de son supplice.

Le jour suivant, le comte revit Bruno, cet agent fidèle qu'il avait expédié sur Bologne ; le comte s'attendrit au moment où cet homme entrait dans son cabinet ; sa vue lui rappelait l'état heureux où il se trouvait lorsqu'il l'avait envoyé à Bologne, presque d'accord avec la duchesse. Bruno arrivait de Bologne où il n'avait rien découvert ; il n'avait pu trouver Ludovic, que le podestat de Castelnovo avait gardé dans la prison de son village.

— Je vais vous renvoyer à Bologne, dit le comte à Bruno : la duchesse tiendra au triste plaisir de connaître les détails du malheur de Fabrice. Adressez-vous au brigadier de gendarmerie qui commande le poste de Castelnovo...

» Mais non ! s'écria le comte en s'interrompant ; partez à l'instant même pour la Lombardie, et distribuez de l'argent et en grande quantité à tous nos correspondants. Mon but est d'obtenir de tous ces gens-là des rapports de la nature la plus encourageante. »

Bruno ayant bien compris le but de sa mission, se mit à écrire ses lettres de créance ; comme le comte lui donnait ses dernières instructions, il reçut une lettre parfaitement fausse, mais fort bien écrite ; on eût dit un ami écrivant à son ami[1] pour lui demander un service. L'ami qui écrivait n'était autre que le prince. Ayant ouï parler de certains projets de retraite, il suppliait son ami, le comte Mosca, de garder le ministère ; il le lui demandait au nom de l'amitié et des *dangers de la patrie* ; et le lui ordonnait comme son maître. Il ajoutait que le roi de *** venant de mettre à sa dispo-

---

1. Formule décidément aimée du prince pour tromper ses dupes : il s'en est servi dans l'audience de congé.

sition deux cordons de son ordre, il en gardait un pour lui, et envoyait l'autre à son cher comte Mosca.

— Cet animal-là fait mon malheur ! s'écria le comte furieux, devant Bruno stupéfait, et croit me séduire par ces mêmes phrases hypocrites que tant de fois nous avons arrangées ensemble pour prendre à la glu quelque sot.

Il refusa l'ordre qu'on lui offrait, et dans sa réponse parla de l'état de sa santé comme ne lui laissant que bien peu d'espérance de pouvoir s'acquitter encore des pénibles travaux du ministère. Le comte était furieux. Un instant après, on annonça le fiscal Rassi, qu'il traita comme un nègre.

— Eh bien ! parce que je vous ai fait noble, vous commencez à faire l'insolent ! Pourquoi n'être pas venu hier pour me remercier, comme c'était votre devoir étroit, monsieur le cuistre ?

Le Rassi était bien au-dessus des injures ; c'était sur ce ton-là qu'il était journellement reçu par le prince ; mais il voulait être baron et se justifia avec esprit. Rien n'était plus facile.

— Le prince m'a tenu cloué à une table hier toute la journée ; je n'ai pu sortir du palais. Son altesse m'a fait copier de ma mauvaise écriture de procureur une quantité de pièces diplomatiques tellement niaises et tellement bavardes que je crois, en vérité, que son but unique était de me retenir prisonnier. Quand enfin j'ai pu prendre congé, vers les cinq heures, mourant de faim, il m'a donné l'ordre d'aller chez moi directement, et de n'en pas sortir de la soirée. En effet, j'ai vu deux de ses espions particuliers, de moi bien connus, se promener dans ma rue jusque sur le minuit. Ce matin, dès que je l'ai pu, j'ai fait venir une voiture qui m'a conduit jusqu'à la porte de la cathédrale. Je suis descendu de voiture très lentement, puis, prenant le pas de course, j'ai traversé l'église et me voici. Votre excellence est dans ce moment-ci l'homme du monde auquel je désire plaire avec le plus de passion.

— Et moi, monsieur le drôle, je ne suis point dupe de tous ces contes plus ou moins bien bâtis ! Vous avez refusé de me parler de Fabrice avant-hier ; j'ai respecté vos scrupules et vos serments touchant le secret, quoique les serments pour un être tel que vous ne soient tout au plus que des moyens de défaite. Aujourd'hui, je veux la vérité : Qu'est-ce que ces bruits ridicules qui font condamner à mort ce jeune homme comme assassin du comédien Giletti ?

— Personne ne peut mieux rendre compte à votre excellence de ces bruits, puisque c'est moi-même qui les ai fait courir par ordre du souverain ; et, j'y pense ! c'est peut-être pour m'empêcher de vous faire part de cet incident qu'hier, toute la journée, il m'a retenu prisonnier. Le prince, qui ne me croit pas un fou, ne pouvait pas douter que je ne vinsse vous apporter ma croix et vous supplier de l'attacher à ma boutonnière.

— Au fait ! s'écria le ministre, et pas de phrases.

— Sans doute le prince voudrait bien tenir une sentence de mort contre M. del Dongo, mais il n'a, comme vous le savez sans doute, qu'une condamnation en vingt années de fers, commuée par lui, le lendemain même de la sentence, en douze années de forteresse avec jeûne au pain et à l'eau tous les vendredis, et autres bamboches [1] religieuses.

— C'est parce que je savais cette condamnation à la prison seulement, que j'étais effrayé des bruits d'exécution prochaine qui se répandent par la ville ; je me souviens de la mort du comte Palanza, si bien escamotée par vous.

— C'est alors que j'aurais dû avoir la croix ! s'écria Rassi sans se déconcerter ; il fallait serrer le bouton [2] tandis que je le tenais, et que l'homme avait

---

1. Les bamboches sont des marionnettes, puis le mot désigne des divertissements grossiers et populaires.   2. Terme de manège, qui au sens figuré veut dire « presser vivement quelqu'un » et même « le menacer ».

envie de cette mort. Je fus un nigaud alors, et c'est armé de cette expérience que j'ose vous conseiller de ne pas m'imiter aujourd'hui. (Cette comparaison parut du plus mauvais goût à l'interlocuteur, qui fut obligé de se retenir pour ne pas donner des coups de pied à Rassi.)

— D'abord, reprit celui-ci avec la logique d'un jurisconsulte et l'assurance parfaite d'un homme qu'aucune insulte ne peut offenser, d'abord il ne peut être question de l'exécution dudit del Dongo ; le prince n'oserait ! les temps sont bien changés ! et enfin, moi, noble et espérant par vous de devenir baron, je n'y donnerais pas les mains. Or, ce n'est que de moi, comme le sait votre excellence, que l'exécuteur des hautes œuvres peut recevoir des ordres, et, je vous le jure, le chevalier Rassi n'en donnera jamais contre le sieur del Dongo.

— Et vous ferez sagement, dit le comte en le toisant d'un air sévère.

— Distinguons ! reprit le Rassi avec un sourire. Moi je ne suis que pour les morts officielles, et si M. del Dongo vient à mourir d'une colique, n'allez pas me l'attribuer ! Le prince est outré, et je ne sais pourquoi, contre la Sanseverina (trois jours auparavant le Rassi eût dit la duchesse, mais, comme toute la ville, il savait la rupture avec le premier ministre).

Le comte fut frappé de la suppression du titre dans une telle bouche, et l'on peut juger du plaisir qu'elle lui fit ; il lança au Rassi un regard chargé de la plus vive haine. Mon cher ange ! se dit-il ensuite, je ne puis te montrer mon amour qu'en obéissant aveuglément à tes ordres.

— Je vous avouerai, dit-il au fiscal, que je ne prends pas un intérêt bien passionné aux divers caprices de madame la duchesse ; toutefois, comme elle m'avait présenté ce mauvais sujet de Fabrice, qui aurait bien dû rester à Naples, et ne pas venir ici embrouiller nos affaires, je tiens à ce qu'il ne soit pas mis à mort de mon temps, et je veux bien vous donner ma parole que vous serez baron dans les huit jours qui suivront sa sortie de prison.

— En ce cas, monsieur le comte, je ne serai baron que dans douze années révolues, car le prince est furieux, et sa haine contre la duchesse est tellement vive, qu'il cherche à la cacher.

— Son altesse est bien bonne ! qu'a-t-elle besoin de cacher sa haine, puisque son premier ministre ne protège plus la duchesse ? Seulement je ne veux pas qu'on puisse m'accuser de vilenie, ni surtout de jalousie : c'est moi qui ai fait venir la duchesse en ce pays, et si Fabrice meurt en prison, vous ne serez pas baron, mais vous serez peut-être poignardé. Mais laissons cette bagatelle : le fait est que j'ai fait le compte de ma fortune ; à peine si j'ai trouvé vingt mille livres de rente, sur quoi j'ai le projet d'adresser très humblement ma démission au souverain. J'ai quelque espoir d'être employé par le roi de Naples : cette grande ville m'offrira des distractions dont j'ai besoin en ce moment, et que je ne puis trouver dans un trou tel que Parme ; je ne resterais qu'autant que vous me feriez obtenir la main de la princesse Isota, etc., etc.

La conversation fut infinie dans ce sens. Comme Rassi se levait, le comte lui dit d'un air fort indifférent :

— Vous savez qu'on a dit que Fabrice me trompait, en ce sens qu'il était un des amants de la duchesse ; je n'accepte point ce bruit, et pour le démentir, je veux que vous fassiez passer cette bourse à Fabrice.

— Mais, monsieur le comte, dit Rassi effrayé, et regardant la bourse, il y a là une somme énorme, et les règlements...

— Pour vous, mon cher, elle peut être énorme, reprit le comte de l'air du plus souverain mépris : un bourgeois tel que vous, envoyant de l'argent à son ami en prison, croit se ruiner en lui donnant dix sequins ;

moi, je *veux* que Fabrice reçoive ces six mille francs et surtout que le château [1] ne sache rien de cet envoi.

Comme le Rassi effrayé voulait répliquer, le comte ferma la porte sur lui avec impatience. Ces gens-là, se dit-il, ne voient le pouvoir que derrière l'insolence. Cela dit, ce grand ministre se livra à une action tellement ridicule, que nous avons quelque peine à la rapporter ; il courut prendre dans son bureau un portrait en miniature de la duchesse, et le couvrit de baisers passionnés. Pardon, mon cher ange, s'écriait-il, si je n'ai pas jeté par la fenêtre et de mes propres mains ce cuistre qui ose parler de toi avec une nuance de familiarité, mais, si j'agis avec cet excès de patience, c'est pour t'obéir ! et il ne perdra rien pour attendre !

Après une longue conversation avec le portrait, le comte, qui se sentait le cœur mort dans la poitrine, eut l'idée d'une action ridicule et s'y livra avec un empressement d'enfant. Il se fit donner un habit avec des plaques, et fut faire une visite à la vieille princesse Isota ; de la vie il ne s'était présenté chez elle qu'à l'occasion du jour de l'an. Il la trouva entourée d'une quantité de chiens, et parée de tous ses atours, et même avec des diamants comme si elle allait à la cour. Le comte, ayant témoigné quelque crainte de déranger les projets de son altesse, qui probablement allait sortir, l'altesse répondit au ministre qu'une princesse de Parme se devait à elle-même d'être toujours ainsi. Pour la première fois depuis son malheur le comte eut un mouvement de gaieté. « J'ai bien fait de paraître ici, se dit-il, et dès aujourd'hui il faut faire ma déclaration. » La princesse avait été ravie de voir arriver chez elle un homme aussi renommé par son esprit et un premier ministre ; la pauvre vieille fille n'était guère accoutumée à de semblables visites. Le comte commença par une préface adroite, relative à l'immense distance

---

1. Le terme est français ; sous la Restauration, « le château », c'est les Tuileries, c'est-à-dire le roi ou la cour au sens politique.

qui séparera toujours d'un simple gentilhomme les membres d'une famille régnante.

— Il faut faire une distinction, dit la princesse : la fille d'un roi de France, par exemple, n'a aucun espoir d'arriver jamais à la couronne ; mais les choses ne vont point ainsi dans la famille de Parme. C'est pourquoi nous autres Farnèse nous devons toujours conserver une certaine dignité dans notre extérieur ; et moi, pauvre princesse telle que vous me voyez, je ne puis pas dire qu'il soit absolument impossible qu'un jour vous soyez mon premier ministre.

Cette idée par son imprévu baroque donna au pauvre comte un second instant de gaieté parfaite.

Au sortir de chez la princesse Isota, qui avait grandement rougi en recevant l'aveu de la passion du premier ministre, celui-ci rencontra un des fourriers du palais : le prince le faisait demander en toute hâte.

— Je suis malade, répondit le ministre, ravi de pouvoir faire une malhonnêteté à son prince. Ah ! ah ! vous me poussez à bout, s'écria-t-il avec fureur, et puis vous voulez que je vous serve ! mais sachez, mon prince, qu'avoir reçu le pouvoir de la Providence ne suffit plus en ce siècle-ci, il faut beaucoup d'esprit et un grand caractère pour réussir à être despote.

Après avoir renvoyé le fourrier du palais fort scandalisé de la parfaite santé de ce malade, le comte trouva plaisant d'aller voir les deux hommes de la cour qui avaient le plus d'influence sur le général Fabio Conti. Ce qui surtout faisait frémir le ministre et lui ôtait tout courage, c'est que le gouverneur de la citadelle était accusé de s'être défait jadis d'un capitaine, son ennemi personnel, au moyen de l'*aquetta* de Pérouse [1].

---

1. Le poison est partout dans le roman ; l'Italie a été et reste la terre des poisons ; ils font partie de sa criminalité et de ses usages politiques. Stendhal mentionne les poisons ordinaires, comme l'arsenic, la mort-aux-rats, la strychnine, le laudanum (ou opium plus ou moins dilué), le vert-de-gris (pour tuer le prince) et les poisons « historiques » et

Le comte savait que depuis huit jours la duchesse avait répandu des sommes folles pour se ménager des intelligences à la citadelle ; mais, suivant lui, il y avait peu d'espoir de succès, tous les yeux étaient encore trop ouverts. Nous ne raconterons point au lecteur toutes les tentatives de corruption essayées par cette femme malheureuse : elle était au désespoir, et des agents de toute sorte et parfaitement dévoués la secondaient. Mais il n'est peut-être qu'un seul genre d'affaires dont on s'acquitte parfaitement bien dans les petites cours despotiques, c'est la garde des prisonniers politiques. L'or de la duchesse ne produisit d'autre effet que de faire renvoyer de la citadelle huit ou dix hommes de tout grade.

---

presque légendaires, comme l'*acqua Toffana* ou *acquetta* de Naples ou de Pérouse (le nom renvoie à l'inventeur du produit). On ne sait pas exactement ce que contenait cette préparation célèbre, sans doute plusieurs poisons à la fois (sulfate de plomb, arséniate de soude, ou de potasse, belladone, opium ?). Le lecteur se reportera à l'excellente étude d'E. Abravanel, « Le thème du poison dans l'œuvre de Stendhal », *Première journée du Stendhal-Club*, Lausanne, 1965 ; elle montre en particulier que le poison est l'arme de la lâcheté et de la méchanceté dans le roman, que son usage divise les personnages en deux catégories tranchées ; seul personnage héroïque à user du poison, Palla a comme excuse l'ordre positif de la duchesse (le prince qui a voulu empoisonner Fabrice doit mourir par le poison).

CHAPITRE XVIII

Ainsi, avec un dévouement complet pour le prisonnier, la duchesse et le premier ministre n'avaient pu faire pour lui que bien peu de chose. Le prince était en colère, la cour ainsi que le public étaient *piqués* contre Fabrice et ravis de lui voir arriver malheur ; il avait été trop heureux. Malgré l'or jeté à pleines mains, la duchesse n'avait pu faire un pas dans le siège de la citadelle ; il ne se passait pas de jour sans que la marquise Raversi ou le chevalier Riscara eussent quelque nouvel avis à communiquer au général Fabio Conti. On soutenait sa faiblesse.

Comme nous l'avons dit, le jour de son emprisonnement Fabrice fut conduit d'abord au *palais du gouverneur* : c'est un joli petit bâtiment construit dans le siècle dernier sur les dessins de Vanvitelli [1], qui le

---

1. Architecte du XVIIIe siècle qui a travaillé à Rome et laissé en particulier un dessin du château Saint-Ange. L.-F. Benedetto a montré avec quelle précision et aussi avec quels écarts Stendhal s'inspire du monument pour sa tour Farnèse. Il la construit comme une deuxième prison placée sur le bloc rond du vrai monument (qui sert aussi de prison). Sur la plate-forme supérieure il place le palais du gouverneur et la tour prison où se trouve Fabrice. L'un et l'autre sont des extrapolations de la réalité : sur le môle d'Hadrien, il y a des constructions, les appartements du châtelain, auxquels Vanvitelli a travaillé, qui jadis étaient l'amorce d'une tour, que Stendhal développe et transfigure en prison pour détenus de marque (les autres prisonniers sont plus bas, dans la grosse tour). Sur l'esplanade il y a dans la réalité un corps de garde : Stendhal le reprend. Pour sa tour Farnèse, il emprunte au château son rez-de-chaussée, la salle des colonnes ; l'escalier vertigineux

plaça à cent quatre-vingts pieds de haut, sur la plate-
forme de l'immense tour ronde. Des fenêtres de ce
petit palais, isolé sur le dos de l'énorme tour comme
la bosse d'un chameau, Fabrice découvrait la campagne et les Alpes fort au loin ; il suivait de l'œil, au
pied de la citadelle, le cours de la Parma, sorte de torrent, qui, tournant à droite à quatre lieues de la ville,
va se jeter dans le Pô. Par-delà la rive gauche de ce
fleuve, qui formait comme une suite d'immenses
taches blanches au milieu des campagnes verdoyantes,
son œil ravi apercevait distinctement chacun des sommets de l'immense mur que les Alpes forment au nord
de l'Italie [1]. Ces sommets, toujours couverts de neige,
même au mois d'août où l'on était alors, donnent
comme une sorte de fraîcheur par souvenir au milieu
de ces campagnes brûlantes ; l'œil en peut suivre les
moindres détails, et pourtant ils sont à plus de trente
lieues de la citadelle de Parme. La vue si étendue du
joli palais du gouverneur est interceptée vers un angle
au midi par la tour *Farnèse,* dans laquelle on préparait
à la hâte une chambre pour Fabrice. Cette seconde tour,
comme le lecteur s'en souvient peut-être, fut élevée sur
la plate-forme de la grosse tour, en l'honneur d'un
prince héréditaire qui, fort différent de l'Hippolyte fils
de Thésée, n'avait point repoussé les politesses d'une
jeune belle-mère. La princesse mourut en quelques

---

et féerique par sa finesse et cette interruption par un pont mobile
embellit la réalité où il n'y a qu'un pont de pierre et deux trappes
fermées. L'imagination de Stendhal procède par dédoublement : une
prison sur une autre, deux édifices face à face, la prison et le palais de
Clélia, le cachot de Fabrice au second étage et placé lui-même dans un
autre cachot. C'est la « prison modèle » que désigne un titre courant.
   1. À l'extrême rigueur on peut de Parme apercevoir les Alpes, mais
le paysage immense qui embrasse un horizon géographique en demi-
cercle d'est en ouest et étend la visibilité à une distance impossible est
un paysage idéal ; la vue devient vision et produit en Fabrice une joie
extatique. Stendhal, dans ses *Mémoires sur Napoléon,* a décrit un panorama presque semblable, mais à partir de Milan ; le paysage vu de la
tour ramène en fait à celui du lac.

heures ; le fils du prince ne recouvra sa liberté que dix-sept ans plus tard en montant sur le trône à la mort de son père[1]. Cette tour Farnèse où, après trois quarts d'heure, l'on fit monter Fabrice, fort laide à l'extérieur, est élevée d'une cinquantaine de pieds au-dessus de la plate-forme de la grosse tour[2] et garnie d'une quantité de paratonnerres. Le prince mécontent de sa femme, qui fit bâtir cette prison aperçue de toutes parts, eut la singulière prétention de persuader à ses sujets qu'elle existait depuis de longues années : c'est pourquoi il lui imposa le nom de *tour Farnèse*. Il était défendu de parler de cette construction, et de toutes les parties de la ville de Parme et des plaines voisines on voyait parfaitement les maçons placer chacune des pierres qui composent cet édifice pentagone. Afin de prouver qu'elle était ancienne, on plaça au-dessus de la porte de deux pieds de large et de quatre de hauteur, par laquelle on y entre, un magnifique bas-relief qui représente Alexandre Farnèse, le général célèbre, forçant Henri IV à s'éloigner de Paris[3]. Cette tour Farnèse placée en si belle vue se compose d'un rez-de-chaussée long de quarante pas au moins, large à proportion et tout rempli de colonnes fort trapues, car cette pièce si démesurément vaste n'a pas plus de quinze pieds d'élévation. Elle est occupée par le corps de garde, et,

---

1. La tour est née d'un crime, d'un double crime, elle résume la dynastie et le despotisme et toute une matière historique italienne dont le Romantisme s'est inspiré. Byron dans *Parisina* a raconté une histoire d'inceste survenue dans la famille régnante de Ferrare, les d'Este. Quant au prince héritier, amant incestueux de sa belle-mère, il fait penser à Don Carlos, fils de Philippe II ; Stendhal connaît bien le *Dom Carlos* de l'abbé de Saint-Réal (1672) qui attribuait à la vengeance du roi la mort du prince et de la reine. Alfieri, Schiller, l'opéra ont popularisé cette tragédie dynastique.   2. Qui elle-même s'élève à 180 pieds de hauteur.   3. Ce troisième duc de Parme fut au service de l'Espagne un homme de guerre célèbre qui intervint dans les guerres de Religion en France et contraignit Henri IV à lever le siège de Paris en 1590. Il a une statue à Plaisance et elle porte en bas-relief la scène ici désignée.

du centre, l'escalier s'élève en tournant autour d'une des colonnes : c'est un petit escalier en fer, fort léger, large de deux pieds à peine et construit en filigrane. Par cet escalier tremblant sous le poids des geôliers qui l'escortaient, Fabrice arriva à de vastes pièces de plus de vingt pieds de haut, formant un magnifique premier étage. Elles furent jadis meublées avec le plus grand luxe pour le jeune prince qui y passa les dix-sept plus belles années de sa vie. À l'une des extrémités de cet appartement, on fit voir au nouveau prisonnier une chapelle de la plus grande magnificence ; les murs et la voûte sont entièrement revêtus de marbre noir ; des colonnes noires aussi et de la plus noble proportion sont placées en lignes le long des murs noirs, sans les toucher, et ces murs sont ornés d'une quantité de têtes de morts en marbre blanc, de proportions colossales, élégamment sculptées et placées sur deux os en sautoir[1]. Voilà bien une invention de la haine qui ne peut tuer, se dit Fabrice, et quelle diable d'idée de me montrer cela !

Un escalier de fer et en filigrane fort léger, également disposé autour d'une colonne, donne accès au second étage de cette prison, et c'est dans les chambres de ce second étage, hautes de quinze pieds environ, que depuis un an le général Fabio Conti[2] faisait preuve

---

1. Cette trouvaille funèbre renvoie à celle de Philippe II dans la nouvelle de Saint-Réal : aussitôt qu'il est arrêté, le prince est vêtu de noir et vit dans un décor entièrement noir ; « ce malheureux héritier de tant de couronnes ne vit plus rien hors de lui qui ne présentât à ses yeux l'affreuse image de la mort ».   2. Cette créativité carcérale est imaginée par Stendhal mais l'attention inlassable d'un souverain pour ses prisons et leurs raffinements est propre à l'empereur d'Autriche François Ier ; une note de Stendhal le désigne comme « le doux inventeur » du Spielberg. Cette prison forteresse est en fait « moderne » et bénéficie de toutes les inventions humanitaires qui ont perfectionné en les moralisant les prisons au XIXe siècle, par exemple l'isolement cellulaire. Sur le retournement de cette prison totale en prison heureuse, qui va assurer l'isolement presque idyllique des amants, voir les belles pages de G. Durand, *op. cit.*, p. 169 sq.

de génie. D'abord, sous sa direction, l'on avait solidement grillé les fenêtres de ces chambres jadis occupées par les domestiques du prince, et qui sont à plus de trente pieds des dalles de pierre formant la plate-forme de la grosse tour ronde. C'est par un corridor obscur placé au centre du bâtiment que l'on arrive à ces chambres, qui toutes ont deux fenêtres ; et dans ce corridor fort étroit, Fabrice remarqua trois portes de fer successives formées de barreaux énormes et s'élevant jusqu'à la voûte. Ce sont les plans, coupes et élévations de toutes ces belles inventions, qui pendant deux ans avaient valu au général une audience de son maître chaque semaine. Un conspirateur placé dans l'une de ces chambres ne pourrait pas se plaindre à l'opinion d'être traité d'une façon inhumaine, et pourtant ne saurait avoir de communication avec personne au monde, ni faire un mouvement sans qu'on l'entendît. Le général avait fait placer dans chaque chambre de gros madriers de chêne formant comme des bancs de trois pieds de haut, et c'était là son invention capitale, celle qui lui donnait des droits au ministère de la Police. Sur ces bancs il avait fait établir une cabane en planches, fort sonore, haute de dix pieds, et qui ne touchait au mur que du côté des fenêtres. Des trois autres côtés il régnait un petit corridor de quatre pieds de large, entre le mur primitif de la prison, composé d'énormes pierres de taille, et les parois en planches de la cabane. Ces parois, formées de quatre doubles de planches de noyer, chêne et sapin, étaient solidement reliées par des boulons de fer et par des clous sans nombre.

Ce fut dans l'une de ces chambres construites depuis un an, et chef-d'œuvre du général Fabio Conti, laquelle avait reçu le beau nom d'*Obéissance passive*[1], que

---

1. Formule emblématique que Stendhal n'a pas inventée : K. Kurisu (*cf.* article cité de *HB*) l'a trouvée dans la presse française de 1838 à propos de l'Empereur ; elle figure dans Andryane appliquée par exemple à un geôlier allemand, « cette obéissance passive et matérielle de cet homme de cœur qui avait grandi dans la conviction que tout ordre

Fabrice fut introduit. Il courut aux fenêtres ; la vue qu'on avait de ces fenêtres grillées était sublime : un seul petit coin de l'horizon était caché, vers le nord-ouest, par le toit en galerie du joli palais du gouverneur, qui n'avait que deux étages ; le rez-de-chaussée était occupé par les bureaux de l'état-major ; et d'abord les yeux de Fabrice furent attirés vers une des fenêtres du second étage, où se trouvaient, dans de jolies cages, une grande quantité d'oiseaux de toute sorte. Fabrice s'amusait à les entendre chanter, et à les voir saluer les derniers rayons du crépuscule du soir, tandis que les geôliers s'agitaient autour de lui. Cette fenêtre de la volière n'était pas à plus de vingt-cinq pieds de l'une des siennes, et se trouvait à cinq ou six pieds en contre-bas, de façon qu'il plongeait sur les oiseaux.

Il y avait lune ce jour-là, et au moment où Fabrice entrait dans sa prison, elle se levait majestueusement à l'horizon à droite, au-dessus de la chaîne des Alpes, vers Trévise. Il n'était que huit heures et demie du soir, et à l'autre extrémité de l'horizon, au couchant, un brillant crépuscule rouge orangé dessinait parfaitement les contours du mont Viso et des autres pics des Alpes qui remontent de Nice vers le Mont-Cenis et Turin ; sans songer autrement à son malheur, Fabrice fut ému et ravi par ce spectacle sublime. C'est donc dans ce monde ravissant que vit Clélia Conti ! avec son âme pensive et sérieuse, elle doit jouir de cette vue plus qu'un autre ; on est ici comme dans des montagnes solitaires à cent lieues de Parme. Ce ne fut qu'après avoir passé plus de deux heures à la fenêtre, admirant cet horizon qui parlait à son âme, et souvent aussi arrêtant sa vue sur le joli palais du gouverneur que Fabrice s'écria tout à coup : Mais ceci est-il une

---

supérieur est un arrêt du ciel », ou à des « soldats autrichiens qui avaient sucé dès le berceau et contracté l'habitude d'une obéissance passive ». Chateaubriand a reproché à Napoléon d'avoir « façonné la société à l'obéissance passive ».

prison ? est-ce là ce que j'ai tant redouté ? Au lieu
d'apercevoir à chaque pas des désagréments et des
motifs d'aigreur, notre héros se laissait charmer par les
douceurs de la prison.

Tout à coup son attention fut violemment rappelée à
la réalité par un tapage épouvantable : sa chambre de
bois, assez semblable à une cage et surtout fort sonore,
était violemment ébranlée ; des aboiements de chien et
de petits cris aigus complétaient le bruit le plus singulier[1]. Quoi donc ! si tôt pourrais-je m'échapper ! pensa
Fabrice. Un instant après, il riait comme jamais peut-
être on n'a ri dans une prison. Par ordre du général, on
avait fait monter en même temps que les geôliers un
chien anglais, fort méchant, préposé à la garde des prisonniers d'importance, et qui devait passer la nuit dans
l'espace si ingénieusement ménagé tout autour de
Fabrice. Le chien et le geôlier devaient coucher dans
l'intervalle de trois pieds ménagé entre les dalles de
pierre du sol primitif de la chambre et le plancher de
bois sur lequel le prisonnier ne pouvait faire un pas
sans être entendu.

Or, à l'arrivée de Fabrice, la chambre de l'*Obéissance passive* se trouvait occupée par une centaine de
rats énormes qui prirent la fuite dans tous les sens. Le
chien, sorte d'épagneul croisé avec un fox anglais,
n'était point beau, mais en revanche il se montra fort
alerte. On l'avait attaché sur le pavé en dalles de pierre
au-dessous du plancher de la chambre de bois ; mais
lorsqu'il sentit passer les rats tout près de lui il fit des
efforts si extraordinaires qu'il parvint à retirer la tête
de son collier ; alors advint cette bataille admirable et
dont le tapage réveilla Fabrice lancé dans les rêveries
les moins tristes. Les rats qui avaient pu se sauver du

---

1. Casanova est frappé en arrivant dans sa prison à Venise par la
taille des rats ; si Stendhal a pensé à ce passage, il a inventé le combat
du chien et des rats et transformé en divertissement joyeux ce qui fait
la misère du prisonnier.

premier coup de dent, se réfugiant dans la chambre de bois, le chien monta après eux les six marches qui conduisaient du pavé en pierre à la cabane de Fabrice. Alors commença un tapage bien autrement épouvantable : la cabane était ébranlée jusqu'en ses fondements. Fabrice riait comme un fou et pleurait à force de rire : le geôlier Grillo, non moins riant, avait fermé la porte ; le chien, courant après les rats, n'était gêné par aucun meuble, car la chambre était absolument nue ; il n'y avait pour gêner les bonds du chien chasseur qu'un poêle de fer dans un coin. Quand le chien eut triomphé de tous ses ennemis, Fabrice l'appela, le caressa, réussit à lui plaire : Si jamais celui-ci me voit sautant par-dessus quelque mur, se dit-il, il n'aboiera pas. » Mais cette politique raffinée était une prétention de sa part : dans la situation d'esprit où il était, il trouvait son bonheur à jouer avec ce chien. Par une bizarrerie à laquelle il ne réfléchissait point, une secrète joie régnait au fond de son âme.

Après qu'il se fut bien essoufflé à courir avec le chien :

— Comment vous appelez-vous ? dit Fabrice au geôlier.

— Grillo, pour servir votre excellence dans tout ce qui est permis par le règlement.

— Eh bien ! mon cher Grillo, un nommé Giletti a voulu m'assassiner au milieu d'un grand chemin, je me suis défendu et je l'ai tué ; je le tuerais encore si c'était à faire : mais je n'en veux pas moins mener joyeuse vie, tant que je serai votre hôte. Sollicitez l'autorisation de vos chefs et allez demander du linge au palais Sanseverina ; de plus, achetez-moi force *nébieu d'Asti*[1].

---

1. « Nébieu » est la forme dialectale de Nebiolo, localité piémontaise proche d'Asti et célèbre par son vin mousseux. Andryane arrivant en prison à Milan était accueilli avec joie par son geôlier : il était content d'avoir un Français dans sa prison, c'est-à-dire un détenu gai et bon vivant, capable de se réjouir avant d'être fusillé ; et il lui proposait immédiatement du vin du Piémont (le geôlier vend à son compte au

C'est un assez bon vin mousseux qu'on fabrique en Piémont dans la patrie d'Alfieri et qui est fort estimé surtout de la classe d'amateurs à laquelle appartiennent les geôliers. Huit ou dix de ces messieurs étaient occupés à transporter dans la chambre de bois de Fabrice quelques meubles antiques et fort dorés que l'on enlevait au premier étage dans l'appartement du prince ; tous recueillirent religieusement dans leur pensée le mot en faveur du vin d'Asti. Quoi qu'on pût faire, l'établissement de Fabrice pour cette première nuit fut pitoyable ; mais il n'eut l'air choqué que de l'absence d'une bouteille de bon *nébieu*.

— Celui-là a l'air d'un bon enfant... dirent les geôliers en s'en allant... et il n'y a qu'une chose à désirer, c'est que nos messieurs lui laissent passer de l'argent.

Quand il fut seul et un peu remis de tout ce tapage : est-il possible que ce soit là la prison, se dit Fabrice en regardant cet immense horizon de Trévise au mont Viso, la chaîne si étendue des Alpes, les pics couverts de neige, les étoiles, etc., et une première nuit en prison encore ! Je conçois que Clélia Conti se plaise dans cette solitude aérienne ; on est ici à mille lieues au-dessus des petitesses et des méchancetés qui nous occupent là-bas. Si ces oiseaux qui sont là sous ma fenêtre lui appartiennent, je la verrai... Rougira-t-elle en m'apercevant ? Ce fut en discutant cette grande question que le prisonnier trouva le sommeil à une heure fort avancée de la nuit.

Dès le lendemain de cette nuit, la première passée en prison, et durant laquelle il ne s'impatienta pas une seule fois, Fabrice fut réduit à faire la conversation avec Fox le chien anglais ; Grillo le geôlier lui faisait bien toujours des yeux fort aimables, mais un ordre

---

prisonnier les denrées permises). Andryane trinquait avec son gardien qui lui faisait admirer son vin de Palazuolo et s'indignait que l'on puisse lui préférer le bourgogne.

nouveau le rendait muet, et il n'apportait ni linge ni
nébieu.

Verrai-je Clélia ? se dit Fabrice en s'éveillant. Mais
ces oiseaux sont-ils à elle ? Les oiseaux commençaient
à jeter des petits cris et à chanter, et à cette élévation
c'était le seul bruit qui s'entendît dans les airs. Ce fut
une sensation pleine de nouveauté et de plaisir pour
Fabrice que ce vaste silence qui régnait à cette hauteur : il écoutait avec ravissement les petits gazouille-
ments interrompus et si vifs par lesquels ses voisins les
oiseaux saluaient le jour. S'ils lui appartiennent, elle
paraîtra un instant dans cette chambre, là sous ma fenêtre ; et tout en examinant les immenses chaînes des
Alpes, vis-à-vis le premier étage desquelles la citadelle
de Parme semblait s'élever comme un ouvrage avancé,
ses regards revenaient à chaque instant aux magnifiques cages de citronnier et de bois d'acajou qui, gar-
nies de fils dorés, s'élevaient au milieu de la chambre
fort claire, servant de volière. Ce que Fabrice n'apprit
que plus tard, c'est que cette chambre était la seule du
second étage du palais qui eût de l'ombre de onze à
quatre ; elle était abritée par la tour Farnèse.

Quel ne va pas être mon chagrin, se dit Fabrice, si,
au lieu de cette physionomie céleste et pensive que
j'attends et qui rougira peut-être un peu si elle m'aperçoit, je vois arriver la grosse figure de quelque femme
de chambre bien commune, chargée par procuration de
soigner les oiseaux ! Mais si je vois Clélia, daignera-
t-elle m'apercevoir ? Ma foi, il faut faire des indiscré-
tions pour être remarqué ; ma situation doit avoir
quelques privilèges ; d'ailleurs nous sommes tous deux
seuls ici et si loin du monde ! Je suis un prisonnier,
apparemment ce que le général Conti et les autres
misérables de cette espèce appellent un de leurs subor-
donnés... Mais elle a tant d'esprit, ou pour mieux dire
tant d'âme, comme le suppose le comte, que peut-être,
à ce qu'il dit, méprise-t-elle le métier de son père ; de
là viendrait sa mélancolie ! Noble cause de tristesse !

Mais après tout, je ne suis point précisément un étranger pour elle. Avec quelle grâce pleine de modestie elle m'a salué hier soir ! Je me souviens fort bien que lors de notre rencontre près de Côme je lui dis : « Un jour je viendrai voir vos beaux tableaux de Parme, vous souviendrez-vous de ce nom : Fabrice del Dongo ? » L'aura-t-elle oublié ? elle était si jeune alors !

Mais à propos, se dit Fabrice étonné en interrompant tout à coup le cours de ses pensées, j'oublie d'être en colère ! Serais-je un de ces grands courages comme l'antiquité en a montré quelques exemples au monde ? Suis-je un héros sans m'en douter ? Comment ! moi qui avais tant de peur de la prison, j'y suis, et je ne me souviens pas d'être triste ! c'est bien le cas de dire que la peur a été cent fois pire que le mal. Quoi ! j'ai besoin de me raisonner pour être affligé de cette prison, qui, comme le dit Blanès [1], peut durer dix ans comme dix mois ? Serait-ce l'étonnement de tout ce nouvel établissement qui me distrait de la peine que je devrais éprouver ? Peut-être que cette bonne humeur indépendante de ma volonté et peu raisonnable cessera tout à coup, peut-être en un instant je tomberai dans le noir malheur que je devrais éprouver.

Dans tous les cas, il est bien étonnant d'être en prison et de devoir se raisonner pour être triste ! Ma foi, j'en reviens à ma supposition, peut-être que j'ai un grand caractère.

Les rêveries de Fabrice furent interrompues par le menuisier de la citadelle, lequel venait prendre mesure d'*abat-jour* pour ses fenêtres ; c'était la première fois que cette prison servait, et l'on avait oublié de la compléter en cette partie essentielle.

---

1. Fabrice ne doute pas un instant qu'il vit la réalisation de la prophétie de l'abbé Blanès. Mais à partir de l'entrée en prison, il ne s'intéresse plus aux présages ; on a l'impression que son avenir est maintenant fixé : c'est Clélia. Sa quête est terminée. Mais Clélia devra encore interroger l'avenir et s'en remettre au sort pour savoir si elle doit écouter et voir Fabrice prédicateur.

Ainsi, se dit Fabrice, je vais être privé de cette vue sublime, et il cherchait à s'attrister de cette privation.

— Mais quoi ! s'écria-t-il tout à coup parlant au menuisier, je ne verrai plus ces jolis oiseaux ?

— Ah ! les oiseaux de Mademoiselle ! qu'elle aime tant ! dit cet homme avec l'air de la bonté ; cachés, éclipsés, anéantis comme tout le reste.

Parler était défendu au menuisier tout aussi strictement qu'aux geôliers, mais cet homme avait pitié de la jeunesse du prisonnier : il lui apprit que ces abat-jour énormes, placés sur l'appui des deux fenêtres, et s'éloignant du mur tout en s'élevant, ne devaient laisser aux détenus que la vue du ciel [1].

— On fait cela pour la morale, lui dit-il, afin d'augmenter une tristesse salutaire et l'envie de se corriger dans l'âme des prisonniers ; le général, ajouta le menuisier, a aussi inventé de leur retirer les vitres, et de les faire remplacer à leurs fenêtres par du papier huilé [2].

Fabrice aima beaucoup le tour épigrammatique de cette conversation, fort rare en Italie.

---

1. Le confesseur du Spielberg justifiait ainsi la pose d'abat-jour devant les barreaux des cellules : c'était une idée de l'Empereur ; « Sa Majesté n'a d'autre désir que celui de votre salut. Elle veut que vous voyiez le ciel, que vous ne pensiez qu'au ciel ». Dans une note que Maroncelli, le détenu amputé, a ajoutée au récit de Pellico, il analyse avec une sorte d'humour noir ce raffinement *moderne* ; autrefois dans sa cellule, le prisonnier était « libre », les gardiens ne le surveillaient pas par un guichet, et il pouvait *voir*, maintenant avec ces volets presque verticaux, il n'a plus de vue. Et les récits carcéraux que suit Stendhal insistent tous sur cette liberté de voir, la dernière qui reste ; voir, c'est être dans la réalité, c'est aussi pouvoir rêver. À Venise, Pellico avait la vue de la ville ; à Brno, les détenus pouvaient apercevoir le champ de bataille d'Austerlitz. Ils luttent pour continuer à voir et l'administration les empêche de voir, d'avoir devant eux de l'espace et de l'air libres ; Andryane est heureux de voir *son* arbre. Mais on construit un mur devant sa cellule. Toutes les descriptions présentent ces abat-jour : il y en avait au château Saint-Ange, à la prison de Milan, au Spielberg bien sûr.   2. À Milan, Pellico découvre que sa cellule n'a pas de vitres, mais un châssis couvert de papier huilé ; on retrouve ce détail dans le « taudis » où plus tard, en liberté, Fabrice se cache pour apercevoir Clélia.

— Je voudrais bien avoir un oiseau pour me désennuyer, je les aime à la folie ; achetez-m'en un de la femme de chambre de Mlle Clélia Conti.

— Quoi ! vous la connaissez, s'écria le menuisier, que vous dites si bien son nom ?

— Qui n'a pas ouï parler de cette beauté si célèbre ? Mais j'ai eu l'honneur de la rencontrer plusieurs fois à la cour.

— La pauvre demoiselle s'ennuie bien ici, ajouta le menuisier ; elle passe sa vie là avec ses oiseaux. Ce matin elle vient de faire acheter de beaux orangers que l'on a placés par son ordre à la porte de la tour sous votre fenêtre ; sans la corniche vous pourriez les voir.

Il y avait dans cette réponse des mots bien précieux pour Fabrice, il trouva une façon obligeante de donner quelque argent au menuisier.

— Je fais deux fautes à la fois, lui dit cet homme, je parle à votre excellence et je reçois de l'argent. Après-demain, en revenant pour les abat-jour, j'aurai un oiseau dans ma poche, et si je ne suis pas seul, je ferai semblant de le laisser envoler ; si je puis même, je vous apporterai un livre de prières ; vous devez bien souffrir de ne pas pouvoir dire vos offices [1].

Ainsi, se dit Fabrice, dès qu'il fut seul, ces oiseaux sont à elle, mais dans deux jours je ne les verrai plus ! À cette pensée, ses regards prirent une teinte de malheur. Mais enfin, à son inexprimable joie, après une si longue attente et tant de regards, vers midi Clélia vint soigner ses oiseaux. Fabrice resta immobile et sans respiration, il était debout contre les énormes barreaux de sa fenêtre et fort près. Il remarqua qu'elle ne levait pas les yeux sur lui, mais ses mouvements avaient l'air gêné, comme ceux de quelqu'un qui se sent regardé.

---

1. Fabrice n'aura pas d'oiseau ; un des détenus du Spielberg avait rapporté de la promenade un moineau. Le gouverneur visitant la cellule le découvre, le fait *saisir* et envoie un rapport à l'Empereur sur l'indiscipline du prisonnier ; ce dernier proteste et réclame par la voie officielle son moineau. Il l'obtient au bout de six mois.

Quand elle l'aurait voulu, la pauvre fille n'aurait pas pu oublier le sourire si fin qu'elle avait vu errer sur les lèvres du prisonnier, la veille, au moment où les gendarmes l'emmenaient du corps de garde.

Quoique, suivant toute apparence, elle veillât sur ses actions avec le plus grand soin, au moment où elle s'approcha de la fenêtre de la volière, elle rougit fort sensiblement. La première pensée de Fabrice, collé contre les barreaux de fer de sa fenêtre, fut de se livrer à l'enfantillage de frapper un peu avec la main sur ces barreaux, ce qui produirait un petit bruit ; puis la seule idée de ce manque de délicatesse lui fit horreur. Je mériterais que pendant huit jours elle envoyât soigner ses oiseaux par sa femme de chambre. Cette idée délicate ne lui fût point venue à Naples ou à Novare.

Il la suivait ardemment des yeux : Certainement, se disait-il, elle va s'en aller sans daigner jeter un regard sur cette pauvre fenêtre, et pourtant elle est bien en face. Mais, en revenant du fond de la chambre que Fabrice, grâce à sa position plus élevée, apercevait fort bien, Clélia ne put s'empêcher de le regarder du haut de l'œil, tout en marchant, et c'en fut assez pour que Fabrice se crût autorisé à la saluer. Ne sommes-nous pas seuls au monde ici ? se dit-il pour s'en donner le courage. Sur ce salut, la jeune fille resta immobile et baissa les yeux ; puis Fabrice les lui vit relever fort lentement ; et évidemment, en faisant effort sur elle-même, elle salua le prisonnier avec le mouvement le plus grave et le plus *distant*, mais elle ne put imposer silence à ses yeux ; sans qu'elle le sût probablement, ils exprimèrent un instant la pitié la plus vive. Fabrice remarqua qu'elle rougissait tellement que la teinte rose s'étendait rapidement jusque sur le haut des épaules, dont la chaleur venait d'éloigner, en arrivant à la volière, un châle de dentelle noire. Le regard involontaire par lequel Fabrice répondit à son salut redoubla le trouble de la jeune fille. Que cette pauvre femme serait heureuse, se disait-elle en pensant à la duchesse, si un instant seulement elle pouvait le voir comme je le vois !

Fabrice avait eu quelque léger espoir de la saluer de nouveau à son départ ; mais, pour éviter cette nouvelle politesse, Clélia fit une savante retraite par échelons, de cage en cage, comme si, en finissant, elle eût dû soigner les oiseaux placés le plus près de la porte. Elle sortit enfin ; Fabrice restait immobile à regarder la porte par laquelle elle venait de disparaître ; il était un autre homme.

Dès ce moment l'unique objet de ses pensées fut de savoir comment il pourrait parvenir à continuer de la voir, même quand on aurait posé cet horrible abat-jour devant la fenêtre qui donnait sur le palais du gouverneur.

La veille au soir, avant de se coucher, il s'était imposé l'ennui fort long de cacher la meilleure partie de l'or qu'il avait, dans plusieurs des trous de rats qui ornaient sa chambre de bois[1]. Il faut, ce soir, que je

---

1. Détenu de marque, Fabrice a une sorte d'appartement dont on a vu qu'il était meublé et un bien curieux laxisme lui laisse sa montre (avec son ressort !), de l'or, une arme ; le poids de la vie en prison, la surveillance de Grillo ne sont des éléments du récit que dans ce début de l'emprisonnement. Le seul travail obscur, infime, décisif, du détenu consiste à percer de deux petites trappes l'énorme abat-jour. Les grands romans de la prison ou du bagne du XIXᵉ siècle mettront plus en valeur le génie et le labeur du prisonnier ; que l'on pense au chef-d'œuvre de Jean Valjean, le sou dentelé. Une fois placé ce décor d'une prison superlative (s'en évader sera un exploit légendaire), Stendhal semble oublier tout ce qui dans les misères de la détention ne concerne pas les relations et les communications avec Clélia. L'appareil effrayant de la prison semble s'inverser quant à son sens et à sa valeur : il unit les amants dans l'expérience réalisée pour ainsi dire à l'état pur de « l'amour de loin ». Les souffrances du prisonnier cèdent la place au bonheur paradoxal, inouï, impensable de l'amant. La prison est double : réalité d'une matérialité effrayante, et symbole, ou métaphore de l'amour. Sur l'origine médiévale et lyrique de cette image, voir l'article de Sarga Moussa, « La tradition de l'amour courtois dans *De l'Amour* et *La Chartreuse de Parme* de Stendhal », dans *Romantisme*, nᵒ 91, 1996, et notre préface à l'édition Garnier ; sur « l'amour de loin », voir

cache ma montre. N'ai-je pas entendu dire qu'avec de la patience et un ressort de montre ébréché on peut couper le bois et même le fer ? Je pourrai donc scier cet abat-jour. Ce travail de cacher la montre, qui dura deux grandes heures, ne lui sembla point long ; il songeait aux différents moyens de parvenir à son but, et à ce qu'il savait faire en travaux de menuiserie. Si je sais m'y prendre, se disait-il, je pourrai couper bien carrément un compartiment de la planche de chêne qui formera l'abat-jour, vers la partie qui reposera sur l'appui de la fenêtre ; j'ôterai et je remettrai ce morceau suivant les circonstances ; je donnerai tout ce que je possède à Grillo afin qu'il veuille bien ne pas s'apercevoir de ce petit manège. Tout le bonheur de Fabrice était désormais attaché à la possibilité d'exécuter ce travail, et il ne songeait à rien autre. Si je parviens seulement à la voir, je suis heureux... Non pas, se dit-il ; il faut aussi qu'elle voie que je la vois [1]. Pendant toute la nuit, il eut la tête remplie d'inventions de menuiserie, et ne songea peut-être pas une seule fois à la cour de Parme, à la colère du prince, etc., etc. Nous avouerons qu'il ne songea pas davantage à la douleur dans laquelle la duchesse devait être plongée. Il attendait avec impatience le lendemain, mais le menuisier ne reparut plus : apparemment qu'il passait pour libéral dans la prison ; on eut besoin d'en envoyer un autre à mine rébarbative ; lequel ne répondit jamais que par un grognement de mauvais augure à toutes les choses

---

Jean Rousset, tout le chapitre sur Stendhal dans *Passages, échanges et transpositions*, José Corti, 1990. Sur la valeur symbolique de la tour, *cf.* encore Stephen Gilman, « The Tower as emblem », *Analecta Romanica*, vol. 22, Francfort, 1967.

1. Dans *La Princesse de Clèves*, IVe partie, M. de Nemours, dans l'épisode célèbre de Coulommiers, a pu « voir au milieu de la nuit, dans le beau lieu du monde, une personne qu'il adorait, la voir sans qu'elle sût qu'il la voyait... », puis il songe à lui parler, mais il y renonce, contrairement à Fabrice, mais en se servant des mêmes termes : « il trouva qu'il y avait de la folie, non pas à venir voir Mme de Clèves sans être vu, mais à penser s'en faire voir ».

agréables que l'esprit de Fabrice cherchait à lui adresser. Quelques-unes des nombreuses tentatives de la duchesse pour lier une correspondance avec Fabrice avaient été dépistées par les nombreux agents de la marquise Raversi, et, par elle, le général Fabio Conti était journellement averti, effrayé, piqué d'amour-propre. Toutes les huit heures, six soldats de garde se relevaient dans la grande salle aux cent colonnes du rez-de-chaussée ; de plus, le gouverneur établit un geôlier de garde à chacune des trois portes de fer successives du corridor, et le pauvre Grillo, le seul qui vît le prisonnier, fut condamné à ne sortir de la tour Farnèse que tous les huit jours, ce dont il se montra fort contrarié. Il fit sentir son humeur à Fabrice qui eut le bon esprit de ne répondre que par ces mots : « Force *nébieu d'Asti*, mon ami », et il lui donna de l'argent.

— Eh bien ! même cela, qui nous console de tous les maux, s'écria Grillo indigné, d'une voix à peine assez élevée pour être entendu du prisonnier, on nous défend de le recevoir et je devrais le refuser, mais je le prends ; du reste, argent perdu ; je ne puis rien vous dire sur rien. Allez, il faut que vous soyez joliment coupable ; toute la citadelle est sens dessus dessous à cause de vous ; les belles menées de madame la duchesse ont déjà fait renvoyer trois d'entre nous.

L'abat-jour sera-t-il prêt avant midi ? Telle fut la grande question qui fit battre le cœur de Fabrice pendant toute cette longue matinée ; il comptait tous les quarts d'heure qui sonnaient à l'horloge de la citadelle. Enfin, comme les trois quarts après onze heures sonnaient, l'abat-jour n'était pas encore arrivé ; Clélia reparut donnant des soins à ses oiseaux. La cruelle nécessité avait fait faire de si grands pas à l'audace de Fabrice, et le danger de ne plus la voir lui semblait tellement au-dessus de tout, qu'il osa, en regardant Clélia, faire avec le doigt le geste de scier l'abat-jour ; il est vrai qu'aussitôt après avoir aperçu ce geste si séditieux en prison, elle salua à demi, et se retira.

Eh quoi ! se dit Fabrice étonné, serait-elle assez déraisonnable pour voir une familiarité ridicule dans un geste dicté par la plus impérieuse nécessité ? Je voulais la prier de daigner toujours, en soignant ses oiseaux, regarder quelquefois la fenêtre de la prison, même quand elle la trouvera masquée par un énorme volet de bois ; je voulais lui indiquer que je ferai tout ce qui est humainement possible pour parvenir à la voir. Grand Dieu ! est-ce qu'elle ne viendra pas demain à cause de ce geste indiscret ? Cette crainte, qui troubla le sommeil de Fabrice, se vérifia complètement ; le lendemain Clélia n'avait pas paru à trois heures, quand on acheva de poser devant les fenêtres de Fabrice les deux énormes abat-jour ; les diverses pièces en avaient été élevées, à partir de l'esplanade de la grosse tour, au moyen de cordes et de poulies attachées par-dehors aux barreaux de fer des fenêtres. Il est vrai que, cachée derrière une persienne de son appartement, Clélia avait suivi avec angoisse tous les mouvements des ouvriers ; elle avait fort bien vu la mortelle inquiétude de Fabrice, mais n'en avait pas moins eu le courage de tenir la promesse qu'elle s'était faite.

Clélia était une petite sectaire de libéralisme ; dans sa première jeunesse elle avait pris au sérieux tous les propos de libéralisme qu'elle entendait dans la société de son père, lequel ne songeait qu'à se faire une position ; elle était partie de là pour prendre en mépris et presque en horreur le caractère flexible du courtisan : de là son antipathie pour le mariage. Depuis l'arrivée de Fabrice, elle était bourrelée de remords : Voilà, se disait-elle, que mon indigne cœur se met du parti des gens qui veulent trahir mon père ! il ose me faire le geste de scier une porte !... Mais, se dit-elle aussitôt l'âme navrée, toute la ville parle de sa mort prochaine ! Demain peut être le jour fatal ! avec les monstres qui nous gouvernent, quelle chose au monde n'est pas possible ! Quelle douceur, quelle sérénité héroïque dans ces yeux qui peut-être vont se fermer ! Dieu ! quelles ne doivent pas être les angoisses de la duchesse ! aussi on la dit tout à fait au désespoir. Moi j'irais poignarder le prince, comme l'héroïque Charlotte Corday [1].

Pendant toute cette troisième journée de sa prison, Fabrice fut outré de colère, mais uniquement de ne pas avoir vu reparaître Clélia. Colère pour colère, j'aurais dû lui dire que je l'aimais, s'écriait-il, car il en était arrivé à cette découverte. Non, ce n'est point par grandeur d'âme que je ne songe pas à la prison et que je fais mentir la prophétie de Blanès, tant d'honneur ne m'appartient point. Malgré moi je songe à ce regard de douce pitié que Clélia laissa tomber sur moi lorsque les gendarmes m'emmenaient du corps de garde ; ce regard a effacé toute ma vie passée. Qui m'eût dit que je trouverais des yeux si doux en un tel lieu ! et au moment où j'avais les regards salis par la physionomie de Barbone et par celle de monsieur le général gouverneur. Le Ciel parut au milieu de ces êtres vils. Et comment faire pour ne pas aimer la beauté et chercher à la revoir ? Non, ce n'est point par grandeur d'âme que je suis indifférent à toutes les petites vexations dont la prison m'accable. L'imagination de Fabrice, parcourant rapidement toutes les possibilités, arriva à celle d'être mis en liberté. Sans doute l'amitié de la duchesse fera des miracles pour moi. Eh bien ! je ne la remercierais de la liberté que du bout des lèvres ; ces lieux ne sont point de ceux où l'on revient ! une fois hors de prison, séparés de sociétés comme nous le sommes, je ne reverrais presque jamais Clélia ! Et, dans le fait, quel mal me fait la prison ? Si Clélia daignait ne pas m'accabler de sa colère, qu'aurais-je à demander au Ciel ?

Le soir de ce jour où il n'avait pas vu sa jolie voi-

---

1. Charlotte Corday, née en 1768, guillotinée le 17 juillet 1793, a poignardé Marat dans son bain.

sine, il eut une grande idée : avec la croix de fer du
chapelet que l'on distribue à tous les prisonniers à leur
entrée en prison, il commença, et avec succès, à percer
l'abat-jour. C'est peut-être une imprudence, se dit-il
avant de commencer. Les menuisiers n'ont-ils pas dit
devant moi que dès demain ils seront remplacés par
les ouvriers peintres ? Que diront ceux-ci s'ils trouvent
l'abat-jour de la fenêtre percé ? Mais si je ne commets
cette imprudence, demain je ne puis la voir. Quoi ! par
ma faute je resterais un jour sans la voir ! et encore
quand elle m'a quitté fâchée ! L'imprudence de
Fabrice fut récompensée ; après quinze heures de travail, il vit Clélia, et, par excès de bonheur, comme elle
ne croyait pas être aperçue de lui, elle resta longtemps
immobile et le regard fixé sur cet immense abat-jour ;
il eut tout le temps de lire dans ses yeux les signes de
la pitié la plus tendre. Sur la fin de la visite elle négli-
geait même évidemment les soins à donner à ses
oiseaux, pour rester des minutes entières immobile à
contempler la fenêtre. Son âme était profondément
troublée ; elle songeait à la duchesse dont l'extrême
malheur lui avait inspiré tant de pitié, et cependant elle
commençait à la haïr. Elle ne comprenait rien à la profonde mélancolie qui s'emparait de son caractère, elle
avait de l'humeur contre elle-même. Deux ou trois fois,
pendant le cours de cette visite, Fabrice eut l'impatience de chercher à branler l'abat-jour ; il lui semblait
qu'il n'était pas heureux tant qu'il ne pouvait pas
témoigner à Clélia qu'il la voyait. Cependant, se disait-
il, si elle savait que je l'aperçois avec autant de facilité,
timide et réservée comme elle est, sans doute elle se
déroberait à mes regards.

Il fut bien plus heureux le lendemain (de quelles
misères l'amour ne fait-il pas son bonheur !) : pendant
qu'elle regardait tristement l'immense abat-jour, il parvint à faire passer un petit morceau de fil de fer par
l'ouverture que la croix de fer avait pratiquée, et il lui
fit des signes qu'elle comprit évidemment, du moins

dans ce sens qu'ils voulaient dire : je suis là et je vous vois.

Fabrice eut du malheur les jours suivants. Il voulait enlever à l'abat-jour colossal un morceau de planche grand comme la main, que l'on pourrait remettre à volonté et qui lui permettrait de voir et d'être vu, c'est-à-dire de parler, par signes du moins, de ce qui se passait dans son âme ; mais il se trouva que le bruit de la petite scie fort imparfaite qu'il avait fabriquée avec le ressort de sa montre ébréché par la croix, inquiétait Grillo qui venait passer de longues heures dans sa chambre. Il crut remarquer, il est vrai, que la sévérité de Clélia semblait diminuer à mesure qu'augmentaient les difficultés matérielles qui s'opposaient à toute correspondance ; Fabrice observa fort bien qu'elle n'affectait plus de baisser les yeux ou de regarder les oiseaux quand il essayait de lui donner signe de présence à l'aide de son chétif morceau de fil de fer ; il avait le plaisir de voir qu'elle ne manquait jamais à paraître dans la volière au moment précis où onze heures trois quarts sonnaient, et il eut presque la présomption de se croire la cause de cette exactitude si ponctuelle. Pourquoi ? cette idée ne semble pas raisonnable ; mais l'amour observe des nuances invisibles à l'œil indifférent, et en tire des conséquences infinies. Par exemple, depuis que Clélia ne voyait plus le prisonnier, presque immédiatement en entrant dans la volière, elle levait les yeux vers sa fenêtre. C'était dans ces journées funèbres où personne dans Parme ne doutait que Fabrice ne fût bientôt mis à mort : lui seul l'ignorait ; mais cette affreuse idée ne quittait plus Clélia, et comment se serait-elle fait des reproches du trop d'intérêt qu'elle portait à Fabrice ? il allait périr ! et pour la cause de la liberté ! car il était trop absurde de mettre à mort un del Dongo pour un coup d'épée à un histrion. Il est vrai que cet aimable jeune homme était attaché à une autre femme ! Clélia était profondément malheureuse, et sans s'avouer bien précisément le genre d'intérêt qu'elle prenait à son sort. Certes, se disait-elle, si on le conduit à la mort, je m'enfuirai dans un couvent, et de la vie je ne reparaîtrai dans cette société de la cour, elle me fait horreur. Assassins polis !

Le huitième jour de la prison de Fabrice, elle eut un bien grand sujet de honte : elle regardait fixement et absorbée dans ses tristes pensées, l'abat-jour qui cachait la fenêtre du prisonnier ; ce jour-là il n'avait encore donné aucun signe de présence : tout à coup un petit morceau d'abat-jour, plus grand que la main, fut retiré par lui ; il la regarda d'un air gai, et elle vit ses yeux qui la saluaient. Elle ne put soutenir cette épreuve inattendue, elle se retourna rapidement vers ses oiseaux et se mit à les soigner ; mais elle tremblait au point qu'elle versait l'eau qu'elle leur distribuait, et Fabrice pouvait voir parfaitement son émotion ; elle ne put supporter cette situation et prit le parti de se sauver en courant.

Ce moment fut le plus beau de la vie de Fabrice, sans aucune comparaison. Avec quels transports il eût refusé la liberté, si on la lui eût offerte en cet instant !

Le lendemain fut le jour de grand désespoir de la duchesse. Tout le monde tenait pour sûr dans la ville que c'en était fait de Fabrice ; Clélia n'eut pas le triste courage de lui montrer une dureté qui n'était pas dans son cœur, elle passa une heure et demie à la volière, regarda tous ses signes, et souvent lui répondit, au moins par l'expression de l'intérêt le plus vif et le plus sincère ; elle le quittait des instants pour lui cacher ses larmes. Sa coquetterie de femme sentait bien vivement l'imperfection du langage employé : si l'on se fût parlé, de combien de façons différentes n'eût-elle pas pu chercher à deviner quelle était précisément la nature des sentiments que Fabrice avait pour la duchesse ! Clélia ne pouvait presque plus se faire d'illusion, elle avait de la haine pour madame Sanseverina.

Une nuit, Fabrice vint à penser un peu sérieusement

à sa tante : il fut étonné, il eut peine à reconnaître son image, le souvenir qu'il conservait d'elle avait totalement changé ; pour lui, à cette heure, elle avait cinquante ans.

— Grand Dieu ! s'écria-t-il avec enthousiasme, que je fus bien inspiré de ne pas lui dire que je l'aimais ! Il en était au point de ne presque plus pouvoir comprendre comment il l'avait trouvée si jolie. Sous ce rapport, la petite Marietta lui faisait une impression de changement moins sensible : c'est que jamais il ne s'était figuré que son âme fût de quelque chose dans l'amour pour la Marietta, tandis que souvent il avait cru que son âme tout entière appartenait à la duchesse. La duchesse d'A*** et la Marietta lui faisaient l'effet maintenant de deux jeunes colombes dont tout le charme serait dans la faiblesse et dans l'innocence, tandis que l'image sublime de Clélia Conti, en s'emparant de toute son âme, allait jusqu'à lui donner de la terreur. Il sentait trop bien que l'éternel bonheur de sa vie allait le forcer de compter avec la fille du gouverneur, et qu'il était en son pouvoir de faire de lui le plus malheureux des hommes. Chaque jour il craignait mortellement de voir se terminer tout à coup, par un caprice sans appel de sa volonté, cette sorte de vie singulière et délicieuse qu'il trouvait auprès d'elle ; toutefois, elle avait déjà rempli de félicité les deux premiers mois de sa prison. C'était le temps où, deux fois la semaine, le général Fabio Conti disait au prince [1] :

— Je puis donner ma parole d'honneur à Votre Altesse que le prisonnier del Dongo ne parle à âme qui vive, et passe sa vie dans l'accablement du plus profond désespoir, ou à dormir.

Clélia venait deux ou trois fois le jour voir ses

---

1. Maroncelli dans ses *Additions* à *Mes prisons* raconte que l'Empereur a un plan de toutes les cellules, un horaire précis de l'existence quotidienne des détenus, et que les visites du gouverneur et ses comptes rendus lui donnent le moindre détail les concernant.

oiseaux, quelquefois pour des instants : si Fabrice ne l'eût pas tant aimée, il eût bien vu qu'il était aimé ; mais il avait des doutes mortels à cet égard. Clélia avait fait placer un piano dans la volière. Tout en frappant les touches, pour que le son de l'instrument pût rendre compte de sa présence et occupât les sentinelles qui se promenaient sous les fenêtres, elle répondait des yeux aux questions de Fabrice. Sur un seul sujet elle ne faisait jamais de réponse, et même, dans les grandes occasions, prenait la fuite, et quelquefois disparaissait pour une journée entière ; c'était lorsque les signes de Fabrice indiquaient des sentiments dont il était trop difficile de ne pas comprendre l'aveu : elle était inexorable sur ce point[1].

Ainsi, quoique étroitement resserré dans une assez petite cage, Fabrice avait une vie fort occupée ; elle était employée tout entière à chercher la solution de ce problème si important : M'aime-t-elle ? Le résultat de milliers d'observations sans cesse renouvelées, mais aussi sans cesse mises en doute, était ceci : tous ses gestes volontaires disent non, mais ce qui est involontaire dans le mouvement de ses yeux semble avouer qu'elle prend de l'amitié pour moi.

Clélia espérait bien ne jamais arriver à un aveu, et c'est pour éloigner ce péril qu'elle avait repoussé, avec une colère excessive, une prière que Fabrice lui avait adressée plusieurs fois. La misère des ressources employées par le pauvre prisonnier aurait dû, ce semble, inspirer à Clélia plus de pitié. Il voulait corres-

1. Sur l'extrême développement de la communication amoureuse par signaux et signes de toutes sortes, on lira l'étude d'Anthony Purdy, « Échanges non verbaux et communication paralinguistique dans les romans de Stendhal », dans *La création romanesque...,* celle de Jean Rousset dans *Passages, échanges et transpositions,* José Corti, 1990, l'article de William J. Berg, « Cryptographie et communication dans *La Chartreuse de Parme* », dans *S-C,* n° 78, 1978, et Klaus Engelhardt, « Le langage des yeux dans *La Chartreuse de Parme* », *ibid.,* n° 54, 1972.

pondre avec elle au moyen de caractères qu'il traçait sur sa main avec un morceau de charbon dont il avait fait la précieuse découverte dans son poêle ; il aurait formé les mots lettre à lettre, successivement. Cette invention eût doublé les moyens de conversation en ce qu'elle eût permis de dire des choses précises. Sa fenêtre était éloignée de celle de Clélia d'environ vingt-cinq pieds ; il eût été trop chanceux de se parler par-dessus la tête des sentinelles se promenant devant le palais du gouverneur. Fabrice doutait d'être aimé ; s'il eût eu quelque expérience de l'amour, il ne lui fût pas resté de doutes ; mais jamais femme n'avait occupé son cœur ; il n'avait, du reste, aucun soupçon d'un secret qui l'eût mis au désespoir s'il l'eût connu ; il était grandement question du mariage de Clélia Conti avec le marquis Crescenzi, l'homme le plus riche de la cour.

CHAPITRE XIX

L'ambition du général Fabio Conti, exaltée jusqu'à la folie par les embarras qui venaient se placer au milieu de la carrière du premier ministre Mosca, et qui semblaient annoncer sa chute, l'avait porté à faire des scènes violentes à sa fille ; il lui répétait sans cesse, et avec colère, qu'elle cassait le cou à sa fortune si elle ne se déterminait enfin à faire un choix ; à vingt ans passés [1], il était temps de prendre un parti ; cet état d'isolement cruel, dans lequel son obstination déraisonnable plongeait le général, devait cesser à la fin, etc., etc.

C'était d'abord pour se soustraire à ces accès d'humeur de tous les instants que Clélia s'était réfugiée dans la volière ; on n'y pouvait arriver que par un petit escalier de bois fort incommode, et dont la goutte faisait un obstacle sérieux pour le gouverneur.

Depuis quelques semaines, l'âme de Clélia était tellement agitée, elle savait si peu elle-même ce qu'elle devait désirer, que, sans donner précisément une parole à son père, elle s'était presque laissé engager. Dans un de ses accès de colère, le général s'était écrié qu'il saurait bien l'envoyer s'ennuyer dans le couvent le

---

1. Au chapitre V, le lecteur a appris que Clélia était née le 27 octobre 1803 ; dans la soirée chez le ministre de l'Intérieur (le 3 août 1822), elle se donne « vingt ans passés » ; elle est alors dans sa dix-neuvième année et ici elle a ses dix-neuf ans tout juste.

plus triste de Parme, et que là, il la laisserait se mor-
fondre jusqu'à ce qu'elle daignât faire un choix.

— Vous savez que notre maison, quoique fort
ancienne, ne réunit pas 6 000 livres de rente, tandis
que la fortune du marquis Crescenzi s'élève à plus de
100 000 écus par an. Tout le monde à la cour s'accorde
à lui reconnaître le caractère le plus doux ; jamais il
n'a donné de sujet de plainte à personne ; il est fort bel
homme, jeune, fort bien vu du prince, et je dis qu'il
faut être folle à lier pour repousser ses hommages. Si
ce refus était le premier, je pourrais peut-être le supporter ; mais voici cinq ou six partis, et des premiers
de la cour, que vous refusez, comme une petite sotte
que vous êtes. Et que deviendriez-vous, je vous prie,
si j'étais mis à la demi-solde ? quel triomphe pour mes
ennemis, si l'on me voyait logé dans quelque second
étage, moi dont il a été si souvent question pour le
ministère ! Non, morbleu ! voici assez de temps que
ma bonté me fait jouer le rôle d'un Cassandre[1]. Vous
allez me fournir quelque objection valable contre ce
pauvre marquis Crescenzi, qui a la bonté d'être amoureux de vous, de vouloir vous épouser sans dot[2], et de
vous assigner un douaire de 30 000 livres de rente,
avec lequel du moins je pourrai me loger ; vous allez
me parler raisonnablement, ou, morbleu ! vous l'épou-
sez dans deux mois !...

Un seul mot de tout ce discours avait frappé Clélia,
c'était la menace d'être mise au couvent, et par conséquent éloignée de la citadelle, et au moment encore où
la vie de Fabrice semblait ne tenir qu'à un fil, car il ne
se passait pas de mois que le bruit de sa mort prochaine
ne courût de nouveau à la ville et à la cour. Quelque
raisonnement qu'elle se fît, elle ne put se déterminer à
courir cette chance : Être séparée de Fabrice, et au
moment où elle tremblait pour sa vie ! c'était à ses

---

1. Voir note 1, p. 150.   2. Conti s'apparente à Harpagon.

yeux le plus grand des maux, c'en était du moins le plus immédiat.

Ce n'est pas que, même en n'étant pas éloignée de Fabrice, son cœur trouvât la perspective du bonheur ; elle le croyait aimé de la duchesse, et son âme était déchirée par une jalousie mortelle. Sans cesse elle songeait aux avantages de cette femme si généralement admirée. L'extrême réserve qu'elle s'imposait envers Fabrice, le langage des signes dans lequel elle l'avait confiné, de peur de tomber dans quelque indiscrétion, tout semblait se réunir pour lui ôter les moyens d'arriver à quelque éclaircissement sur sa manière d'être avec la duchesse. Ainsi, chaque jour, elle sentait plus cruellement l'affreux malheur d'avoir une rivale dans le cœur de Fabrice, et chaque jour elle osait moins s'exposer au danger de lui donner l'occasion de dire toute la vérité sur ce qui se passait dans ce cœur. Mais quel charme cependant de l'entendre faire l'aveu de ses sentiments vrais ! quel bonheur pour Clélia de pouvoir éclaircir les soupçons affreux qui empoisonnaient sa vie.

Fabrice était léger ; à Naples, il avait la réputation de changer assez facilement de maîtresse. Malgré toute la réserve imposée au rôle d'une demoiselle, depuis qu'elle était chanoinesse et qu'elle allait à la cour, Clélia, sans interroger jamais, mais en écoutant avec attention, avait appris à connaître la réputation que s'étaient faite les jeunes gens qui avaient successivement recherché sa main ; eh bien ! Fabrice, comparé à tous ces jeunes gens, était celui qui portait le plus de légèreté dans ses relations de cœur. Il était en prison, il s'ennuyait, il faisait la cour à l'unique femme à laquelle il pût parler ; quoi de plus simple ? quoi même de *plus commun* ? et c'était ce qui désolait Clélia. Quand même, par une révélation complète, elle eût appris que Fabrice n'aimait plus la duchesse, quelle confiance pouvait-elle avoir dans ses paroles ? quand même elle eût cru à la sincérité de ses discours, quelle

confiance eût-elle pu avoir dans la durée de ses sentiments ? Et enfin, pour achever de porter le désespoir
dans son cœur, Fabrice n'était-il pas déjà fort avancé
dans la carrière ecclésiastique ? n'était-il pas à la veille
de se lier par des vœux éternels ? Les plus grandes
dignités ne l'attendaient-elles pas dans ce genre de
vie ? S'il me restait la moindre lueur de bon sens, se
disait la malheureuse Clélia, ne devrais-je pas prendre
la fuite ? ne devrais-je pas supplier mon père de m'enfermer dans quelque couvent fort éloigné ? Et, pour
comble de misère, c'est précisément la crainte d'être
éloignée de la citadelle et renfermée dans un couvent
qui dirige toute ma conduite ! C'est cette crainte qui
me force à dissimuler, qui m'oblige au hideux et
déshonorant mensonge de feindre d'accepter les soins
et les attentions publiques du marquis Crescenzi.

Le caractère de Clélia était profondément raisonnable ; en toute sa vie elle n'avait pas eu à se reprocher
une démarche inconsidérée, et sa conduite en cette
occurrence était le comble de la déraison : on peut
juger de ses souffrances !... Elles étaient d'autant plus
cruelles qu'elle ne se faisait aucune illusion. Elle s'attachait à un homme qui était éperdument aimé de la
plus belle femme de la cour, d'une femme qui, à tant
de titres, était supérieure à elle Clélia ! Et cet homme
même, eût-il été libre, n'était pas capable d'un attachement sérieux, tandis qu'elle, comme elle le sentait trop
bien, n'aurait jamais qu'un seul attachement dans sa
vie.

C'était donc le cœur agité des plus affreux remords
que tous les jours Clélia venait à la volière : portée en
ce lieu comme malgré elle, son inquiétude changeait
d'objet et devenait moins cruelle, les remords dispa-
raissaient pour quelques instants ; elle épiait, avec des
battements de cœur indicibles, les moments où Fabrice
pouvait ouvrir la sorte de vasistas par lui pratiqué dans
l'immense abat-jour qui masquait sa fenêtre. Souvent

la présence du geôlier Grillo dans sa chambre l'empêchait de s'entretenir par signes avec son amie.

Un soir, sur les onze heures, Fabrice entendit des
bruits de la nature la plus étrange dans la citadelle : de
nuit, en se couchant sur la fenêtre et sortant la tête hors
du vasistas, il parvenait à distinguer les bruits un peu
forts qu'on faisait dans le grand escalier, dit *des trois
cents marches*, lequel conduisait de la première cour
dans l'intérieur de la tour ronde, à l'esplanade en pierre
sur laquelle on avait construit le palais du gouverneur
et la prison Farnèse où il se trouvait.

Vers le milieu de son développement, à cent quatre-
vingts marches d'élévation, cet escalier passait du côté
méridional d'une vaste cour, au côté du nord ; là se
trouvait un pont en fer léger et fort étroit, au milieu
duquel était établi un portier. On relevait cet homme
toutes les six heures, et il était obligé de se lever et
d'effacer le corps pour que l'on pût passer sur le pont
qu'il gardait, et par lequel seul on pouvait parvenir au
palais du gouverneur et à la tour Farnèse. Il suffisait
de donner deux tours à un ressort, dont le gouverneur
portait la clef sur lui, pour précipiter ce pont de fer
dans la cour, à une profondeur de plus de cent pieds ;
cette simple précaution prise, comme il n'y avait pas
d'autre escalier dans toute la citadelle, et que tous les
soirs à minuit un adjudant rapportait chez le gouverneur, et dans un cabinet auquel on entrait par sa
chambre, les cordes de tous les puits, il restait complètement inaccessible dans son palais, et il eût été également impossible à qui que ce fût d'arriver à la tour
Farnèse. C'est ce que Fabrice avait parfaitement bien
remarqué le jour de son entrée à la citadelle, et ce que
Grillo, qui comme tous les geôliers aimait à vanter sa
prison, lui avait plusieurs fois expliqué : ainsi il n'avait
guère d'espoir de se sauver. Cependant il se souvenait
d'une maxime de l'abbé Blanès :

L'amant songe plus souvent à arriver à sa maîtresse que le mari à garder sa femme ; le prisonnier songe plus souvent à se sauver que le geôlier à fermer sa porte ; donc, quels que soient les obstacles, l'amant et le prisonnier doivent réussir.

Ce soir-là Fabrice entendait fort distinctement un grand nombre d'hommes passer sur le pont en fer, dit le pont de l'*esclave*, parce que jadis un esclave dalmate avait réussi à se sauver, en précipitant le gardien du pont dans la cour.

On vient faire ici un enlèvement, on va peut-être me mener pendre ; mais il peut y avoir du désordre, il s'agit d'en profiter. Il avait pris ses armes, il retirait déjà de l'or de quelques-unes de ses cachettes, lorsque tout à coup il s'arrêta.

L'homme est un plaisant animal, s'écria-t-il, il faut en convenir ! Que dirait un spectateur invisible qui verrait mes préparatifs ? Est-ce que par hasard je veux me sauver ? Que deviendrais-je le lendemain du jour où je serais de retour à Parme ? est-ce que je ne ferais pas tout au monde pour revenir auprès de Clélia ? S'il y a du désordre, profitons-en pour me glisser dans le palais du gouverneur ; peut-être je pourrai parler à Clélia, peut-être autorisé par le désordre j'oserai lui baiser la main. Le général Conti, fort défiant de sa nature, et non moins vaniteux, fait garder son palais par cinq sentinelles, une à chaque angle du bâtiment, et une cinquième à la porte d'entrée, mais par bonheur la nuit est fort noire. À pas de loup, Fabrice alla vérifier ce que faisaient le geôlier Grillo et son chien : le geôlier était profondément endormi dans une peau de bœuf suspendue au plancher par quatre cordes, et entourée d'un filet grossier : le chien Fox ouvrit les yeux, se leva, et s'avança doucement vers Fabrice pour le caresser.

Notre prisonnier remonta légèrement les six marches qui conduisaient à sa cabane de bois ; le bruit devenait

tellement fort au pied de la tour Farnèse, et précisément devant la porte, qu'il pensa que Grillo pourrait
bien se réveiller. Fabrice, chargé de toutes ses armes,
prêt à agir, se croyait réservé, cette nuit-là, aux grandes
aventures, quand tout à coup il entendit commencer la
plus belle symphonie du monde : c'était une sérénade
que l'on donnait au général ou à sa fille. Il tomba dans
un accès de rire fou : Et moi qui songeais déjà à donner
des coups de dague ! comme si une sérénade n'était
pas une chose infiniment plus ordinaire qu'un enlèvement nécessitant la présence de quatre-vingts personnes dans une prison ou qu'une révolte ! La musique
était excellente et parut délicieuse à Fabrice, dont
l'âme n'avait eu aucune distraction depuis tant de
semaines ; elle lui fit verser de bien douces larmes ;
dans son ravissement, il adressait les discours les plus
irrésistibles à la belle Clélia. Mais le lendemain, à
midi, il la trouva d'une mélancolie tellement sombre,
elle était si pâle, elle dirigeait sur lui des regards où il
lisait quelquefois tant de colère, qu'il ne se sentit pas
assez autorisé pour lui adresser une question sur la
sérénade ; il craignit d'être impoli.

Clélia avait grandement raison d'être triste, c'était
une sérénade que lui donnait le marquis Crescenzi ;
une démarche aussi publique était en quelque sorte
l'annonce officielle du mariage. Jusqu'au jour même
de la sérénade, et jusqu'à neuf heures du soir, Clélia
avait fait la plus belle résistance, mais elle avait eu la
faiblesse de céder à la menace d'être envoyée immédiatement au couvent, qui lui avait été faite par son
père.

Quoi ! je ne le verrais plus ! s'était-elle dit en pleurant. C'est en vain que sa raison avait ajouté : Je ne le
verrais plus cet être qui fera mon malheur de toutes les
façons, je ne verrais plus cet amant de la duchesse, je
ne verrais plus cet homme léger qui a eu dix maîtresses
connues à Naples, et les a toutes trahies ; je ne verrais
plus ce jeune ambitieux qui, s'il survit à la sentence

qui pèse sur lui, va s'engager dans les ordres sacrés !
Ce serait un crime pour moi de le regarder encore lorsqu'il sera hors de cette citadelle, et son inconstance
naturelle m'en épargnera la tentation ; car, que suis-je
pour lui ? un prétexte pour passer moins ennuyeuse-
ment quelques heures de chacune de ses journées de
prison. Au milieu de toutes ces injures, Clélia vint à se
souvenir du sourire avec lequel il regardait les gendarmes qui l'entouraient lorsqu'il sortait du bureau
d'écrou pour monter à la tour Farnèse. Les larmes
inondèrent ses yeux : Cher ami, que ne ferais-je pas
pour toi ! Tu me perdras, je le sais, tel est mon destin ;
je me perds moi-même d'une manière atroce en assis-
tant ce soir à cette affreuse sérénade ; mais demain, à
midi, je reverrai tes yeux !

Ce fut précisément le lendemain de ce jour où Clélia
avait fait de si grands sacrifices au jeune prisonnier,
qu'elle aimait d'une passion si vive ; ce fut le lendemain de ce jour où, voyant tous ses défauts, elle lui
avait sacrifié sa vie, que Fabrice fut désespéré de sa
froideur. Si même en n'employant que le langage si
imparfait des signes il eût fait la moindre violence à
l'âme de Clélia, probablement elle n'eût pu retenir ses
larmes, et Fabrice eût obtenu l'aveu de tout ce qu'elle
sentait pour lui ; mais il manquait d'audace, il avait
une trop mortelle crainte d'offenser Clélia, elle pouvait
le punir d'une peine trop sévère. En d'autres termes,
Fabrice n'avait aucune expérience du genre d'émotion
que donne une femme que l'on aime ; c'était une sensation qu'il n'avait jamais éprouvée, même dans sa
plus faible nuance. Il lui fallut huit jours, après celui
de la sérénade, pour se remettre avec Clélia sur le pied
accoutumé de bonne amitié. La pauvre fille s'armait de
sévérité, mourant de crainte de se trahir, et il semblait
à Fabrice que chaque jour il était moins bien avec elle.

Un jour et, il y avait alors près de trois mois que
Fabrice était en prison sans avoir eu aucune communication quelconque avec le dehors, et pourtant sans se

trouver malheureux ; Grillo était resté fort tard le matin
dans sa chambre ; Fabrice ne savait comment le renvoyer ; il était au désespoir ; enfin midi et demi avait
déjà sonné lorsqu'il put ouvrir les deux petites trappes
d'un pied de haut qu'il avait pratiquées à l'abat-jour
fatal[1].

Clélia était debout à la fenêtre de la volière, les yeux
fixés sur celle de Fabrice ; ses traits contractés exprimaient le plus violent désespoir. À peine vit-elle
Fabrice, qu'elle lui fit signe que tout était perdu : elle
se précipita à son piano et, feignant de chanter un réci-
tatif de l'opéra alors à la mode, elle lui dit, en phrases
interrompues par le désespoir et la crainte d'être
comprise par les sentinelles qui se promenaient sous la
fenêtre[2] :

— Grand Dieu ! vous êtes encore en vie ? Que ma
reconnaissance est grande envers le Ciel ! Barbone, ce
geôlier dont vous punîtes l'insolence le jour de votre
entrée ici, avait disparu, il n'était plus dans la citadelle ; avant-hier soir il est rentré, et depuis hier j'ai
lieu de croire qu'il cherche à vous empoisonner. Il
vient rôder dans la cuisine particulière du palais qui
fournit vos repas. Je ne sais rien de sûr, mais ma
femme de chambre croit que cette figure atroce ne
vient dans les cuisines du palais que dans le dessein de
vous ôter la vie. Je mourais d'inquiétude ne vous
voyant point paraître, je vous croyais mort. Abstenez-
vous de tout aliment jusqu'à nouvel avis, je vais faire
l'impossible pour vous faire parvenir quelque peu de
chocolat. Dans tous les cas, ce soir à neuf heures, si la
bonté du Ciel veut que vous ayez un fil, ou que vous
puissiez former un ruban avec votre linge, laissez-le
descendre de votre fenêtre sur les orangers, j'y attache-

1. Le récit n'a mentionné jusqu'à ce passage qu'une seule ouverture.
2. Au Spielberg, les prisonniers n'avaient pas le droit de communiquer
entre eux ; ils y parvenaient parfois avec la complicité des gardiens en
parlant dans une sorte de jargon, ou en chantant et en sifflant des airs.

rai une corde que vous retirerez à vous, et à l'aide de cette corde je vous ferai passer du pain et du chocolat[1].

Fabrice avait conservé comme un trésor le morceau de charbon qu'il avait trouvé dans le poêle de sa chambre ; il se hâta de profiter de l'émotion de Clélia, et d'écrire sur sa main une suite de lettres dont l'apparition successive formait ces mots :

— Je vous aime, et la vie ne m'est précieuse que parce que je vous vois ; surtout envoyez-moi du papier et un crayon.

Ainsi que Fabrice l'avait espéré, l'extrême terreur qu'il lisait dans les traits de Clélia empêcha la jeune fille de rompre l'entretien après ce mot si hardi, je vous aime ; elle se contenta de témoigner beaucoup d'humeur. Fabrice eut l'esprit d'ajouter :

— Par le grand vent qu'il fait aujourd'hui, je n'entends que fort imparfaitement les avis que vous daignez me donner en chantant, le son du piano couvre la voix. Qu'est-ce que c'est, par exemple, que ce poison dont vous me parlez ?

À ce mot, la terreur de la jeune fille reparut tout entière ; elle se mit à la hâte à tracer de grandes lettres à l'encre sur les pages d'un livre qu'elle déchira, et Fabrice fut transporté de joie en voyant enfin établi, après trois mois de soins, ce moyen de correspondance qu'il avait si vainement sollicité. Il n'eut garde d'abandonner la petite ruse qui lui avait si bien réussi, il aspirait à écrire des lettres, et feignait à chaque instant de ne pas bien saisir les mots dont Clélia exposait successivement à ses yeux toutes les lettres.

Elle fut obligée de quitter la volière pour courir auprès de son père ; elle craignait par-dessus tout qu'il ne vînt l'y chercher ; son génie soupçonneux n'eût

---

1. Cellini durant ses deux emprisonnements au château Saint-Ange est menacé d'être empoisonné ; le pape Paul III était décidé à se défaire de lui. Un cardinal ami le prévient de ne rien manger sauf les plats qu'il lui ferait parvenir. Dans sa deuxième prison, il se croit empoisonné avec du diamant pilé.

point été content du grand voisinage de la fenêtre de cette volière et de l'abat-jour qui masquait celle du prisonnier. Clélia elle-même avait eu l'idée quelques moments auparavant, lorsque la non-apparition de Fabrice la plongeait dans une si mortelle inquiétude, que l'on pourrait jeter une petite pierre enveloppée d'un morceau de papier vers la partie supérieure de cet abat-jour ; si le hasard voulait qu'en cet instant le geôlier chargé de la garde de Fabrice ne se trouvât pas dans sa chambre, c'était un moyen de correspondance certain.

Notre prisonnier se hâta de construire une sorte de ruban avec du linge ; et le soir, un peu après neuf heures, il entendit fort bien de petits coups frappés sur les caisses des orangers qui se trouvaient sous sa fenêtre ; il laissa glisser son ruban qui lui ramena une petite corde fort longue, à l'aide de laquelle il retira d'abord une provision de chocolat, et ensuite, à son inexprimable satisfaction, un rouleau de papier et un crayon. Ce fut en vain qu'il tendit la corde ensuite, il ne reçut plus rien ; apparemment que les sentinelles s'étaient rapprochées des orangers. Mais il était ivre de joie. Il se hâta d'écrire une lettre infinie à Clélia : à peine fut-elle terminée qu'il l'attacha à sa corde et la descendit. Pendant plus de trois heures il attendit vainement qu'on vînt la prendre, et plusieurs fois la retira pour y faire des changements. Si Clélia ne voit pas ma lettre ce soir, se disait-il, tandis qu'elle est encore émue par ses idées de poison, peut-être demain matin rejettera-t-elle bien loin l'idée de recevoir une lettre.

Le fait est que Clélia n'avait pu se dispenser de descendre à la ville avec son père : Fabrice en eut presque l'idée en entendant, vers minuit et demi, rentrer la voiture du général ; il connaissait le pas des chevaux. Quelle ne fut pas sa joie lorsque, quelques minutes après avoir entendu le général traverser l'esplanade et les sentinelles lui présenter les armes, il sentit s'agiter la corde qu'il n'avait cessé de tenir autour du bras !

On attachait un grand poids à cette corde, deux petites secousses lui donnèrent le signal de la retirer. Il eut assez de peine à faire passer au poids qu'il ramenait une corniche extrêmement saillante qui se trouvait sous sa fenêtre.

Cet objet qu'il avait eu tant de peine à faire[a] remonter, c'était une carafe remplie d'eau et enveloppée dans un châle. Ce fut avec délices que ce pauvre jeune homme, qui vivait depuis si longtemps dans une solitude si complète, couvrit ce châle de ses baisers. Mais il faut renoncer à peindre son émotion lorsque enfin, après tant de jours d'espérance vaine, il découvrit un petit morceau de papier qui était attaché au châle par une épingle.

Ne buvez que de cette eau, vivez avec du chocolat ; demain je ferai tout au monde pour vous faire parvenir du pain, je le marquerai de tous les côtés avec de petites croix tracées à l'encre. C'est affreux à dire, mais il faut que vous le sachiez, peut-être Barbone est-il chargé de vous empoisonner. Comment n'avez-vous pas senti que le sujet que vous traitez dans votre lettre au crayon est fait pour me déplaire ? Aussi je ne vous écrirais pas sans le danger extrême qui vous menace. Je viens de voir la duchesse, elle se porte bien ainsi que le comte, mais elle est fort maigrie ; ne m'écrivez plus sur ce sujet : voudriez-vous me fâcher ?

Ce fut un grand effort de vertu chez Clélia que d'écrire l'avant-dernière ligne de ce billet. Tout le monde prétendait, dans la société de la cour, que madame Sanseverina prenait beaucoup d'amitié pour le comte Baldi, ce si bel homme, l'ancien ami de la marquise Raversi. Ce qu'il y avait de sûr, c'est qu'il s'était brouillé de la façon la plus scandaleuse avec cette marquise qui, pendant six ans, lui avait servi de mère et l'avait établi dans le monde.

Clélia avait été obligée de recommencer ce petit mot

écrit à la hâte, parce que dans la première rédaction il perçait quelque chose des nouvelles amours que la malignité publique supposait à la duchesse.

— Quelle bassesse à moi ! s'était-elle écriée : dire du mal à Fabrice de la femme qu'il aime !...

Le lendemain matin, longtemps avant le jour, Grillo entra dans la chambre de Fabrice, y déposa un assez lourd paquet, et disparut sans mot dire. Ce paquet contenait un pain assez gros, garni de tous les côtés de petites croix tracées à la plume : Fabrice les couvrit de baisers ; il était amoureux. À côté du pain se trouvait un rouleau recouvert d'un grand nombre de doubles de papier ; il renfermait 6 000 francs en sequins [1] ; enfin, Fabrice trouva un beau bréviaire tout neuf : une main qu'il commençait à connaître avait tracé ces mots à la marge :

Le poison ! *Prendre garde à l'eau, au vin, à tout ; vivre de chocolat, tâcher de faire manger par le chien le dîner auquel on ne touchera pas ; il ne faut pas paraître méfiant, l'ennemi chercherait un autre moyen. Pas d'étourderie, au nom de Dieu ! pas de légèreté !*

Fabrice se hâta d'enlever ces caractères chéris qui pouvaient compromettre Clélia, et de déchirer un grand nombre de feuillets du bréviaire, à l'aide desquels il fit plusieurs alphabets ; chaque lettre était proprement tracée avec du charbon écrasé délayé dans du vin [2]. Ces alphabets se trouvèrent secs lorsque à onze heures trois quarts Clélia parut à deux pas en arrière de la fenêtre de la volière. La grande affaire maintenant, se dit Fabrice, c'est qu'elle consente à en faire usage. Mais, par bonheur, il se trouva qu'elle avait beaucoup de

---

1. C'est la somme confiée à Rassi par le comte Mosca ; 1 sequin vaut 10 francs : deux pages plus loin, la somme est de 600 sequins. **2.** Andryane avait une encre faite de suie délayée dans l'eau ; plus tard, lorsque Fabrice envoie à don Cesare le *Saint-Jérôme*, nous saurons que l'encre de Fabrice est faite de vin, de suie et de chocolat.

choses à dire au jeune prisonnier sur la tentative d'empoisonnement : un chien des filles de service était mort pour avoir mangé un plat qui lui était destiné. Clélia, bien loin de faire des objections contre l'usage des alphabets, en avait préparé un magnifique avec de l'encre. La conversation suivie par ce moyen, assez incommode dans les premiers moments, ne dura pas moins d'une heure et demie, c'est-à-dire tout le temps que Clélia put rester à la volière. Deux ou trois fois, Fabrice se permettant des choses défendues, elle ne répondit pas, et alla pendant un instant donner à ses oiseaux les soins nécessaires.

Fabrice avait obtenu que, le soir, en lui envoyant de l'eau, elle lui ferait parvenir un des alphabets tracés par elle avec de l'encre, et qui se voyait beaucoup mieux. Il ne manqua pas d'écrire une fort longue lettre dans laquelle il eut soin de ne point placer de choses tendres, du moins d'une façon qui pût offenser. Ce moyen lui réussit ; sa lettre fut acceptée.

Le lendemain, dans la conversation par les alphabets, Clélia ne lui fit pas de reproches ; elle lui apprit que le danger du poison diminuait ; le Barbone avait été attaqué et presque assommé par les gens qui faisaient la cour aux filles de cuisine du palais du gouverneur ; probablement il n'oserait plus reparaître dans les cuisines. Clélia lui avoua que, pour lui, elle avait osé voler du contre-poison à son père ; elle le lui envoyait : l'essentiel était de repousser à l'instant tout aliment auquel on trouverait une saveur extraordinaire.

Clélia avait fait beaucoup de questions à don Cesare, sans pouvoir découvrir d'où provenaient les 600 sequins reçus par Fabrice ; dans tous les cas, c'était un signe excellent ; la sévérité diminuait.

Cet épisode du poison avança infiniment les affaires de notre prisonnier ; toutefois jamais il ne put obtenir le moindre aveu qui ressemblât à de l'amour, mais il avait le bonheur de vivre de la manière la plus intime avec Clélia. Tous les matins, et souvent les soirs, il y avait une longue conversation avec les alphabets ; chaque soir, à neuf heures, Clélia acceptait une longue lettre, et quelquefois y répondait par quelques mots ; elle lui envoyait le journal et quelques livres ; enfin, Grillo avait été amadoué au point d'apporter à Fabrice du pain et du vin, qui lui étaient remis journellement par la femme de chambre de Clélia. Le geôlier Grillo en avait conclu que le gouverneur n'était pas d'accord avec les gens qui avaient chargé Barbone d'empoisonner le jeune *monsignor*, et il en était fort aise, ainsi que tous ses camarades, car un proverbe s'était établi dans la prison : il suffit de regarder en face *monsignor* del Dongo pour qu'il vous donne de l'argent.

Fabrice était devenu fort pâle ; le manque absolu d'exercice nuisait à sa santé ; à cela près, jamais il n'avait été aussi heureux. Le ton de la conversation était intime, et quelquefois fort gai, entre Clélia et lui. Les seuls moments de la vie de Clélia qui ne fussent pas assiégés de prévisions funestes et de remords étaient ceux qu'elle passait à s'entretenir avec lui. Un jour elle eut l'imprudence de lui dire :

— J'admire votre délicatesse ; comme je suis la fille du gouverneur, vous ne me parlez jamais du désir de recouvrer la liberté !

— C'est que je me garde bien d'avoir un désir aussi absurde, lui répondit Fabrice ; une fois de retour à Parme, comment vous reverrais-je ? et la vie me serait désormais insupportable si je ne pouvais vous dire tout ce que je pense... non, pas précisément tout ce que je pense, vous y mettez bon ordre ; mais enfin, malgré votre méchanceté, vivre sans vous voir tous les jours serait pour moi un bien autre supplice que cette prison ! de la vie je ne fus aussi heureux !... N'est-il pas plaisant de voir que le bonheur m'attendait en prison [1] ?

---

1. La phrase qui est le centre du roman est presque littéralement reprise des *Mémoires* de Mme de Staal-Delaunay (ouvrage publié en 1755, réédité au Mercure de France, 1970, p. 175 sq.) qui fit un séjour à la Bastille en 1718 parce qu'elle était compromise dans un complot

— Il y a bien des choses à dire sur cet article, répondit Clélia d'un air qui devint tout à coup excessivement sérieux et presque sinistre.

— Comment ! s'écria Fabrice fort alarmé, serais-je exposé à perdre cette place si petite que j'ai pu gagner dans votre cœur, et qui fait ma seule joie en ce monde ?

— Oui, lui dit-elle, j'ai tout lieu de croire que vous manquez de probité envers moi, quoique passant d'ailleurs dans le monde pour fort galant homme ; mais je ne veux pas traiter ce sujet aujourd'hui.

Cette ouverture singulière jeta beaucoup d'embarras dans leur conversation, et souvent l'un et l'autre eurent les larmes aux yeux.

Le fiscal général Rassi aspirait toujours à changer de nom : il était bien las de celui qu'il s'était fait, et voulait devenir baron Riva. Le comte Mosca, de son côté, travaillait, avec toute l'habileté dont il était capable, à fortifier chez ce juge vendu la passion de la baronnie, comme il cherchait à redoubler chez le prince la folle espérance de se faire roi constitutionnel de la Lombardie. C'étaient les seuls moyens qu'il eût pu inventer de retarder la mort de Fabrice.

Le prince disait à Rassi :

— Quinze jours de désespoir et quinze jours d'espérance, c'est par ce régime patiemment suivi que nous parviendrons à vaincre le caractère de cette femme altière ; c'est par ces alternatives de douceur et de

---

contre le Régent, dans lequel sa maîtresse, la duchesse du Maine, jouait un rôle capital. C'est en prison qu'elle connut la seule période heureuse de sa vie : elle aimait le chevalier de Ménil et en était aimée. « Je ne désirais plus d'autre liberté que celle dont je jouissais... C'est le seul temps heureux que j'aie passé en ma vie. Aurais-je cru que le bonheur m'attendait là, et que partout ailleurs je ne le retrouverais jamais ? » Mais le chevalier n'est pas Fabrice : libéré avant son amie, il a plus de joie de sortir de prison que d'y rester avec elle : satisfaction de mauvais augure, il sera infidèle ; « je n'eusse pas été de même si j'en étais sortie la première », écrit Mme de Staal-Delaunay consternée de cette joie.

dureté que l'on arrive à dompter les chevaux les plus féroces. Appliquez le caustique ferme[1].

En effet, tous les quinze jours on voyait renaître dans Parme un nouveau bruit annonçant la mort prochaine de Fabrice. Ces propos plongeaient la malheureuse duchesse dans le dernier désespoir. Fidèle à la résolution de ne pas entraîner le comte dans sa ruine, elle ne le voyait que deux fois par mois ; mais elle était punie de sa cruauté envers ce pauvre homme par les alternatives continuelles de sombre désespoir où elle passait sa vie. En vain le comte Mosca, surmontant la jalousie cruelle que lui inspiraient les assiduités du comte Baldi, ce si bel homme, écrivait à la duchesse quand il ne pouvait la voir, et lui donnait connaissance de tous les renseignements qu'il devait au zèle du futur baron Riva, la duchesse aurait eu besoin, pour pouvoir résister aux bruits atroces qui couraient sans cesse sur Fabrice, de passer sa vie avec un homme d'esprit et de cœur tel que Mosca ; la nullité du Baldi, la laissant à ses pensées, lui donnait une façon d'exister affreuse, et le comte ne pouvait parvenir à lui communiquer ses raisons d'espérer.

Au moyen de divers prétextes assez ingénieux, ce ministre était parvenu à faire consentir le prince à ce que l'on déposât dans un château ami, au centre même de la Lombardie, dans les environs de Sarono[2], les archives de toutes les intrigues fort compliquées au moyen desquelles Ranuce-Ernest IV nourrissait l'espérance archifolle de se faire roi constitutionnel de ce beau pays.

Plus de vingt de ces pièces fort compromettantes étaient de la main du prince ou signées par lui, et dans le cas où la vie de Fabrice serait sérieusement mena-

---

1. Terme de médecine qui désigne une substance qui brûle et corrode.   2. Saronno est une petite ville située entre Milan et Côme, donc en territoire autrichien ; le prince ne peut plus toucher à ces documents et Mosca peut les livrer à l'Autriche s'il veut.

cée, le comte avait le projet d'annoncer à Son Altesse qu'il allait livrer ces pièces à une grande puissance qui d'un mot pouvait l'anéantir.

Le comte Mosca se croyait sûr du futur baron Riva, il ne craignait que le poison ; la tentative de Barbone l'avait profondément alarmé, et à tel point qu'il s'était déterminé à hasarder une démarche folle en apparence. Un matin il passa à la porte de la citadelle, et fit appeler le général Fabio Conti qui descendit jusque sur le bastion au-dessus de la porte ; là, se promenant amicalement avec lui, il n'hésita pas à lui dire, après une petite préface aigre-douce et convenable :

— Si Fabrice périt d'une façon suspecte, cette mort pourra m'être attribuée, je passerai pour un jaloux, ce serait pour moi un ridicule abominable et que je suis résolu de ne pas accepter. Donc, et pour m'en laver, s'il périt de maladie, *je vous tuerai de ma main* ; comptez là-dessus.

Le général Fabio Conti fit une réponse magnifique et parla de sa bravoure, mais le regard du comte resta présent à sa pensée.

Peu de jours après, et comme s'il se fût concerté avec le comte, le fiscal Rassi se permit une imprudence bien singulière chez un tel homme. Le mépris public attaché à son nom qui servait de proverbe à la canaille, le rendait malade depuis qu'il avait l'espoir fondé de pouvoir y échapper. Il adressa au général Fabio Conti une copie officielle de la sentence qui condamnait Fabrice à douze années de citadelle. D'après la loi, c'est ce qui aurait dû être fait dès le lendemain même de l'entrée de Fabrice en prison ; mais ce qui était inouï à Parme, dans ce pays de mesures secrètes, c'est que la justice se permît une telle démarche sans l'ordre exprès du souverain. En effet, comment nourrir l'espoir de redoubler tous les quinze jours l'effroi de la duchesse, et de dompter ce caractère altier, selon le mot du prince, une fois qu'une copie officielle de la sentence était sortie de la chancellerie de justice ? La

veille du jour où le général Fabio Conti reçut le pli
officiel du fiscal Rassi, il apprit que le commis Barbone avait été roué de coups en rentrant un peu tard à
la citadelle ; il en conclut qu'il n'était plus question en
certain lieu de se défaire de Fabrice ; et, par un trait de
prudence qui sauva Rassi des suites immédiates de sa
folie, il ne parla point au prince, à la première audience
qu'il en obtint, de la copie officielle de la sentence du
prisonnier à lui transmise. Le comte avait découvert,
heureusement pour la tranquillité de la pauvre
duchesse, que la tentative gauche de Barbone n'avait
été qu'une velléité de vengeance particulière, et il avait
fait donner à ce commis l'avis dont on a parlé.

Fabrice fut bien agréablement surpris quand, après
cent trente-cinq jours de prison dans une cage assez
étroite, le bon aumônier don Cesare vint le chercher un
jeudi pour le faire promener sur le donjon de la tour
Farnèse : Fabrice n'y eut pas été dix minutes que, surpris par le grand air, il se trouva mal.

Don Cesare prit prétexte de cet accident pour lui
accorder une promenade d'une demi-heure tous les
jours. Ce fut une sottise ; ces promenades fréquentes
eurent bientôt rendu à notre héros des forces dont il
abusa.

Il y eut plusieurs sérénades ; le ponctuel gouverneur
ne les souffrait que parce qu'elles engageaient avec le
marquis Crescenzi sa fille Clélia, dont le caractère lui
faisait peur : il sentait vaguement qu'il n'y avait nul
point de contact entre elle et lui, et craignait toujours
de sa part quelque coup de tête. Elle pouvait s'enfuir
au couvent, et il restait désarmé. Du reste, le général
craignait que toute cette musique, dont les sons pouvaient pénétrer jusque dans les cachots les plus profonds, réservés aux plus noirs libéraux, ne contînt des
signaux. Les musiciens aussi lui donnaient de la jalousie par eux-mêmes ; aussi, à peine la sérénade terminée, on les enfermait à clef dans les grandes salles
basses du palais du gouverneur, qui de jour servaient

de bureaux pour l'état-major, et on ne leur ouvrait la porte que le lendemain matin au grand jour. C'était le gouverneur lui-même qui, placé sur le pont de l'*esclave*, les faisait fouiller en sa présence et leur rendait la liberté, non sans leur répéter plusieurs fois qu'il ferait pendre à l'instant celui d'entre eux qui aurait l'audace de se charger de la moindre commission pour quelque prisonnier. Et l'on savait que dans sa peur de déplaire il était homme à tenir parole, de façon que le marquis Crescenzi était obligé de payer triple ses musiciens fort choqués de cette nuit à passer en prison.

Tout ce que la duchesse put obtenir et à grand-peine de la pusillanimité de l'un de ces hommes, ce fut qu'il se chargerait d'une lettre pour la remettre au gouverneur. La lettre était adressée à Fabrice ; on y déplorait la fatalité qui faisait que depuis plus de cinq mois qu'il était en prison, ses amis du dehors n'avaient pu établir avec lui la moindre correspondance.

En entrant à la citadelle, le musicien gagné se jeta aux genoux du général Fabio Conti, et lui avoua qu'un prêtre, à lui inconnu, avait tellement insisté pour le charger d'une lettre adressée au sieur del Dongo, qu'il n'avait osé refuser ; mais, fidèle à son devoir, il se hâtait de la remettre entre les mains de son excellence.

L'excellence fut très flattée : elle connaissait les ressources dont la duchesse disposait, et avait grand-peur d'être mystifiée. Dans sa joie, le général alla présenter cette lettre au prince, qui fut ravi.

— Ainsi, la fermeté de mon administration est parvenue à me venger ! Cette femme hautaine souffre depuis cinq mois ! Mais l'un de ces jours nous allons faire préparer un échafaud, et sa folle imagination ne manquera pas de croire qu'il est destiné au petit del Dongo.

CHAPITRE XX

Une nuit, vers une heure du matin, Fabrice, couché sur sa fenêtre, avait passé la tête par le guichet pratiqué dans l'abat-jour, et contemplait les étoiles et l'immense horizon dont on jouit du haut de la tour Farnèse. Ses yeux, errant dans la campagne du côté du bas Pô et de Ferrare, remarquèrent par hasard une lumière excessivement petite, mais assez vive, qui semblait partir du haut d'une tour. Cette lumière ne doit pas être aperçue de la plaine, se dit Fabrice, l'épaisseur de la tour l'empêche d'être vue d'en bas ; ce sera quelque signal pour un point éloigné. Tout à coup il remarqua que cette lueur paraissait et disparaissait à des intervalles fort rapprochés. C'est quelque jeune fille qui parle à son amant du village voisin. Il compta neuf apparitions successives : Ceci est un I, dit-il ; en effet, l'I est la neuvième lettre de l'alphabet. Il y eut ensuite, après un repos, quatorze apparitions : Ceci est un N[1] ; puis, encore après un repos, une seule apparition : C'est un A ; le mot est *Ina*.

Quelle ne fut pas sa joie et son étonnement, quand

---

1. Dans l'alphabet italien, le n est à la 14e place. Andryane utilise ce code à Milan et se heurte à la difficulté que représente pour le prisonnier français la différence des alphabets. Il tente par des coups frappés sur le mur selon ce codage de communiquer avec son voisin de cellule ; mais il met beaucoup de temps à comprendre l'écart dans l'ordre alphabétique. Il y a un précédent pour ces signaux lumineux dans le roman de Walter Scott *L'Abbé*, que Stendhal a lu. La reine Marie Stuart, prisonnière dans un château au milieu d'un lac, communique avec ses partisans par l'échange de signaux lumineux ; le nombre

les apparitions successives, toujours séparées par de petits repos, vinrent compléter les mots suivants :

INA PENSA A TE.

Évidemment : *Gina pense à toi !*
Il répondit à l'instant par des apparitions successives de sa lampe au vasistas par lui pratiqué :

FABRICE T'AIME !

La correspondance continua jusqu'au jour. Cette nuit était la cent soixante-treizième de sa captivité, et on lui apprit que depuis quatre mois on faisait ces signaux toutes les nuits. Mais tout le monde pouvait les voir et les comprendre ; on commença dès cette première nuit à établir des abréviations : trois apparitions se suivant très rapidement indiquaient la duchesse ; quatre, le prince ; deux, le comte Mosca ; deux apparitions rapides suivies de deux lentes voulaient dire *évasion*. On convint de suivre à l'avenir l'ancien alphabet *alla Monaca* [1], qui, afin de n'être pas deviné par des indiscrets, change le numéro ordinaire des lettres, et leur en donne d'arbitraires ; A, par exemple, porte le numéro 10 ; le B, le numéro 3 ; c'est-à-dire que trois éclipses successives de la lampe veulent dire B, dix éclipses successives, l'A, etc. ; un moment

_____

des apparitions de la lampe signifie le nombre de jours qui la sépare de l'évasion. Le récit de Stendhal imite le récit de Scott : les personnages assistent à l'échange des lumières dont le sens leur est expliqué à mesure comme Fabrice découvre et déchiffre les messages de la duchesse.
1. Le codage va devenir de plus en plus complexe et secret ; mais pour le définir, il faut le rendre public : Stendhal dans son consulat avait de même envoyé une dépêche au ministre des Affaires étrangères qu'il avait transcrite selon un chiffre personnel ; mais il envoyait le code en toutes lettres avec la dépêche. L'alphabet *alla monaca* est par définition arbitraire et personne n'a jamais été capable d'en étudier le nom ou l'origine.

d'obscurité fait la séparation des mots. On prit rendez-vous pour le lendemain à une heure après minuit, et le lendemain la duchesse vint à cette tour qui était à un quart de lieue de la ville. Ses yeux se remplirent de larmes en voyant les signaux faits par ce Fabrice qu'elle avait cru mort si souvent. Elle lui dit elle-même par des apparitions de lampe : *Je t'aime, bon courage, santé, bon espoir ! Exerce tes forces dans ta chambre, tu auras besoin de la force de tes bras*. Je ne l'ai pas vu, se disait la duchesse, depuis le concert de la Fausta, lorsqu'il parut à la porte de mon salon habillé en chasseur. Qui m'eût dit alors le sort qui nous attendait !

La duchesse fit faire des signaux qui annonçaient à Fabrice que bientôt il serait délivré, GRÂCE À LA BONTÉ DU PRINCE (ces signaux pouvaient être compris) ; puis elle revint à lui dire des tendresses ; elle ne pouvait s'arracher d'auprès de lui ! Les seules représentations de Ludovic, qui, parce qu'il avait été utile à Fabrice, était devenu son factotum, purent l'engager, lorsque le jour allait déjà paraître, à discontinuer des signaux qui pouvaient attirer les regards de quelque méchant. Cette annonce plusieurs fois répétée d'une délivrance prochaine jeta Fabrice dans une profonde tristesse : Clélia, la remarquant le lendemain, commit l'imprudence de lui en demander la cause.

— Je me vois sur le point de donner un grave sujet de mécontentement à la duchesse.

— Et que peut-elle exiger de vous que vous lui refusiez ? s'écria Clélia transportée de la curiosité la plus vive.

— Elle veut que je sorte d'ici, lui répondit-il, et c'est à quoi je ne consentirai jamais.

Clélia ne put répondre, elle le regarda et fondit en larmes. S'il eût pu lui adresser la parole de près, peut-être alors eût-il obtenu l'aveu de sentiments dont l'incertitude le plongeait souvent dans un profond découragement ; il sentait vivement que la vie, sans l'amour de Clélia, ne pouvait être pour lui qu'une suite de chagrins amers ou d'ennuis insupportables. Il lui semblait que ce n'était plus la peine de vivre pour retrouver ces mêmes bonheurs qui lui semblaient intéressants avant d'avoir connu l'amour, et quoique le suicide ne soit pas encore à la mode en Italie, il y avait songé comme à une ressource, si le destin le séparait de Clélia.

Le lendemain il reçut d'elle une fort longue lettre.

Il faut, mon ami, que vous sachiez la vérité : bien souvent, depuis que vous êtes ici, l'on a cru à Parme que votre dernier jour était arrivé. Il est vrai que vous n'êtes condamné qu'à douze années de forteresse ; mais il est, par malheur, impossible de douter qu'une haine toute-puissante ne s'attache à vous poursuivre, et vingt fois j'ai tremblé que le poison ne vînt mettre fin à vos jours : saisissez donc tous les moyens possibles de sortir d'ici. Vous voyez que pour vous je manque aux devoirs les plus saints ; jugez de l'imminence du danger par les choses que je me hasarde à vous dire et qui sont si déplacées dans ma bouche. S'il le faut absolument, s'il n'est aucun autre moyen de salut, fuyez. Chaque instant que vous passez dans cette forteresse peut mettre votre vie dans le plus grand péril ; songez qu'il est un parti à la cour que la perspective du crime n'arrêta jamais dans ses desseins. Et ne voyez-vous pas tous les projets de ce parti sans cesse déjoués par l'habileté supérieure du comte Mosca ? Or, l'on a trouvé un moyen certain de l'exiler de Parme, c'est le désespoir de la duchesse ; et n'est-on pas trop certain d'amener ce désespoir par la mort d'un jeune prisonnier ? Ce mot seul, qui est sans réponse, doit vous faire juger de votre situation. Vous dites que vous avez de l'amitié pour moi : songez d'abord que des obstacles insurmontables s'opposent à ce que ce sentiment prenne jamais une certaine fixité entre nous. Nous nous serons rencontrés dans notre jeunesse, nous nous serons tendu une main secourable dans une période malheureuse ; le destin m'aura pla-

cée en ce lieu de sévérité pour adoucir vos peines, mais je me ferais des reproches éternels si des illusions, que rien n'autorise et n'autorisera jamais, vous portaient à ne pas saisir toutes les occasions possibles de sous-traire votre vie à un si affreux péril. J'ai perdu la paix de l'âme par la cruelle imprudence que j'ai commise en échangeant avec vous quelques signes de bonne amitié : si nos jeux d'enfant, avec des alphabets, vous conduisent à des illusions si peu fondées et qui peuvent vous être si fatales, ce serait en vain que pour me justi-fier je me rappellerais la tentative de Barbone. Je vous aurais jeté moi-même dans un péril bien plus affreux, bien plus certain, en croyant vous soustraire à un dan-ger du moment ; et mes imprudences sont à jamais impardonnables si elles ont fait naître des sentiments qui puissent vous porter à résister aux conseils de la duchesse. Voyez ce que vous m'obligez à vous répéter ; sauvez-vous, je vous l'ordonne...

Cette lettre était fort longue ; certains passages, tels que le *je vous l'ordonne*, que nous venons de trans-crire, donnèrent des moments d'espoir délicieux à l'amour de Fabrice. Il lui semblait que le fond des sen-timents était assez tendre, si les expressions étaient remarquablement prudentes. Dans d'autres instants, il payait la peine de sa complète ignorance en ce genre de guerre ; il ne voyait que de la simple amitié, ou même de l'humanité fort ordinaire, dans cette lettre de Clélia.

Au reste, tout ce qu'elle lui apprenait ne lui fit pas changer un instant de dessein : en supposant que les périls qu'elle lui peignait fussent bien réels, était-ce trop que d'acheter, par quelques dangers du moment, le bonheur de la voir tous les jours ? Quelle vie mène-rait-il quand il serait de nouveau réfugié à Bologne ou à Florence ? car, en se sauvant de la citadelle, il ne pouvait pas même espérer la permission de vivre à Parme. Et même, quand le prince changerait au point de le mettre en liberté (ce qui était si peu probable, puisque lui, Fabrice, était devenu, pour une faction puissante, un moyen de renverser le comte Mosca), quelle vie mènerait-il à Parme, séparé de Clélia par toute la haine qui divisait les deux partis ? Une ou deux fois par mois, peut-être, le hasard les placerait dans les mêmes salons ; mais, même alors, quelle sorte de conversation pourrait-il avoir avec elle ? Comment retrouver cette intimité parfaite dont chaque jour maintenant il jouissait pendant plusieurs heures ? que serait la conversation de salon, comparée à celle qu'ils faisaient avec des alphabets ? Et, quand je devrais acheter cette vie de délices et cette chance unique de bonheur par quelques petits dangers, où serait le mal ? Et ne serait-ce pas encore un bonheur que de trouver ainsi une faible occasion de lui donner une preuve de mon amour ?

Fabrice ne vit dans la lettre de Clélia que l'occasion de lui demander une entrevue : c'était l'unique et constant objet de tous ses désirs ; il ne lui avait parlé qu'une fois, et encore un instant, au moment de son entrée en prison, et il y avait de cela plus de deux cents jours.

Il se présentait un moyen facile de rencontrer Clélia : l'excellent abbé don Cesare accordait à Fabrice une demi-heure de promenade sur la terrasse de la tour Farnèse tous les jeudis, pendant le jour ; mais les autres jours de la semaine, cette promenade, qui pouvait être remarquée par tous les habitants de Parme et des environs et compromettre gravement le gouverneur, n'avait lieu qu'à la tombée de la nuit. Pour monter sur la terrasse de la tour Farnèse il n'y avait d'autre escalier que celui du petit clocher dépendant de la chapelle si lugubrement décorée en marbre noir et blanc, et dont le lecteur se souvient peut-être. Grillo conduisait Fabrice à cette chapelle, il lui ouvrait le petit escalier du clocher : son devoir eût été de l'y suivre, mais, comme les soirées commençaient à être fraîches, le geôlier le laissait monter seul, l'enfermait à clef dans ce clocher qui communiquait à la terrasse, et retournait se chauffer dans sa chambre. Eh bien ! un soir, Clélia ne pourrait-elle pas se trouver, escortée par sa femme de chambre, dans la chapelle de marbre noir ?

Toute la longue lettre par laquelle Fabrice répondait à celle de Clélia était calculée pour obtenir cette entrevue. Du reste, il lui faisait confidence avec une sincérité parfaite, et comme s'il se fût agi d'une autre personne, de toutes les raisons qui le décidaient à ne pas quitter la citadelle.

« Je m'exposerais chaque jour à la perspective de mille morts pour avoir le bonheur de vous parler à l'aide de nos alphabets, qui maintenant ne nous arrêtent pas un instant, et vous voulez que je fasse la duperie de m'exiler [1] à Parme, ou peut-être à Bologne, ou même à Florence ! Vous voulez que je marche pour m'éloigner de vous ! sachez qu'un tel effort m'est impossible ; c'est en vain que je vous donnerais ma parole, je ne pourrais la tenir. »

Le résultat de cette demande de rendez-vous fut une absence de Clélia, qui ne dura pas moins de cinq jours ; pendant cinq jours elle ne vint à la volière que dans les instants où elle savait que Fabrice ne pouvait pas faire usage de la petite ouverture pratiquée à l'abat-jour. Fabrice fut au désespoir ; il conclut de cette absence que, malgré certains regards qui lui avaient fait concevoir de folles espérances, jamais il n'avait inspiré à Clélia d'autres sentiments que ceux d'une simple amitié. En ce cas, se disait-il, que m'importe la vie ? que le prince me la fasse perdre, il sera le bienvenu ; raison de plus pour ne pas quitter la forteresse. Et c'était avec un profond sentiment de dégoût que, toutes les nuits, il répondait aux signaux de la petite lampe. La duchesse le crut tout à fait fou quand elle lut, sur le

---

1. Le paradoxe est fort : être exilé chez lui, à Parme ! Ou est-ce une inadvertance de plus ?

bulletin des signaux que Ludovic lui apportait tous les matins, ces mots étranges : *je ne veux pas me sauver ; je veux mourir ici !*

Pendant ces cinq journées, si cruelles pour Fabrice, Clélia était plus malheureuse que lui ; elle avait eu cette idée, si poignante pour une âme généreuse : mon devoir est de m'enfuir dans un couvent, loin de la citadelle ; quand Fabrice saura que je ne suis plus ici, et je le lui ferai dire par Grillo et par tous les geôliers, alors il se déterminera à une tentative d'évasion. Mais aller au couvent, c'était renoncer à jamais à revoir Fabrice ; et renoncer à le voir quand il donnait une preuve si évidente que les sentiments qui avaient pu autrefois le lier à la duchesse n'existaient plus maintenant ! Quelle preuve d'amour plus touchante un jeune homme pouvait-il donner ? Après sept longs mois de prison, qui avaient gravement altéré sa santé, il refusait de reprendre sa liberté. Un être léger, tel que les discours des courtisans avaient dépeint Fabrice aux yeux de Clélia, eût sacrifié vingt maîtresses pour sortir un jour plus tôt de la citadelle ; et que n'eût-il pas fait pour sortir d'une prison où chaque jour le poison pouvait mettre fin à sa vie ![a]

Clélia manqua de courage, elle commit la faute insigne de ne pas chercher un refuge dans un couvent, ce qui en même temps lui eût donné un moyen tout naturel de rompre avec le marquis Crescenzi. Une fois cette faute commise, comment résister à ce jeune homme si aimable, si naturel, si tendre, qui exposait sa vie à des périls affreux pour obtenir le simple bonheur de l'apercevoir d'une fenêtre à l'autre ? Après cinq jours de combats affreux, entremêlés de moments de mépris pour elle-même, Clélia se détermina à répondre à la lettre par laquelle Fabrice sollicitait le bonheur de lui parler dans la chapelle de marbre noir. À la vérité elle refusait, et en termes assez durs ; mais de ce moment toute tranquillité fut perdue pour elle, à chaque instant son imagination lui peignait Fabrice succombant aux atteintes du poison ; elle venait six ou huit fois par jour à la volière, elle éprouvait le besoin passionné de s'assurer par ses yeux que Fabrice vivait.

S'il est encore à la forteresse, se disait-elle, s'il est exposé à toutes les horreurs que la faction Raversi trame peut-être contre lui dans le but de chasser le comte Mosca, c'est uniquement parce que j'ai eu la lâcheté de ne pas m'enfuir au couvent ! Quel prétexte pour rester ici une fois qu'il eût été certain que je m'en étais éloignée à jamais ?

Cette fille si timide à la fois et si hautaine en vint à courir la chance d'un refus de la part du geôlier Grillo ; bien plus, elle s'exposa à tous les commentaires que cet homme pourrait se permettre sur la singularité de sa conduite. Elle descendit à ce degré d'humiliation de le faire appeler, et de lui dire d'une voix tremblante et qui trahissait tout son secret, que sous peu de jours Fabrice allait obtenir sa liberté, que la duchesse Sanseverina se livrait dans cet espoir aux démarches les plus actives, que souvent il était nécessaire d'avoir à l'instant même la réponse du prisonnier à de certaines propositions qui étaient faites, et qu'elle l'engageait, lui Grillo, à permettre à Fabrice de pratiquer une ouverture dans l'abat-jour qui masquait sa fenêtre, afin qu'elle pût lui communiquer par signes les avis qu'elle recevait plusieurs fois la journée de madame Sanseverina.

Grillo sourit et lui donna l'assurance de son respect et de son obéissance. Clélia lui sut un gré infini de ce qu'il n'ajoutait aucune parole ; il était évident qu'il savait fort bien tout ce qui se passait depuis plusieurs mois.

À peine ce geôlier fut-il hors de chez elle que Clélia fit le signal dont elle était convenue pour appeler Fabrice dans les grandes occasions ; elle lui avoua tout ce qu'elle venait de faire.

— Vous voulez périr par le poison, ajouta-t-elle : j'espère avoir le courage un de ces jours de quitter mon père, et de m'enfuir dans quelque couvent lointain ;

voilà l'obligation que je vous aurai ; alors j'espère que vous ne résisterez plus aux plans qui peuvent vous être proposés pour vous tirer d'ici ; tant que vous y êtes, j'ai des moments affreux et déraisonnables ; de la vie je n'ai contribué au malheur de personne, et il me semble que je suis cause que vous mourrez. Une pareille idée que j'aurais au sujet d'un parfait inconnu me mettrait au désespoir, jugez de ce que j'éprouve quand je viens à me figurer qu'un ami, dont la déraison me donne de graves sujets de plaintes, mais qu'enfin je vois tous les jours depuis si longtemps, est en proie dans ce moment même aux douleurs de la mort. Quelquefois je sens le besoin de savoir de vous-même que vous vivez.

» C'est pour me soustraire à cette affreuse douleur que je viens de m'abaisser jusqu'à demander une grâce à un subalterne qui pouvait me la refuser, et qui peut encore me trahir. Au reste, je serais peut-être heureuse qu'il vînt me dénoncer à mon père, à l'instant je partirais pour le couvent, je ne serais plus la complice bien involontaire de vos cruelles folies. Mais, croyez-moi, ceci ne peut durer longtemps, vous obéirez aux ordres de la duchesse. Êtes-vous satisfait, ami cruel ? c'est moi qui vous sollicite de trahir mon père ! Appelez Grillo, et faites-lui un cadeau. »

Fabrice était tellement amoureux, la plus simple expression de la volonté de Clélia le plongeait dans une telle crainte, que même cette étrange communication ne fut point pour lui la certitude d'être aimé. Il appela Grillo auquel il paya généreusement les complaisances passées, et quant à l'avenir, il lui dit que pour chaque jour qu'il lui permettrait de faire usage de l'ouverture pratiquée dans l'abat-jour, il recevrait un sequin. Grillo fut enchanté de ces conditions.

— Je vais vous parler le cœur sur la main, monseigneur : voulez-vous vous soumettre à manger votre dîner froid tous les jours ? il est un moyen bien simple d'éviter le poison. Mais je vous demande la plus pro-

fonde discrétion, un geôlier doit tout voir et ne rien
deviner, etc., etc. Au lieu d'un chien j'en aurai plusieurs, et vous-même vous leur ferez goûter de tous les
plats dont vous aurez le projet de manger ; quant au
vin, je vous donnerai du mien, et vous ne toucherez
qu'aux bouteilles dont j'aurai bu. Mais si votre excellence veut me perdre à jamais, il suffit qu'elle fasse
confidence de ces détails mêmes à mademoiselle Clélia ; les femmes sont toujours femmes ; si demain elle
se brouille avec vous, après-demain, pour se venger,
elle raconte toute cette invention à son père, dont la
plus douce joie serait d'avoir de quoi faire pendre un
geôlier[1]. Après Barbone, c'est peut-être l'être le plus
méchant de la forteresse, et c'est là ce qui fait le vrai
danger de votre position ; il sait manier le poison,
soyez-en sûr, et il ne me pardonnerait pas cette idée
d'avoir trois ou quatre petits chiens.

Il y eut une nouvelle sérénade. Maintenant Grillo
répondait à toutes les questions de Fabrice ; il s'était
bien promis toutefois d'être prudent, et de ne point trahir mademoiselle Clélia, qui, selon lui, tout en étant
sur le point d'épouser le marquis Crescenzi, l'homme
le plus riche des États de Parme, n'en faisait pas moins
l'amour, autant que les murs de la prison le permet-
taient, avec l'aimable *monsignor* del Dongo. Il répondait aux dernières questions de celui-ci sur la sérénade,
lorsqu'il eut l'étourderie d'ajouter :

— On pense qu'il l'épousera bientôt.

On peut juger de l'effet de ce simple mot sur
Fabrice. La nuit il ne répondit aux signaux de la lampe
que pour annoncer qu'il était malade. Le lendemain
matin, dès les dix heures, Clélia ayant paru à la volière,
il lui demanda, avec un ton de politesse cérémonieuse

---

1. Grillo parle comme le personnage de Molière, Sbrigani, dans
Monsieur de Pourceaugnac (III, II), qui dit au gentilhomme limousin
pour le terrifier que les Parisiens « ne sont point plus ravis que de voir
pendre un Limousin ».

bien nouveau entre eux, pourquoi elle ne lui avait pas dit tout simplement qu'elle aimait le marquis Crescenzi, et qu'elle était sur le point de l'épouser.

— C'est que rien de tout cela n'est vrai, répondit Clélia avec impatience.

Il est véritable aussi que le reste de sa réponse fut moins net : Fabrice le lui fit remarquer et profita de l'occasion pour renouveler la demande d'une entrevue. Clélia, qui voyait sa bonne foi mise en doute, l'accorda presque aussitôt, tout en lui faisant observer qu'elle se déshonorait à jamais aux yeux de Grillo. Le soir, quand la nuit fut faite, elle parut, accompagnée de sa femme de chambre, dans la chapelle de marbre noir ; elle s'arrêta au milieu, à côté de la lampe de veille ; la femme de chambre et Grillo retournèrent à trente pas auprès de la porte. Clélia, toute tremblante, avait préparé un beau discours : son but était de ne point faire d'aveu compromettant, mais la logique de la passion est pressante ; le profond intérêt qu'elle met à savoir la vérité ne lui permet point de garder de vains ménagements, en même temps que l'extrême dévouement qu'elle sent pour ce qu'elle aime lui ôte la crainte d'offenser[a]. Fabrice fut d'abord ébloui de la beauté de Clélia, depuis près de huit mois il n'avait vu d'aussi près que des geôliers. Mais le nom du marquis Crescenzi lui rendit toute sa fureur, elle augmenta quand il vit clairement que Clélia ne répondait qu'avec des ménagements prudents ; Clélia elle-même comprit qu'elle augmentait les soupçons au lieu de les dissiper. Cette sensation fut trop cruelle pour elle[1].

— Serez-vous bien heureux, lui dit-elle avec une sorte de colère et les larmes aux yeux, de m'avoir fait passer par-dessus tout ce que je me dois à moi-même ?

---

1. La scène de l'aveu de Clélia, passablement moqueuse et désinvolte, a été étudiée par Élisabeth Ravoux, « Clélia Conti ou l'art de la litote », dans *S-C*, n° 89, 1980. Voir aussi Robert Chessex, « Les fautes de Clélia », *ibid.*, n° 95, 1982.

Jusqu'au 3 août de l'année passée, je n'avais éprouvé que de l'éloignement pour les hommes qui avaient cherché à me plaire. J'avais un mépris sans bornes et probablement exagéré pour le caractère des courtisans, tout ce qui était heureux à cette cour me déplaisait. Je trouvai au contraire des qualités singulières à un prisonnier qui le 3 août fut amené dans cette citadelle. J'éprouvai, d'abord sans m'en rendre compte, tous les tourments de la jalousie. Les grâces d'une femme charmante, et de moi bien connue, étaient des coups de poignard pour mon cœur, parce que je croyais, et je crois encore un peu, que ce prisonnier lui était attaché. Bientôt les persécutions du marquis Crescenzi, qui avait demandé ma main, redoublèrent ; il est fort riche et nous n'avons aucune fortune ; je les repoussais avec une grande liberté d'esprit, lorsque mon père prononça le mot fatal de couvent ; je compris que si je quittais la citadelle je ne pourrais plus veiller sur la vie du prisonnier dont le sort m'intéressait. Le chef-d'œuvre de mes précautions avait été que jusqu'à ce moment il ne se doutât en aucune façon des affreux dangers qui menaçaient sa vie. Je m'étais bien promis de ne jamais trahir ni mon père ni mon secret ; mais cette femme d'une activité admirable, d'un esprit supérieur, d'une volonté terrible, qui protège ce prisonnier, lui offrit, à ce que je suppose, des moyens d'évasion, il les repoussa et voulut me persuader qu'il se refusait à quitter la citadelle pour ne pas s'éloigner de moi. Alors je fis une grande faute, je combattis pendant cinq jours, j'aurais dû à l'instant me réfugier au couvent et quitter la forteresse : cette démarche m'offrait un moyen bien simple de rompre avec le marquis Crescenzi. Je n'eus point le courage de quitter la forteresse et je suis une fille perdue ; je me suis attachée à un homme léger : je sais quelle a été sa conduite à Naples ; et quelle raison aurais-je de croire qu'il aura changé de caractère ? Enfermé dans une prison sévère, il a fait la cour à la seule femme qu'il pût voir, elle a été une distraction pour son ennui. Comme il ne pouvait lui parler qu'avec certaines difficultés, cet amusement a pris la fausse apparence d'une passion. Ce prisonnier s'étant fait un nom dans le monde par son courage, il s'imagine prouver que son amour est mieux qu'un simple goût passager, en s'exposant à d'assez grands périls pour continuer à voir la personne qu'il croit aimer. Mais dès qu'il sera dans une grande ville, entouré de nouveau des séductions de la société, il sera de nouveau ce qu'il a toujours été, un homme du monde adonné aux dissipations, à la galanterie, et sa pauvre compagne de prison finira ses jours dans un couvent, oubliée de cet être léger, et avec le mortel regret de lui avoir fait un aveu.

Ce discours historique, dont nous ne donnons que les principaux traits, fut, comme on le pense bien, vingt fois interrompu par Fabrice. Il était éperdument amoureux, aussi il était parfaitement convaincu qu'il n'avait jamais aimé avant d'avoir vu Clélia, et que la destinée de sa vie était de ne vivre que pour elle.

Le lecteur se figure sans doute les belles choses qu'il disait, lorsque la femme de chambre avertit sa maîtresse que onze heures et demie venaient de sonner, et que le général pouvait rentrer à tout moment ; la séparation fut cruelle.

— Je vous vois peut-être pour la dernière fois, dit Clélia au prisonnier : une mesure qui est dans l'intérêt de la cabale Raversi peut vous fournir une cruelle façon de prouver que vous n'êtes pas inconstant.

Clélia quitta Fabrice étouffée par ses sanglots, et mourant de honte de ne pouvoir les dérober entièrement à sa femme de chambre ni surtout au geôlier Grillo. Une seconde conversation n'était possible que lorsque le général annoncerait devoir passer la soirée dans le monde ; et comme depuis la prison de Fabrice, et l'intérêt qu'elle inspirait à la curiosité du courtisan, il avait trouvé prudent de se donner un accès de goutte presque continuel, ses courses à la ville, soumises aux exigences d'une politique savante, ne se décidaient souvent qu'au moment de monter en voiture.

Depuis cette soirée dans la chapelle de marbre, la vie de Fabrice fut une suite de transports de joie. De grands obstacles, il est vrai, semblaient encore s'opposer à son bonheur ; mais enfin il avait cette joie suprême et peu espérée d'être aimé par l'être divin qui occupait toutes ses pensées.

La troisième journée après cette entrevue, les signaux de la lampe finirent de fort bonne heure, à peu près sur le minuit ; à l'instant où ils se terminaient, Fabrice eut presque la tête cassée par une grosse balle de plomb qui, lancée dans la partie supérieure de l'abat-jour de sa fenêtre, vint briser ses vitres de papier et tomba dans sa chambre.

Cette fort grosse balle n'était point aussi pesante à beaucoup près que l'annonçait son volume ; Fabrice réussit facilement à l'ouvrir et trouva une lettre de la duchesse. Par l'entremise de l'archevêque qu'elle flattait avec soin, elle avait gagné un soldat de la garnison de la citadelle. Cet homme, frondeur adroit, trompait les soldats placés en sentinelle aux angles et à la porte du palais du gouverneur ou s'arrangeait avec eux.

Il faut te sauver avec des cordes : je frémis en te donnant cet avis étrange, j'hésite depuis plus de deux mois entiers à te dire cette parole ; mais l'avenir officiel se rembrunit chaque jour, et l'on peut s'attendre à ce qu'il y a de pis. À propos, recommence à l'instant les signaux avec ta lampe, pour nous prouver que tu as reçu cette lettre dangereuse ; marque P, B et G à la monaca, *c'est-à-dire, quatre, douze et deux ; je ne respirerai pas jusqu'à ce que j'aie vu ce signal ; je suis à la tour, on répondra par N et O, sept et cinq. La réponse reçue, ne fais plus aucun signal, et occupe-toi uniquement à comprendre ma lettre.*

Fabrice se hâta d'obéir, et fit les signaux convenus qui furent suivis des réponses annoncées, puis il continua la lecture de la lettre.

On peut s'attendre à ce qu'il y a de pis ; c'est ce que m'ont déclaré les trois hommes dans lesquels j'ai le plus de confiance, après que je leur ai fait jurer sur l'Évangile de me dire la vérité, quelque cruelle qu'elle pût être pour moi. Le premier de ces hommes menaça le chirurgien dénonciateur à Ferrare de tomber sur lui avec un couteau ouvert à la main ; le second te dit à ton retour de Belgirate, qu'il aurait été plus strictement prudent de donner un coup de pistolet au valet de chambre qui arrivait en chantant dans le bois et conduisant en laisse un beau cheval un peu maigre ; tu ne connais pas le troisième, c'est un voleur de grand chemin de mes amis, homme d'exécution s'il en fut, et qui a autant de courage que toi ; c'est pourquoi surtout je lui ai demandé de me déclarer ce que tu devais faire. Tous les trois m'ont dit, sans savoir chacun que j'eusse consulté les deux autres, qu'il vaut mieux s'exposer à se casser le cou que de passer encore onze années et quatre mois dans la crainte continuelle d'un poison fort probable.

Il faut pendant un mois t'exercer dans ta chambre à monter et descendre au moyen d'une corde nouée. Ensuite, un jour de fête où la garnison de la citadelle aura reçu une gratification de vin, tu tenteras la grande entreprise. Tu auras trois cordes en soie et en chanvre, de la grosseur d'une plume de cygne, la première de quatre-vingts pieds pour descendre les trente-cinq pieds qu'il y a de ta fenêtre au bois d'orangers, la seconde de trois cents pieds, et c'est là la difficulté à cause du poids, pour descendre les cent quatre-vingts pieds qu'a de hauteur le mur de la grosse tour ; une troisième de trente pieds te servira à descendre le rempart. Je passe ma vie à étudier le grand mur à l'orient, c'est-à-dire du côté de Ferrare : une fente causée par un tremblement de terre a été remplie au moyen d'un contrefort qui forme plan incliné. Mon voleur de grand chemin m'assure qu'il se ferait fort de descendre de ce côté-là sans trop de difficulté et sous peine seulement de quelques écorchures, en se laissant glisser sur le plan incliné formé par ce contrefort. L'espace vertical n'est que de vingt-huit pieds tout à fait au bas ; ce côté est le moins bien gardé.

Cependant, à tout prendre, mon voleur, qui trois fois s'est sauvé de prison, et que tu aimerais si tu le connaissais, quoiqu'il exècre les gens de ta caste ; mon voleur de grand chemin, dis-je, agile et leste comme toi, pense qu'il aimerait mieux descendre par le côté du couchant, exactement vis-à-vis le petit palais occupé jadis par la Fausta, de vous bien connu. Ce qui le déciderait pour ce côté, c'est que la muraille, quoique très peu inclinée, est presque constamment garnie de broussailles ; il y a des brins de bois, gros comme le petit doigt, qui peuvent fort bien écorcher si l'on n'y prend garde, mais qui, aussi, sont excellents pour se retenir. Encore ce matin, je regardais ce côté du couchant avec une excellente lunette ; la place à choisir, c'est précisément au-dessous d'une pierre neuve que l'on a placée à la balustrade d'en haut, il y a deux ou trois ans. Verticalement au-dessous de cette pierre, tu trouveras d'abord un espace nu d'une vingtaine de pieds ; il faut aller là très lentement (tu sens si mon cœur frémit en te donnant ces instructions terribles, mais le courage consiste à savoir choisir le moindre mal, si affreux qu'il soit encore) ; après l'espace nu, tu trouveras quatre-vingts ou quatre-vingt-dix pieds de broussailles fort grandes, où l'on voit voler des oiseaux, puis un espace de trente pieds qui n'a que des herbes, des violiers et des pariétaires. Ensuite, en approchant de terre, vingt pieds de broussailles, et enfin vingt-cinq ou trente pieds récemment éparvérés[1].

Ce qui me déciderait pour ce côté, c'est que là se

_____

1. Ou recrépis.

trouve verticalement, au-dessous de la pierre neuve de la balustrade d'en haut, une cabane en bois bâtie par un soldat dans son jardin, et que le capitaine du génie employé à la forteresse veut le forcer à démolir ; elle a dix-sept pieds de haut, elle est couverte en chaume, et le toit touche au grand mur de la citadelle. C'est ce toit qui me tente ; dans le cas affreux d'un accident, il amortirait la chute. Une fois arrivé là, tu es dans l'enceinte des remparts assez négligemment gardés ; si l'on t'arrêtait là, tire des coups de pistolet et défends-toi quelques minutes. Ton ami de Ferrare et un autre homme de cœur, celui que j'appelle le voleur de grand chemin, auront des échelles, et n'hésiteront pas à escalader ce rempart assez bas, et à voler à ton secours.

Le rempart n'a que vingt-trois pieds de haut, et un fort grand talus. Je serai au pied de ce dernier mur avec bon nombre de gens armés.

J'ai l'espoir de te faire parvenir cinq ou six lettres par la même voie que celle-ci. Je répéterai sans cesse les mêmes choses en d'autres termes, afin que nous soyons bien d'accord. Tu devines de quel cœur je te dis que l'homme du coup de pistolet au valet de chambre, *qui, après tout, est le meilleur des êtres et se meurt de repentir, pense que tu en seras quitte pour un bras cassé. Le voleur de grand chemin, qui a plus d'expérience de ces sortes d'expéditions, pense que, si tu veux descendre fort lentement, et surtout sans te presser, ta liberté ne te coûtera que des écorchures. La grande difficulté, c'est d'avoir des cordes ; c'est à quoi aussi je pense uniquement depuis quinze jours que cette grande idée occupe tous mes instants.*

Je ne réponds pas à cette folie, la seule chose sans esprit que tu aies dite de ta vie : « Je ne veux pas me sauver ! » *L'homme du coup de pistolet au valet de chambre s'écria que l'ennui t'avait rendu fou. Je ne te cacherai point que nous redoutons un fort imminent danger qui peut-être fera hâter le jour de ta fuite. Pour t'annoncer ce danger, la lampe te dira plusieurs fois de suite :*

Le feu a pris au château !
Tu répondras : Mes livres sont-ils brûlés ?

Cette lettre contenait encore cinq ou six pages de détails ; elle était écrite en caractères microscopiques sur du papier très fin.

— Tout cela est fort beau et fort bien inventé, se dit Fabrice ; je dois une reconnaissance éternelle au comte et à la duchesse ; ils croiront peut-être que j'ai eu peur, mais je ne me sauverai point. Est-ce que jamais l'on se sauva d'un lieu où l'on est au comble du bonheur, pour aller se jeter dans un exil affreux où tout manquera, jusqu'à l'air pour respirer ? Que ferais-je au bout d'un mois que je serais à Florence ? je prendrais un déguisement pour venir rôder auprès de la porte de cette forteresse, et tâcher d'épier un regard !

Le lendemain, Fabrice eut peur ; il était à sa fenêtre, vers les onze heures, regardant le magnifique paysage et attendant l'instant heureux où il pourrait voir Clélia, lorsque Grillo entra hors d'haleine dans sa chambre :

— Et vite ! vite ! monseigneur, jetez-vous sur votre lit, faites semblant d'être malade ; voici trois juges qui montent ! Ils vont vous interroger : réfléchissez bien avant de parler ; ils viennent pour vous *entortiller.*

En disant ces paroles Grillo se hâtait de fermer la petite trappe de l'abat-jour, poussait Fabrice sur son lit, et jetait sur lui deux ou trois manteaux.

— Dites que vous souffrez beaucoup et parlez peu, surtout faites répéter les questions pour réfléchir.

Les trois juges entrèrent. Trois échappés des galères, se dit Fabrice en voyant ces physionomies basses, et non pas trois juges ; ils avaient de longues robes noires. Ils saluèrent gravement, et occupèrent, sans mot dire, les trois chaises qui étaient dans la chambre.

— Monsieur Fabrice del Dongo, dit le plus âgé, nous sommes peinés de la triste mission que nous venons remplir auprès de vous. Nous sommes ici pour vous annoncer le décès de son excellence M. le marquis del Dongo, votre père, second grand majordome major du royaume lombardo-vénitien, chevalier grand-croix des ordres de, etc., etc., etc.

Fabrice fondit en larmes ; le juge continua.

— Madame la marquise del Dongo, votre mère, vous fait part de cette nouvelle par une lettre missive ; mais comme elle a joint au fait des réflexions inconvenantes, par un arrêt d'hier, la Cour de justice a décidé que sa lettre vous serait communiquée seulement par extrait, et c'est cet extrait que monsieur le greffier Bona va vous lire [1].

Cette lecture terminée, le juge s'approcha de Fabrice toujours couché, et lui fit suivre sur la lettre de sa mère les passages dont on venait de lire les copies. Fabrice vit dans la lettre les mots *emprisonnement injuste, punition cruelle pour un crime qui n'en est pas un*, et comprit ce qui avait motivé la visite des juges. Du reste dans son mépris pour des magistrats sans probité, il ne leur dit exactement que ces paroles :

— Je suis malade, messieurs, je me meurs de langueur, et vous m'excuserez si je ne puis me lever.

Les juges sortis, Fabrice pleura encore beaucoup, puis il se dit : Suis-je hypocrite ? il me semblait que je ne l'aimais point.

Ce jour-là et les suivants, Clélia fut fort triste ; elle l'appela plusieurs fois, mais eut à peine le courage de lui dire quelques paroles. Le matin du cinquième jour qui suivit la première entrevue, elle lui dit que dans la soirée elle viendrait à la chapelle de marbre.

---

1. Pellico à Venise reçoit des lettres de sa famille, mais elles sont censurées et presque entièrement recouvertes d'encre noire ; dans l'une d'entre elles, il ne peut lire que le début, « Très cher Silvio Pellico », et la formule d'adieu. Andryane au Spielberg apprend la mort de son père, le directeur de la police et deux personnages viennent lui apporter une lettre qu'on lui lit à haute voix, il a juste le droit d'en toucher le papier quelques instants. Pour une autre lettre, on lui en lit tout haut un court extrait.

— Je ne puis vous adresser que peu de mots, lui dit-elle en entrant.

Elle était tellement tremblante qu'elle avait besoin de s'appuyer sur sa femme de chambre. Après l'avoir renvoyée à l'entrée de la chapelle :

— Vous allez me donner votre parole d'honneur, ajouta-t-elle d'une voix à peine intelligible, vous allez me donner votre parole d'honneur d'obéir à la duchesse, et de tenter de fuir le jour qu'elle vous l'or-donnera et de la façon qu'elle vous l'indiquera, ou demain matin je me réfugie dans un couvent, et je vous jure ici que de la vie je ne vous adresserai la parole.

Fabrice resta muet.

— Promettez, dit Clélia les larmes aux yeux et comme hors d'elle-même, ou bien nous nous parlons ici pour la dernière fois. La vie que vous m'avez faite est affreuse : vous êtes ici à cause de moi et chaque jour peut être le dernier de votre existence.

En ce moment, Clélia était si faible qu'elle fut obligée de chercher un appui sur un énorme fauteuil placé jadis au milieu de la chapelle, pour l'usage du prince prisonnier ; elle était sur le point de se trouver mal.

— Que faut-il promettre ? dit Fabrice d'un air accablé.

— Vous le savez.

— Je jure donc de me précipiter sciemment dans un malheur affreux, et de me condamner à vivre loin de tout ce que j'aime au monde.

— Promettez des choses précises.

— Je jure d'obéir à la duchesse, et de prendre la fuite le jour qu'elle le voudra et comme elle le voudra. Et que deviendrai-je une fois loin de vous ?

— Jurez de vous sauver, quoi qu'il puisse arriver.

— Comment ! êtes-vous décidée à épouser le mar-quis Crescenzi dès que je n'y serai plus ?

— Ô Dieu ! quelle âme me croyez-vous ?... Mais jurez, ou je n'aurai plus un seul instant la paix de l'âme.

— Eh bien ! je jure de me sauver d'ici le jour que madame Sanseverina l'ordonnera, et quoi qu'il puisse arriver d'ici là.

Ce serment obtenu, Clélia était si faible qu'elle fut obligée de se retirer après avoir remercié Fabrice.

— Tout était prêt pour ma fuite demain matin, lui dit-elle, si vous vous étiez obstiné à rester. Je vous aurais vu en cet instant pour la dernière fois de ma vie, j'en avais fait le vœu à la Madone. Maintenant, dès que je pourrai sortir de ma chambre, j'irai examiner le mur terrible au-dessous de la pierre neuve de la balustrade.

Le lendemain, il la trouva pâle au point de lui faire une vive peine. Elle lui dit de la fenêtre de la volière :

— Ne nous faisons point illusion, cher ami ; comme il y a du péché dans notre amitié, je ne doute pas qu'il ne nous arrive malheur. Vous serez découvert en cherchant à prendre la fuite, et perdu à jamais, si ce n'est pis ; toutefois il faut satisfaire à la prudence humaine, elle nous ordonne de tout tenter. Il vous faut pour descendre en dehors de la grosse tour une corde solide de plus de deux cents pieds de longueur. Quelques soins que je me donne depuis que je sais le projet de la duchesse, je n'ai pu me procurer que des cordes formant à peine ensemble une cinquantaine de pieds. Par un ordre du jour du gouverneur, toutes les cordes que l'on voit dans la forteresse sont brûlées, et tous les soirs on enlève les cordes des puits, si faibles d'ailleurs que souvent elles cassent en remontant leur léger fardeau. Mais priez Dieu qu'il me pardonne, je trahis mon père, et je travaille, fille dénaturée, à lui donner un chagrin mortel. Priez Dieu pour moi, et si votre vie est sauvée, faites le vœu d'en consacrer tous les instants à sa gloire.

» Voici une idée qui m'est venue : dans huit jours je sortirai de la citadelle pour assister aux noces d'une des sœurs du marquis Crescenzi. Je rentrerai le soir comme il est convenable, mais je ferai tout au monde pour ne rentrer que fort tard, et peut-être Barbone n'osera-t-il pas m'examiner de trop près. À cette noce de la sœur du marquis se trouveront les plus grandes dames de la cour, et sans doute madame Sanseverina. Au nom de Dieu ! faites qu'une de ces dames me remette un paquet de cordes bien serrées, pas trop grosses, et réduites au plus petit volume. Dussé-je m'exposer à mille morts, j'emploierai les moyens même les plus dangereux pour introduire ce paquet de cordes dans la citadelle, au mépris, hélas ! de tous mes devoirs. Si mon père en a connaissance je ne vous reverrai jamais ; mais quelle que soit la destinée qui m'attend, je serai heureuse dans les bornes d'une amitié de sœur si je puis contribuer à vous sauver. »

Le soir même, par la correspondance de nuit au moyen de la lampe, Fabrice donna avis à la duchesse de l'occasion unique qu'il y aurait de faire entrer dans la citadelle une quantité de cordes suffisante. Mais il la suppliait de garder le secret même envers le comte, ce qui parut bizarre. Il est fou, pensa la duchesse, la prison l'a changé, il prend les choses au tragique. Le lendemain, une balle de plomb, lancée par le frondeur, apporta au prisonnier l'annonce du plus grand péril possible ; la personne qui se chargerait de faire entrer les cordes, lui disait-on, lui sauvait positivement et exactement la vie. Fabrice se hâta de donner cette nouvelle à Clélia. Celle balle de plomb apportait aussi à Fabrice une vue fort exacte du mur du couchant par lequel il devait descendre du haut de la grosse tour dans l'espace compris entre les bastions ; de ce lieu, il était assez facile ensuite de se sauver, les remparts n'ayant que vingt-trois pieds de haut et étant assez négligemment gardés. Sur le revers du plan était écrit d'une petite écriture fine un sonnet magnifique : une âme généreuse exhortait Fabrice à prendre la fuite, et à ne pas laisser avilir son âme et dépérir son corps par les onze années de captivité qu'il avait encore à subir.

Ici un détail nécessaire et qui explique en partie le

courage qu'eut la duchesse de conseiller à Fabrice une fuite si dangereuse, nous oblige d'interrompre pour un instant l'histoire de cette entreprise hardie.

Comme tous les partis qui ne sont point au pouvoir, le parti Raversi n'était pas fort uni. Le chevalier Riscara détestait le fiscal Rassi qu'il accusait de lui avoir fait perdre un procès important dans lequel, à la vérité, lui Riscara avait tort. Par Riscara, le prince reçut un avis anonyme qui l'avertissait qu'une expédition de la sentence de Fabrice avait été adressée officiellement au gouverneur de la citadelle. La marquise Raversi, cet habile chef de parti, fut excessivement contrariée de cette fausse démarche, et en fit aussitôt donner avis à son ami, le fiscal général ; elle trouvait fort simple qu'il voulût tirer quelque chose du ministre Mosca, tant que Mosca était au pouvoir. Rassi se présenta intrépidement au palais, pensant bien qu'il en serait quitte pour quelques coups de pied ; le prince ne pouvait se passer d'un jurisconsulte habile, et Rassi avait fait exiler comme libéraux un juge et un avocat, les seuls hommes du pays qui eussent pu prendre sa place.

Le prince hors de lui le chargea d'injures et avançait sur lui pour le battre.

— Eh bien ! c'est une distraction de commis, répondit Rassi du plus grand sang-froid ; la chose est prescrite par la loi, elle aurait dû être faite le lendemain de l'écrou du sieur del Dongo à la citadelle. Le commis plein de zèle a cru avoir fait un oubli, et m'aura fait signer la lettre d'envoi comme une chose de forme.

— Et tu prétends me faire croire des mensonges aussi mal bâtis ? s'écria le prince furieux ; dis plutôt que tu t'es vendu à ce fripon de Mosca, et c'est pour cela qu'il t'a donné la croix. Mais parbleu, tu n'en seras pas quitte pour des coups : je te ferai mettre en jugement, je te révoquerai honteusement.

— Je vous défie de me faire mettre en jugement ! répondit Rassi avec assurance ; il savait que c'était un sûr moyen de calmer le prince : la loi est pour moi, et

vous n'avez pas un second Rassi pour savoir l'éluder.
Vous ne me révoquerez pas, parce qu'il est des
moments où votre caractère est sévère ; vous avez soif
de sang alors, mais en même temps vous tenez à
conserver l'estime des Italiens raisonnables ; cette
estime est un *sine qua non* pour votre ambition. Enfin,
vous me rappellerez au premier acte de sévérité dont
votre caractère vous fera un besoin, et, comme à l'ordinaire, je vous procurerai une sentence bien régulière
rendue par des juges timides et assez honnêtes gens, et
qui satisfera vos passions. Trouvez un autre homme
dans vos États aussi utile que moi !

Cela dit, Rassi s'enfuit ; il en avait été quitte pour
un coup de règle bien appliqué et cinq ou six coups de
pied. En sortant du palais, il partit pour sa terre de
Riva ; il avait quelque crainte d'un coup de poignard
dans le premier mouvement de colère, mais il ne doutait pas non plus qu'avant quinze jours un courrier ne
le rappelât dans la capitale. Il employa le temps qu'il
passa à la campagne à organiser un moyen de correspondance sûr avec le comte Mosca ; il était amoureux
fou du titre de baron, et pensait que le prince faisait
trop de cas de cette chose jadis sublime, la noblesse,
pour la lui conférer jamais ; tandis que le comte, très
fier de sa naissance, n'estimait que la noblesse prouvée
par des titres avant l'an 1400[1].

Le fiscal général ne s'était point trompé dans ses
prévisions ; il y avait à peine huit jours qu'il était à sa
terre, lorsqu'un ami du prince, qui y vint par hasard,
lui conseilla de retourner à Parme sans délai ; le prince
le reçut en riant, prit ensuite un air fort sérieux, et lui
fit jurer sur l'Évangile qu'il garderait le secret sur ce
qu'il allait lui confier ; Rassi jura d'un grand sérieux,

---

1. La phrase n'est pas très claire ; il faut comprendre que le prince
respecte toute noblesse également, alors que le comte, plus vraiment
noble sans doute et ne respectant que l'aristocratie très ancienne,
accepte de fabriquer des nobles parce qu'il ne prend pas au sérieux
toute noblesse récente.

et le prince, l'œil enflammé de haine, s'écria qu'il ne serait pas le maître chez lui tant que Fabrice del Dongo serait en vie.

— Je ne puis, ajouta-t-il, ni chasser la duchesse ni souffrir sa présence ; ses regards me bravent et m'empêchent de vivre.

Après avoir laissé le prince s'expliquer bien au long, lui, Rassi, jouant l'extrême embarras, s'écria enfin :

— Votre Altesse sera obéie, sans doute, mais la chose est d'une horrible difficulté : il n'y a pas d'apparence de condamner un del Dongo à mort pour le meurtre d'un Giletti ; c'est déjà un tour de force étonnant que d'avoir tiré de cela douze années de citadelle. De plus, je soupçonne la duchesse d'avoir découvert trois des paysans qui travaillaient à la fouille de *Sanguigna*, et qui se trouvaient hors du fossé au moment où ce brigand de Giletti attaqua del Dongo.

— Et où sont ces témoins ? dit le prince irrité.

— Cachés en Piémont, je suppose. Il faudrait une conspiration contre la vie de votre altesse...

— Ce moyen a ses dangers, dit le prince, cela fait songer à la chose.

— Mais pourtant, dit Rassi avec une feinte innocence, voilà tout mon arsenal officiel.

— Reste le poison...

— Mais qui le donnera ? Sera-ce cet imbécile de Conti ?

— Mais, à ce qu'on dit, ce ne serait pas son coup d'essai...

— Il faudrait le mettre en colère, reprit Rassi ; et d'ailleurs, lorsqu'il expédia le capitaine, il n'avait pas trente ans, et il était amoureux et infiniment moins pusillanime que de nos jours. Sans doute, tout doit céder à la raison d'État ; mais, ainsi pris au dépourvu et à la première vue, je ne vois, pour exécuter les ordres du souverain, qu'un nommé Barbone, commis greffier de la prison, et que le sieur del Dongo renversa d'un soufflet le jour qu'il y entra.

Une fois le prince mis à son aise, la conversation fut infinie ; il la termina en accordant à son fiscal général un délai d'un mois ; le Rassi en voulait deux. Le lendemain, il reçut une gratification secrète de mille sequins. Pendant trois jours il réfléchit ; le quatrième il revint à son raisonnement qui lui semblait évident : Le seul comte Mosca aura le cœur de me tenir parole, parce que, en me faisant baron, il ne me donne pas ce qu'il estime ; *secundo,* en l'avertissant, je me sauve probablement d'un crime pour lequel je suis à peu près payé d'avance ; *tertio,* je venge les premiers coups humiliants qu'ait reçus le chevalier Rassi. La nuit suivante, il communiqua au comte toute sa conversation avec le prince.

Le comte faisait en secret la cour à la duchesse ; il est bien vrai qu'il ne la voyait toujours chez elle qu'une ou deux fois par mois, mais presque toutes les semaines, et quand il savait faire naître les occasions de parler de Fabrice, la duchesse, accompagnée de *Chékina*, venait, dans la soirée avancée, passer quelques instants dans le jardin du comte. Elle savait tromper même son cocher, qui lui était dévoué et qui la croyait en visite dans une maison voisine.

On peut penser si le comte, ayant reçu la terrible confidence du fiscal, fit aussitôt à la duchesse le signal convenu. Quoique l'on fût au milieu de la nuit, elle le fit prier par la Chékina de passer à l'instant chez elle. Le comte, ravi comme un amoureux de cette apparence d'intimité, hésitait cependant à tout dire à la duchesse ; il craignait de la voir devenir folle de douleur.

Après avoir cherché des demi-mots pour mitiger l'annonce fatale, il finit cependant par lui tout dire ; il n'était pas en son pouvoir de garder un secret qu'elle lui demandait. Depuis neuf mois le malheur extrême avait eu une grande influence sur cette âme ardente, elle l'avait fortifiée, et la duchesse ne s'emporta point en sanglots ou en plaintes.

Le lendemain soir elle fit faire à Fabrice le signal du grand péril.

— *Le feu a pris au château.*

Il répondit fort bien.

— *Mes livres sont-ils brûlés ?*

La même nuit elle eut le bonheur de lui faire parvenir une lettre dans une balle de plomb. Ce fut huit jours après qu'eut lieu le mariage de la sœur du marquis Crescenzi, où la duchesse commit une énorme imprudence dont nous rendrons compte en son lieu.

CHAPITRE XXI

À l'époque de ses malheurs il y avait déjà près d'une année que la duchesse avait fait une rencontre singulière : un jour qu'elle avait la *luna* [1] comme on dit dans le pays, elle était allée à l'improviste, sur le soir, à son château de Sacca, situé au-delà de Colorno, sur la colline qui domine le Pô. Elle se plaisait à embellir cette terre ; elle aimait la vaste forêt qui couronne la colline et touche au château ; elle s'occupait à y faire tracer des sentiers dans des directions pittoresques.

— Vous vous ferez enlever par les brigands, belle duchesse, lui disait un jour le prince ; il est impossible qu'une forêt où l'on sait que vous vous promenez, reste déserte.

Le prince jetait un regard sur le comte dont il prétendait émoustiller la jalousie.

— Je n'ai pas de craintes, altesse sérénissime, répondit la duchesse d'un air ingénu, quand je me promène dans mes bois ; je me rassure par cette pensée ; je n'ai fait de mal à personne, qui pourrait me haïr ?

Ce propos fut trouvé hardi, il rappelait les injures proférées par les libéraux du pays, gens fort insolents.

Le jour de la promenade dont nous parlons, le propos du prince revint à l'esprit de la duchesse, en remarquant un homme fort mal vêtu qui la suivait de loin à travers le bois. À un détour imprévu que fit la duchesse

---

1. Ou être mal luné.

en continuant sa promenade, cet inconnu se trouva tellement près d'elle qu'elle eut peur. Dans le premier mouvement elle appela son garde-chasse qu'elle avait laissé à mille pas de là, dans le parterre de fleurs tout près du château. L'inconnu eut le temps de s'approcher d'elle et se jeta à ses pieds. Il était jeune, fort bel homme, mais horriblement mal mis ; ses habits avaient des déchirures d'un pied de long, mais ses yeux respiraient le feu d'une âme ardente.

— Je suis condamné à mort, je suis le médecin Ferrante Palla, je meurs de faim ainsi que mes cinq enfants.

La duchesse avait remarqué qu'il était horriblement maigre ; mais ses yeux étaient tellement beaux et remplis d'une exaltation si tendre, qu'ils lui ôtèrent l'idée du crime. Pallagi[1], pensa-t-elle, aurait bien dû donner de tels yeux au Saint Jean dans le Désert qu'il vient de placer à la cathédrale. L'idée de saint Jean lui était suggérée par l'incroyable maigreur de Ferrante. La duchesse lui donna trois sequins qu'elle avait dans sa bourse, s'excusant de lui offrir si peu sur ce qu'elle venait de payer un compte à son jardinier. Ferrante la remercia avec effusion.

— Hélas, lui dit-il, autrefois j'habitais les villes, je voyais des femmes élégantes ; depuis qu'en remplissant mes devoirs de citoyen je me suis fait condamner à mort, je vis dans les bois, et je vous suivais, non pour vous demander l'aumône ou vous voler, mais comme un sauvage fasciné par une angélique beauté. Il y a si longtemps que je n'ai vu deux belles mains blanches !

---

1. P. Pallagi (1775-1860) est un peintre bolonais que Stendhal a apprécié. L'allusion à un tableau du peintre représentant saint Jean semble gratuite ; il y a bien dans l'église Saint-Jean où se trouve le tombeau des del Dongo un *Saint-Jean* du Corrège, mais il s'agit de l'Évangéliste alors que le texte désigne saint Jean-Baptiste. Prophète politique, Palla clame en effet dans le désert et ne trouve de liberté que dans l'errance hors de la ville qui ne l'entend pas et ne connaît que les jouissances matérielles et le faux culte de la richesse.

— Levez-vous donc, lui dit la duchesse, car il était resté à genoux.

— Permettez que je reste ainsi, lui dit Ferrante ; cette position me prouve que je ne suis pas occupé actuellement à voler, et elle me tranquillise ; car vous saurez que je vole pour vivre depuis que l'on m'empêche d'exercer ma profession. Mais dans ce moment-ci je ne suis qu'un simple mortel qui adore la sublime beauté.

La duchesse comprit qu'il était un peu fou, mais elle n'eut point peur ; elle voyait dans les yeux de cet homme qu'il avait une âme ardente et bonne, et d'ailleurs elle ne haïssait pas les physionomies extraordinaires.

— Je suis donc médecin, et je faisais la cour à la femme de l'apothicaire *Sarasine* de Parme [1] : il nous a surpris et l'a chassée, ainsi que trois enfants qu'il soupçonnait avec raison être de moi et non de lui. J'en ai eu deux depuis. La mère et les cinq enfants vivent dans la dernière misère, au fond d'une sorte de cabane construite de mes mains à une lieue d'ici, dans le bois. Car je dois me préserver des gendarmes, et la pauvre femme ne veut pas se séparer de moi. Je fus condamné à mort, et fort justement : je conspirais. J'exècre le prince, qui est un tyran. Je ne pris pas la fuite faute d'argent. Mes malheurs sont bien plus grands, et j'aurais dû mille fois me tuer ; je n'aime plus la malheureuse femme qui m'a donné ces cinq enfants et s'est perdue pour moi ; j'en aime une autre. Mais si je me tue, les cinq enfants et la mère mourront littéralement de faim.

Cet homme avait l'accent de la sincérité.

— Mais comment vivez-vous ? lui dit la duchesse attendrie.

— La mère des enfants file ; la fille aînée est

---

1. Stendhal transforme le nom réel d'un pharmacien de Parme fort connu, Soresina.

nourrie dans une ferme de libéraux, où elle garde les moutons ; moi, je vole sur la route de Plaisance à Gênes.

— Comment accordez-vous le vol avec vos principes libéraux ?

— Je tiens note des gens que je vole, et si jamais j'ai quelque chose, je leur rendrai les sommes volées. J'estime qu'un tribun du peuple tel que moi exécute un travail qui, à raison de son danger, vaut bien cent francs par mois ; ainsi je me garde bien de prendre plus de douze cents francs par an[1].

» Je me trompe, je vole quelque petite somme au-delà, car je fais face par ce moyen aux frais d'impression de mes ouvrages.

— Quels ouvrages ?

— *La... aura-t-elle jamais une chambre et un budget ?*

— Quoi ! dit la duchesse étonnée, c'est vous[2], mon-

---

1. En Italie, Stendhal le constate avec amusement, le vol est un revenu, un impôt ; Palla le considère comme un salaire, ou l'indemnité que mérite son activité civique. Mais la limitation par le voleur du montant de ses vols (bornés ici aux nécessités de la survie et aux frais de la fonction du tribun) est un trait que Stendhal a pris à un bandit célèbre, qui se nommait Rondino, bandit d'honneur et « honnête homme », qui ne demandait aux voyageurs sur la route qu'un quart d'écu pour acheter des munitions et qui refusait toute somme supérieure. Mérimée a publié en 1830 *L'Histoire de Rondino*, où il développe les indications que Stendhal a pu lui donner.   2. Palla appartient au XVIe siècle par son nom, mais c'est un personnage complexe, un médecin, un brigand, un conspirateur, un poète, une sorte de prophète, il appartient au XIXe siècle, mais surtout comme tueur de tyran, il relève d'une tradition antique et humaniste. D'un autre côté, c'est un Don Quichotte perdu dans l'idéal. Sa pauvreté s'oppose au culte des biens matériels qui caractérise le despotisme, et Stendhal en s'attaquant au « dieu dollar » des Américains rapproche implicitement le matérialisme de la tyrannie de celui des démocraties libérales. Le départ de Palla pour les États-Unis, pour voir fonctionner la république moderne, est significatif de l'inquiétude de Stendhal et de ses contemporains romantiques : la démocratie libérale édifiée sur le modèle américain n'est-elle pas la destruction de toutes les valeurs humanistes et héroïques ?

sieur, qui êtes l'un des plus grands poètes du siècle, le fameux Ferrante Palla ?

— Fameux peut-être, mais fort malheureux, c'est sûr.

— Et un homme de votre talent, monsieur, est obligé de voler pour vivre !

— C'est peut-être pour cela que j'ai quelque talent. Jusqu'ici tous nos auteurs qui se sont fait connaître étaient des gens payés par le gouvernement ou par le culte qu'ils voulaient saper. Moi, *primo*, j'expose ma vie ; *secundo*, songez, madame, aux réflexions qui m'agitent lorsque je vais voler ! Suis-je dans le vrai, me dis-je ? La place de tribun rend-elle des services valant réellement cent francs par mois ? J'ai deux che-mises, l'habit que vous voyez, quelques mauvaises armes, et je suis sûr de finir par la corde : j'ose croire que je suis désintéressé. Je serais heureux sans ce fatal amour qui ne me laisse plus trouver que malheur auprès de la mère de mes enfants. La pauvreté me pèse comme laide : j'aime les beaux habits, les mains blanches...

Il regardait celles de la duchesse de telle sorte que la peur la saisit.

— Adieu, monsieur, lui dit-elle ; puis-je vous être bonne à quelque chose à Parme ?

— Pensez quelquefois à cette question : son emploi est de réveiller les cœurs et de les empêcher de s'en-dormir dans ce faux bonheur tout matériel que donnent les monarchies. Le service qu'il rend à ses concitoyens vaut-il cent francs par mois ?... Mon malheur est d'ai-mer, dit-il d'un air fort doux, et depuis près de deux ans mon âme n'est occupée que de vous, mais jusqu'ici je vous avais vue sans vous faire peur.

Et il prit la fuite avec une rapidité prodigieuse qui étonna la duchesse et la rassura. Les gendarmes auraient de la peine à l'atteindre, pensa-t-elle ; en effet, il est fou.

— Il est fou, lui dirent ses gens ; nous savons tous

depuis longtemps que le pauvre homme est amoureux de madame ; quand madame est ici nous le voyons errer dans les parties les plus élevées du bois, et dès que madame est partie, il ne manque pas de venir s'asseoir aux mêmes endroits où elle s'est arrêtée ; il ramasse curieusement les fleurs qui ont pu tomber de son bouquet et les conserve longtemps attachées à son mauvais chapeau.

— Et vous ne m'avez jamais parlé de ces folies, dit la duchesse presque du ton du reproche.

— Nous craignions que madame ne le dît au ministre Mosca. Le pauvre Ferrante est si bon enfant ! ça n'a jamais fait de mal à personne, et parce qu'il aime notre Napoléon, on l'a condamné à mort.

Elle ne dit mot au ministre de cette rencontre, et comme depuis quatre ans c'était le premier secret qu'elle lui faisait, dix fois elle fut obligée de s'arrêter court au milieu d'une phrase. Elle revint à Sacca avec de l'or, Ferrante ne se montra point. Elle revint quinze jours plus tard : Ferrante, après l'avoir suivie quelque temps en gambadant dans le bois à cent pas de distance, fondit sur elle avec la rapidité de l'épervier, et se précipita à ses genoux comme la première fois.

— Où étiez-vous il y a quinze jours ?

— Dans la montagne au-delà de Novi, pour voler des muletiers qui revenaient de Milan où ils avaient vendu de l'huile.

— Acceptez cette bourse.

Ferrante ouvrit la bourse, y prit un sequin qu'il baisa et qu'il mit dans son sein, puis la rendit.

— Vous me rendez cette bourse et vous volez !

— Sans doute ; mon institution est telle, jamais je ne dois avoir plus de cent francs ; or maintenant, la mère de mes enfants a quatre-vingts francs et moi j'en ai vingt-cinq, je suis en faute de cinq francs, et si l'on me pendait en ce moment j'aurais des remords. J'ai pris ce sequin parce qu'il vient de vous et que je vous aime.

L'intonation de ce mot fort simple fut parfaite. Il aime réellement, se dit la duchesse.

Ce jour-là il avait l'air tout à fait égaré. Il dit qu'il y avait à Parme des gens qui lui devaient six cents francs, et qu'avec cette somme il réparerait sa cabane où maintenant ses pauvres petits enfants s'enrhumaient.

— Mais je vous ferai l'avance de ces six cents francs, dit la duchesse tout émue.

— Mais alors, moi, homme public, le parti contraire ne pourra-t-il pas me calomnier, et dire que je me vends ?

La duchesse attendrie lui offrit une cachette à Parme s'il voulait lui jurer que pour le moment il n'exercerait point sa magistrature dans cette ville, que surtout il n'exécuterait aucun des arrêts de mort que, disait-il, il avait *in petto*.

— Et si l'on me pend par suite de mon imprudence, dit gravement Ferrante, tous ces coquins, si nuisibles au peuple, vivront de longues années, et à qui la faute ? Que me dira mon père en me recevant là-haut [1] ?

La duchesse lui parla beaucoup de ses petits enfants à qui l'humidité pouvait causer des maladies mortelles ; il finit par accepter l'offre de la cachette à Parme.

Le duc Sanseverina, dans la seule demi-journée qu'il eût passée à Parme depuis son mariage, avait montré à la duchesse une cachette fort singulière qui existe à l'angle méridional du palais de ce nom. Le mur de façade, qui date du moyen âge, a huit pieds d'épaisseur ; on l'a creusé en dedans, et là se trouve une cachette de vingt pieds de haut, mais de deux seulement de largeur. C'est tout à côté que l'on admire ce réservoir d'eau cité dans tous les voyages, fameux

---

1. Diderot, dans *L'Entretien d'un père avec ses enfants ou Du danger de se mettre au-dessus des lois*, raconte l'histoire du cordonnier de Messine qui comme Palla répliquait à l'impunité des criminels en se transformant en tribunal et en bourreau : il rendait ses arrêts et les exécutait ; était-il un justicier ou un meurtrier ?

ouvrage du XIIe siècle, pratiqué lors du siège de Parme par l'empereur Sigismond[1], et qui plus tard fut compris dans l'enceinte du palais Sanseverina.

On entre dans la cachette en faisant mouvoir une énorme pierre sur un axe de fer placé vers le centre du bloc. La duchesse était si profondément touchée de la folie de Ferrante et du sort de ses enfants, pour lesquels il refusait obstinément tout cadeau ayant une valeur, qu'elle lui permit de faire usage de cette cachette pendant assez longtemps. Elle le revit un mois après, toujours dans les bois de Sacca, et comme ce jour-là il était un peu plus calme, il lui récita un de ses sonnets qui lui sembla égal ou supérieur à tout ce qu'on a fait de plus beau en Italie depuis deux siècles. Ferrante obtint plusieurs entrevues ; mais son amour s'exalta, devint importun, et la duchesse s'aperçut que cette passion suivait les lois de tous les amours que l'on met dans la possibilité de concevoir une lueur d'espérance. Elle le renvoya dans ses bois, lui défendit de lui adresser la parole : il obéit à l'instant et avec une douceur parfaite. Les choses en étaient à ce point quand Fabrice fut arrêté. Trois jours après, à la tombée de la nuit, un capucin se présenta à la porte du palais Sanseverina ; il avait, disait-il, un secret important à communiquer à la maîtresse du logis. Elle était si malheureuse qu'elle fit entrer : c'était Ferrante.

— Il se passe ici une nouvelle iniquité dont le tribun du peuple doit prendre connaissance, lui dit cet homme fou d'amour. D'autre part, agissant comme simple particulier, ajouta-t-il, je ne puis donner à madame la duchesse Sanseverina que ma vie, et je la lui apporte.

Ce dévouement si sincère de la part d'un voleur et d'un fou toucha vivement la duchesse. Elle parla long-

---

1. L'empereur Sigismond est bien venu à Parme, mais au XVe siècle ; c'est Frédéric II qui a fait le siège de la ville en 1248. Il faut se méfier de Stendhal, surtout quand il annonce des sources : aucun voyage ne mentionne cette cachette.

temps à cet homme qui passait pour le plus grand poète du nord de l'Italie, et pleura beaucoup. Voilà un homme qui comprend mon cœur, se disait-elle. Le lendemain il reparut toujours à l'*Ave Maria*, déguisé en domestique et portant livrée.

— Je n'ai point quitté Parme ; j'ai entendu dire une horreur que ma bouche ne répétera point ; mais me voici. Songez, madame, à ce que vous refusez ! L'être que vous voyez n'est pas une poupée de cour, c'est un homme !

Il était à genoux en prononçant ces paroles d'un air à leur donner de la valeur.

— Hier, je me suis dit, ajouta-t-il : Elle a pleuré en ma présence ; donc elle est un peu moins malheureuse !

— Mais, monsieur, songez donc quels dangers vous environnent, on vous arrêtera dans cette ville !

— Le tribun vous dira : Madame, qu'est-ce que la vie quand le devoir parle ? L'homme malheureux, et qui a la douleur de ne plus sentir de passion pour la vertu depuis qu'il est brûlé par l'amour, ajoutera[1] : Madame la duchesse, Fabrice, un homme de cœur, va périr peut-être ; ne repoussez pas un autre homme de cœur qui s'offre à vous ! Voici un corps de fer et une âme qui ne craint au monde que de vous déplaire.

— Si vous me parlez encore de vos sentiments, je vous ferme ma porte à jamais.

La duchesse eut bien l'idée, ce soir-là, d'annoncer à Ferrante qu'elle ferait une petite pension à ses enfants, mais elle eut peur qu'il ne partît de là pour se tuer.

À peine fut-il sorti que, remplie de pressentiments funestes, elle se dit : Moi aussi je puis mourir, et plût

---

1. Tel est le scrupule de conscience de Palla : en tuant le prince pour l'amour de la duchesse, ne va-t-il pas diminuer la valeur vraiment républicaine de son meurtre et lui donner des motifs personnels sinon égoïstes ? Homme de l'absolu politique et moral, Palla n'a pas d'intérêt individuel ; il n'a plus de moi. Il parle volontiers à la troisième personne.

à Dieu qu'il en fût ainsi, et bientôt ! si je trouvais un homme digne de ce nom à qui recommander mon pauvre Fabrice.

Une idée saisit la duchesse : elle prit un morceau de papier et reconnut, par un écrit auquel elle mêla le peu de mots de droit qu'elle savait, qu'elle avait reçu du sieur Ferrante Palla la somme de 25 000 francs, sous l'expresse condition de payer chaque année une rente viagère de 1 500 francs à la dame Sarasine et à ses cinq enfants. La duchesse ajouta : « De plus je lègue une rente viagère de 300 francs à chacun de ses cinq enfants, sous la condition que Ferrante Palla donnera des soins comme médecin à mon neveu Fabrice del Dongo, et sera pour lui un frère. Je l'en prie. » Elle signa, antidata d'un an et serra ce papier.

Deux jours après, Ferrante reparut. C'était au moment où toute la ville était agitée par le bruit de la prochaine exécution de Fabrice. Cette triste cérémonie aurait-elle lieu dans la citadelle ou sous les arbres de la promenade publique ? Plusieurs hommes du peuple allèrent se promener ce soir-là devant la porte de la citadelle, pour tâcher de voir si l'on dressait l'échafaud : ce spectacle avait ému Ferrante. Il trouva la duchesse noyée dans les larmes, et hors d'état de parler ; elle le salua de la main et lui montra un siège. Ferrante, déguisé ce jour-là en capucin, était superbe ; au lieu de s'asseoir il se mit à genoux et pria Dieu dévotement à demi-voix. Dans un moment où la duchesse semblait un peu plus calme, sans se déranger de sa position, il interrompit un instant sa prière pour dire ces mots :

— De nouveau il offre sa vie.

— Songez à ce que vous dites, s'écria la duchesse, avec cet œil hagard qui, après les sanglots, annonce que la colère prend le dessus sur l'attendrissement.

— Il offre sa vie pour mettre obstacle au sort de Fabrice, ou pour le venger.

— Il y a telle occurrence, répliqua la duchesse, où je pourrais accepter le sacrifice de votre vie.

Elle le regardait avec une attention sévère. Un éclair de joie brilla dans son regard ; il se leva rapidement et tendit les bras vers le ciel. La duchesse alla se munir d'un papier caché dans le secret d'une grande armoire de noyer.

— Lisez, dit-elle à Ferrante.

C'était la donation en faveur de ses enfants, dont nous avons parlé.

Les larmes et les sanglots empêchaient Ferrante de lire la fin ; il tomba à genoux.

— Rendez-moi ce papier, dit la duchesse, et, devant lui, elle le brûla à la bougie.

» Il ne faut pas, ajouta-t-elle, que mon nom paraisse si vous êtes pris et exécuté, car il y va de votre tête.

— Ma joie est de mourir en nuisant au tyran, une bien plus grande joie de mourir pour vous. Cela posé et bien compris, daignez ne plus faire mention de ce détail d'argent, j'y verrais un doute injurieux.

— Si vous êtes compromis, je puis l'être aussi, repartit la duchesse, et Fabrice après moi : c'est pour cela, et non pas parce que je doute de votre bravoure, que j'exige que l'homme qui me perce le cœur soit empoisonné et non tué. Par la même raison importante pour moi, je vous ordonne de faire tout au monde pour vous sauver.

— J'exécuterai fidèlement, ponctuellement et prudemment. Je prévois, madame la duchesse, que ma vengeance sera mêlée à la vôtre : il en serait autrement, que j'obéirais encore fidèlement, ponctuellement et prudemment. Je puis ne pas réussir, mais j'emploierai toute ma force d'homme.

— Il s'agit d'empoisonner le meurtrier de Fabrice.

— Je l'avais deviné, et depuis vingt-sept mois que je mène cette vie errante et abominable, j'ai souvent songé à une pareille action pour mon compte.

— Si je suis découverte et condamnée comme

complice, poursuivit la duchesse d'un ton de fierté, je ne veux point que l'on puisse m'imputer de vous avoir séduit. Je vous ordonne de ne plus chercher à me voir avant l'époque de notre vengeance : il ne s'agit point de le mettre à mort avant que je vous en aie donné le signal. Sa mort en cet instant, par exemple, me serait funeste, loin de m'être utile. Probablement sa mort ne devra avoir lieu que dans plusieurs mois, mais elle aura lieu. J'exige qu'il meure par le poison, et j'aimerais mieux le laisser vivre que de le voir atteint d'un coup de feu. Pour des intérêts que je ne veux pas vous expliquer, j'exige que votre vie soit sauvée.

Ferrante était ravi de ce ton d'autorité que la duchesse prenait avec lui : ses yeux brillaient d'une profonde joie. Ainsi que nous l'avons dit, il était horriblement maigre ; mais on voyait qu'il avait été fort beau dans sa première jeunesse, et il croyait être encore ce qu'il avait été jadis. Suis-je fou, se dit-il, ou bien la duchesse veut-elle un jour, quand je lui aurai donné cette preuve de dévouement, faire de moi l'homme le plus heureux ? Et dans le fait, pourquoi pas ? Est-ce que je ne vaux point cette poupée de comte Mosca qui, dans l'occasion, n'a rien pu pour elle, pas même faire évader *monsignor* Fabrice ?

— Je puis vouloir sa mort dès demain, continua la duchesse, toujours du même air d'autorité. Vous connaissez cet immense réservoir d'eau qui est au coin du palais, tout près de la cachette que vous avez occupée quelquefois ; il est un moyen secret de faire couler toute cette eau dans la rue : hé bien ! ce sera là le signal de ma vengeance. Vous verrez, si vous êtes à Parme, ou vous entendrez dire, si vous habitez les bois, que le grand réservoir du palais Sanseverina a crevé. Agissez aussitôt, mais par le poison, et surtout n'exposez votre vie que le moins possible. Que jamais personne ne sache que j'ai trempé dans cette affaire.

— Les paroles sont inutiles, répondit Ferrante avec un enthousiasme mal contenu : je suis déjà fixé sur les moyens que j'emploierai. La vie de cet homme me devient plus odieuse qu'elle n'était, puisque je n'oserai vous revoir tant qu'il vivra. J'attendrai le signal du réservoir crevé dans la rue.

Il salua brusquement et partit. La duchesse le regardait marcher.

Quand il fut dans l'autre chambre, elle le rappela.

— Ferrante ! s'écria-t-elle ; homme sublime !

Il rentra, comme impatient d'être retenu ; sa figure était superbe en cet instant.

— Et vos enfants ?

— Madame, ils seront plus riches que moi ; vous leur accorderez peut-être quelque petite pension.

— Tenez, lui dit la duchesse en lui remettant une sorte de gros étui en bois d'olivier, voici tous les diamants qui me restent ; ils valent 50 000 francs.

— Ah ! madame ! vous m'humiliez !... dit Ferrante avec un mouvement d'horreur ; et sa figure changea du tout au tout.

— Je ne vous reverrai jamais avant l'action : prenez, je le veux, ajouta la duchesse avec un air de hauteur qui atterra Ferrante.

Il mit l'étui dans sa poche et sortit.

La porte avait été refermée par lui. La duchesse le rappela de nouveau ; il rentra d'un air inquiet : la duchesse était debout au milieu du salon ; elle se jeta dans ses bras. Au bout d'un instant, Ferrante s'évanouit presque de bonheur ; la duchesse se dégagea de ses embrassements, et des yeux lui montra la porte.

Voilà le seul homme qui m'ait comprise, se dit-elle, c'est ainsi qu'en eût agi Fabrice, s'il eût pu m'entendre.

Il y avait deux choses dans le caractère de la duchesse, elle voulait toujours ce qu'elle avait voulu une fois ; elle ne remettait jamais en délibération ce qui avait été une fois décidé. Elle citait à ce propos un mot de son premier mari, l'aimable général Pietranera : Quelle insolence envers moi-même ! disait-il ; pourquoi croirai-je avoir plus d'esprit aujourd'hui que lorsque je pris ce parti ?

De ce moment, une sorte de gaieté reparut dans le caractère de la duchesse. Avant la fatale résolution, à chaque pas que faisait son esprit, à chaque chose nouvelle qu'elle voyait, elle avait le sentiment de son infériorité envers le prince, de sa faiblesse et de sa duperie ; le prince, suivant elle, l'avait lâchement trompée, et le comte Mosca, par suite de son génie courtisanesque, quoique innocemment, avait secondé le prince. Dès que la vengeance fut résolue, elle sentit sa force, chaque pas de son esprit lui donnait du bonheur. Je croirais assez que le bonheur immoral qu'on trouve à se venger en Italie tient à la force d'imagination de ce peuple ; les gens des autres pays ne pardonnent pas à proprement parler, ils oublient.

La duchesse ne revit Palla que vers les derniers temps de la prison de Fabrice. Comme on l'a deviné peut-être, ce fut lui qui donna l'idée de l'évasion : il existait dans les bois, à deux lieues de Sacca, une tour du moyen âge, à demi ruinée, et haute de plus de cent pieds ; avant de parler une seconde fois de fuite à la duchesse, Ferrante la supplia d'envoyer Ludovic, avec des hommes sûrs, disposer une suite d'échelles auprès de cette tour. En présence de la duchesse, il y monta avec les échelles, et en descendit avec une simple corde nouée ; il renouvela trois fois l'expérience, puis il expliqua de nouveau son idée. Huit jours après, Ludovic voulut aussi descendre de cette vieille tour avec une corde nouée : ce fut alors que la duchesse communiqua cette idée à Fabrice.

Dans les derniers jours qui précédèrent cette tentative, qui pouvait amener la mort du prisonnier, et de plus d'une façon, la duchesse ne pouvait trouver un instant de repos qu'autant qu'elle avait Ferrante à ses côtés ; le courage de cet homme électrisait le sien ; mais l'on sent bien qu'elle devait cacher au comte ce voisinage singulier. Elle craignait, non pas qu'il se révoltât, mais elle eût été affligée de ses objections, qui eussent redoublé ses inquiétudes. Quoi ! prendre pour conseiller intime un fou reconnu comme tel, et condamné à mort ! Et, ajoutait la duchesse, se parlant à elle-même, un homme qui, par la suite, pouvait faire de si étranges choses ! Ferrante se trouvait dans le salon de la duchesse au moment où le comte vint lui donner connaissance de la conversation que le prince avait eue avec Rassi ; et, lorsque le comte fut sorti, elle eut beaucoup à faire pour empêcher Ferrante de marcher sur-le-champ à l'exécution d'un affreux dessein !

— Je suis fort maintenant ! s'écriait ce fou ; je n'ai plus de doute sur la légitimité de l'action !

— Mais, dans le moment de colère qui suivra inévitablement, Fabrice sera mis à mort !

— Mais ainsi on lui épargnerait le péril de cette descente : elle est possible, facile même, ajoutait-il ; mais l'expérience manque à ce jeune homme.

On célébra le mariage de la sœur du marquis Crescenzi, et ce fut à la fête donnée dans cette occasion que la duchesse rencontra Clélia, et put lui parler sans donner de soupçons aux observateurs de bonne compagnie. La duchesse elle-même remit à Clélia le paquet de cordes dans le jardin, où ces dames étaient allées respirer un instant. Ces cordes, fabriquées avec le plus grand soin, mi-parties de chanvre et de soie, avec des nœuds, étaient fort menues et assez flexibles ; Ludovic avait éprouvé leur solidité, et, dans toutes leurs parties, elles pouvaient porter sans se rompre un poids de huit quintaux. On les avait comprimées de façon à en former plusieurs paquets de la forme d'un volume *in-quarto* ; Clélia s'en empara, et promit à la duchesse que tout ce qui était humainement possible serait accompli pour faire arriver ces paquets jusqu'à la tour Farnèse.

— Mais je crains la timidité de votre caractère ; et d'ailleurs, ajouta poliment la duchesse, quel intérêt peut vous inspirer un inconnu ?

— M. del Dongo est malheureux, *et je vous promets que par moi il sera sauvé !*

Mais la duchesse, ne comptant que fort médiocrement sur la présence d'esprit d'une jeune personne de vingt ans, avait pris d'autres précautions dont elle se garda bien de faire part à la fille du gouverneur. Comme il était naturel de le supposer, ce gouverneur se trouvait à la fête donnée pour le mariage de la sœur du marquis Crescenzi. La duchesse se dit que, si elle lui faisait donner un fort narcotique, on pourrait croire dans le premier moment qu'il s'agissait d'une attaque d'apoplexie, et alors, au lieu de le placer dans sa voiture pour le ramener à la citadelle, on pourrait, avec un peu d'adresse, faire prévaloir l'avis de se servir d'une litière, qui se trouverait par hasard dans la maison où se donnait la fête. Là se rencontreraient aussi des hommes intelligents, vêtus en ouvriers employés pour la fête, et qui, dans le trouble général, s'offriraient obligeamment pour transporter le malade jusqu'à son palais, si élevé. Ces hommes, dirigés par Ludovic, portaient une assez grande quantité de cordes, adroitement cachées sous leurs habits. On voit que la duchesse avait réellement l'esprit égaré depuis qu'elle songeait sérieusement à la fuite de Fabrice. Le péril de cet être chéri était trop fort pour son âme, et surtout durait trop longtemps. Par excès de précautions, elle faillit faire manquer cette fuite, ainsi qu'on va le voir. Tout s'exécuta comme elle l'avait projeté, avec cette seule différence que le narcotique produisit un effet trop puissant ; tout le monde crut, et même les gens de l'art, que le général avait une attaque d'apoplexie.

Par bonheur, Clélia, au désespoir, ne se douta en aucune façon de la tentative si criminelle de la duchesse. Le désordre fut tel au moment de l'entrée à la citadelle de la litière où le général, à demi mort, était enfermé, que Ludovic et ses gens passèrent sans objection ; ils ne furent fouillés que pour la forme au pont de l'*esclave*. Quand ils eurent transporté le géné-

ral jusqu'à son lit, on les conduisit à l'office, où les
domestiques les traitèrent fort bien ; mais après ce
repas, qui ne finit que fort près du matin, on leur expliqua que l'usage de la prison exigeait que, pour le reste
de la nuit, ils fussent enfermés à clef dans les salles
basses du palais ; le lendemain au jour ils seraient mis
en liberté par le lieutenant du gouverneur.

Ces hommes avaient trouvé le moyen de remettre à
Ludovic les cordes dont ils s'étaient chargés, mais
Ludovic eut beaucoup de peine à obtenir un instant
d'attention de Clélia. À la fin, dans un moment où elle
passait d'une chambre à une autre, il lui fit voir qu'il
déposait des paquets de corde dans l'angle obscur d'un
des salons du premier étage. Clélia fut profondément
frappée de cette circonstance étrange : aussitôt elle
conçut d'atroces soupçons.

— Qui êtes-vous ? dit-elle à Ludovic.

Et sur la réponse fort ambiguë de celui-ci, elle
ajouta :

— Je devrais vous faire arrêter ; vous ou les vôtres
vous avez empoisonné mon père !... Avouez à l'instant
quelle est la nature du poison dont vous avez fait
usage, afin que le médecin de la citadelle puisse administrer les remèdes convenables ; avouez à l'instant, ou
bien, vous et vos complices, jamais vous ne sortirez de
cette citadelle !

— Mademoiselle a tort de s'alarmer, répondit
Ludovic, avec une grâce et une politesse parfaites ; il
ne s'agit nullement de poison ; on a eu l'imprudence
d'administrer au général une dose de laudanum, et il
paraît que le domestique chargé de ce crime a mis dans
le verre quelques gouttes de trop ; nous en aurons un
remords éternel ; mais mademoiselle peut croire que,
grâce au Ciel, il n'existe aucune sorte de danger : M. le
gouverneur doit être traité pour avoir pris, par erreur,
une trop forte dose de laudanum ; mais, j'ai l'honneur
de le répéter à mademoiselle, le laquais chargé du
crime ne faisait point usage de poisons véritables,

comme Barbone, lorsqu'il voulut empoisonner monseigneur Fabrice. On n'a point prétendu se venger du péril qu'a couru monseigneur Fabrice ; on n'a confié à ce laquais maladroit qu'une fiole où il y avait du laudanum, j'en fais le serment à mademoiselle ! Mais il est bien entendu que, si j'étais interrogé officiellement, je nierais tout.

» D'ailleurs, si mademoiselle parle à qui que ce soit de laudanum et de poison, fût-ce à l'excellent don Cesare, Fabrice est tué de la main de Mademoiselle. Elle rend à jamais impossibles tous les projets de fuite ; et mademoiselle sait mieux que moi que ce n'est pas avec du simple laudanum que l'on veut empoisonner monseigneur ; elle sait aussi que quelqu'un n'a accordé qu'un mois de délai pour ce crime, et qu'il y a déjà plus d'une semaine que l'ordre fatal a été reçu. Ainsi, si elle me fait arrêter, ou si seulement elle dit un mot à don Cesare ou à tout autre, elle retarde toutes nos entreprises de bien plus d'un mois, et j'ai raison de dire qu'elle tue de sa main monseigneur Fabrice. »

Clélia était épouvantée de l'étrange tranquillité de Ludovic.

Ainsi, me voilà en dialogue réglé, se disait-elle, avec l'empoisonneur de mon père, et qui emploie des tournures polies pour me parler ! Et c'est l'amour qui m'a conduite à tous ces crimes !...

Le remords lui laissait à peine la force de parler ; elle dit à Ludovic :

— Je vais vous enfermer à clef dans ce salon. Je cours apprendre au médecin qu'il ne s'agit que de laudanum ; mais, grand Dieu ! comment lui dirai-je que je l'ai appris moi-même ? Je reviens ensuite vous délivrer.

» Mais, dit Clélia, revenant en courant d'auprès de la porte, Fabrice savait-il quelque chose du laudanum ?

— Mon Dieu non, mademoiselle, il n'y eût jamais consenti. Et puis, à quoi bon faire une confidence inutile ? nous agissons avec la prudence la plus stricte. Il s'agit de sauver la vie à monseigneur, qui sera empoisonné d'ici à trois semaines ; l'ordre en a été donné par quelqu'un qui d'ordinaire ne trouve point d'obstacle à ses volontés ; et, pour tout dire à Mademoiselle, on prétend que c'est le terrible fiscal général Rassi qui a reçu cette commission.

Clélia s'enfuit épouvantée : elle comptait tellement sur la parfaite probité de don Cesare, qu'en employant certaine précaution, elle osa lui dire qu'on avait administré au général du laudanum, et pas autre chose. Sans répondre, sans questionner, don Cesare courut au médecin.

Clélia revint au salon, où elle avait enfermé Ludovic dans l'intention de le presser de questions sur le laudanum. Elle ne l'y trouva plus : il avait réussi à s'échapper. Elle vit sur une table une bourse remplie de sequins, et une petite boîte renfermant diverses sortes de poisons. La vue de ces poisons la fit frémir. Qui me dit, pensa-t-elle, que l'on n'a donné que du laudanum à mon père, et que la duchesse n'a pas voulu se venger de la tentative de Barbone ?

Grand Dieu ! s'écria-t-elle, me voici en rapport avec les empoisonneurs de mon père ! Et je les laisse s'échapper ! Et peut-être cet homme, mis à la question, eût avoué autre chose que du laudanum !

Aussitôt Clélia tomba à genoux, fondant en larmes, et pria la Madone avec ferveur.

Pendant ce temps, le médecin de la citadelle, fort étonné de l'avis qu'il recevait de don Cesare, et d'après lequel il n'avait affaire qu'à du laudanum, donna les remèdes convenables qui bientôt firent disparaître les symptômes les plus alarmants. Le général revint un peu à lui comme le jour commençait à paraître. Sa première action marquant de la connaissance fut de charger d'injures le colonel commandant en second la citadelle, et qui s'était avisé de donner quelques ordres les plus simples du monde pendant que le général n'avait pas sa connaissance.

Le gouverneur se mit ensuite dans une fort grande colère contre une fille de cuisine qui, en lui apportant un bouillon, s'avisa de prononcer le mot d'apoplexie.

— Est-ce que je suis d'âge, s'écria-t-il, à avoir des apoplexies ? Il n'y a que mes ennemis acharnés qui puissent se plaire à répandre de tels bruits. Et d'ailleurs, est-ce que j'ai été saigné, pour que la calomnie elle-même ose parler d'apoplexie ?

Fabrice, tout occupé des préparatifs de sa fuite, ne put concevoir les bruits étranges qui remplissaient la citadelle au moment où l'on y rapportait le gouverneur à demi mort. D'abord il eut quelque idée que sa sentence était changée, et qu'on venait le mettre à mort. Voyant ensuite que personne ne se présentait dans sa chambre, il pensa que Clélia avait été trahie, qu'à sa rentrée dans la forteresse on lui avait enlevé les cordes que probablement elle rapportait, et qu'enfin ses projets de fuite étaient désormais impossibles. Le lendemain, à l'aube du jour, il vit entrer dans sa chambre un homme à lui inconnu, qui, sans dire mot, y déposa un panier de fruits : sous les fruits était cachée la lettre suivante :

Pénétrée des remords les plus vifs par ce qui a été fait, non pas, grâce au ciel, de mon consentement, mais à l'occasion d'une idée que j'avais eue, j'ai fait vœu à la très sainte Vierge que si, par l'effet de sa sainte intercession, mon père est sauvé, jamais je n'opposerai un refus à ses ordres ; j'épouserai le marquis aussitôt que j'en serai requise par lui, et jamais je ne vous reverrai. Toutefois, je crois qu'il est de mon devoir d'achever ce qui a été commencé. Dimanche prochain, au retour de la messe où l'on vous conduira à ma demande (songez à préparer votre âme, vous pouvez vous tuer dans la difficile entreprise) ; au retour de la messe, dis-je, retardez le plus possible votre rentrée dans votre chambre ; vous y trouverez ce qui vous est nécessaire pour l'entreprise méditée. Si vous périssez, j'aurai l'âme navrée ! Pourrez-vous m'accuser d'avoir contribué à votre mort ? La duchesse elle-même ne m'a-t-elle pas répété à diverses reprises que la faction Raversi l'emporte ? On veut lier le prince par une cruauté qui le sépare à jamais du comte Mosca. La duchesse, fondant en larmes, m'a juré qu'il ne reste que cette ressource : vous périssez si vous ne tentez rien. Je ne puis plus vous regarder, j'en ai fait le vœu ; mais si dimanche, vers le soir, vous me voyez entièrement vêtue de noir, à la fenêtre accoutumée, ce sera le signal que la nuit suivante tout sera disposé autant qu'il est possible à mes faibles moyens. Après onze heures, peut-être seulement à minuit ou une heure, une petite lampe paraîtra à ma fenêtre, ce sera l'instant décisif ; recommandez-vous à votre saint patron, prenez en hâte les habits de prêtre dont vous êtes pourvu, et marchez.

Adieu, Fabrice, je serai en prière, et répandant les larmes les plus amères, vous pouvez le croire, pendant que vous courrez de si grands dangers. Si vous périssez, je ne vous survivrai point ; grand Dieu ! qu'est-ce que je dis ? mais si vous réussissez, je ne vous reverrai jamais. Dimanche, après la messe, vous trouverez dans votre prison l'argent, les poisons, les cordes, envoyés par cette femme terrible qui vous aime avec passion, et qui m'a répété jusqu'à trois fois qu'il fallait prendre ce parti. Dieu vous sauve et la sainte Madone !

Fabio Conti était un geôlier toujours inquiet[1], toujours malheureux, voyant toujours en songe quelqu'un de ses prisonniers lui échapper : il était abhorré de tout ce qui était dans la citadelle ; mais le malheur inspirant les mêmes résolutions à tous les hommes, les pauvres

---

1. Le gouverneur du château Saint-Ange où est enfermé B. Cellini en 1538 rêve que son prisonnier s'évade ; il est d'ailleurs à peu près fou. Un soir de fête, il est malade, et Cellini en profite pour s'enfuir. Lors de sa deuxième prison, il retrouve le gouverneur qui cette fois le ménage et intervient près du pape. Cellini écrit alors pour lui un sonnet. Stendhal utilise ces deux faits dans ce passage.

prisonniers, ceux-là même qui étaient enchaînés dans des cachots hauts de trois pieds, larges de trois pieds et de huit pieds de longueur et où ils ne pouvaient se tenir debout ou assis[1], tous les prisonniers, même ceux-là, dis-je, eurent l'idée de faire chanter à leurs frais un *Te Deum* lorsqu'ils surent que leur gouverneur était hors de danger. Deux ou trois de ces malheureux firent des sonnets en l'honneur de Fabio Conti. Ô effet du malheur sur ces hommes ! Que celui qui les blâme soit conduit par sa destinée à passer un an dans un cachot haut de trois pieds, avec huit onces de pain par jour et *jeûnant* les vendredis.

Clélia, qui ne quittait la chambre de son père que pour aller prier dans la chapelle, dit que le gouverneur avait décidé que les réjouissances n'auraient lieu que le dimanche. Le matin de ce dimanche, Fabrice assista à la messe et au *Te Deum* ; le soir il y eut feu d'artifice, et dans les salles basses du château l'on distribua aux soldats une quantité de vin quadruple de celle que le gouverneur avait accordée ; une main inconnue avait même envoyé plusieurs tonneaux d'eau-de-vie que les soldats défoncèrent. La générosité des soldats qui s'enivraient ne voulut pas que les cinq soldats qui faisaient faction comme sentinelles autour du palais souffrissent de leur position ; à mesure qu'ils arrivaient à leurs guérites, un domestique affidé leur donnait du vin, et l'on ne sait par quelle main ceux qui furent placés en sentinelle à minuit et pendant le reste de la nuit reçurent aussi un verre d'eau-de-vie, et l'on oubliait à chaque fois la bouteille auprès de la guérite (comme il a été prouvé au procès qui suivit).

Le désordre dura plus longtemps que Clélia ne l'avait pensé, et ce ne fut que vers une heure[2] que

---

1. Au Spielberg, les cachots avaient 3 pieds de largeur et 9 de longueur (1 pied = 0,33 m) ; à Milan, Andryane indique que sa cellule avait trois pas de largeur et cinq de longueur. **2.** Au chapitre suivant, l'heure à laquelle Fabrice commence son évasion est sensiblement avancée.

Fabrice, qui, depuis plus de huit jours, avait scié deux barreaux de sa fenêtre, celle qui ne donnait pas vers la volière, commença à démonter l'abat-jour ; il travaillait presque sur la tête des sentinelles qui gardaient le palais du gouverneur, ils n'entendirent rien. Il avait fait quelques nouveaux nœuds seulement à l'immense corde nécessaire pour descendre de cette terrible hauteur de cent quatre-vingts pieds. Il arrangea cette corde en bandoulière autour de son corps : elle le gênait beaucoup, son volume étant énorme ; les nœuds l'empêchaient de former masse, et elle s'écartait à plus de dix-huit pouces du corps. Voilà le grand obstacle, se dit Fabrice.

Cette corde arrangée tant bien que mal, Fabrice prit celle avec laquelle il comptait descendre les trente-cinq pieds qui séparaient sa fenêtre de l'esplanade où était le palais du gouverneur. Mais comme pourtant, quelque enivrées que fussent les sentinelles, il ne pouvait pas descendre exactement sur leurs têtes, il sortit, comme nous l'avons dit, par la seconde fenêtre de sa chambre, celle qui avait jour sur le toit d'une sorte de vaste corps de garde. Par une bizarrerie de malade, dès que le général Fabio Conti avait pu parler, il avait fait monter deux cents soldats dans cet ancien corps de garde abandonné depuis un siècle. Il disait qu'après l'avoir empoisonné on voulait l'assassiner dans son lit, et ces deux cents soldats devaient le garder. On peut juger de l'effet que cette mesure imprévue produisit sur le cœur de Clélia : cette fille pieuse sentait fort bien jusqu'à quel point elle trahissait son père, et un père qui venait d'être presque empoisonné dans l'intérêt du prisonnier qu'elle aimait. Elle vit presque dans l'arrivée imprévue de ces deux cents hommes un arrêt de la Providence qui lui défendait d'aller plus avant et de rendre la liberté à Fabrice.

Mais tout le monde dans Parme parlait de la mort prochaine du prisonnier. On avait encore traité ce triste sujet à la fête même donnée à l'occasion du mariage de la signora Giulia Crescenzi. Puisque pour une pareille vétille, un coup d'épée maladroit donné à un comédien, un homme de la naissance de Fabrice n'était pas mis en liberté au bout de neuf mois de prison et avec la protection du premier ministre, c'est qu'il y avait de la politique dans son affaire. Alors, inutile de s'occuper davantage de lui, avait-on dit ; s'il ne convenait pas au pouvoir de le faire mourir en place publique, il mourrait bientôt de maladie. Un ouvrier serrurier qui avait été appelé au palais du général Fabio Conti parla de Fabrice comme d'un prisonnier expédié depuis longtemps et dont on taisait la mort par politique. Le mot de cet homme décida Clélia.

CHAPITRE XXII

Dans la journée Fabrice fut attaqué par quelques réflexions sérieuses et désagréables, mais à mesure qu'il entendait sonner les heures qui le rapprochaient du moment de l'action, il se sentait allègre et dispos. La duchesse lui avait écrit qu'il serait surpris par le grand air, et qu'à peine hors de sa prison il se trouverait dans l'impossibilité de marcher ; dans ce cas il valait mieux pourtant s'exposer à être repris que se précipiter du haut d'un mur de cent quatre-vingts pieds. Si ce malheur m'arrive, disait Fabrice, je me coucherai contre le parapet, je dormirai une heure, puis je recommencerai ; puisque je l'ai juré à Clélia, j'aime mieux tomber du haut d'un rempart, si élevé qu'il soit, que d'être toujours à faire des réflexions sur le goût du pain que je mange. Quelles horribles douleurs ne doit-on pas éprouver avant la fin, quand on meurt empoisonné ! Fabio Conti n'y cherchera pas de façons, il me fera donner de l'arsenic avec lequel il tue les rats de sa citadelle.

Vers le minuit un de ces brouillards épais et blancs que le Pô jette quelquefois sur ses rives s'étendit d'abord sur la ville, et ensuite gagna l'esplanade et les bastions au milieu desquels s'élève la grosse tour de la citadelle. Fabrice crut voir que du parapet de la plate-forme, on n'apercevait plus les petits acacias qui environnaient les jardins établis par les soldats au pied du mur de cent quatre-vingts pieds. Voilà qui est excellent, pensa-t-il.

Un peu après que minuit et demi eut sonné, le signal de la petite lampe parut à la fenêtre de la volière. Fabrice était prêt à agir ; il fit un signe de croix [1], puis attacha à son lit la petite corde destinée à lui faire descendre les trente-cinq pieds qui le séparaient de la plate-forme où était le palais. Il arriva sans encombre sur le toit du corps de garde occupé depuis la veille par les deux cents hommes de renfort dont nous avons parlé. Par malheur les soldats, à minuit trois quarts qu'il était alors, n'étaient pas encore endormis ; pendant qu'il marchait à pas de loup sur le toit de grosses tuiles creuses, Fabrice les entendait qui disaient que le diable était sur le toit, et qu'il fallait essayer de le tuer d'un coup de fusil. Quelques voix prétendaient que ce souhait était d'une grande impiété, d'autres disaient que si l'on tirait un coup de fusil sans tuer quelque chose, le gouverneur les mettrait tous en prison pour avoir alarmé la garnison inutilement. Toute cette belle discussion faisait que Fabrice se hâtait le plus possible en marchant sur le toit et qu'il faisait beaucoup plus de bruit. Le fait est qu'au moment où, pendu à sa corde, il passa devant les fenêtres, par bonheur à quatre ou cinq pieds de distance à cause de l'avance du toit, elles étaient hérissées de baïonnettes. Quelques-uns ont prétendu que Fabrice toujours fou eut l'idée de jouer le rôle du diable, et qu'il jeta à ces soldats une poignée de sequins. Ce qui est sûr, c'est qu'il avait semé des

---

1. B. Cellini, avant d'entamer la descente du château Saint-Ange, priait aussi : « Seigneur, aidez-moi, car je m'aide moi-même, et ma cause est juste, vous le savez. » Son évasion est le modèle de celle de Fabrice : n'est-ce pas la même forteresse qu'ils fuient l'un et l'autre, et Cellini est menacé de mort par un Farnèse, Paul III, qui lui-même, quand il n'était qu'Alexandre Farnèse, s'était enfui de la même citadelle. Mais Stendhal s'écarte continuellement du récit de Cellini tout en gardant le schéma de l'épisode. Cellini avait fabriqué des cordes avec ses draps, pour rafraîchir ses mains écorchées, il pissait dessus. Ces détails ont sauté.

sequins sur le plancher de sa chambre, et il en sema
aussi sur la plate-forme dans son trajet de la tour
Farnèse au parapet, afin de se donner la chance de
distraire les soldats qui auraient pu se mettre à le
poursuivre.

Arrivé sur la plate-forme et entouré de sentinelles
qui ordinairement criaient tous les quarts d'heure une
phrase entière : *Tout est bien autour de mon poste*, il
dirigea ses pas vers le parapet du couchant et chercha
la pierre neuve.

Ce qui paraît incroyable et pourrait faire douter du
fait si le résultat n'avait pas eu pour témoin une ville
entière, c'est que les sentinelles placées le long du
parapet n'aient pas vu et arrêté Fabrice ; à la vérité, le
brouillard dont nous avons parlé commençait à monter,
et Fabrice a dit que lorsqu'il était sur la plate-forme,
le brouillard lui semblait arrivé déjà jusqu'à la moitié
de la tour Farnèse. Mais ce brouillard n'était point
épais, et il apercevait fort bien les sentinelles dont
quelques-unes se promenaient. Il ajoutait que, poussé
comme par une force surnaturelle, il alla se placer hardiment entre deux sentinelles assez voisines. Il défit
tranquillement la grande corde qu'il avait autour du
corps et qui s'embrouilla deux fois ; il lui fallut beaucoup de temps pour la débrouiller et l'étendre sur le
parapet. Il entendait les soldats parler de tous les côtés,
bien résolu à poignarder le premier qui s'avancerait
vers lui. « Je n'étais nullement troublé, ajoutait-il, il
me semblait que j'accomplissais une cérémonie[1]. »

Il attacha sa corde enfin débrouillée à une ouverture
pratiquée dans le parapet pour l'écoulement des eaux,
il monta sur ce même parapet, et pria Dieu avec ferveur, puis, comme un héros des temps de chevalerie,

---

1. Cellini arrivait rapidement au bas de la grosse tour ronde ; c'est
là, sur le rempart extérieur de la forteresse, qu'il trouvait des sentinelles ; la première, il la menace de son poignard et elle n'insiste pas ; la
deuxième semble vouloir fermer les yeux sur l'évasion. Stendhal préfère supprimer toute complicité atténuant l'exploit de son héros.

il pensa un instant à Clélia. Combien je suis différent, se dit-il, du Fabrice léger et libertin qui entra ici il y a neuf mois ! Enfin il se mit à descendre cette étonnante hauteur. Il agissait mécaniquement, dit-il, et comme il eût fait en plein jour, descendant devant des amis, pour gagner un pari. Vers le milieu de la hauteur, il sentit tout à coup ses bras perdre leur force ; il croit même qu'il lâcha la corde un instant ; mais bientôt il la reprit ; peut-être, dit-il, il se retint aux broussailles sur lesquelles il glissait et qui l'écorchaient. Il éprouvait de temps à autre une douleur atroce entre les épaules ; elle allait jusqu'à lui ôter la respiration. Il y avait un mouvement d'ondulation fort incommode ; il était renvoyé sans cesse de la corde aux broussailles. Il fut touché par plusieurs oiseaux assez gros qu'il réveillait et qui se jetaient sur lui en s'envolant. Les premières fois il crut être atteint par des gens descendant de la citadelle par la même voie que lui pour le poursuivre, et il s'apprêtait à se défendre. Enfin il arriva au bas de la grosse tour sans autre inconvénient que d'avoir les mains en sang. Il raconte que depuis le milieu de la tour, le talus qu'elle forme lui fut fort utile ; il frottait le mur en descendant, et les plantes qui croissaient entre les pierres le retenaient beaucoup. En arrivant en bas dans les jardins des soldats, il tomba sur un acacia qui, vu d'en haut, lui semblait avoir quatre ou cinq pieds de hauteur, et qui en avait réellement quinze ou vingt. Un ivrogne qui se trouvait là endormi le prit pour un voleur. En tombant de cet arbre, Fabrice se démit presque le bras gauche. Il se mit à fuir vers le rempart, mais, à ce qu'il dit, ses jambes lui semblaient comme du coton ; il n'avait plus aucune force [1]. Malgré

---

1. Pour Cellini, les difficultés commencent quand il est en bas de la grosse tour et quand il veut franchir les remparts, que Fabrice passe facilement. D'abord il aboutit dans une basse-cour dont il sort à grand-peine ; puis dans sa descente du haut des remparts, il a la même défaillance que Fabrice, il a les mains en sang, il lâche ses cordes, il tombe et reste évanoui pendant plus d'une heure. Il s'est blessé à la tête et il

le péril, il s'assit et but un peu d'eau-de-vie qui lui restait. Il s'endormit quelques minutes au point de ne plus savoir où il était ; en se réveillant il ne pouvait comprendre comment, se trouvant dans sa chambre, il voyait des arbres. Enfin la terrible vérité revint à sa mémoire. Aussitôt il marcha vers le rempart ; il y monta par un grand escalier. La sentinelle, qui était placée tout près, ronflait dans sa guérite. Il trouva une pièce de canon gisant dans l'herbe ; il y attacha sa troisième corde ; elle se trouva un peu trop courte, et il tomba dans un fossé bourbeux où il pouvait y avoir un pied d'eau. Pendant qu'il se relevait et cherchait à se reconnaître, il se sentit saisi par deux hommes : il eut peur un instant ; mais bientôt il entendit prononcer près de son oreille et à voix basse :

— Ah ! *monsignor ! monsignor !*

Il comprit vaguement que ces hommes appartenaient à la duchesse ; aussitôt il s'évanouit profondément. Quelque temps après il sentit qu'il était porté par des hommes qui marchaient en silence et fort vite ; puis on s'arrêta, ce qui lui donna beaucoup d'inquiétude. Mais il n'avait ni la force de parler ni celle d'ouvrir les yeux ; il sentit qu'on le serrait ; tout à coup il reconnut le parfum des vêtements de la duchesse. Ce parfum le ranima ; il ouvrit les yeux ; il put prononcer les mots :

— Ah ! chère amie !

Puis il s'évanouit de nouveau profondément.

Le fidèle Bruno, avec une escouade de gens de police dévoués au comte, était en réserve à deux cents pas ; le comte lui-même était caché dans une petite maison tout près du lieu où la duchesse attendait. Il n'eût pas hésité, s'il l'eût fallu, à mettre l'épée à la main avec quelques officiers à demi-solde, ses amis intimes ; il se regardait comme obligé de sauver la vie

a une jambe cassée. Mais il est sorti de la forteresse et il gagne les rues de Rome en rampant. Fabrice a encore à franchir le mur d'enceinte.

à Fabrice, qui lui semblait grandement exposé, et qui jadis eut sa grâce signée du prince, si lui Mosca n'eût eu la sottise de vouloir éviter une sottise écrite au souverain.

Depuis minuit la duchesse, entourée d'hommes armés jusqu'aux dents, errait dans un profond silence devant les remparts de la citadelle ; elle ne pouvait rester en place, elle pensait qu'elle aurait à combattre pour enlever Fabrice à des gens qui le poursuivraient. Cette imagination ardente avait pris cent précautions, trop longues à détailler ici, et d'une imprudence incroyable. On a calculé que plus de quatre-vingts agents étaient sur pied cette nuit-là, s'attendant à se battre pour quelque chose d'extraordinaire. Par bonheur, Ferrante et Ludovic étaient à la tête de tout cela, et le ministre de la police n'était pas hostile ; mais le comte lui-même remarqua que la duchesse ne fut trahie par personne, et qu'il ne sut rien comme ministre.

La duchesse perdit la tête absolument en revoyant Fabrice ; elle le serrait convulsivement dans ses bras, puis fut au désespoir en se voyant couverte de sang : c'était celui des mains de Fabrice ; elle le crut dangereusement blessé. Aidée d'un de ses gens, elle lui ôtait son habit pour le panser, lorsque Ludovic qui, par bonheur, se trouvait là, mit d'autorité la duchesse et Fabrice dans une des petites voitures qui étaient cachées dans un jardin près de la porte de la ville, et l'on partit ventre à terre pour aller passer le Pô près de Sacca. Ferrante, avec vingt hommes bien armés, faisait l'arrière-garde, et avait promis sur sa tête d'arrêter la poursuite. Le comte, seul et à pied, ne quitta les environs de la citadelle que deux heures plus tard, quand il vit que rien ne bougeait. Me voici en haute trahison ! se disait-il ivre de joie.

Ludovic eut l'idée excellente de placer dans une voiture un jeune chirurgien attaché à la maison de la duchesse, et qui avait beaucoup de la tournure de Fabrice [1].

— Prenez la fuite, lui dit-il, du côté de Bologne ; soyez fort maladroit, tâchez de vous faire arrêter ; alors coupez-vous dans vos réponses, et enfin avouez que vous êtes Fabrice del Dongo ; surtout gagnez du temps. Mettez de l'adresse à être maladroit, vous en serez quitte pour un mois de prison, et madame vous donnera 50 sequins.

— Est-ce qu'on songe à l'argent quand on sert madame ?

Il partit et fut arrêté quelques heures plus tard, ce qui causa une joie bien plaisante au général Fabio Conti et à Rassi, qui, avec le danger de Fabrice, voyait s'envoler sa baronnie.

L'évasion ne fut connue à la citadelle que sur les six heures du matin, et ce ne fut qu'à dix qu'on osa en instruire le prince. La duchesse avait été si bien servie que, malgré le profond sommeil de Fabrice, qu'elle prenait pour un évanouissement mortel, ce qui fit que trois fois elle fit arrêter la voiture, elle passait le Pô dans une barque comme quatre heures sonnaient. Il y avait des relais sur la rive gauche ; on fit encore deux lieues avec une extrême rapidité, puis on fut arrêté plus d'une heure pour la vérification des passeports. La

---

1. Le faux Fabrice fuit vers l'est, et le vrai vers l'ouest, le Piémont. Mais ici le modèle de Stendhal n'est plus Cellini, mais le cardinal de Retz et son évasion du château de Nantes (le 8 août 1654). C'est lui qui se démet une épaule, dans une chute de cheval survenue après l'évasion dans les rues de la ville où il fuit au grand galop. Retz ne voulait pas seulement s'évader : il voulait marcher sur Paris, reprendre ses fonctions d'archevêque et chanter un *Te Deum* pour défier Louis XIV et Mazarin. Il avait comme la duchesse mobilisé toute une troupe, prévu un faux évadé pour dépister les poursuites, des feux de joie et des illuminations, organisé des relais pour gagner Paris. Sa blessure changea ces immenses projets. Mais lui aussi en prison est menacé du poison, il utilise pour ses messages un code inviolable, il fait enivrer ses gardes, dispose sa corde entre deux sentinelles qu'il menace et intimide, et trouve de l'autre côté du fossé ses amis qui l'attendent avec des chevaux.

duchesse en avait de toutes les sortes pour elle et pour
Fabrice ; mais elle était folle ce jour-là, elle s'avisa de
donner dix napoléons au commis de la police autrichienne, et de lui prendre la main en fondant en larmes.
Ce commis, fort effrayé, recommença l'examen. On
prit la poste ; la duchesse payait d'une façon si extravagante, que partout elle excitait les soupçons en ce pays
où tout étranger est suspect. Ludovic lui vint encore en
aide ; il dit que madame la duchesse était folle de douleur, à cause de la fièvre continue du jeune comte
Mosca, fils du premier ministre de Parme, qu'elle
emmenait avec elle consulter les médecins de Pavie.

Ce ne fut qu'à dix lieues par-delà le Pô que le prisonnier se réveilla tout à fait, il avait une épaule luxée
et force écorchures. La duchesse avait encore des
façons si extraordinaires que le maître d'une auberge
de village, où l'on dîna, crut avoir affaire à une princesse du sang impérial, et allait lui faire rendre les honneurs qu'il croyait lui être dus, lorsque Ludovic dit à
cet homme que la princesse le ferait immanquablement
mettre en prison s'il s'avisait de faire sonner les
cloches.

Enfin, sur les six heures du soir, on arriva au territoire piémontais. Là seulement Fabrice était en toute
sûreté ; on le conduisit dans un petit village écarté de
la grande route ; on pansa ses mains, et il dormit encore
quelques heures.

Ce fut dans ce village que la duchesse se livra à une
action non seulement horrible aux yeux de la morale,
mais qui fut encore bien funeste à la tranquillité du
reste de sa vie. Quelques semaines avant l'évasion de
Fabrice, et un jour que tout Parme était à la porte de
la citadelle pour tâcher de voir dans la cour l'échafaud
qu'on dressait en son honneur, la duchesse avait
montré à Ludovic, devenu le factotum de sa maison, le
secret au moyen duquel on faisait sortir d'un petit
cadre de fer, fort bien caché, une des pierres formant le
fond du fameux réservoir d'eau du palais Sanseverina,

ouvrage du treizième siècle, et dont nous avons parlé. Pendant que Fabrice dormait dans la *trattoria* de ce petit village, la duchesse fit appeler Ludovic ; il la crut devenue folle, tant les regards qu'elle lui lançait étaient singuliers.

— Vous devez vous attendre, lui dit-elle, que je vais vous donner quelques milliers de francs : eh bien ! non ; je vous connais, vous êtes un poète, vous auriez bientôt mangé cet argent. Je vous donne la petite terre de la Ricciarda à une lieue de Casal Maggiore.

Ludovic se jeta à ses pieds fou de joie, et protestant avec l'accent du cœur que ce n'était point pour gagner de l'argent qu'il avait contribué à sauver *monsignor* Fabrice ; qu'il l'avait toujours aimé d'une affection particulière depuis qu'il avait eu l'honneur de le conduire une fois en sa qualité de troisième cocher de madame. Quand cet homme, qui réellement avait du cœur, crut avoir assez occupé une aussi grande dame, il prit congé ; mais elle, avec des yeux étincelants, lui dit :

— Restez.

Elle se promenait sans mot dire dans cette chambre de cabaret, regardant de temps à autre Ludovic avec des yeux incroyables. Enfin cet homme, voyant que cette étrange promenade ne prenait point de fin, crut devoir adresser la parole à sa maîtresse.

— Madame m'a fait un don tellement exagéré, tellement au-dessus de tout ce qu'un pauvre homme tel que moi pouvait s'imaginer, tellement supérieur surtout aux faibles services que j'ai eu l'honneur de rendre, que je crois en conscience ne pas pouvoir garder sa terre de la Ricciarda. J'ai l'honneur de rendre cette terre à madame, et de la prier de m'accorder une pension de quatre cents francs.

— Combien de fois en votre vie, lui dit-elle avec la hauteur la plus sombre, combien de fois avez-vous ouï dire que j'avais déserté un projet une fois énoncé par moi ?

Après cette phrase, la duchesse se promena encore durant quelques minutes ; puis s'arrêtant tout à coup, elle s'écria :

— C'est par hasard et parce qu'il a su plaire à cette petite fille, que la vie de Fabrice a été sauvée ! S'il n'avait été aimable, il mourait. Est-ce que vous pourrez me nier cela ? dit-elle en marchant sur Ludovic avec des yeux où éclatait la plus sombre fureur.

Ludovic recula de quelques pas et la crut folle, ce qui lui donna de vives inquiétudes pour la propriété de sa terre de la Ricciarda.

— Eh bien ! reprit la duchesse du ton le plus doux et le plus gai, et changée du tout au tout, je veux que mes bons habitants de Sacca aient une journée folle et de laquelle ils se souviennent longtemps. Vous allez retourner à Sacca, avez-vous quelque objection ? Pensez-vous courir quelque danger ?

— Peu de chose, madame : aucun des habitants de Sacca ne dira jamais que j'étais de la suite de *monsignor* Fabrice. D'ailleurs, si j'ose le dire à madame, je brûle de voir *ma* terre de la Ricciarda : il me semble si drôle d'être propriétaire !

— Ta gaieté me plaît. Le fermier de la Ricciarda me doit, je pense, trois ou quatre ans de son fermage : je lui fais cadeau de la moitié de ce qu'il me doit, et l'autre moitié de tous ces arrérages [1], je te la donne, mais à cette condition : tu vas aller à Sacca, tu diras qu'après-demain est le jour de la fête d'une de mes patronnes, et, le soir qui suivra ton arrivée, tu feras illuminer mon château de la façon la plus splendide. N'épargne ni argent ni peine : songe qu'il s'agit du plus grand bonheur de ma vie. De longue main j'ai préparé cette illumination ; depuis plus de trois mois j'ai réuni dans les caves du château, tout ce qui peut servir à cette noble fête ; j'ai donné en dépôt au jardinier toutes les pièces d'artifice nécessaires pour un feu

---

1. Ce qui est échu d'un revenu, d'une rente, d'une redevance.

magnifique : tu le feras tirer sur la terrasse qui regarde le Pô. J'ai quatre-vingt-neuf grands tonneaux de vin dans mes caves, tu feras établir quatre-vingt-neuf fontaines de vin dans mon parc. Si le lendemain il me reste une bouteille de vin qui ne soit pas bue, je dirai que tu n'aimes pas Fabrice. Quand les fontaines de vin, l'illumination et le feu d'artifice seront bien en train, tu t'esquiveras prudemment, car il est possible, et c'est mon espoir, qu'à Parme toutes ces belles choses-là paraissent une insolence.

— C'est ce qui n'est pas possible seulement, c'est sûr ; comme il est certain aussi que le fiscal Rassi, qui a signé la sentence de *monsignor*, en crèvera de rage. Et même... ajouta Ludovic avec timidité, si madame voulait faire plus de plaisir à son pauvre serviteur que de lui donner la moitié des arrérages de la Ricciarda, elle me permettrait de faire une petite plaisanterie à ce Rassi...

— Tu es un brave homme ! s'écria la duchesse avec transport, mais je te défends absolument de rien faire à Rassi ; j'ai le projet de le faire pendre en public, plus tard. Quant à toi, tâche de ne pas te faire arrêter à Sacca, tout serait gâté si je te perdais.

— Moi, madame ! Quand j'aurai dit que je fête une des patronnes de madame, si la police envoyait trente gendarmes pour déranger quelque chose, soyez sûre qu'avant d'être arrivés à la croix rouge qui est au milieu du village, pas un d'eux ne serait à cheval. Ils ne se mouchent pas du coude, non, les habitants de Sacca ; tous contrebandiers finis et qui adorent madame.

— Enfin, reprit la duchesse d'un air singulièrement dégagé, si je donne du vin à mes braves gens de Sacca, je veux inonder les habitants de Parme ; le même soir où mon château sera illuminé, prends le meilleur cheval de mon écurie, cours à mon palais, à Parme, et ouvre le réservoir.

— Ah ! l'excellente idée qu'a madame ! s'écria

Ludovic, riant comme un fou, du vin aux braves gens de Sacca, de l'eau aux bourgeois de Parme qui étaient si sûrs, les misérables, que *monsignor* Fabrice allait être empoisonné comme le pauvre L...

La joie de Ludovic n'en finissait point ; la duchesse regardait avec complaisance ses rires fous ; il répétait sans cesse :

— Du vin aux gens de Sacca et de l'eau à ceux de Parme ! Madame sait sans doute mieux que moi que lorsqu'on vida imprudemment le réservoir, il y a une vingtaine d'années, il y eut jusqu'à un pied d'eau dans plusieurs des rues de Parme.

— Et de l'eau aux gens de Parme, répliqua la duchesse en riant. La promenade devant la citadelle eût été remplie de monde si l'on eût coupé le cou à Fabrice... Tout le monde l'appelle *le grand coupable* [1]... Mais, surtout, fais cela avec adresse, que jamais personne vivante ne sache que cette inondation a été faite par toi, ni ordonnée par moi. Fabrice, le comte lui-même, doivent ignorer cette folle plaisanterie... Mais j'oubliais les pauvres de Sacca ; va-t'en écrire une lettre à mon homme d'affaires, que je signerai ; tu lui diras que pour la fête de ma sainte patronne il distribue cent sequins aux pauvres de Sacca et qu'il t'obéisse en tout pour l'illumination, le feu d'artifice et le vin ; que le lendemain surtout il ne reste pas une bouteille pleine dans mes caves.

— L'homme d'affaires de madame ne se trouvera embarrassé qu'en un point : depuis cinq ans que madame a le château, elle n'a pas laissé dix pauvres dans Sacca.

— *Et de l'eau pour les gens de Parme !* reprit la duchesse en chantant. Comment exécuteras-tu cette plaisanterie ?

---

1. La formule se trouve dans Andryane, elle était appliquée par le fameux confesseur aux prisonniers italiens coupables d'*un crime de la pensée* ; aussi ne devaient-ils pas avoir de livres dans leur prison.

— Mon plan est tout fait : je pars de Sacca sur les neuf heures, à dix et demie mon cheval est à l'auberge des *Trois-Ganaches*, sur la route de Casal-Maggiore et de *ma* terre de la Ricciarda ; à onze heures je suis dans ma chambre au palais, et à onze heures et un quart de l'eau pour les gens de Parme, et plus qu'ils n'en voudront, pour boire à la santé du grand coupable. Dix minutes plus tard je sors de la ville par la route de Bologne. Je fais, en passant, un profond salut à la citadelle, que le courage de *monsignor* et l'esprit de madame viennent de déshonorer ; je prends un sentier dans la campagne, de moi bien connu, et je fais mon entrée à la Ricciarda.

Ludovic jeta les yeux sur la duchesse et fut effrayé : elle regardait fixement la muraille nue à six pas d'elle, et, il faut en convenir, son regard était atroce. Ah ! ma pauvre terre ! pensa Ludovic ; le fait est qu'elle est folle ! La duchesse le regarda et devina sa pensée.

— Ah ! monsieur Ludovic le grand poète, vous voulez une donation par écrit : courez me chercher une feuille de papier.

Ludovic ne se fit pas répéter cet ordre, et la duchesse écrivit de sa main une longue reconnaissance antidatée d'un an, et par laquelle elle déclarait avoir reçu, de Ludovic San Micheli, la somme de 80 000 francs, et lui avoir donné en gage la terre de la Ricciarda. Si après douze mois révolus la duchesse n'avait pas rendu lesdits 80 000 francs à Ludovic, la terre de la Ricciarda resterait sa propriété.

Il est beau, se disait la duchesse, de donner à un serviteur fidèle le tiers à peu près de ce qui me reste pour moi-même.

— Ah çà ! dit la duchesse à Ludovic, après la plaisanterie du réservoir, je ne te donne que deux jours pour te réjouir à Casal-Maggiore. Pour que la vente soit valable, dis que c'est une affaire qui remonte à plus d'un an. Reviens me rejoindre à Belgirate, et cela

sans le moindre délai ; Fabrice ira peut-être en Angleterre où tu le suivras.

Le lendemain de bonne heure la duchesse et Fabrice
étaient à Belgirate.

On s'établit dans ce village enchanteur ; mais un
chagrin mortel attendait la duchesse sur ce beau lac.
Fabrice était entièrement changé ; dès les premiers
moments où il s'était réveillé de son sommeil, en
quelque sorte léthargique, après sa fuite, la duchesse
s'était aperçue qu'il se passait en lui quelque chose
d'extraordinaire. Le sentiment profond par lui caché
avec beaucoup de soin était assez bizarre, ce n'était
rien moins que ceci : il était au désespoir d'être hors
de prison. Il se gardait bien d'avouer cette cause de sa
tristesse, elle eût amené des questions auxquelles il ne
voulait pas répondre.

— Mais quoi ! lui disait la duchesse étonnée, cette
horrible sensation lorsque la faim te forçait à te nourrir,
pour ne pas tomber, d'un de ces mets détestables fournis par la cuisine de la prison, cette sensation. Y a-t-il
ici quelque goût singulier, est-ce que je m'empoisonne
en cet instant, cette sensation ne te fait pas horreur ?

— Je pensais à la mort, répondait Fabrice, comme
je suppose qu'y pensent les soldats : c'était une chose
possible que je pensais bien éviter par mon adresse.

Ainsi quelle inquiétude, quelle douleur pour la
duchesse ! Cet être adoré, singulier, vif, original, était
désormais sous ses yeux en proie à une rêverie profonde ; il préférait la solitude même au plaisir de parler de
toutes choses, et à cœur ouvert, à la meilleure amie
qu'il eût au monde. Toujours il était bon, empressé,
reconnaissant auprès de la duchesse, il eût comme jadis
donné cent fois sa vie pour elle ; mais son âme était
ailleurs. On faisait souvent quatre ou cinq lieues sur ce
lac sublime sans se dire une parole. La conversation,
l'échange de pensées froides désormais possible entre
eux, eût peut-être semblé agréable à d'autres ; mais eux
se souvenaient encore, la duchesse surtout, de ce

qu'était leur conversation avant ce fatal combat avec Giletti qui les avait séparés. Fabrice devait à la duchesse l'histoire des neuf mois passés dans une horrible prison, et il se trouvait que sur ce séjour il n'avait à dire que des paroles brèves et incomplètes.

Voilà ce qui devait arriver tôt ou tard, se disait la duchesse avec une tristesse sombre. Le chagrin m'a vieillie, ou bien il aime réellement, et je n'ai plus que la seconde place dans son cœur. Avilie, atterrée par ce plus grand des chagrins possibles, la duchesse se disait quelquefois : Si le Ciel voulait que Ferrante fût devenu tout à fait fou ou manquât de courage, il me semble que je serais moins malheureuse. Dès ce moment ce demi-remords empoisonna l'estime que la duchesse avait pour son propre caractère. Ainsi, se disait-elle avec amertume, je me repens d'une résolution prise : Je ne suis donc plus une del Dongo !

Le Ciel l'a voulu, reprenait-elle : Fabrice est amoureux, et de quel droit voudrais-je qu'il ne fût pas amoureux ? Une seule parole d'amour véritable a-t-elle jamais été échangée entre nous ?

Cette idée si raisonnable lui ôta le sommeil, et enfin ce qui montrait que la vieillesse et l'affaiblissement de l'âme étaient arrivés pour elle avec la perspective d'une illustre vengeance, elle était cent fois plus malheureuse à Belgirate qu'à Parme. Quant à la personne qui pouvait causer l'étrange rêverie de Fabrice, il n'était guère possible d'avoir des doutes raisonnables : Clélia Conti, cette fille si pieuse, avait trahi son père puisqu'elle avait consenti à enivrer la garnison, et jamais Fabrice ne parlait de Clélia[a] ! Mais, ajoutait la duchesse se frappant la poitrine avec désespoir, si la garnison n'eût pas été enivrée, toutes mes inventions, tous mes soins devenaient inutiles ; ainsi c'est elle qui l'a sauvé !

C'était avec une extrême difficulté que la duchesse obtenait de Fabrice des détails sur les événements de cette nuit, qui, se disait la duchesse, autrefois eût formé entre nous le sujet d'un entretien sans cesse renaissant ! Dans ces temps fortunés, il eût parlé tout un jour et avec une verve et une gaieté sans cesse renaissantes sur la moindre bagatelle que je m'avisais de mettre en avant.

Comme il fallait tout prévoir, la duchesse avait établi Fabrice au port de Locarno, ville suisse à l'extrémité du lac Majeur[1]. Tous les jours elle allait le prendre en bateau pour de longues promenades sur le lac. Eh bien ! une fois qu'elle s'avisa de monter chez lui, elle trouva sa chambre tapissée d'une quantité de vues de la ville de Parme qu'il avait fait venir de Milan ou de Parme même, pays qu'il aurait dû tenir en abomination. Son petit salon, changé en atelier, était encombré de tout l'appareil d'un peintre à l'aquarelle, et elle le trouva finissant une troisième vue de la tour Farnèse et du palais du gouverneur.

— Il ne te manque plus, lui dit-elle d'un air piqué, que de faire de souvenir le portrait de cet aimable gouverneur qui voulait seulement t'empoisonner. Mais j'y songe, continua la duchesse, tu devrais lui écrire une lettre d'excuses d'avoir pris la liberté de te sauver et de donner un ridicule à sa citadelle.

La pauvre femme ne croyait pas dire si vrai : à peine arrivé en lieu de sûreté, le premier soin de Fabrice avait été d'écrire au général Fabio Conti une lettre parfaitement polie et dans un certain sens bien ridicule ; il lui demandait pardon de s'être sauvé, alléguant pour excuse qu'il avait pu croire que certain subalterne de la prison avait été chargé de lui administrer du poison. Peu lui importait ce qu'il écrivait, Fabrice espérait que les yeux de Clélia verraient cette lettre, et sa figure était couverte de larmes en l'écrivant. Il la termina par une phrase bien plaisante : il osait dire que, se trouvant en

---

1. Locarno, au nord du lac Majeur, est en territoire suisse et à une cinquantaine de kilomètres de Belgirate.

liberté, souvent il lui arrivait de regretter sa petite chambre de la tour Farnèse. C'était là la pensée capitale de sa lettre, il espérait que Clélia la comprendrait. Dans son humeur écrivante, et toujours dans l'espoir d'être lu par quelqu'un, Fabrice adressa des remerciements à don Cesare, ce bon aumônier qui lui avait prêté des livres de théologie. Quelques jours plus tard, Fabrice engagea le petit libraire de Locarno à faire le voyage de Milan, où ce libraire, ami du célèbre bibliomane Reina[1], acheta les plus magnifiques éditions qu'il put trouver des ouvrages prêtés par don Cesare. Le bon aumônier reçut ces livres et une belle lettre qui lui disait que, dans des moments d'impatience, peut-être pardonnables à un pauvre prisonnier, on avait chargé les marges de ses livres de notes ridicules. On le suppliait en conséquence de les remplacer dans sa bibliothèque par les volumes que la plus vive reconnaissance se permettait de lui présenter.

Fabrice était bien bon de donner le simple nom de notes aux griffonnages infinis dont il avait chargé les marges d'un exemplaire in-folio des œuvres de saint Jérôme[2]. Dans l'espoir qu'il pourrait renvoyer ce livre au bon aumônier, et l'échanger contre un autre, il avait écrit jour par jour sur les marges un journal fort exact de tout ce qui lui arrivait en prison ; les grands événements n'étaient autre chose que des extases d'*amour divin* (ce mot divin en remplaçait un autre qu'on n'osait écrire). Tantôt cet amour divin conduisait le prisonnier à un profond désespoir, d'autres fois une voix entendue à travers les airs rendait quelque espérance et causait des transports de bonheur. Tout cela, heureusement, était écrit avec une encre de prison, formée de

---

1. Francesco Reina (1770-1826) est un érudit milanais, homme de lettres, éditeur de classiques, et bibliophile ; il s'était rallié à la République Cisalpine et avait été déporté à Cattaro. 2. Voir sur ce passage l'article de D. Jullien.

vin, de chocolat et de suie, et don Cesare n'avait fait qu'y jeter un coup d'œil en replaçant dans sa bibliothèque le volume de saint Jérôme. S'il en avait suivi les marges, il aurait vu qu'un jour le prisonnier, se croyant empoisonné, se félicitait de mourir à moins de quarante pas de distance de ce qu'il avait aimé le mieux dans ce monde. Mais un autre œil que celui du bon aumônier avait lu cette page depuis la fuite. Cette belle idée : *Mourir près de ce qu'on aime !* exprimée de cent façons différentes, était suivie d'un sonnet où l'on voyait que l'âme séparée, après des tourments atroces, de ce corps fragile qu'elle avait habité pendant vingt-trois ans, poussée par cet instinct de bonheur naturel à tout ce qui exista une fois, ne remonterait pas au ciel se mêler aux chœurs des anges aussitôt qu'elle serait libre et dans le cas où le jugement terrible lui accorderait le pardon de ses péchés ; mais que, plus heureuse après la mort qu'elle n'avait été durant la vie, elle irait à quelques pas de la prison, où si longtemps elle avait gémi, se réunir à tout ce qu'elle avait aimé au monde. Et ainsi, disait le dernier vers du sonnet, j'aurai trouvé mon paradis sur la terre.

Quoiqu'on ne parlât de Fabrice à la citadelle de Parme que comme d'un traître infâme qui avait violé les devoirs les plus sacrés, toutefois le bon prêtre don Cesare fut ravi par la vue des beaux livres qu'un inconnu lui faisait parvenir ; car Fabrice avait eu l'attention de n'écrire que quelques jours après l'envoi, de peur que son nom ne fît renvoyer tout le paquet avec indignation. Don Cesare ne parla point de cette attention à son frère, qui entrait en fureur au seul nom de Fabrice ; mais depuis la fuite de ce dernier, il avait repris toute son ancienne intimité avec son aimable nièce ; et comme il lui avait enseigné jadis quelques mots de latin, il lui fit voir les beaux ouvrages qu'il recevait. Tel avait été l'espoir du voyageur. Tout à coup Clélia rougit extrêmement, elle venait de reconnaître l'écriture de Fabrice. De grands morceaux fort étroits de papier jaune étaient placés en guise de signets en divers endroits du volume. Et comme il est vrai de dire qu'au milieu des plats intérêts d'argent, et de la froideur décolorée des pensées vulgaires qui remplissent notre vie, les démarches inspirées par une vraie passion manquent rarement de produire leur effet ; comme si une divinité propice prenait le soin de les conduire par la main, Clélia, guidée par cet instinct et par la pensée d'une seule chose au monde, demanda à son oncle de comparer l'ancien exemplaire de saint Jérôme avec celui qu'il venait de recevoir. Comment dire son ravissement au milieu de la sombre tristesse où l'absence de Fabrice l'avait plongée, lorsqu'elle trouva sur les marges de l'ancien Saint-Jérôme le sonnet dont nous avons parlé, et les mémoires, jour par jour, de l'amour qu'on avait senti pour elle !

Dès le premier jour, elle sut le sonnet par cœur ; elle le chantait, appuyée sur sa fenêtre, devant la fenêtre désormais solitaire, où elle avait vu si souvent une petite ouverture se démasquer dans l'abat-jour. Cet abat-jour avait été démonté pour être placé sur le bureau du tribunal et servir de pièce à conviction dans un procès ridicule que Rassi instruisait contre Fabrice, accusé du crime de s'être sauvé, ou, comme disait le fiscal en en riant lui-même, *de s'être dérobé à la clémence d'un prince magnanime*[1] !

Chacune des démarches de Clélia était pour elle l'objet d'un vif remords, et depuis qu'elle était mal-

---

1. Dans les récits du Spielberg, « la clémence de l'Empereur » était sans cesse invoquée et toujours comme un cliché vide de sens. Mais cette belle trouvaille du style officiel a un autre précédent : dans un drame historique publié en 1827 par deux auteurs, Dittmer et Cavé, *Malet ou Une conspiration sous l'Empire*, on la trouvait en note. Le général Malet avait durant la campagne de Russie et l'absence de Napoléon organisé une conjuration qui faillit réussir. Déjà coupable d'une tentative identique, emprisonné, évadé, pardonné par Napoléon, il avait récidivé ; le président du Sénat déclara que l'évasion était un acte d'« ingratitude » et que le général s'était enfui « des prisons où votre clémence impériale l'avait soustrait à la mort ».

heureuse les remords étaient plus vifs. Elle cherchait à apaiser un peu les reproches qu'elle s'adressait, en se rappelant le vœu *de ne jamais revoir Fabrice*, fait par elle à la Madone lors du demi-empoisonnement du général, et depuis chaque jour renouvelé.

Son père avait été malade de l'évasion de Fabrice, et, de plus, il avait été sur le point de perdre sa place, lorsque le prince, dans sa colère, destitua tous les geôliers de la tour Farnèse, et les fit passer comme prisonniers dans la prison de la ville. Le général avait été sauvé en partie par l'intercession du comte Mosca, qui aimait mieux le voir enfermé au sommet de sa citadelle, que rival actif et intrigant dans les cercles de la cour.

Ce fut pendant les quinze jours que dura l'incertitude relativement à la disgrâce du général Fabio Conti, réellement malade, que Clélia eut le courage d'exécuter le sacrifice qu'elle avait annoncé à Fabrice. Elle avait eu l'esprit d'être malade le jour des réjouissances générales, qui fut aussi celui de la fuite du prisonnier, comme le lecteur s'en souvient peut-être ; elle fut malade aussi le lendemain, et, en un mot, sut si bien se conduire, qu'à l'exception du geôlier Grillo, chargé spécialement de la garde de Fabrice, personne n'eut de soupçons sur sa complicité, et Grillo se tut.

Mais aussitôt que Clélia n'eut plus d'inquiétudes de ce côté, elle fut plus cruellement agitée encore par ses justes remords : Quelle raison au monde, se disait-elle, peut diminuer le crime d'une fille qui trahit son père ?

Un soir, après une journée passée presque tout entière à la chapelle et dans les larmes, elle pria son oncle, don Cesare, de l'accompagner chez le général, dont les accès de fureur l'effrayaient d'autant plus, qu'à tout propos il y mêlait des imprécations contre Fabrice, cet abominable traître.

Arrivée en présence de son père, elle eut le courage de lui dire que si toujours elle avait refusé de donner la main au marquis Crescenzi, c'est qu'elle ne sentait aucune inclination pour lui, et qu'elle était assurée de ne point trouver le bonheur dans cette union. À ces mots, le général entra en fureur ; et Clélia eut assez de peine à reprendre la parole. Elle ajouta que si son père, séduit par la grande fortune du marquis, croyait devoir lui donner l'ordre précis de l'épouser, elle était prête à obéir. Le général fut tout étonné de cette conclusion, à laquelle il était loin de s'attendre ; il finit pourtant par s'en réjouir. « Ainsi, dit-il à son frère, je ne serai pas réduit à loger dans un second étage, si ce polisson de Fabrice me fait perdre ma place par son mauvais procédé. »

Le comte Mosca ne manquait pas de se montrer profondément scandalisé de l'évasion de ce *mauvais sujet* de Fabrice, et répétait dans l'occasion la phrase inventée par Rassi sur le plat procédé de ce jeune homme, fort vulgaire d'ailleurs, qui s'était soustrait à la clémence du prince. Cette phrase spirituelle, consacrée par la bonne compagnie, ne prit point dans le peuple. Laissé à son bon sens, et tout en croyant Fabrice fort coupable, il admirait la résolution qu'il avait fallu pour se lancer d'un mur si haut. Pas un être de la cour n'admira ce courage. Quant à la police, fort humiliée de cet échec, elle avait découvert officiellement qu'une troupe de vingt soldats gagnés par les distributions d'argent de la duchesse, cette femme si atrocement ingrate, et dont on ne prononçait plus le nom qu'avec un soupir, avaient tendu à Fabrice quatre échelles liées ensemble, et de quarante-cinq pieds de longueur chacune : Fabrice ayant tendu une corde qu'on avait liée aux échelles, n'avait eu que le mérite fort vulgaire d'attirer ces échelles à lui [1]. Quelques libéraux connus par leur imprudence, et entre autres le médecin C***, agent payé directement par le prince, ajoutaient, mais

---

1. L'évasion d'Alexandre Farnèse passait pour avoir été arrangée elle aussi ; le prisonnier aurait été descendu dans une corbeille utilisée pour le linge sale.

en se compromettant, que cette police atroce avait eu
la barbarie de faire fusiller huit des malheureux soldats
qui avaient facilité la fuite de cet ingrat de Fabrice.
Alors il fut blâmé même des libéraux véritables,
comme ayant causé par son imprudence la mort de huit
pauvres soldats. C'est ainsi que les petits despotismes
réduisent à rien la valeur de l'opinion[*].

---

[*] Tr. J.F.M. 31[1].

---

1. Cryptogramme de Stendhal dont le déchiffrement est incertain ;
on a lu « Trieste, janvier, février, mars 1831 », les dates renvoyant au
séjour de Stendhal dans son consulat de Trieste. Mais on a lu aussi,
« Troubles, janvier, février, mars 1831 ». C'est l'interprétation de
L.-F. Benedetto et elle a le mérite de lier le cryptogramme au passage
du roman qui termine ce chapitre. Les « troubles » sont les insurrec-
tions qui suivent dans l'Italie du Nord la révolution de Paris, en particulier à Modène. Vite vaincue par l'arrivée des troupes autrichiennes, la
révolution avait été d'abord encouragée par le duc, et presque faite en
son nom par Ciro Menotti, ami du souverain ; puis il fut arrêté,
condamné, traité en criminel de droit commun et exécuté, mais surtout
couvert de calomnies qui niaient purement et simplement l'événement.
Comme est né l'exploit de Fabrice, comme sera niée officiellement
plus loin la révolution de Parme. Le despotisme (mais sans doute aussi
les pouvoirs qui se disent démocratiques) dispose des mots, des événements, des réputations, il fabrique ou nie les faits. Le thème, en tout
cas, est partout dans le roman.

CHAPITRE XXIII

Au milieu de ce déchaînement général le seul archevêque Landriani se montra fidèle à la cause de son jeune ami ; il osait répéter, même à la cour de la princesse, la maxime de droit suivant laquelle, dans tout procès, il faut réserver une oreille pure de tout préjugé pour entendre les justifications d'un absent.

Dès le lendemain de l'évasion de Fabrice, plusieurs personnes avaient reçu un sonnet assez médiocre qui célébrait cette fuite comme une des belles actions du siècle, et comparait Fabrice à un ange arrivant sur la terre les ailes étendues. Le surlendemain soir, tout Parme répétait un sonnet sublime. C'était le monologue de Fabrice se laissant glisser le long de la corde, et jugeant les divers incidents de sa vie. Ce sonnet lui donna rang dans l'opinion par deux vers magnifiques, tous les connaisseurs reconnurent le style de Ferrante Palla.

Mais ici il me faudrait chercher le style épique : où trouver des couleurs pour peindre les torrents d'indignation qui tout à coup submergèrent tous les cœurs bien pensants, lorsqu'on apprit l'effroyable insolence de cette illumination du château de Sacca ? Il n'y eut qu'un cri contre la duchesse ; même les libéraux véritables trouvèrent que c'était compromettre d'une façon barbare les pauvres suspects retenus dans les diverses prisons, et exaspérer inutilement le cœur du souverain. Le comte Mosca déclara qu'il ne restait plus qu'une ressource aux anciens amis de la duchesse, c'était de l'oublier. Le concert d'exécration fut donc unanime : un étranger passant par la ville eût été frappé de l'énergie de l'opinion publique. Mais en ce pays où l'on sait apprécier le plaisir de la vengeance, l'illumination de Sacca et la fête admirable donnée dans le parc à plus de six mille paysans eurent un immense succès. Tout le monde répétait à Parme que la duchesse avait fait distribuer mille sequins à ses paysans ; on expliquait ainsi l'accueil un peu dur fait à une trentaine de gendarmes que la police avait eu la nigauderie d'envoyer dans ce petit village, trente-six heures après la soirée sublime et l'ivresse générale qui l'avait suivie. Les gendarmes, accueillis à coups de pierres, avaient pris la fuite, et deux d'entre eux, tombés de cheval, avaient été jetés dans le Pô.

Quant à la rupture du grand réservoir d'eau du palais Sanseverina, elle avait passé à peu près inaperçue : c'était pendant la nuit que quelques rues avaient été plus ou moins inondées, le lendemain on eût dit qu'il avait plu. Ludovic avait eu soin de briser les vitres d'une fenêtre du palais, de façon que l'entrée des voleurs était expliquée.

On avait même trouvé une petite échelle. Le seul comte Mosca reconnut le génie de son amie.

Fabrice était parfaitement décidé à revenir à Parme aussitôt qu'il le pourrait ; il envoya Ludovic porter une longue lettre à l'archevêque, et ce fidèle serviteur revint mettre à la poste au premier village du Piémont, à Sannazaro [1] au couchant de Pavie, une épître latine que le digne prélat adressait à son jeune protégé. Nous ajouterons un détail qui, comme plusieurs autres sans doute, fera longueur dans les pays où l'on n'a plus besoin de précautions. Le nom de Fabrice del Dongo n'était jamais écrit ; toutes les lettres qui lui étaient

---

1. Topographie imprécise : il y a un San Nazzaro de' Burgondi dans les environs de Pavie, mais il est en Lombardie.

destinées étaient adressées à Ludovic San Micheli, à
Locarno en Suisse, ou à Belgirate en Piémont. L'enveloppe était faite d'un papier grossier, le cachet mal
appliqué, l'adresse à peine lisible, et quelquefois ornée
de recommandations dignes d'une cuisinière ; toutes
les lettres étaient datées de Naples six jours avant la
date véritable[1].

Du village piémontais de Sannazaro, près de Pavie,
Ludovic retourna en toute hâte à Parme : il était chargé
d'une mission à laquelle Fabrice mettait la plus grande
importance ; il ne s'agissait de rien moins que de faire
parvenir à Clélia Conti un mouchoir de soie sur lequel
était imprimé un sonnet de Pétrarque. Il est vrai qu'un
mot était changé à ce sonnet : Clélia le trouva sur sa
table deux jours après avoir reçu les remerciements du
marquis Crescenzi qui se disait le plus heureux des
hommes, et il n'est pas besoin de dire quelle impression cette marque d'un souvenir toujours croissant produisit sur son cœur.

Ludovic devait chercher à se procurer tous les
détails possibles sur ce qui se passait à la citadelle. Ce
fut lui qui apprit à Fabrice la triste nouvelle que le
mariage du marquis Crescenzi semblait désormais une
chose décidée ; il ne se passait presque pas de journée
sans qu'il donnât une fête à Clélia, dans l'intérieur de
la citadelle. Une preuve décisive du mariage, c'est que
le marquis, immensément riche et par conséquent fort
avare, comme c'est l'usage parmi les gens opulents du
nord de l'Italie, faisait des préparatifs immenses, et
pourtant il épousait une fille *sans dot*. Il est vrai que la
vanité du général Fabio Conti, fort choquée de cette
remarque, la première qui se fût présentée à l'esprit de
tous ses compatriotes, venait d'acheter une terre de
plus de 300 000 francs, et cette terre, lui qui n'avait

---

1. Toutes précautions ou presque qui étaient familières à Stendhal
qui craignait en Italie la surveillance et l'indiscrétion de la police et
qui toujours et partout adorait le secret et la mystification.

rien, il l'avait payée comptant, apparemment des deniers du marquis. Aussi le général avait-il déclaré qu'il donnait cette terre en mariage à sa fille. Mais les frais d'acte et autres, montant à plus de 12 000 francs, semblèrent une dépense fort ridicule au marquis Crescenzi, être éminemment logique. De son côté il faisait fabriquer à Lyon des tentures magnifiques de couleurs, fort bien agencées et calculées pour l'agrément de l'œil, par le célèbre Pallagi [1], peintre de Bologne. Ces tentures, dont chacune contenait une partie prise dans les armes de la famille Crescenzi, qui, comme l'univers le sait, descend du fameux Crescentius, consul de Rome en 985, devaient meubler les dix-sept salons qui formaient le rez-de-chaussée du palais du marquis. Les tentures, les pendules et les lustres rendus à Parme coûtèrent plus de 350 000 francs ; le prix des glaces nouvelles, ajoutées à celles que la maison possédait déjà, s'éleva à 200 000 francs. À l'exception de deux salons, ouvrages célèbres du *Parmesan*, le grand peintre du pays après le divin Corrège, toutes les pièces du premier et du second étage étaient maintenant occupées par les peintres célèbres de Florence, de Rome et de Milan, qui les ornaient de peintures à fresque. Fokelberg, le grand sculpteur suédois, Tenerani de Rome, et Marchesi de Milan, travaillaient depuis un an à dix bas-reliefs représentant autant de belles actions de Crescentius, ce véritable grand homme. La plupart des plafonds, peints à fresque, offraient aussi quelque allusion à sa vie. On admirait généralement le plafond où Hayez, de Milan, avait représenté Crescentius reçu

---

1. Pallagi, voir *supra*, p. 475 note 1 ; Fogelberg (1786-1854), sculpteur suédois que Stendhal chargea de réparer le nez de son buste de Tibère ; Tenerani (1789-1869), sculpteur, élève de Canova, originaire de Carrare ; Marchesi, voir *supra*, p. 54, note 1 ; Hayez (1791-1882), peintre milanais qui a beaucoup intéressé Stendhal.

dans les Champs-Élysées par François Sforce[1], Laurent le Magnifique, le roi Robert, le tribun Cola di Rienzi, Machiavel, le Dante et les autres grands hommes du moyen âge. L'admiration pour ces âmes d'élite est supposée faire épigramme contre les gens au pouvoir.

Tous ces détails magnifiques occupaient exclusivement l'attention de la noblesse et des bourgeois de Parme, et percèrent le cœur de notre héros lorsqu'il les lut racontés, avec une admiration naïve, dans une longue lettre de plus de vingt pages que Ludovic avait dictée à un douanier de Casal-Maggiore.

— Et moi je suis si pauvre ! se disait Fabrice, 4 000 livres de rente en tout et pour tout ! c'est vraiment une insolence à moi d'oser être amoureux de Clélia Conti, pour qui se font tous ces miracles.

Un seul article de la longue lettre de Ludovic, mais celui-là écrit de sa mauvaise écriture, annonçait à son maître qu'il avait rencontré le soir, et dans l'état d'un homme qui se cache, le pauvre Grillo son ancien geôlier, qui avait été mis en prison, puis relâché. Cet homme lui avait demandé un sequin par charité, et Ludovic lui en avait donné quatre au nom de la duchesse. Les anciens geôliers récemment mis en liberté, au nombre de douze, se préparaient à donner une fête à coups de couteau (un *trattamento di cortellate*[2]) aux nouveaux geôliers leurs successeurs, si jamais ils parvenaient à les rencontrer hors de la citadelle. Grillo avait dit que presque tous les jours il y

---

1. François Sforza (1401-1466), d'abord condottiere, s'empare du duché de Milan en 1450 ; Laurent de Médicis, dit le Magnifique (1448-1492), grand prince, mécène, poète, donne son plus grand éclat à Florence ; Robert Guiscard (1015-1085) établit la domination normande sur le sud de l'Italie ; Cola di Rienzo (1313-1354), héros d'une tentative de république à Rome.   **2.** Stendhal écrit incorrectement *cortellate* (*coltellata*, c'est le coup de couteau) ; veut-il respecter une prononciation ? Sa traduction est inexacte, ou « poétique » ; *trattamento*, c'est le festin, le régal que les geôliers promettent à leurs successeurs.

avait sérénade à la forteresse, que mademoiselle Clélia Conti était fort pâle, souvent malade, et *autres choses semblables*. Ce mot ridicule fit que Ludovic reçut, courrier par courrier, l'ordre de revenir à Locarno. Il revint, et les détails qu'il donna de vive voix furent encore plus tristes pour Fabrice.

On peut juger de l'amabilité dont celui-ci était pour la pauvre duchesse ; il eût souffert mille morts plutôt que de prononcer devant elle le nom de Clélia Conti. La duchesse abhorrait Parme ; et, pour Fabrice, tout ce qui rappelait cette ville était à la fois sublime et attendrissant.

La duchesse avait moins que jamais oublié sa vengeance ; elle était si heureuse avant l'incident de la mort de Giletti ! et maintenant, quel était son sort ! elle vivait dans l'attente d'un événement affreux dont elle se serait bien gardée de dire un mot à Fabrice, elle qui autrefois, lors de son arrangement avec Ferrante, croyait tant réjouir Fabrice en lui apprenant qu'un jour il serait vengé.

On peut se faire quelque idée maintenant de l'agrément des entretiens de Fabrice avec la duchesse : un silence morne régnait presque toujours entre eux. Pour augmenter les agréments de leurs relations, la duchesse avait cédé à la tentation de jouer un mauvais tour à ce neveu trop chéri. Le comte lui écrivait presque tous les jours ; apparemment il envoyait des courriers comme du temps de leurs amours, car ses lettres portaient toujours le timbre de quelque petite ville de la Suisse. Le pauvre homme se torturait l'esprit pour ne pas parler trop ouvertement de sa tendresse, et pour construire des lettres amusantes ; à peine si on les parcourait d'un œil distrait. Que fait, hélas ! la fidélité d'un amant estimé, quand on a le cœur percé par la froideur de celui qu'on lui préfère ?

En deux mois de temps la duchesse ne lui répondit qu'une fois et ce fut pour l'engager à sonder le terrain auprès de la princesse, et à voir si, malgré l'insolence du feu d'artifice, on recevrait avec plaisir une lettre de la duchesse. La lettre qu'il devait présenter, s'il le jugeait à propos, demandait la place de chevalier d'honneur de la princesse, devenue vacante depuis peu, pour le marquis Crescenzi, et désirait qu'elle lui fût accordée en considération de son mariage. La lettre de la duchesse était un chef-d'œuvre : c'était le respect le plus tendre et le mieux exprimé ; on n'avait pas admis dans ce style courtisanesque le moindre mot dont les conséquences, même les plus éloignées, pussent n'être pas agréables à la princesse. Aussi la réponse respirait-elle une amitié tendre et que l'absence met à la torture.

Mon fils et moi, lui disait la princesse, *n'avons pas eu une soirée un peu passable depuis votre départ si brusque. Ma chère duchesse ne se souvient donc plus que c'est elle qui m'a fait rendre une voix consultative dans la nomination des officiers de ma maison ? Elle se croit donc obligée de me donner des motifs pour la place du marquis, comme si son désir exprimé n'était pas pour moi le premier des motifs ? Le marquis aura la place, si je puis quelque chose ; et il y en aura toujours une dans mon cœur, et la première, pour mon aimable duchesse. Mon fils se sert absolument des mêmes expressions, un peu fortes pourtant dans la bouche d'un grand garçon de vingt et un ans* [1], *et vous demande des échantillons de minéraux de la vallée d'Orta, voisine de Belgirate. Vous pouvez adresser vos lettres, que j'espère fréquentes, au comte, qui vous déteste toujours et que j'aime surtout à cause de ces sentiments. L'archevêque aussi vous est resté fidèle. Nous espérons tous vous revoir un jour : rappelez-vous qu'il le faut. La marquise Ghisleri, ma grande maîtresse, se dispose à quitter ce monde pour un meil-*

---

1. Mais en 1815, il avait 16 ans, et nous sommes en juillet 1823 ; Fabrice s'est évadé en mai de la même année ; le prince est donc dans sa 24ᵉ année. Au chapitre XXV, soit en 1824, il se donne moins de 22 ans.

leur : la pauvre femme m'a fait bien du mal ; elle me déplaît encore en s'en allant mal à propos ; sa maladie me fait penser au nom que j'eusse mis autrefois avec tant de plaisir à la place du sien, si toutefois j'eusse pu obtenir ce sacrifice de l'indépendance de cette femme unique qui, en nous fuyant, a emporté avec elle toute la joie de ma petite cour, etc., etc...

C'était donc avec la conscience d'avoir cherché à hâter, autant qu'il était en elle, le mariage qui mettait Fabrice au désespoir, que la duchesse le voyait tous les jours. Aussi passaient-ils quelquefois quatre ou cinq heures à voguer ensemble sur le lac, sans se dire un seul mot. La bienveillance était entière et parfaite du côté de Fabrice ; mais il pensait à d'autres choses, et son âme naïve et simple ne lui fournissait rien à dire. La duchesse le voyait, et c'était son supplice.

Nous avons oublié de raconter en son lieu que la duchesse avait pris une maison à Belgirate, village charmant, et qui tient tout ce que son nom promet (voir un beau tournant du lac). De la porte-fenêtre de son salon, la duchesse pouvait mettre le pied dans sa barque. Elle en avait pris une fort ordinaire, et pour laquelle quatre rameurs eussent suffi ; elle en engagea douze, et s'arrangea de façon à avoir un homme de chacun des villages situés aux environs de Belgirate. La troisième ou quatrième fois qu'elle se trouva au milieu du lac avec tous ses hommes bien choisis, elle fit arrêter le mouvement des rames.

— Je vous considère tous comme des amis, leur dit-elle, et je veux vous confier un secret. Mon neveu Fabrice s'est sauvé de prison ; et peut-être, par trahison, on cherchera à le reprendre, quoiqu'il soit sur votre lac, pays de franchise. Ayez l'oreille au guet, et prévenez-moi de tout ce que vous apprendrez. Je vous autorise à entrer dans ma chambre le jour et la nuit.

Les rameurs répondirent avec enthousiasme ; elle savait se faire aimer. Mais elle ne pensait pas qu'il fût question de reprendre Fabrice : c'était pour elle qu'étaient tous ces soins, et, avant l'ordre fatal d'ouvrir le réservoir du palais Sanseverina, elle n'y eût pas songé.

Sa prudence l'avait aussi engagée à prendre un appartement au port de Locarno pour Fabrice ; tous les jours il venait la voir, ou elle-même allait en Suisse. On peut juger de l'agrément de leurs perpétuels tête-à-tête par ce détail : La marquise et ses filles vinrent les voir deux fois, et la présence de ces étrangères leur fit plaisir ; car, malgré les liens du sang, on peut appeler étrangère une personne qui ne sait rien de nos intérêts les plus chers, et que l'on ne voit qu'une fois par an.

La duchesse se trouvait un soir à Locarno, chez Fabrice, avec la marquise et ses deux filles. L'archiprêtre du pays et le curé étaient venus présenter leurs respects à ces dames : l'archiprêtre, qui était intéressé dans une maison de commerce, et se tenait fort au courant des nouvelles, s'avisa de dire :

— Le prince de Parme est mort !

La duchesse pâlit extrêmement ; elle eut à peine le courage de dire :

— Donne-t-on des détails ?

— Non, répondit l'archiprêtre ; la nouvelle se borne à dire la mort, qui est certaine.

La duchesse regarda Fabrice. J'ai fait cela pour lui, se dit-elle ; j'aurais fait mille fois pis, et le voilà qui est là devant moi indifférent et songeant à une autre ! Il était au-dessus des forces de la duchesse de supporter cette affreuse pensée ; elle tomba dans un profond évanouissement. Tout le monde s'empressa pour la secourir ; mais, en revenant à elle, elle remarqua que Fabrice se donnait moins de mouvement que l'archiprêtre et le curé ; il rêvait comme à l'ordinaire.

Il pense à retourner à Parme, se dit la duchesse, et peut-être à rompre le mariage de Clélia avec le marquis ; mais je saurai l'empêcher. Puis, se souvenant de la présence des deux prêtres, elle se hâta d'ajouter :

— C'était un grand prince, et qui a été bien calomnié ! C'est une perte immense pour nous !

Les deux prêtres prirent congé, et la duchesse, pour être seule, annonça qu'elle allait se mettre au lit.

Sans doute, se disait-elle, la prudence m'ordonne d'attendre un mois ou deux avant de retourner à Parme ; mais je sens que je n'aurai jamais cette patience ; je souffre trop ici. Cette rêverie continuelle, ce silence de Fabrice, sont pour mon cœur un spectacle intolérable. Qui me l'eût dit que je m'ennuierais en me promenant sur ce lac charmant, en tête-à-tête avec lui, et au moment où j'ai fait pour le venger plus que je ne puis lui dire ! Après un tel spectacle, la mort n'est rien. C'est maintenant que je paie les transports de bonheur et de joie enfantine que je trouvais dans mon palais à Parme lorsque j'y reçus Fabrice revenant de Naples. Si j'eusse dit un mot, tout était fini, et peut-être que, lié avec moi, il n'eût pas songé à cette petite Clélia ; mais ce mot me faisait une répugnance horrible. Maintenant elle l'emporte sur moi. Quoi de plus simple ? elle a vingt ans ; et moi, changée par les soucis, malade, j'ai le double de son âge !... Il faut mourir, il faut finir ! Une femme de quarante ans n'est plus quelque chose que pour les hommes qui l'ont aimée dans sa jeunesse ! Maintenant je ne trouverai plus que des jouissances de vanité ; et cela vaut-il la peine de vivre ? Raison de plus pour aller à Parme, et pour m'amuser. Si les choses tournaient d'une certaine façon, on m'ôterait la vie. Eh bien ! où est le mal ? Je ferai une mort magnifique, et, avant que de finir, mais seulement alors, je dirai à Fabrice : Ingrat ! c'est pour toi !... Oui, je ne puis trouver d'occupation pour ce peu de vie qui me reste qu'à Parme ; j'y ferai la grande dame. Quel bonheur si je pouvais être sensible maintenant à toutes ces distinctions qui autrefois faisaient le malheur de la Raversi ! Alors, pour voir mon bonheur, j'avais besoin de regarder dans les yeux de l'envie... Ma vanité a un bonheur ; à l'exception du comte peut-être, personne n'aura pu deviner quel a été l'événement qui a mis fin à la vie de mon cœur... J'aimerai Fabrice, je serai dévouée à sa fortune ; mais il ne faut pas qu'il rompe le mariage de la Clélia, et qu'il finisse par l'épouser... Non, cela ne sera pas !

La duchesse en était là de son triste monologue, lorsqu'elle entendit un grand bruit dans la maison.

Bon ! se dit-elle, voilà qu'on vient m'arrêter ; Ferrante se sera laissé prendre, il aura parlé. Eh bien ! tant mieux ! je vais avoir une occupation ; je vais leur disputer ma tête. Mais *primo*, il ne faut pas se laisser prendre [1].

La duchesse, à demi vêtue, s'enfuit au fond de son jardin : elle songeait déjà à passer par-dessus un petit mur et à se sauver dans la campagne ; mais elle vit qu'on entrait dans sa chambre. Elle reconnut Bruno, l'homme de confiance du comte : il était seul avec sa femme de chambre. Elle s'approcha de la porte-fenêtre. Cet homme parlait à la femme de chambre des blessures qu'il avait reçues. La duchesse rentra chez elle, Bruno se jeta presque à ses pieds, la conjurant de ne pas dire au comte l'heure ridicule à laquelle il arrivait.

— Aussitôt la mort du prince, ajouta-t-il, M. le comte a donné l'ordre, à toutes les postes, de ne pas fournir de chevaux aux sujets des États de Parme. En conséquence, je suis allé jusqu'au Pô avec les chevaux de la maison ; mais au sortir de la barque, ma voiture a été renversée, brisée, abîmée, et j'ai eu des contusions si graves que je n'ai pu monter à cheval, comme c'était mon devoir.

— Eh bien ! dit la duchesse, il est trois heures du matin : je dirai que vous êtes arrivé à midi ; vous n'allez pas me contredire.

— Je reconnais bien les bontés de Madame.

---

1. Le lieu de la scène est incertain : elle commence comme si la duchesse était à Locarno près de Fabrice et ensuite elle semble se situer à Belgirate où elle peut craindre d'être enlevée.

La politique dans une œuvre littéraire, c'est un coup de pistolet au milieu d'un concert, quelque chose de grossier et auquel pourtant il n'est pas possible de refuser son attention[1].

Nous allons parler de fort vilaines choses, et que, pour plus d'une raison, nous voudrions taire ; mais nous sommes forcés d'en venir à des événements qui sont de notre domaine, puisqu'ils ont pour théâtre le cœur des personnages.

— Mais, grand Dieu ! comment est mort ce grand prince ? dit la duchesse à Bruno.

— Il était à la chasse des oiseaux de passage, dans les marais, le long du Pô, à deux lieues de Sacca. Il est tombé dans un trou caché par une touffe d'herbe : il était tout en sueur, et le froid l'a saisi ; on l'a transporté dans une maison isolée, où il est mort au bout de quelques heures. D'autres prétendent que MM. Catena et Borone[2] sont morts aussi, et que tout l'accident provient des casseroles de cuivre du paysan chez lequel on est entré, qui étaient remplies de vert-de-gris. On a déjeuné chez cet homme. Enfin, les têtes exaltées, les jacobins, qui racontent ce qu'ils désirent, parlent de poison. Je sais que mon ami Toto, fourrier de la cour, aurait péri sans les soins généreux d'un manant qui paraissait avoir de grandes connaissances en médecine, et lui a fait faire des remèdes fort singuliers. Mais on ne parle déjà plus de cette mort du prince : au fait, c'était un homme cruel. Lorsque je suis parti, le peuple se rassemblait pour massacrer le fiscal général Rassi : on voulait aussi aller mettre le feu aux portes de la citadelle, pour tâcher de faire sauver les prisonniers. Mais on prétendait que Fabio Conti tirerait ses canons. D'autres assuraient que les canonniers de la citadelle

---

1. Cette réflexion se trouve déjà dans *Armance* (chap. XIV) et dans *Le Rouge et le Noir* (IIe partie, chap. XXII).   2. Stendhal a bien connu une Bibin Catena, jolie Milanaise fort brillante, et Borroni était le nom de jeune fille de la Pietragrua.

avaient jeté de l'eau sur leur poudre et ne voulaient pas massacrer leurs concitoyens. Mais voici qui est bien plus intéressant : tandis que le chirurgien de Sandolaro [1] arrangeait mon pauvre bras, un homme est arrivé de Parme, qui a dit que le peuple ayant trouvé dans les rues Barbone, ce fameux commis de la citadelle, l'a assommé, et ensuite on est allé le pendre à l'arbre de la promenade qui est le plus voisin de la citadelle. Le peuple était en marche pour aller briser cette belle statue du prince qui est dans les jardins de la cour. Mais M. le comte a pris un bataillon de la garde, l'a rangé devant la statue, et a fait dire au peuple qu'aucun de ceux qui entreraient dans les jardins n'en sortirait vivant, et le peuple avait peur. Mais ce qui est bien singulier, et que cet homme arrivant de Parme, et qui est un ancien gendarme, m'a répété plusieurs fois, c'est que M. le comte a donné des coups de pied au général P... commandant la garde du prince, et l'a fait conduire hors du jardin par deux fusiliers, après lui avoir arraché ses épaulettes [2].

— Je reconnais bien là le comte, s'écria la duchesse avec un transport de joie qu'elle n'eût pas prévu une minute auparavant : il ne souffrira jamais qu'on outrage notre princesse ; et quand au général P..., par dévouement pour ses maîtres légitimes, il n'a jamais voulu servir l'usurpateur, tandis que le comte, moins délicat, a fait toutes les campagnes d'Espagne, ce qu'on lui a souvent reproché à la cour.

La duchesse avait ouvert la lettre du comte, mais en interrompait la lecture pour faire cent questions à Bruno.

La lettre était bien plaisante ; le comte employait les

---

1. Sans doute déformation de Scandolara, qui se trouve sur la rive nord du Pô entre Casalmaggiore et Crémone.   2. Stendhal refuse absolument que son roman puisse être pris pour un roman historique de l'Italie contemporaine ; une fois passé 1815, sa temporalité est autonome par rapport à l'histoire. Il y a des révolutions en Italie en 1820 et en 1831 ; celle de Parme a lieu en 1823 (août-septembre).

termes les plus lugubres, et cependant la joie la plus vive
éclatait à chaque mot ; il évitait les détails sur le genre
de mort du prince, et finissait sa lettre par ces mots :

*Tu vas revenir sans doute, mon cher ange ! mais je
te conseille d'attendre un jour ou deux le courrier que
la princesse t'enverra, à ce que j'espère, aujourd'hui
ou demain ; il faut que ton retour soit magnifique
comme ton départ a été hardi. Quant au grand criminel qui est auprès de toi, je compte bien le faire juger
par douze juges appelés de toutes les parties de cet
État. Mais, pour faire punir ce monstre-là comme il le
mérite, il faut d'abord que je puisse faire des papillotes
avec la première sentence, si elle existe.*

Le comte avait rouvert sa lettre :

*Voici bien une autre affaire : je viens de faire distri-
buer des cartouches aux deux bataillons de la garde ; je
vais me battre et mériter de mon mieux ce surnom de
Cruel dont les libéraux m'ont gratifié depuis si longtemps. Cette vieille momie de général P... a osé parler
dans la caserne d'entrer en pourparlers avec le peuple
à demi révolté. Je t'écris du milieu de la rue ; je vais au
palais, où l'on ne pénétrera que sur mon cadavre.
Adieu ! Si je meurs, ce sera en t'adorant quand même,
ainsi que j'ai vécu ! N'oublie pas de faire prendre
300 000 francs déposés en ton nom chez D..., à Lyon.*

*Voilà ce pauvre diable de Rassi pâle comme la mort,
et sans perruque ; tu n'as pas d'idée de cette figure ! Le
peuple veut absolument le pendre ; ce serait un grand
tort qu'on lui ferait, il mérite d'être écartelé. Il se réfu-
giait à mon palais, et m'a couru après dans la rue ; je ne
sais trop qu'en faire... je ne veux pas le conduire au
palais du prince, ce serait faire éclater la révolte de ce
côté. F... verra si je l'aime ; mon premier mot à Rassi a
été : Il me faut la sentence contre M. del Dongo, et toutes
les copies que vous pouvez en avoir, et dites à tous ces*

*juges iniques, qui sont cause de cette révolte, que je les
ferai tous pendre, ainsi que vous, mon cher ami, s'ils
soufflent un mot de cette sentence, qui n'a jamais existé.
Au nom de Fabrice, j'envoie une compagnie de grenadiers à l'archevêque. Adieu, cher ange ! mon palais va
être brûlé, et je perdrai les charmants portraits que j'ai
de toi. Je cours au palais pour faire destituer cet infâme
général P..., qui fait des siennes ; il flatte bassement le
peuple, comme autrefois il flattait le feu prince. Tous ces
généraux ont une peur du diable ; je vais, je crois, me
faire nommer général en chef.*

La duchesse eut la malice de ne pas envoyer réveiller
Fabrice ; elle se sentait pour le comte un accès d'admiration qui ressemblait fort à de l'amour. Toute réflexion
faite, se dit-elle, il faut que je l'épouse. Elle le lui écrivit
aussitôt, et fit partir un de ses gens. Cette nuit, la
duchesse n'eut pas le temps d'être malheureuse.

Le lendemain, sur le midi elle vit une barque montée
par dix rameurs et qui fendait rapidement les eaux du
lac ; Fabrice et elle reconnurent bientôt un homme portant la livrée du prince de Parme : c'était en effet un
de ses courriers qui, avant de descendre à terre, cria à
la duchesse :

— La révolte est apaisée !

Ce courrier lui remit plusieurs lettres du comte, une
lettre admirable de la princesse et une ordonnance du
prince Ranuce-Ernest V, sur parchemin, qui la nommait duchesse de San Giovanni et grande maîtresse de
la princesse douairière. Ce jeune prince, savant en
minéralogie, et qu'elle croyait un imbécile, avait eu
l'esprit de lui écrire un petit billet ; mais il y avait de
l'amour à la fin. Le billet commençait ainsi :

*Le comte dit, madame la duchesse, qu'il est content
de moi ; le fait est que j'ai essuyé quelques coups de
fusil à ses côtés et que mon cheval a été touché : à
voir le bruit qu'on fait pour si peu de chose, je désire*

vivement assister à une vraie bataille, mais que ce ne soit pas contre mes sujets. Je dois tout au comte ; tous mes généraux, qui n'ont pas fait la guerre, se sont conduits comme des lièvres ; je crois que deux ou trois se sont enfuis jusqu'à Bologne. Depuis qu'un grand et déplorable événement m'a donné le pouvoir, je n'ai point signé d'ordonnance qui m'ait été aussi agréable que celle qui vous nomme grande maîtresse de ma mère. Ma mère et moi, nous nous sommes souvenus qu'un jour vous admiriez la belle vue que l'on a du palazzeto *de San Giovanni*[1]*, qui jadis appartint à Pétrarque, du moins on le dit ; ma mère a voulu vous donner cette petite terre ; et moi, ne sachant que vous donner, et n'osant vous offrir tout ce qui vous appartient, je vous ai faite duchesse dans mon pays ; je ne sais si vous êtes assez savante pour savoir que Sanseverina est un titre romain. Je viens de donner le grand cordon de mon ordre à notre digne archevêque, qui a déployé une fermeté bien rare chez les hommes de soixante-dix ans. Vous ne m'en voudrez pas d'avoir rappelé toutes les dames exilées. On me dit que je ne dois plus signer, dorénavant, qu'après avoir écrit les mots* votre affectionné *: je suis fâché que l'on me fasse prodiguer une assurance qui n'est complètement vraie que quand je vous écris.*

Votre affectionné,
Ranuce-Ernest.

---

1. Il est exact que Pétrarque a vécu à Parme de 1341 à 1351 (avec des interruptions), mais il habitait le Borgo San Giovanni qui se trouvait dans la ville. Stendhal en fait un palais à la campagne et un fief pour la duchesse. San Giovanni est aussi le nom d'un village près de Sacca : a-t-il confondu les deux, l'adresse urbaine et le village ? Ou bien a-t-il construit une contrée pétrarquiste installée dans une géographie approximative, un « lieu agréable » de plus, magnifié par le souvenir d'un poète de l'amour (familier à Fabrice), synthèse d'italianité ? Pétrarque aimait à aller rêver dans la solitude de la campagne émilienne sur la rive nord du Pô, à Selva Piana.

Qui n'eût dit, d'après ce langage, que la duchesse allait jouir de la plus haute faveur ? Toutefois elle trouva quelque chose de fort singulier dans d'autres lettres du comte, qu'elle reçut deux heures plus tard. Il ne s'expliquait point autrement, mais lui conseillait de retarder de quelques jours son retour à Parme, et d'écrire à la princesse qu'elle était fort indisposée. La duchesse et Fabrice n'en partirent pas moins pour Parme aussitôt après dîner. Le but de la duchesse, que toutefois elle ne s'avouait pas, était de presser le mariage du marquis Crescenzi ; Fabrice, de son côté, fit la route dans des transports de bonheur fous, et qui semblèrent ridicules à sa tante. Il avait l'espoir de revoir bientôt Clélia ; il comptait bien l'enlever, même malgré elle, s'il n'y avait que ce moyen de rompre son mariage.

Le voyage de la duchesse et de son neveu fut très gai. À un poste avant Parme, Fabrice s'arrêta un instant pour reprendre l'habit ecclésiastique ; d'ordinaire il était vêtu comme un homme en deuil. Quand il rentra dans la chambre de la duchesse :

— Je trouve quelque chose de louche et d'inexplicable, lui dit-elle, dans les lettres du comte. Si tu m'en croyais, tu passerais ici quelques heures ; je t'enverrai un courrier dès que j'aurai parlé à ce grand ministre.

Ce fut avec beaucoup de peine que Fabrice se rendit à cet avis raisonnable. Des transports de joie dignes d'un enfant de quinze ans marquèrent la réception que le comte fit à la duchesse, qu'il appelait sa femme. Il fut longtemps sans vouloir parler politique, et, quand enfin on en vint à la triste raison :

— Tu as fort bien fait d'empêcher Fabrice d'arriver officiellement ; nous sommes ici en pleine réaction. Devine un peu le collègue que le prince m'a donné comme ministre de la Justice ! c'est Rassi, ma chère, Rassi, que j'ai traité comme un gueux qu'il est, le jour de nos grandes affaires. À propos, je t'avertis qu'on a supprimé tout ce qui s'est passé ici. Si tu lis notre gazette, tu verras qu'un commis de la citadelle, nommé Barbone, est mort d'une chute de voiture. Quant aux soixante et tant de coquins que j'ai fait tuer à coups de balles, lorsqu'ils attaquaient la statue du prince dans les jardins, ils se portent fort bien, seulement ils sont en voyage. Le comte Zurla, ministre de l'Intérieur, est allé lui-même à la demeure de chacun de ces héros malheureux, et a remis quinze sequins à leurs familles ou à leurs amis, avec ordre de dire que le défunt était en voyage, et menace très expresse de la prison, si l'on s'avisait de faire entendre qu'il avait été tué. Un homme de mon propre ministère, les Affaires étrangères, a été envoyé en mission auprès des journalistes de Milan et de Turin, afin qu'on ne parle pas du *malheureux événement*, c'est le mot consacré ; cet homme doit pousser jusqu'à Paris et Londres, afin de démentir dans tous les journaux, et presque officiellement, tout ce qu'on pourrait dire de nos troubles. Un autre agent s'est acheminé vers Bologne et Florence. J'ai haussé les épaules.

» Mais le plaisant, à mon âge, c'est que j'ai eu un moment d'enthousiasme en parlant aux soldats de la garde et arrachant les épaulettes de ce pleutre de général P... En cet instant j'aurais donné ma vie, sans balancer, pour le prince ; j'avoue maintenant que c'eût été une façon bien bête de finir. Aujourd'hui, le prince, tout bon jeune homme qu'il est, donnerait cent écus pour que je mourusse de maladie ; il n'ose pas encore me demander ma démission, mais nous nous parlons le plus rarement possible, et je lui envoie une quantité de petits rapports par écrit, comme je le pratiquais avec le feu prince, après la prison de Fabrice. À propos, je n'ai point fait des papillotes avec la sentence signée contre lui, par la grande raison que ce coquin de Rassi ne me l'a point remise. Vous avez donc fort bien fait d'empêcher Fabrice d'arriver ici officiellement. La sentence est toujours exécutoire ; je ne crois pas pourtant que le Rassi osât faire arrêter notre neveu aujourd'hui, mais il est possible qu'il l'ose dans quinze jours. Si Fabrice veut absolument rentrer en ville, qu'il vienne loger chez moi.

— Mais la cause de tout ceci ? s'écria la duchesse étonnée.

— On a persuadé au prince que je me donne des airs de dictateur et de sauveur de la patrie, et que je veux le mener comme un enfant ; qui plus est, en parlant de lui, j'aurais prononcé le mot fatal : cet *enfant*. Le fait peut être vrai, j'étais exalté ce jour-là : par exemple, je le voyais un grand homme, parce qu'il n'avait point trop de peur au milieu des premiers coups de fusil qu'il entendît de sa vie. Il ne manque point d'esprit, il a même un meilleur ton que son père : enfin, je ne saurais trop le répéter, le fond du cœur est honnête et bon ; mais ce cœur sincère et jeune se crispe quand on lui raconte un tour de fripon, et croit qu'il faut avoir l'âme bien noire soi-même pour apercevoir de telles choses : songez à l'éducation qu'il a reçue !...

— Votre excellence devait songer qu'un jour il serait le maître, et placer un homme d'esprit auprès de lui.

— D'abord, nous avons l'exemple de l'abbé de Condillac [1], qui, appelé par le marquis de Felino, mon

---

1. Prédécesseur mais aussi modèle : ce marquis de Felino est un Français, G. du Tillot, Premier ministre à Parme à l'époque où les Bourbons donnent au duché un grand éclat ; c'est alors que l'abbé de Condillac est le précepteur du futur héritier du duché et écrit pour lui un *Cours d'études* célèbre. Du Tillot ressemble à Mosca par ses talents politiques, sa modération « éclairée » qui a fait de la Parme bourbonienne un État modèle ; grand ministre d'un petit État, il rappelle aussi Mosca parce que sa maîtresse, la marquise Malaspina, est justement comme la duchesse, « grande maîtresse » de la princesse héréditaire. Mais surtout le rapprochement avec du Tillot éclaire la carrière politique et le pouvoir de Mosca, passant d'une vieille cour à une jeune cour. Du Tillot était le ministre tout-puissant de don Philippe, duc de Parme, mais il meurt en 1765 et le ministre s'entend très mal avec le jeune héritier, don Ferdinand, l'élève de Condillac. Il démissionne en 1771. C'est moins l'anecdote historique et parmesane qui compte, que le rapport du grand ministre avec le petit prince : les deux cours succes-

prédécesseur, ne fit de son élève que le roi des nigauds. Il allait à la procession, et, en 1796, il ne sut pas traiter avec le général Bonaparte, qui eût triplé l'étendue de ses États. En second lieu, je n'ai jamais cru rester ministre dix ans de suite. Maintenant que je suis désabusé de tout, et cela depuis un mois, je veux réunir un million, avant de laisser à elle-même cette pétaudière que j'ai sauvée. Sans moi, Parme eût été république pendant deux mois, avec le poète Ferrante Palla pour dictateur.

Ce qui fit rougir la duchesse. Le comte ignorait tout.

— Nous allons retomber dans la monarchie ordinaire du dix-huitième siècle : le confesseur et la maîtresse. Au fond, le prince n'aime que la minéralogie, et peut-être vous, madame. Depuis qu'il règne, son valet de chambre dont je viens de faire le frère capitaine, ce frère a neuf mois de service, ce valet de chambre, dis-je, est allé lui fourrer dans la tête qu'il doit être plus heureux qu'un autre parce que son profil va se trouver sur les écus. À la suite de cette belle idée est arrivé l'ennui.

» Maintenant il lui faut un aide de camp, remède à l'ennui. Eh bien ! quand il m'offrirait ce fameux million qui nous est nécessaire pour bien vivre à Naples ou à Paris, je ne voudrais pas être son remède à l'ennui, et passer chaque jour quatre ou cinq heures avec son altesse. D'ailleurs, comme j'ai plus d'esprit que lui, au bout d'un mois il me prendrait pour un monstre.

» Le feu prince était méchant et envieux, mais il avait fait la guerre et commandé des corps d'armée, ce qui lui avait donné de la tenue ; on trouvait en lui l'étoffe d'un prince, et je pouvais être ministre bon ou

---

sives s'opposent comme deux mondes différents. Le jeune prince se trouve puérilisé par le ministre et il travaille, vainement, à s'en passer. Sur du Tillot, voir l'article de P. Sy, « En marge de *La Chartreuse de Parme*, G. du Tillot, marquis de Felino, pilotis du comte Mosca », dans *S-C*, n°s 62 et 63, 1974. En 1801, Napoléon offrit au duc de Parme d'échanger son petit duché contre la Toscane : le duc refusa.

mauvais. Avec cet honnête homme de fils candide et vraiment bon, je suis forcé d'être un intrigant. Me voici le rival de la dernière femmelette du château, et rival fort inférieur, car je mépriserai cent détails nécessaires. Par exemple, il y a trois jours, une de ces femmes qui distribuent les serviettes blanches tous les matins dans les appartements a eu l'idée de faire perdre au prince la clef de ses bureaux anglais. Sur quoi son altesse a refusé de s'occuper de toutes les affaires dont les papiers se trouvent dans ce bureau ; à la vérité pour vingt francs on peut faire détacher les planches qui en forment le fond, ou employer de fausses clefs ; mais Ranuce-Ernest V m'a dit que ce serait donner de mauvaises habitudes au serrurier de la cour.

» Jusqu'ici il lui a été absolument impossible de garder trois jours de suite la même volonté. S'il fût né monsieur le marquis un tel, avec de la fortune, ce jeune prince eût été un des hommes les plus estimables de sa cour, une sorte de Louis XVI ; mais comment, avec sa naïveté pieuse, va-t-il résister à toutes les savantes embûches dont il est entouré ? Aussi le salon de votre ennemie la Raversi est plus puissant que jamais ; on y a découvert que moi, qui ai fait tirer sur le peuple, et qui étais résolu à tuer trois mille hommes s'il le fallait, plutôt que de laisser outrager la statue du prince qui avait été mon maître, je suis un libéral enragé, je voulais faire signer une constitution, et cent absurdités pareilles. Avec ces propos de république, les fous nous empêcheraient de jouir de la meilleure des monarchies [1]... Enfin, madame, vous êtes la seule personne du parti libéral actuel dont mes ennemis me font le chef, sur le compte de qui le prince ne se soit pas expliqué en termes désobligeants ; l'archevêque, toujours parfaitement honnête homme, pour avoir parlé en

---

1. On retrouve la phrase prise comme épigraphe pour la deuxième partie du roman.

termes raisonnables de ce que j'ai fait *le jour malheureux*, est en pleine disgrâce.

» Le lendemain du jour qui ne s'appelait pas encore *malheureux*, quand il était encore vrai que la révolte avait existé, le prince dit à l'archevêque que, pour que vous n'eussiez pas à prendre un titre inférieur en m'épousant, il me ferait duc. Aujourd'hui je crois que c'est Rassi, anobli par moi lorsqu'il me vendait les secrets du feu prince, qui va être fait comte. En présence d'un tel avancement je jouerai le rôle d'un nigaud.

— Et le pauvre prince se mettra dans la crotte.

— Sans doute : mais au fond il *est le maître*, qualité qui, en moins de quinze jours, fait disparaître le *ridicule*. Ainsi, chère duchesse, faisons comme au jeu de tric-trac, *allons-nous-en*.

— Mais nous ne serons guère riches.

— Au fond, ni vous ni moi n'avons besoin de luxe. Si vous me donnez à Naples une place dans une loge à San Carlo [1] et un cheval, je suis plus que satisfait ; ce ne sera jamais le plus ou moins de luxe qui nous donnera un rang à vous et à moi, c'est le plaisir que les gens d'esprit du pays pourront trouver peut-être à venir prendre une tasse de thé chez vous.

— Mais, reprit la duchesse, que serait-il arrivé, le *jour malheureux*, si vous vous étiez tenu à l'écart comme j'espère que vous le ferez à l'avenir ?

— Les troupes fraternisaient avec le peuple, il y avait trois jours de massacre et d'incendie (car il faut cent ans à ce pays pour que la république [2] n'y soit par une absurdité), puis quinze jours de pillage, jusqu'à ce que deux ou trois régiments fournis par l'étranger fussent venus mettre le holà. Ferrante Palla était au milieu du peuple, plein de courage et furibond comme à l'ordinaire ; il avait sans doute une douzaine d'amis qui

---

1. C'est le nom du théâtre de Naples, un des hauts lieux de la musique italienne. 2. La prédiction de Mosca-Stendhal s'est réalisée : la république italienne est venue 106 ans après *La Chartreuse*.

agissaient de concert avec lui, ce dont Rassi fera une superbe conspiration. Ce qu'il y a de sûr, c'est que, porteur d'un habit d'un délabrement incroyable, il distribuait l'or à pleines mains.

La duchesse, émerveillée de toutes ces nouvelles, se hâta d'aller remercier la princesse.

Au moment de son entrée dans la chambre, la dame d'atours lui remit la petite clef d'or que l'on porte à la ceinture, et qui est la marque de l'autorité suprême dans la partie du palais qui dépend de la princesse. Clara Paolina se hâta de faire sortir tout le monde ; et, une fois seule avec son amie, persista pendant quelques instants à ne s'expliquer qu'à demi. La duchesse ne comprenait pas trop ce que tout cela voulait dire, et ne répondait qu'avec beaucoup de réserve. Enfin, la princesse fondit en larmes, et, se jetant dans les bras de la duchesse, s'écria :

— Les temps de mon malheur vont recommencer : mon fils me traitera plus mal que ne l'a fait son père !

— C'est ce que j'empêcherai, répliqua vivement la duchesse. Mais d'abord j'ai besoin, continua-t-elle, que votre altesse sérénissime daigne accepter ici l'hommage de toute ma reconnaissance et de mon profond respect.

— Que voulez-vous dire ? s'écria la princesse remplie d'inquiétude, et craignant une démission.

— C'est que toutes les fois que votre altesse sérénissime me permettra de tourner à droite le menton tremblant de ce magot qui est sur sa cheminée, elle me permettra aussi d'appeler les choses par leur vrai nom [1].

---

[1]. C'est un vieux thème de la peinture des cours et de la critique du courtisan : le prince, tout prince n'aime pas la vérité, ou il ne l'aime que si elle flatte sa vanité ; le courtisan ne peut qu'entretenir ce vice pour en profiter. La Sanseverina, héroïne paradoxale de la cour qui réussit d'autant mieux qu'elle ne se plie ni à l'étiquette ni à l'obligation de flatter, instaure dans ses relations avec la princesse un signe de vérité, une sorte de suspension conventionnelle des habitudes ; la vérité ne viendra que par cette parenthèse dans le mensonge ordinaire.

— N'est-ce que ça, ma chère duchesse ? s'écria Clara Paolina en se levant, et courant elle-même mettre le magot en bonne position ; parlez donc en toute liberté, madame la grande maîtresse, dit-elle avec un ton de voix charmant.

— Madame, reprit celle-ci, votre altesse a parfaitement vu la position ; nous courons, vous et moi, les plus grands dangers ; la sentence contre Fabrice n'est point révoquée ; par conséquent, le jour où l'on voudra se défaire de moi et vous outrager, on le remet en prison. Notre position est aussi mauvaise que jamais. Quant à moi personnellement, j'épouse le comte, et nous allons nous établir à Naples ou à Paris. Le dernier trait d'ingratitude dont le comte est victime en ce moment, l'a entièrement dégoûté des affaires, et, sauf l'intérêt de votre altesse sérénissime, je ne lui conseillerais de rester dans ce gâchis qu'autant que le prince lui donnerait une somme énorme. Je demanderai à votre altesse la permission de lui expliquer que le comte, qui avait 130 000 francs en arrivant aux Affaires, possède à peine aujourd'hui 20 000 livres de rente. C'est en vain que depuis longtemps je le pressais de songer à sa fortune. Pendant mon absence, il a cherché querelle aux fermiers généraux du prince, qui étaient des fripons ; le comte les a remplacés par d'autres fripons qui lui ont donné 800 000 francs.

— Comment ! s'écria la duchesse étonnée ; mon Dieu ! que je suis fâchée de cela !

— Madame, répliqua la duchesse d'un très grand sang-froid, faut-il retourner le nez du magot à gauche ?

— Mon Dieu, non, s'écria la princesse ; mais je suis fâchée qu'un homme du caractère du comte ait songé à ce genre de gain.

— Sans ce vol, il était méprisé de tous les honnêtes gens.

— Grand Dieu ! est-il possible ?

— Madame, reprit la duchesse, excepté mon ami, le marquis Crescenzi, qui a 3 ou 400 000 livres de rente, tout le monde vole ici ; et comment ne volerait-on pas dans un pays où la reconnaissance des plus grands services ne dure pas tout à fait un mois ? Il n'y a donc de réel et de survivant à la disgrâce que l'argent. Je vais me permettre, madame, des vérités terribles.

— Je vous les permets, moi, dit la princesse avec un profond soupir, et pourtant elles me sont cruellement désagréables.

— Eh bien ! madame, le prince votre fils, parfaitement honnête homme, peut vous rendre bien plus malheureuse que ne fit son père ; le feu prince avait du caractère à peu près comme tout le monde. Notre souverain actuel n'est pas sûr de vouloir la même chose trois jours de suite ; par conséquent, pour qu'on puisse être sûr de lui, il faut vivre continuellement avec lui et ne le laisser parler à personne. Comme cette vérité n'est pas bien difficile à deviner, le nouveau parti ultra, dirigé par ces deux bonnes têtes, Rassi et la marquise Raversi, va chercher à donner une maîtresse au prince. Cette maîtresse aura la permission de faire sa fortune et de distribuer quelques places subalternes, mais elle devra répondre au parti de la constante volonté du maître.

» Moi, pour être bien établie à la cour de votre altesse, j'ai besoin que le Rassi soit exilé et conspué ; je veux, de plus, que Fabrice soit jugé par les juges les plus honnêtes que l'on pourra trouver : si ces messieurs reconnaissent, comme je l'espère, qu'il est innocent, il sera naturel d'accorder à monsieur l'archevêque que Fabrice soit son coadjuteur avec future succession. Si j'échoue, le comte et moi nous nous retirons ; alors je laisse en partant ce conseil à votre altesse sérénissime : elle ne doit jamais pardonner à Rassi, et jamais non plus sortir des États de son fils. De près, ce bon fils ne lui fera pas de mal sérieux.

— J'ai suivi vos raisonnements avec toute l'attention requise, répondit la princesse en souriant ; faudra-

t-il donc que je me charge du soin de donner une maîtresse à mon fils ?

— Non pas, madame, mais faites d'abord que votre
salon soit le seul où il s'amuse.

La conversation fut finie dans ce sens, les écailles
tombaient des yeux de l'innocente et spirituelle princesse.

Un courrier de la duchesse alla dire à Fabrice qu'il
pouvait entrer en ville, mais en se cachant. On l'aperçut à peine : il passait sa vie déguisé en paysan dans
la baraque en bois d'un marchand de marrons, établi
vis-à-vis de la porte de la citadelle, sous les arbres de
la promenade.

CHAPITRE XXIV

La duchesse organisa des soirées charmantes au palais, qui n'avait jamais vu tant de gaieté ; jamais elle ne fut plus aimable que cet hiver, et pourtant, elle vécut au milieu des plus grands dangers ; mais aussi, pendant cette saison critique, il ne lui arriva pas deux fois de songer avec un certain degré de malheur à l'étrange changement de Fabrice. Le jeune prince venait de fort bonne heure aux soirées aimables de sa mère, qui lui disait toujours :

— Allez-vous-en donc gouverner ; je parie qu'il y a sur votre bureau plus de vingt rapports qui attendent un oui ou un non, et je ne veux pas que l'Europe m'accuse de faire de vous un roi fainéant pour régner à votre place.

Ces avis avaient le désavantage de se présenter toujours dans les moments les plus inopportuns, c'est-à-dire quand son altesse, ayant vaincu sa timidité, prenait part à quelque charade en action, qui l'amusait fort. Deux fois la semaine il y avait des parties de campagne où, sous prétexte de conquérir au nouveau souverain l'affection de son peuple, la princesse admettait les plus jolies femmes de la bourgeoisie. La duchesse, qui était l'âme de cette cour joyeuse, espérait que ces belles bourgeoises, qui toutes voyaient avec une envie mortelle la haute fortune du bourgeois Rassi, raconteraient au prince quelqu'une des friponneries sans nombre de ce ministre. Or, entre autres idées enfantines, le prince prétendait avoir un ministère *moral*.

Rassi avait trop de sens pour ne pas sentir combien ces soirées brillantes de la cour de la princesse, dirigées par son ennemie, étaient dangereuses pour lui. Il n'avait pas voulu remettre au comte Mosca la sentence fort légale rendue contre Fabrice ; il fallait donc que la duchesse ou lui disparussent de la cour.

Le jour de ce mouvement populaire, dont maintenant il était de bon ton de nier l'existence, on avait distribué de l'argent au peuple. Rassi partit de là : plus mal mis encore que de coutume, il monta dans les maisons les plus misérables de la ville, et passa des heures entières en conversation réglée avec leurs pauvres habitants. Il fut bien récompensé de tant de soins : après quinze jours de ce genre de vie il eut la certitude que Ferrante Palla avait été le chef secret de l'insurrection, et bien plus, que cet être, pauvre toute sa vie comme un grand poète, avait fait vendre huit ou dix diamants à Gênes.

On citait entre autres cinq pierres de prix qui valaient réellement plus de 40 000 francs, et que, *dix jours avant la mort du prince*, on avait laissées pour 35 000 francs, parce que, disait-on, *on avait besoin d'argent*.

Comment peindre les transports de joie du ministre de la justice à cette découverte ? Il s'apercevait que tous les jours on lui donnait des ridicules à la cour de la princesse douairière, et plusieurs fois le prince, parlant d'affaires avec lui, lui avait ri au nez avec toute la naïveté de la jeunesse. Il faut avouer que le Rassi avait des habitudes singulièrement plébéiennes : par exemple, dès qu'une discussion l'intéressait, il croisait les jambes et prenait son soulier dans la main ; si l'intérêt croissait, il étalait son mouchoir de coton rouge sur sa jambe, etc., etc. Le prince avait beaucoup ri de la plaisanterie d'une des plus jolies femmes de la bourgeoisie, qui, sachant d'ailleurs qu'elle avait la jambe fort bien faite, s'était mise à imiter ce geste élégant du ministre de la justice.

Rassi sollicita une audience extraordinaire et dit au prince :

— Votre Altesse voudrait-elle donner cent mille francs pour savoir au juste quel a été le genre de mort de son auguste père ? avec cette somme, la justice serait mise à même de saisir les coupables, s'il y en a.

La réponse du prince ne pouvait être douteuse.

À quelque temps de là, la *Chékina* avertit la duchesse qu'on lui avait offert une grosse somme pour laisser examiner les diamants de sa maîtresse par un orfèvre ; elle avait refusé avec indignation. La duchesse la gronda d'avoir refusé ; et, à huit jours de là, la Chékina eut des diamants à montrer. Le jour pris pour cette exhibition des diamants, le comte Mosca plaça deux hommes sûrs auprès de chacun des orfèvres de Parme, et sur le minuit il vint dire à la duchesse que l'orfèvre curieux n'était autre que le frère de Rassi. La duchesse, qui était fort gaie ce soir-là (on jouait au palais une comédie *dell'arte*, c'est-à-dire où chaque personnage invente le dialogue à mesure qu'il le dit, le plan seul de la comédie est affiché dans la coulisse), la duchesse, qui jouait un rôle, avait pour amoureux dans la pièce le comte Baldi, l'ancien ami de la marquise Raversi, qui était présente. Le prince, l'homme le plus timide de ses États, mais fort joli garçon et doué du cœur le plus tendre, étudiait le rôle du comte Baldi, et voulait le jouer à la seconde représentation.

— J'ai bien peu de temps, dit la duchesse au comte, je parais à la première scène du second acte ; passons dans la salle des gardes.

Là, au milieu de vingt gardes du corps, tous fort éveillés et fort attentifs aux discours du premier ministre et de la grande maîtresse, la duchesse dit en riant à son ami :

— Vous me grondez toujours quand je dis des secrets inutilement. C'est par moi que fut appelé au trône Ernest V ; il s'agissait de venger Fabrice, que j'aimais alors bien plus qu'aujourd'hui, quoique toujours fort innocemment. Je sais bien que vous ne croyez guère à cette innocence, mais peu importe, puisque vous m'aimez malgré mes crimes. Eh bien ! voici un crime véritable : j'ai donné tous mes diamants à une espèce de fou fort intéressant, nommé Ferrante Palla, je l'ai même embrassé pour qu'il fît périr l'homme qui voulait faire empoisonner Fabrice. Où est le mal ?

— Ah ! voilà donc où Ferrante avait pris de l'argent pour son émeute ! dit le comte, un peu stupéfait ; et vous me racontez tout cela dans la salle des gardes !

— C'est que je suis pressée, et voici le Rassi sur les traces du crime. Il est bien vrai que je n'ai jamais parlé d'insurrection, car j'abhorre les jacobins. Réfléchissez là-dessus, et dites-moi votre avis après la pièce.

— Je vous dirai tout de suite qu'il faut inspirer de l'amour au prince... Mais en tout bien tout honneur, au moins !

On appelait la duchesse pour son entrée en scène, elle s'enfuit.

Quelques jours après, la duchesse reçut par la poste une grande lettre ridicule, signée du nom d'une ancienne femme de chambre à elle ; cette femme demandait à être employée à la cour, mais la duchesse avait reconnu du premier coup d'œil que ce n'était ni son écriture ni son style. En ouvrant la feuille pour lire la seconde page, la duchesse vit tomber à ses pieds une petite image miraculeuse de la Madone, pliée dans une feuille imprimée d'un vieux livre [1]. Après avoir jeté un

---

1. Palla conspirateur et brigand est un homme du secret et un virtuose de la clandestinité ; sa lettre est, comme le livre de saint Jérôme, un ensemble de signes qui s'indiquent les uns les autres comme autant de pistes à suivre : une fausse lettre ridicule, contenant une image et une vieille feuille imprimée qui semble un emballage et qui contient le vrai message ; la réponse sera imperceptible, et totalement dissimulée aux yeux étrangers ; pour la constater, il faut observer un frêne quelconque, près d'un buis que seule connaît la duchesse et le frêne renvoie à un autre buis aussi quelconque en apparence. C'est tout le jardin qui devient un message. Pour le premier codage, la feuille imprimée, Sten-

coup d'œil sur l'image, la duchesse lut quelques lignes
de la vieille feuille imprimée. Ses yeux brillèrent, et
elle y trouvait ces mots :

Le tribun a pris cent francs par mois, non plus ;
avec le reste on voulut ranimer le feu sacré dans des
âmes qui se trouvèrent glacées par l'égoïsme. Le
renard est sur mes traces, c'est pourquoi je n'ai pas
cherché à voir une dernière fois l'être adoré. Je me
suis dit, elle n'aime pas la république, elle qui m'est
supérieure par l'esprit autant que par les grâces et la
beauté. D'ailleurs, comment faire une république sans
républicains ? Est-ce que je me tromperais ? Dans six
mois, je parcourrai, le microscope à la main, et à pied,
les petites villes d'Amérique, je verrai si je dois encore
aimer la seule rivale[1] *que vous ayez dans mon cœur.*
Si vous recevez cette lettre, madame la baronne, et
qu'aucun œil profane ne l'ait lue avant vous, faites
briser un des jeunes frênes plantés à vingt pas de l'en-
droit où j'osai vous parler pour la première fois. Alors
je ferai enterrer, sous le grand buis du jardin que vous
remarquâtes une fois en mes jours heureux, une boîte
où se trouveront de ces choses qui font calomnier les
gens de mon opinion. Certes, je me fusse bien gardé
d'écrire si le renard n'était sur mes traces, et ne pou-
vait arriver à cet être céleste ; voir le buis dans quinze
jours.

Puisqu'il a une imprimerie à ses ordres, se dit la
duchesse, bientôt nous aurons un recueil de sonnets,
Dieu sait le nom qu'il m'y donnera !

La coquetterie de la duchesse voulut faire un essai ;

---

dhal l'avait lui-même expérimenté en 1811 : amoureux de sa cousine
la comtesse Daru, il lui avait écrit une lettre faussement orientale où
se trouvait un aveu déguisé, il l'avait fait imprimer et l'avait insérée
dans un livre. Non seulement il fallait comprendre le message, mais il
fallait le trouver. Son innocente cousine n'y comprit rien.

1. C'est la république, la seule rivale de la duchesse.

pendant huit jours elle fut indisposée, et la cour n'eut plus de jolies soirées. La princesse, fort scandalisée de tout ce que la peur qu'elle avait de son fils l'obligeait de faire dès les premiers moments de son veuvage, alla passer ces huit jours dans un couvent attenant à l'église où le feu prince était inhumé. Cette interruption des soirées jeta sur les bras du prince une masse énorme de loisir, et porta un échec notable au crédit du ministre de la justice. Ernest V comprit tout l'ennui qui le menaçait si la duchesse quittait la cour, ou seulement cessait d'y répandre la joie. Les soirées recommencèrent, et le prince se montra de plus en plus intéressé par les comédies *dell'arte*. Il avait le projet de prendre un rôle, mais n'osait avouer cette ambition. Un jour, rougissant beaucoup, il dit à la duchesse :

— Pourquoi ne jouerais-je pas moi aussi ?

— Nous sommes tous ici aux ordres de votre altesse ; si elle daigne m'en donner l'ordre, je ferai arranger le plan d'une comédie, toutes les scènes brillantes du rôle de votre altesse seront avec moi, et comme les premiers jours tout le monde hésite un peu, si votre altesse veut me regarder avec quelque attention, je lui dirai les réponses qu'elle doit faire.

Tout fut arrangé et avec une adresse infinie. Le prince fort timide avait honte d'être timide ; les soins que se donna la duchesse pour ne pas faire souffrir cette timidité innée firent une impression profonde sur le jeune souverain.

Le jour de son début, le spectacle commença une demi-heure plus tôt qu'à l'ordinaire, et il n'y avait dans le salon, au moment où l'on passa dans la salle de spectacle, que huit ou dix femmes âgées. Ces figures-là n'imposaient guère au prince, et d'ailleurs, élevées à Munich dans les vrais principes monarchiques, elles applaudissaient toujours. Usant de son autorité comme grande maîtresse, la duchesse ferma à clef la porte par laquelle le vulgaire des courtisans entrait au spectacle. Le prince, qui avait de l'esprit *littéraire* et une belle figure, se tira fort bien de ses premières scènes ; il répétait avec intelligence les phrases qu'il lisait dans les yeux de la duchesse, ou qu'elle lui indiquait à demi-voix. Dans un moment où les rares spectateurs applau-dissaient de toutes leurs forces, la duchesse fit un signe, la porte d'honneur fut ouverte, et la salle de spectacle occupée en un instant par toutes les jolies femmes de la cour, qui, trouvant au prince une figure charmante et l'air fort heureux, se mirent à applaudir ; le prince rougit de bonheur. Il jouait le rôle d'un amou-reux de la duchesse. Bien loin d'avoir à lui suggérer des paroles, bientôt elle fut obligée de l'engager à abréger les scènes ; il parlait d'amour avec un en-thousiasme qui souvent embarrassait l'actrice ; ses répliques duraient cinq minutes. La duchesse n'était plus cette beauté éblouissante de l'année précédente ; la prison de Fabrice, et, bien plus encore, le séjour sur le lac Majeur avec Fabrice, devenu morose et silen-cieux, avaient donné dix ans de plus à la belle Gina. Ses traits s'étaient marqués, ils avaient plus d'esprit et moins de jeunesse.

Ils n'avaient plus que bien rarement l'enjouement du premier âge ; mais à la scène, avec du rouge et tous les secours que l'art fournit aux actrices, elle était encore la plus jolie femme de la cour. Les tirades passionnées, débitées par le prince, donnèrent l'éveil aux courti-sans ; tous se disaient ce soir-là :

— Voici la Balbi de ce nouveau règne.

Le comte se révolta intérieurement. La pièce finie, la duchesse dit au prince devant toute la cour :

— Votre altesse joue trop bien ; on va dire que vous êtes amoureux d'une femme de trente-huit ans [1], ce qui fera manquer mon établissement avec le comte. Ainsi, je ne jouerai plus avec Votre Altesse, à moins que le prince ne me jure de m'adresser la parole comme il le

---

[1]. La duchesse a en réalité quarante ans ; c'est l'âge qu'elle se don-nait à elle-même lors du séjour à Belgirate quelques pages plus haut.

ferait à une femme d'un certain âge, à madame la marquise Raversi, par exemple.

On répéta trois fois la même pièce ; le prince était
fou de bonheur ; mais, un soir, il parut fort soucieux.

— Ou je me trompe fort, dit la grande maîtresse à
sa princesse, ou le Rassi cherche à nous jouer quelque
tour ; je conseillerais à votre altesse d'indiquer un
spectacle pour demain ; le prince jouera mal, et, dans
son désespoir, il vous dira quelque chose.

Le prince joua fort mal en effet ; on l'entendait à
peine, et il ne savait plus terminer ses phrases. À la fin
du premier acte, il avait presque les larmes aux yeux ;
la duchesse se tenait auprès de lui, mais froide et
immobile. Le prince, se trouvant un instant seul avec
elle, dans le foyer des acteurs, alla fermer la porte.

— Jamais, lui dit-il, je ne pourrai jouer le second et
le troisième acte ; je ne veux pas absolument être
applaudi par complaisance ; les applaudissements
qu'on me donnait ce soir me fendaient le cœur. Donnez-moi un conseil, que faut-il faire ?

— Je vais m'avancer sur la scène, faire une profonde révérence à son altesse, une autre au public,
comme un véritable directeur de comédie, et dire que
l'acteur qui jouait le rôle de *Lélio*, se trouvant subite-
ment indisposé, le spectacle se terminera par quelques
morceaux de musique. Le comte Rusca et la petite Ghi-
solfi seront ravis de pouvoir montrer à une aussi brillante assemblée leurs petites voix aigrelettes.

Le prince prit la main de la duchesse, et la baisa
avec transport.

— Que n'êtes-vous un homme, lui dit-il, vous me
donneriez un bon conseil : Rassi vient de déposer sur
mon bureau cent quatre-vingt-deux dépositions contre
les prétendus assassins de mon père. Outre les dépositions, il y a un acte d'accusation de plus de deux cents
pages ; il me faut lire tout cela, et, de plus, j'ai donné
ma parole de n'en rien dire au comte. Ceci mène tout
droit à des supplices ; déjà il veut que je fasse enlever

en France, près d'Antibes, Ferrante Palla, ce grand poète que j'admire tant. Il est là sous le nom de Poncet[1].

— Le jour où vous ferez pendre un libéral, Rassi sera lié au ministère par des chaînes de fer, et c'est ce qu'il veut avant tout ; mais votre altesse ne pourra plus annoncer une promenade deux heures à l'avance. Je ne parlerai ni à la princesse, ni au comte du cri de douleur qui vient de vous échapper ; mais, comme d'après mon serment je ne dois avoir aucun secret pour la princesse, je serais heureuse si votre altesse voulait dire à sa mère les mêmes choses qui lui sont échappées avec moi.

Cette idée fit diversion à la douleur d'acteur *chuté* qui accablait le souverain.

— Eh bien ! allez avertir ma mère, je me rends dans son grand cabinet.

Le prince quitta les coulisses, traversa le salon par lequel on arrivait au théâtre, renvoya d'un air dur le grand chambellan et l'aide de camp de service qui le suivaient ; de son côté la princesse quitta précipitamment le spectacle ; arrivée dans le grand cabinet, la grande maîtresse fit une profonde révérence à la mère et au fils, et les laissa seuls. On peut juger de l'agitation de la cour, ce sont là les choses qui la rendent si amusante. Au bout d'une heure le prince lui-même se présenta à la porte du cabinet et appela la duchesse ; la princesse était en larmes, son fils avait une physionomie tout altérée.

Voici des gens faibles qui ont de l'humeur, se dit la grande maîtresse, et qui cherchent un prétexte pour se fâcher contre quelqu'un. D'abord la mère et le fils se disputèrent la parole pour raconter les détails à la

---

1. Le comté de Nice appartient à cette date au Royaume de Sardaigne ; Antibes est donc fort proche de la frontière. Palla se retrouve dans la situation de son modèle du xviie siècle qui s'était trop rapproché de la frontière d'Avignon, terre papale. Pour le nom de Poncet, Stendhal fait appel à sa mémoire d'enfant : c'était le nom d'un menuisier qui travaillait pour son grand-père.

duchesse, qui dans ses réponses eut grand soin de ne mettre en avant aucune idée. Pendant deux mortelles heures les trois acteurs de cette scène ennuyeuse ne sortirent pas des rôles que nous venons d'indiquer. Le prince alla chercher lui-même les deux énormes portefeuilles que Rassi avait déposés sur son bureau ; en sortant du grand cabinet de sa mère, il trouva toute la cour qui attendait.

— Allez-vous-en, laissez-moi tranquille ! s'écriat-il, d'un ton fort impoli et qu'on ne lui avait jamais vu.

Le prince ne voulait pas être aperçu portant lui-même les deux portefeuilles, un prince ne doit rien porter. Les courtisans disparurent en un clin d'œil. En repassant, le prince ne trouva plus que les valets de chambre qui éteignaient les bougies ; il les renvoya avec fureur, ainsi que le pauvre Fontana, aide de camp de service, qui avait eu la gaucherie de rester, par zèle.

— Tout le monde prend à tâche de m'impatienter ce soir, dit-il avec humeur à la duchesse, comme il rentrait dans le cabinet.

Il lui croyait beaucoup d'esprit et il était furieux de ce qu'elle s'obstinait évidemment à ne pas ouvrir un avis. Elle, de son côté, était résolue à ne rien dire qu'autant qu'on lui demanderait son avis *bien expressément*. Il s'écoula encore une grosse demi-heure avant que le prince, qui avait le sentiment de sa dignité, se déterminât à lui dire :

— Mais madame, vous ne dites rien.

— Je suis ici pour servir la princesse, et oublier bien vite ce qu'on dit devant moi.

— Eh bien ! madame, dit le prince en rougissant beaucoup, je vous ordonne de me donner votre avis.

— On punit les crimes pour empêcher qu'ils ne se renouvellent. Le feu prince a-t-il été empoisonné ? c'est ce qui est fort douteux ; a-t-il été empoisonné par les jacobins ? c'est ce que Rassi voudrait bien prouver, car alors il devient pour votre altesse un instrument nécessaire à tout jamais. Dans ce cas, votre altesse, qui commence son règne, peut se promettre bien des soirées comme celle-ci. Vos sujets disent généralement, ce qui est de toute vérité, que votre altesse a de la bonté dans le caractère ; tant qu'elle n'aura pas fait pendre quelque libéral, elle jouira de cette réputation, et bien certainement personne ne songera à lui préparer du poison.

— Votre conclusion est évidente, s'écria la princesse avec humeur ; vous ne voulez pas que l'on punisse les assassins de mon mari !

— C'est qu'apparemment, madame, je suis liée à eux par une tendre amitié.

La duchesse voyait dans les yeux du prince qu'il la croyait parfaitement d'accord avec sa mère pour lui dicter un plan de conduite. Il y eut entre les deux femmes une succession assez rapide d'aigres reparties, à la suite desquelles la duchesse protesta qu'elle ne dirait plus une seule parole, et elle fut fidèle à sa résolution ; mais le prince, après une longue discussion avec sa mère, lui ordonna de nouveau de dire son avis.

— C'est ce que je jure à vos altesses de ne point faire !

— Mais c'est un véritable enfantillage ! s'écria le prince.

— Je vous prie de parler, madame la duchesse, dit la princesse d'un air digne.

— C'est ce dont je vous supplie de me dispenser, madame ; mais votre altesse, ajouta la duchesse en s'adressant au prince, lit parfaitement le français ; pour calmer nos esprits agités, voudrait-elle *nous* lire une fable de La Fontaine ?

La princesse trouva ce *nous* fort insolent, mais elle eut l'air à la fois étonné et amusé, quand la grande maîtresse, qui était allée du plus grand sang-froid ouvrir la bibliothèque, revint avec un volume des *Fables* de La Fontaine ; elle le feuilleta quelques instants, puis dit au prince, en le lui présentant :

— Je supplie votre altesse de lire *toute* la fable.

LE JARDINIER ET SON SEIGNEUR

                Un amateur de jardinage
                Demi-bourgeois, demi-manant,
                Possédait en certain village
Un jardin assez propre, et le clos attenant.
Il avait de plant vif fermé cette étendue :
Là croissaient à plaisir l'oseille et la laitue,
De quoi faire à Margot pour sa fête un bouquet,
Peu de jasmin d'Espagne et force serpolet.
Cette félicité par un lièvre troublée
Fit qu'au seigneur du bourg notre homme se plaignit.
Ce maudit animal vient prendre sa goulée
Soir et matin, dit-il, et des pièges se rit ;
Les pierres, les bâtons y perdent leur crédit :
Il est sorcier, je crois — Sorcier ! je l'en défie,
Repartit le seigneur : fût-il diable, Miraut,
En dépit de ses tours, l'attrapera bientôt.
Je vous en déferai, bonhomme, sur ma vie.
— Et quand ? — Et dès demain, sans tarder plus longtemps.
La partie ainsi faite, il vient avec ses gens.
— Çà, déjeunons, dit-il ; vos poulets sont-ils tendres ?
L'embarras des chasseurs succède au déjeuner.
                Chacun s'anime et se prépare ;
Les trompes et les cors font un tel tintamarre
                Que le bonhomme est étonné.
Le pis fut que l'on mit en piteux équipage
Le pauvre potager. Adieu planches, carreaux ;
                Adieu chicorée et poireaux ;
                Adieu de quoi mettre au potage.
Le bonhomme disait : Ce sont là jeux de prince.
Mais on le laissait dire ; et les chiens et les gens
Firent plus de dégât en une heure de temps
                Que n'en auraient fait en cent ans
                Tous les lièvres de la province.
Petits princes, videz vos débats entre vous :
De recourir aux rois vous seriez de grands fous.
Il ne les faut jamais engager dans vos guerres,
                Ni les faire entrer sur vos terres[1].

---

1. Stendhal a toujours pensé que la « gaieté » de La Fontaine qu'il veut tellement imiter était associée à la profondeur des fables : profondeur politique ! Cette fable, dédiée aux « petits princes » et lue par un tout petit prince qui doit tout lire, c'est-à-dire justement la morale qui lui parle directement, est une moquerie à son égard (le débat est identifié au combat du jardinier et du lièvre), une ironie (la duchesse s'ex-

Cette lecture fut suivie d'un long silence. Le prince se promenait dans le cabinet, après être allé lui-même remettre le volume à sa place.

— Eh bien ! madame, dit la princesse, daignerez-vous parler ?

— Non pas, certes, madame ! tant que son altesse ne m'aura pas nommée ministre ; en parlant ici, je courrais risque de perdre ma place de grande maîtresse.

Nouveau silence d'un gros quart d'heure ; enfin la princesse songea au rôle que joua jadis Marie de Médicis, mère de Louis XIII : tous les jours précédents, la grande maîtresse avait fait lire par la lectrice l'excellente *Histoire de Louis XIII*, de M. Bazin[1]. La princesse, quoique fort piquée, pensa que la duchesse pourrait fort bien quitter le pays, et alors Rassi, qui lui faisait une peur affreuse, pourrait bien imiter Richelieu et la faire exiler par son fils. Dans ce moment, la prin-

---

plique sans s'expliquer directement par l'intermédiaire d'un texte classique, elle suggère sans la formuler une solution), une leçon politique tout de même qui fait réfléchir le prince et la princesse. La fable concentre tous le sens de la politique dans le roman : les maximes du pouvoir sont les mêmes quelle que soit la grandeur de l'enjeu ou la taille de l'État. La fable n'est pas complète : Stendhal a sauté la description des libertés du seigneur avec la fille du paysan et celle du festin réalisé à ses dépens. L'italique final est de Stendhal.

1. Effet burlesque : après la fable, l'histoire réelle des cours avec un héros politique illustre, Richelieu. Après le potager et la politique en miniature, la politique en grand. Anaïs de Raucou, dit Bazin, a publié de 1837 à 1842 une *Histoire de la France sous Louis XIII et sous le cardinal Mazarin* et la princesse se voit dans la situation de Marie de Médicis persécutée et exilée par le roi son fils. Rassi est alors le ministre sur qui le roi peut s'appuyer pour se débarrasser d'elle. Cette scène peut faire penser à l'épisode nommé « Journée des dupes », la reine et Richelieu jouent le tout pour le tout et se disputent la confiance du roi au cours d'une journée ; le matin la reine gagne et Richelieu est évincé ; le soir, tout se renverse et la reine est éliminée. Rassi au début est gagnant, il peut l'être jusqu'au bout, puisque le prince hésite à brûler les dossiers et qu'ils ne sont pas tous brûlés, mais, à la fin, la Sanseverina a gagné complètement, le prince est la dupe de sa mère et de la duchesse, qui a aussi dupé la princesse et tout le monde.

cesse eût donné tout au monde pour humilier sa grande maîtresse ; mais elle ne pouvait : elle se leva, et vint, avec un sourire un peu exagéré, prendre la main de la duchesse et lui dire :

— Allons, madame, prouvez-moi votre amitié en parlant.

— Eh bien ! deux mots sans plus : brûler, dans la cheminée que voilà, tous les papiers réunis par cette vipère de Rassi, et ne jamais lui avouer qu'on les a brûlés.

Elle ajouta tout bas, et d'un air familier, à l'oreille de la princesse :

— Rassi peut être Richelieu !

— Mais, diable ! ces papiers me coûtent plus de 80 000 francs ! s'écria le prince fâché.

— Mon prince, répliqua la duchesse avec énergie, voilà ce qu'il en coûte d'employer des scélérats de basse naissance. Plût à Dieu que vous puissiez perdre un million, et ne jamais prêter créance aux bas coquins qui ont empêché votre père de dormir pendant les six dernières années de son règne.

Le mot *basse naissance* avait plu extrêmement à la princesse, qui trouvait que le comte et son amie avaient une estime trop exclusive pour l'esprit, toujours un peu cousin germain du jacobinisme.

Durant le court moment de profond silence, rempli par les réflexions de la princesse, l'horloge du château sonna trois heures. La princesse se leva, fit une profonde révérence à son fils, et lui dit :

— Ma santé ne me permet pas de prolonger davantage la discussion. Jamais de ministre de *basse naissance* ; vous ne m'ôterez pas de l'idée que votre Rassi vous a volé la moitié de l'argent qu'il vous a fait dépenser en espionnage.

La princesse prit deux bougies dans les flambeaux et les plaça dans la cheminée, de façon à ne pas les éteindre ; puis, s'approchant de son fils, elle ajouta :

— La fable de La Fontaine l'emporte, dans mon

esprit, sur le juste désir de venger un époux. Votre altesse veut-elle me permettre de brûler *ces écritures* ?

Le prince restait immobile.

Sa physionomie est vraiment stupide, se dit la duchesse ; le comte a raison : le feu prince ne nous eût pas fait veiller jusqu'à trois heures du matin, avant de prendre un parti.

La princesse, toujours debout, ajouta :

— Ce petit procureur serait bien fier, s'il savait que ses paperasses, remplies de mensonges, et arrangées pour procurer son avancement, ont fait passer la nuit aux deux plus grands personnages de l'État.

Le prince se jeta sur un des portefeuilles comme un furieux, et en vida tout le contenu dans la cheminée. La masse des papiers fut sur le point d'étouffer les deux bougies ; l'appartement se remplit de fumée. La princesse vit dans les yeux de son fils qu'il était tenté de saisir une carafe et de sauver ces papiers, qui lui coûtaient quatre-vingt mille francs.

— Ouvrez donc la fenêtre ! cria-t-elle à la duchesse avec humeur.

La duchesse se hâta d'obéir ; aussitôt tous les papiers s'enflammèrent à la fois ; il se fit un grand bruit dans la cheminée, et bientôt il fut évident qu'elle avait pris feu.

Le prince avait l'âme petite pour toutes les choses d'argent ; il crut voir son palais en flammes, et toutes les richesses qu'il contenait détruites ; il courut à la fenêtre et appela la garde d'une voix toute changée. Les soldats en tumulte étant accourus dans la cour à la voix du prince, il revint près de la cheminée qui attirait l'air de la fenêtre ouverte avec un bruit réellement effrayant ; il s'impatienta, jura, fit deux ou trois tours dans le cabinet comme un homme hors de lui, et, enfin, sortit en courant.

La princesse et sa grande maîtresse restèrent debout, l'une vis-à-vis de l'autre, et gardant un profond silence.

La colère va-t-elle recommencer ? se dit la duchesse ; ma foi, mon procès est gagné. Et elle se disposait à être fort impertinente dans ses répliques, quand une pensée l'illumina ; elle vit le second portefeuille intact. Non, mon procès n'est gagné qu'à moitié ! Elle dit à la princesse, d'un air assez froid :

— Madame m'ordonne-t-elle de brûler le reste de ces papiers ?

— Et où les brûlerez-vous ? dit la princesse avec humeur.

— Dans la cheminée du salon ; en les y jetant l'un après l'autre, il n'y a pas de danger.

La duchesse plaça sous son bras le portefeuille regorgeant de papiers, prit une bougie et passa dans le salon voisin. Elle prit le temps de voir que ce portefeuille était celui des dépositions, mit dans son châle cinq ou six liasses de papier, brûla le reste avec beaucoup de soin, puis disparut sans prendre congé de la princesse.

Voici une bonne impertinence, se dit-elle en riant ; mais elle a failli, par ses affectations de veuve inconsolable, me faire perdre la tête sur un échafaud.

En entendant le bruit de la voiture de la duchesse, la princesse fut outrée de colère contre sa grande maîtresse.

Malgré l'heure indue, la duchesse fit appeler le comte ; il était au feu du château, mais parut bientôt avec la nouvelle que tout était fini.

— Ce petit prince a réellement montré beaucoup de courage, et je lui en ai fait mon compliment avec effusion.

— Examinez bien vite ces dépositions, et brûlons-les au plus tôt.

Le comte lut et pâlit.

— Ma foi, ils arrivaient bien près de la vérité ; cette procédure est fort adroitement faite, ils sont tout à fait sur les traces de Ferrante Palla ; et, s'il parle, nous avons un rôle difficile.

— Mais il ne parlera pas, s'écria la duchesse ; c'est un homme d'honneur, celui-là : brûlons, brûlons.

— Pas encore. Permettez-moi de prendre les noms de douze ou quinze témoins dangereux, et que je me permettrai de faire enlever, si jamais le Rassi veut recommencer.

— Je rappellerai à votre excellence que le prince a donné sa parole de ne rien dire à son ministre de la justice de notre expédition nocturne.

— Par pusillanimité, et de peur d'une scène, il la tiendra.

— Maintenant, mon ami, voici une nuit qui avance beaucoup notre mariage ; je n'aurais pas voulu vous apporter en dot un procès criminel, et encore pour un péché que me fit commettre mon intérêt pour un autre.

Le comte était amoureux, lui prit la main, s'exclama ; il avait les larmes aux yeux.

— Avant de partir, donnez-moi des conseils sur la conduite que je dois tenir avec la princesse ; je suis excédée de fatigue, j'ai joué une heure la comédie sur le théâtre, et cinq heures dans le cabinet.

— Vous vous êtes assez vengée des propos aigrelets de la princesse, qui n'étaient que de la faiblesse, par l'impertinence de votre sortie. Reprenez demain avec elle sur le ton que vous aviez ce matin ; le Rassi n'est pas encore en prison ou exilé, nous n'avons pas encore déchiré la sentence de Fabrice.

» Vous demandiez à la princesse de prendre une décision, ce qui donne toujours de l'humeur aux princes et même aux premiers ministres ; enfin vous êtes sa grande maîtresse, c'est-à-dire sa petite servante. Par un retour, qui est immanquable chez les gens faibles, dans trois jours le Rassi sera plus en faveur que jamais ; il va chercher à faire pendre quelqu'un : tant qu'il n'a pas compromis le prince, il n'est sûr de rien.

» Il y a eu un homme blessé à l'incendie de cette nuit ; c'est un tailleur, qui a, ma foi, montré une intrépidité extraordinaire. Demain, je vais engager le prince à s'appuyer sur mon bras, et à venir avec moi faire une visite au tailleur ; je serai armé jusqu'aux dents et j'aurai l'œil au guet ; d'ailleurs ce jeune prince n'est point encore haï. Moi, je veux l'accoutumer à se promener dans les rues, c'est un tour que je joue au Rassi, qui certainement va me succéder, et ne pourra plus permettre de telles imprudences. En revenant de chez le tailleur, je ferai passer le prince devant la statue de son père ; il remarquera les coups de pierre qui ont cassé le jupon à la romaine dont le nigaud de statuaire l'a affublé ; et, enfin, le prince aura bien peu d'esprit si de lui-même il ne fait pas cette réflexion : « Voilà ce qu'on gagne à faire pendre des jacobins. » À quoi je répliquerai : « Il faut en pendre dix mille ou pas un : la Saint-Barthélemy a détruit les protestants en France. »

» Demain, chère amie, avant ma promenade, faites-vous annoncer chez le prince, et dites-lui : « Hier soir, j'ai fait auprès de vous le service de ministre, je vous ai donné des conseils, et, par vos ordres, j'ai encouru le déplaisir de la princesse ; il faut que vous me payiez. » Il s'attendra à une demande d'argent, et froncera le sourcil ; vous le laisserez plongé dans cette idée malheureuse le plus longtemps que vous pourrez ; puis vous direz : « Je prie votre altesse d'ordonner que Fabrice soit jugé *contradictoirement* (ce qui veut dire lui présent) par les douze juges les plus respectés de vos États. » Et, sans perdre de temps, vous lui présenterez à signer une petite ordonnance écrite de votre belle main, et que je vais vous dicter ; je vais mettre, bien entendu, la clause que la première sentence est annulée. À cela, il n'y a qu'une objection ; mais, si vous menez l'affaire chaudement, elle ne viendra pas à l'esprit du prince. Il peut vous dire : « Il faut que Fabrice se constitue prisonnier à la citadelle. » À quoi vous répondrez : « Il se constituera prisonnier à la prison de la ville (vous savez que j'y suis le maître, tous les soirs, votre neveu viendra vous voir). » Si le prince vous répond : « Non, sa fuite a écorné l'honneur de ma citadelle, et je veux, pour la forme, qu'il rentre dans la chambre où il était », vous répondrez à votre tour : « Non, car là il serait à la disposition de mon ennemi Rassi. » Et, par une de ces phrases de femme que vous savez si bien lancer, vous lui ferez entendre que, pour fléchir Rassi, vous pourrez bien lui raconter l'*auto-dafé* de cette nuit ; s'il insiste, vous annoncerez que vous allez passer quinze jours à votre château de Sacca.

» Vous allez faire appeler Fabrice et le consulter sur cette démarche qui peut le conduire en prison. Pour tout prévoir, si, pendant qu'il est sous les verrous, Rassi, trop impatient, me fait empoisonner, Fabrice peut courir des dangers. Mais la chose est peu probable ; vous savez que j'ai fait venir un cuisinier français, qui est le plus gai des hommes, et qui fait des calembours ; or, le calembour est incompatible avec l'assassinat. J'ai déjà dit à notre ami Fabrice que j'ai retrouvé tous les témoins de son action belle et courageuse ; ce fut évidemment ce Giletti qui voulut l'assassiner. Je ne vous ai pas parlé de ces témoins, parce que je voulais vous faire une surprise, mais ce plan a manqué ; le prince n'a pas voulu signer. J'ai dit à notre Fabrice que, certainement, je lui procurerai une grande place ecclésiastique ; mais j'aurai bien de la peine si ses ennemis peuvent objecter en cour de Rome une accusation d'assassinat.

» Sentez-vous, madame, que, s'il n'est pas jugé de la façon la plus solennelle, toute sa vie le nom de Giletti sera désagréable pour lui ? Il y aurait une grande pusillanimité à ne pas se faire juger, quand on est sûr d'être innocent. D'ailleurs, fût-il coupable, je le ferais acquitter. Quand je lui ai parlé, le bouillant jeune homme ne m'a pas laissé achever, il a pris l'almanach officiel, et nous avons choisi ensemble les douze juges les plus intègres et les plus savants ; la liste est faite, nous avons effacé six noms, que nous avons remplacés par six jurisconsultes, mes ennemis personnels, et, comme nous n'avons pu trouver que deux ennemis, nous y avons suppléé par quatre coquins dévoués à Rassi. »

Cette proposition du comte inquiéta mortellement la duchesse, et non sans cause ; enfin, elle se rendit à la raison, et, sous la dictée du ministre, écrivit l'ordonnance qui nommait les juges.

Le comte ne la quitta qu'à six heures du matin ; elle essaya de dormir, mais en vain. À neuf heures, elle déjeuna avec Fabrice, qu'elle trouva brûlant d'envie d'être jugé ; à dix heures, elle était chez la princesse, qui n'était point visible ; à onze heures, elle vit le prince, qui tenait son lever, et qui signa l'ordonnance sans la moindre objection. La duchesse envoya l'ordonnance au comte, et se mit au lit.

Il serait peut-être plaisant de raconter la fureur de Rassi, quand le comte l'obligea à contresigner, en présence du prince, l'ordonnance signée du matin par celui-ci ; mais les événements nous pressent.

Le comte discuta le mérite de chaque juge, et offrit de changer les noms. Mais le lecteur est peut-être un peu las de tous ces détails de procédure, non moins que de toutes ces intrigues de cour. De tout ceci, on peut tirer cette morale, que l'homme qui approche de la cour compromet son bonheur, s'il est heureux, et, dans tous les cas, fait dépendre son avenir des intrigues d'une femme de chambre.

D'un autre côté, en Amérique, dans la république, il faut s'ennuyer toute la journée à faire une cour sérieuse aux boutiquiers de la rue, et devenir aussi bête qu'eux ; et là, pas d'Opéra.

La duchesse, à son lever du soir, eut un moment de vive inquiétude : on ne trouvait plus Fabrice ; enfin, vers minuit, au spectacle de la cour, elle reçut une lettre de lui. Au lieu de se constituer prisonnier *à la prison de la ville*, où le comte était le maître, il était allé reprendre son ancienne chambre à la citadelle, trop heureux d'habiter à quelques pas de Clélia.

Ce fut un événement d'une immense conséquence :
en ce lieu il était exposé au poison plus que jamais.
Cette folie mit la duchesse au désespoir ; elle en pardonna la cause, un fol amour pour Clélia, parce que
décidément dans quelques jours elle allait épouser le
riche marquis Crescenzi. Cette folie rendit à Fabrice
toute l'influence qu'il avait eue jadis sur l'âme de la
duchesse.

C'est ce maudit papier que je suis allée faire signer
qui lui donnera la mort ! Que ces hommes sont fous
avec leurs idées d'honneur ! Comme s'il fallait songer
à l'honneur dans les gouvernements absolus, dans les
pays où un Rassi est ministre de la justice ! Il fallait
bel et bien accepter la grâce que le prince eût signée
tout aussi facilement que la convocation de ce tribunal
extraordinaire. Qu'importe, après tout, qu'un homme
de la naissance de Fabrice soit plus ou moins accusé
d'avoir tué lui-même, et l'épée au poing, un histrion
tel que Giletti !

À peine le billet de Fabrice reçu, la duchesse courut
chez le comte, qu'elle trouva tout pâle.

— Grand Dieu ! chère amie, j'ai la main malheureuse avec cet enfant, et vous allez encore m'en vouloir. Je puis vous prouver que j'ai fait venir hier soir
le geôlier de la prison de la ville ; tous les jours, votre
neveu serait venu prendre du thé chez vous. Ce qu'il y
a d'affreux, c'est qu'il est impossible à vous et à moi
de dire au prince que l'on craint le poison, et le poison
administré par Rassi ; ce soupçon lui semblerait le
comble de l'immoralité. Toutefois si vous l'exigez, je
suis prêt à monter au palais ; mais je suis sûr de la
réponse. Je vais vous dire plus ; je vous offre un moyen
que je n'emploierais pas pour moi. Depuis que j'ai le
pouvoir en ce pays, je n'ai pas fait périr un seul
homme, et vous savez que je suis tellement nigaud de
ce côté-là, que quelquefois, à la chute du jour, je pense
encore à ces deux espions que je fis fusiller un peu
légèrement en Espagne. Eh bien ! voulez-vous que je

vous défasse de Rassi ? Le danger qu'il fait courir à Fabrice est sans bornes ; il tient là un moyen sûr de me faire déguerpir.

Cette proposition plut extrêmement à la duchesse ; mais elle ne l'adopta pas.

— Je ne veux pas, dit-elle au comte, que, dans notre retraite, sous ce beau ciel de Naples, vous ayez des idées noires le soir.

— Mais, chère amie, il me semble que nous n'avons que le choix des idées noires. Que devenez-vous, que deviens-je moi-même, si Fabrice est emporté par une maladie ?

La discussion reprit de plus belle sur cette idée, et la duchesse la termina par cette phrase :

— Rassi doit la vie à ce que je vous aime mieux que Fabrice ; non, je ne veux pas empoisonner toutes les soirées de la vieillesse que nous allons passer ensemble.

La duchesse courut à la forteresse ; le général Fabio Conti fut enchanté d'avoir à lui opposer le texte formel des lois militaires : personne ne peut pénétrer dans une prison d'État sans un ordre signé du prince.

— Mais le marquis Crescenzi et ses musiciens viennent chaque jour à la citadelle ?

— C'est que j'ai obtenu pour eux un ordre du prince.

La pauvre duchesse ne connaissait pas tous ses malheurs. Le général Fabio Conti s'était regardé comme personnellement déshonoré par la fuite de Fabrice : lorsqu'il le vit arriver à la citadelle, il n'eût pas dû le recevoir, car il n'avait aucun ordre pour cela. Mais, se dit-il, c'est le Ciel qui me l'envoie pour réparer mon honneur et me sauver du ridicule qui flétrirait ma carrière militaire. Il s'agit de ne pas manquer à l'occasion : sans doute on va l'acquitter, et je n'ai que peu de jours pour me venger.

CHAPITRE XXV

L'arrivée de notre héros mit Clélia au désespoir : la pauvre fille, pieuse et sincère avec elle-même, ne pouvait se dissimuler qu'il n'y aurait jamais de bonheur pour elle loin de Fabrice ; mais elle avait fait vœu à la Madone, lors du demi-empoisonnement de son père, de faire à celui-ci le sacrifice d'épouser le marquis Crescenzi. Elle avait fait le vœu de ne jamais revoir Fabrice, et déjà elle était en proie aux remords les plus affreux, pour l'aveu auquel elle avait été entraînée dans la lettre qu'elle avait écrite à Fabrice la veille de sa fuite. Comment peindre ce qui se passa dans ce triste cœur lorsque, occupée mélancoliquement à voir voltiger ses oiseaux, et levant les yeux par habitude et avec tendresse vers la fenêtre de laquelle autrefois Fabrice la regardait, elle l'y vit de nouveau qui la saluait avec un tendre respect.

Elle crut à une vision que le ciel permettait pour la punir ; puis l'atroce réalité apparut à sa raison. Ils l'ont repris, se dit-elle, et il est perdu ! Elle se rappelait les propos tenus dans la forteresse après la fuite ; les derniers des geôliers s'estimaient mortellement offensés. Clélia regarda Fabrice, et malgré elle ce regard peignit en entier la passion qui la mettait au désespoir.

Croyez-vous, semblait-elle dire à Fabrice, que je trouverai le bonheur dans ce palais somptueux qu'on prépare pour moi ? Mon père me répète à satiété que vous êtes aussi pauvre que nous ; mais, grand Dieu ! avec quel bonheur je partagerais cette pauvreté ! Mais, hélas ! nous ne devons jamais nous revoir.

Clélia n'eut pas la force d'employer les alphabets : en regardant Fabrice elle se trouva mal et tomba sur une chaise à côté de la fenêtre. Sa figure reposait sur l'appui de cette fenêtre ; et, comme elle avait voulu le voir jusqu'au dernier moment, son visage était tourné vers Fabrice, qui pouvait l'apercevoir en entier. Lorsque après quelques instants elle rouvrit les yeux, son premier regard fut pour Fabrice : elle vit des larmes dans ses yeux ; mais ces larmes étaient l'effet de l'extrême bonheur ; il voyait que l'absence ne l'avait point fait oublier. Les deux pauvres jeunes gens restèrent quelque temps comme enchantés dans la vue l'un de l'autre. Fabrice osa chanter, comme s'il s'accompagnait de la guitare, quelques mots improvisés et qui disaient : *C'est pour vous revoir* que je suis revenu en prison ; *on va me juger*.

Ces mots semblèrent réveiller toute la vertu de Clélia : elle se leva rapidement, se cacha les yeux, et, par les gestes les plus vifs, chercha à lui exprimer qu'elle ne devait jamais le revoir ; elle l'avait promis à la Madone, et venait de le regarder par oubli. Fabrice osant encore exprimer son amour, Clélia s'enfuit indignée et se jurant à elle-même que jamais elle ne le reverrait, car tels étaient les termes précis de son vœu à la Madone : *Mes yeux ne le reverront jamais*. Elle les avait inscrits dans un petit papier que son oncle Cesare lui avait permis de brûler sur l'autel au moment de l'offrande, tandis qu'il disait la messe.

Mais, malgré tous les serments, la présence de Fabrice dans la tour Farnèse avait rendu à Clélia toutes ses anciennes façons d'agir. Elle passait ordinairement toutes ses journées seule, dans sa chambre. À peine remise du trouble imprévu où l'avait jetée la vue de Fabrice, elle se mit à parcourir le palais, et pour ainsi dire à renouveler connaissance avec tous ses amis subalternes. Une vieille femme très bavarde employée à la cuisine lui dit d'un air de mystère :

— Cette fois-ci, le seigneur Fabrice ne sortira pas de la citadelle.

— Il ne commettra plus la faute de passer par-dessus les murs, dit Clélia ; mais il sortira par la porte, s'il est acquitté.

— Je dis et je puis dire à votre excellence qu'il ne sortira que les pieds les premiers de la citadelle.

Clélia pâlit extrêmement, ce qui fut remarqué de la vieille femme, et arrêta tout court son éloquence. Elle se dit qu'elle avait commis une imprudence en parlant ainsi devant la fille du gouverneur, dont le devoir allait être de dire à tout le monde que Fabrice était mort de maladie. En remontant chez elle, Clélia rencontra le médecin de la prison, sorte d'honnête homme timide qui lui dit d'un air tout effaré que Fabrice était bien malade. Clélia pouvait à peine se soutenir ; elle chercha partout son oncle, le bon abbé don Cesare, et enfin le trouva à la chapelle, où il priait avec ferveur ; il avait la figure renversée. Le dîner sonna. À table, il n'y eut pas une parole d'échangée entre les deux frères ; seulement, vers la fin du repas, le général adressa quelques mots fort aigres à son frère. Celui-ci regarda les domestiques, qui sortirent.

— Mon général, dit don Cesare au gouverneur, j'ai l'honneur de vous prévenir que je vais quitter la citadelle : je donne ma démission.

— Bravo ! bravissimo ! pour me rendre suspect !... Et la raison, s'il vous plaît ?

— Ma conscience.

— Allez, vous n'êtes qu'un calotin ! vous ne connaissez rien à l'honneur.

Fabrice est mort, se dit Clélia ; on l'a empoisonné à dîner ou c'est pour demain. Elle courut à la volière, résolue de chanter en s'accompagnant avec le piano. Je me confesserai, se dit-elle, et l'on me pardonnera d'avoir violé mon vœu pour sauver la vie d'un homme. Quelle ne fut pas sa consternation lorsque, arrivée à la volière, elle vit que les abat-jour venaient d'être rem-

placés par des planches attachées aux barreaux de fer !
Éperdue, elle essaya de donner un avis au prisonnier
par quelques mots plutôt criés que chantés. Il n'y eut
de réponse d'aucune sorte ; un silence de mort régnait
déjà dans la tour Farnèse. Tout est consommé, se dit-
elle [1]. Elle descendit hors d'elle-même, puis remonta
afin de se munir du peu d'argent qu'elle avait et de
petites boucles d'oreilles en diamants ; elle prit aussi,
en passant, le pain qui restait du dîner, et qui avait été
placé dans un buffet. S'il vit encore, mon devoir est de
le sauver. Elle s'avança d'un air hautain vers la petite
porte de la tour ; cette porte était ouverte, et l'on venait
seulement de placer huit soldats dans la pièce aux
colonnes du rez-de-chaussée. Elle regarda hardiment
ces soldats ; Clélia comptait adresser la parole au ser-
gent qui devait les commander : cet homme était
absent. Clélia s'élança sur le petit escalier de fer qui
tournait en spirale autour d'une colonne ; les soldats la
regardèrent d'un air fort ébahi, mais, apparemment à
cause de son châle de dentelle et de son chapeau,
n'osèrent rien lui dire. Au premier étage il n'y avait
personne ; mais, en arrivant au second, à l'entrée du
corridor qui, si le lecteur s'en souvient, était fermé par
trois portes en barreaux de fer et conduisait à la
chambre de Fabrice, elle trouva un guichetier à elle
inconnu, et qui lui dit d'un air effaré :

— Il n'a pas encore dîné.

— Je le sais bien, dit Clélia avec hauteur.

Cet homme n'osa l'arrêter. Vingt pas plus loin, Clélia trouva assis sur la première des six marches en bois
qui conduisaient à la chambre de Fabrice un autre guichetier fort âgé et fort rouge qui lui dit résolument :

— Mademoiselle, avez-vous un ordre du gouverneur ?

---

1. Consommer, au sens d'accomplir, d'achever. C'est le dernier mot
du Christ avant sa mort, selon l'Évangile de saint Jean.

— Est-ce que vous ne me connaissez pas ?

Clélia, en ce moment, était animée d'une force sur-naturelle, elle était hors d'elle-même. Je vais sauver mon mari, se disait-elle.

Pendant que le vieux guichetier s'écriait : « Mais mon devoir ne me permet pas... » Clélia montait rapidement les six marches ; elle se précipita contre la porte : une clef énorme était dans la serrure ; elle eut besoin de toutes ses forces pour la faire tourner. À ce moment, le vieux guichetier à demi ivre saisissait le bas de sa robe ; elle entra vivement dans la chambre, referma la porte en déchirant sa robe, et, comme le guichetier la poussait pour entrer après elle, elle la ferma avec un verrou qui se trouvait sous sa main [1]. Elle regarda dans la chambre et vit Fabrice assis devant une fort petite table où était son dîner. Elle se précipita sur la table, la renversa, et, saisis-sant le bras de Fabrice, lui dit :

— As-tu mangé ?

Ce tutoiement ravit Fabrice. Dans son trouble, Clélia oubliait pour la première fois la retenue féminine, et laissait voir son amour.

Fabrice allait commencer ce fatal repas : il la prit dans ses bras et la couvrit de baisers. Ce dîner était empoisonné, pensa-t-il : si je lui dis que je n'y ai pas touché, la religion reprend ses droits et Clélia s'enfuit. Si elle me regarde au contraire comme un mourant, j'obtiendrai d'elle qu'elle ne me quitte point. Elle désire trouver un moyen de rompre son exécrable mariage, le hasard nous le présente : les geôliers vont s'assembler, ils enfonceront la porte, et voici un esclandre tel que peut-être le marquis Crescenzi en sera effrayé, et le mariage rompu.

Pendant l'instant de silence occupé par ces réflexions, Fabrice sentit que déjà Clélia cherchait à se dégager de ses embrassements.

---

1. Cachot vraiment remarquable où le prisonnier est libre de s'enfer-mer volontairement.

— Je ne sens point encore de douleurs, lui dit-il, mais bientôt elles me renverseront à tes pieds ; aide-moi à mourir.

— Ô mon unique ami ! lui dit-elle, je mourrai avec toi.

Elle le serrait dans ses bras, comme par un mouvement consulsif.

Elle était si belle, à demi vêtue et dans cet état d'extrême passion, que Fabrice ne put résister à un mouvement presque involontaire. Aucune résistance ne fut opposée.

Dans l'enthousiasme de passion et de générosité qui suit un bonheur extrême, il lui dit étourdiment :

— Il ne faut pas qu'un indigne mensonge vienne souiller les premiers instants de notre bonheur : sans ton courage je ne serais plus qu'un cadavre, ou je me débattrais contre d'atroces douleurs ; mais j'allais commencer à dîner lorsque tu es entrée, et je n'ai point touché à ces plats.

Fabrice s'étendait sur ces images atroces pour conjurer l'indignation qu'il lisait déjà dans les yeux de Clélia. Elle le regarda quelques instants, combattue par deux sentiments violents et opposés, puis elle se jeta dans ses bras. On entendit un grand bruit dans le corridor, on ouvrait et on fermait avec violence les trois portes de fer, on parlait en criant.

— Ah ! si j'avais des armes ! s'écria Fabrice ; on me les a fait rendre pour me permettre d'entrer. Sans doute ils viennent pour m'achever ! Adieu, ma Clélia, je bénis ma mort puisqu'elle a été l'occasion de mon bonheur.

Clélia l'embrassa et lui donna un petit poignard à manche d'ivoire, dont la lame n'était guère plus longue que celle d'un canif.

— Ne te laisse pas tuer, lui dit-elle, et défends-toi jusqu'au dernier moment ; si mon oncle l'abbé entend le bruit, il a du courage et de la vertu, il te sauvera ; je vais leur parler.

En disant ces mots elle se précipita vers la porte.

— Si tu n'es pas tué, dit-elle avec exaltation, en tenant le verrou de la porte, et tournant la tête de son côté, laisse-toi mourir de faim plutôt que de toucher à quoi que ce soit. Porte ce pain toujours sur toi.

Le bruit s'approchait, Fabrice la saisit à bras le corps, prit sa place auprès de la porte, et ouvrant cette porte avec fureur, il se précipita sur l'escalier de bois de six marches. Il avait à la main le petit poignard à manche d'ivoire, et fut sur le point d'en percer le gilet du général Fontana, aide de camp du prince, qui recula bien vite, en s'écriant tout effrayé :

— Mais je viens vous sauver, monsieur del Dongo.

Fabrice remonta les six marches, dit dans la chambre. — *Fontana vient me sauver* ; puis, revenant près du général sur les marches de bois, s'expliqua froidement avec lui. Il le pria fort longuement de lui pardonner un premier mouvement de colère.

— On voulait m'empoisonner ; ce dîner qui est là devant moi, est empoisonné ; j'ai eu l'esprit de ne pas y toucher, mais je vous avouerai que ce procédé m'a choqué. En vous entendant monter, j'ai cru qu'on venait m'achever à coups de dague... Monsieur le général, je vous requiers d'ordonner que personne n'entre dans ma chambre : on ôterait le poison et notre bon prince doit tout savoir.

Le général, fort pâle et tout interdit, transmit les ordres indiqués par Fabrice aux geôliers d'élite qui le suivaient : ces gens, tout penauds de voir le poison découvert, se hâtèrent de descendre ; ils prenaient les devants, en apparence, pour ne pas arrêter dans l'escalier si étroit l'aide de camp du prince, et en effet pour se sauver et disparaître. Au grand étonnement du général Fontana, Fabrice s'arrêta un gros quart d'heure au petit escalier de fer autour de la colonne du rez-de-chaussée ; il voulait donner le temps à Clélia de se cacher au premier étage.

C'était la duchesse qui, après plusieurs démarches

folles, était parvenue à faire envoyer le général Fontana à la citadelle ; elle y réussit par hasard[1]. En quittant le comte Mosca aussi alarmé qu'elle, elle avait couru au palais. La princesse, qui avait une répugnance marquée pour l'énergie, qui lui semblait vulgaire, la crut folle, et ne parut pas du tout disposée à tenter en sa faveur quelque démarche insolite. La duchesse, hors d'elle-même, pleurait à chaudes larmes, elle ne savait que répéter à chaque instant :

— Mais, madame, dans un quart d'heure Fabrice sera mort par le poison !

En voyant le sang-froid parfait de la princesse, la duchesse devint folle de douleur. Elle ne fit point cette réflexion morale, qui n'eût pas échappé à une femme élevée dans une de ces religions du Nord qui admettent l'examen personnel : « J'ai employé le poison la première, et je péris par le poison. » En Italie, ces sortes de réflexions, dans les moments passionnés, paraissent de l'esprit fort plat, comme ferait à Paris un calembour en pareille circonstance.

La duchesse, au désespoir, hasarda d'aller dans le salon où se tenait le marquis Crescenzi, de service ce jour-là. Au retour de la duchesse à Parme, il l'avait remerciée avec effusion de la place de chevalier d'honneur à laquelle, sans elle, il n'eût jamais pu prétendre. Les protestations de dévouement sans bornes n'avaient pas manqué de sa part. La duchesse l'aborda par ces mots :

— Rassi va faire empoisonner Fabrice qui est à la

---

1. Cette course de vitesse pour sauver Fabrice a un précédent dans la famille Farnèse encore ; le pape Sixte Quint avait fait emprisonner au château Saint-Ange un duc de Parme, le fils du grand homme de guerre ; il est condamné à mort. Son oncle, cardinal, vient supplier le pape tandis que les préparatifs de l'exécution avancent ; le pape fait durer l'entretien, puis accorde la grâce ; mais c'est une ruse, il est trop tard, le bourreau doit déjà avoir fait son office. Heureusement le condamné a entamé une longue confession, et son oncle arrive juste à temps pour le sauver.

citadelle. Prenez dans votre poche du chocolat et une bouteille d'eau que je vais vous donner. Montez à la citadelle, et donnez-moi la vie en disant au général Fabio Conti que vous rompez avec sa fille s'il ne vous permet pas de remettre vous-même à Fabrice cette eau et ce chocolat.

Le marquis pâlit, et sa physionomie, loin d'être animée par ces mots, peignit l'embarras le plus plat ; il ne pouvait croire à un crime si épouvantable dans une ville aussi morale que Parme, et où régnait un si grand prince, etc. ; et encore, ces platitudes, il les disait lentement. En un mot, la duchesse trouva un homme honnête, mais faible au possible et ne pouvant se déterminer à agir. Après vingt phrases semblables interrompues par les cris d'impatience de madame Sanseverina, il tomba sur une idée excellente : le serment qu'il avait prêté comme chevalier d'honneur lui défendait de se mêler de manœuvres contre le gouvernement.

Qui pourrait se figurer l'anxiété et le désespoir de la duchesse, qui sentait que le temps volait ?

— Mais, du moins, voyez le gouverneur, dites-lui que je poursuivrai jusqu'aux enfers les assassins de Fabrice !...

Le désespoir augmentait l'éloquence naturelle de la duchesse, mais tout ce feu ne faisait qu'effrayer davantage le marquis et redoubler son irrésolution ; au bout d'une heure, il était moins disposé à agir qu'au premier moment.

Cette femme malheureuse, parvenue aux dernières limites du désespoir, et sentant bien que le gouverneur ne refuserait rien à un gendre aussi riche, alla jusqu'à se jeter à ses genoux : alors la pusillanimité du marquis Crescenzi sembla augmenter encore ; lui-même, à la vue de ce spectacle étrange, craignit d'être compromis sans le savoir ; mais il arriva une chose singulière : le marquis, bon homme au fond, fut touché des larmes et de la position, à ses pieds, d'une femme aussi belle et surtout puissante.

Moi-même, si noble et si riche, se dit-il, peut-être un jour je serai aussi aux genoux de quelque républicain ! Le marquis se mit à pleurer, et enfin il fut convenu que la duchesse, en sa qualité de grande maîtresse, le présenterait à la princesse, qui lui donnerait la permission de remettre à Fabrice un petit panier dont il déclarerait ignorer le contenu.

La veille au soir, avant que la duchesse sût la folie faite par Fabrice d'aller à la citadelle, on avait joué à la cour une comédie *dell'arte* ; et le prince, qui se réservait toujours les rôles d'amoureux à jouer avec la duchesse, avait été tellement passionné en lui parlant de sa tendresse, qu'il eût été ridicule, si, en Italie, un homme passionné ou un prince pouvait l'être !

Le prince, fort timide, mais toujours prenant fort au sérieux les choses d'amour, rencontra dans l'un des corridors du château la duchesse qui entraînait le marquis Crescenzi, tout troublé, chez la princesse. Il fut tellement surpris et ébloui par la beauté pleine d'émotion que le désespoir donnait à la grande maîtresse, que, pour la première fois de sa vie, il eut du caractère. D'un geste plus qu'impérieux il renvoya le marquis et se mit à faire une déclaration d'amour dans toutes les règles à la duchesse. Le prince l'avait sans doute arrangée longtemps à l'avance, car il y avait des choses assez raisonnables.

— Puisque les convenances de mon rang me défendent de me donner le suprême bonheur de vous épouser, je vous jurerai sur la sainte hostie consacrée, de ne jamais me marier sans votre permission par écrit. Je sens bien, ajoutait-il, que je vous fais perdre la main d'un premier ministre, homme d'esprit et fort aimable ; mais enfin il a cinquante-six ans [1], et moi je n'en ai pas encore vingt-deux. Je croirais vous faire injure et méri-

---

1. Le prince vieillit son rival ; en 1815 Mosca a quarante-cinq ans ; en 1821, au chapitre VII, il a la cinquantaine, et en 1824, là où nous en sommes, il ne peut pas avoir plus de cinquante-quatre ans.

ter vos refus si je vous parlais des avantages étrangers
à l'amour ; mais tout ce qui tient à l'argent dans ma
cour parle avec admiration de la preuve d'amour que
le comte vous donne, en vous laissant la dépositaire de
tout ce qui lui appartient. Je serai trop heureux de
l'imiter en ce point. Vous ferez un meilleur usage de
ma fortune que moi-même, et vous aurez l'entière disposition de la somme annuelle que mes ministres re-
mettent à l'intendant général de ma couronne ; de
façon que ce sera vous, madame la duchesse, qui
déciderez des sommes que je pourrai dépenser chaque
mois.

La duchesse trouvait tous ces détails bien longs ; les
dangers de Fabrice lui perçaient le cœur.

— Mais vous ne savez donc pas, mon prince, s'écria-
t-elle, qu'en ce moment, on empoisonne Fabrice dans
votre citadelle ! Sauvez-le ! je crois tout.

L'arrangement de cette phrase était d'une maladresse complète. Au seul mot de poison, tout l'abandon, toute la bonne foi que ce pauvre prince moral
apportait dans cette conversation disparurent en un clin
d'œil ; la duchesse ne s'aperçut de cette maladresse
que lorsqu'il n'était plus temps d'y remédier, et son
désespoir fut augmenté, chose qu'elle croyait impossible. Si je n'eusse pas parlé de poison, se dit-elle, il
m'accordait la liberté de Fabrice. Ô cher Fabrice !
ajouta-t-elle, il est donc écrit que c'est moi qui dois te
percer le cœur par mes sottises !

La duchesse eut besoin de beaucoup de temps et de
coquetteries pour faire revenir le prince à ses propos
d'amour passionné ; mais il resta profondément effa-
rouché. C'était son esprit seul qui parlait ; son âme
avait été glacée par l'idée du poison d'abord, et ensuite
par cette autre idée, aussi désobligeante que la première était terrible : on administre du poison dans mes
États, et cela sans me le dire ! Rassi veut donc me
déshonorer aux yeux de l'Europe ! Et Dieu sait ce que
je lirai le mois prochain dans les journaux de Paris !

Tout à coup l'âme de ce jeune homme si timide se taisant, son esprit arriva à une idée.

— Chère duchesse ! vous savez si je vous suis attaché. Vos idées atroces sur le poison ne sont pas fondées, j'aime à le croire ; mais enfin elles me donnent aussi à penser, elles me font presque oublier pour un instant la passion que j'ai pour vous, et qui est la seule que de ma vie j'ai éprouvée. Je sens que je ne suis pas aimable ; je ne suis qu'un enfant bien amoureux ; mais enfin mettez-moi à l'épreuve.

Le prince s'animait assez en tenant ce langage.

— Sauvez Fabrice, et je crois tout ! Sans doute je suis entraînée par les craintes folles d'une âme de mère ; mais envoyez à l'instant chercher Fabrice à la citadelle, que je le voie. S'il vit encore, envoyez-le du palais à la prison de la ville, où il restera des mois entiers, si votre altesse l'exige, et jusqu'à son jugement.

La duchesse vit avec désespoir que le prince, au lieu d'accorder d'un mot une chose aussi simple, était devenu sombre ; il était fort rouge, il regardait la duchesse, puis baissait les yeux et ses joues pâlissaient. L'idée de poison, mal à propos mise en avant, lui avait suggéré une idée digne de son père ou de Philippe II : mais il n'osait l'exprimer.

— Tenez, madame, lui dit-il enfin comme se faisant violence, et d'un ton fort peu gracieux, vous me méprisez comme un enfant, et de plus, comme un être sans grâces : eh bien ! je vais vous dire une chose horrible, mais qui m'est suggérée à l'instant par la passion profonde et vraie que j'ai pour vous. Si je croyais le moins du monde au poison, j'aurais déjà agi, mon devoir m'en faisait une loi ; mais je ne vois dans votre demande qu'une fantaisie passionnée, et dont peut-être, je vous demande la permission de le dire, je ne vois pas toute la portée. Vous voulez que j'agisse sans consulter mes ministres, moi qui règne depuis trois mois à peine ! vous me demandez une grande excep-

tion à ma façon d'agir ordinaire, et que je crois fort
raisonnable, je l'avoue. C'est vous, madame, qui êtes
ici en ce moment le souverain absolu, vous me donnez
des espérances pour l'intérêt qui est tout pour moi ;
mais, dans une heure, lorsque cette imagination de poison, lorsque ce cauchemar aura disparu, ma présence
vous deviendra importune, vous me disgracierez,
madame. Eh bien ! il me faut un serment : jurez,
madame, que si Fabrice vous est rendu sain et sauf,
j'obtiendrai de vous, d'ici à trois mois, tout ce que mon
amour peut désirer de plus heureux ; vous assurerez le
bonheur de ma vie entière en mettant à ma disposition
une heure de la vôtre, et vous serez toute à moi [1] !

En cet instant, l'horloge du château sonna deux
heures. Ah ! il n'est plus temps peut-être, se dit la
duchesse.

— Je le jure, s'écria-t-elle avec des yeux égarés.

Aussitôt le prince devint un autre homme ; il courut
à l'extrémité de la galerie où se trouvait le salon des
aides de camp.

— Général Fontana, courez à la citadelle ventre à
terre, montez aussi vite que possible à la chambre où
l'on garde M. del Dongo et amenez-le-moi, il faut que
je lui parle dans vingt minutes, et dans quinze s'il est
possible.

— Ah ! général, s'écria la duchesse qui avait suivi
le prince, une minute peut décider de ma vie. Un rapport faux sans doute me fait craindre le poison pour
Fabrice : criez-lui dès que vous serez à portée de la

---

1. Le chantage sexuel de la part d'un homme qui a pouvoir et autorité, un juge, un prince, un ministre ou un grand est un thème que
Stendhal a pu trouver dans le roman du XVIIIe siècle ; il figure chez
Sade évidemment, dans *Justine*, mais aussi chez Duclos, que Stendhal
a beaucoup lu, dans l'*Histoire de Mme de Luz, anecdote du règne de
Henri IV*, dans Voltaire (*L'Ingénu, Cosi-Sancta*), et antérieurement
dans Shakespeare et le prince puritain et lubrique de *Mesure pour
mesure*.

voix, de ne pas manger. S'il a touché à son repas, faites-le vomir, dites-lui que c'est moi qui le veux, employez la force s'il le faut ; dites-lui que je vous suis de bien près, et croyez-moi votre obligée pour la vie.

— Madame la duchesse, mon cheval est sellé, je passe pour savoir manier un cheval, et je cours ventre à terre, je serai à la citadelle huit minutes avant vous...

— Et moi, madame la duchesse, s'écria le prince, je vous demande quatre de ces huit minutes.

L'aide de camp avait disparu, c'était un homme qui n'avait pas d'autre mérite que celui de monter à cheval. À peine eut-il refermé la porte, que le jeune prince, qui semblait avoir du caractère, saisit la main de la duchesse.

— Daignez, madame, lui dit-il avec passion, venir avec moi à la chapelle.

La duchesse, interdite pour la première fois de sa vie, le suivit sans mot dire. Le prince et elle parcoururent en courant toute la longueur de la grande galerie du palais, la chapelle se trouvant à l'autre extrémité. Entré dans la chapelle, le prince se mit à genoux, presque autant devant la duchesse que devant l'autel.

— Répétez le serment, dit-il avec passion ; si vous aviez été juste, si cette malheureuse qualité de prince ne m'eût pas nui, vous m'eussiez accordé par pitié pour mon amour ce que vous me devez maintenant parce que vous l'avez juré.

— Si je revois Fabrice non empoisonné, s'il vit encore dans huit jours, si son altesse le nomme coadjuteur avec future succession de l'archevêque Landriani, mon honneur, ma dignité de femme, tout par moi sera foulé aux pieds, et je serai à son altesse.

— Mais, *chère amie*, dit le prince avec une timide anxiété et une tendresse mélangées et bien plaisantes, je crains quelque embûche que je ne comprends pas, et qui pourrait détruire mon bonheur ; j'en mourrais. Si l'archevêque m'oppose quelqu'une de ces raisons ecclésiastiques qui font durer les affaires des années entières, qu'est-ce que je deviens ? Vous voyez que j'agis avec une entière bonne foi ; allez-vous être avec moi un petit jésuite ?

— Non : de bonne foi, si Fabrice est sauvé, si, de tout votre pouvoir, vous le faites coadjuteur et futur archevêque, je me déshonore et je suis à vous.

» Votre altesse s'engage à mettre *approuvé* en marge d'une demande que monseigneur l'archevêque vous présentera d'ici à huit jours.

— Je vous signe un papier en blanc, régnez sur moi et sur mes états, s'écria le prince rougissant de bonheur et réellement hors de lui.

Il exigea un second serment. Il était tellement ému, qu'il en oubliait la timidité qui lui était si naturelle, et, dans cette chapelle du palais où ils étaient seuls, il dit à voix basse à la duchesse des choses qui, dites trois jours auparavant, auraient changé l'opinion qu'elle avait de lui. Mais chez elle le désespoir que lui causait le danger de Fabrice avait fait place à l'horreur de la promesse qu'on lui avait arrachée.

La duchesse était bouleversée de ce qu'elle venait de faire. Si elle ne sentait pas encore toute l'affreuse amertume du mot prononcé, c'est que son attention était occupée à savoir si le général Fontana pourrait arriver à temps à la citadelle.

Pour se délivrer des propos follement tendres de cet enfant et changer un peu le discours, elle loua un tableau célèbre du Parmesan, qui était au maître-autel de cette chapelle.

— Soyez assez bonne pour me permettre de vous l'envoyer, dit le prince.

— J'accepte, reprit la duchesse ; mais souffrez que je coure au-devant de Fabrice.

D'un air égaré, elle dit à son cocher de mettre ses chevaux au galop. Elle trouva sur le pont du fossé de la citadelle le général Fontana et Fabrice, qui sortaient à pied.

— As-tu mangé[1] ?

— Non, par miracle.

La duchesse se jeta au cou de Fabrice, et tomba dans un évanouissement qui dura une heure et donna des craintes d'abord pour sa vie, et ensuite pour sa raison.

Le gouverneur Fabio Conti avait pâli de colère à la vue du général Fontana : il avait apporté de telles lenteurs à obéir à l'ordre du prince, que l'aide de camp, qui supposait que la duchesse allait occuper la place de maîtresse régnante, avait fini par se fâcher. Le gouverneur comptait faire durer la maladie de Fabrice deux ou trois jours, et voilà, se disait-il, que le général, un homme de la cour, va trouver cet insolent se débattant dans les douleurs qui me vengent de sa fuite.

Fabio Conti, tout pensif, s'arrêta dans le corps de garde du rez-de-chaussée de la tour Farnèse, d'où il se hâta de renvoyer les soldats ; il ne voulait pas de témoins à la scène qui se préparait. Cinq minutes après il fut pétrifié d'étonnement en entendant parler Fabrice, et le voyant vif et alerte, faire au général Fontana la description de la prison. Il disparut.

Fabrice se montra un parfait *gentleman* dans son entrevue avec le prince. D'abord il ne voulut point avoir l'air d'un enfant qui s'effraie à propos de rien. Le prince lui demandant avec bonté comment il se trouvait :

— Comme un homme, altesse sérénissime, qui meurt de faim, n'ayant par bonheur ni déjeuné, ni dîné.

Après avoir eu l'honneur de remercier le prince, il sollicita la permission de voir l'archevêque avant de se rendre à la prison de la ville. Le prince était devenu prodigieusement pâle, lorsque arriva dans sa tête d'enfant l'idée que le poison n'était point tout à fait une chimère de l'imagination de la duchesse. Absorbé dans cette cruelle pensée, il ne répondit pas d'abord à la

---

1. C'est la phrase de Clélia ; celle-ci est engagée par un vœu, la duchesse par un serment. Le destin des héroïnes est symétrique.

demande de voir l'archevêque, que Fabrice lui adressait, puis il se crut obligé de réparer sa distraction par beaucoup de grâces.

— Sortez seul, monsieur, allez dans les rues de ma capitale sans aucune garde. Vers les dix ou onze heures vous vous rendrez en prison, où j'ai l'espoir que vous ne resterez pas longtemps.

Le lendemain de cette grande journée, la plus remarquable de sa vie, le prince se croyait un petit Napoléon ; il avait lu que ce grand homme avait été bien traité par plusieurs des jolies femmes de sa cour. Une fois Napoléon par les bonnes fortunes, il se rappela qu'il l'avait été devant les balles. Son cœur était encore tout transporté de la fermeté de sa conduite avec la duchesse. La conscience d'avoir fait quelque chose de difficile en fit un tout autre homme pendant quinze jours ; il devint sensible aux raisonnements généreux ; il eut quelque caractère.

Il débuta ce jour-là par brûler la patente de comte dressée en faveur de Rassi, qui était sur son bureau depuis un mois. Il destitua le général Fabio Conti, et demanda au colonel Lange, son successeur, la vérité sur le poison. Lange, brave militaire polonais, fit peur aux geôliers, et dit au prince qu'on avait voulu empoisonner le déjeuner de M. del Dongo ; mais il eût fallu mettre dans la confidence un trop grand nombre de personnes. Les mesures furent mieux prises pour le dîner ; et, sans l'arrivée du général Fontana, M. del Dongo était perdu. Le prince fut consterné ; mais, comme il était réellement fort amoureux, ce fut une consolation pour lui de pouvoir se dire : Il se trouve que j'ai réellement sauvé la vie à M. del Dongo, et la duchesse n'osera pas manquer à la parole qu'elle m'a donnée. Il arriva à une autre idée : Mon métier est bien plus difficile que je ne le pensais ; tout le monde convient que la duchesse a infiniment d'esprit, la politique est ici d'accord avec mon cœur. Il serait divin pour moi qu'elle voulût être mon premier ministre.

Le soir, le prince était tellement irrité des horreurs qu'il avait découvertes, qu'il ne voulut pas se mêler de la comédie.

— Je serais trop heureux, dit-il à la duchesse, si vous vouliez régner sur mes États comme vous régnez sur mon cœur. Pour commencer, je vais vous dire l'emploi de ma journée.

Alors il lui conta tout fort exactement : la brûlure de la patente de comte de Rassi, la nomination de Lange, son rapport sur l'empoisonnement, etc., etc.

— Je me trouve bien peu d'expérience pour régner. Le comte m'humilie par ses plaisanteries, il plaisante même au conseil, et, dans le monde, il tient des propos dont vous allez contester la vérité ; il dit que je suis un enfant qu'il mène où il veut. Pour être prince, madame, on n'en est pas moins homme[1], et ces choses-là fâchent. Afin de donner de l'invraisemblance aux histoires que peut faire M. Mosca, l'on m'a fait appeler au ministère ce dangereux coquin Rassi, et voilà ce général Conti qui le croit encore tellement puissant, qu'il n'ose avouer que c'est lui ou la Raversi qui l'ont engagé à faire périr votre neveu ; j'ai bonne envie de renvoyer tout simplement par-devant les tribunaux le général Fabio Conti ; les juges verront s'il est coupable de tentative d'empoisonnement.

— Mais, mon prince, avez-vous des juges ?

— Comment ! dit le prince étonné.

— Vous avez des jurisconsultes savants et qui marchent dans la rue d'un air grave ; du reste, ils jugeront toujours comme il plaira au parti dominant dans votre cour.

Pendant que le jeune prince, scandalisé, prononçait des phrases qui montraient sa candeur bien plus que sa sagacité, la duchesse se disait : Me convient-il bien de laisser déshonorer Conti ? Non, certainement, car alors

---

1. Le prince est « littéraire », nous le savons ; ici il utilise une quasi-citation de *Tartuffe* ou de *Sertorius* de Corneille : « Ah, pour être Romain, on n'en est pas moins homme. »

le mariage de sa fille avec ce plat honnête homme de marquis Crescenzi devient impossible.

Sur ce sujet, il y eut un dialogue infini entre la duchesse et le prince. Le prince fut ébloui d'admiration. En faveur du mariage de Clélia Conti avec le marquis Crescenzi, mais avec cette condition expresse, par lui déclarée avec colère à l'ex-gouverneur, il lui fit grâce sur sa tentative d'empoisonnement ; mais, par l'avis de la duchesse, il l'exila jusqu'à l'époque du mariage de sa fille. La duchesse croyait n'aimer plus Fabrice d'amour, mais elle désirait encore passionnément le mariage de Clélia Conti avec le marquis ; il y avait là le vague espoir que peu à peu elle verrait disparaître la préoccupation de Fabrice.

Le prince, transporté de bonheur, voulait, ce soir-là, destituer avec scandale le ministre Rassi. La duchesse lui dit en riant :

— Savez-vous un mot de Napoléon ? Un homme placé dans un lieu élevé, et que tout le monde regarde, ne doit point se permettre de mouvements violents. Mais ce soir il est trop tard, renvoyons les affaires à demain.

Elle voulait se donner le temps de consulter le comte, auquel elle raconta fort exactement tout le dialogue de la soirée, en supprimant, toutefois, les fréquentes allusions faites par le prince à une promesse qui empoisonnait sa vie. La duchesse se flattait de se rendre tellement nécessaire qu'elle pourrait obtenir un ajournement indéfini en disant au prince : « Si vous avez la barbarie de vouloir me soumettre à cette humiliation, que je ne vous pardonnerais point, le lendemain je quitte vos États. »

Consulté par la duchesse sur le sort de Rassi, le comte se montra très philosophe. Le général Fabio Conti et lui allèrent voyager en Piémont.

Une singulière difficulté s'éleva pour le procès de Fabrice : les juges voulaient l'acquitter par acclamation, et dès la première séance. Le comte eut besoin d'employer la menace pour que le procès durât aú moins huit jours, et que les juges se donnassent la peine d'entendre tous les témoins. Ces gens sont toujours les mêmes, se dit-il.

Le lendemain de son acquittement, Fabrice del Dongo prit enfin possession de la place de grand vicaire du bon archevêque Landriani. Le même jour, le prince signa les dépêches nécessaires pour obtenir que Fabrice fût nommé coadjuteur avec future succession, et, moins de deux mois après, il fut installé dans cette place.

Tout le monde faisait compliment à la duchesse sur l'air grave de son neveu ; le fait est qu'il était au désespoir. Dès le lendemain de sa délivrance, suivie de la destitution et de l'exil du général Fabio Conti, et de la haute faveur de la duchesse, Clélia avait pris refuge chez la comtesse Contarini, sa tante, femme fort riche, fort âgée, et uniquement occupée des soins de sa santé. Clélia eût pu voir Fabrice : mais quelqu'un qui eût connu ses engagements antérieurs, et qui l'eût vue agir maintenant, eût pu penser qu'avec les dangers de son amant son amour pour lui avait cessé. Non seulement Fabrice passait le plus souvent qu'il le pouvait décemment devant le palais Contarini mais encore il avait réussi, après des peines infinies, à louer un petit appartement vis-à-vis les fenêtres du premier étage. Une fois, Clélia s'étant mise à la fenêtre à l'étourdie, pour voir passer une procession, se retira à l'instant, et comme frappée de terreur ; elle avait aperçu Fabrice, vêtu de noir, mais comme un ouvrier fort pauvre, qui la regardait d'une des fenêtres de ce taudis qui avait des vitres de papier huilé, comme sa chambre à la tour Farnèse. Fabrice eût bien voulu pouvoir se persuader que Clélia le fuyait par suite de la disgrâce de son père, que la voix publique attribuait à la duchesse ; mais il connaissait trop une autre cause à cet éloignement, et rien ne pouvait le distraire de sa mélancolie.

Il n'avait été sensible ni à son acquittement, ni à son installation dans de belles fonctions, les premières qu'il eût eues à remplir dans sa vie, ni à sa belle position dans le monde, ni enfin à la cour assidue que lui faisaient tous les ecclésiastiques et tous les dévots du diocèse. Le charmant appartement qu'il avait au palais Sanseverina ne se trouva plus suffisant. À son extrême plaisir, la duchesse fut obligée de lui céder tout le second étage de son palais et deux beaux salons au premier, lesquels étaient toujours remplis de personnages attendant l'instant de faire leur cour au jeune coadjuteur. La clause de future succession avait produit un effet surprenant dans le pays ; on faisait maintenant des vertus à Fabrice de toutes ces qualités fermes de son caractère, qui autrefois scandalisaient si fort les courtisans pauvres et nigauds.

Ce fut une grande leçon de philosophie pour Fabrice que de se trouver parfaitement insensible à tous ces honneurs, et beaucoup plus malheureux dans cet appartement magnifique, avec dix laquais portant sa livrée, qu'il n'avait été dans sa chambre de bois de la tour Farnèse, environné de hideux geôliers, et craignant toujours pour sa vie. Sa mère et sa sœur, la duchesse V***, qui vinrent à Parme pour le voir dans sa gloire, furent frappées de sa profonde tristesse. La marquise del Dongo, maintenant la moins romanesque des femmes, en fut si profondément alarmée, qu'elle crut qu'à la tour Farnèse on lui avait fait prendre quelque poison lent. Malgré son extrême discrétion, elle crut devoir lui parler de cette tristesse si extraordinaire, et Fabrice ne répondit que par des larmes.

Une foule d'avantages, conséquence de sa brillante position, ne produisaient chez lui d'autre effet que de lui donner de l'humeur. Son frère, cette âme vaniteuse et gangrenée par le plus vil égoïsme, lui écrivit une lettre de congratulation presque officielle, et à cette lettre était joint un mandat de 50 000 francs, afin qu'il pût, disait le nouveau marquis, acheter des chevaux et une voiture dignes de son nom. Fabrice envoya cette somme à sa sœur cadette, mal mariée.

Le comte Mosca avait fait faire une belle traduction, en italien, de la généalogie de la famille Valserra del Dongo, publiée jadis en latin par l'archevêque de Parme, Fabrice. Il la fit imprimer magnifiquement avec le texte latin en regard ; les gravures avaient été traduites par de superbes lithographies faites à Paris. La duchesse avait voulu qu'un beau portrait de Fabrice fût placé vis-à-vis celui de l'ancien archevêque. Cette traduction fut publiée comme étant l'ouvrage de Fabrice pendant sa première détention. Mais tout était anéanti chez notre héros, même la vanité si naturelle à l'homme ; il ne daigna pas lire une seule page de cet ouvrage qui lui était attribué. Sa position dans le monde lui fit une obligation d'en présenter un exemplaire magnifiquement relié au prince, qui crut lui devoir un dédommagement pour la mort cruelle dont il avait été si près, et lui accorda les grandes entrées de sa chambre, faveur qui donne l'*excellence*[*][1].

---

[*] 4. 9. 38. 26. X.38 fir. s. 6 f. last 26 m. 39
3.Ri.d.f.g.D ha s.so. p.

1. La première ligne du cryptogramme a pu être déchiffrée d'une manière convaincante ; il faut lire : « 4 novembre 38. 26 décembre 38 ; first sheet 6 février ; last 26 mars 39 » ; ce sont les dates de la rédaction du roman, puis de la correction des premières puis des dernières épreuves. La deuxième ligne est moins sûre : le 3 initial n'a pas encore trouvé d'exégète. On *peut* lire :
« Ricordo di fortunata Giulia (Souvenir de l'heureuse Giulia). Dominique has secured son pucelage » (Dominique = Stendhal et *secured* au sens de « s'emparer, obtenir ») ; Giulia Rinieri serait associée à Clélia et l'initiation à l'amour de l'héroïne fictive est l'analogue de l'initiation de Giulia qui eut lieu le 22 mars 1830. Ce qui donne de la vraisemblance à ce déchiffrement, c'est que dans l'exemplaire Chaper, en relisant le récit de l'étreinte entre Fabrice et Clélia lors de la deuxième prison, Stendhal a écrit : « après la belle prise de pucelage que j'ai lue aujourd'hui, je songe à l'histoire d'un autre pucelage, Riccardi ». Or « Riccardi », c'est le nom du palais de Florence où habite Giulia. Il est certain que Stendhal, quand il semble utiliser des évènements vécus dans ses romans, a noté la révélation de cette ressemblance entre le réel et le fictif *après coup*, en se relisant et en se reconnaissant dans son récit.

CHAPITRE XXVI

Les seuls instants pendant lesquels Fabrice eut quelque chance de sortir de sa profonde tristesse, étaient ceux qu'il passait caché derrière un carreau de vitre, par lequel il avait fait remplacer un carreau de papier huilé à la fenêtre de son appartement vis-à-vis le palais Contarini, où, comme on sait, Clélia s'était réfugiée ; le petit nombre de fois qu'il l'avait vue depuis qu'il était sorti de la citadelle, il avait été profondément affligé d'un changement frappant, et qui lui semblait du plus mauvais augure. Depuis sa faute, la physionomie de Clélia avait pris un caractère de noblesse et de sérieux vraiment remarquable ; on eût dit qu'elle avait trente ans. Dans ce changement si extraordinaire, Fabrice aperçut le reflet de quelque ferme résolution. À chaque instant de la journée, se disait-il, elle se jure à elle-même d'être fidèle au vœu qu'elle a fait à la Madone, et de ne jamais me revoir.

Fabrice ne devinait qu'en partie les malheurs de Clélia ; elle savait que son père, tombé dans une profonde disgrâce, ne pouvait rentrer à Parme et reparaître à la cour (chose sans laquelle la vie était impossible pour lui) que le jour de son mariage avec le marquis Crescenzi, elle écrivit à son père qu'elle désirait ce mariage. Le général était alors réfugié à Turin, et malade de chagrin. À la vérité, le contrecoup de cette grande résolution avait été de la vieillir de dix ans.

Elle avait fort bien découvert que Fabrice avait une

fenêtre vis-à-vis le palais Contarini ; mais elle n'avait eu le malheur de le regarder qu'une fois ; dès qu'elle apercevait un air de tête ou une tournure d'homme ressemblant un peu à la sienne, elle fermait les yeux à l'instant. Sa piété profonde et sa confiance dans le secours de la Madone étaient désormais ses seules ressources. Elle avait la douleur de ne pas avoir d'estime pour son père ; le caractère de son futur mari lui semblait parfaitement plat et à la hauteur des façons de sentir du grand monde ; enfin, elle adorait un homme qu'elle ne devait jamais revoir, et qui pourtant avait des droits sur elle. Cet ensemble de destinée lui semblait le malheur parfait, et nous avouerons qu'elle avait raison. Il eût fallu, après son mariage, aller vivre à deux cents lieues de Parme.

Fabrice connaissait la profonde modestie de Clélia ; il savait combien toute entreprise extraordinaire, et pouvant faire anecdote, si elle était découverte, était assurée de lui déplaire. Toutefois, poussé à bout par l'excès de sa mélancolie et par ces regards de Clélia qui constamment se détournaient de lui, il osa essayer de gagner deux domestiques de madame Contarini, sa tante. Un jour, à la tombée de la nuit, Fabrice, habillé comme un bourgeois de campagne, se présenta à la porte du palais, où l'attendait l'un des domestiques gagnés par lui ; il s'annonça comme arrivant de Turin, et ayant pour Clélia des lettres de son père. Le domestique alla porter le message, et le fit monter dans une immense antichambre, au premier étage du palais. C'est en ce lieu que Fabrice passa peut-être le quart d'heure de sa vie le plus rempli d'anxiété. Si Clélia le repoussait, il n'y avait plus pour lui d'espoir de tranquillité. Afin de couper court aux soins importuns dont m'accable ma nouvelle dignité, j'ôterai à l'Église un mauvais prêtre, et, sous un nom supposé, j'irai me réfugier dans quelque chartreuse. Enfin, le domestique vint lui annoncer que Mlle Clélia Conti était disposée à le recevoir. Le courage manqua tout à fait à notre héros ; il fut sur le point de tomber de peur en montant l'escalier du second étage.

Clélia était assise devant une petite table qui portait une seule bougie. À peine elle eut reconnu Fabrice sous son déguisement, qu'elle prit la fuite et alla se cacher au fond du salon.

— Voilà comment vous êtes soigneux de mon salut, lui cria-t-elle, en se cachant la figure avec les mains. Vous le savez pourtant, lorsque mon père fut sur le point de périr par suite du poison, je fis vœu à la Madone de ne jamais vous voir. Je n'ai manqué à ce vœu que ce jour, le plus malheureux de ma vie, où je crus en conscience devoir vous soustraire à la mort. C'est déjà beaucoup que, par une interprétation forcée et sans doute criminelle, je consente à vous entendre [1].

Cette dernière phrase étonna tellement Fabrice qu'il lui fallut quelques secondes pour s'en réjouir. Il s'était attendu à la plus vive colère, et à voir Clélia s'enfuir ; enfin la présence d'esprit lui revint et il éteignit la bougie unique. Quoiqu'il crût avoir bien compris les ordres de Clélia, il était tout tremblant en avançant vers le fond du salon où elle s'était réfugiée derrière un canapé ; il ne savait s'il ne l'offenserait pas en lui baisant la main ; elle était toute tremblante d'amour, et se jeta dans ses bras.

— Cher Fabrice, lui dit-elle, combien tu as tardé de temps à venir ! Je ne puis te parler qu'un instant, car c'est sans doute un grand péché ; et lorsque je promis de ne te voir jamais, sans doute j'entendais aussi promettre de ne te point parler. Mais comment as-tu pu poursuivre avec tant de barbarie l'idée de vengeance qu'a eue mon pauvre père ? car enfin c'est lui d'abord qui a été presque empoisonné pour faciliter ta fuite. Ne

---

1. Sur les interprétations de son vœu, par Clélia, et ses distinguos subtils, voir l'article de Laurence Pivot, « Étude de *voir* et de *regarder* lorsque Clélia en est le sujet et Fabrice l'objet », dans *Micromégas*, 1997.

devrais-tu pas faire quelque chose pour moi qui ai tant exposé ma bonne renommée afin de te sauver ? Et d'ailleurs te voilà tout à fait lié aux ordres sacrés ; tu ne pourrais plus m'épouser quand même je trouverais un moyen d'éloigner cet odieux marquis. Et puis comment as-tu osé, le soir de la procession, prétendre me voir en plein jour, et violer ainsi, de la façon la plus criante, la sainte promesse que j'ai faite à la Madone[a] ?

Fabrice la serrait dans ses bras, hors de lui de surprise et de bonheur[b].

Un entretien qui commençait avec cette quantité de choses à se dire ne devait pas finir de longtemps[c]. Fabrice lui raconta l'exacte vérité sur l'exil de son père ; la duchesse ne s'en était mêlée en aucune sorte, par la grande raison qu'elle n'avait pas cru un seul instant que l'idée du poison appartînt au général Conti ; elle avait toujours pensé que c'était un trait d'esprit de la faction Raversi, qui voulait chasser le comte Mosca. Cette vérité historique longuement développée rendit Clélia fort heureuse ; elle était désolée de devoir haïr quelqu'un qui appartenait à Fabrice. Maintenant elle ne voyait plus la duchesse d'un œil jaloux.

Le bonheur que cette soirée établit ne dura que quelques jours.

L'excellent don Cesare arriva de Turin ; et, puisant de la hardiesse dans la parfaite honnêteté de son cœur, il osa se faire présenter à la duchesse. Après lui avoir demandé sa parole de ne point abuser de la confidence qu'il allait lui faire, il avoua que son frère, abusé par un faux point d'honneur, et qui s'était cru bravé et perdu dans l'opinion par la fuite de Fabrice, avait cru devoir se venger.

Don Cesare n'avait pas parlé deux minutes, que son procès était gagné : sa vertu parfaite avait touché la duchesse, qui n'était point accoutumée à un tel spectacle. Il lui plut comme nouveauté.

— Hâtez le mariage de la fille du général avec le marquis Crescenzi, et je vous donne ma parole que je ferai tout ce qui est en moi pour que le général soit reçu comme s'il revenait de voyage. Je l'inviterai à dîner ; êtes-vous content ? Sans doute il y aura du froid dans les commencements, et le général ne devra point se hâter de demander sa place de gouverneur de la citadelle. Mais vous savez que j'ai de l'amitié pour le marquis, et je ne conserverai point de rancune contre son beau-père.

Armé de ces paroles, don Cesare vint dire à sa nièce qu'elle tenait en ses mains la vie de son père, malade de désespoir. Depuis plusieurs mois il n'avait paru à aucune cour.

Clélia voulut aller voir son père, réfugié, sous un nom supposé, dans un village près de Turin ; car il s'était figuré que la cour de Parme demandait son extradition à celle de Turin, pour le mettre en jugement. Elle le trouva malade et presque fou[a]. Le soir même elle écrivit à Fabrice, une lettre d'éternelle rupture. En recevant cette lettre, Fabrice, qui développait un caractère tout à fait semblable à celui de sa maîtresse, alla se mettre en retraite au couvent de Velleja, situé dans les montagnes, à dix lieues de Parme. Clélia lui écrivait une lettre de dix pages : elle lui avait juré jadis de ne jamais épouser le marquis sans son consentement ; maintenant elle le lui demandait, et Fabrice le lui accorda du fond de sa retraite de Velleja, par une lettre remplie de l'amitié la plus pure.

En recevant cette lettre dont, il faut l'avouer, l'amitié l'irrita, Clélia fixa elle-même le jour de son mariage, dont les fêtes vinrent encore augmenter l'éclat dont brilla cet hiver la cour de Parme.

Ranuce-Ernest V était avare au fond ; mais il était éperdument amoureux, et il espérait fixer la duchesse à sa cour ; il pria sa mère d'accepter une somme fort considérable, et de donner des fêtes. La grande maîtresse sut tirer un admirable parti de cette augmentation de richesses ; les fêtes de Parme, cet hiver-là, rappelèrent les beaux jours de la cour de Milan et de cet aimable Prince Eugène, vice-roi d'Italie, dont la bonté laisse un si long souvenir.

Les devoirs du coadjuteur l'avaient rappelé à Parme ; mais il déclara que, par des motifs de piété, il continuerait sa retraite dans le petit appartement que son protecteur, monseigneur Landriani, l'avait forcé de prendre à l'archevêché ; et il alla s'y enfermer, suivi d'un seul domestique. Ainsi il n'assista à aucune des fêtes si brillantes de la cour, ce qui lui valut à Parme et dans son futur diocèse une immense réputation de sainteté. Par un effet inattendu de cette retraite qu'inspirait seule à Fabrice sa tristesse profonde et sans espoir, le bon archevêque Landriani, qui l'avait toujours aimé, et qui, dans le fait, avait eu l'idée de le faire coadjuteur, conçut contre lui un peu de jalousie. L'archevêque croyait avec raison devoir aller à toutes les fêtes de la cour, comme il est d'usage en Italie. Dans ces occasions, il portait son costume de grande cérémonie, qui, à peu de chose près, est le même que celui qu'on lui voyait dans le chœur de sa cathédrale. Les centaines de domestiques réunis dans l'antichambre en colonnade du palais ne manquaient pas de se lever et de demander sa bénédiction à monseigneur, qui voulait bien s'arrêter et la leur donner. Ce fut dans un de ces moments de silence solennel que monseigneur Landriani entendit une voix qui disait :

— Notre archevêque va au bal, et *monsignor* del Dongo ne sort pas de sa chambre !

De ce moment prit fin à l'archevêché l'immense faveur dont Fabrice y avait joui ; mais il pouvait voler de ses propres ailes. Toute cette conduite, qui n'avait été inspirée que par le désespoir où le plongeait le mariage de Clélia, passa pour l'effet d'une piété simple et sublime, et les dévotes lisaient, comme un livre d'édification, la traduction de la généalogie de sa famille, où perçait la vanité la plus folle. Les libraires firent une édition lithographiée de son portrait, qui fut enlevée en quelques jours, et surtout par les gens du peuple ; le graveur, par ignorance, avait reproduit autour du portrait de Fabrice plusieurs des ornements qui ne doivent se trouver qu'aux portraits des évêques, et auxquels un coadjuteur ne saurait prétendre. L'archevêque vit un de ces portraits, et sa fureur ne connut plus de bornes ; il fit appeler Fabrice, et lui adressa les choses les plus dures, et dans des termes que la passion rendit quelquefois fort grossiers. Fabrice n'eut aucun effort à faire, comme on le pense bien, pour se conduire comme l'eût fait Fénelon en pareille occurrence ; il écouta l'archevêque avec toute l'humilité et tout le respect possibles ; et, lorsque ce prélat eut cessé de parler, il lui raconta toute l'histoire de la traduction de cette généalogie faite par les ordres du comte Mosca, à l'époque de sa première prison. Elle avait été publiée dans des fins mondaines, et qui toujours lui avaient semblé peu convenables pour un homme de son état. Quant au portrait, il avait été parfaitement étranger à la seconde édition, comme à la première ; et le libraire lui ayant adressé à l'archevêché, pendant sa retraite, vingt-quatre exemplaires de cette seconde édition, il avait envoyé son domestique en acheter un vingt-cinquième ; et, ayant appris par ce moyen que ce portrait se vendait 30 sous, il avait envoyé 100 francs comme paiement des vingt-quatre exemplaires.

Toutes ces raisons, quoique exposées du ton le plus raisonnable par un homme qui avait bien d'autres chagrins dans le cœur, portèrent jusqu'à l'égarement la colère de l'archevêque ; il alla jusqu'à accuser Fabrice d'hypocrisie.

Voilà ce que c'est que les gens du commun, se dit Fabrice, même quand ils ont de l'esprit !

Il avait alors un souci plus sérieux ; c'étaient les lettres de sa tante, qui exigeait absolument qu'il vînt reprendre son appartement au palais Sanseverina, ou que du moins il vînt la voir quelquefois. Là Fabrice était certain d'entendre parler des fêtes splendides données par le marquis Crescenzi à l'occasion de son mariage : or, c'est ce qu'il n'était pas sûr de pouvoir supporter sans se donner en spectacle.

Lorsque la cérémonie du mariage eut lieu, il y avait huit jours entiers que Fabrice s'était voué au silence le plus complet, après avoir ordonné à son domestique et aux gens de l'archevêché avec lesquels il avait des rapports de ne jamais lui adresser la parole.

Monsignor Landriani ayant appris cette nouvelle affectation, fit appeler Fabrice beaucoup plus souvent qu'à l'ordinaire, et voulut avoir avec lui de fort longues conversations ; il l'obligea même à des conférences avec certains chanoines de campagne, qui prétendaient que l'archevêché avait agi contre leurs privilèges. Fabrice prit toutes ces choses avec l'indifférence parfaite d'un homme qui a d'autres pensées. Il vaudrait mieux pour moi, pensait-il, me faire chartreux ; je souffrirais moins dans les rochers de Velleja.

Il alla voir sa tante, et ne put retenir ses larmes en l'embrassant. Elle le trouva tellement changé, ses yeux, encore agrandis par l'extrême maigreur, avaient tellement l'air de lui sortir de la tête, et lui-même avait une apparence tellement chétive et malheureuse, avec son petit habit noir et râpé de simple prêtre, qu'à ce premier abord la duchesse, elle aussi, ne put retenir ses larmes ; mais un instant après, lorsqu'elle se fut dit que tout ce changement dans l'apparence de ce beau jeune homme était causé par le mariage de Clélia, elle eut des sentiments presque égaux en véhémence à ceux de l'archevêque, quoique plus habilement contenus. Elle eut la barbarie de parler longuement de certains détails pittoresques qui avaient signalé les fêtes charmantes données par le marquis Crescenzi. Fabrice ne répondait pas ; mais ses yeux se fermèrent un peu par un mouvement convulsif, et il devint encore plus pâle qu'il ne l'était, ce qui d'abord eût semblé impossible. Dans ces moments de vive douleur, sa pâleur prenait une teinte verte.

Le comte Mosca survint, et ce qu'il voyait, et qui

lui semblait incroyable, le guérit enfin tout à fait de la jalousie que jamais Fabrice n'avait cessé de lui inspirer. Cet homme habile employa les tournures les plus délicates et les plus ingénieuses pour chercher à redonner à Fabrice quelque intérêt pour les choses de ce monde. Le comte avait toujours eu pour lui beaucoup d'estime et assez d'amitié ; cette amitié, n'étant plus contrebalancée par la jalousie, devint en ce moment presque dévouée. En effet, il a bien acheté sa belle fortune, se disait-il, en récapitulant ses malheurs. Sous prétexte de lui faire voir le tableau du Parmesan que le prince avait envoyé à la duchesse, le comte prit à part Fabrice :

— Ah çà ! mon ami, parlons en hommes : puis-je vous être bon à quelque chose ? Vous ne devez point redouter de questions de ma part ; mais enfin l'argent peut-il vous être utile, le pouvoir peut-il vous servir ? Parlez, je suis à vos ordres ; si vous aimez mieux écrire, écrivez-moi.

Fabrice l'embrassa tendrement et parla du tableau.

— Votre conduite est le chef-d'œuvre de la plus fine politique, lui dit le comte en revenant au ton léger de la conversation ; vous vous ménagez un avenir fort agréable, le prince vous respecte, le peuple vous vénère, votre petit habit noir râpé fait passer de mauvaises nuits à *monsignor* Landriani. J'ai quelque habitude des affaires, et je puis vous jurer que je ne saurais quel conseil vous donner pour perfectionner ce que je vois. Votre premier pas dans le monde à vingt-cinq ans vous fait atteindre à la perfection. On parle beaucoup de vous à la cour ; et savez-vous à quoi vous devez cette distinction unique à votre âge ? au petit habit noir râpé. La duchesse et moi nous disposons, comme vous le savez, de l'ancienne maison de Pétrarque sur cette belle colline au milieu de la forêt, aux environs du Pô : si jamais vous êtes las des petits mauvais procédés de l'envie, j'ai pensé que vous pourriez être le successeur de Pétrarque, dont le renom augmentera le vôtre.

Le comte se mettait l'esprit à la torture pour faire naître un sourire sur cette figure d'anachorète [1], mais il n'y put parvenir. Ce qui rendait le changement plus frappant, c'est qu'avant ces derniers temps, si la figure de Fabrice avait un défaut, c'était de présenter quelquefois, hors de propos, l'expression de la volupté et de la gaieté.

Le comte ne le laissa point partir sans lui dire que, malgré son état de retraite, il y aurait peut-être de l'affectation à ne pas paraître à la cour le samedi suivant, c'était le jour de naissance de la princesse. Ce mot fut un coup de poignard pour Fabrice. Grand Dieu ! pensa-t-il, que suis-je venu faire dans ce palais ! Il ne pouvait penser sans frémir à la rencontre qu'il pouvait faire à la cour. Cette idée absorba toutes les autres ; il pensa que l'unique ressource qui lui restât était d'arriver au palais au moment précis où l'on ouvrirait les portes des salons.

En effet, le nom de *monsignor* del Dongo fut un des premiers annoncés à la soirée de grand gala, et la princesse le reçut avec toute la distinction possible. Les yeux de Fabrice étaient fixés sur la pendule, et, à l'instant où elle marqua la vingtième minute de sa présence dans ce salon, il se levait pour prendre congé, lorsque le prince entra chez sa mère. Après lui avoir fait la cour quelques instants, Fabrice se rapprochait de la porte par une savante manœuvre, lorsque vint éclater à ses dépens un de ces petits riens de cour [2] que la grande maîtresse savait si bien ménager : le chambellan de service lui courut après pour lui dire qu'il avait été

---

1. L'anachorète vit dans la solitude par opposition au cénobite qui vit en communauté. Le propre de l'ordre des chartreux est de combiner solitude et communauté.   2. On comparera cette phrase à Saint-Simon : « le Roi avait l'art de donner l'être à des riens » ; ou « voilà comment dans les cours des riens raccommodent souvent les affaires les plus désespérées ». Les riens, ce sont les préférences et faveurs de pure apparence et de pure convention.

désigné pour faire le whist du prince. À Parme, c'est un honneur insigne et bien au-dessus du rang que le coadjuteur occupait dans le monde. Faire le whist était un honneur marqué même pour l'archevêque. À la parole du chambellan, Fabrice se sentit percer le cœur, et quoique ennemi mortel de toute scène publique, il fut sur le point d'aller lui dire qu'il avait été saisi d'un étourdissement subit ; mais il pensa qu'il serait en butte à des questions et à des compliments de condoléances, plus intolérables encore que le jeu. Ce jour-là il avait horreur de parler.

Heureusement le général des frères mineurs se trouvait au nombre des grands personnages qui étaient venus faire leur cour à la princesse[1]. Ce moine, fort savant, digne émule des Fontana et des Duvoisin, s'était placé dans un coin reculé du salon ; Fabrice prit poste debout devant lui de façon à ne point apercevoir la porte d'entrée, et lui parla théologie. Mais il ne put faire que son oreille n'entendît pas annoncer M. le marquis et madame la marquise Crescenzi. Fabrice, contre son attente, éprouva un violent mouvement de colère.

Si j'étais Borso Valserra, se dit-il (c'était un des généraux du premier Sforce), j'irais poignarder ce lourd marquis, précisément avec ce petit poignard à manche d'ivoire que Clélia me donna ce jour heureux, et je lui apprendrais s'il doit avoir l'insolence de se présenter avec cette marquise dans un lieu où je suis !

Sa physionomie changea tellement, que le général des frères mineurs lui dit :

— Est-ce que Votre Excellence se trouve incommodée ?

— J'ai un mal à la tête fou... ces lumières me font

---

1. Il s'agit des cordeliers, ordre fondé par saint François d'Assise. Le barnabite Francesco Fontana avait suivi Pie VII dans son exil en France ; il devient cardinal en 1816. J.-B. Duvoisin, évêque de Nantes en 1802, avait été chargé par Napoléon de surveiller Pie VII.

mal... et je ne reste que parce que j'ai été nommé pour la partie de whist du prince.

À ce mot, le général des frères mineurs, qui était un bourgeois, fut tellement déconcerté, que, ne sachant plus que faire, il se mit à saluer Fabrice, lequel, de son côté, bien autrement troublé que le général des mineurs, se prit à parler avec une volubilité étrange ; il entendait qu'il se faisait un grand silence derrière lui, et ne voulait pas regarder. Tout à coup un archet frappa un pupitre ; on joua une ritournelle, et la célèbre Mme P... chanta cet air de Cimarosa autrefois si célèbre :

Quelle pupille tenere ![1]

Fabrice tint bon aux premières mesures, mais bientôt sa colère s'évanouit, et il éprouva un besoin extrême de répandre des larmes. Grand Dieu ! se dit-il, quelle scène ridicule ! et avec mon habit encore ! Il crut plus sage de parler de lui[2].

— Ces maux de tête excessifs, quand je les contrarie, comme ce soir, dit-il au général des frères mineurs, finissent par des accès de larmes qui pourraient donner pâture à la médisance dans un homme de notre état ; ainsi, je prie votre révérence illustrissime de permettre que je pleure en la regardant, et de n'y pas faire autrement attention.

— Notre père provincial de Catanzara[3] est atteint de la même incommodité, dit le général des mineurs.

---

1. « Ces yeux si tendres », air de l'opéra seria de Cimarosa *Gli Orazi e Curiazi* joué pour la première fois en 1796. En 1823, à Paris, la grande cantatrice Giuditta Pasta avait connu un triomphe dans cet opéra. L'initiale P... la désigne sans doute et c'est un hommage de Stendhal à la grande artiste dont il fut l'ami.   **2.** Sur le rôle de la musique dans le roman et notamment dans ce passage, voir Suzel Esquier, « La musique et les larmes dans *La Chartreuse de Parme* », dans *La Chartreuse de Parme, Colloque Sorbonne*.   **3.** Il y a en Calabre un Catanzaro que Stendhal écorche, volontairement ou non.

Et il commença à voix basse une histoire infinie.

Le ridicule de cette histoire, qui avait amené le détail des repas du soir de ce père provincial, fit sourire Fabrice, ce qui ne lui était pas arrivé depuis longtemps ; mais bientôt il cessa d'écouter le général des mineurs. Madame P... chantait, avec un talent divin, un air de Pergolèse (la princesse aimait la musique surannée). Il se fit un petit bruit à trois pas de Fabrice ; pour la première fois de la soirée il détourna les yeux. Le fauteuil qui venait d'occasionner ce petit craquement sur le parquet était occupé par la marquise Crescenzi, dont les yeux remplis de larmes rencontrèrent en plein ceux de Fabrice, qui n'étaient guère en meilleur état. La marquise baissa la tête ; Fabrice continua à la regarder quelques secondes : il faisait connaissance avec cette tête chargée de diamants ; mais son regard exprimait la colère et le dédain. Puis, se disant : *et mes yeux ne te regarderont jamais*, il se retourna vers son père général, et lui dit :

— Voici mon incommodité qui me prend plus fort que jamais.

En effet, Fabrice pleura à chaudes larmes pendant plus d'une demi-heure. Par bonheur, une symphonie de Mozart, horriblement écorchée, comme c'est l'usage en Italie, vint à son secours, et l'aida à sécher ses larmes.

Il tint ferme et ne tourna pas les yeux vers la marquise Crescenzi ; mais Mme P... chanta de nouveau, et l'âme de Fabrice, soulagée par les larmes, arriva à cet état de repos parfait. Alors la vie lui apparut sous un nouveau jour. Est-ce que je prétends, se dit-il, pouvoir l'oublier entièrement dès les premiers moments ? cela me serait-il possible ? Il arriva à cette idée : Puis-je être plus malheureux que je ne le suis depuis deux mois ? et si rien ne peut augmenter mon angoisse, pourquoi résister au plaisir de la voir ? Elle a oublié ses serments ; elle est légère : toutes les femmes ne le sont-elles pas ? Mais qui pourrait lui refuser une beauté céleste ? Elle a un regard qui me ravit en extase, tandis que je suis obligé de faire effort sur moi-même pour regarder les femmes qui passent pour les plus belles !

eh bien ! pourquoi ne pas me laisser ravir ? ce sera du moins un moment de répit.

Fabrice avait quelque connaissance des hommes, mais aucune expérience des passions, sans quoi il se fût dit que ce plaisir d'un moment, auquel il allait céder, rendrait inutiles tous les efforts qu'il faisait depuis deux mois pour oublier Clélia.

Cette pauvre femme n'était venue à cette fête que forcée par son mari ; elle voulait du moins se retirer après une demi-heure, sous prétexte de santé, mais le marquis lui déclara que, faire avancer sa voiture pour partir, quand beaucoup de voitures arrivaient encore, serait une chose tout à fait hors d'usage, et qui pourrait même être interprétée comme une critique indirecte de la fête donnée par la princesse.

— En ma qualité de chevalier d'honneur, ajouta le marquis, je dois me tenir dans le salon aux ordres de la princesse, jusqu'à ce que tout le monde soit sorti : il peut y avoir et il y aura sans doute des ordres à donner aux gens, ils sont si négligents ! Et voulez-vous qu'un simple écuyer de la princesse usurpe cet honneur ?

Clélia se résigna ; elle n'avait pas vu Fabrice ; elle espérait encore qu'il ne serait pas venu à cette fête. Mais au moment où le concert allait commencer, la princesse ayant permis aux dames de s'asseoir, Clélia fort peu alerte pour ces sortes de choses, se laissa ravir les meilleures places auprès de la princesse, et fut obligée de venir chercher un fauteuil au fond de la salle, jusque dans le coin reculé où Fabrice s'était réfugié. En arrivant à son fauteuil, le costume singulier en un tel lieu du général des frères mineurs arrêta ses yeux, et d'abord elle ne remarqua pas l'homme mince et revêtu d'un simple habit noir qui lui parlait ; toutefois un certain mouvement secret arrêtait ses yeux sur cet homme. Tout le monde ici a des uniformes ou des habits richement brodés : quel peut être ce jeune homme en habit noir si simple ? Elle le regardait profondément attentive, lorsqu'une dame, en venant se placer, fit faire un mouvement à son fauteuil. Fabrice tourna la tête : elle ne le reconnut pas, tant il était changé. D'abord elle se dit : Voilà quelqu'un qui lui ressemble, ce sera son frère aîné ; mais je ne le croyais que de quelques années plus âgé que lui, et celui-ci est un homme de quarante ans. Tout à coup elle le reconnut à un mouvement de la bouche. Le malheureux, qu'il a souffert ! se dit-elle ; et elle baissa la tête accablée par la douleur, et non pour être fidèle à son vœu. Son cœur était bouleversé par la pitié ; qu'il était loin d'avoir cet air après neuf mois de prison ! Elle ne le regarda plus ; mais, sans tourner précisément les yeux de son côté, elle voyait tous ses mouvements.

Après le concert, elle le vit se rapprocher de la table de jeu du prince, placée à quelques pas du trône ; elle respira quand Fabrice fut ainsi fort loin d'elle.

Mais le marquis Crescenzi avait été fort piqué de voir sa femme reléguée aussi loin du trône ; toute la soirée il avait été occupé à persuader à une dame assise à trois fauteuils de la princesse, et dont le mari lui avait des obligations d'argent, qu'elle ferait bien de changer de place avec la marquise. La pauvre femme résistant, comme il était naturel, il alla chercher le mari débiteur, qui fit entendre à sa moitié la triste voix de la raison, et enfin le marquis eut le plaisir de consommer l'échange, il alla chercher sa femme.

— Vous serez toujours trop modeste, lui dit-il ; pourquoi marcher ainsi les yeux baissés ? on vous prendra pour une de ces bourgeoises tout étonnées de se trouver ici, et que tout le monde est étonné d'y voir. Cette folle de grande maîtresse n'en fait jamais d'autres ! Et l'on parle de retarder les progrès du jacobinisme ! Songez que votre mari occupe la première place mâle de la cour de la princesse ; et quand même les républicains parviendraient à supprimer la cour et même la noblesse, votre mari serait encore l'homme le plus riche de cet État. C'est là une idée que vous ne vous mettez point assez dans la tête.

Le fauteuil où le marquis eut le plaisir d'installer sa femme n'était qu'à six pas de la table de jeu du prince ; elle ne voyait Fabrice qu'en profil, mais elle le trouva tellement maigri, il avait surtout l'air tellement au-dessus de tout ce qu'il pouvait arriver en ce monde, lui qui autrefois ne laissait passer aucun incident sans dire son mot, qu'elle finit par arriver à cette affreuse conclusion : Fabrice était tout à fait changé ; il l'avait oubliée ; s'il était tellement maigri, c'était l'effet des jeûnes sévères auxquels sa piété se soumettait. Clélia fut confirmée dans cette triste idée par la conversation de tous ses voisins : le nom du coadjuteur était dans toutes les bouches ; on cherchait la cause de l'insigne faveur dont on le voyait l'objet : lui, si jeune, être admis au jeu du prince ! On admirait l'indifférence polie et les airs de hauteur avec lesquels il jetait ses cartes, même quand il coupait son altesse.

— Mais cela est incroyable, s'écriaient de vieux courtisans ; la faveur de sa tante lui tourne tout à fait la tête... mais, grâce au Ciel, cela ne durera pas ; notre souveraine n'aime pas que l'on prenne de ces petits airs de supériorité.

La duchesse s'approcha du prince ; les courtisans qui se tenaient à distance fort respectueuse de la table de jeu, de façon à ne pouvoir entendre de la conversation du prince que quelques mots au hasard, remarquèrent que Fabrice rougissait beaucoup. Sa tante lui aura fait la leçon, se dirent-ils, sur ses grands airs d'indifférence. Fabrice venait d'entendre la voix de Clélia, elle répondait à la princesse qui, en faisant son tour dans le bal, avait adressé la parole à la femme de son chevalier d'honneur. Arriva le moment où Fabrice dut changer de place au whist ;

alors il se trouva précisément en face de Clélia, et se livra plusieurs fois au plaisir de la contempler. La pauvre marquise, se sentant regardée par lui, perdait tout à fait contenance. Plusieurs fois elle oublia ce qu'elle devait à son vœu : dans son désir de deviner ce qui se passait dans le cœur de Fabrice, elle fixait les yeux sur lui.

Le jeu du prince terminé, les dames se levèrent pour passer dans la salle du souper. Il y eut un peu de désordre. Fabrice se trouva tout près de Clélia ; il était encore très résolu, mais il vint à reconnaître un parfum très faible qu'elle mettait dans ses robes ; cette sensation renversa tout ce qu'il s'était promis. Il s'approcha d'elle et prononça, à demi-voix et comme se parlant à soi-même, deux vers de ce sonnet de Pétrarque, qu'il lui avait envoyé du lac Majeur, imprimé sur un mouchoir de soie :

— *Quel n'était pas mon bonheur quand le vulgaire me croyait malheureux, et maintenant que mon sort est changé !*

Non, il ne m'a point oubliée, se dit Clélia, avec un transport de joie. Cette belle âme n'est point inconstante !

> *Non, vous ne me verrez jamais changer,*
> *Beaux yeux qui m'avez appris à aimer.*

Clélia osa se répéter à elle-même ces deux vers de Pétrarque [1].

La princesse se retira aussitôt après le souper ; le prince l'avait suivie jusque chez elle, et ne reparut point dans les salles de réception. Dès que cette nouvelle fut connue, tout le monde voulut partir à la fois ; il y eut un désordre complet dans les antichambres ;

---

1. Ces deux vers sont en fait de Métastase (1698-1782) ; ils se trouvent dans l'opéra *Ciro riconosciuto* ; Rousseau les a cités dans *La Nouvelle Héloïse*.

Clélia se trouva tout près de Fabrice ; le profond malheur peint dans ses traits lui fit pitié.

— Oublions le passé, lui dit-elle, et gardez ce souvenir d'*amitié*.

En disant ces mots, elle plaçait son éventail de façon à ce qu'il pût le prendre.

Tout changea aux yeux de Fabrice : en un instant il fut un autre homme ; dès le lendemain il déclara que sa retraite était terminée, et revint prendre son magnifique appartement au palais Sanseverina. L'archevêque dit et crut que la faveur que le prince lui avait faite en l'admettant à son jeu avait fait perdre entièrement la tête à ce nouveau saint ; la duchesse vit qu'il était d'accord avec Clélia. Cette pensée, venant redoubler le malheur que donnait le souvenir d'une promesse fatale, acheva de la déterminer à faire une absence. On admira sa folie. Quoi ! s'éloigner de la cour au moment où la faveur dont elle était l'objet paraissait sans bornes ! Le comte, parfaitement heureux depuis qu'il voyait qu'il n'y avait point d'amour entre Fabrice et la duchesse, disait à son amie :

— Ce nouveau prince est la vertu incarnée, mais je l'ai appelé *cet enfant* : me pardonnera-t-il jamais ? Je ne vois qu'un moyen de me remettre réellement bien avec lui, c'est l'absence. Je vais me montrer parfait de grâces et de respects, après quoi je suis malade et je demande mon congé. Vous me le permettrez, puisque la fortune de Fabrice est assurée. Mais me ferez-vous le sacrifice immense, ajouta-t-il en riant, de changer le titre sublime de duchesse contre un autre bien inférieur ? Pour m'amuser, je laisse toutes les affaires ici dans un désordre inextricable ; j'avais quatre ou cinq travailleurs dans mes divers ministères, je les ai fait mettre à la pension depuis deux mois, parce qu'ils lisent les journaux français ; et je les ai remplacés par des nigauds incroyables.

» Après notre départ, le prince se trouvera dans un tel embarras, que, malgré l'horreur qu'il a pour le caractère de Rassi, je ne doute pas qu'il soit obligé de le rappeler, et moi je n'attends qu'un ordre du tyran qui dispose de mon sort, pour écrire une lettre de tendre amitié à mon ami Rassi, et lui dire que j'ai tout lieu d'espérer que bientôt on rendra justice à son mérite[*][1]. »

* P y E in Olo.

1. Nouvelle allusion codée aux sœurs Montijo, Paquita et Eugenia ; elles firent un séjour à Oloron en se rendant en Espagne en mars 1839. Il est vraisemblable que Stendhal a ajouté sur épreuves cette marginale intime qui n'a de sens que pour lui seul et qui conserve au livre public un aspect privé.

... ...

CHAPITRE XXVII

Cette conversation sérieuse eut lieu le lendemain du
retour de Fabrice au palais Sanseverina ; la duchesse
était encore sous le coup de la joie qui éclatait dans
toutes les actions de Fabrice. Ainsi, se disait-elle, cette
petite dévote m'a trompée ! Elle n'a pas su résister à
son amant seulement pendant trois mois.

La certitude d'un dénouement heureux avait donné
à cet être si pusillanime, le jeune prince, le courage
d'aimer ; il eut quelque connaissance des préparatifs
de départ que l'on faisait au palais Sanseverina ; et son
valet de chambre français, qui croyait peu à la vertu
des grandes dames, lui donna du courage à l'égard de
la duchesse. Ernest V se permit une démarche qui fut
sévèrement blâmée par la princesse et par tous les gens
sensés de la cour ; le peuple y vit le sceau de la faveur
étonnante dont jouissait la duchesse. Le prince vint la
voir dans son palais.

— Vous partez, lui dit-il d'un ton sérieux qui parut
odieux à la duchesse, vous partez ; vous allez me trahir
et manquer à vos serments ! Et pourtant, si j'eusse
tardé dix minutes à vous accorder la grâce de Fabrice,
il était mort. Et vous me laissez malheureux ! et sans
vos serments je n'eusse jamais eu le courage de vous
aimer comme je fais ! Vous n'avez donc pas d'honneur !

— Réfléchissez mûrement, mon prince. Dans toute
votre vie y a-t-il eu d'espace égal en bonheur aux

quatre mois qui viennent de s'écouler ? Votre gloire comme souverain, et, j'ose le croire, votre bonheur comme homme aimable, ne se sont jamais élevés à ce point. Voici le traité que je vous propose ; si vous daignez y consentir, je ne serai pas votre maîtresse pour un instant fugitif, et en vertu d'un serment extorqué par la peur, mais je consacrerai tous les instants de ma vie à faire votre félicité, je serai toujours ce que j'ai été depuis quatre mois, et peut-être l'amour viendra-t-il couronner l'amitié. Je ne jurerais pas du contraire.

— Eh bien ! dit le prince ravi, prenez un autre rôle, soyez plus encore, régnez à la fois sur moi et sur mes États, soyez mon premier ministre ; je vous offre un mariage tel qu'il est permis par les tristes convenances de mon rang ; nous en avons un exemple près de nous : le roi de Naples vient d'épouser la duchesse de Partana[1]. Je vous offre tout ce que je puis faire, un mariage du même genre. Je vais ajouter une idée de triste politique pour vous montrer que je ne suis plus un enfant, et que j'ai réfléchi à tout. Je ne vous ferai point valoir la condition que je m'impose d'être le dernier souverain de ma race, le chagrin de voir de mon vivant les grandes puissances disposer de ma succession ; je bénis ces désagréments fort réels, puisqu'ils m'offrent un moyen de plus de vous prouver mon estime et ma passion.

La duchesse n'hésita pas un instant ; le prince l'ennuyait, et le comte lui semblait parfaitement aimable ; il n'y avait au monde qu'un homme qu'on pût lui préférer. D'ailleurs elle régnait sur le comte, et le prince, dominé par les exigences de son rang, eût plus ou moins régné sur elle. Et puis, il pouvait devenir incons-

---

1. Ferdinand IV a épousé en effet la princesse de Partanna ; ce mariage, dit morganatique, est privé et ne donne aucun droit politique à l'épouse ou aux enfants. Mais l'événement date de 1815 et l'épisode du roman se place en 1825 ; le mariage de Clélia a eu lieu en janvier et la scène du whist se déroule en mars.

tant et prendre des maîtresses ; la différence d'âge semblerait, dans peu d'années, lui en donner le droit.

Dès le premier instant, la perspective de s'ennuyer
avait décidé de tout ; toutefois la duchesse, qui voulait
être charmante, demanda la permission de réfléchir.

Il serait trop long de rapporter ici les tournures de
phrases presque tendres et les termes infiniment gracieux dans lesquels elle sut envelopper son refus. Le
prince se mit en colère ; il voyait tout son bonheur lui
échapper. Que devenir après que la duchesse aurait
quitté sa cour ? D'ailleurs, quelle humiliation d'être
refusé ! Enfin qu'est-ce que va me dire mon valet de
chambre français quand je lui conterai ma défaite ?

La duchesse eut l'art de calmer le prince, et de ramener peu à peu la négociation à ses véritables termes.

— Si votre altesse daigne consentir à ne point presser l'effet d'une promesse fatale, et horrible à mes
yeux, comme me faisant encourir mon propre mépris,
je passerai ma vie à sa cour, et cette cour sera toujours
ce qu'elle a été cet hiver ; tous mes instants seront
consacrés à contribuer à son bonheur comme homme,
et à sa gloire comme souverain. Si elle exige que
j'obéisse à mon serment, elle aura flétri le reste de ma
vie, et à l'instant elle me verra quitter ses États pour
n'y jamais rentrer. Le jour où j'aurai perdu l'honneur
sera aussi le dernier jour où je vous verrai.

Mais le prince était obstiné comme les êtres pusilla-
nimes ; d'ailleurs son orgueil d'homme et de souverain
était irrité du refus de sa main ; il pensait à toutes les
difficultés qu'il eût eues à surmonter pour faire accepter ce mariage, et que pourtant il était résolu à vaincre.

Durant trois heures on se répéta de part et d'autre
les mêmes arguments, souvent mêlés de mots fort vifs.
Le prince s'écria :

— Vous voulez donc me faire croire, madame, que
vous manquez d'honneur ? Si j'eusse hésité aussi longtemps le jour où le général Fabio Conti donnait du

612 La Chartreuse de Parme

poison à Fabrice, vous seriez occupée aujourd'hui à lui élever un tombeau dans une des églises de Parme.

— Non pas à Parme, certes, dans ce pays d'empoisonneurs.

— Eh bien, partez, madame la duchesse, reprit le prince avec colère, et vous emporterez mon mépris.

Comme il s'en allait, la duchesse lui dit à voix basse :

— Eh bien, présentez-vous ici à dix heures du soir, dans le plus strict incognito, et vous ferez un marché de dupe. Vous m'aurez vue pour la dernière fois, et j'eusse consacré ma vie à vous rendre aussi heureux qu'un prince absolu peut l'être dans ce siècle de jacobins. Et songez à ce que sera votre cour quand je n'y serai plus pour la tirer par force de sa platitude et de sa méchanceté naturelles.

— De votre côté, vous refusez la couronne de Parme, et mieux que la couronne, car vous n'eussiez point été une princesse vulgaire, épousée par politique, et qu'on n'aime point ; mon cœur est tout à vous, et vous vous fussiez vue à jamais la maîtresse absolue de mes actions comme de mon gouvernement.

— Oui, mais la princesse votre mère eût eu le droit de me mépriser comme une vile intrigante.

— Eh bien, j'eusse exilé la princesse avec une pension.

Il y eut encore trois quarts d'heure de répliques incisives. Le prince, qui avait l'âme délicate, ne pouvait se résoudre ni à user de son droit, ni à laisser partir la duchesse. On lui avait dit qu'après le premier moment obtenu, n'importe comment, les femmes reviennent.

Chassé par la duchesse indignée, il osa reparaître tout tremblant et fort malheureux à dix heures moins trois minutes. À dix heures et demie, la duchesse montait en voiture et partait pour Bologne. Elle écrivit au comte dès qu'elle fut hors des États du prince :

Le sacrifice est fait. Ne me demandez pas d'être gaie pendant un mois. Je ne verrai plus Fabrice ; je vous attends à Bologne, et quand vous voudrez je serai la comtesse Mosca. Je ne vous demande qu'une chose, ne me forcez jamais à reparaître dans le pays que je quitte, et songez toujours qu'au lieu de 150 000 livres de rente, vous allez en avoir 30 ou 40 tout au plus. Tous les sots vous regardaient bouche béante, et vous ne serez plus considéré qu'autant que vous voudrez bien vous abaisser à comprendre toutes leurs petites idées. Tu l'as voulu, George Dandin [1] *!*

Huit jours après, le mariage se célébrait à Pérouse, dans une église où les ancêtres du comte ont leurs tombeaux. Le prince était au désespoir. La duchesse avait reçu de lui trois ou quatre courriers, et n'avait pas manqué de lui renvoyer sous enveloppes ses lettres non décachetées. Ernest V avait fait un traitement magnifique au comte, et donné le grand cordon de son ordre à Fabrice.

— C'est là surtout ce qui m'a plu de ses adieux. Nous nous sommes séparés, disait le comte à la nouvelle comtesse Mosca della Rovere, les meilleurs amis du monde ; il m'a donné un grand cordon espagnol, et des diamants qui valent bien le grand cordon. Il m'a dit qu'il me ferait duc, s'il ne voulait se réserver ce moyen pour vous rappeler dans ses États. Je suis donc chargé de vous déclarer, belle mission pour un mari, que si vous daignez revenir à Parme, ne fût-ce que pour un mois, je serai fait duc, sous le nom que vous choisirez, et vous aurez une belle terre.

C'est ce que la duchesse refusa avec une sorte d'horreur.

Après la scène qui s'était passée au bal de la cour,

---

1. Encore Molière, mais cité d'une manière inexacte ; *cf. George Dandin*, I, VII : « vous l'avez voulu, George Dandin, vous l'avez voulu, cela vous sied fort bien, vous avez justement ce que vous méritez ».

et qui semblait assez décisive, Clélia parut ne plus se souvenir de l'amour qu'elle avait semblé partager un instant ; les remords les plus violents s'étaient emparés de cette âme vertueuse et croyante. C'est ce que Fabrice comprenait fort bien, et malgré toutes les espérances qu'il cherchait à se donner, un sombre malheur ne s'en était pas moins emparé de son âme. Cette fois cependant le malheur ne le conduisit point dans la retraite, comme à l'époque du mariage de Clélia.

Le comte avait prié *son neveu* de lui mander avec exactitude ce qui se passait à la cour, et Fabrice, qui commençait à comprendre tout ce qu'il lui devait, s'était promis de remplir cette mission en honnête homme.

Ainsi que la ville et la cour, Fabrice ne doutait pas que son ami n'eût le projet de revenir au ministère, et avec plus de pouvoir qu'il n'en avait jamais eu. Les prévisions du comte ne tardèrent pas à se vérifier : moins de six semaines après son départ, Rassi était premier ministre ; Fabio Conti, ministre de la guerre, et les prisons, que le comte avait presque vidées, se remplissaient de nouveau. Le prince, en appelant ces gens-là au pouvoir, crut se venger de la duchesse ; il était fou d'amour et haïssait surtout le comte Mosca comme un rival.

Fabrice avait bien des affaires ; monseigneur Landriani, âgé de soixante-douze ans, étant tombé dans un grand état de langueur et ne sortant presque plus de son palais, c'était au coadjuteur à s'acquitter de presque toutes ses fonctions.

La marquise Crescenzi, accablée de remords, et effrayée par le directeur de sa conscience, avait trouvé un excellent moyen pour se soustraire aux regards de Fabrice. Prenant prétexte de la fin d'une première grossesse, elle s'était donné pour prison son propre palais ; mais ce palais avait un immense jardin. Fabrice sut y pénétrer et plaça dans l'allée que Clélia affectionnait le plus des fleurs arrangées en bouquets, et disposées dans un ordre qui leur donnait un langage, comme jadis elle lui en faisait parvenir tous les soirs dans les derniers jours de sa prison à la tour Farnèse.

La marquise fut très irritée de cette tentative ; les mouvements de son âme étaient dirigés tantôt par les remords, tantôt par la passion. Durant plusieurs mois elle ne se permit pas de descendre une seule fois dans le jardin de son palais ; elle se faisait même scrupule d'y jeter un regard.

Fabrice commençait à croire qu'il était séparé d'elle pour toujours, et le désespoir commençait aussi à s'emparer de son âme. Le monde où il passait sa vie lui déplaisait mortellement, et s'il n'eût été intimement persuadé que le comte ne pouvait trouver la paix de l'âme hors du ministère, il se fût mis en retraite dans son petit appartement de l'archevêché. Il lui eût été doux de vivre tout à ses pensées, et de n'entendre plus la voix humaine que dans l'exercice officiel de ses fonctions.

Mais, se disait-il, dans l'intérêt du comte et de la comtesse Mosca, personne ne peut me remplacer.

Le prince continuait à le traiter avec une distinction qui le plaçait au premier rang dans cette cour, et cette faveur il la devait en grande partie à lui-même. L'extrême réserve qui, chez Fabrice, provenait d'une indifférence allant jusqu'au dégoût pour toutes les affectations ou les petites passions qui remplissent la vie des hommes, avait piqué la vanité du jeune prince ; il disait souvent que Fabrice avait autant d'esprit que sa tante. L'âme candide du prince s'apercevait à demi d'une vérité : c'est que personne n'approchait de lui avec les mêmes dispositions de cœur que Fabrice. Ce qui ne pouvait échapper, même au vulgaire des courtisans, c'est que la considération obtenue par Fabrice n'était point celle d'un simple coadjuteur, mais l'emportait même sur les égards que le souverain montrait à l'archevêque. Fabrice écrivait au comte que si jamais le prince avait assez d'esprit pour s'apercevoir du gâchis dans lequel les ministres Rassi, Fabio Conti, Zurla et autres de même force avaient jeté ses affaires, lui, Fabrice, serait le canal naturel par lequel il ferait une démarche, sans trop compromettre son amour-propre.

Sans le souvenir du mot fatal, cet enfant, disait-il à la comtesse Mosca, *appliqué par un homme de génie à une auguste personne, l'auguste personne se serait déjà écriée : Revenez bien vite et chassez-moi tous ces va-nu-pieds. Dès aujourd'hui, si la femme de l'homme de génie daignait faire une démarche, si peu significative qu'elle fût, on rappellerait le comte avec transport ; mais il rentrera par une bien plus belle porte, s'il veut attendre que le fruit soit mûr. Du reste, on s'ennuie à ravir dans les salons de la princesse, on n'y a pour se divertir que la folie du Rassi, qui, depuis qu'il est comte, est devenu maniaque de noblesse. On vient de donner des ordres sévères pour que toute personne qui ne peut pas prouver huit quartiers de noblesse*[1] *n'ose plus se présenter aux soirées de la princesse (ce sont les termes du rescrit). Tous les hommes qui sont en possession d'entrer le matin dans la grande galerie, et de se trouver sur le passage du souverain lorsqu'il se rend à la messe, continueront à jouir de ce privilège ; mais les nouveaux arrivants devront faire preuve de huit quartiers. Sur quoi l'on a dit qu'on voit bien que Rassi est sans quartier.*

On pense que de telles lettres n'étaient point confiées à la poste. La comtesse Mosca répondait de Naples :

---

1. Quartier est un terme de généalogie qui désigne chaque degré de descendance dans une famille noble du côté masculin ou du côté féminin ; mais c'est aussi un terme militaire : faire quartier, c'est épargner les vaincus, leur laisser la vie sauve.

*Nous avons un concert tous les jeudis, et conversa-
tion tous les dimanches ; on ne peut pas se remuer
dans nos salons. Le comte est enchanté de ses fouilles,
il y consacre mille francs par mois, et vient de faire
venir des ouvriers des montagnes de l'Abruzze, qui ne
lui coûtent que vingt-trois sous par jour*[1]*. Tu devrais
bien venir nous voir. Voici plus de vingt fois, monsieur
l'ingrat, que je vous fais cette sommation.*

Fabrice n'avait garde d'obéir : la simple lettre qu'il
écrivait tous les jours au comte ou à la comtesse lui
semblait une corvée presque insupportable. On lui pardonnera quand on saura qu'une année entière se passa
ainsi, sans qu'il pût adresser une parole à la marquise.
Toutes ses tentatives pour établir quelque correspondance avaient été repoussées avec horreur. Le silence
habituel que, par ennui de la vie, Fabrice gardait partout, excepté dans l'exercice de ses fonctions et à la
cour, joint à la pureté parfaite de ses mœurs, l'avait
mis dans une vénération si extraordinaire qu'il se
décida enfin à obéir aux conseils de sa tante.

Le prince a pour toi une vénération telle, lui écri-
vait-elle, *qu'il faut t'attendre bientôt à une disgrâce ; il
te prodiguera les marques d'inattention, et les mépris
atroces des courtisans suivront les siens. Ces petits
despotes, si honnêtes qu'ils soient, sont changeants
comme la mode et par la même raison : l'ennui. Tu ne
peux trouver de forces contre le caprice du souverain
que dans la prédication. Tu improvises si bien en vers !
essaie de parler une demi-heure sur la religion ; tu
diras des hérésies dans les commencements ; mais paie
un théologien savant et discret qui assistera à tes sermons, et t'avertira de tes fautes, tu les répareras le
lendemain.*

---

1. C'est le salaire que Stendhal lui-même versait à ses ouvriers pour
ses fouilles dans les tombeaux étrusques.

Le genre de malheur que porte dans l'âme un amour contrarié, fait que toute chose demandant de l'attention et de l'action devient une atroce corvée. Mais Fabrice se dit que son crédit sur le peuple, s'il en acquérait, pourrait un jour être utile à sa tante et au comte, pour lequel sa vénération augmentait tous les jours, à mesure que les affaires lui apprenaient à connaître la méchanceté des hommes. Il se détermina à prêcher, et son succès, préparé par sa maigreur et son habit râpé, fut sans exemple. On trouvait dans ses discours un parfum de tristesse profonde, qui, réuni à sa charmante figure et aux récits de la haute faveur dont il jouissait à la cour, enleva tous les cœurs de femmes. Elles inventèrent qu'il avait été un des plus braves capitaines de l'armée de Napoléon. Bientôt ce fait absurde fut hors de doute. On faisait garder des places dans les églises où il devait prêcher ; les pauvres s'y établissaient par spéculation dès cinq heures du matin.

Le succès fut tel que Fabrice eut enfin l'idée, qui changea tout dans son âme, que, ne fût-ce que par simple curiosité, la marquise Crescenzi pourrait bien un jour venir assister à l'un de ses sermons. Tout à coup le public ravi s'aperçut que son talent redoublait ; il se permettait, quand il était ému, des images dont la hardiesse eût fait frémir les orateurs les plus exercés ; quelquefois, s'oubliant soi-même, il se livrait à des moments d'inspiration passionnée, et tout l'auditoire fondait en larmes. Mais c'était en vain que son œil *aggrottato* [1] cherchait parmi tant de figures tournées vers la chaire celle dont la présence eût été pour lui un si grand événement.

Mais si jamais j'ai ce bonheur, se dit-il, ou je me trouverai mal, ou je resterai absolument court. Pour parer à ce dernier inconvénient, il avait composé une sorte de prière tendre et passionnée, qu'il plaçait tou-

---

1. *Aggrottare* veut dire « contracter les sourcils » ; le mot désigne un regard pensif, attentif ou fâché.

jours dans sa chaire, sur un tabouret ; il avait le projet de se mettre à lire ce morceau, si jamais la présence de la marquise venait le mettre hors d'état de trouver un mot.

Il apprit un jour, par ceux des domestiques du marquis qui étaient à sa solde, que des ordres avaient été donnés afin que l'on préparât pour le lendemain la loge de la *Casa Crescenzi* au grand théâtre. Il y avait une année que la marquise n'avait paru à aucun spectacle, et c'était un ténor qui faisait fureur et remplissait la salle tous les soirs qui la faisait déroger à ses habitudes. Le premier mouvement de Fabrice fut une joie extrême. Enfin je pourrai la voir toute une soirée ! On dit qu'elle est bien pâle. Et il cherchait à se figurer ce que pouvait être cette tête charmante, avec des couleurs à demi effacées par les combats de l'âme.

Son ami Ludovic, tout consterné de ce qu'il appelait la folie de son maître, trouva, mais avec beaucoup de peine, une loge au quatrième rang, presque en face de celle de la marquise. Une idée se présenta à Fabrice : J'espère lui donner l'idée de venir au sermon, et je choisirai une église fort petite, afin d'être en état de la bien voir. Fabrice prêchait ordinairement à trois heures. Dès le matin du jour où la marquise devait aller au spectacle, il fit annoncer qu'un devoir de son état le retenant à l'archevêché pendant toute la journée, il prêcherait par extraordinaire à huit heures et demie du soir, dans la petite église de Sainte-Marie de la Visitation[1], située précisément en face d'une des ailes du

---

1. Il n'y a pas de chapelle de la Visitation à Parme. Mais le nom n'est peut-être pas choisi au hasard. On a remarqué la ressemblance entre la prédication de Fabrice et celle de Lacordaire, le grand orateur sacré de la Monarchie de Juillet, qui était le chapelain à Paris du monastère de la Visitation. *Cf.* François Vermale, « Fabrice prédicateur », dans *Le Divan*, 1946 ; le parallèle avec Lacordaire peut être suivi : même succès en particulier près d'un public féminin, même préférence pour les prêches de nuit, aux lumières, dans les chapelles privées ; même impression de tristesse, même faiblesse apparente de l'orateur, même appel à la sensibilité, même puissance d'entraînement,

palais Crescenzi. Ludovic présenta de sa part une quantité énorme de cierges aux religieuses de la Visitation, avec prière d'illuminer à jour leur église. Il eut toute une compagnie de grenadiers de la garde, et l'on plaça une sentinelle, la baïonnette au bout du fusil, devant chaque chapelle, pour empêcher les vols.

Le sermon n'était annoncé que pour huit heures et demie, et à deux heures l'église étant entièrement remplie, l'on peut se figurer le tapage qu'il y eut dans la rue solitaire que dominait la noble architecture du palais Crescenzi. Fabrice avait fait annoncer qu'en l'honneur de *Notre-Dame de Pitié*, il prêcherait sur la pitié qu'une âme généreuse doit avoir pour un malheureux, même quand il serait coupable.

Déguisé avec tout le soin possible, Fabrice gagna sa loge au théâtre au moment de l'ouverture des portes, et quand rien n'était encore allumé. Le spectacle commença vers huit heures, et quelques minutes après il eut cette joie qu'aucun esprit ne peut concevoir s'il ne l'a pas éprouvée, il vit la porte de la loge Crescenzi s'ouvrir ; peu après, la marquise entra ; il ne l'avait pas vue aussi bien depuis le jour où elle lui avait donné son éventail. Fabrice crut qu'il suffoquerait de joie ; il sentait des mouvements si extraordinaires, qu'il se dit : Peut-être je vais mourir ! Quelle façon charmante de finir cette vie si triste ! Peut-être je vais tomber dans cette loge ; les fidèles réunis à la Visitation ne me verront point arriver, et demain, ils apprendront que leur futur archevêque s'est oublié dans une loge de l'Opéra, et encore, déguisé en domestique et couvert d'une livrée ! Adieu toute ma réputation ! Et que me fait ma réputation !

Toutefois, vers les huit heures trois quarts, Fabrice

---

même rivalité avec l'opéra ! Sur cet épisode, voir Mariane Bury, « Le choix du "simple" dans *La Chartreuse de Parme* », et Rosa Ghigo Bezzola, « Les sermons de *monsignore* Fabrice del Dongo », dans *La Chartreuse de Parme, Colloque Sorbonne*...

fit effort sur lui-même ; il quitta sa loge des quatrièmes et eut toutes les peines du monde à gagner, à pied, le lieu où il devait quitter son habit de demi-livrée et prendre un vêtement plus convenable. Ce ne fut que vers les neuf heures qu'il arriva à la Visitation, dans un état de pâleur et de faiblesse tel que le bruit se répandit dans l'église que M. le coadjuteur ne pourrait pas prêcher ce soir-là. On peut juger des soins que lui prodiguèrent les religieuses, à la grille de leur parloir intérieur où il s'était réfugié. Ces dames parlaient beaucoup ; Fabrice demanda à être seul quelques instants, puis il courut à sa chaire. Un de ses aides de camp lui avait annoncé, vers les trois heures, que l'église de la Visitation était entièrement remplie, mais de gens appartenant à la dernière classe et attirés apparemment par le spectacle de l'illumination. En entrant en chaire, Fabrice fut agréablement surpris de trouver toutes les chaises occupées par les jeunes gens à la mode et par les personnages de la plus haute distinction.

Quelques phrases d'excuse commencèrent son sermon et furent reçues avec des cris comprimés d'admiration. Ensuite vint la description passionnée du malheureux dont il faut avoir pitié pour honorer dignement la *Madone de Pitié*, qui, elle-même, a tant souffert sur la terre. L'orateur était fort ému ; il y avait des moments où il pouvait à peine prononcer les mots de façon à être entendu dans toutes les parties de cette petite église. Aux yeux de toutes les femmes et de bon nombre des hommes, il avait l'air lui-même du malheureux dont il fallait prendre pitié, tant sa pâleur était extrême. Quelques minutes après les phrases d'excuses par lesquelles il avait commencé son discours, on s'aperçut qu'il était hors de son assiette ordinaire : on le trouvait ce soir-là d'une tristesse plus profonde et plus tendre que de coutume. Une fois on lui vit les larmes aux yeux : à l'instant il s'éleva dans l'auditoire un sanglot général et si bruyant, que le sermon en fut tout à fait interrompu.

Cette première interruption fut suivie de dix autres ; on poussait des cris d'admiration, il y avait des éclats de larmes ; on entendait à chaque instant des cris tels que : Ah ! sainte Madone ! Ah ! grand Dieu ! L'émotion était si générale et si invincible dans ce public d'élite, que personne n'avait honte de pousser des cris, et les gens qui y étaient entraînés ne semblaient point ridicules à leurs voisins.

Au repos qu'il est d'usage de prendre au milieu du sermon, on dit à Fabrice qu'il n'était resté absolument personne au spectacle ; une seule dame se voyait encore dans sa loge, la marquise Crescenzi. Pendant ce moment de repos on entendit tout à coup beaucoup de bruit dans la salle : c'étaient les fidèles qui votaient une statue à M. le coadjuteur. Son succès dans la seconde partie du discours fut tellement fou et mondain, les élans de contribution chrétienne furent tellement remplacés par des cris d'admiration tout à fait profanes, qu'il crut devoir adresser, en quittant la chaire, une sorte de réprimande aux auditeurs. Sur quoi tous sortirent à la fois avec un mouvement qui avait quelque chose de singulier et de compassé ; et, en arrivant à la rue, tous se mettaient à applaudir avec fureur et à crier :

— *E viva*[1] *del Dongo !*

Fabrice consulta sa montre avec précipitation, et courut à une petite fenêtre grillée qui éclairait l'étroit passage de l'orgue à l'intérieur du couvent. Par politesse envers la foule incroyable et insolite qui remplissait la rue, le suisse du palais Crescenzi avait placé une douzaine de torches dans ces mains de fer que l'on voit sortir des murs de face des palais bâtis au moyen âge. Après quelques minutes, et longtemps avant que les cris eussent cessé, l'événement que Fabrice attendait avec tant d'anxiété arriva, la voiture de la marquise, revenant du spectacle, parut dans la rue ; le cocher fut obligé de s'arrêter, et ce ne fut qu'au plus petit pas, et à force de cris, que la voiture put gagner la porte.

La marquise avait été touchée de la musique

---

1. Il faut « evviva ! ».

sublime, comme le sont les cœurs malheureux, mais bien plus encore de la solitude parfaite du spectacle lorsqu'elle en apprit la cause. Au milieu du second acte, et le *ténor* admirable étant en scène, les gens même du parterre avaient tout à coup déserté leurs places pour aller tenter fortune et essayer de pénétrer dans l'église de la Visitation. La marquise, se voyant arrêtée par la foule devant sa porte, fondit en larmes. Je n'avais pas fait un mauvais choix ! se dit-elle.

Mais précisément à cause de ce moment d'attendrissement elle résista avec fermeté aux instances du marquis et de tous les amis de la maison, qui ne concevaient pas qu'elle n'allât point voir un prédicateur aussi étonnant. « Enfin, disait-on, il l'emporte même sur le meilleur ténor de l'Italie ! » Si je le vois, je suis perdue ! se disait la marquise.

Ce fut en vain que Fabrice, dont le talent semblait plus brillant chaque jour, prêcha encore plusieurs fois dans cette petite église, voisine du palais Crescenzi, jamais il n'aperçut Clélia, qui même à la fin prit de l'humeur de cette affectation à venir troubler sa rue solitaire, après l'avoir déjà chassée de son jardin.

En parcourant les figures de femmes qui l'écoutaient, Fabrice remarquait depuis assez longtemps une petite figure brune fort jolie, et dont les yeux jetaient des flammes. Ces yeux magnifiques étaient ordinairement baignés de larmes dès la huitième ou dixième phrase du sermon. Quand Fabrice était obligé de dire des choses longues et ennuyeuses pour lui-même, il reposait assez volontiers ses regards sur cette tête dont la jeunesse lui plaisait. Il apprit que cette jeune personne s'appelait Anetta Marini [1], fille unique et héritière du plus riche marchand drapier de Parme, mort quelques mois auparavant.

---

1. Déjà au chapitre V le nom de Marini a été utilisé par Stendhal ; il s'agissait alors d'une Milanaise illustre par sa beauté, mais comme sa réincarnation parmesane, appartenant à la bourgeoisie.

Bientôt le nom de cette Anetta Marini, fille du drapier, fut dans toutes les bouches ; elle était devenue
éperdument amoureuse de Fabrice. Lorsque les fameux
sermons commencèrent, son mariage était arrêté avec
Giacomo Rassi, fils aîné du ministre de la justice,
lequel ne lui déplaisait point ; mais à peine eut-elle
entendu deux fois *monsignor* Fabrice, qu'elle déclara
qu'elle ne voulait plus se marier ; et, comme on lui
demandait la cause d'un si singulier changement, elle
répondit qu'il n'était pas digne d'une honnête fille
d'épouser un homme en se sentant éperdument éprise
d'un autre. Sa famille chercha d'abord sans succès quel
pouvait être cet autre.

Mais les larmes brûlantes qu'Anetta versait au sermon mirent sur la voie de la vérité ; sa mère et ses
oncles lui ayant demandé si elle aimait *monsignor*
Fabrice, elle répondit avec hardiesse que, puisqu'on
avait découvert la vérité, elle ne s'avilirait point par
un mensonge ; elle ajouta que, n'ayant aucun espoir
d'épouser l'homme qu'elle adorait, elle voulait du
moins n'avoir plus les yeux offensés par la figure ridicule du *contino* Rassi. Ce ridicule donné au fils d'un
homme que poursuivait l'envie de toute la bourgeoisie
devint, en deux jours, l'entretien de toute la ville. La
réponse d'Anetta Marini parut charmante, et tout le
monde la répéta. On en parla au palais Crescenzi
comme on en parlait partout.

Clélia se garda bien d'ouvrir la bouche sur un tel
sujet dans son salon ; mais elle fit des questions à sa
femme de chambre, et, le dimanche suivant, après
avoir entendu la messe à la chapelle de son palais, elle
fit monter sa femme de chambre dans sa voiture, et
alla chercher une seconde messe à la paroisse de mademoiselle Marini. Elle y trouva réunis tous les beaux de
la ville attirés par le même motif ; ces messieurs se
tenaient debout près de la porte. Bientôt, au grand
mouvement qui se fit parmi eux, la marquise comprit
que cette mademoiselle Marini entrait dans l'église ;

elle se trouva fort bien placée pour la voir, et, malgré sa piété, ne donna guère d'attention à la messe. Clélia trouva à cette beauté bourgeoise un petit air décidé qui, suivant elle, eût pu convenir tout au plus à une femme mariée depuis plusieurs années. Du reste elle était admirablement bien prise dans sa petite taille, et ses yeux, comme l'on dit en Lombardie, semblaient faire la conversation avec les choses qu'ils regardaient. La marquise s'enfuit avant la fin de la messe.

Dès le lendemain, les amis de la maison Crescenzi, lesquels venaient tous les soirs passer la soirée, racontèrent un nouveau trait ridicule de l'Anetta Marini. Comme sa mère, craignant quelque folie de sa part, ne laissait que peu d'argent à sa disposition, Anetta était allée offrir une magnifique bague en diamants, cadeau de son père, au célèbre Hayez, alors à Parme pour les salons du palais Crescenzi, et lui demander le portrait de M. del Dongo ; mais, elle voulut que ce portrait fût vêtu simplement de noir, et non point en habit de prêtre. Or, la veille, la mère de la petite Anetta avait été bien surprise, et encore plus scandalisée de trouver dans la chambre de sa fille un magnifique portrait de Fabrice del Dongo, entouré du plus beau cadre que l'on eût doré à Parme depuis vingt ans.

CHAPITRE XXVIII

Entraînés par les événements, nous n'avons pas eu le temps d'esquisser la race comique de courtisans qui pullulent à la cour de Parme et faisaient de drôles de commentaires sur les événements par nous racontés. Ce qui rend en ce pays-là un petit noble, garni de ses trois ou quatre mille livres de rente, digne de figurer en bas noirs, aux *levers* du prince, c'est d'abord de n'avoir jamais lu Voltaire et Rousseau : cette condition est peu difficile à remplir. Il fallait ensuite savoir parler avec attendrissement du rhume du souverain, ou de la dernière caisse de minéralogie qu'il avait reçue de Saxe. Si après cela on ne manquait pas à la messe un seul jour de l'année, si l'on pouvait compter au nombre de ses amis intimes deux ou trois gros moines, le prince daignait vous adresser une fois la parole tous les ans, quinze jours avant ou quinze jours après le 1er janvier, ce qui vous donnait un grand relief dans votre paroisse, et le percepteur des contributions n'osait pas trop vous vexer si vous étiez en retard sur la somme annuelle de cent francs à laquelle étaient imposées vos petites propriétés.

M. Gonzo [1] était un pauvre hère de cette sorte, fort

---

1. « Gonzo » est un nom commun, qui signifie « sot », « niais », « gogo », ou « cocu », « homme de rien et sans importance ». Mais cette nullité du parasite s'accompagne d'un esprit délié et d'une grande habileté.

noble, qui, outre qu'il possédait quelque petit bien, avait obtenu par le crédit du marquis Crescenzi une place magnifique, rapportant 1 150 francs par an. Cet homme eût pu dîner chez lui, mais il avait une passion : il n'était à son aise et heureux que lorsqu'il se trouvait dans le salon de quelque grand personnage qui lui dît de temps à autre : — *Taisez-vous, Gonzo, vous n'êtes qu'un sot.* Ce jugement était dicté par l'humeur, car Gonzo avait presque toujours plus d'esprit que le grand personnage. Il parlait à propos de tout et avec assez de grâce : de plus, il était prêt à changer d'opinion sur une grimace du maître de la maison. À vrai dire, quoique d'une adresse profonde pour ses intérêts, il n'avait pas une idée, et quand le prince n'était pas enrhumé, il était quelquefois embarrassé au moment d'entrer dans un salon.

Ce qui dans Parme avait valu une réputation à Gonzo, c'était un magnifique chapeau à trois cornes, garni d'une plume noire un peu délabrée, qu'il mettait, même en frac ; mais il fallait voir la façon dont il portait cette plume, soit sur la tête, soit à la main ; là étaient le talent et l'importance. Il s'informait avec une anxiété véritable de l'état de santé du petit chien de la marquise, et si le feu eût pris au palais Crescenzi, il eût exposé sa vie pour sauver un de ces beaux fauteuils de brocart d'or, qui depuis tant d'années accrochaient sa culotte de soie noire, quand par hasard il osait s'y asseoir un instant.

Sept ou huit personnages de cette espèce arrivaient tous les soirs à sept heures dans le salon de la marquise Crescenzi. À peine assis, un laquais magnifiquement vêtu d'une livrée jonquille toute couverte de galons d'argent, ainsi que la veste rouge qui en complétait la magnificence, venait prendre les chapeaux et les cannes des pauvres diables. Il était immédiatement suivi d'un valet de chambre apportant une tasse de café infiniment petite, soutenue par un pied d'argent en filigrane[1] ; et toutes les demi-heures un maître d'hôtel, portant épée et habit magnifique à la française, venait offrir des glaces.

Une demi-heure après les petits courtisans râpés, on voyait arriver cinq ou six officiers parlant haut et d'un air tout militaire en discutant habituellement sur le nombre et l'espèce des boutons que doit porter l'habit du soldat pour que le général en chef puisse remporter des victoires. Il n'eût pas été prudent de citer dans ce salon un journal français ; car, quand même la nouvelle se fût trouvée des plus agréables, par exemple cinquante libéraux fusillés en Espagne, le narrateur n'en fût pas moins resté convaincu d'avoir lu un journal français. Le chef-d'œuvre de l'habileté de tous ces gens-là était d'obtenir tous les dix ans une augmentation de pension de 150 francs. C'est ainsi que le prince partage avec sa noblesse le plaisir de régner sur les paysans et sur les bourgeois.

Le principal personnage, sans contredit, du salon Crescenzi était le chevalier Foscarini, parfaitement honnête homme ; aussi avait-il été un peu en prison sous tous les régimes. Il était membre de cette fameuse Chambre des députés qui, à Milan, rejeta la loi de l'enregistrement présentée par Napoléon, trait peu fréquent dans l'histoire. Le chevalier Foscarini, après avoir été vingt ans l'ami de la mère du marquis, était resté l'homme influent dans la maison. Il avait toujours quelque conte plaisant à faire, mais rien n'échappait à sa finesse ; et la jeune marquise, qui se sentait coupable au fond du cœur, tremblait devant lui.

Comme Gonzo avait une véritable passion pour le grand seigneur, qui lui disait des grossièretés et le faisait pleurer une ou deux fois par an, sa manie était de chercher à lui rendre de petits services ; et, s'il n'eût

---

1. Terme d'orfèvrerie : ouvrage d'or ou d'argent travaillé à jour avec des figures faites de filets enlacés les uns dans les autres.

été paralysé par les habitudes d'une extrême pauvreté, il eût pu réussir quelquefois, car il n'était pas sans une certaine dose de finesse et une beaucoup plus grande d'effronterie.

Le Gonzo, tel que nous le connaissons, méprisait assez la marquise Crescenzi, car de sa vie elle ne lui avait adressé une parole peu polie ; mais enfin elle était la femme de ce fameux marquis Crescenzi, chevalier d'honneur de la princesse, et qui une ou deux fois par mois, disait à Gonzo :

— Tais-toi, Gonzo, tu n'es qu'une bête.

Le Gonzo remarqua que tout ce qu'on disait de la petite Anetta Marini faisait sortir la marquise, pour un instant, de l'état de rêverie et d'incurie où elle restait habituellement plongée jusqu'au moment où onze heures sonnaient, alors elle faisait le thé, et en offrait à chaque homme présent, en l'appelant par son nom. Après quoi, au moment de rentrer chez elle, elle semblait trouver un moment de gaieté, c'était l'instant qu'on choisissait pour lui réciter les sonnets satiriques.

On en fait d'excellents en Italie : c'est le seul genre de littérature qui ait encore un peu de vie ; à la vérité il n'est pas soumis à la censure, et les courtisans de la *casa* Crescenzi annonçaient toujours leur sonnet par ces mots :

— Madame la marquise veut-elle permettre que l'on récite devant elle un bien mauvais sonnet ?

Et quand le sonnet avait fait rire et avait été répété deux ou trois fois, l'un des officiers ne manquait pas de s'écrier :

— Monsieur le ministre de la police devrait bien s'occuper de faire un peu pendre les auteurs de telles infamies.

Les sociétés bourgeoises, au contraire, accueillent ces sonnets avec l'admiration la plus franche, et les clercs de procureurs en vendent des copies.

D'après la sorte de curiosité montrée par la mar-

quise, Gonzo se figura qu'on avait trop vanté devant
elle la beauté de la petite Marini, qui d'ailleurs avait
un million de fortune, et qu'elle en était jalouse.
Comme avec son sourire continu et son effronterie
complète envers tout ce qui n'était pas noble, Gonzo
pénétrait partout, dès le lendemain il arriva dans le
salon de la marquise, portant son chapeau à plumes
d'une certaine façon triomphante et qu'on ne lui voyait
guère qu'une fois ou deux chaque année, lorsque le
prince lui avait dit : *Adieu, Gonzo.*

Après avoir salué respectueusement la marquise,
Gonzo ne s'éloigna point comme de coutume pour
aller prendre place sur le fauteuil qu'on venait de lui
avancer. Il se plaça au milieu du cercle, et s'écria brutalement :

— J'ai vu le portrait de monseigneur del Dongo.

Clélia fut tellement surprise qu'elle fut obligée de
s'appuyer sur le bras de son fauteuil ; elle essaya de
faire tête à l'orage, mais bientôt fut obligée de déserter
le salon.

— Il faut en convenir, mon pauvre Gonzo, que vous
êtes d'une maladresse rare, s'écria avec hauteur l'un
des officiers qui finissait sa quatrième glace. Comment
ne savez-vous pas que le coadjuteur, qui a été l'un des
plus braves colonels de l'armée de Napoléon, a joué
jadis un tour pendable au père de la marquise, en sortant de la citadelle où le général Conti commandait,
comme il fût sorti de la *Steccata* (la principale église
de Parme) ?

— J'ignore en effet bien des choses, mon cher capitaine, et je suis un pauvre imbécile qui fais des bévues
toute la journée.

Cette réplique, tout à fait dans le goût italien, fit
rire aux dépens du brillant officier. La marquise rentra bientôt ; elle s'était armée de courage, et n'était
pas sans quelque vague espérance de pouvoir elle-
même admirer ce portrait de Fabrice, que l'on disait
excellent. Elle parla avec éloge du talent de Hayez,

qui l'avait fait. Sans le savoir elle adressait des sourires charmants au Gonzo qui regardait l'officier d'un air malin. Comme tous les autres courtisans de la maison se livraient au même plaisir, l'officier prit la fuite, non sans vouer une haine mortelle au Gonzo ; celui-ci triomphait, et, le soir, en prenant congé, fut engagé à dîner pour le lendemain.

— En voici bien d'une autre ! s'écria Gonzo, le lendemain, après le dîner, quand les domestiques furent sortis ; n'arrive-t-il pas que notre coadjuteur est tombé amoureux de la petite Marini !...

On peut juger du trouble qui s'éleva dans le cœur de Clélia en entendant un mot aussi extraordinaire. Le marquis lui-même fut ému.

— Mais Gonzo, mon ami, vous battez la campagne comme à l'ordinaire ! et vous devriez parler avec un peu plus de retenue d'un personnage qui a eu l'honneur de faire onze fois la partie de whist de son altesse !

— Eh bien ! monsieur le marquis, répondit le Gonzo avec la grossièreté des gens de cette espèce, je puis vous jurer qu'il voudrait bien aussi faire la partie de la petite Marini. Mais il suffit que ces détails vous déplaisent ; ils n'existent plus pour moi, qui veux avant tout ne pas choquer mon adorable marquis.

Toujours, après le dîner, le marquis se retirait pour faire la sieste. Il n'eut garde, ce jour-là ; mais le Gonzo se serait plutôt coupé la langue que d'ajouter un mot sur la petite Marini ; et, à chaque instant, il commençait un discours, calculé de façon à ce que le marquis pût espérer qu'il allait revenir aux amours de la petite-bourgeoise. Le Gonzo avait supérieurement cet esprit italien qui consiste à différer avec délices de lancer le mot désiré. Le pauvre marquis, mourant de curiosité, fut obligé de faire des avances : il dit à Gonzo que, quand il avait le plaisir de dîner avec lui, il mangeait deux fois davantage. Gonzo ne

comprit pas, et se mit à décrire une magnifique
galerie de tableaux que formait la marquise Balbi, la
maîtresse du feu prince ; trois ou quatre fois il parla
de Hayez, avec l'accent plein de lenteur de l'admiration la plus profonde. Le marquis se disait : Bon !
il va arriver enfin au portrait commandé par la petite
Marini ! Mais c'est ce que Gonzo n'avait garde de
faire. Cinq heures sonnèrent, ce qui donna beaucoup
d'humeur au marquis, qui était accoutumé à monter
en voiture à cinq heures et demie, après la sieste,
pour aller au *Corso*.

— Voilà comment vous êtes, avec vos bêtises ! dit-
il grossièrement au Gonzo ; vous me ferez arriver au
Corso après la princesse, dont je suis le chevalier
d'honneur, et qui peut avoir des ordres à me donner.
Allons ! dépêchez-vous ! dites-moi en peu de paroles,
si vous le pouvez, ce que c'est que ces prétendues
amours de monseigneur le coadjuteur ?

Mais le Gonzo voulait réserver ce récit pour l'oreille
de la marquise, qui l'avait invité à dîner ; il *dépêcha*
donc, en fort peu de mots, l'histoire réclamée, et le
marquis, à moitié endormi, courut faire la sieste. Le
Gonzo prit une tout autre manière avec la pauvre marquise. Elle était restée tellement jeune et naïve au
milieu de sa haute fortune, qu'elle crut devoir réparer
la grossièreté avec laquelle le marquis venait d'adresser la parole au Gonzo. Charmé de ce succès, celui-ci
retrouva toute son éloquence, et se fit un plaisir, non
moins qu'un devoir, d'entrer avec elle dans des détails
infinis.

La petite Anetta Marini donnait jusqu'à un sequin
par place qu'on lui retenait au sermon ; elle arrivait
toujours avec deux de ses tantes et l'ancien caissier
de son père. Ces places, qu'elle faisait garder dès la
veille, étaient choisies en général presque vis-à-vis
la chaire, mais un peu du côté du grand autel, car
elle avait remarqué que le coadjuteur se tournait
souvent vers l'autel. Or, ce que le public avait

remarqué aussi, c'est que *non rarement* les yeux si parlants du jeune prédicateur s'arrêtaient avec complaisance sur la jeune héritière, cette beauté si piquante ; et apparemment avec quelque attention, car, dès qu'il avait les yeux fixés sur elle, son sermon devenait savant ; les citations y abondaient, l'on n'y trouvait plus de ces mouvements qui partent du cœur ; et les dames, pour qui l'intérêt cessait presque aussitôt, se mettaient à regarder la Marini et à en médire.

Clélia se fit répéter jusqu'à trois fois tous ces détails singuliers. À la troisième, elle devint fort rêveuse ; elle calculait qu'il y avait justement quatorze mois qu'elle n'avait vu Fabrice. Y aurait-il un bien grand mal, se disait-elle, à passer une heure dans une église, non pour voir Fabrice, mais pour entendre un prédicateur célèbre ? D'ailleurs, je me placerai loin de la chaire, et je ne regarderai Fabrice qu'une fois en entrant et une autre fois à la fin du sermon... Non, se disait Clélia, ce n'est pas Fabrice que je vais voir, je vais entendre le prédicateur étonnant ! Au milieu de tous ces raisonnements, la marquise avait des remords ; sa conduite avait été si belle depuis quatorze mois ! Enfin, se dit-elle, pour trouver quelque paix avec elle-même, si la première femme qui viendra ce soir a été entendre prêcher *monsignor* del Dongo, j'irai aussi ; si elle n'y est point allée, je m'abstiendrai.

Une fois ce parti pris, la marquise fit le bonheur du Gonzo en lui disant :

— Tâchez de savoir quel jour le coadjuteur prêchera, et dans quelle église. Ce soir, avant que vous ne sortiez, j'aurai peut-être une commission à vous donner.

À peine Gonzo parti pour le Corso, Clélia alla prendre l'air dans le jardin de son palais. Elle ne se fit pas l'objection que depuis dix mois elle n'y avait pas mis les pieds. Elle était vive, animée ; elle avait des couleurs. Le soir, à chaque ennuyeux qui entrait dans le salon, son cœur palpitait d'émotion. Enfin on annonça le Gonzo, qui, du premier coup d'œil, vit qu'il allait être l'homme nécessaire pendant huit jours. La marquise est jalouse de la petite Marini, et ce serait, ma foi, une comédie bien montée, se dit-il, que celle dans laquelle la marquise jouerait le premier rôle, la petite Anetta la soubrette, et *monsignor* del Dongo l'amoureux ! Ma foi, le billet d'entrée ne serait pas trop payé à 2 francs. Il ne se sentait pas de joie, et pendant toute la soirée, il coupait la parole à tout le monde et racontait les anecdotes les plus saugrenues (par exemple, la célèbre actrice et le marquis de Pequigny, qu'il avait apprise la veille d'un voyageur français[1]). La marquise, de son côté, ne pouvait tenir en place ; elle se promenait dans le salon, elle passait dans une galerie voisine du salon, où le marquis n'avait admis que des tableaux coûtant chacun plus de 20 000 francs. Ces tableaux avaient un langage si clair ce soir-là qu'ils fatiguaient le cœur de la marquise à force d'émotion. Enfin, elle entendit ouvrir les deux battants, elle courut au salon ; c'était la marquise Raversi ! Mais en lui adressant les compliments d'usage, Clélia sentait que la voix lui manquait. La marquise lui fit répéter deux fois la question : « Que dites-vous du prédicateur à la mode ? » qu'elle n'avait point entendue d'abord.

— Je le regardais comme un petit intrigant, très digne neveu de l'illustre comtesse Mosca ; mais à la dernière fois qu'il a prêché, tenez, à l'église de la Visitation, vis-à-vis de chez vous, il a été tellement sublime, que, toute haine cessante, je le regarde

---

1. L'anecdote remonte à 1773, elle raconte la querelle de Beaumarchais avec un M. de Péquigny, fils du duc de Chaulnes ; Beaumarchais était le rival heureux du grand seigneur près d'une actrice. Ils échouèrent tous les deux en prison.

comme l'homme le plus éloquent que j'aie jamais entendu.

— Ainsi vous avez assisté à un de ses sermons ? dit Clélia toute tremblante de bonheur.

— Mais comment, dit la marquise en riant, vous ne m'écoutiez donc pas ? Je n'y manquerais pas pour tout au monde. On dit qu'il est attaqué de la poitrine, et que bientôt il ne prêchera plus !

À peine la marquise sortie, Clélia appela le Gonzo dans la galerie.

— Je suis presque résolue, lui dit-elle, à entendre ce prédicateur si vanté. Quand prêchera-t-il ?

— Lundi prochain, c'est-à-dire dans trois jours ; et l'on dirait qu'il a deviné le projet de votre excellence, car il vient prêcher à l'église de la Visitation.

Tout n'était pas expliqué ; mais Clélia ne trouvait plus de voix pour parler ; elle fit cinq ou six tours dans la galerie, sans ajouter une parole. Gonzo se disait : Voilà la vengeance qui la travaille. Comment peut-on être assez insolent pour se sauver d'une prison, surtout quand on a l'honneur d'être gardé par un héros tel que le général Fabio Conti !

— Au reste, il faut se presser, ajouta-t-il avec une fine ironie ; il est touché à la poitrine. J'ai entendu le docteur Rambo dire qu'il n'a pas un an de vie ; Dieu le punit d'avoir rompu son ban [1] en se sauvant traîtreusement de la citadelle.

La marquise s'assit sur le divan de la galerie, et fit signe à Gonzo de l'imiter. Après quelques instants, elle lui remit une petite bourse où elle avait préparé quelques sequins.

— Faites-moi retenir quatre places.

---

1. L'expression est détournée de son sens : rompre son ban (son ordre de bannissement) se dit de l'exilé qui revient là où il n'a pas le droit de se trouver ; mais le ban c'est aussi le service militaire dû au suzerain féodal : Gonzo est fidèle jusqu'au bout à la formule qui fait de Fabrice un traître qui a rompu son serment et déserté en s'évadant.

— Sera-t-il permis au pauvre Gonzo de se glisser à la suite de votre excellence ?

— Sans doute ; faites retenir cinq places... Je ne tiens nullement, ajouta-t-elle, à être près de la chaire ; mais j'aimerais à voir mademoiselle Marini, que l'on dit si jolie.

La marquise ne vécut pas pendant les trois jours qui la séparaient du fameux lundi, jour du sermon. Le Gonzo, pour qui c'était un insigne honneur d'être vu en public à la suite d'une aussi grande dame, avait arboré son habit français avec l'épée ; ce n'est pas tout, profitant du voisinage du palais, il fit porter dans l'église un fauteuil doré magnifique destiné à la marquise, ce qui fut trouvé de la dernière insolence par les bourgeois. On peut penser ce que devint la pauvre marquise, lorsqu'elle aperçut ce fauteuil, et qu'on l'avait placé précisément vis-à-vis la chaire. Clélia était si confuse, baissant les yeux, et réfugiée dans un coin de cet immense fauteuil, qu'elle n'eut pas même le courage de regarder la petite Marini, que le Gonzo lui indiquait de la main, avec une effronterie dont elle ne pouvait revenir. Tous les êtres non nobles n'étaient absolument rien aux yeux du courtisan.

Fabrice parut dans la chaire ; il était si maigre, si pâle, tellement *consumé*, que les yeux de Clélia se remplirent de larmes à l'instant. Fabrice dit quelques paroles, puis s'arrêta, comme si la voix lui manquait tout à coup ; il essaya vainement de commencer quelques phrases ; il se retourna, et prit un papier écrit.

— Mes frères, dit-il, une âme malheureuse et bien digne de toute votre pitié vous engage, par ma voix, à prier pour la fin de ses tourments, qui ne cesseront qu'avec sa vie.

Fabrice lut la suite de son papier fort lentement ; mais l'expression de sa voix était telle, qu'avant le milieu de la prière tout le monde pleurait, même le

Gonzo. Au moins on ne me remarquera pas, se disait la marquise en fondant en larmes.

Tout en lisant le papier écrit, Fabrice trouva deux ou trois idées sur l'état de l'homme malheureux pour lequel il venait solliciter les prières des fidèles. Bientôt les pensées lui arrivèrent en foule. En ayant l'air de s'adresser au public, il ne parlait qu'à la marquise. Il termina son discours un peu plus tôt que de coutume, parce que, quoi qu'il pût faire, les larmes le gagnaient à un tel point qu'il ne pouvait plus prononcer d'une manière intelligible. Les bons juges trouvèrent ce sermon singulier, mais égal au moins, pour le pathétique, au fameux sermon prêché aux lumières. Quant à Clélia, à peine eut-elle entendu les dix premières lignes de la prière lue par Fabrice, qu'elle regarda comme un crime atroce d'avoir pu passer quatorze mois sans le voir. En rentrant chez elle, elle se mit au lit pour pouvoir penser à Fabrice en toute liberté ; et le lendemain, d'assez bonne heure, Fabrice reçut un billet ainsi conçu :

On compte sur votre honneur ; cherchez quatre braves *de la discrétion desquels vous soyez sûr, et demain, au moment où minuit sonnera à la* Steccata [1], *trouvez-vous près d'une petite porte qui porte le numéro 19, dans la rue Saint-Paul. Songez que vous pouvez être attaqué, ne venez pas seul.*

---

1. La Madona della Steccata est une église construite au XVIe siècle en forme de croix grecque et qui se trouve dans le centre de Parme. L.-F. Benedetto a étudié ce passage avec bonheur ; l'adresse donnée peut renvoyer à celle de Metilde qui, à Milan, habitait à l'angle de la Via San Paolo et de la place Belgioioso, mais surtout peut-être au « traiolo di San Paolo » qui existe toujours à Parme (sous le nom maintenant de Via Giordani) : lieu touristique, lieu stendhalien. Tout un côté de la rue est occupé par un mur où s'ouvre une petite porte, il entoure le jardin du couvent des bénédictines où le Corrège peignit en 1519 les célèbres Chambres de Saint-Paul. L'orangerie de Clélia se trouve à cet emplacement, doublement consacré, comme couvent et comme territoire corrégien.

En reconnaissant ces caractères divins, Fabrice tomba à genoux et fondit en larmes.

— Enfin ! s'écria-t-il, après quatorze mois et huit jours ! Adieu les prédications.

Il serait bien long de décrire tous les genres de folies auxquels furent en proie, ce jour-là, les cœurs de Fabrice et de Clélia. La petite porte indiquée dans le billet n'était autre que celle de l'orangerie du palais Crescenzi, et, dix fois dans la journée, Fabrice trouva le moyen de la voir. Il prit des armes, et seul, un peu avant minuit, d'un pas rapide, il passait près de cette porte, lorsque à son inexprimable joie, il entendit une voix bien connue, lui dire d'un ton très bas.

— Entre ici, ami de mon cœur[1].

Fabrice entra avec précaution, et se trouva à la vérité dans l'orangerie, mais vis-à-vis une fenêtre fortement grillée et élevée, au-dessus du sol, de trois ou quatre pieds. L'obscurité était profonde, Fabrice avait entendu quelque bruit dans cette fenêtre, et il en reconnaissait la grille avec la main, lorsqu'il sentit une main, passée à travers les barreaux, prendre la sienne et la porter à des lèvres qui lui donnèrent un baiser.

— C'est moi, lui dit une voix chérie, qui suis venue ici pour te dire que je t'aime, et pour te demander si tu veux m'obéir.

On peut juger de la réponse, de la joie, de l'étonnement de Fabrice ; après les premiers transports, Clélia lui dit :

— J'ai fait vœu à la Madone, comme tu sais, de ne jamais te voir ; c'est pourquoi je te reçois dans cette

---

1. Dans l'exemplaire Chaper, Stendhal traduit la phrase de Clélia en italien, « Di qua, amico del cuore » ; était-ce une correction prévue, ou voulait-il se répéter à lui-même en italien son texte ? La phrase qui achève le roman et contient la plus grande somme de suggestions amoureuses ne pouvait pour lui qu'être dite en italien. Le mot « amitié » est dans tout le roman préféré à « amour » et Stendhal a loué les Italiens de cette litote : moins on en dit, plus on en suggère.

obscurité profonde. Je veux bien que tu saches que, si jamais tu me forçais à te regarder en plein jour, tout serait fini entre nous. Mais d'abord, je ne veux pas que tu prêches devant Anetta Marini, et ne va pas croire que c'est moi qui ai eu la sottise de faire porter un fauteuil dans la maison de Dieu.

— Mon cher ange, je ne prêcherai plus devant qui que ce soit ; je n'ai prêché que dans l'espoir qu'un jour je te verrais.

— Ne parle pas ainsi, songe qu'il ne m'est pas permis à moi, de te voir.

Ici, nous demandons la permission de passer, sans en dire un seul mot, sur un espace de trois années.

À l'époque où reprend notre récit, il y avait déjà longtemps que le comte Mosca était de retour à Parme, comme premier ministre, plus puissant que jamais.

Après ces trois années de bonheur divin, l'âme de Fabrice eut un caprice de tendresse qui vint tout changer. La marquise avait un charmant petit garçon de deux ans, *Sandrino*, qui faisait la joie de sa mère ; il était toujours avec elle ou sur les genoux du marquis Crescenzi ; Fabrice, au contraire, ne le voyait presque jamais ; il ne voulut pas qu'il s'accoutumât à chérir un autre père. Il conçut le dessein d'enlever l'enfant avant que ses souvenirs fussent bien distincts[1].

---

1. Le dénouement pose des problèmes de chronologie interne : né en 1827, le petit Sandrino a deux ans en 1829 quand survient « le caprice de tendresse » de Fabrice ; et la fin semble bien se dérouler en 1829-1830. L'Avertissement se situait à la fin de 1830. Or après la mort de Clélia il y a encore l'année que passe Fabrice à la chartreuse et encore vient la période imprécise où la comtesse lui survit. Il faut prendre les ultimes indications temporelles dans un sens très approximatif : le roman déborde l'année 1830. Sur le dénouement lui-même, qui est imprévu et que pourtant Stendhal a déclaré (en particulier dans la réponse à Balzac) avoir établi dès le début comme une donnée constitutive de l'œuvre, comme si le roman était tiré vers un terme tragique, la mort d'un enfant dont les parents sont coupables, on se reportera à Richard Bolster, « Sandrino retrouvé, la fin d'un mystère de Stendhal », *R.H.L.F.*, 1994, qui explique la mort de Sandrino par un

Dans les longues heures de chaque journée où la marquise ne pouvait voir son ami, la présence de Sandrino la consolait ; car nous avons à avouer une chose qui semblera bizarre au nord des Alpes, malgré ses erreurs elle était restée fidèle à son vœu ; elle avait promis à la Madone, l'on se le rappelle peut-être, de ne *jamais voir* Fabrice : telles avaient été ses paroles précises : en conséquence elle ne le recevait que de nuit, et jamais il n'y avait de lumière dans l'appartement.

Mais tous les soirs, il était reçu par son amie ; et, ce qui est admirable, au milieu d'une cour dévorée par la curiosité et par l'ennui, les précautions de Fabrice avaient été si habilement calculées, que jamais cette *amicizia*, comme on dit en Lombardie, ne fut même soupçonnée. Cet amour était trop vif pour qu'il n'y eût pas des brouilles ; Clélia était fort sujette à la jalousie, mais presque toujours les querelles venaient d'une autre cause. Fabrice avait abusé de quelque cérémonie publique pour se trouver dans le même lieu que la marquise et la regarder, elle saisissait alors un prétexte pour sortir bien vite, et pour longtemps exilait son ami.

On était étonné à la cour de Parme de ne connaître aucune intrigue à une femme aussi remarquable par sa beauté et l'élévation de son esprit ; elle fit naître des passions qui inspirèrent bien des folies, et souvent Fabrice aussi fut jaloux.

---

modèle que Stendhal suivrait, un roman anglais qu'il a lu en 1810, *Les Frères anglais* (R. Bolster en a publié l'épisode central en 1997 aux Presses de l'Université d'Exeter) ; à François Landry, « Le crime dans *La Chartreuse de Parme* », dans *Stendhal : l'écrivain, la société et le pouvoir*, Presses Universitaires de Grenoble, 1984, qui raccorde la mort de Sandrino aux présages de l'abbé Blanès ; voir encore R. Bolster, « Le dénouement dans *La Chartreuse de Parme* », dans *La Chartreuse de Parme, Colloque Sorbonne*, et Jean-Jacques Hamm, « La mort de Sandrino », et Pierre-Louis Rey, « L'après-dénouement de *La Chartreuse de Parme* », dans *La Chartreuse de Parme, Chant et tombeau...*, *op. cit.*

Le bon archevêque Landriani était mort depuis longtemps ; la piété, les mœurs exemplaires, l'éloquence de Fabrice l'avaient fait oublier ; son frère aîné était mort, et tous les biens de la famille lui étaient arrivés. À partir de cette époque il distribua chaque année aux vicaires et aux curés de son diocèse les cent et quelque mille francs que rapportait l'archevêché de Parme.

Il eût été difficile de rêver une vie plus honorée, plus honorable et plus utile que celle que Fabrice s'était faite, lorsque tout fut troublé par ce malheureux caprice de tendresse.

— D'après ce vœu que je respecte et qui fait pourtant le malheur de ma vie puisque tu ne veux pas me voir de jour, dit-il un jour à Clélia, je suis obligé de vivre constamment seul, n'ayant d'autre distraction que le travail ; et encore le travail me manque. Au milieu de cette façon sévère et triste de passer les longues heures de chaque journée, une idée s'est présentée, qui fait mon tourment et que je combats en vain depuis six mois : mon fils ne m'aimera point ; il ne m'entend jamais nommer. Élevé au milieu du luxe aimable du palais Crescenzi, à peine s'il me connaît. Le petit nombre de fois que je le vois, je songe à sa mère, dont il me rappelle la beauté céleste et que je ne puis regarder, et il doit me trouver une figure sérieuse, ce qui, pour les enfants, veut dire triste.

— Eh bien ! dit la marquise, où tend tout ce discours qui m'effraie ?

— À ravoir mon fils ; je veux qu'il habite avec moi ; je veux le voir tous les jours, je veux qu'il s'accoutume à m'aimer ; je veux l'aimer moi-même à loisir. Puisqu'une fatalité unique au monde veut que je sois privé de ce bonheur dont jouissent tant d'âmes tendres, et que je ne passe pas ma vie avec tout ce que j'adore, je veux du moins avoir auprès de moi un être qui te rappelle à mon cœur, qui te remplace en quelque sorte. Les affaires et les hommes me sont à charge dans ma solitude forcée ; tu sais que l'ambition a toujours été un mot vide pour moi, depuis l'instant où j'eus le bonheur d'être écroué par Barbone, et tout ce qui n'est pas sensation de l'âme me semble ridicule dans la mélancolie qui loin de toi m'accable.

On peut comprendre la vive douleur dont le chagrin de son ami remplit l'âme de la pauvre Clélia ; sa tristesse fut d'autant plus profonde qu'elle sentait que Fabrice avait une sorte de raison. Elle alla jusqu'à mettre en doute si elle ne devait pas tenter de rompre son vœu. Alors elle eût reçu Fabrice de jour comme tout autre personnage de la société, et sa réputation de sagesse était trop bien établie pour qu'on en médît. Elle se disait qu'avec beaucoup d'argent elle pouvait se faire relever de son vœu ; mais elle sentait aussi que cet arrangement tout mondain ne tranquilliserait pas sa conscience, et peut-être le Ciel irrité la punirait de ce nouveau crime.

D'un autre côté, si elle consentait à céder au désir si naturel de Fabrice, si elle cherchait à ne pas faire le malheur de cette âme tendre qu'elle connaissait si bien, et dont son vœu singulier compromettait si étrangement la tranquillité, quelle apparence d'enlever le fils unique d'un des plus grands seigneurs d'Italie sans que la fraude fût découverte ? Le marquis Crescenzi prodiguerait des sommes énormes, se mettrait lui-même à la tête des recherches, et tôt ou tard l'enlèvement serait connu. Il n'y avait qu'un moyen de parer à ce danger, il fallait envoyer l'enfant au loin, à Édimbourg, par exemple, ou à Paris ; mais c'est à quoi la tendresse d'une mère ne pouvait se résoudre. L'autre moyen proposé par Fabrice, et en effet le plus raisonnable, avait quelque chose de sinistre augure et de presque encore plus affreux aux yeux de cette mère éperdue ; il fallait, disait Fabrice, feindre une maladie ; l'enfant serait de plus en plus mal, enfin il viendrait à mourir pendant une absence du marquis Crescenzi.

Une répugnance qui, chez Clélia, allait jusqu'à la terreur, causa une rupture qui ne put durer.

Clélia prétendait qu'il ne fallait pas tenter Dieu ; que ce fils si chéri était le fruit d'un crime, et que, si encore l'on irritait la colère céleste, Dieu ne manquerait pas de le retirer à lui. Fabrice reparlait de sa destinée singulière :

— L'état que le hasard m'a donné, disait-il à Clélia, et mon amour m'obligent à une solitude éternelle, je ne puis, comme la plupart de mes confrères, avoir les douceurs d'une société intime, puisque vous ne voulez me recevoir que dans l'obscurité, ce qui réduit à des instants, pour ainsi dire, la partie de ma vie que je puis passer avec vous.

Il y eut bien des larmes répandues. Clélia tomba malade, mais elle aimait trop Fabrice pour se refuser constamment au sacrifice terrible qu'il lui demandait. En apparence, Sandrino tomba malade ; le marquis se hâta de faire appeler les médecins les plus célèbres, et Clélia rencontra dès cet instant un embarras terrible qu'elle n'avait pas prévu ; il fallait empêcher cet enfant adoré de prendre aucun des remèdes ordonnés par les médecins ; ce n'était pas une petite affaire.

L'enfant, retenu au lit plus qu'il ne fallait pour sa santé, devint réellement malade. Comment dire au médecin la cause de ce mal ? Déchirée par deux intérêts contraires et si chers, Clélia fut sur le point de perdre la raison. Fallait-il consentir à une guérison apparente, et sacrifier ainsi tout le fruit d'une feinte si longue et si pénible ? Fabrice, de son côté, ne pouvait ni se pardonner la violence qu'il exerçait sur le cœur de son amie, ni renoncer à son projet. Il avait trouvé le moyen d'être introduit toutes les nuits auprès de l'enfant malade, ce qui avait amené une autre complication. La marquise venait soigner son fils, et quelquefois Fabrice était obligé de la voir à la clarté des bougies, ce qui semblait au pauvre cœur malade de Clélia un péché horrible et qui présageait la mort de Sandrino. C'était en vain que les casuistes les plus célèbres, consultés sur l'obéissance à un vœu, dans le cas où l'accomplissement en serait évidemment nuisible, avaient répondu que le vœu ne pouvait être considéré comme rompu d'une façon criminelle, tant que la personne engagée par une promesse envers la Divinité s'abstenait non pour un vain plaisir des sens, mais pour ne pas causer un mal évident. La marquise n'en fut pas moins au désespoir, et Fabrice vit le moment où son idée bizarre allait amener la mort de Clélia et celle de son fils.

Il eut recours à son ami intime, le comte Mosca, qui tout vieux ministre qu'il était, fut attendri de cette histoire d'amour qu'il ignorait en grande partie.

— Je vous procurerai l'absence du marquis pendant cinq ou six jours au moins : quand la voulez-vous ?

À quelque temps de là, Fabrice vint dire au comte que tout était préparé pour que l'on pût profiter de l'absence.

Deux jours après, comme le marquis revenait d'une de ses terres aux environs de Mantoue, des brigands, soldés apparemment par une vengeance particulière, l'enlevèrent, sans le maltraiter en aucune façon, et le placèrent dans une barque, qui employa trois jours à descendre le Pô et à faire le même voyage que Fabrice avait exécuté autrefois après la fameuse affaire Giletti. Le quatrième jour, les brigands déposèrent le marquis dans une île déserte du Pô, après avoir eu le soin de le voler complètement, et de ne lui laisser ni argent ni aucun effet ayant la moindre valeur. Le marquis fut deux jours entiers avant de pouvoir regagner son palais à Parme ; il le trouva tendu de noir et tout le monde dans la désolation.

Cet enlèvement, fort adroitement exécuté, eut un

résultat bien funeste : Sandrino, établi en secret dans une grande et belle maison où la marquise venait le voir presque tous les jours, mourut au bout de quelques mois. Clélia se figura qu'elle était frappée par une juste punition, pour avoir été infidèle à son vœu à la Madone : elle avait vu si souvent Fabrice aux lumières, et même deux fois en plein jour et avec des transports si tendres, durant la maladie de Sandrino ! Elle ne survécut que de quelques mois à ce fils si chéri, mais elle eut la douceur de mourir dans les bras de son ami [1].

Fabrice était trop amoureux et trop croyant pour avoir recours au suicide ; il espérait retrouver Clélia dans un meilleur monde, mais il avait trop d'esprit pour ne pas sentir qu'il avait beaucoup à réparer.

Peu de jours après la mort de Clélia, il signa plusieurs actes par lesquels il assurait une pension de mille francs à chacun de ses domestiques, et se réservait, pour lui-même, une pension égale ; il donnait des terres, valant 100 000 livres de rente à peu près, à la comtesse Mosca ; pareille somme à la marquise del Dongo, sa mère, et ce qui pouvait rester de la fortune paternelle, à l'une de ses sœurs mal mariée. Le lendemain après avoir adressé à qui de droit la démission de son archevêché et de toutes les places dont l'avaient successivement comblé la faveur d'Ernest V et l'amitié du premier ministre, il se retira à *la Chartreuse de Parme*, située dans les bois voisins du Pô, à deux lieues de Sacca [2].

---

1. C'était le souhait exprimé par Fabrice dans le sonnet qu'il a envoyé à Clélia avec le Saint-Jérôme. **2.** Il n'y a pas de monument répondant à ce nom. Mais il y a des « chartreuses » autour de Parme auxquelles le roman a donné une célébrité qu'elles n'avaient pas. Ou bien Stendhal les connaissait et il a choisi de faire allusion à une réalité, même s'il créait par l'italique en particulier une autre réalité ; ou bien il l'ignorait et il a inventé une chartreuse de Parme sans savoir qu'il y avait une chartreuse à Parme. À 3 kilomètres de la ville, il y a en effet la chartreuse de Vicopo (les guides maintenant l'appellent Chartreuse de Parme), vieux monastère du XIIIᵉ siècle, désaffecté au XVIIIᵉ, puis

La comtesse Mosca avait fort approuvé, dans le temps, que son mari reprît le ministère, mais jamais elle n'avait voulu consentir à rentrer dans les États d'Ernest V[a]. Elle tenait sa cour à Vignano, à un quart de lieue de Casal Maggiore, sur la rive gauche du Pô, et par conséquent dans les États de l'Autriche. Dans ce magnifique palais de Vignano[1], que le comte lui avait fait bâtir, elle recevait les jeudis toute la haute société de Parme, et tous les jours ses nombreux amis. Fabrice n'eût pas manqué un jour de venir à Vignano[2]. La comtesse en un mot réunissait toutes les apparences du bonheur, mais elle ne survécut que fort peu de temps à Fabrice, qu'elle adorait, et qui ne passa qu'une année dans sa Chartreuse.

---

devenu manufacture de tabac et maison de correction, puis restauré et visité de nos jours. Et il y a au nord de la ville, dans cette région de « Sacca », entre Parme et Casalmaggiore, un monastère cistercien appelé chartreuse de Valserena ou de San Martino ; ruiné, laissé à l'abandon, il figurait sur les guides et les voyages que Stendhal a pu lire.
    Reste le problème du titre : la dernière page le rappelle et le justifie. Resté en suspens, comme un présage, il indiquait une fin qui commande une lecture rétrospective de l'œuvre. La page du titre est déjà la fin du roman qui revient au début. Sur le titre, voir Geneviève Mouillaud-Fraisse, « Le titre comme chimère » dans *L'Arc*, 1983.
    1. La topographie du roman devient intime : c'est la maîtresse de Stendhal, Giulia, qui a une villa à Vignano, et Vignano est près de Sienne.   **2.** Fabrice est-il à la lettre chartreux, moine de l'ordre et portant cette robe blanche que Blanès a évoquée ? Rien n'est sûr à cet égard et la fin, rapide et elliptique, laisse une grande incertitude sur l'entrée de Fabrice dans la communauté en tant que moine. La sortie libre de Fabrice pour des raisons « mondaines », dans tous les sens du mot, est mal conciliable avec l'ascétisme absolu des chartreux (silence, solitude, clôture rigoureuse). Stendhal connaît la Grande Chartreuse et les règles de l'ordre, il a évoqué le monastère dans les *Mémoires d'un touriste*. Il se contente au reste de dire que Fabrice « se retira à la Chartreuse » : ce qui fait penser aux « retraites » qu'il a déjà faites dans une autre chartreuse. D'autre part les monastères cartusiens acceptent des hôtes qui partagent la vie des moines sans appartenir à l'ordre : ce que fut Huysmans à la Trappe d'Igny. Il faut accepter l'imprécision de cette fin et la double interprétation qu'elle autorise.

Les prisons de Parme étaient vides, le comte immensément riche, Ernest V adoré de ses sujets qui compa-
raient son gouvernement à celui des grands-ducs de
Toscane [1].

TO THE HAPPY FEW

FIN

---

1. *Cf.* Voltaire, *Zadig* : « L'empire jouit de la paix, de la gloire et
de l'abondance ; ce fut le plus beau siècle de la terre ; elle était gouver-
née par la justice et l'amour. On bénissait Zadig, et Zadig bénissait le
ciel. » Mais Zadig était le sage devenu souverain, et Stendhal en reprenant cette clausule de conte de fées ou de conte oriental y met une
incontestable ironie ; Mosca n'a pas retrouvé l'âge d'or. Il fallait, après
le sérieux des deuils, un survivant et une sortie gaie, c'est la règle pour
le genre comique. Quelles sont les limites de l'ironie finale ? Vaste
problème : a-t-elle des limites, ou est-elle sans fin ? Il n'est pas question de bénir le ciel, mais de penser à un gouvernement *bon*, bon pour
l'Italie monarchique, bon en soi ; et pour Stendhal, un bon gouvernement est celui qui est le moins nuisible ; Mosca est-il parvenu à cette
situation politique idéale : faire le moins de mal possible ? Les derniers
mots du roman renvoient le lecteur aux grands-ducs de Toscane. Au
XVIIIᵉ siècle, l'État toscan, imitant le despotisme éclairé de Vienne, avait
passé aux yeux des « philosophes » pour un pays modèle ; un voyageur
français, le président Dupaty, avait noté : « les prisons de Toscane ont
été vides pendant trois mois ». La Toscane demeure aux yeux de Stendhal l'exemple d'une monarchie modérée et paisible, laissant chacun
tranquille et intervenant très peu, évitant toute tension, et se confondant
avec une excellente administration, raisonnable et paternelle. Bref un
« gouvernement assoupissant », le repos dans l'inertie. La dernière
ligne magnifie Ranuce-Ernest V, mais d'une manière ambiguë ; encore
son règne n'est-il que *comparable* à la situation des Toscans. Mais
aussi la fin est ouverte, dynamique, montante ; on a l'impression que
le roman continue au-delà du point final, aussi allègre et aussi moqueur.

GENÈSE DE *LA CHARTREUSE DE PARME*

Jean Prévost, en reconnaissant dans le roman le chef-d'œuvre de Stendhal, le résultat de toute une vie et de toute une expérience d'écrivain, bref le sommet d'un génie romanesque, indique qu'il est difficile d'isoler une genèse propre à *La Chartreuse* : le livre est consubstantiel à l'auteur. En 1804, le seul projet de roman qu'il ait jamais eu avant *Armance* est un roman d'amour et de prison. Toute la vie de Stendhal, sa passion pour l'Italie, ses grandes passions italiennes (la Pietragrua est magnifiée dans la Pietranera, et Métilde, l'inaccessible et sévère patriote italienne, revit en Clélia), toute son expérience de la société italienne, telle que successivement le dragon de 1800, le voyageur romantique épris de beauté et d'idéal de 1811, et l'exilé de 1814-1821 l'ont découverte et aimée, telle enfin que le consul la pratique, mais l'aime un peu moins, c'est tout cela qui produit le livre, avec l'imprégnation d'un univers de lectures (les Mémoires de cour) et de culture romanesque. On comprend que l'expérience vécue, les souvenirs, les images, une fièvre d'enthousiasme faisant revivre le passé et le recréant, aient durant les 52 jours les plus légendaires de toute la littérature (4 novembre-26 décembre 1838) soutenu une inspiration infaillible et inépuisable : Stendhal égare dans ses papiers un des chapitres de la prison ; il ne cherche pas, il le recommence. Et il laisse à l'éditeur un roman qu'il a dû écourter vers la fin. Néanmoins

La Chartreuse peut être rapportée à des origines lointaines : en mars 1833, la découverte à Rome des manuscrits italiens qu'il songe immédiatement à étudier et dont l'un, *L'Origine des grandeurs de la famille Farnèse*, récit satirique et arrangé de la jeunesse du pape Paul III, l'intéresse immédiatement. L.-F. Benedetto dans sa *Parma di Stendhal* a montré comment l'Italie du roman – ses mœurs, la représentation du pouvoir, de la justice – prolongeait l'Italie des manuscrits : la violence, la vengeance, la loi du poignard et du poison, la tyrannie, les brigands, le danger au quotidien, tout cela que Stendhal constate dans l'Italie contemporaine est la marque d'une histoire immobile, du maintien, immuable, d'une énergie proprement italienne et qui unit à une forme politique despotique une culture de la force, de la criminalité et de la passion. Stendhal en tire profit en prenant un autre récit italien (« L'acte de vengeance du cardinal Aldobrandini sur la personne de Girolamo Longobardi, chevalier romain ») dont il fait l'épisode de la Fausta. C'est ensuite la *Vie de Henry Brulard* qui annonce le roman : l'autobiographie s'arrête en mars 1836, à l'arrivée de Stendhal à Milan, exactement au point où commence le roman ; il n'arrive pas à raconter sous la forme personnelle du je ce moment de bonheur parfait et ces instants fondateurs de tout son être. Mais le besoin autobiographique survit sans doute et le roman est un moyen de le satisfaire. En tout cas, en mars 1837 il abandonne les *Mémoires sur Napoléon* commencés en novembre 1836 et cette fois il franchit cette barrière de son écriture : le récit de l'arrivée de l'armée française à Milan en 1796, évoquée par un déplacement dans le temps, par la substitution à lui-même du lieutenant Robert comme témoin de ce moment unique, est reproduit dans ses grandes lignes et ses détails dans le roman ; c'est la première version des premiers chapitres. Les *Mémoires*, au titre étrange, sont histoire et histoire du moi : l'autobiographie se combine avec l'histoire et s'avance vers le récit romanesque. Le roman va accomplir cette mutation de l'écriture déjà annoncée.

Dès lors, la genèse proche est commencée : Stendhal n'en sait rien, il est d'ailleurs en panne de sujet romanesque en juillet 1838. Le 27 juillet à son retour d'un périple en Allemagne, en Hollande et en France, la *Revue des Deux Mondes* qui a déjà publié deux récits adaptés des manuscrits italiens (improprement nommés *Chroniques italiennes* par la tradition des éditeurs), et avec laquelle il est engagé pour d'autres publications tirées de son fonds italien, le sollicite à nouveau ; il songe à donner son *Origine* qui lui plaît beaucoup mais le consul de France dans les États du Saint-Siège ne peut publier ce pamphlet antipapal. Il donne donc *La Duchesse de Palliano* qui paraît dans la *Revue* le 15 août. Puis le voilà sur le chemin qui va le conduire à *La Chartreuse* ; le 16 il reprend *L'Origine* et il envisage d'en faire ce qu'il appelle « a romanzetto », terme ambigu qui désigne soit un récit léger (ce qu'est le texte italien), soit un roman court, excédant les limites de ses précédentes adaptations, comme va le faire l'œuvre immédiatement contemporaine de *La Chartreuse*, *L'Abbesse de Castro*, dont Stendhal dicte la première partie les 12 et 13 septembre 1838, et la deuxième les 19 et 21 février 1839. Et *L'Abbesse* comme le roman utilise très partiellement un récit des manuscrits. En tout cas c'est sans doute dans les jours suivants, à la fin d'août, que Stendhal transforme *L'Origine* en *Jeunesse d'Alexandre Farnèse* : nous donnons (p. 695) le texte de ce récit tel qu'il a été publié (avec une fausse date et un chapeau) par le cousin de Stendhal, Romain Colomb ; l'original italien est très médiocre, le texte est fautif et erroné (la vraie protectrice d'Alexandre n'était pas Vandozza, maîtresse du pape Alexandre VI Borgia, qui n'était pas une Farnèse, mais sa sœur Iulia), et il faut le réécrire pour le rendre intelligible. Par contre, l'adaptation de Stendhal est une création originale, on a l'impression que le thème lui plaît tellement qu'il ne peut que le transformer, le nourrir de lui-même ; la scène sur le Tibre figure déjà cette prodigieuse Sirène que sera la duchesse, créatrice de fêtes, poésie vivante, Alexandre devient un héros, et l'enlèvement de la jeune Romaine est déjà la rixe avec Giletti : certains passages sont littéralement repris. Mais Stendhal s'arrête tout court et délaisse le récit de l'évasion d'Alexandre qui elle aussi annonce celle de Fabrice : la Tour Farnèse est le château Saint-Ange et les malveillants diront de l'évasion ce qu'on dit de celle d'Alexandre : qu'elle était arrangée. Stendhal ne pouvait entreprendre un roman historique : *L'Abbesse de Castro* est sans doute le chef-d'œuvre du genre historique et Stendhal y a inventé de l'histoire, mais il a toujours redouté les contraintes de l'érudition et l'évocation de personnages connus de l'histoire. Pourtant la trame du roman est trouvée et le roman va suivre en gros les événements de la vie d'Alexandre qui devient le pape Paul III, protection familiale, folle jeunesse, prison, évasion, vie ascétique et amours cachées. Stendhal a le texte de départ qui lui est toujours nécessaire et qui lui sert de plan.

L'histoire lui plaît donc infiniment, elle constitue une véritable source d'inspiration, il ne peut l'utiliser telle quelle, et il songe à d'autres projets (par exemple prendre un grand ministre du XVIIIe siècle comme le cardinal Fleury et en faire un personnage de roman : c'est une idée du 19 août) ; il a aussi entrepris pour ses petites amies espagnoles, les sœurs Montijo, des récits oraux et peut-être écrits des batailles de l'Empire. Le 1er septembre quelque chose commence et le dispositif du roman se met en place : ce jour-là il note « Well travaillé chapitre de la vivandière et d'Alexandre » ; il a donc décidé de transposer le personnage d'Alexandre au XIXe siècle, transfert dont il est coutumier, un récit ancien pouvant se dérouler dans un décor contemporain, une autre « sauce » historique. Le futur pape du

XVIᵉ siècle se trouve donc dans l'armée napoléonienne ;
le 2 septembre, il dicte, cette ébauche. Le 3 est jour
d'une révélation, le moment béni d'une *idée*, « I had
the idea of the Chartreuse » ; que veut-il dire, l'idée
est-elle le projet d'ensemble du roman tel qu'il est, ou
désigne-t-il la chartreuse seulement, celle du titre et
des dernières lignes ; ou enfin a-t-il trouvé ce jour-là
ce qui n'est pas dans le récit originel, la rencontre en
prison de Clélia ? Et puis c'est tout ce qu'on sait, il
laisse en plan, semble-t-il, ce début, et il part, du
12 octobre au 3 novembre, pour un voyage en Bretagne
et en Normandie. Mais le 4 novembre, c'est le grand
rendez-vous : le manuscrit l'attend, il le reprend, c'est
le premier des 52 jours bienheureux, le 8 il corrige le
récit de Waterloo, il « change Alexandre en Fabrice »,
il aurait déjà 80 pages. Et la genèse désormais est
finie ; on ne connaît plus que le compte des pages qui
s'accumulent régulièrement, rapidement, 177 le
10 novembre, 270 le 15, 310 le 17, 640 le 2 décembre,
et le 26, il donne à son cousin « 6 enormous cahiers »
pour un éditeur qui n'en veut pas. Mais le 19 janvier
1839, un autre, Dupont, signe le contrat, et le 6 avril,
le livre est publié. Mais tant d'aspects de la création
nous échappent et ne sont accessibles que par la critique, en particulier le livre de L.-F. Benedetto qui a
montré comment Stendhal a inséré son récit du XVIᵉ
siècle dans l'Italie bien connue de lui du XIXᵉ et dans
le paysage adoré de la Lombardie : il s'est créé à partir
de la réalité une histoire, une politique, des lieux à lui ;
une Italie semblable et autre. Son croquis (p. 735), à
peu près sûrement calqué sur une carte, installe la fiction dans l'espace ordinaire. Parme est Parme, et la
Parme de Stendhal. Il prend au reste cette petite princi-
pauté parce qu'elle est pour ainsi dire vacante : le
congrès de Vienne l'a confiée à Marie-Louise, la princesse autrichienne épousée par Napoléon, souveraine
viagère et nominale ; décrire le petit État ne gêne personne, il peut ressembler à Modène connue par la

tyrannie de son duc, s'installer dans un temps imaginaire où survivent les Farnèse, où ils ont une prison d'État qui renvoie au Spielberg morave et au château Saint-Ange. Réalité composite, féerique, établie dans et à côté de la réalité. Parme donne à Stendhal le nom de la Sanseverina, pendant que les patriotes italiens emprisonnés en Autriche lui fournissent en grand nombre les détails sur les prisons les plus modernes. Le roman entre dans le genre carcéral, si abondant dans le roman romantique. Mais comme roman romanesque, comme roman absolu, il est, je pense, le seul de son espèce.

M.C.

HISTOIRE DE *LA CHARTREUSE DE PARME*

Les manuscrits du roman ont disparu : il n'y a rien avant l'édition parue le 6 avril 1839. C'est elle qui est l'unique référence ; tout au plus des corrections de Stendhal lui-même ont été intégrées aux rééditions du roman (1846 et 1853) que son cousin Romain Colomb a supervisées. L'histoire du texte commence donc après la publication : les livres de Stendhal sont mobiles, toujours soumis à une annotation de l'auteur et à sa tendance invincible à se relire et à se corriger. Dans le cas de *La Chartreuse*, Stendhal a en outre deux motifs de mécontentement : il a écrit vite, on le sait, trop vite à ses yeux, et il a corrigé ses épreuves dans un état d'épuisement qui ne lui a pas permis de tout revoir comme il l'aurait désiré ; d'autre part, l'éditeur, inquiet de voir grossir le deuxième volume, l'a sévèrement contraint à une brièveté gênante pour toute la fin. Aussi veut-il d'emblée revoir son roman, il se fait interfolier un exemplaire, connu sous le nom d'exemplaire Chaper, où il va maintenant noter librement ses impressions, ses additions, ses corrections, et les événements de sa vie. Ce précieux exemplaire existe toujours, il a été reproduit en fac-similé avec les notes à l'encre et au crayon de Stendhal, puis édité, et transcrit méthodiquement : c'est un commentaire de Stendhal par lui-même, et l'atelier de la création stendhalienne, qui vient non pas avant le livre, mais après lui, travail manuscrit sur imprimé. Car Stendhal y prépare l'édi-

656 Histoire de La Chartreuse de Parme

tion de *La Chartreuse de Parme* de 1860 : un roman
en trois volumes et non deux, plus long surtout pour la
fin, tout ce qui se passe après la deuxième prison de
Fabrice, et enrichi de chapitres supplémentaires, d'additions de toute dimension, de variantes très nombreuses, et aussi mutilé de suppressions étonnantes. Le
lecteur de l'exemplaire Chaper compte avec effroi les
pages rayées au crayon (parfois rétablies) dans les chapitres initiaux, ceux qui justement donnent au lecteur
moderne le sentiment de perfection narrative et stylistique. Il y a donc une histoire du roman qui se déroule
entre Stendhal et son livre. On peut rêver d'une *Chartreuse* totale intégrant tout ce que Stendhal aurait voulu
y mettre ; mais les annotations sont de date différente,
elles s'annulent souvent et ne sont pas conciliables.
Pourtant, le roman a été écrit si vite que dans quelques
cas (erreurs manifestes et connues de Stendhal), il faut
bien le laisser se corriger lui-même.

En novembre 1839, « par hasard », il reprend son
roman et se donne un plan de travail : réécrire beaucoup
de passages, améliorer son style, mettre ces fameuses
descriptions qu'il n'aime pas faire, mais sans elles, il a
l'impression d'être sec et de fatiguer le lecteur, allonger
son roman, la fin surtout dont il a été frustré par l'éditeur,
et améliorer le début. Là, Stendhal était sensible à des
remarques de Balzac (faites par lettre ou oralement) sur
son liminaire, son tableau de Milan en 1796, les enfances
de Fabrice ; on lui avait dit aussi que ses personnages
arrivaient en scène à la queue leu leu, comme dans des
Mémoires ou un roman picaresque : Milan d'abord, puis
Parme, puis Palla, puis Gonzo, etc. En mai 1840, il se
met au travail et en juin il esquisse l'« Épisode Warney,
Rassi, etc. » qui décrit le séjour de Fabrice à Paris après
Waterloo et introduit les personnages de Parme. Et il pré-
voit d'allonger, de développer la fin, le personnage de
Clélia ; et il commence à annoter un deuxième exemplaire, dit exemplaire Lingay, et il transmet à R. Colomb
une liste de corrections pour une éventuelle réédition.

Mais alors survient le grand événement : l'article de Balzac paru en septembre 1840 dans *La Revue parisienne* [1] ; il parvient à Stendhal le 14 octobre. C'est le choc, la reconnaissance enthousiaste par le plus grand romancier vivant, des louanges hyperboliques et des critiques qui le mettent mal à l'aise car elles portent sur son talent, son écriture, sa nature d'écrivain : il s'agit de la lourde mise en question par Balzac de son style.

D'abord il faut répondre : les trois brouillons de Stendhal le montrent comblé et gêné de devoir justifier son écriture : alors il tente de s'expliquer et se livre à une confession littéraire absolument unique dans son œuvre ; c'est la mise à nu de ses secrets d'écrivain. D'un autre côté, comment doser remerciements et répliques justificatives ? N'était-ce pas demander double ration d'éloges ? C'est pourtant ce qu'il fait et les trois brouillons sont de plus en plus justificatifs [2]. Le 30 octobre, la réponse à Balzac part : elle est inconnue, il n'est même pas sûr qu'elle soit arrivée au destinataire. Nous ne savons pas comment Stendhal a résolu le problème de sa réception contradictoire de l'article célèbre. Mais ses notes montrent qu'il est sous l'emprise des critiques de Balzac et qu'il va s'efforcer, contre lui-même, contre son goût, d'en tenir compte ; il résiste (par exemple sur l'abbé Blanès dont Balzac avait suggéré la suppression), il consent à réécrire (mais selon son style), à refondre surtout le début : raccourcir le liminaire, exposer les données de l'intrigue après Waterloo. Il rédige complètement à la fin de novembre 1840 l'« Épisode » commencé en septembre, il a déjà écrit en octobre 1840 l'« Arrivée de Fabrice à Paris », qui devait être le début du roman écrit selon les principes balzaciens ; en novembre 1840, il ajoute « l'Avant-scène racontée par Birague dans la société de Mme Le Baron à Amiens, six

---

1. On le trouvera dans l'anthologie des *Écrits sur le roman* de Balzac; procurée par Stéphane Vachon (Le Livre de Poche, coll. « Références », 2000). 2. Voir Annexes, p. 723.

semaines après Waterloo », où il essaie de faire raconter par un personnage italien ce que contiennent les deux premiers chapitres. Puis vient le texte « La forêt entre Lugano et Grianta » où il fait de la description et du paysage, et enfin l'ébauche, « Le comte Zorafi journal du Prince de Parme ». La plupart de ces textes devait figurer dans la réédition. En novembre 1840 encore, il utilise un troisième exemplaire, dit exemplaire Royer, où il recueille les corrections déjà prévues et fait mettre au net les chapitres additifs. L'exemplaire devait servir de référence pour la mise au point de la nouvelle *Chartreuse*. Mais Stendhal travaille contre lui-même ; il se rend compte qu'il fait du Balzac, et pas du Stendhal. Il se contraint à aller contre sa « sensation » d'écrivain. C'est surtout le premier chapitre qu'il ne peut sacrifier : ce chapitre, c'est lui, son passé, sa vie. Corriger son roman, il le peut, le refondre, il ne le peut pas. Il en prend conscience le 5 février 1841 : c'est là que cesse l'emprise de Balzac que soutenaient les inquiétudes de Stendhal. Il conserve les additions qui développent le roman et peuvent s'intégrer au récit (il n'abandonne que « l'Avant-scène ») et en revient à ses soucis antérieurs : améliorer son style, allonger la fin, préciser le personnage de Clélia. Il travaille donc toujours sur son exemplaire, il y revient encore en 1842 dans ses dernières semaines, mais le grand projet s'est éloigné, il travaille par petites retouches.

Il est impossible dans les limites de cette édition de donner toutes les richesses des exemplaires annotés. Nous avons fait un choix dans les trois livres (Ch désigne Chaper, R, Royer et L, Lingay) des passages qui présentent le plus d'intérêt : ce sont les réflexions d'ordre général de Stendhal sur lui-même et sur la littérature ; les textes portant sur la poétique de *La Chartreuse* et sur l'écriture de Stendhal ; les développements que Stendhal a cru devoir apporter à certains personnages (Fabrice, le Prince, Clélia). Nous avons tenté pour l'édition Garnier de donner un relevé complet des corrections envisagées par Stendhal.

BIOGRAPHIE

1783-1799

Marie-Henri BEYLE, passé à la postérité sous le pseudonyme de Stendhal, est né à Grenoble le 23 janvier 1783. Son père, Chérubin-Joseph Beyle, issu d'une ancienne famille originaire du massif du Vercors, était avocat au parlement du Dauphiné. La mort de la mère, Henriette Gagnon, survenue en 1790 lorsqu'il avait sept ans, provoque chez l'enfant, qui l'aimait tendrement, un véritable traumatisme et influera profondément sur son caractère et sa vie sentimentale. Réfugié chez son grand-père maternel, le docteur Henri Gagnon, qui habitait la plus belle maison de Grenoble, il reçoit de celui-ci une formation intellectuelle qui se révélera fondamentale. C'est depuis les fenêtres et la terrasse donnant respectivement sur la place Grenette, la Grande Rue et le Jardin de ville, qu'il suit les bruits de la Révolution, car la famille apeurée s'oppose à ce qu'il descende dans la rue et se mêle aux enfants de son âge. Ce n'est qu'en 1796 — il est alors âgé de treize ans — qu'on lui permet de s'inscrire à l'École centrale qui venait de s'ouvrir. Il y passe trois années pleines, années particulièrement fécondes ; il emporte les premiers prix en belles-lettres et en mathématiques. À l'automne de 1799, il part pour Paris afin de se présenter à l'examen d'admission à l'École polytechnique. En fait, ce n'est là qu'un prétexte : obéissant à sa vocation qui le portait vers la littérature, il renonce sans regret à la carrière d'ingénieur qui s'ouvrait à lui.

1799-1806

Le séjour à Paris se révèle décevant. Le jeune homme y passe quelques mois dans le marasme le plus complet. Enfin il est recueilli par ses cousins Daru, dont l'ascension sociale ne faisait que commencer, et grâce à eux et avec eux il part pour l'Italie à la suite de l'armée de réserve destinée à reconquérir le nord de la péninsule. Il a ainsi l'occasion de franchir le Grand-Saint-Bernard, d'essuyer le feu des canons du fort de Bard dans la vallée d'Aoste, de découvrir tour à tour la musique en entendant à Novare *Le Mariage secret* de Cimarosa, la grandeur monumentale de Milan, la beauté et le charme des Milanaises, dont l'une le frappe plus particulièrement : Angela Pietragrua. Nommé sous-lieutenant au 6e dragons, il parcourt le Piémont et la Lombardie. Cependant sa carrière militaire est brève. La vie de garnison lui paraissant dépourvue d'attraits, il rentre en France et donne sa démission. Ayant arraché à son père la promesse d'une pension, il se rend à Paris où il se consacre tout entier à l'étude dans le but avoué de donner une base rationnelle aux œuvres qu'il projette d'écrire. Pour l'instant, ses efforts dans le domaine de la création n'aboutissent pas. Il n'arrive pas à mener à bien les pièces de théâtre qu'il entreprend d'écrire. La fréquentation assidue du Théâtre-Français et des comédiens lui fait connaître une jeune actrice, Mélanie Guilbert, dite Louason, dont il devient éperdument amoureux, et c'est pour elle que, renonçant provisoirement à la littérature, il décide, au milieu de 1805, de la suivre à Marseille et d'entrer comme associé dans une maison de commerce de denrées coloniales et de courtage. Toutefois la double expérience sentimentale et commerciale se solde par un échec : Mélanie le déçoit et le commerce, miné par le blocus continental, périclite.

1806-1814

Pour sortir de l'impasse, il doit se résigner à la démarche humiliante de demander pardon aux Daru d'avoir démissionné de l'armée. Gagné par l'ambition qui régnait sous l'Empire, il obtient enfin de Pierre Daru, nommé conseiller d'État et intendant général, de suivre l'armée en Allemagne. À la fin du mois d'octobre 1806, il est envoyé à Brunswick en qualité d'adjoint provisoire aux commissaires des guerres. Il y réside jusqu'à la fin de 1808 et y exerce les fonctions d'intendant. En 1809, il participe, toujours dans les services de l'intendance, à la campagne d'Autriche. Rentré à Paris, il est nommé le 1er août 1810 auditeur au Conseil d'État et, peu de jours après, inspecteur du mobilier et des bâtiments de la Couronne. C'est l'époque la plus brillante de sa vie ; tous ses rêves semblent se réaliser : il fréquente le grand monde, il a une calèche, des chevaux, une maîtresse – la cantatrice Angéline Bereyter. Un voyage de trois mois qu'il fait en Italie lui redonne l'envie d'écrire : dès son retour, il met en chantier une histoire de la peinture italienne. Au cours de ce même voyage, il fait la conquête d'Angela Pietragrua, dont le souvenir ne l'avait pas quitté. La campagne de Russie, à laquelle il prend part en 1812, sonne le glas de son ambition, en même temps d'ailleurs que celle de l'Empire.

1814-1821

La chute du régime napoléonien le laisse sans emploi et criblé de dettes. Il cherche alors un remède à son désarroi en composant un ouvrage sur la musique, les *Vies de Haydn, de Mozart et de Métastase,* qu'il publie à ses frais : c'est son premier livre. Le corps des auditeurs ayant été dissous, il prend le parti de s'expatrier et de s'installer à Milan où il réside, de manière presque ininterrompue, pendant sept ans. Ce long séjour dans la capitale de la Lombardie est une période importante qui va le marquer à jamais. Sous le rapport de la littérature et de l'esthétique, la fréquentation à peu près quotidienne de la Scala et, à partir de 1816, de la société milanaise, lui apporte tout un flot d'idées nouvelles ; faisant siennes les théories relatives au courant appelé « genre romantique », il ébauche des pamphlets mi-littéraires mi-politiques. En 1817, il publie deux livres : l'*Histoire de la peinture en Italie* et *Rome, Naples et Florence en 1817* ; sur le frontispice de ce dernier figure pour la première fois le pseudonyme M. de Stendhal. En ce qui concerne sa vie sentimentale, abandonné par sa maîtresse Angela Pietragrua, il conçoit une violente passion pour Mathilde Viscontini, épouse séparée du général d'origine polonaise Dembowski, mais elle se refuse à lui. Les péripéties de sa passion malheureuse sont consignées, à mot couverts, dans *De l'Amour*. En juin 1821, la situation devient de plus en plus trouble en Lombardie par suite du mouvement de libération nationale ; elle le pousse à regagner la France.

1821-1830

Rentré à Paris, il y mène pendant dix ans la vie d'homme de lettres. Son esprit paradoxal est très apprécié dans les salons qu'il fréquente, et c'est surtout cet esprit qui lui vaut d'être aimé par trois femmes : Clémentine Curial, Alberthe de Rubempré, Giulia Rinieri. Son activité littéraire est intense. Il publie successivement une *Vie de Rossini* (1824) ; deux manifestes romantiques, *Racine et Shakespeare* (1823 et 1825) ; un pamphlet qui est une prise de position avant la lettre contre la société de consommation, *D'un nouveau complot contre les industriels* (1825) ; deux livres de voyages, une nouvelle édition complètement refondue de *Rome, Naples et Florence* (1826) et les *Promenades dans Rome* (1829) ; enfin, ses deux premiers romans, *Armance* (1827) et *Le Rouge et le Noir* (1830).

1830-1842

À la suite de la révolution de Juillet qui provoqua l'avènement de Louis-Philippe sur le trône, il obtient d'être nommé consul de France à Trieste. Cependant il n'y demeure que quelques mois, le gouvernement autrichien lui ayant refusé l'exequatur à cause de ses idées libérales. Un autre poste, toujours en Italie, lui est alors attribué, celui de Civitavecchia dans l'État pontifical. Comme il périt d'ennui dans cette petite ville, il réside le plus longtemps possible à Rome. Son statut de fonctionnaire influe négativement sur son activité littéraire ; il écrit toujours, mais ne publie rien jusqu'à 1836. Les deux romans dont il entreprend la composition, *Une position sociale* (1832) et *Lucien Leuwen* (1834-1835) ne seront pas achevés. Environ à la même époque, il se replie sur lui-même et évoque sa vie passée dans deux autobiographies, non destinées à la publication : les *Souvenirs d'égotisme* (1832) et la *Vie de Henry Brulard* (1835-1836). Il prend sa revanche au cours du congé de trois ans, de 1836 à 1839, dont il bénéficie grâce à la bienveillance du comte Molé, ministre des Affaires étrangères. Il compose alors et publie coup sur coup les récits connus sous le titre de *Chroniques italiennes,* les *Mémoires d'un touriste, La Chartreuse de Parme.* Rentré à Civitavecchia en mauvaise santé, il obtient, à la suite d'une attaque d'apoplexie, un nouveau congé pour se faire soigner. Le 23 mars 1842, à Paris, une nouvelle attaque le terrasse rue Neuve-des-Capucines. Il meurt dans la nuit sans avoir repris connaissance. Il était âgé de 59 ans.

V. Del Litto

ANNEXES

ANNEXES

I

VARIANTES, ADDITIONS, NOTES ET RÉFLEXIONS

(Extraits)

FEUILLE DE GARDE, VERSO (Ch) :

Le sujet étant passionné et sans enjolivures, les chap[itres] ne doivent pas avoir plus de 20 pages.

Conversation de Fab[rice] vis-à-vis 10.

Critique *by me* : ressemble trop à une traduction de Tacite, y mêler des paysages, des circonstances vulgaires, du facile à comprendre.

Ce sera la noblesse de leur style qui dans 40 ans rendra illisibles nos écrivains de 1840.

Le personnage de l'abbé Blanès produit la fuite vers Waterloo.

FEUILLET INTERCALAIRE, RECTO (Ch) :

4 Novembre 1840. CV[a].

Style

Par amour pour la clarté et le ton intelligible de la conversation, qui d'ailleurs peint si bien, suit de si près la nuance du sentiment, j'ai été conduit à un style qui est le contraire du style un peu enflé des romans actuels, style qui convient si bien :

1° à l'ignorance des détails du cœur humain qui caractérise la plupart des auteurs.

(3) le style à la mode a été inventé par des pauvres de pensée

2° et à l'amour du style *noble* si naturel chez les ignobles enrichis (M. le latiniste, C[t] Rey, Lafitte) et les pères de famille, les fabricants, les commerçants, etc. ; irai-je me rapprocher de cette enflure en semant çà et là des phrases nobles ? Non, je corrigerai les négligences de mon style naturel. Réforme des Carraches.

FEUILLET INTERCALAIRE, VERSO (Ch) :

aimetumie uxavoireut roisfem mesoua voirfa itcemanro ? 16 Février, couloir, [18]41, Colonna.

[Aimes-tu mieux avoir eu trois femmes ou avoir fait ce roman ?]

25 Déc[embre] 1840. Complète laideur de Saint-Pierre.

CVª, 1 Novembre 1840.

Tué 20 *lodole. [alouettes]*

Sans croire aux louanges exagérées de M. de Balzac, j'entreprends de corriger le style de ce roman, mais je crois que le style simple, le contraire de Mme George Sand, de M. Villemain, de M. de Chateaubriand, convient le mieux à ce roman. Tout au plus, il faudrait débuter par 10 pages de style à la Villemain comme on prend des gants jaunes.

1° Ce style est horriblement difficile à imiter, car il n'est autre chose qu'une suite de *nuances* vraies. Il ne vit d'autre chose que d'une suite de nuances vraies.

FEUILLET INTERCALAIRE (R)

16 octobre 1840, Amor. Hier lu l'art[icle] de M. Balz[ac].

9 février 1841, Mora. Par respect pour le tableau tendre de Milan en 1796 et pour le caractère de Mme Pietranera, je laisse les premières pages dans l'ordre actuel ; seulement j'abrège de la page 54 environ à ce chapitre 3.

Chapitre I.

Le monde était à la veille de la bataille de Waterloo.

Cinq heures du matin venaient de sonner. [Un jeune Italien] venait se battre comme simple volontaire dans cette héroïque armée qu'un héros rassemblait à la hâte et qui devait périr à Waterloo. À la première nouvelle du débarquement au golfe de Juan, Fabrice s'était enfui du château de son père.

Quoique à peine âgé de 17 ans, deux sentiments passionnés

remplissaient son cœur : un dévouement passionné à ce grand homme qui s'était fait roi d'Italie et voulait donner l'indépendance à sa patrie, et le désir de venger un jour la mort du jeune général Pietranera, le mari de Gina del Dongo, assassiné par la réaction ultra. Pietranera avait protégé son enfance et Gina, sa veuve, avait une amitié passionnée...

Arrivé au boulevard, Fabrice admira cette allée de grands arbres qui n'en finissait pas... *(Février 1841)*

... Quoique fils d'un grand seigneur, Fabrice adorait Napoléon et venait se battre comme soldat dans cette héroïque armée qu'un héros rassemblait à la hâte et qui devait périr à Waterloo. À la première nouvelle du débarquement du golfe de Juan, il s'était enfui du château de son père.

Fabrice avait 17 ans et deux sentiments passionnés remplissaient ce cœur si jeune encore : un dévouement sans bornes à ce grand homme roi d'Italie qui avait voulu donner l'indépendance à la Lombardie et l'élever à la dignité d'État indépendant, et le profond désir de venger la mort du général Pietranera, le mari de Gina del Dongo, une jeune tante qu'il aimait de toute son âme, qui lui avait procuré les seuls instants de bonheur qu'eût connus sa première enfance. Pendant ces jours heureux, celui-ci avait été assassiné dans un prétendu duel par des officiers appartenant au parti contraire, et Fabrice avait vu le désespoir de la Gina, de sa chère Gina.

Lorsque le général Pietranera commandait une des divisions de la garde royale, cent fois il avait fait monter à cheval avec lui Fabrice jeune enfant que sa femme envoyait prendre au collège des jésuites. De son côté, sa tante Gina del Dongo menait au bal ce jeune neveu qu'elle adorait. C'est ainsi que s'étaient formées ses opinions politiques...

Remis en train d[écem]bre 1840.

Je reviens à l'ordre primitif, fév[rier 18]41, Mero.

Page 16-a) (Ch)
CV[a], 29 octobre [18]40.
Style
Après avoir [lu] l'article de M. de Balzac, je prends mon courage à deux mains pour corriger le style.

Dans le fait, en composant, on ne songe qu'aux choses, on veut des pensées vraies et qui fassent bien la voûte.

Je crois voir que ce style fatigue l'attention et ne donne pas assez de détails faciles à comprendre. Il me semble que ce style fatigue comme une traduction française de Tacite. Il faut le rendre facile pour une femme d'esprit de 30 ans et même amusant s'il se peut.

Ajouter 100 pages de détails faciles à comprendre comme ceux que j'ai ajoutés sur le Journal vis-à-vis 220.

Voyez les détails de *Z. Marcas*.

10 Nov[embre 18]40.

b) 11 Février 1841.

Dans la 2de édition de 1860 il faut ajouter :

1° des bouts de paysages,

1° *bis* le dialogue avec le postillon sur le boulevard,

2° l'épisode de Rassi à l'Opéra, quand Fabrice revient d'Amiens à Paris après Waterloo, avec son faux ami Warney (Besançon), au foyer de l'Opéra,

3° description de la montagne et de la forêt, en revenant de Lugano à Grianta,

4° développements des aventures de Clélia à la fin.

La 2de éd[itio]n de 1860 aura 3 volumes.

Profiter de l'ennui de l'exposition subie par le lecteur pour un volume de plus.

Page 17-a) (Ch)

4 Novembre 1840, CV^{a}. Refonte conseillée par M. de Balzac.

Style

Voir à la page de garde avant le titre l'idée à laquelle j'arrive le 4 novembre 1840.

Par amour pour la clarté et le ton intelligible de la conversation, qui d'ailleurs peint si bien, *suit de si près* la nuance du sentiment *du moment*, j'ai été conduit à un *style* qui est à peu près le contraire du style un peu enflé des romans actuels, style *facile* comme tout ce qui est enflé (les expressions de Pierre de Cortone) et qui convient si bien :

1° à l'ignorance du cœur humain.

Page 21-a) (Ch)

Préface pour moi
C. Vecchia, septembre 1840
revenant du P. Ricardi

J'écrivais avec rapidité en 2 mois tout attentif aux choses racontées.

Je corrige en lisant par plaisir en Sept. 1840 à C. Vecchia. Je corrige :

1° pour augmenter la clarté,

2° pour aider l'imagination du lecteur à se figurer les choses.

3° Je cherche à annoncer les personnages ; j'ai songé que c'était là une des règles du genre.

Page 22-a) (Ch)

5 Nov[embre 18]40.

Ajouter un personnage comique qui joue à la cour de Parme le rôle du *J[ourna]l des Débats* (Ranuce-Ernest IV fait blâmer ses ministres) et de plus le rôle de M. de Fontanes. Il flatte en beau style et le prince aime surtout ce style pompeux, le style à la Chateaubriand.

Page 23-a) (Ch)

Idée
Poétique
17 Fév[rier 18]41

Quand je serai vieux, si j'en ai la patience, dicter une Poétique française qui sera bien nouvelle ; jusqu'ici toujours la forme et jamais le fonds. Les auteurs Jésuites du temps de Bouhours, Porée et Cie (que je n'ai pourtant jamais lus) étaient moins imbéciles (dans le sens latin), faibles, sans nerf, etc., que la plupart des Laharpe et Cie.

Page 24-a) (Ch)

Caractère de Fabrice

Réveillé par l'avis de M. de Balz[ac], enfin je trouve le 7 nov[embre 18]40 le caractère de la conversation de Gina avec Fabrice.

À force de tendresse naïve, profonde, surtout point libertine, et sans s'écarter de la plus parfaite décence, Fabrice *mena* l'âme de la Duchesse. Il y a trop de pensée dans la conversation de Mosca pour qu'elle puisse produire cet effet divin. La parfaite absence de choses parlant directement aux sens rassure la Duchesse sur cette conversation.

Page 43-a) (Ch)

Amor, 5 Février
1841, 5 Février.

Il me vient l'idée d'abréger tout simplement ceci, au lieu de mettre d'abord Waterloo, suivant l'avis de M. de Bal[zac], et ensuite de faire raconter devant Fabrice par le colonel Le Baron toute la vie de Mme Pietranera.

Je trouve beaucoup de mots à changer pour la *douceur*.

Relu jusqu'ici.

Je trouve que cette introduction *engage* mieux le cœur. Il est vrai que je suis amoureux de ce temps-là.

Page 53-a) (L)

Un moderne eût noyé tout ceci dans le paysage, dans un plat d'épinards infini et de plus eût mis quatre dièses à tous ses sentiments.

Page 55-a) (Ch)

L'abbé Blanès utile.

Les idées de l'abbé Blanès ou plutôt leurs conséquences :

1° font que Fabrice refuse le brevet autrichien,

2° le font partir pour Waterloo.

18 janvier [18]42.

2 choses capitales. Donc Blanès n'est point inutile.

Page 56-a) (Ch)
Les 48 pages du préambule finissent là. Ces idées sont belles en elles-mêmes, mais l'astrologie décide du sort de Fabrice. 1842.

Page 59-a) (Ch)
17 Février [18]41.
Une Philosophie
Une explication en style emphatique, et quand l'expliqueur ne peut pas expliquer, il vous demande de CROIRE.
À propos de la philosophie de M. de Lamen[n]ais que je n'ai pas lue et que je ne lirai pas.

Page 61-a) (R)
En parlant de Fabrice initié : Les idées allèrent bien loin, ou : Ses idées s'égarèrent bien haut.
... Croire à certains avis de la part d'un *God* bon.

Page 66-a) (Ch)
Fabrice profondément religieux comme on l'est en Italie avait sur les destinées humaines des idées particulières. L'abbé Blanès curé du village de Grianta sur le lac de Côme où était le château de son père et de plus grand partisan de l'Astrologie lui avait enseigné que par des rencontres d'événements qui semblent fortuits aux yeux non prévenus, l'Éternel daigne quelquefois donner des avis aux êtres qui se sont faits siens.

Fabrice marchait plongé dans ces idées sérieuses lorsqu'il fut rappelé sur la terre par une pluie qui tout à coup se mit à tomber avec une telle fureur qu'à peine le nouvel hussard...

b) (Ch)

... canonnade : c'était Waterloo. Notre jeune Milanais marchait regardant toujours au bout de la plaine et écoutant le silence. La profondeur des sentiments faisait voler son attention à mille lieues par-dessus de la prudence et du bon sens qu'un Normand de son âge eût tiré des plus petites circonstances...

11 F[évri]er [18]41.

Toute la différence, c'est que l'âme du Normand, si tant est qu'il y ait âme, s'embourbe bientôt dans les premières jouissances d'une grossière vanité, les âmes comme Fabrice ne se contentent pas d'être officiers de la garde nationale de leur bourg ou de porter une demi-aune de ruban à leur boutonnière, mais s'envolent souvent bien au-delà et font des folies. Lorsque le Normand se trouve un peu d'esprit, il fait des plaisanteries sur les âmes romanesques et dans les salons à argent a l'avantage sur elles...

... c'était Waterloo.

Notre jeune Milanais marchait écoutant le silence [1] et les yeux fixés sur les arbres qui formaient l'horizon de la plaine qui est immense en cet endroit. La profondeur de ses émotions faisait voler son attention à des centaines de toises au-dessus de la prudence et du bon sens qu'un Normand de son âge eût tiré des plus petites circonstances. La différence c'est que l'âme du Normand...

Note de la 2ᵉ Édition vers 1860 :

(1) Je demande pardon au lecteur de 1880, s'il s'en trouve. Pour être lu en 1838 il fallait dire : écoutant le silence.

14 Février [18]41.

Page 67-a) (Ch)

Brillanter le style. En 1841 on cherche le style et non les idées. Ce sont des pauvres d'idées qui ont inventé le style, Villemain, Janin, Salvandy, etc., etc. 14 Fév[rier 18]41.

Averti par M. de Bal[zac], Las F. [1] trouve qu'*Armance* a de jolies choses.

1) Domenico Fiore ami de Stendhal (Note de l'éditeur)

Lettre du 1ᵉʳ Février.

Je regardais *Ar*[*mance*] comme un ouvrage manqué.

Page 70-a) (R)

... animé par le feu. Elle tourna à droite, puis s'arrêta tout court, et se mit debout sur sa charrette. Elle regardait la fumée et la direction des feux. Fabrice considérait cette plaine sans bornes au milieu de laquelle les arbres semblaient plus petits qu'ailleurs. Le ronflement du canon et ces flots de fumée faisaient battre son cœur. Enfin, voilà donc la gloire ! se disait-il. Par ce que je ferai quand j'aurai appris le métier au milieu de ces flots-là, je pourrai attirer les regards de l'Empereur ! Par ce que j'aurai fait au milieu de cette fumée, un jour il me sera possible de punir les infâmes qui ont assassiné le comte Pietranera et je verrai le bonheur dans les yeux de Gina. Puis il se mit à bien considérer le pays pour s'en faire une idée nette.

Sur le premier plan, en avant des masses de fumée blanche, comme au-delà, c'était une immense plaine bien verte avec force coquelicots, au milieu des blés mûrs et des rangées des saules touffus et de jeunes chênes bien minces s'étendant à l'infini. Du reste, pas la moindre élévation qui donnât une physionomie à ce pays[1].

Quelle singulière contrée ! *Pays-Bas,* en effet, se dit Fabrice. En cherchant bien, il finit par apercevoir, à une distance énorme et par-delà les sommités des arbres d'une forêt voisine, une petite ligne bleue de ciel fort clair. Voilà les Alpes de ce pays ! se dit-il, avec une nuance d'ironie triste. Il se rappelait les montagnes sublimes qui par leurs torrents s'échappant en cascades viennent former le lac de Côme, ce lac charmant où je me promenais avec Gina ! Ah ! c'est elle qui me dit à notre Musée de Brera à Milan, devant un tableau renommé de Paul Potter : On prétend que tel est, en effet, l'aspect des plaines de Flandres. Elle avait raison, c'est bien le portrait de ce pays si vert avec ces gros nuages.
— Suffit ! assez jasé comme ça ! s'écria la vivandière, en

---

1. Il s'étonne de sa sensation comme Dominique à la Trinità.

lui adressant la parole, c'est bien là la droite, de l'autre côté de ce petit bouquet de bois. En avant, les amis ! [1]

Page 83-a) (R)

... à rester et l'empêcha probablement d'être arrêté ; ce fut l'air gai et ouvert que ses nouveaux camarades prenaient avec lui. Il commençait à se croire l'ami intime de tous les hussards avec lesquels il galopait. L'idée du danger était à mille lieues de lui, et, parmi les braves de cette malheureuse armée qui en comptait un si grand nombre, nous osons dire que peu songeaient aussi peu à la mort. Fabrice voyait entre ses camarades et lui cette noble amitié...

Page 86-a) (R)

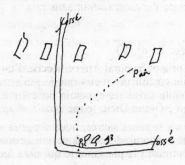

Page 90-a) (R)

... un ennemi. Ce matin, j'escortais un maréchal ! De quel péril est-ce que je le garantissais ? Mais si la bataille se perd, quel désespoir pour Gina ! Il n'y a plus d'espoir de ven-

---

1. N'est-ce pas là du paysage et du paysage mêlé avec les sentiments des personnages ? 12 novembre, S[ain]t-Martin, C[ivita]-V[ecchia], 1840.

geance pour ce mari qui m'a tant aimé. Pauvre comte Pietranera ! Quelle va être l'insolence de ces canailles qui viennent
dîner chez mon père ! Tous les gens de cœur vont remplir
les prisons. Il resta pensif. Mais tandis que je ne suis pas
encore en prison, tuons un de ces paysans du Nord à demi-
sauvages. Le jeune Milanais regardait de tous les côtés avec
les yeux de la colère ; il se voyait déjà dans les prisons de
l'Autriche. Au bout d'un moment...

Page 93-a) (R)

... à Charleroi. Fabrice monté sur le mur fumant d'une mai-
sonnette qu'on venait d'incendier, considérait ce comble du
désordre. Tous ces Français tiennent à donner leur avis à
haute voix, se dit-il, et aucun chef n'est obéi. C'est dans ces
circonstances qu'un homme au caractère de fer tel que le
comte Pietranera serait sans prix...

Page 95-a) (R)

À propos, caporal Aubry, s'écria d'un air piteux un des Français gouailleurs, voilà que je me sens sur le dos cette inoubliable cavalerie ennemie dont vous nous faisiez peur hier
soir ! Grand Dieu, je me sens *tout sabré* !

Nous sommes sabrés, nous sommes sabrés ! reprit un autre.
Ah ! caporal, donnez donc vos ordres ! s'écria le troisième,
continuant la plaisanterie qui dura bien un quart d'heure.

Ils se moquaient du caporal qui, la veille, avait eu la niaiserie
de motiver son ordre. Ah ! voilà qu'ils se plaisantent entre
eux maintenant, se dit Fabrice. Le fait est qu'avec les Français il ne faut motiver que par deux ou trois mots héroïques,
ou gare la plaisanterie ! Le caporal se conduisit comme s'il
connaissait confusément ce grand principe, car il n'ouvrit
pas la bouche pour répondre. On marchait ainsi en faisant...

Page 96-a) (R)

... de la nuit. Le récit fut d'une longueur infinie, mais la
cantinière eut le vif plaisir de le voir avidement écouté par
notre héros. Pour tout dire, il ne comprenait guère les choses

françaises ; son point de départ, celui qui lui fournissait encore cet amour passionné pour la guerre, c'étaient les récits héroïques de l'Arioste, à la vérité un peu modifiés par les bulletins de la Grande Armée qu'il savait par cœur. Tous les récits et commentaires terminés :

— Et dire que ce sont des Français...

Page 100-a) (R)

« ... de la France... »

... La vanité en fait des héros, mais aussi d'honnêtes gens... Longueur.

Style. 15 nov[embre] 1840. Mais les lecteurs aiment les traits d'esprit qui exercent le leur. J'admets le mot des Français. La vanité en fait des héros, mais aussi d'honnêtes gens.

Page 103-a) (Ch)

... le matin en prenant congé de la geôlière à B. Pour ses napoléons, il les cacha du mieux qu'il put. Le danger surmonté avec bonheur l'avait monté jusqu'à l'exaltation, en ce moment rien n'eût été capable de le troubler, ce sont de ces moments qui forment les grands caractères. C'est ce qu'éprouva bien un soldat d'infanterie qui s'avança dans ce blé pour faire manger trois chevaux qui semblaient morts de faim.

Tout à coup Fabrice entendit un petit bruit tout près de lui, c'était...

Page 105-a) (Ch)

... mais si je prends ce parti prudent, demain il y aura un parti contraire dans mon cœur qui s'écriera que c'est une infamie d'avoir ainsi cédé le pas... — 11 F[évrie]r [18]41.

Page 107-a) (R)

... génies enchantés, se dit-il. Cette idée ne fut remplacée par aucune autre, elle ne le quittait point, il se trouvait comme

ravi en extase. Il lui venait des pensées, comme s'il eût cru
réellement aux génies enchantés ; son âme était à mille
lieues de la réalité. Au milieu des noires circonstances d'une
déroute affreuse et environné de cent mille fuyards furieux,
voilà un homme qui est dans le roman. C'était l'effet de
l'*expression* sur un cœur né pour les arts.

Plus d'un quart d'heure après, il ouvrit machinalement le
papier plié, et lut un ordre ainsi conçu...

Page 108-a) (R)

... se laisser jouer. Alors seulement il perdit de vue les génies
enchantés, et, par ce fil désagréable, fut ramené sur la terre.
Voilà pourquoi les caractères de ce genre aiment la solitude,
c'est pourquoi aussi ils sont si vivement aimés par les cœurs
qui les ont compris une fois...

Page 113-a) (R)

... du monde, il n'y avait plus de pensées des *Mille et une
nuits* dans sa tête, la quantité de sang qu'il avait perdu l'avait
ramené au positif de la vie...

Page 114-a) (R)

... qu'il paierait bien, il ne s'apercevait pas qu'il offensait
cruellement la bonne maîtresse de l'auberge et ses filles.
Son caractère profondément religieux et enthousiaste prit le
dessus. Oserons-nous dire qu'il avait des visions ? Il lui semblait que la Madone, sollicitée du fond de l'Italie par sa tante
Gina Pietranera, daignait lui apparaître et lui promettre son
secours. Il lui semblait que sa tante lui tendait les bras et
l'embrassait pendant son sommeil. Il y avait quinze jours...

Les détails de sentiment sont bien autrement difficiles à
ajouter que les détails d'habillement, de paysage, les détails
éclaircissants.

C[ivita]-V[ecchi]a, 16 novembre 1840.

Page 120-a) (Ch)

... du terrible baron de Binder n'eût été appelée sur son absence.

Le Baron aura mis votre signalement dans la poche de chaque douanier, dit Barlass, le valet de chambre de la Comtesse, comme on passait vis-à-vis le poteau noir et jaune qui marquait la frontière du Royaume Lombardo-Vénitien.

— Tu as raison, dit Fabrice, prenons les sentiers qui abrègent la route, et deux balles dans la poitrine à tout douanier ou gendarme qui ferait mine de vouloir nous approcher.

Et vive il Signor Contine ! s'écria Barlass en renouvelant les amorces de son fusil à deux coups ; il n'en sera ni plus ni moins pour moi, et j'aurai le plaisir de voir faire la bouche de carpe couché sur le dos, à un de ces gredins de douaniers qui font si souvent les insolents en me regardant...

Page 128-a) (Ch)

Quand je dictais cela, j'ignorais ce que contiendrait le chapitre suivant. Improvisation.

Page 130-a) (Ch)

Memento pour moi.

J'improvisais en dictant, je ne savais jamais, en dictant un chapitre, ce qui arriverait dans le chap[itre] suivant. Souvent j'essayais un effet comme Robert. Le style devait être pittoresque, mais je ne songeais guère à ces grâces à la Villemain qui, par une allusion qui fait élégance, *distraisent* du sujet.

CV^a 3 novembre 1840.

Page 136-a) (Ch)

... semble, il passait même dans le temps pour fils de ce beau lieutenant Robert, maintenant le Général Comte d'A***. Il logeait au Palais del Dongo et était le cavalier servant de la Marquise...

Page 137-a) (Ch)

Napoléon par suite de sa folie pour tout ce qui était souverainement beau ; du reste, en sa qualité de noble, il croyait...

Mélancolie profonde dans laquelle tombe Fabrice qui perd l'espoir d'être militaire. Il ne se plaît un peu qu'avec les femmes. Grand caractère pour sa tante.

[18]42. 18 Janvier 1842.

Page 138-a) (Ch)

... bien pensante, mais s'il ne pensait jamais à elle, en revanche tous les jours il lisait le Dante, et il posait le livre pour essuyer ses larmes. Dans cette âme altière au fond, et tellement dévouée à ses sensations réelles, il n'y avait guère de place pour l'imitation des autres. Il ne se fit pas d'amis dans la...

Page 142-a) (Ch)

... Cet homme qui l'amusait, le Comte Mosca della Rovere Sorezana, était alors Ministre des Affaires Étrangères, de la Guerre et des Finances, et de plus Directeur général de la Police de l'État de Parme. Il jouissait des bonnes grâces de ce fameux Ranuce-Ernest IV, l'un des Princes les plus capables que l'Italie eût produit depuis bien des années. Ranuce-Ernest n'eût point été embarrassé de conduire un grand État, le royaume de Louis XIV ou l'empire des Czars de Russie, par exemple. Dans une telle position, il eût fait parler de lui, et laissé des souvenirs, mais il était homme et avait des passions ; nous devons avouer qu'il n'aimait pas les républicains. On parlait beaucoup alors de ses sévérités que les libéraux de Milan appelèrent des cruautés.

Mosca pouvait avoir 40 ou 45 ans...

Page 143-a) (Ch)

CV[a], 4 novembre [18]40.

À Paris on appellerait ce paragraphe inélégant. Je l'appelle *clair* et ne veux pas l'élégantiser, par ex[emple] ôter les

2 *avoir avait*, et les remplacer par une tournure déclamatoire ou une périphrase.

Page 144-a) (Ch)

... voyait un homme qui tournait tout en gaieté et avait honte de la gravité de sa place. Mosca avait promis de lui faire savoir toutes les nouvelles de France qu'il parviendrait à recueillir. Dans les cent jours qui précédèrent Waterloo, c'était une imprudence majeure. Il s'agissait alors pour la Lombardie d'être ou de n'être pas et tout le monde avait la fièvre, d'espérance ou de crainte...

b) (Ch)

... de devenir premier Ministre de Ranuce-Ernest IV. Ce prince a de grandes espérances et une ambition plus grande encore. Non seulement il est souverain absolu dans les États des Farnèse, mais il a l'esprit de s'agrandir étonnamment, et en attendant c'est l'un des princes les plus riches de l'Europe. Son père lui a légué de vastes projets et un trésor accumulé pendant 30 ans. Ranuce III eut l'esprit d'avoir peur dès 1786, et dès lors il n'eut qu'une pensée : accumuler et faire passer des barriques d'or en Amérique.

Ranuce-Ernest IV au milieu de tant de détails a besoin d'un premier Ministre, il croit avoir découvert l'homme digne de travailler sous lui, et l'on assure que le Comte serait déjà parvenu au poste suprême s'il eût voulu prendre une mine plus grave...

Page 153-a) (Ch)

... à son génie et le comparait à M. de Metternich, au cardinal de Richelieu, etc.

b) (Ch)... Ranuce-Ernest IV regardait comme fort important pour ses projets que dans l'étranger ses émissaires puissent dire qu'au fond il était libéral. Les œuvres de Montesquieu ne formaient-elles pas sa lecture habituelle ?...

c) (Ch)... peignait comme un génie qu'aucune difficulté ne pouvait arrêter, comme un homme d'action, permettait de ne plus songer au parti ultra à la cour de Parme. Et tout le nord de l'Italie se figurait que ses destinées seraient tôt ou tard réglées par Ranuce-Ernest IV et son ministre. Avec les millions de son maître quoi de plus facile pour ce ministre que de lever trente mille Suisses en quinze jours ? Or en supposant la guerre bien allumée en Europe, trente mille Suisses pourraient amener des événements décisifs pour l'Italie. Et qui ne voit pas que d'ici à 30 ans le gouvernement du bon plaisir se donnera le plaisir d'engager un duel à mort avec la liberté de la presse ?

Pour l'amour du Comte Mosca Mme Pietranera se donnait la peine de comprendre des raisonnements de cette espèce. Elle le voyait couvert [un blanc] d'un brillant uniforme commandant en chef de 30 mille Suisses.

Le parti libéral à la Cour de Parme avait alors à sa tête...

Page 175-a) (Ch)

... prélature et se conduire avec quelque prudence, je le fais diacre. Ensuite ce sera son affaire d'arriver au chapeau comme firent vos deux grands oncles ; et, qui sait, une grande et noble ambition pourra servir d'amusement à son extrême vieillesse.

— Le voilà Pape, n'est-ce pas ?

— Pourquoi pas, s'il sait mener les hommes ? Les sottises ignobles des Jacobins donneront dans 40 ans d'ici de telles chances de succès aux hommes de grande naissance qui voudront s'appliquer aux affaires, et ne choquer personne.

L'objection réelle est celle-ci...

Page 177-a) (Ch)

... dédain. Je ne me suis point trompée, pensait-elle ; c'est un héros.

Ce qui n'était pas une illusion, c'est l'effet magique que produisait sur elle la conversation de Fabrice. Cet effet allait jusqu'au délire. Il faut dire que cet effet était réciproque. Fabrice respirait en lui parlant et, depuis leur séparation à Milan, il lui semblait n'avoir pas vécu. Tous ses prétendus plaisirs n'avaient été que des ressources contre l'ennui, et à aucune époque de la durée de ces prétendus plaisirs auprès de la femme noble et dévote de Romagnano, ou galopant à outrance sur les chevaux de l'homme d'affaires de sa mère, il n'avait perdu de vue ces plaisirs divins touchant ce sentiment si vainement depuis oublié, par exemple promener sur le lac en tête-à-tête avec la Gina.

— Charme de la conversation de Fabrice.

... Le Comte Mosca a du génie, tout le monde le dit, et je le crois, de plus il est mon amant, mais quand je suis avec Fabrice et que rien ne le contraint, qu'il veut me dire tout ce qu'il pense, je n'ai plus de jugement, je n'ai plus la conscience du moi humain pour porter un jugement de son mérite ; je suis dans le ciel avec lui et, quand il me quitte, je suis morte de fatigue et incapable de tout excepté de me dire : C'est un Dieu pour moi, et il n'est qu'ami...

Exécution du conseil de M. de Balzac : la priorité par le cœur donnée à Fabrice.

For me : his conversation mena l'*anima della Contessa.*

Page 179-a) (Ch)

... compliquée. Mon amour-propre a besoin d'entreprendre quelque chose de difficile. Puisque je ne puis pas vivre avec toi, et retrouver nos promenades sur le lac, vivre à Naples, vivre à Romagnano, c'est tout un.

> Rien ne m'est plus.
> Plus ne m'est rien.

La duchesse se jeta dans ses bras. Fabrice embrassa sa tante avec toute l'amitié possible et après une demi-minute la Duchesse s'en félicita.

Page 180-a) (Ch)

... songe que tu es destiné à avoir pour juges l'*envie* chez quelques-uns et la *timidité* chez tous. Surtout jamais de théorie générale sur rien. Décide le moins possible, mais du moins ne décide jamais que sur un cas particulier.

La vieillesse qui est si triste dans toutes les carrières est le temps d'une seconde moisson dans celle où te jette ta folie de Waterloo. Et par suite de cette folie, à 75 ans, tu courras la chance de porter une couronne. Où sera alors le souvenir de Gina del Dongo ?

— Comme aujourd'hui, à la première place dans mon cœur.

Il ne fut plus question de discuter ; après ce mot, Fabrice était dans les bras de sa jeune tante...

Fabrice pleura beaucoup en se séparant d'elle. Naples est si loin ! lui disait-il. À Romagnano, je me sentais à deux pas de toi, je pouvais te demander conseil sur tout, et ta réponse arrivait en 3 jours. Je n'avais qu'à porter ma lettre en chassant à un batelier du Tessin qui la jetait à la poste en Autriche.

Fabrice débuta dans Naples avec une voiture modeste...

b) (Ch)

Mise au net de 178.

En cherchant à corriger la phrase du bas de la page 178 qui boite, je corrige le fond, tant la périphrase racinienne et noble m'est antipathique.

Je fais cette phrase :

... Cette année assez amusante pour Fabrice le fut trop pour la Duchesse. Le Comte fut trois ou quatre fois à deux doigts de sa perte, il manquait absolument de la première qualité du courtisan, il pouvait être utile, mais il ne pouvait se flatter d'être *sans honneur*. À la moindre humiliation, il n'aurait pu s'empêcher de tout quitter, il était sûr de l'attachement de la Duchesse, et savait vivre avec le peu qu'il avait. Plus peureux cette année-là parce qu'il fut toujours souffrant, Ranuce-Ernest songeait toujours aux sévérités passées et se laissait tourmenter par les lettres anonymes. Jamais le Comte ne put obtenir de lui qu'il les jetât au feu sans les lire ou qu'il les renvoyât à sa femme.

— Mais, Monseigneur, lui disait le Ministre, si vous voulez qu'on oublie des sévérités qui peut-être furent utiles, je ne puis en juger, il faut montrer à tous que vous les oubliez vous-même ; allez seul à la chasse, avec moi, avec tout autre, ne prenez qu'un de vos ministres pour donner des ordres s'il le fallait.

Dans d'autres instants, le Comte cherchait à piquer d'honneur un homme qui avait l'étoffe d'être fier.

— Nous n'en sommes plus aux temps faciles des souverains et des ministres, il suffisait alors que la Providence eût jeté une couronne sur la tête d'un heureux mortel. Pour faire du despotisme à rebrousse-poil dans un siècle qui a vu d'abord Napoléon puis le *Charivari*, il faut un grand caractère, et Votre Altesse est à la hauteur de son rôle quand elle jouit de sa santé.

Le soir surtout le Prince était accablé par les souvenirs des exécutions faites avant l'entrée du Comte au...

c) (Ch)

... Ministère et il croyait en l'exilant en secouer tout l'odieux.

— N'est-ce pas bien là, disait le Ministre, la logique d'un homme d'esprit gâté par la toute puissance ?

— Pour moi, disait la Duchesse, je n'y vois que l'adresse suprême de Mme Raversi sachant exploiter la mauvaise humeur d'un envieux. Au nom de Dieu, n'ayez pas d'*humeur* et nous gagnons le pari...

Elle n'eût eu que quelques mots gracieux à répondre au Prince et elle gagnait le pari, mais elle ne se souciait pas de la victoire à ce prix.

Page 181-a) (Ch)

— Pourquoi ce journal ? Est-ce que l'on ne se moque pas assez de nous en Italie ? Que de sottises ce journal va imprimer et chaque jour une nouvelle !

— Une cinquantaine de ces petits comtes et marquis plus ridicules que les autres, mais croyant savoir travailler veulent des affaires et prétendent travailler. Je n'ai qu'à les laisser travailler, et, en un tour de main, ils me gâtent les véritables affaires. Ce journal leur donnera à mâcher à vide. Ils pèseront la moindre nouvelle, l'annonce du naufrage d'un brick dans les mers de l'Inde. Cette nouvelle offensera-t-elle l'Angleterre, nous brouillera-t-elle avec la Russie, donnerat-elle de l'espoir aux jacobins de France ? Que dira Paris de notre journal ? Voyez le Comte Zumolini au travail.

— Mais les Zumolini avec leur fausse prudence n'auront pas la véritable. Gare les allusions aux loges, aux maîtresses des gens en place à 30 lieues d'ici !

— Ce journal dont l'idée est...

Page 183-a) (Ch)

... et fort dévots. Ils faisaient tous dans l'occasion des *morts superbes*, comme on dit à Parme ; rappelez-vous les belles morts des gens d'esprit de la cour de Louis XIV. Ce trait de ressemblance n'avait pas échappé à la finesse du Prince et faisait son bonheur. Dans le fait, après nos deux amis le Comte et la Duchesse, après la marquise Raversi et le Rassi qui souvent était bien amusant, le Prince pouvait passer pour l'homme de sa cour qui avait le plus d'esprit. Mais sa chimère, mourir avec dix millions de sujets, en faisait souvent un être rêveur et distrait.

L'esprit du souverain consola Madame Sanseverina. On pouvait lui reprocher un égoïsme atroce et digne d'un roi. Mais il avait l'art de faire apparaître sans délai la raison d'État qui neutralisait l'horreur, et, d'ailleurs, dans sa conduite rien de bas, de dégoûtant, de misérable. Je puis être haï, disait-il un jour à la Duchesse, mais méprisé, non ; j'en porte le défi à tous les lecteurs du *Constitutionnel*, disait-il à la Duchesse qui lui parlait du malheur qu'elle avait de déplaire à tous les sots de la Cour. Elle avait compris ce *malheur*...

Page 191-a) (Ch)

... sans remède. Ce bonheur était si innocent, si vif et en même temps si tendre qu'il était de plain-pied avec toutes les preuves de tendresse possible. Il est sans aucun mélange de pensée, se dit le Comte, c'est pour ainsi dire du bonheur d'instinct. Elle est sur le point de se donner, sans y songer. Ce n'est pas l'amour qu'elle a pour moi qui la défend en ce moment, c'est tout simplement que Fabrice oublie de la prendre dans ses bras.

La Duchesse était étonnée et ravie de la charmante figure de Fabrice. Comme il n'avait point d'amour chez lui quand il n'était pas gêné par des importuns, sa figure offrait l'expression de la joie et de la volupté la plus vive et la plus pure. C'est ainsi, se disait le ministre épouvanté, qu'un homme d'esprit regarde une femme avec laquelle il est bien au moins depuis six mois...

b) (Ch)

Son Altesse s'ennuyait. D'abord il fut ravi du billet qu'il relut trois fois car il était amoureux de la Duchesse autant qu'un ambitieux peut l'être. Et souvent cet amour rentrait dans son cœur à propos de la jalousie que lui inspirait quelque trait de haute habileté que venait de donner son ministre.

Si je suis auprès du Prince, disait le Comte à son amie, au moment où arrive la première nouvelle de quelque succès d'une idée que j'ai eue, j'en suis bien sûr, son premier regard pour moi est chargé de haine.

— Voilà le *drawback*, le revers de la médaille du talent des *Richelieu*, ils ont besoin d'un Prince qui leur donne un État à gouverner. Si vous parvenez à réunir vos dix millions de sujets, votre danger centuplera.

— C'est pour cela, disait le Comte, que j'ai mis tout mon bonheur réel dans une autre passion que l'ambition. Que me fait tout le bataillon de garde au palais qui sort et prend les armes tout entier à l'aspect de ma voiture et me salue du drapeau ? Donc pour revenir à l'arrivée du billet de la Duchesse...

Page 195-a) (Ch)

... Fabrice croyait à peu près tout ce que nous venons de lui entendre dire ; il est vrai qu'il ne lui arrivait pas six fois par an de songer à ces grands principes. Il avait de l'esprit, et une âme tout entière à ce qui l'occupait dans le moment. Et cette âme si tendre venait-elle à être occupée des pensées de la religion, il avait pour la Madone des transports passionnés comme ceux que lui inspirait Gina Pietranera...

b) (Ch)

procurer. À l'amour pour Napoléon avait succédé avec le temps la passion pour les journaux ; quelquefois en 1821 ils osaient admettre une phrase sur le prisonnier de Ste-Hélène, en la lisant, notre jeune Monsignor devenait pourpre et ses yeux se remplissaient de larmes. Il se fût précipité dans un gouffre pour Napoléon, il avait accepté les grandes vérités qui avaient effrayé le Prince comme les règles du Whist et les croyait par paresse...

(Beaux combats si ces vérités eussent engagé la bataille avec Napoléon.)

Page 197-a) (Ch)

Cela me semble bien dit, nombreux, à la Jean-Jacq[ues]. CV. 15 Nov[embre] 1840. Migraine.

Page 227-a) (Ch)

M. de Balzac, page 298, me prête le mot suivant, le prendre : Songez, dit Mosca à Fabrice, ou plutôt Gina dit à Fabrice : Le Comte t'engage à réfléchir à ceci : Une proclamation, un caprice de cœur précipite l'homme enthousiaste dans le parti contraire à ses sympathies futures.

Page 279-a) (R)

Dévotion de Fabrice.

Comment cette habitude de cœur lui est venue, s'est greffée sur les présages. Les vers de Ronsard, chap. 2.

Donner le secret de cette généalogie de pensée.

La force de sa tendresse pour *God* lui fait penser qu'il est digne, que *God,* qui n'est point ingrat, fait attention à lui, et par *présages* et par *inspiration* daigne lui donner des conseils. *God* qui voit tout est sensible à l'amour vrai et héroïque. Cet amour tel que je le sens est *rare,* se dit Fabrice.

Page 295-a) (Ch)

1842, 18 janvier.

Je n'ai point de réputation en 1842, outre la grande raison qui saute aux yeux et répond à ce reproche que mes amis me font souvent, je découvre une raison déterminante qui m'a fait marcher ou plutôt ne pas marcher, à mon insu. La vie littéraire telle qu'elle existe en 1842 est une vie misérable. Elle réveille les instincts les plus méprisables de notre nature et les plus fertiles en petits malheurs.

H. Beyle.

Page 316-a) (Ch)

20 mai 1840. Supprimer tous les détails de ce duel, on a assez de détails. Le Martinengo promet et fuit, il fuit de Florence, il fuit de Sienne, enfin Fabrice le trouve dans le jardin au restaurant de Livourne, lui jette une épée et par la menace de l'assassiner le force à se battre. Mart[inengo] se bat assez bien et est blessé.

Page 319-a)

18 mai 1840.

S'il ne travaille pas, il mûrit ses idées en roman.

La Duchesse dit que ceci ressemble à des mémoires où l'on voit les personnages arriver successivement.

Par le plaisir que cause la Marquise Raversi quand elle vient dire un mot sur les sermons de Fabrice, D[omini]que sent la convenance de faire faire connaissance dès le commencement avec les personnages.

Page 323-a) (Ch)

CV. 25 mai [18]40.

Ajouter au caractère de Clélia tous les développements que me fit supprimer en mars 1839 l'horreur qu'avait M. Dupont pour la grosseur du 2^d volume ou pour un 3e.

Trouver quelque moyen d'annoncer dans le 1er volume, je pense vers l'époque de la venue à Parme de la Duchesse, tous les personnages qui doivent agir après l'arrivée de Fabrice à Parme, savoir :

Rassi

l'Archevêque

le Marquis Crescenzi.

Je sens la façon cavalière dont Gonzo est introduit.

Développer convenablement les scènes de la fin. Cela fait, diviser le manuscrit en 3 parties égales et faire 3 volumes de l'ouvrage.

L'exposition des amours de Clélia étant faite, ce qui est la partie qui peut ennuyer, je n'en tire pas assez de parti pour amener des scènes doucement attendrissantes. M. Dupont me fit sabrer en mars 1839.

CVª le 27 juillet 1840.

Page 358-a) (Ch)

Le style est un peu trop sévère et mathématique.

CVª 13 novembre [18]39.

1ʳᵉ lecture en passant depuis Paris.

Page 437-a) (Ch)

Ici deux choses fort heureuses pour l'auteur : intérêt pour le raisonnable : se sauver de cette prison où le poison est à craindre ;

intérêt pour le sentimental : être aimé de sa maîtresse.

24 juillet 1840.

Page 453-a) (Ch)

Ceci est trop serré, trop Machiavel, trop difficile à lire. 25 juillet [18]40.

Page 457-a) (Ch)

Plus détaillé, moins abrégé, le récit clair délasse des idées abstraites et métaphysiques, comme dirait le vulgaire. Voici ce que M. de Balzac appelle écrire comme Machiavel.

Page 512-a) (Ch)

Ajouter description 10 lignes à Belgirate.

Écrire ces corrections sur ces pages blanches, ôter mon attention à l'ensemble.

16 Nov[embre 1840].

Page 593-a) (Ch)

(Discours bien italien. Clélia ne peut résister à la présence *réelle* de son amant ; sa vertu n'a de ressource qu'en éloignant son amant.)

b)

... Fabrice était bien incapable de répondre, il la serrait dans ses bras.

Longtemps après quand [il] put parler, il lui raconta...

For me. Ce qui suit est *fort*, mais guérit le défaut d'insipidité d'une *dévote parfaite* qui tuait le caractère de Clélia (23 Juillet 1840).

Quelle faute j'ai commise, cher ami ! Et comme Fabrice demandait quelle était cette faute : Elle est irréparable, s'écria Clélia en se précipitant dans ses bras. Mais reviens demain, tous les jours qui me restent. Je t'en conjure, ne me perds pas de réputation. Ce serait une bassesse à moi après ce que j'ai écrit à mon père, de me faire refuser par le Marquis en lui offrant la main d'une fille déshonorée. Mais je m'appartiens encore. Vois, veux-tu rester cette nuit dans ce palais ?

— Rien de plus simple, je vais envoyer à deux lieues de Parme le seul laquais de ma tante qui m'ait vu entrer. Il croira que je suis sorti sur ses pas, et ne pourra rentrer au palais avant demain au matin au grand jour...

c) (Ch)

M. Dupont me forçait à ces phrases par son désir d'abréger.

Page 594-a) (Ch)

trouva un peu malade et presque tout à fait fou. Alors commença dans l'âme de cette jeune fille un combat déchirant : à un père peu digne d'estime et qu'elle n'aimait point elle devait sacrifier un homme jeune et qu'elle adorait. Il fallait sacrifier le bonheur de sa vie à une *opinion* de la société. Quel bonheur me donne cette société, se disait-elle. Que sont pour moi ses salons, ses bals, ses brillante équipages, ces réunions qui se proclament belles et amusantes ? Quel plaisir tout cela m'a-t-il jamais donné ? Et c'est à l'opinion proclamée par ces imbéciles de courtisans à genoux devant une pension de 150 fr. par an que je dois sacrifier l'unique ami que j'aurai jamais sur la terre ? Clélia jugeait plus facile de mourir que de sacrifier Fabrice. Mais mourir n'était pas plonger son père dans un exil éternel ? Par bonheur, après trois jours d'affreux combats, elle écrivit à Fabrice...

Ici le récit court trop. Peut-être commencer à l'allonger ici, page 592.

26 J[uill]et 1840.

Après la belle prise de puc[ela]ge lue aujourd'hui, je songe à l'histoire d'un autre puc[ela]ge, Ricardi.

Allonger ces 16 pages, faire 3 volumes à la 2e édition.

Page 646-a) (Ch)

Lu ce volume par hasard le soir 10-17 novembre 1839, Civita-Vecchia. Beaucoup de mots à changer, surtout dans les cent dernières pages. Ajouter des bouts de description. Faire trois volumes, d'autant que ceci a été *sabré* après 300 à peu près : le libraire Dupont trouvait le volume énorme, 17 novembre 1839, Civita-Vecchia.

Sur le dernier feuillet :

Faire trois volumes en développant la fin, étranglée par M. Dupont, puis divisant le manuscrit en trois portions égales. Ajouter des bouts de paysages ; ces paysages seront peut-être ridicules en 1900, si nous allons jusque-là.

Civita-Vecchia, 27 juillet 1840.

II

LA JEUNESSE D'ALEXANDRE FARNÈSE
Palerme, le 27 août 1832.

Courier avait bien raison : c'est par une ou plusieurs catins que la plupart des grandes familles de la noblesse ont fait fortune. Cela est impossible à New York ; mais on bâille à se rompre la mâchoire à New York. Voici la famille Farnèse qui fait fortune par une catin, la célèbre Vandozza Farnèse. Lors de la composition des *Promenades dans Rome*, nous nous sommes souvent entretenus de Paul III ; j'ai du nouveau sur ce vénérable pontife, et je t'en fais part. Alexandre Farnèse monta sur le trône, comme tu sais, le 12 octobre 1534, à l'âge de soixante-huit ans, et mourut le 10 novembre 1549.

Je prends quelques-unes des aventures de cet homme aimable dans un manuscrit moitié en patois napolitain, et moitié en mauvais italien, et dont le principal mérite est la naïveté. Les récits que j'y trouve sont de ceux que les historiens graves font profession de mépriser. Toutefois, leur dirais-je, que nous importe aujourd'hui un interdit lancé contre les Vénitiens, ou l'histoire d'un des cent traités de paix signés par la cour de Rome avec Naples ? tandis qu'on voit avec intérêt la façon de se venger d'un rival ou de plaire à une femme, en usage au XVIᵉ siècle. J'ai lu ce manuscrit comme un roman ; mais il est incroyablement difficile à traduire, et ce n'est pas une petite affaire que de le réduire à une forme décente.

Il y a de tout, même de la magie. Il faut convenir que cet Alexandre Farnèse fut un des hommes les plus heureux du XVIᵉ siècle. *Heureux selon le monde* ne manque pas de répéter, à plusieurs reprises, notre auteur napolitain, qui me semble un homme de cour, devenu dévot en prenant de l'âge. Outre le péché d'indécence, dans lequel il tombe assez souvent, sa narration est obscurcie par une foule de raisonnements inintelligibles, pour la plupart empruntés à Platon.

C'était l'esprit du temps ; qui nous dit que le nôtre ne semblera pas aussi ridicule dans trois siècles ?

J'abrège infiniment cette histoire scandaleuse qui, dans
l'original, n'a pas moins de quatre cent quatre-vingts pages
in-4°. L'auteur explique beaucoup de faits par la magie ; il
est naïf et croit ce qu'il raconte ; mais je ne conseillerais pas
au lecteur de l'imiter en ce point. Il ne faut chercher ici ni
la gravité ni la certitude historiques, mais des habitudes et
des usages, suivant lesquels on cherchait le bonheur en Italie, vers l'an 1515, à l'époque où ce beau pays comptait
parmi ses citoyens l'Arioste, Machiavel, Raphaël, Michel-
Ange, le Corrège, le Titien et tant d'autres.

Quelques personnes prendront peut-être la liberté de
croire que cette civilisation-là valait celle qui fait notre
orgueil au XIXᵉ siècle. Mais nous avons de plus deux bien
belles choses : la décence et l'hypocrisie.

Il y aurait, du reste, une grande ignorance à juger les
actions des contemporains de Raphaël d'après la morale et
surtout la façon de sentir d'aujourd'hui. Au XVIᵉ siècle, on
mettait moins d'importance à donner et à recevoir. La vie
toute seule, séparée des choses qui la rendent heureuse,
n'était pas estimée une propriété si importante. Avant de
plaindre l'homme qui la perdait, on examinait le degré de
bonheur dont cet homme jouissait ; et, dans ce calcul, les
femmes tenaient une place bien plus grande que de nos
jours : il n'y avait point de honte à faire tout pour elles. La
vanité et le *qu'en-dira-t-on* naissaient à peine ; et, par exemple, on ne prenait point au sérieux les honneurs décernés par
les princes ; l'opinion ne les chargeait point d'assigner les
rangs dans la société ; lorsque Charles Quint fit le Titien
comte, personne n'y prit garde, et le Titien lui-même eût
préféré un diamant de cinquante sequins. J'achèverai le
tableau en rappelant qu'on avait alors une sensibilité
extrême pour la poésie, et que la moindre phrase contenant
un peu d'esprit faisait, pendant une année entière, l'entretien
de la ville de Rome. De là tant d'épigrammes célèbres qui,
aujourd'hui, paraissent dénuées de sel : le monde était jeune.

Notre pruderie n'a pas la plus petite idée de la civilisation
qui, à cette époque, a régné dans le royaume de Naples et à
Rome. Il faudrait un courage bien brutal pour oser l'expliquer d'une façon claire. Mais, par compensation, toutes nos
vertus *momières* eussent semblé complètement ridicules

aux contemporains de l'Arioste et de Raphaël : c'est qu'alors on n'estimait dans un homme que ce qui lui est personnel, et ce n'était pas une qualité personnelle que d'être comme tout le monde ; on voit que les sots n'avaient pas de ressource.

Extrait de la préface de l'auteur napolitain

« Sur la fin de mon séjour à Rome, époque de ma vie bien heureuse *selon le monde*, le hasard m'ayant procuré la faveur de ce qu'il y avait de plus grand et de plus aimable, mon oreille fut mise en possession de certaines vérités curieuses ; de façon que maintenant, du sein de ma retraite, je puis donner au monde l'explication de ce qu'on a appelé le *génie familier* d'Alexandre Farnèse. Toutefois, l'illustration des choses anciennes ne devant point faire oublier le juste soin de la sécurité présente, mes paroles seront pondérées de façon à n'être comprises en entier que par les intelligents. Quant aux circonstances délicates et qui passent la portée naturelle des esprits, je n'ai aucun scrupule ; tandis que les sages sentiront et goûteront l'importance des choses, le vulgaire s'étonnera de leur importance et doutera. Qu'importe ? Le vulgaire n'est-il pas fait pour douter de tout et pour tout ignorer ? Que connaît-il avec certitude, au-delà du nombre de ducats qu'il a dans sa poche ? »

On ne saurait contester qu'avant le pontificat de Paul III quelques membres de la famille Farnèse n'aient vécu noblement et contracté des alliances avec certaines familles nobles, soit d'Orvieto, soit des bords de la Fiora, petit fleuve qui, à diverses époques, a fait la séparation de la Toscane et des États du pape.

Ranuccio Farnèse, gentilhomme d'une très médiocre fortune, en vivant par économie dans sa terre, loin de la capitale, eut plusieurs enfants. Je ne parlerai ici que de trois d'entre eux, savoir : Pierre-Louis, Julie et Jeanne, si connue depuis sous le nom de Vandozza.

Pierre-Louis se maria avec Giovanella Gaetano, de l'illustre famille qui a donné à l'Église le fameux pape Boniface VIII, mort en 1303. On dit que de ce mariage naquit Alexandre, mais on prétendait à Rome, lorsque les grandes qualités de ce jeune homme commencèrent à le faire distinguer, que son père véritable avait été Jean Bozzuto, gentilhomme napolitain : tout Rome savait qu'il était favori de la signora Gaetano.

Julie se maria aussi à Rome, à un gentilhomme, mais assez pauvre. Vandozza, la cadette, venait souvent de son village, pour passer plusieurs semaines à Rome, soit dans la maison de son frère, soit dans celle de sa sœur. Elle croissait en beauté et en grâce et devint bientôt la merveille de cette capitale du monde et l'origine de l'étonnante fortune de sa famille. Aucune femme, soit parmi la noblesse, soit dans la bourgeoisie, soit parmi ce monde infini de nobles courtisanes, dont la beauté et la richesse firent toujours l'admiration des étrangers, ne put jamais soutenir la moindre comparaison avec Vandozza. Et, quand bien même elle eût été tout à fait dénuée de cette divine beauté, si calme, si noble, si saisissante, qui la fit la reine de Rome pendant tant d'années, et l'on peut dire sans exagération jusqu'au moment de sa mort, elle eût été une des femmes les plus recherchées à cause de cet *aimable volcan* d'idées nouvelles et brillantes que lui fournissait l'imagination la plus féconde et la plus joyeuse qui fut jamais.

Étant encore jeune fille et du temps qu'elle venait à Rome, de la campagne, seulement pour passer le temps du carnaval et voir les *moccoletti*, elle habitait chez son frère Pierre-Louis, qui possédait alors une assez pauvre maison vers l'arc des Portugais, au bord du Tibre. Elle inventait les parties de plaisir les plus singulières, les plus divertissantes et qui le lendemain, lorsque la renommée les racontait dans Rome, donnaient le désir aux courtisans les plus heureux, aux cardinaux les plus puissants, d'être admis dans la société de ce petit gentilhomme. J'ai encore ouï parler, dans ma jeunesse, d'une partie de plaisir qui eut lieu la nuit, sur les eaux du Tibre ; c'était pendant les grandes chaleurs de l'été, quelques jours après la Saint-Pierre. Sur le minuit, la société de Pierre-Louis monta dans les barques par un beau clair de lune. Après avoir joué sur les eaux, descendu et remonté le Tibre, les barques allèrent se ranger le long de la *Longara*, dans un lieu que le Janicule couvrait de son ombre et où les rayons de la lune ne pénétraient point. Deux barques s'éloignèrent des autres et tirèrent un petit feu d'artifice fort agréable. Après le feu, on but d'excellents vins et on prit des glaces, plusieurs mêlaient leurs glaces dans le vin.

La lune, dans sa course, étant venue à illuminer même cet

endroit de la *Longara*, Vandozza qui se balançait avec grâce
à la pointe d'une des barques tomba à l'eau, et dans le
moment où toute la société s'alarmait de cet accident, changeant de vêtements avec une promptitude incroyable, elle
parut dans l'eau vêtue en naïade. Après qu'on eut admiré
ses grâces sous ce costume, elle récita, au grand enchantement de tous, une pièce de vers de Carletto, qui passait alors
pour le premier poète de Rome. Ces vers, fort élégants,
étaient des compliments pour la plupart des membres de la
société, et adressaient des plaisanteries satiriques à quelques
autres, ce qui fit beaucoup rire. Vandozza nageait fort bien,
et, en récitant ses vers, s'appuyait avec grâce sur deux corbeilles de fleurs, du milieu desquelles elle semblait sortir.
Ces fleurs étaient fixées sur de grosses masses de liège, de
façon que la jeune fille ne courait en apparence aucun danger ; mais les ondes du Tibre sont traîtresses et semées de
tourbillons. Comme Vandozza achevait de réciter son idylle,
les deux corbeilles de fleurs s'éloignèrent peu à peu des
barques et commençaient à être entraînées dans un mouvement circulaire, lorsqu'un jeune abbé qui passait pour
l'amant favori de Vandozza se jeta à l'eau tout habillé et
bientôt la charmante naïade fut en sûreté dans une barque.
Comme l'on s'inquiétait fort de cet accident arrivé à une
personne si charmante, Vandozza improvisa un sonnet dans
lequel elle disait à ses amis qu'ils avaient tort de s'alarmer,
que l'on savait bien qu'*une naïade ne pouvait se noyer*.
Le lendemain, tout Rome retentit des récits de cette nuit
délicieuse ; plusieurs soutenaient que le péril couru par Vandozza n'avait pas été réel et que tout était préparé entre elle
et son amant pour lui donner occasion de réciter le charmant
sonnet de la naïade.
   Rodéric Lenzuoli, neveu du pape régnant, Calixte III,
jeune homme qui brillait fort en ce temps à la cour de son
oncle, improvisa un sonnet dans lequel il faisait parler le
Tibre ; le fleuve s'écriait : « Qu'il n'avait pas eu de moments
plus glorieux depuis celui où il vit déposer sur ses bords
Romulus et Remus. » La fin de ce sonnet est encore dans la
mémoire de tous, à cause de la séduisante description que le
Tibre fait des membres de la jeune fille qu'il avait eu le
bonheur de serrer un instant dans son sein. Ce fut à cette
occasion que Rodéric connut Vandozza. Bientôt il abandonne pour elle toutes ses autres maîtresses ; il en avait de

deux sortes : celles dont il obtenait les bontés par amour, car c'était un fort agréable cavalier, rempli de courage, de bizarreries et fort digne de commander à une ville telle que Rome ; celles auprès desquelles, nouvelles Danaé, les difficultés étaient aplanies par la pluie d'or. Rodéric dépensait des sommes énormes, son oncle ne le laissant jamais manquer d'argent. Bientôt après, en 1456, il fut créé cardinal ; il eut la charge de vice-chancelier de l'Église, l'une des mieux rétribuées de Rome ; il y réunit plusieurs riches bénéfices et il passait pour le cardinal le plus opulent de cette cour si resplendissante de richesse et de luxe. Le peuple romain, toujours enclin à la satire, ne jugeait de l'importance d'un homme que par sa dépense et la hardiesse de ses actions.

Le cardinal Rodéric était tellement épris de Vandozza Farnèse, qu'il cessa toutes ses autres pratiques d'amour, et Rome fut amusée par le désespoir de plusieurs dames illustres. Cet événement fournit durant quelques mois aux satires du fameux Marforio. Le cardinal fit la fortune de tous les parents de Vandozza qui ne manquèrent pas de fermer les yeux sur tout ce que Rome savait, et qui faisait leur honte. Rodéric avait commencé par exiler au fond de la Lombardie, au moyen d'un petit évêché de deux ou trois mille écus de rente, l'abbé qui s'était jeté dans le Tibre pour sauver Vandozza.

De ces amours, réprouvées par notre sainte religion, naquirent beaucoup d'enfants. Laissant de côté ceux qui moururent jeunes, nous ne noterons ici que François, César, Loffredo et Lucrèce, élevés tous par leur père au milieu du luxe et des grandeurs et comme s'ils eussent appartenu aux princes les plus puissants.

Pendant que le cardinal Rodéric passait toutes ses journées dans la maison de Pierre-Louis, il y vit naître Alexandre, fils de Giovanella Gaetano ; cet enfant partagea tout le luxe et l'éducation de ses cousins ; il eut tout l'esprit de sa tante Vandozza et fit des progrès étonnants dans les lettres grecques et latines ; il était cité comme le jeune prince le plus savant de Rome ; mais, à peine arrivé à la première jeunesse, il laissa de côté tous les bons auteurs pour s'abandonner aux appâts décevants de la volupté la plus effrénée. À vingt ans, il eut une charge à la cour du cardinal Rodéric, et l'on peut juger de quelle faveur il y jouit, étant neveu de

Vandozza, pour laquelle la passion du vice-chancelier semblait s'accroître tous les jours.

Il faut être juste ; un jeune homme de cet âge, qui a été élevé comme le sont les fils de rois et qui a joui dans son enfance de tous les honneurs que dans les écoles on accorde aux plus savants, ne doit guère connaître la modération, surtout quand le ciel lui a accordé une rare beauté, ce dont la postérité pourra juger par sa statue, qui est restée dans Rome et dans le lieu le plus honorable, comme nous le dirons en son temps. Alexandre, étant fort téméraire, fut plusieurs fois surpris par des maris irrités ; il ne put sauver sa vie qu'en se défendant à coups de dague et de poignard ; plusieurs fois il fut blessé. Alors, comme il fallait surtout que de telles choses ne parvinssent pas à la connaissance du saint pontife Innocent VIII, qui occupait la chaire de Saint-Pierre, le cardinal Rodéric lui donnait quelque mission hors de Rome. Alexandre fut le héros de beaucoup d'aventures dont on parle encore de temps en temps à Rome, et qui, dans ma jeunesse, étaient dans la bouche de tout le monde ; il eut des aventures innombrables et surtout périlleuses ; là où les autres s'arrêtaient comme devant chose impossible, lui espérait et entreprenait. Il ne redoutait qu'une chose au monde : la justice inexorable du saint pape Innocent VIII, qui régna de 1484 à 1491. Alexandre avait près de trente ans lorsque la rage et la jalousie lui firent oublier la crainte que lui inspirait le pape, et le portèrent à une action qui augmenta de beaucoup la puissance dont il jouissait dans Rome, mais qui fut généralement abhorrée des gens pieux.

Je reprendrai les choses d'un peu loin. Alexandre, se promenant à cheval, à deux lieues de Rome, au milieu de la plaine solitaire qui s'étend du côté de Tivoli, s'arrêta pour examiner des fouilles qu'il faisait faire par cinq ou six paysans venus de l'Aquila ; il vit passer une jeune femme, appartenant à une famille noble de Rome et qui s'en allait dans son carrosse à Tivoli, escortée par trois hommes armés. Alexandre Farnèse fut tellement frappé de sa beauté, qu'il n'hésita pas à attaquer l'escorte. « Arrêtez, cria-t-il au cocher, ces chevaux m'appartiennent, et vous me les avez volés ! » À ces mots, les trois hommes de l'escorte le chargèrent. Alexandre seul était bien armé, les deux domestiques qui le suivaient n'avaient qu'une épée fort courte et prirent bientôt la fuite ; Alexandre se vit sur le point d'être tué. « À moi, braves Aquilans ! » s'écria-t-il. Les ouvriers sortirent de leur fouille, au moment où il était entouré par les trois hommes armés. Ce qui le mettait en fureur, ce n'était pas son danger personnel ; depuis un moment, le cocher, le voyant occupé, avait mis ses chevaux au galop et s'éloignait rapidement. « Courez après le carrosse, dit Alexandre aux deux plus braves des Aquilans, et tuez un des chevaux. »

Son bonheur voulut que l'ordre qu'il adressait seulement à deux de ses ouvriers fût entendu à demi par tous. Deux se détachèrent après le carrosse, attaquèrent avec furie les chevaux des trois hommes armés qui en voulaient à la vie du jeune Farnèse ; il blessa mortellement l'un d'eux ; les deux autres tombèrent de cheval et s'enfuirent à pied. Alexandre avait reçu plusieurs blessures légères, ce qui ne l'empêcha pas de courir après la dame. Elle était profondément évanouie ; il la fit transporter à travers champs, à une petite villette qu'il possédait à deux lieues de distance, sur la route de Palestrine. Là il vécut parfaitement heureux pendant un mois, personne dans Rome, à l'exception du cardinal Rodéric, ne sachant ce qu'il était devenu.

Le jour du crime, Alexandre avait eu la prudence de donner six sequins à chacun des ouvriers d'Aquila, en leur ordonnant de partir à l'instant pour Tivoli et de rentrer dans le royaume de Naples, par Rio Freddo, en se gardant bien d'aller chercher leurs outils à la fouille. Au moyen de cet ordre, fidèlement exécuté, le crime resta secret pendant assez longtemps ; mais enfin il parvint aux oreilles du pape. Le cardinal Rodéric ne voulut pas passer pour être l'auteur de l'enlèvement, d'autant mieux que, quelques mois auparavant, il s'était rendu coupable d'un crime semblable, et, quoi que Vandozza pût faire pour ce neveu chéri, il fut mis au château Saint-Ange.

Innocent VIII ordonna au gouverneur de Rome de suivre ce procès avec activité. Le gouverneur fit mettre en prison tous les domestiques d'Alexandre. C'étaient des hommes d'élite, qui, d'abord, refusèrent de parler ; mais la *question* leur fit dire la vérité ; le gouvernement sut par eux que les ouvriers de la fouille, seuls témoins du fait, étaient d'Aquila ; il y envoya des sbires déguisés, qui enivrèrent ces paysans, et, sous divers prétextes, les engagèrent à passer la frontière voisine et à rentrer dans les États du pape; ils y furent aussitôt arrêtés ; on les interrogea, et, après plusieurs

mois, le procès étant fait et refait, Alexandre, toujours sévèrement gardé au château Saint-Ange, courait des dangers
sérieux. Alors le cardinal Rodéric et Pierre Marzano, parents
des Farnèse, parvinrent à faire remettre une corde à
Alexandre. Avec cette corde, il eut le courage de descendre
du haut du château Saint-Ange, où était sa chambre, jusque
dans les fossés. La corde avait bien trois cents pieds de long,
elle était d'un poids énorme.

Tout le monde sait que le château Saint-Ange, où l'on
gardait Alexandre, est une immense tour ronde, qui fut jadis
le tombeau de l'empereur Adrien. Le mur antique est
construit avec d'énormes blocs de pierre ; l'architecte
moderne l'a continué avec des briques, de façon que le haut
de cette tour se trouve élevé de quelques centaines de pieds
au-dessus du sol.

On a construit plusieurs bâtiments sur la plate-forme de
la tour, qui est très vaste ; un de ces bâtiments est le palais
du gouverneur. Vis-à-vis s'élève la prison, dont toutes les
fenêtres auraient une vue magnifique sur la campagne de
Rome, si on ne les avait masquées avec des abat-jour.

Il faut te contenter aujourd'hui de cet échantillon de la jeunesse de Paul III, car je n'ai ni le temps ni le courage de te
continuer son histoire.

III

CHAPITRES SUPPLÉMENTAIRES

1. ARRIVÉE DE FABRICE À PARIS

Le 3 avril 1815, cinq heures venaient de sonner à l'horloge de l'Arsenal.

Un jeune Italien à la figure sombre galopait sur le pont d'Austerlitz : c'était Fabrice, il montait un cheval de poste et, à vingt pas devant lui, galopait son postillon. En arrivant à la petite baraque du péage du côté de la Bastille, la seule ouverte à cette heure, le postillon s'arrêta pour payer.

L'Italien crut que c'était là seulement l'entrée de Paris, et, du plus profond de son cœur, il fit un grand signe de croix.

Le postillon tressaillit ; c'était un ancien dragon du 6e régiment, licencié l'année précédente à l'armée de la Loire.

— Sacré gringalet ! — pensa l'ex-dragon, avec son signe de croix. — Encore un chouan qui vient à Paris pour trahir notre Empereur !

En reprenant le galop le long du large fossé où jadis fut la Bastille, l'ex-dragon trouva la manœuvre à faire : « Je vais dire le fin mot de l'arrivée de mon chouan au premier gendarme que je rencontre. Il ne s'agit pas de perdre de vue ces malins-là. Quelle pâleur sur la figure de celui-ci ! Il en est vert. Je ne dis rien de ce regard de serpent ; en me parlant il me dévorait des yeux. »

Nous avouerons que c'était avec une émotion profonde que Fabrice regardait les premières maisons de ce Paris dont l'image supposée remplissait son imagination depuis les premiers jours de son enfance ; mais ses idées étaient bien différentes de celles que lui supposait son postillon. Quoique fils d'un des plus grands seigneurs, Fabrice adorait Napoléon et venait se battre.

Arrivé sur le boulevard, il admira cette allée de beaux arbres qui n'en finissait pas et qu'il croyait l'avenue des Tuileries. Il arrêta le postillon pour lui dire : « Conduisez-moi bien vite à une auberge voisine des Tuileries. Je voudrais aller à la parade et parler à l'Empereur. »

L'ex-dragon du 6e ouvrit de grands yeux. L'intérêt passionné avec lequel ces mots étaient prononcés, diminua beaucoup les soupçons éveillés par le signe de croix. Cinq minutes après, Fabrice, qui avait repris le galop sur le milieu de la chaussée, vit arriver un régiment de hussards qui partait pour l'armée. Toute son âme passa dans ses yeux. Il se hâta de se ranger sur le bord du fossé.

— Mon cher ami, — dit-il au postillon, — si je puis encore arriver à temps pour voir la parade du Carrousel et parler à la personne à qui j'ai affaire, n'aurai-je pas le temps d'acheter ce cheval ? Je voudrais...

— Vous venez donc pour vous battre, — dit le postillon, — et vous êtes un bon enfant. En ce cas-là, vous n'êtes pas un royaliste, vous ne venez pas pour trahir l'Empereur ?

— Je voudrais mourir pour lui.

Fabrice fut bien vite installé dans un hôtel à cent pas des Tuileries. Les larmes remplissaient ses yeux, sa voix était tremblante de bonheur et pourtant à ce moment commencèrent ses malheurs. Comme à Milan il ne se passait presque pas de journée qu'il ne vît le prince Eugène, il s'était figuré qu'à Paris il lui serait possible de parler à l'Empereur. Il courut dans la cour des Tuileries, mais, ce matin-là comme les jours suivants, jamais il ne lui fut possible d'adresser la parole à Napoléon. Son habit noir et ses yeux singuliers le faisaient particulièrement repousser par les gendarmes d'élite qui lui trouvaient quelque chose du serpent et un air non français.

Fabrice croyait tous les Français...

2. L'AVANT-SCÈNE RACONTÉE PAR BIRAGUE DANS LA SOCIÉTÉ DE MME LE BARON À AMIENS, SIX SEMAINES APRÈS WATERLOO

Fabrice, bien reçu dans cette maison qui lui semblait fort agréable, cherchait à ne jamais parler de la bataille puisque les souvenirs de ce genre attristaient le colonel ; mais comme il pensait sans cesse aux détails dont il avait été témoin, il y revenait quelquefois ; alors le colonel plaçait le doigt sur sa bouche en souriant et parlait d'autre chose. En revanche, Fabrice avait soin de ne jamais rien dire qui pût faire deviner par quelle suite de hasards il avait été emmené dans les environs de Waterloo. Les dames surtout le mettaient sans cesse dans la nécessité de trouver des réponses polies et qui ne leur apprissent rien sur ce qu'elles désiraient savoir. À chaque instant, par des phrases qui trahissaient l'intérêt le plus vif, elles le mettaient comme dans la nécessité de leur apprendre quelque chose ; mais il se tirait bien de la gageure et les dames ne savaient absolument rien, sinon qu'il s'appelait Vasi, et encore avaient-elles de fortes raisons de croire que ce nom était supposé.

Le colonel Le Baron, sa femme et les dames de leur société étaient donc dévorés de curiosité, les aventures de ce jeune homme devaient être bien extraordinaires.

— Tout ce que je puis vous certifier, leur répétait le colonel, c'est qu'il est doué du plus vrai courage, le plus simple, le plus naïf pour ainsi dire. Quand j'ai eu la gaucherie de le mettre en vedette au bout du pont de la *Sainte* et qu'il s'est battu un contre dix, je parierais qu'il tirait du sabre pour la première fois.

— Et son passeport que vous êtes allé vérifier à la municipalité porte bien Vasi, marchand de baromètres, portant sa marchandise ?...

Ces dames, ce jour-là, lui firent mille questions affectées sur les baromètres, il s'en tira en riant et fort bien ; on le consulta sur l'état du baromètre de la maison qu'on lui mit entre les mains, il se rappela le ton qu'en pareille circonstance aurait pris le comte Pietranera et, autorisé par les plaisanteries qu'on lui disait, répondit sur le ton de la galanterie la plus vive. Sa figure était si modeste et ce ton faisait un contraste si singulier avec ses façons ordinaires qu'il ne fut point mal reçu, les dames riaient aux éclats.

Le soir même, le colonel leur dit :

— Le hasard vient de me donner un moyen de trouver la position de notre jeune homme ; vous connaissez cette figure de déterré qui lui est arrivé d'Italie, cet homme est avocat et s'appelle Birague, mais de plus, il meurt de peur ; il parle mal français, mais j'espère que son baragouin pourra ne pas vous déplaire, car il est tellement pressé par la peur que chacune de ses phrases dit quelque chose. Ce matin, cet avocat qui, depuis quelques jours, me suivait toujours de l'œil au café, a enfin trouvé un prétexte pour, comme il dit, me présenter ses respects ; j'ai sur-le-champ pensé que peut-être vous daigneriez ne pas être rebutées par son langage qui du reste ressemble beaucoup à celui de votre jeune favori ; en conséquence, j'ai engagé cette figure étrange à prendre le thé ce soir avec nous, et, si vous m'y autorisez, je vais envoyer Belair le prendre au café.

Dix minutes après, le dragon Belair annonça dans le salon : M. Birague, avocat.

La conversation ne dura pas moins de deux heures, les dames comblaient d'attentions et de prévenances le pauvre avocat qui se mettait en quatre pour leur plaire, mais ce fut en vain qu'elles cherchèrent à tirer de lui quelque chose de relatif à Fabrice ; elles étaient impatientées de sa discrétion, qui ne manquait pas de formes polies, lorsque le colonel s'écria :

— Il faut convenir, mon cher avocat, que vous êtes un homme bien brave, comment avez-vous osé pénétrer en France dans les circonstances présentes ? On veut bien m'accorder dans l'armée quelque réputation de bravoure, mais je veux bien vous avouer qu'à votre place (et je vous le dirai franchement, parlant un français aussi différent de celui que parle le naturel du pays), jamais je ne me serais hasardé à pénétrer ainsi dans un pays aussi agité. Enfin je vois que vous avez fait la conquête de ces dames, vous avez enfin un air de sincérité qui me plaît et je veux bien vous accorder ma protection. L'oncle de Madame est maire d'Amiens ; je dois vous avouer que, puisque vous n'êtes pas recommandé par quelque ambassadeur, votre sort est entre ses mains. M. le maire Leborgne a un caractère féroce, jamais il ne voudra croire que vous êtes venu à Amiens pour votre santé, etc., etc.

Les dames saisirent fort bien l'indication donnée par le colonel, elles mirent tous leurs soins à donner à l'avocat milanais une haute idée du caractère cruel du bon M. Leborgne, maire d'Amiens. Birague était plus pâle que son linge, que la cravate blanche et l'énorme chapeau qu'il avait arborés ce soir-là pour être présenté à des dames ; mais il se voyait si bien traité qu'enfin, sur les onze heures, il se hasarda à demander au colonel s'il avait des chevaux. Le colonel lui demanda si, à l'heure qu'il était, il voulait faire une promenade, qu'il n'avait que deux chevaux, qui même étaient deux rosses, mais qu'il les offrait de bon cœur.

— Je me garderais bien de sortir de la porte à l'heure qu'il est et de m'exposer à me voir faire des questions par les agents de la police, mais je trouve une humanité si respectable dans votre cœur et dans celui de ces bonnes dames que j'ose vous faire une demande ; permettez-moi de passer la nuit dans le magasin à foin de vos chevaux : comme c'est une idée qui me vient à l'instant, le terrible maire Leborgne ne saurait en être instruit et je passerais du moins une nuit tranquille. Je loge avec Son Excellence, M. Vasi, mais il a eu l'imprudence, à la vérité bien avant mon arrivée, de ne plus vouloir recevoir la famille Duprez qui est très piquée et qui, je n'en doute pas, aimerait à se venger. Je n'ai point caché mon sentiment là-dessus à M. Vasi, j'ai osé lui dire que cette démarche fut imprudente de sa part ; mais votre expérience, monsieur le colonel, a dû vous apprendre quelle est l'imprudence de la jeunesse. M. Vasi m'a répondu qu'il eût été asphyxié par l'ennui, s'il eût continué à se revoir aux soirs de la famille Duprez.

Dans l'état actuel des choses, les Duprez, qui, sans doute, désirent se venger, n'oseront pas s'attaquer à un homme tel que M. Vasi, mais ils s'en prendront à un pauvre diable comme moi, etc., etc...

Le colonel finit par donner à M. Birague une lettre de recommandation adressée à M. le maire d'Amiens et dans laquelle il déclarait qu'il répondait corps pour corps de M. Birague, honnête avocat de Milan, et qu'il avait connu lorsqu'il était en garnison dans cette ville.

— Portez toujours cette lettre sur vous avant de rentrer au *Grand Monarque*, et brûlez tous les papiers manuscrits ou imprimés que vous pouvez avoir dans votre chambre ; passez une nuit tranquille, mais vous voyez que je réponds de vous, venez demain et racontez-moi toute votre histoire afin que, si le maire m'interroge avec sévérité, je puisse faire semblant de vous connaître depuis longtemps ; ne dites rien à M. Vasi de tout ce que je veux bien faire pour vous.

On peut juger si cette soirée fut amusante pour ces dames. Elles calmèrent l'humeur du colonel. Il craignait d'avoir fait trop de peur à M. Birague.

— Il est évident que la figure de cet homme était incroyable, disait Mme Le Baron.

— Mais, répondait une de ses amies, il est de plus en plus probable que notre jeune protégé Vasi est un homme de conséquence dans son pays.

Le colonel eut besoin de manœuvrer pendant huit jours ; M. Birague parlait tant qu'on voulait de ce qui lui était personnel, mais il était impénétrable sur ce qui avait rapport à Fabrice. Mme Le Baron et ses amies lui donnèrent à déjeuner un jour que le colonel était absent et elles se jouèrent avec tant de cruauté de la peur de M. Birague que celui-ci finit par leur dire en pleurant :

— Eh bien ! je vois que vous êtes de braves dames, je vois que vous ne voudriez pas me perdre, vous avez un crédit immense sur M. le maire d'Amiens, donnez-moi votre parole de m'obtenir un passeport pour l'Angleterre signé par M. le maire et je pourrai du moins me réfugier à Londres en cas de danger ; mon père m'a ordonné de passer par Londres afin de pouvoir rentrer à Milan sans craindre le baron Binder, chef de la police du pays ; c'est un homme du genre de votre maire, il n'est pas facile de sortir de ses prisons, une fois qu'on y est entré.

— Eh bien ! s'écria Mme Le Baron, si vous êtes sincère avec nous, je vous donne ma parole que demain vous aurez le passeport pour Londres ; nous ne voulons pas de mal à M. Vasi, bien loin de là ; voilà Madame, dit-elle en montrant la plus jeune de ses amies, qui a pour lui un tendre sentiment.

Birague fut un peu étonné de l'éclat de rire qui suivit cet aveu ; il eut assez de peine à répondre avec quelque clarté aux cent questions dont il fut accablé à la fois.

Ces dames savaient déjà que Vasi était un nom supposé, que Fabrice del Dongo était le second fils du marquis del

Dongo, second grand-majordome major du royaume lombardo-vénitien, l'un des plus grands seigneurs du pays, dont son père à lui, Birague, était intendant. À l'annonce du débarquement de Napoléon au golfe de Juan, en juin, malgré l'alarme de sa tante et de sa mère, Fabrice s'était enfui du magnifique château de son père situé à Grianta, sur le lac de Côme, à six lieues de la Suisse.

Birague en était là de sa relation, lorsque le colonel rentra ; on lui répéta ce que Birague avait déjà dit ; comme son régiment avait été longtemps en garnison à Lodi, à quelques lieues de cette ville, il connaissait tous les personnages de la cour du prince Eugène.

— Quoi, s'écria-t-il, cette comtesse Gina Pietranera dont vous parlez à ces dames comme de la tante de Fabrice, c'est cette fameuse comtesse Pietranera, la plus jolie femme de Milan du temps du vice-roi et qui faisait la pluie et le beau temps à la cour ?

— C'est elle précisément, mon colonel.

— Et quel âge peut-elle avoir maintenant ?

— Vingt-sept ou vingt-huit ans ; elle est plus belle que jamais, mais elle est tout à fait ruinée, son mari a été assassiné dans un prétendu duel, et la comtesse a été outrée de ne pouvoir venger sa mort ; le général était à la chasse dans la montagne de Bergame avec des officiers du parti ultra ; lui, comme vous savez, quoique appartenant à une famille d'antique noblesse, avait toujours servi dans les troupes de la République cisalpine ; il y eut un déjeuner pendant cette chasse, un des officiers ultra se permit de plaisanter sur la bravoure des troupes cisalpines ; le général lui donna un soufflet, le déjeuner fut interrompu ; comme on n'avait d'autres armes que des fusils, on se battit au fusil, le pauvre général tomba raide mort, percé de deux balles ; mais la rumeur excitée par ce duel fut si grande à Milan que tous les officiers qui y avaient été présents furent obligés d'aller voyager en Suisse. Le chirurgien du pays qui avait fait la levée du corps du général constata que la balle qui lui avait donné la mort était entrée par le dos. Cette déclaration du chirurgien arriva à M. le baron Binder, directeur général de la police, la comtesse Pietranera en eut aussitôt connaissance, car elle peut tout ce qu'elle veut à Milan ; elle a pour amis et serviteurs tous les gens considérables du pays. Vingt-quatre heures après, il arriva une seconde déclaration du chirurgien de campagne des environs de Bergame ; elle était contraire à la première et déclarait que la balle qui avait donné la mort était entrée par l'estomac et que la seconde balle qui avait traversé la cuisse était aussi entrée par-devant ; mais on prétendit que ce chirurgien avait reçu beaucoup d'argent. Dans la nuit même qui suivit l'arrivée de cette seconde déclaration, les officiers qui avaient assisté au duel partirent pour la Suisse, l'enterrement avait lieu le lendemain, ils craignaient d'être écharpés par le peuple et ce qu'il y eut de plus remarquable, le chirurgien partit aussi pour la Suisse et il y est encore. Jamais il n'a osé reparaître dans son pays ; les Bergamasques ont juré de l'exterminer et l'on ne plaisante pas dans ce pays. Ce fut alors qu'il y eut la fameuse brouille de Mme Pietranera avec son ami Limercati.

— Quoi, est-ce ce fameux Limercati qui, en 1811, avait sept chevaux anglais si beaux ?

— Sans doute, Ludovic Limercati, il avait quarante chevaux dans ses écuries, il a plus de deux cent mille livres de rente ; c'est mon cousin Hercule qui est son intendant ; mais voyez le mauvais parent, jamais il n'a voulu me faire employer comme avocat de la riche maison Limercati.

— C'est effroyable, affreux, s'écria Mme Le Baron, mais vous avez parlé d'une lettre qui, je vous l'avoue, excite fort ma curiosité...

3. ÉPISODE WARNEY, RASSI, ETC.

Nous avons laissé Fabrice malade à Amiens dans une auberge complimenteuse et intéressée, vraiment à la française.

Là l'ennui le lia avec un grand Anglais aux cheveux rouges blessé à Waterloo.

Le capitaine Warney avait de plus assisté à deux ou trois batailles en Espagne, ce qui achevait d'en faire un personnage bien considérable aux yeux de Fabrice. Celui-ci eût été le plus heureux des hommes s'il avait reçu sur le champ de bataille le coup de sabre qui l'avait atteint sur le pont de la Sainte.

Fabrice ne pouvait se lasser de demander des détails sur

les évolutions des Anglais à Waterloo. Il espérait toujours reconnaître le terrain sur lequel il avait galopé à la suite du maréchal Ney.

Surtout ce qui gagnait son cœur à Warney, c'était la ferveur avec laquelle cet Anglais, toujours indigné contre quelque chose ou contre quelqu'un, maudissait l'ingratitude des Français envers Napoléon. « Sortez-le de son ironie éternelle qu'il prend pour de l'esprit, s'écriait Warney, ce que nous avons la bêtise d'admettre, ce peuple léger est incapable de tout raisonnement suivi. Le voici qui, parce que nous l'avons battu, méconnaît le héros des siècles modernes ! Sans le 18 brumaire, la France de 1800 eût été conquise par les émigrés, jeunes encore et furibonds, et alors les rois de l'Europe n'auraient pas vu leurs capitales occupées par les grenadiers français. Est-ce la faute de Napoléon, si enfin sa destinée lui a fait rencontrer une armée anglaise ? Mais nous, ses vainqueurs, nous préférons hautement sa cause à celle de ces émigrés qui n'ont rien appris, ni rien oublié ; et nous sommes bons juges, nous qui avons eu à notre paye tous ces petits rois du continent, maintenant si fiers et toujours battus avant notre arrivée, etc., etc., etc... »

Dès que Warney et Fabrice purent supporter le mouvement de la voiture, ils gagnèrent Paris à petites journées. Fabrice n'eut garde de chercher l'hôtel de M. Meunier, où des Français beaux parleurs l'avaient si bien dévalisé à son premier passage. Warney, fidèle à la mode, ce tyran des Anglais, débarqua chez Meurice et y conduisit Fabrice. La table d'hôte de cet hôtel anglais retentissait d'imprécations contre la lâcheté des dandys français qui, attelés à une longue corde, essayaient de renverser la statue de Napoléon placée au sommet de la colonne Vendôme.

Une certaine réserve, inspirée par l'orgueil anglais, avait toujours détourné Fabrice de raconter son histoire au capitaine Warney. Malgré son apparente nonchalance pour tout ce qui n'était pas la pairie anglaise, Warney brûlait de savoir pourquoi ce bel Italien, presque encore enfant, avait été blessé dans les murs d'Amiens. Mais il en eût trop coûté à son orgueil atrabilaire d'admettre pour base des aventures de son ami un sentiment non vulgaire, et le capitaine Warney eût été au désespoir d'apprendre la vérité. Nous ne voudrions pas jurer que, dans son chagrin, cet homme qui se croyait honnête, ne se fût pas permis quelque demi-noirceur.

Déjà la gaieté, la bonne humeur constante, la présence du bonheur chez cet enfant, qu'il rencontrait plusieurs heures chaque jour et dont pourtant il ne pouvait se détacher, commençaient à lui être cruellement importunes.

Pendant que Fabrice s'attachait tous les jours davantage à Warney, celui-ci, creusant ce qui se passait dans son âme, s'impatientait de la sorte de curiosité pénible qui l'attachait aux pas du jeune Italien. Warney eût été ravi qu'un malheur non sérieux, amené par le hasard, fût venu contrecarrer cet air de félicité voluptueuse qui éclatait sur la figure de Fabrice et semblait à tous les moments faire la critique de la tristesse anglaise.

Warney s'arrangea pour croire à quelque intrigue *bien commune* qui avait sans doute amené Fabrice dans les environs d'Amiens. Quelque femme de général, telle que se les figuraient les Anglais, quelque ci-devant blanchisseuse, comme en épousaient nécessairement tous les maréchaux de Napoléon, devenue immensément riche, avait des bontés pour le jeune Italien, et, afin de tromper son mari avec plus de facilité, avait feint de ne pouvoir rester à Paris quand son mari se trouvait à l'armée, et y était venue, se faisant suivre par cette sorte d'amant valet de chambre. C'était sans doute en s'acquittant des nobles fonctions de ce rôle que Fabrice s'était trouvé, pour son malheur, trop voisin d'un sabre anglais.

Malgré ces suppositions sur les antécédents de Fabrice, Warney ne le quittait guère, et tous les soirs ils s'établissaient au balcon de l'Opéra. Warney connaissait les aides de camp du général prussien Mufflig qui commandait la place de Paris, et ce fut par la protection de ces messieurs que Fabrice eut le plaisir inexprimable, mais qu'il se garda bien d'exprimer, de se voir admis tous les soirs dans les coulisses de l'Académie royale de musique.

Fabrice eut vingt amis au bout de huit jours ; les beautés du pays lui trouvèrent de la grâce ; il ne parlait jamais de la blessure qui lui faisait porter le bras en écharpe et il ne se passait pas de journée que Warney ne fît allusion aux siennes. Fabrice donnait de jolis dîners dans un cabaret de Sceaux, qui avait trouvé grâce aux yeux de mademoiselle Ernestine, son amie.

Rien ne manquait au bonheur de Fabrice. Ce qui le rendait complet, c'est que personne ne s'apercevait qu'il voyait tant de belles choses pour la première fois de sa vie. Mais un Anglais, à quelque classe distinguée de la société qu'il appartienne, est toujours heureux de mêler du noir à la vie d'un ami qui s'amuse. Warney fit remarquer à Fabrice qu'au foyer de l'Opéra et partout, un petit homme noir à l'air méchant et grossier, porteur de quatre ou cinq croix et d'une figure commune, le suivait constamment des yeux. À peine Fabrice eut-il vérifié l'observation, qu'il courut à l'étranger, lequel pâlit beaucoup et se mit à sourire bassement. Fabrice le pria très instamment de ne plus le regarder s'il ne voulait s'exposer à recevoir des coups de canne.

Mais, à l'inexprimable joie du capitaine Warney, ce bonheur si jeune, qui l'offusquait chez Fabrice, disparut au moment même.

En quelque lieu qu'il entrât, Fabrice cherchait ce petit Italien chargé de croix et était attentif à voir s'il en était regardé.

— À votre place, j'aimerais mieux avoir une affaire avec ce malotru que d'être occupé constamment à épier ses regards.

— Cet homme a cependant le droit de regarder devant lui, dit innocemment Fabrice, sans réfléchir le moins du monde au motif qui pouvait porter l'Anglais à lui donner un tel conseil.

Le malotru dont il s'agit, homme très fin de son métier, avait été frappé de la figure évidemment italienne et de la mise recherchée de ce jeune homme qui portait le bras en écharpe. Il s'appelait Rassi et était juge dans un tribunal à Parme. C'était l'âme damnée de ce fameux Ranuce Ernest IV, prince souverain de Parme et qui aurait été un des hommes les plus distingués d'Italie, quand même le hasard ne l'aurait pas placé au rang des souverains. Après Waterloo, Ranuce Ernest avait senti la nécessité d'avoir un homme à lui à Paris. Il n'était pas de rang à y envoyer un ambassadeur qui pût parler d'égal à égal à MM. de Metternich, de Castelreagh, etc..., mais il était bien aise de le charger, en son nom, [de] leur demander des nouvelles. Le Rassi, son favori, avait assez d'esprit pour être à la hauteur de ce rôle, mais par malheur la nature avait doué cet espion de la mine la plus basse. Ranuce Ernest, malgré son esprit dont il avait infiniment, s'ennuyait assez souvent et alors s'amusait à outrager son favori Rassi et ce favori portait écrite dans ses traits l'habitude de souffrir ce traitement. Il avait à Paris un état-major composé de huit ou dix espions : Riscara, savant distingué, Maleatti, médecin célèbre, etc., etc... Tous ces gens-là étaient suffisamment garnis de croix imaginaires et, à l'aide de leur science, s'étaient faufilés dans les salons des membres de l'Institut et des journalistes qui complimentaient chaque jour le magnanime empereur Alexandre.

Le capitaine Warney avait déjà assez empoisonné le bonheur de son jeune ami en lui faisant remarquer la figure de Rassi.

Il eut la fantaisie de plaire à la petite Ernestine :

— Prenez la figure de mon petit Italien et alors nous verrons, mais quant à présent tenez-vous-en à vos livres. Warney était savant et historien du moyen âge et n'avait pas laissé ignorer ce genre de mérite aux demoiselles qui dînaient à Sceaux.

La réponse que nous venons de citer n'augmenta pas sa bienveillance pour son jeune ami. Warney eut soin, au bout de quelques jours, de rappeler à Fabrice l'existence de M. le comte Rassi. C'était le nom que s'était donné dans les salons de Paris l'envoyé de Ranuce Ernest IV. Warney avait découvert qu'il était envoyé à Paris par le fameux baron Binder, directeur et fondateur de cette fameuse police de Milan qui commençait alors à faire parler d'elle, préludant à cette réputation qu'elle a dû plus tard à MM. Pellico et d'Andryane.

Par suite de cette fausse information, Fabrice fit plus d'attention que par le passé aux yeux perçants du Rassi. Il se promit de nouveau, malgré l'objection de son bras droit encore faible, de lui donner un coup de canne pour peu qu'il en trouvât l'occasion. Mais Rassi de son côté n'avait garde d'oublier la perspective des coups de canne.

Fabrice était fort occupé d'Ernestine qui s'était prise pour lui d'une de ces passions folles durant mois qui souvent conduisent les demoiselles de l'Opéra au suicide, lorsqu'un soir, à l'Opéra, Warney l'arracha d'auprès d'Ernestine et le prit à part. Sa gravité et son air d'importance étaient admirables :

— Je dois vous dire que Sa Grâce le duc de Wellington, toujours modèle de prudence, a désiré avoir la liste des étrangers et, parmi ceux-ci, des Italiens que l'on avait vus venir s'établir à Paris depuis Waterloo. Et sur cette liste, à côté du nom du comte Rassi et du comte Riscara son acolyte, on lit : « Vasi, c'est le nom que se donne un jeune gentil-homme de Milan qui porte le bras droit en écharpe, non suspect, étant protégé par l'amitié du capitaine Warney avec lequel il loge, hôtel Meurice. »

Ce mot fut un coup de foudre pour Fabrice. Il retourna auprès d'Ernestine avec Warney ; mais ce dernier eut le suprême bonheur d'entendre la petite danseuse dire à Fabrice : « Vous n'êtes plus aimable ce soir, depuis que vous avez parlé à l'Anglais. »

Une idée ne quitta plus Fabrice et empoisonnait sa vie : « Quelle tache pour ma vie si jamais quelque journal anglais publie cette liste d'espions ! Il sera si facile de savoir que je me suis appelé Vasi ! »

Par un de ces enfantillages du cœur que la raison se garde d'avouer, Fabrice avait fait une sorte de vœu de ne pas revoir les Tuileries après l'exil de Napoléon. En sortant de l'Opéra, à minuit, il passa à l'hôtel de M. Meunier, duquel on apercevait les Tuileries, et il y trouva une foule de lettres.

C'était avec une insistance remarquable que dans une lettre d'une date récente, la comtesse Pietranera suppliait Fabrice de revenir au plus vite. Les termes énigmatiques qui lui servaient à faire deviner sa pensée sans imprudence plongèrent Fabrice dans une rêverie profonde.

4. LA FORÊT ENTRE LUGANO ET GRIANTA

Barlass, le valet de chambre de la comtesse, l'attendait à Lugano et redoubla sa fureur en lui donnant de nouveaux détails. Fabrice était aimé à Grianta, et, sans l'aimable procédé de son frère, personne n'eût prononcé son nom. Tout le monde eût feint de le croire à Milan, et jamais l'attention du terrible Binder n'eût été appelée sur son absence.

Machinalement Barlass et Fabrice allèrent jusqu'à la terrible barrière qui sépare le faubourg de Lugano du territoire autrichien.

Barlass lui montra du doigt cette barrière en bois, fatalement marquée par de larges bandes jaune et noir — ce sont les couleurs de l'Autriche. Il s'arrêta à une distance respectueuse et lui dit d'un air sombre :

— Il ne s'agit pas de passer par là. Le baron Patan (autrichien) aura mis votre signalement dans la poche de chaque douanier, sans compter les gendarmes.

— Donc, — répondit Fabrice, du même air, — se déguiser ou emprunter des fusils de chasse et les charger à balles.

— Vous êtes connu sur cette route comme le loup blanc.

— Hé bien ! — reprit Fabrice, — les fusils et les sentiers des chasseurs de chamois !

Barlass sauta de joie. — Là, pas de témoin, — ajouta-t-il, de cette voix brève et assourdie que prend un Italien lorsqu'il parle d'un projet de vengeance dangereux et qu'un mot indiscret peut trahir. — Là, pas de témoin, et, ajouta-t-il avec un sourire singulier, — qui parlerait contre le *marchesino* del Dongo ? Je n'en dirais pas autant s'il s'agissait du dénonciateur, il est déjà connu. Il me sera donc donné une fois dans ma vie de voir un de ces insolents *Patans* faire la bouche de carpe étendu sur le dos !

On était arrivé vers les dix heures, au moment où le marché attirant le plus de paysans à Lugano, il fallait éviter le regard des espions autrichiens. En un instant, Fabrice et ses deux hommes se trouvèrent munis des meilleurs fusils de contrebandier. Ils sortirent de la ville par des rues qui méritent à peine le nom de sentiers, et, à une lieue de Lugano, passèrent le lac dans l'endroit où il est le plus large et où l'on ne le passe jamais.

Les douaniers, cachés dans le bois sur la lisière du lac, virent fort bien débarquer, puis s'enfoncer dans la forêt, Fabrice et ses deux hommes. À son passage, craignant également les coups de fusil et les dénonciations, d'un accord unanime, mais sans se dire un mot, ces hommes regardèrent unanimement à gauche, vers la ville.

Fabrice se plaça sur un rocher isolé d'un abord difficile. Barlass grimpa dans un arbre et y resta longtemps, occupé à observer les mouvements de l'ennemi.

— Ils n'en veulent pas manger ce matin, — dit-il enfin, et sa figure exprima l'ironie la plus amère.

— Mon cher Barlass, — dit Fabrice, — les coups de fusil ce matin eussent fâché la comtesse. Mon voyage ne lui a déjà coûté que trop de chagrins !

Bientôt on perdit de vue le lac de Lugano au-dessus duquel on s'était élevé à une grande hauteur. Les arbres avaient été remplacés par une sorte de genêt maigre, rabougri, à peine haut de deux pieds d'élévation ; on s'enfonça dans des passages horriblement escarpés. Puis on descendit brusquement et l'on se trouva au milieu d'arbres d'une grande hauteur.

Ces forêts ont des genres de beautés uniques au monde. Je doute que, hors d'Italie, on en trouve de ce caractère.

Fabrice n'avait pas marché un quart d'heure sous ces arbres que son imagination, bien loin de songer aux vexations qui l'attendaient à Milan, ne lui fournissait plus que les images les plus riantes.

Deux heures auparavant, en faisant son plan de campagne, il n'avait pas songé à la beauté sublime de ces forêts. Sans se l'avouer, cette âme impressionnable était encore opprimée par ces plaines verdoyantes, mais si dépourvues de physionomie de la Belgique, et attristée par ces plaines arides et si tristes des environs de Paris et de la Champagne, qui, sans qu'il se l'avouât, lui serraient le cœur depuis trois mois.

En retrouvant l'air vif et voluptueux de ses Alpes d'Italie, il fut hors de lui de bonheur. C'était cette faculté de goûter la beauté avec des transports allant jusqu'à la folie qui faisait le charme de ce caractère. C'était à cette faculté tenant de la folie, qu'il devait cette expression irrésistible de volupté, sensible même aux âmes dont les parties à Montmorency font le bonheur, qui lui avait valu tant de succès auprès des demoiselles de l'Opéra.

Il n'était sérieux et triste que lorsqu'il songeait à la nécessité d'être prudent. Il songeait alors à soutenir l'ennui qu'allait lui donner le voisinage des êtres prudes dont il fallait subir la société. S'il aimait le danger de la guerre, c'est que la nature, libérale à son égard, en avait fait un grenadier et non un capitaine. La guerre, c'est-à-dire les combinaisons du jeu d'échecs, était à mille lieues de son caractère. Au fond, la guerre avec ses excitations puissantes, n'était pour ce caractère que l'occasion de se livrer avec plus de folie aux transports de son imagination.

Nous avouerons que ces forêts sublimes qu'il faut traverser pour passer la chaîne des monts... qui séparent la Suisse du lac de Côme, sont d'une beauté que l'on chercherait vainement ailleurs. Il y a ici deux expressions, le sublime sauvage et rude de la Suisse à côté de la volupté d'Italie qui vous arrive par bouffées avec la vue de ces délicieuses villas semées le long du lac.

À chaque instant la vue du voyageur, forcé de suivre une

foule de détours, plonge d'abord sur le lac de Lugano, que l'on domine entièrement, puis sur le lac de Côme, dont on ne peut, au milieu de ses détours, apercevoir les extrémités, et les regards sont charmés par ces aspects délicieux tels qu'en offrent les rivages de la baie de Naples.

Un instant après, un détour imprévu vous enlève la rive du lac dont la vue attendrissait votre âme et vous place en face de ces déchirures sublimes des hautes Alpes. La neige qui ne les quitte jamais, même au mois d'août, redouble la sévérité de leur aspect, fait pour étonner l'imagination la plus vive. Un air vif et glacé vous enveloppe et redouble la faculté que vous avez de sentir ce genre de bonheur. Cet air rappelait à Fabrice toutes les joies de son enfance et ses promenades sur le lac avec sa tante. Or ces aspects sévères et qui élèvent l'âme jusqu'à l'héroïsme manquent à la baie de Naples, le plus beau lieu du monde. Dans les détours des Alpes italiennes, l'air est si pur et la vue s'opère si bien, qu'à tout moment l'on croit être à peine séparé par un quart de lieue de ces pics de neige dont on distingue avec netteté la moindre déchirure et les moindres détours et sur lesquels on verrait sauter les chamois.

Tout à coup un zigzag du sentier fait tourner un mamelon qui masquait la position, et l'on se trouve séparé de ces pics des Alpes par la longueur tout entière du lac et par les pentes immenses qui, des deux côtés, descendent jusqu'à ses bords.

Avec cette délicatesse de cœur si fréquente en Italie, les deux compagnons de Fabrice s'aperçurent bien vite qu'à ce moment le silence avait des charmes pour lui. Pendant les quatre heures que dura la traversée des grands bois, non seulement ils ne lui adressèrent pas la parole, mais encore restèrent quelques pas en arrière et ne se parlèrent pas entre eux.

Après ces bouffées de bonheur que lui avaient données ces lieux si beaux, Fabrice avait été tout occupé des choses infinies qu'il avait à dire à sa tante Gina Pietranera. Il aimait sans doute avec une vive tendresse sa mère et ses sœurs, mais sa tante Gina Pietranera, belle comme le jour et qui avait alors vingt-quatre ans, avait seule une âme à la hauteur de la sienne. Lui parler augmentait toujours son bonheur, tandis que parler à quelque autre personne que ce fût, dans ces moments de transport, diminuait toujours sa félicité.

Barlass ne lui adressa la parole qu'une fois pour lui rappe-

ler que peut-être il conviendrait de ne pas arriver avant
minuit à ce fossé profond qui sépare les murs du château de
ce bois de vieux châtaigniers qui l'entoure au couchant. Nos
voyageurs s'y tinrent cachés une demi-heure, et ce ne fut
que lorsque le quart après minuit sonnait à l'horloge du château, que Fabrice descendit dans le fossé.

Les gros chiens sardes que l'on y plaçait tous les soirs
s'approchèrent de lui en soupirant et cherchèrent à le
caresser.

Ses sœurs placées tout près de là, à la petite fenêtre d'une
cave, lui tendirent une petite échelle, mais il n'en eut pas
besoin ; il était souvent entré par ce chemin, et, s'accrochant
à la saillie des grosses pierres de taille, il fut bientôt dans
les bras de ces êtres si chers.

— Ton père, son fils et tous les valets de chambre portant
de la poudre sont couchés depuis longtemps, — lui dit la
comtesse Pietranera.

Les transports de tendresse et les larmes...

5. LE COMTE ZORAFI

Personnage comique. *Débats* et Fontanes. Le personnage
non noble écrit le style noble, le style à la Chateaubriand. La
cour. Zorafi : le Fontanes. Avant tout prétentions littéraires.
3 novembre 1840.

Au milieu de toutes les visites qu'elle faisait, le comte
Zurla, ministre de l'intérieur, mena chez Mme Sanseverina
le comte Zorafi, c'était le journal de Parme.

Dans les lieux où il se trouvait, ce silence, souvent pénible
dans les réunions officielles, ne pouvait s'introduire, et,
dans un pays qui a une police terrible et une prison d'État
dont on aperçoit la tour haute de cent quatre-vingts pieds
au bout de chaque rue, toutes les réunions de plus de deux
personnes peuvent passer pour officielles.

Ce qu'on peut dire à la louange de Zorafi, c'est qu'il
n'était point plus espion qu'un autre seigneur de la cour ;
c'est qu'au fond il était ridicule, mais nullement méchant.
Tout autre seigneur de la cour n'eût pas vu impunément
pour ses amis, tous les jours, le souverain. Zorafi se croyait

ministre et avait peur du comte Mosca. Et toutefois il était obligé, dix fois par mois peut-être, d'en dire du mal. Lorsque le comte avait eu un succès marqué dans une affaire, il était assuré d'être blâmé le lendemain par le journal du prince.

Le comte Zorafi était un homme d'esprit qui ne pouvait pas souffrir d'avoir cinquante napoléons dans son bureau. Dès qu'il se voyait cette somme ou même une beaucoup moins importante, il songeait à la dépenser. Par exemple, le jour où nous lui faisons l'honneur de le présenter au lecteur, il venait d'acheter pour quarante-cinq napoléons un lustre anglais magnifique. L'acquisition faite, ne sachant où le placer et s'en souciant déjà moins, il avait prié Prinote, le fameux marchand bijoutier, de le garder dans son magasin.

Ce comte avait passé sa jeunesse à faire des sonnets en style emphatique et dont le public de Lombardie avait été fou au point de les comparer aux sonnets de Monti. Maintenant, à propos de je ne sais quoi, quelqu'un avait hasardé en public que ce style tellement emphatique était antipathique avec le caractère simple et sublime de Napoléon ; il n'avait fallu que ce mot pour faire tomber dans le mépris les sonnets de Zorafi.

Et, chose étonnante ! Zorafi qui avait exactement le caractère d'un enfant vaniteux, n'avait point montré de chagrin. De plus, ce qui était plus sérieux que la chute de ses sonnets, il avait à peine huit ou dix mille livres de rente et en dépensait vingt-cinq.

Malgré ces vingt-cinq mille livres, il avait souvent des dettes, et ces dettes étaient payées tous les ans par une main inconnue.

Qu'était donc Zorafi ? Il était le journal du prince.

Sa naissance ne faisait pas obstacle. Il était comte comme tout le monde l'est en Italie, mais de plus, il avait joui du premier renom littéraire pendant au moins dix ans, ce qui est une chose qu'on ne prend point en badinage dans le pays des arts. Zorafi n'était nullement méchant, ou du moins n'avait que la colère d'un enfant. Il avait le plus bel accent siennois et parlait comme un ange. Ses phrases coulaient avec une facilité parfaite, il parlait de tout sans hésiter et avec grâce, en un mot rien ne lui eût manqué si de temps en temps il eût joui de quelque idée à placer dans ses phrases.

Depuis peu, le prince avait donné une voiture à Zorafi, mais c'était sous la condition de faire au moins vingt visites par jour, et le comte, dont parler était le bonheur, souvent arrivait à vingt-cinq visites en un jour.

— Il ne me convient pas encore d'imprimer un journal, lui avait dit le prince, en lui faisant cadeau de la voiture attelée et ornée d'un cocher et d'un laquais. Un journal fait par un homme de votre esprit aurait une foule d'abonnés, eh bien ! ayez une foule d'amis et dites-leur avec l'esprit qui vous distingue les articles que vous imprimeriez si vous aviez le privilège du journal. Un jour vous l'aurez, ce journal, et il vous vaudra cinquante mille livres de rente. Car je vous donnerai beaucoup de liberté, vous parlerez avec une certaine hauteur et souvent vous parlerez des mesures adoptées par mon gouvernement.

Dès qu'on eut remarqué cette nuance dans la conversation de Zorafi, on l'écouta dans le monde comme ailleurs on lit le *Journal officiel*.

....

À placer :

   Actions de Zorafi.
   C'est Zorafi, qui le lendemain de la fête de la duchesse que le prince a honorée, vient lui apprendre, lui faire comprendre que le prince a tout pris en bonne part.

   6 nov. 40.
   Ranuce-Ernest IV sait que Zorafi est un homme de génie ayant des idées sublimes en tout.

IV

PROJETS DE RÉPONSE DE STENDHAL
AU GRAND ARTICLE DE BALZAC

[Première version, brouillon autographe]

C[ivita]v[ecchi]a, 16 8ᵇʳᵉ [octobre] 1840 [1]

J'ai été bien surpris, M[onsieur], de l'article que vous avez bien voulu consacrer à la *Chart[reuse]*. Je vous remercie des avis plus que des louanges. Vous avez senti une pitié exagérée pour un orphelin abandonné dans la rue. Je pensais n'être pas lu avant 1880 ; il aurait fallu, pour être quelque chose, obtenir la main de Mlle Bertin (qui a fait une musique sur des paroles de M. V[icto]r Hugo).

J'ai reçu la *Revue* hier soir, et ce matin je viens de réduire à 4 ou 5 pages les 54 premières pages du 1ᵉʳ volume de la *Chart[reuse]*.

J'avais le plaisir le plus vif à écrire ces 54 pages ; je parlais de choses que j'adore, et je n'avais jamais songé à l'art de faire un roman. J'avais fait dans ma jeunesse quelques plans de romans ; en écrivant des plans je me glace.

Je compose 20 ou 30 pages, puis j'ai besoin de me distraire ; un peu d'amour quand je puis ou un peu d'orgie ; le lendemain matin j'ai tout oublié, en lisant les 3 ou 4 dernières pages du chapitre de la veille, le chapitre du jour me

---

1. *Ajout marginal de Stendhal* : Dire : la *Revue* reçue la veille de la date de la réponse.

vient. J'ai dicté le livre que vous protégez en 60 ou 70 jours. J'étais pressé par les idées.

Je ne me doutais pas des règles ; j'ai un mépris qui va jusqu'à la haine pour La Harpe. J'ai tiré les jugements portés sur ce livre à mesure que j'avançais de l'histoire de la peinture. M. de La Harpe et ses sermons vides, je les compare aux peintres froids après 1600. Et à l'exception de ceux que vous aimez je pense que personne ne se doutera de leurs noms vers 1950. De ceux que nous avons vus, je ne vois avec une meilleure chance que Prud'hon et *L'Hôpital de Jaffa* de Gros[1].

Je vais faire paraître au Foyer de l'Opéra Rassi, Barbone, etc.

Ces Messieurs sont envoyés à Paris par le Prince de Parme en qualité d'espions. Le milanais *serré* qu'ils parlent attire l'attention de Fabrice.

N'est-ce pas un moyen d'annoncer les personnages ?

Enfin, tout en mettant beaucoup de vos aimables louanges sur le compte de la pitié pour un ouvrage inconnu, je suis d'accord sur tout excepté sur le *style*. N'allez pas croire que ce soit excès d'orgueil. Je ne vois qu'une règle : le style ne saurait être trop *clair*, trop *simple*. Les idées sur les profondeurs du cœur humain étant inconnues aux enrichis, aux fats, etc., on ne saurait les énoncer trop *clairement*.

Le beau style de M. de Ch[ateaubriand] me sembla ridicule dès 1802. Ce style me semble dire une quantité de petites *faussetés*. Toute ma croyance sur le style est dans ce mot.

Vous me croirez un monstre d'orgueil, Monsieur, si je vous parle de *style*. Voici un auteur peu connu que je porte aux nues et qui veut être loué encore pour son style.

D'un autre côté, il ne faut rien cacher à son médecin.

Je corrigerai le style et je vous avouerai que beaucoup de passages de narration sont restés tels que je les ai dictés, sans correction aucune.

---

1. *En marge, deux ajouts de Stendhal. À droite* : Dans 50 ans quelque ravaudeur littéraire publiera des fragments. Quant au style, vous allez me trouver un monstre d'orgueil. *À gauche* : Je n'ai pas songé à me venger du grand Metternich ; j'espère de prendre ma revanche dans 20 ans ; on parlera peu de lui alors, encore moins du Prince.

Pour que vous n'ayez pas horreur de mon orgueil, je suis obligé d'entrer dans quelques détails.

Je lis fort peu ; quand je lis pour me faire plaisir, je prends les *Mémoires* du maréchal Gouvion-S[ain]t-Cyr ; c'est là mon Homère. Je lis souvent l'Arioste. Deux livres me donnent la sensation du *bien écrit* : les *Dialogues des morts* de Fénelon et Montesquieu.

J'ai horreur du style de M. Villemain par ex[emple], qui ne me semble bon qu'à dire poliment des injures.

Voici le fond de ma maladie : le style de J.-J. Rousseau, de M. Villemain, de Mme Sand me semble dire une foule de choses qu'il *ne faut pas dire*, et souvent beaucoup de *faussetés*. Voilà le grand mot.

Souvent je réfléchis un quart d'heure pour placer un adjectif avant ou après son substantif. Je cherche à raconter : 1° *avec une idée*, 2° avec clarté ce qui se passe dans un cœur.

Je crois voir depuis un an qu'il faut quelquefois délasser le lecteur en décrivant le paysage, les habits, etc. Quant à la beauté de la phrase, à sa rondeur, à son nombre (comme l'oraison funèbre dans *Jacques le Fataliste*), souvent j'y vois un défaut.

Comme en peinture les tableaux de 1840 seront ridicules en 1880, je pense que le style poli, coulant, et ne disant rien, de 1840 sera fort vieilli en 1880 ; il sera ce que les lettres de Voiture sont pour nous.

Quant aux succès contemporains, je me suis dit depuis l'*Histoire de la peinture* que je serais un candidat pour l'Académie si j'avais pu obtenir la main de Mlle Bertin (auteur d'une musique avec des paroles de M. V[icto]r Hugo) [1].

[Je pense que dans 50 ans quelque ravaudeur littéraire publiera des fragments de mes livres qui peut-être plairont comme *sans affectation*, et peut-être comme *vrais*.]

En dictant la *Chart[reuse]*, je pensais qu'en faisant imprimer le premier jet, j'étais plus vrai, plus naturel, plus digne de plaire en 1880, quand la Société ne sera plus pavée d'*enrichis grossiers*, et prisant avant tout la *noblesse* justement parce qu'ils sont *ignobles*. La fable de Bocalini : *il cuculo a più metodo*.

Je le répète, la perfection du *français* pour moi ce sont les

---

1. *Ajout de Stendhal en haut de la page* : 19 octobre [18]40.

Dialogues des morts de Fénelon et Montesquieu. Quant à la perfection de la narration c'est l'Arioste. Les pédants lui ont préféré le Tasse qui tombe tous les jours.

Je vous dirai une absurdité : beaucoup de passages de la duchesse Sanseverina sont copiés du Corrège. M. Villemain me semble Pierre de Cortone.

Je n'ai jamais vu Mme de Belgio[ioso]. J'ai beaucoup vu Rassi, qui était allemand. J'ai fait le Prince d'après la cour de S[ain]t-Cloud que j'habitais en quelque sorte en 1810 et [18]11. Je prends un des *êtres* que j'ai connus et je me dis : avec les mêmes habitudes contractées dans l'art d'aller tous les matins à *la chasse du bonheur* que ferait-il s'il avait plus d'esprit ? J'ai vu M. de Met[ternich], alors à S[ain]t-Cloud, porter un bracelet des cheveux de Caroline Murat. J'écrivais pour M. le C[om]te D[aru], qui était obligé de me dire les secrets pour que je puisse le soulager dans son énorme travail. Napoléon envoya un soir demander pourquoi on riait tant à la chancellerie[1].

J'ai fait la *Chart[reuse]* ayant vu la mort de Sandrino, fait qui m'avait vivement touché dans la nature. M. Dupont m'a ôté la place de la peindre[2].

Je m'étais dit : pour être un peu original en 1880 après des milliers de romans, il faut que le héros ne soit pas amoureux au 1er volume, et qu'il y ait 2 héroïnes.

Je n'ai nullement pensé au *non exequatur* de M. de Met[ternich]. Je n'ai jamais aucun regret à tout ce qui ne doit pas arriver. Je vous avouerai que je place mon orgueil à avoir un peu de renom en 1880, alors on parlera peu de M. de Met[ternich] et encore moins du petit prince. La mort nous fait changer de rôle avec ces gens-là, ils peuvent tout sur nos corps pendant leur vie, mais à peine morts, le silence les envahit. Qui parle de M. de Villèle, de Louis XVIII ? De Charles X un peu plus, il s'est fait chasser.

Voici mon malheur, trouvez-moi un remède. Pour travailler le matin, il faut être distrait le soir, sinon le matin on se trouve ennuyé de son sujet ; de là mon malheur au milieu de 5 000 épais marchands de C[ivita] – V[ecchi]a. Il [n']y a là de poé-

---

1. J'écrivais (...) Chancellerie *ajouté sur une page annexe avec un croquis du plan du château de Saint-Cloud.* 2. *Ajout de Stendhal sur un feuillet annexe* : Finir par : J'écris si mal quand j'écris à un homme d'esprit, mes idées sont réveillées si rapidement que je prends le parti de faire transcrire mes lettres.

tique que les 1 200 forçats, mais je ne leur parle pas ; les femmes rêvent aux moyens de se faire donner un chapeau de France par leurs maris.

Vos remarques m'ont fait relire avec plaisir quelques passages de la *Chart[reuse]*.

Comment vous amuser un peu en échange de toute la surprise et de tout le plaisir que m'a fait la *Revue* [1] ?

En vous envoyant une lettre sincère au lieu et place d'une lettre polie et bonne à montrer, où j'aurai glissé mon enthousiasme pour Mme de Mortdauf [sic] (*Le Lys dans la vallée*) et pour le Père Goriot.

Prenez garde à un mot que j'ai entendu sur le charmant Wendermere.

Prenez garde au moment où vos rédactions se seront *outwritten themselves*. La saveur de nouveauté est délicieuse dans les 3 premiers numéros.

Le style de Walter Scott, vous l'avez à Paris ; c'est le style bourgeois de M. Delécluze, auteur de *Mlle de Liron* qui n'est pas mal.

[Bibliothèque de Grenoble, R5896-I, f° 55-62 ; ms. autographe]

[Deuxième version, copie avec corrections autographes]

[17-28 octobre 1840] [2]

J'ai été bien surpris hier soir, Monsieur. Vous avez eu pitié d'un orphelin dans la rue. Je pensais n'être pas lu avant 1880, quelque *ravaudeur* [3] littéraire *aurait* trouvé ces pages trop simples *dans quelque vieux livre*.

Rien de plus facile, Monsieur, que de vous écrire une lettre polie, comme nous en savons faire, vous et moi ; mais comme

---

1. *Ajout de Stendhal :* Déjà dit.   **2.** *Ajout de la main de Stendhal en haut de la copie :* Égotisme effroyable, ne jamais envoyer la vérité aussi nue, elle est ridicule. Ne jamais se presser d'envoyer, se défier de la vérité.   **3.** *Les mots en italique sont de la main de Stendhal.*

votre procédé est unique, je veux vous imiter et vous répondre par une lettre sincère.

J'ai reçu la *Revue* hier soir et ce matin j'ai réduit à quatre ou cinq pages les cinquante-quatre premières pages de la *Chart[reuse]*. J'avais trop de plaisir à parler de ces temps heureux de ma jeunesse ; j'éprouvai bien ensuite quelques remords, mais je me consolai par les premiers *demi*-volumes, si ennuyeux, de notre père Walter Scott, et *par* le long préambule de la divine *Princesse de Clèves*.

J'ai fait quelques plans de romans, par exemple *Vanina* ; mais faire un plan me glace. Je dicte 25 ou 30 pages, puis la soirée arrive, et j'ai besoin d'une forte *distraction* ; il faut que le lendemain matin j'aie tout oublié ; en lisant les 3 ou 4 dernières pages du chapitre de la veille, le chapitre du jour me vient.

Je vous avouerai que bien des pages de la *Chart[reuse]* ont été imprimées *sur la dictée ; je croyais par là être simple, non contourné (le contourné est mon horreur), vous m'avez persuadé de me repentir, et je dirai comme les enfants : je n'y retournerai plus.*

Il y eut soixante ou soixante-dix dictées et je perdis tout le morceau de la prison que je fus obligé de refaire. Que vous font ces détails ? Mais je *nourris le noir projet de* vous demander des conseils la première fois que nous nous rencontrerons sur le boulevard. *Faut-il conserver Fausta, épisode devenu trop long ? Fabrice veut montrer à la duchesse qu'il n'est pas capable d'amour.*

J'ai un mépris qui va jusqu'à la haine pour les La Harpe.

À mesure que j'avançais dans *La Chart[reuse]*, je portais des jugements sur ce livre tirés de l'*Histoire de la peinture* que je connais. Par exemple, la littérature en France en est aux élèves de Pietro de Cortone (ce peintre outrait *l'expression, travaillait vite et gâta tous les peintres d'Italie pour 50 ans*).

Par exemple tout le personnage de la duchesse Sanseverina est copié du Corrège (c'est-à-dire produit sur mon âme le même effet que le Corrège). Il faut que je compte bien sur votre bonté pour hasarder de pareilles balivernes.

Je crois que nous en sommes au siècle de Claudien et je lis peu de nos livres. À l'exception de Mme de Mordauf [*sic*] et des ouvrages de cet *auteur*, de quelques romans de George Sand et des nouvelles écrites dans les journaux par M. Soulié, je n'ai rien lu de ce qu'on *imprime*.

En composant la *Chart[reuse]*, pour prendre le ton, je lisais de temps en temps quelques pages du Code civil.

Mon Homère que je relis souvent, c'est les *Mémoires* du maréchal Saint-Cyr ; mon auteur de tous les jours c'est l'Arioste.

Je n'ai jamais pu, même en 1802 (j'étais alors officier des dragons en Piémont, à 3 lieues de Marengo), je n'ai jamais pu lire 20 pages de M. de Chateaubriand ; j'ai failli avoir un duel parce que je me moquais de la *cime indéterminée des forêts*. Je n'ai jamais lu *La Chaumière indienne,* M. de Maistre m'est insupportable. Voilà sans doute pourquoi j'écris mal c'est par amour exagéré pour la logique.

Les seuls auteurs qui me fassent l'effet de bien écrire, c'est Fénelon : *Les Dialogues des morts*, et Montesquieu. Il n'y a pas quinze jours que j'ai pleuré en relisant *Aristonoüs, ou l'esclave d'Alcine.*

Je vais faire paraître, au foyer de l'Opéra, Rassi et Riscara envoyés là comme espions par Ranuce-Ernest IV, après Waterloo. Fabrice, revenant d'Amiens, remarquera leurs regards *italiens* et leur *milanais serré* que ces espions ne croient compris par personne. On m'a dit qu'il faut faire connaître les personnages, et que la *Chart[reuse]* ressemble à des *Mémoires* ; les personnages paraissent à mesure qu'on en a besoin. Le défaut dans lequel je suis tombé me semble fort excusable ; n'est-ce pas la vie de Fabrice qu'on écrit ?

Enfin, Monsieur, en mettant beaucoup de vos louanges excessives, sur le compte de la pitié pour un enfant abandonné, je suis d'accord sur les principes. Ici je devrais terminer ma lettre.

Je vais vous sembler un monstre d'orgueil. Quoi, dira votre sens intime, cet animal-là, non content de ce que j'ai fait pour lui, chose sans exemple dans ce siècle, veut encore être loué sur le style !

Je ne vois qu'une règle : *être clair*. Si je ne suis pas clair, tout *mon monde* est anéanti.

Je *veux* parler de ce qui se passe au fond de l'âme de Mosca, de la duchesse, de Clélia. C'est un pays où ne pénètre guère le regard des enrichis, comme le latiniste directeur de la Monnaie, M. le comte Roy, M. Laffitte, etc., etc., *le regard des* épiciers, des bons pères de famille, etc., etc.

Si, à l'obscurité de la chose, je joins des obscurités du style de M. Villemain, de Mme Sand, etc. (supposé que j'eusse le rare privilège d'écrire comme ces coryphées du beau style), si je joins à la difficulté du fond les obscurités *de ce style vanté*, personne absolument ne comprendra la lutte de la duchesse contre Ernest IV. Le style de M. de Chateaubriand *et de M. Villemain* me semble dire :

1° Beaucoup de petites choses *agréables mais* inutiles à dire (comme le style d'Ausone, de Claudien, etc.) ;

2° Beaucoup de petites *faussetés, agréables à entendre.*

[Bibliothèque de Grenoble, R5896-I, f° 50-53 ; ms. de copiste]

[Troisième version, brouillon autographe]

28-29 octobre 1840

J'ai été bien surpris hier soir, Monsieur[1]. Je pense que jamais personne ne fut traité ainsi dans une revue, et par le meilleur juge de la matière. Vous avez eu pitié d'un orphelin abandonné au milieu de la rue. J'ai dignement répondu à cette bonté, j'ai lu la revue hier soir, et ce matin j'ai réduit à 4 ou 5 pages les cinquante-quatre premières pages de l'ouvrage que vous poussez dans le monde.

La cuisine de la littérature m'aurait dégoûté du plaisir d'écrire ; j'ai renvoyé les jouissances sur l'imprimé à 20 ou 30 ans d'ici. Un ravaudeur littéraire ferait la découverte des ouvrages dont vous exagérez si étrangement le mérite. Votre illusion va bien loin, par exemple *Phèdre.* Je vous avouerai que j'ai été scandalisé, moi qui suis assez bien disposé pour l'auteur.

Puisque vous avez pris la peine de lire trois fois ce roman, je vous ferai bien des questions à la première rencontre sur les boulevards.

1° Est-il permis d'appeler Fabrice *notre héros* ? Il s'agissait de ne pas répéter si souvent le mot Fabrice.

2° Faut-il supprimer l'épisode de *Fausta,* qui est devenu bien long en le faisant ? Fabrice saisit l'occasion qui se pré-

---

1. Ajout de Stendhal : 29 [biffé] [octobre 1840].
A copiar su bella carta. Vorrei mandar col bastimento del 29.

sente de démontrer à la duchesse qu'il n'est pas susceptible
d'*Amour*.

Les 54 premières pages me semblaient une introduction
gracieuse. J'eus bien des remords en corrigeant les épreuves,
mais je songeais aux premiers demi-volumes si ennuyeux de
Walter Scott et au préambule si long de la divine *Princesse de
Clèves*.

[3°] J'abhorre le style contourné et je vous avouerai que
bien des pages de la *Chart[reuse]* ont été imprimées sur la dictée originale. Je dirai comme les enfants : je n'y retournerai
plus. Je crois cependant que depuis la destruction de la cour,
en 1792, la part de la forme devient plus mince chaque jour.
Si M. Villemain, que je cite comme le plus distingué des académiciens, traduisait la *Chart[reuse]* en français, il lui faudrait
3 volumes pour exprimer ce que l'on a donné en deux. La plupart des fripons étant emphatiques et éloquents, on prendra en
haine le ton déclamatoire. À 17 ans j'ai failli me battre en duel
pour *la cime indéterminée des forêts* de M. de Chateaubriand,
qui comptait beaucoup d'admirateurs au 6e de Dragons. Je n'ai
jamais lu *La Chaumière indienne*, je ne puis souffrir M. de
Maistre.

Mon Homère, ce sont les *Mémoires* du maréchal Gouvion-
S[ain]t-Cyr ; Montesquieu et les *Dialogues* de Fénelon me
semblent bien écrits. Excepté Madame de Mortdauf [*sic*] et
ses compagnons, je n'ai rien lu de ce qu'on a imprimé depuis
30 ans. Je lis l'Arioste dont j'aime les récits. La duchesse est
copiée du Corrège. Je vois l'histoire future des lettres françaises dans l'histoire de la peinture. Nous en sommes aux
élèves de Pierrre de Cortone, qui travaillait vite et outrait
toutes les expressions, comme Mme Cottin qui fait marcher
les pierres de taille des îles Borromées. Après ce roman, je
n'en ai [*phrase interrompue*] En composant la *Chartreuse*,
pour prendre le ton je lisais chaque matin 2 ou 3 pages du Code
civil.

Permettez-moi un mot sale : je ne veux pas branler l'âme du
lecteur. Ce pauvre lecteur laisse passer les mots ambitieux, par
exemple *le vent qui déracine les vagues*, mais ils lui reviennent après l'instant de l'émotion. Je veux au contraire que, si
le lecteur pense au comte Mosca, il ne *trouve rien à rabattre*.

4° Je vais faire paraître au foyer de l'Opéra Rassi, Riscara,
envoyés à Paris comme espions après Waterloo par Ranuce-
Ernest IV. Fabrice revenant d'Amiens remarquera leur regard

italien, et leur milanais *serré* que ces observateurs ne croient compris par personne. Tout le monde me dit qu'il faut annoncer les personnages. Je réduirai beaucoup le bon abbé Blanès. Je croyais qu'il fallait des personnages ne faisant rien, et seulement touchant l'âme du lecteur, et ôtant l'air romanesque.

Je vais vous sembler un monstre d'orgueil[1].

Ces grands académiciens eussent vu le public fou de leurs écrits, s'ils fussent nés en 1780 ; leur chance de grandeur tenait à l'Ancien Régime.

À mesure que les demi-sots deviennent plus nombreux, la part de la *forme* diminue. Si la *Chart[reuse]* était traduite en français par Mme Sand, elle aurait du succès, mais, pour exprimer ce qui se trouve dans les 2 volumes actuels, il en eût fallu 3 ou 4. Pesez cette excuse.

Le demi-sot tient par-dessus tout aux vers de Racine, car il comprend ce que c'est qu'une ligne non finie, mais tous les jours le vers devient une moindre partie du mérite de Racine. Le public, en se faisant plus nombreux, moins mouton, veut un plus grand nombre de *petits faits vrais*, sur une passion, sur une situation de la vie, etc. Combien Voltaire, Racine, etc., tous enfin, excepté Corneille, ne sont-ils pas obligés de faire des vers *chapeaux* pour la rime ; eh bien ! ces vers occupent la place qui était due légitimement à de petits faits vrais.

Dans 50 ans, M. Bignan, et les Bignans de la prose, auront tant ennuyé avec des productions élégantes et dépourvues de tout autre mérite, que les demi-sots seront bien en peine ; leur vanité voulant toujours qu'ils parlent de littérature et qu'ils fassent semblant de penser, que deviendront-ils quand ils ne pourront plus s'accrocher à la forme ? Ils finiront par faire leur dieu de Voltaire. L'esprit ne dure que 200 ans : en 1978 Voltaire sera Voiture ; mais *Le Père Goriot* sera toujours *Le Père Goriot*. Peut-être les demi-sots seront-ils tellement peinés de n'avoir plus leurs chères règles à admirer qu'il est fort possible qu'ils se dégoûtent de la littérature et se fassent dévots. Tous les coquins politiques ayant un ton déclamatoire et éloquent, l'on en sera dégoûté en 1880. Alors peut-être on lira la *Chart[reuse]*.

La part de la *forme* devient plus mince chaque jour. Voyez Hume ; supposez une histoire de France de 1780 à 1840 écrite

---

1. *Ajout de Stendhal sur une feuille annexe* : Fin de la lettre, 28 octobre 1840.

avec le bon sens de Hume ; on la lirait, fût-elle écrite en
patois ; elle est écrite comme le Code civil. Je vais corriger le
style de la *Chart[reuse]* puisqu'il vous blesse, mais je serai
bien en peine. Je n'admire pas le style à la mode, il m'impa-
tiente. Je vois des Claudien, des Sénèque, des Ausone. On me
dit depuis un an qu'il faut quelquefois délasser le lecteur en
décrivant le paysage, les habits. Ces choses m'ont tant ennuyé
chez les autres ! J'essaierai. Quant au succès contemporain,
auquel je n'aurais pas songé sans la *Revue parisienne*, il y a
bien 15 ans que je me suis dit : « Je deviendrais un candidat
pour l'Académie si j'obtenais la main de Mlle Bertin, qui me
ferait louer 3 fois la semaine. » Quand la société ne sera plus
tachée d'enrichis grossiers, prisant avant tout la noblesse, justement parce qu'ils sont ignobles, elle ne sera plus à genoux
devant le journal de l'aristocratie. Avant 1793, la bonne
compagnie était la vraie juge des livres, maintenant elle rêve
le retour de 93, elle a peur, elle n'est plus juge. Voyez le cata-
logue qu'un petit libraire près Saint-Thomas-d'Aquin (rue du
Bac, vers le n° 110) prête à la noblesse voisine. C'est l'argu-
ment qui m'a le plus convaincu de l'impossibilité de plaire à
ces peureux hébétés par l'oisiveté.

Je n'ai point copié M. de Met[ternich], que je n'ai pas vu
depuis 1810, à S[ain]t-Cloud, quand il portait un bracelet des
cheveux de Caroline Murat, si belle alors. Je n'ai nullement
regret à tout ce qui ne doit pas arriver. Je suis fataliste et je
m'en cache. Je songe que j'aurai peut-être un peu de succès
vers 1860 ou [18]80. Alors on parlera bien peu de M. de Met[-
ternich] et encore moins du petit prince. Qui était Premier
ministre d'Angleterre du temps de Malherbe ? Si je n'ai pas le
malheur de tomber sur Cromwell, je suis sûr de l'inconnu.

La mort nous fait changer de rôle avec ces gens-là ; ils peuvent tout sur nos corps pendant leur vie, mais à l'instant de la
mort, l'oubli les enveloppe à jamais. Qui parlera de M. de Villèle, de M. de Martignac, dans cent ans ? M. de Talleyrand lui-
même ne sera sauvé que par ses *Mémoires*, s'il en a laissé de
bons. Tandis que *Le Roman comique* est aujourd'hui, ce que
Le Père Goriot sera en 1980. C'est Scarron qui fait connaître
le nom du Rothschild de son temps, M. de Montauron, qui fut
aussi, moyennant 50 louis, le protecteur de Corneille.

Vous avez bien senti, Monsieur, avec le tact d'un homme
qui a agi, que la *Chart[reuse]* ne pouvait pas s'attaquer
à un grand État, comme la France, l'Espagne, [l'Empire,]

Vienne, à cause des détails d'administration. Restaient les petits princes d'Allemagne et d'Italie.

Mais les Allemands sont tellement à genoux devant le cordon, ils sont si bêtes ! J'ai passé plusieurs années chez eux, et j'ai oublié leur langue par mépris. Vous verrez bien que mes personnages ne pouvaient pas être allemands. Si vous suivez cette idée, vous trouverez que j'ai été conduit par la main à une dynastie éteinte, à un *Farnèse*, le moins obscur de ces *éteints,* à cause des généraux, ses grands-pères.

Je prends un personnage de moi bien connu, je lui laisse les habitudes qu'il a contractées dans l'art d'aller tous les matins à la chasse du bonheur, ensuite je lui donne plus d'esprit. Je n'ai jamais vu Mme de Belgio[ioso]. Rassi était allemand ; je lui ai parlé 200 fois. J'ai appris le Prince en séjournant à S[ain]t-Cloud en 1810 et 1811.

Ouf ! J'espère que vous aurez lu cette brochure en 2 fois. Vous dites, Monsieur, que vous ne savez pas l'anglais ; vous avez à Paris le style *bourgeois* de Walter Scott dans la prose pesante de M. Delécluze, rédacteur des *Débats*, et auteur d'une *Mademoiselle de Liron* où il y a quelque chose. La prose de Walter Scott est inélégante et surtout prétentieuse. On voit un nain qui ne veut pas perdre une ligne de sa taille.

Cet article étonnant, tel que jamais écrivain ne le reçut d'un autre, je l'ai lu, j'ose maintenant vous l'avouer, en éclatant de rire. Toutes les fois que j'arrivais à une louange un peu forte, et j'en rencontrais à chaque pas, je voyais la mine que feraient mes amis en le lisant.

Par exemple le ministre d'Argout, étant auditeur au Conseil d'État, était mon égal et de plus ce qu'on appelle un ami. 1830 arrive, il est ministre ; ses commis que je ne connais pas pensent qu'il y a une trentaine d'artistes [*phrase interrompue*]
Réponse
Particularités sur le compte de *la Chartreuse*.
Première lettre emplie d'égotisme.
2° réponse allégée.
Le 29 je coupe l'égotisme. Je fais une seconde lettre plus légère. La réponse part le 30 octobre 1840.

[Bibliothèque de Grenoble, R5896-I, f° 32-40 et 26-31 ; ms. autographe]

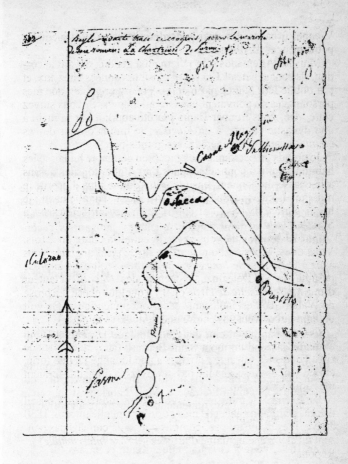

Le croquis de Stendhal

Tour Farnèse. Parme. Parma (la rivière). Bresello (pour Brescello).
Colorno (le nom est très décalé à gauche par rapport à l'emplace-
ment sur la carte du château et du parc). Sacca. Casal Maggiore.
Sabbionetta (pour Sabbioneta). Pô. Bozzolo.
De l'écriture de Romain Colomb, cousin de Stendhal : Beyle avait
tracé ce croquis pour la marche de son roman : *La Chartreuse de
Parme*.

CHRONOLOGIE

DE

LA CHARTREUSE DE PARME

par Henri Martineau

La chronologie de ce roman a été établie pour la première fois par M. Pierre Martino en tête de sa parfaite édition de *La Chartreuse de Parme*, Paris, Bossard, 1928. Je lui dois beaucoup et l'ai suivie dans les grandes lignes, n'ayant modifié que certains détails, quelques indications secondaires et de rares dates.

1796. — 15 mai. — L'armée française fait son entrée à Milan. Le lieutenant Robert est logé chez la marquise del Dongo. Gina del Dongo a treize ans (I).

1798. — Naissance de Fabrice del Dongo (I).

1800. — Fabrice atteint deux ans lorsque le général Bonaparte descend du mont Saint-Bernard (I).

1800-1814. — Fabrice passe ses premières années à Grianta, sur le lac de Côme, puis à Milan chez sa tante Gina, qui a épousé le comte Pietranera. Mais Fabrice est rappelé à Grianta par son père, qui entend le soustraire à l'influence de la cour du prince Eugène.

La comtesse Pietranera, devenue veuve, vient à son tour, en 1814, vivre à Grianta ; elle a trente et un ans (II).

1815. — 7 mars. — Fabrice apprend le débarquement de Napoléon au golfe Juan.

8 mars. — Fabrice part pour Paris, par Lugano, le Saint-Gothard et Pontarlier (II).

3 avril. — Arrivée de Fabrice à Paris (*Appendice*, IV).

Avril. — La comtesse Pietranera fait à Milan la connaissance du comte Mosca qui a 45 ans (VI).

Avril-Mai. — Séjour de Fabrice à Paris.

15 mai. — Fabrice arrive aux avant-postes de l'armée vers

Maubeuge. Arrêté comme espion, il est incarcéré dans la prison de B***, où il demeurera 33 jours.

17 juin. — Le lendemain de la bataille de Ligny, Fabrice réussit à sortir de prison (II).

18 juin. — Fabrice assiste à la bataille de Waterloo. Il passe la nuit en plein champ (III et IV).

19 juin. — Fabrice parvient dans la soirée à l'auberge du *Cheval Blanc*, près du pont de la Sainte, où il couche dans la mangeoire de son cheval (IV et V).

20 juin. — Il arrive dans le faubourg de Zonders à l'auberge de l'Étrille. Il y restera environ 15 jours (V).

Juillet. — Vers le 6 juillet, Fabrice gagne Amiens où il séjourne encore une quinzaine dans une auberge. Il rentre à Paris, environ le 25 juillet, et trouve à son ancien hôtel des lettres de sa mère et de sa tante (V).

Août. — Il revient à Grianta, par Genève, Lausanne, Lugano et Côme. Il part pour Milan ; sur la route il fait la rencontre de Clélia Conti âgée de douze ans (elle est née le 27 octobre 1803) (V).
Vers la fin du mois, Fabrice se réfugie à Romagnano di Sesia, en Piémont. C'est trois jours après son départ de Milan que Gina consent à épouser le duc de Sanseverina présenté par le comte Mosca (VI).

Novembre. — Le mariage a lieu trois mois après leur rencontre à Milan. Le soir même, le duc, qui vient d'être nommé ambassadeur, part pour l'étranger.

Hiver 1815-1816. — La duchesse Sanseverina s'installe à Parme, qu'elle étonne par son esprit et la tenue de sa maison. Elle est présentée à la Cour. Le comte Mosca devient Premier ministre (VI).

1816. — Fabrice, dans les premiers mois de l'année, est envoyé à l'Académie ecclésiastique de Naples.
C'est au cours de cette même année que la duchesse fait absolument la conquête du prince de Parme ; celui-ci va à ses soirées et, à sa prière, se rapproche de la princesse régnante (VI).

1817-1821. — Ces événements nous conduisent au seuil de 1817. Quatre années remplies de semblables petits détails passent ainsi (VII).

1821. — Juin. — Dans la première quinzaine de juin, Fabrice, ayant terminé ses études et subi passablement ses examens, arrive à Parme (VII).

Juillet. — Un mois plus tard il voit au théâtre la petite actrice Marietta et se prend d'un caprice pour elle. Il excite la jalousie de Giletti, son amant (VIII).

Août. — Le comte Mosca, pour écarter tout danger de la tête de Fabrice, fait partir celui-ci pour Belgirate, où il doit revoir sa mère. Fabrice quitte Parme vers le 10 août. Il passe 3 jours avec sa mère et une de ses sœurs ; quand elles reprennent le chemin de Côme, il les suit pour aller revoir l'abbé Blanès à Grianta, où il arrive pour la San Giovita. (Cette fête est couramment célébrée le 15 février, mais Stendhal l'a placée le 15 août : il faisait très chaud.) Fabrice rentre à Parme environ le 20. En son absence deux ou trois acteurs ont célébré par une orgie la fête du grand Napoléon (15 août), ce qui a motivé l'expulsion de toute la troupe (XI).

Fabrice, sitôt son retour, est nommé premier vicaire de Mgr Landriani, archevêque de Parme. Deux jours plus tard (vers le 25 août), il se rend surveiller des fouilles à Sanguigna, non loin de la route de Casalmaggiore. Le lendemain (26 août), il y est attaqué par le comédien Giletti. Il le tue au cours du combat. Ce jour-là, il faisait une chaleur extrême (XI).

Le même jour Fabrice passe le Pô à Casalmaggiore, d'où il gagne Ferrare où il parvient trois jours après la mort de Giletti (29 août) (XI).

Puis il parvient fin août à Bologne (XII).

Septembre-Octobre. — À Bologne, Fabrice retrouve la petite Marietta. Il mène avec elle une vie de plaisirs faciles, en même temps qu'il s'adonne à l'étude de l'astronomie.

Novembre. — Fabrice commence une intrigue avec la Fausta, cantatrice célèbre, que son amant, jaloux, emmène bientôt à Parme. Fabrice les y suit (XII).

26 décembre. — Ce jour, jour de la Saint-Étienne, Fabrice voit la Fausta à l'église San Giovanni. N'osant se venger de son rival, le comte M*** décide de le ridiculiser (XIII).

1822. — Janvier-Février. — Après la promenade aux flambeaux que lui a infligée le comte M***, Fabrice se réfugie de nouveau à Bologne. Puis il se bat avec son rival et le blesse grièvement.

Mars-Mai. — Il va passer deux mois à Florence et revient à Bologne (XIII).

Juillet. — Deux mois après le retour de Fabrice à Bologne, l'instruction pour le meurtre de Giletti est terminée. Fabrice est condamné à douze ans de forteresse. Il y a près d'un an que Giletti a été tué (XIV).

3 août. — Fabrice est arrêté à six lieues de Parme, comme il se rendait à Castelnovo (XIV et XX). Le même soir, il est incarcéré à la Tour Farnèse et il revoit Clélia Conti, la fille du gouverneur (XV).

Août-Octobre. — Fabrice, ayant réussi à pratiquer un volet dans l'abat-jour qui masque ses fenêtres, peut voir Clélia chaque jour. Il lui fait des signaux et tente de lui exprimer son amour (XVIII).

Novembre. — Il est en prison depuis près de trois mois quand Clélia, feignant de chanter en s'accompagnant sur son piano, le prévient qu'on veut l'empoisonner (XIX).
Les jours suivants, profitant du danger qui le menace, Fabrice amène Clélia à converser avec lui au moyen de l'alphabet qu'elle a confectionné sur le modèle de celui dont il lui a donné l'idée.

17 décembre. — Fabrice, après 135 jours d'emprisonnement, est autorisé à se promener sur la terrasse de la Tour (XIX).

1823. — Janvier. — Il y a plus de cinq mois que Fabrice est captif quand une lettre que la duchesse Sanseverina feint de lui adresser est remise au général Conti (XIX).

22 janvier. — Au cours de la 173e nuit de sa détention, Fabrice aperçoit les signaux lumineux qui lui sont faits par ordre de sa tante (XX).

Fin février. — Quand Clélia écrit à Fabrice pour lui conseiller de fuir s'il en a l'occasion, il y a plus de 200 jours qu'il est en prison (XX).

3 mars. — Fabrice est détenu à la Tour Farnèse depuis sept longs mois quand il adresse une demande de rendez-vous à Clélia. Celle-ci reste alors cinq jours sans paraître à sa fenêtre (XX).

Fin mars. — Quand Clélia consent à voir Fabrice dans la chapelle de la prison, il y a près de huit mois qu'il est enfermé.

3 avril. — Fabrice reçoit la première lettre de sa tante : il a encore onze années et quatre mois de forteresse à subir (xx).

3 mai. — Il y a neuf mois qu'il est incarcéré, quand il est averti par sa tante que le moment de son évasion approche et qu'il y a urgence (xx).

Mai. — Un dimanche, Fabrice s'évade. Accompagné de la duchesse Sanseverina, il se réfugie en Piémont, à Belgirate, sur le lac Majeur, puis à Locarno, en Suisse.

Fin mai. — Quinze jours après l'évasion de Fabrice, Clélia Conti accepte d'épouser le marquis Crescenzi.

Juillet. — Deux mois après que Fabrice s'est évadé, la duchesse, qui s'est fixée à Belgirate, écrit à la princesse de Parme et sollicite en faveur du marquis Crescenzi la place de chevalier d'honneur (xxiii).

Août-Septembre. — Le prince de Parme meurt assassiné. Son fils lui succède sous le nom de Ranuce-Ernest V. Un commencement de révolution doit être réprimé. La duchesse et Fabrice rentrent à Parme (xxii).

Hiver 1823-1824. — Durant tout l'hiver, la duchesse Sanseverina, grande maîtresse de la princesse de Parme, organise au Palais des soirées charmantes (xxiv).

1824. — *Octobre.* — Fabrice se constitue prisonnier à la citadelle. Le lendemain il échappe à une tentative d'empoisonnement. Clélia se donne à lui. Il est délivré le jour même. Mais le soir, il se rend à la prison de la ville. Son procès est repris. Il dure au moins huit jours. Fabrice est acquitté et, dès le lendemain, il reprend possession de sa place de grand vicaire (xxv).

Novembre-Décembre. — Moins de deux mois plus tard il est installé coadjuteur avec future succession de l'archevêque de Parme. Il revoit Clélia au palais Contarini. Peu après, cette dernière va visiter son père, près de Turin, d'où elle écrit une lettre de rupture à Fabrice. Celui-ci va alors faire une retraite à la Chartreuse de Velleja. C'est de là qu'il accorde à Clélia l'autorisation d'épouser le marquis Crescenzi (xxvi).

1825. — Janvier. — Le mariage de Clélia est célébré avec éclat.

Mars. — Fabrice, qui vivait dans la retraite la plus profonde, renonce à sa claustration après avoir revu Clélia à une soirée de la Cour. La duchesse Sanseverina quitte la ville après avoir été contrainte par le duc de Parme de tenir son serment et de se donner à lui (XXVII).

Avril-Mai. — Peu après, elle épouse le comte Mosca, qui vient de démissionner. Ils vont vivre à Naples (XXVII).

1826. — Mars. — Un an s'est écoulé depuis que Clélia et Fabrice se sont revus à la soirée de la princesse ; Fabrice, sur le conseil de sa tante, se détermine à prêcher. Il y rencontre des succès inouïs.

Mai. — Un lundi, quatorze mois et huit jours après la soirée à la Cour, Clélia vient dans l'église de la Visitation pour entendre Fabrice. Dès le lendemain, elle lui fixe un rendez-vous pour le mercredi, minuit. Une liaison secrète s'établit entre eux (XXVIII).

1827. — Un fils, Sandrino, leur naît cette année-là.

1829. — Deux ans ont passé. Le comte Mosca est revenu à Parme, ministre plus puissant que jamais. Fabrice, après la mort de Mgr Landriani, lui a succédé sur le siège archiépiscopal. Il forme le projet de faire enlever Sandrino, qui a deux ans, pour le faire élever près de lui. L'enfant meurt au bout de peu de temps. Clélia, quelques mois après la perte de ce fils si chéri, meurt dans les bras de son ami. Fabrice se démet alors de toutes ses fonctions et dignités, et se retire à la Chartreuse de Parme (XXVIII).

1830. — Il y meurt au bout d'un an. La comtesse Mosca, qui n'avait jamais voulu rentrer à Parme et tenait sa cour près de Casalmaggiore dans les États autrichiens, meurt à son tour très peu de temps après son neveu (XXVIII).
Le récit de ces événements est fait à l'auteur à la fin de cette année, lors de son passage à Padoue « dans l'hiver de 1830 » (*Avertissement*).

Table

Note sur cette édition 5
Préface, par Michel Clouzet VII
Bibliographie LIII

LA CHARTREUSE DE PARME

Avertissement 15
Livre premier 19
Livre second 321

Genèse de *La Chartreuse de Parme* 649
Histoire de *La Chartreuse de Parme* 655
Biographie 659

ANNEXES

I. Variantes, additions, notes et réflexions . 667

II. La jeunesse d'Alexandre Farnèse 695

III. Chapitres supplémentaires
    1. Arrivée de Fabrice à Paris 704
    2. L'avant-scène racontée par Birague ... 706
    3. Épisode Warney, Rassi, etc. 711
    4. La forêt entre Lugano et Grianta 716
    5. Le comte Zorafi 720

IV. Projet de réponse de Stendhal au grand
    article de Balzac 723

Le croquis de Stendhal 735

Chronologie de *La Chartreuse de Parme* 736

Composition réalisée par NORD COMPO

Imprimé en France sur Presse Offset par

BRODARD & TAUPIN

GROUPE CPI

La Flèche (Sarthe).
N° d'imprimeur : 8995 – Dépôt légal Édit. 1488-09/2001
LIBRAIRIE GÉNÉRALE FRANÇAISE - 43, quai de Grenelle - 75015 Paris.
ISBN : 2 - 253 - 16068 - 7